Narratori Feltrinelli

Jeanine Cummins
Parlami di casa

Traduzione di Francesca Pe’

Titolo dell'opera originale
SPEAK TO ME OF HOME

First published by Shiacawn Books, Inc.

This edition is published by arrangement with Sterling Lord Literistic and The Italian Literary Agency

Traduzione dall'inglese di
FRANCESCA PE'

Prima edizione ne "I Narratori" settembre 2025

Stampa Grafica Veneta S.p.A. di Trebaseleghe - PD

ISBN 9788807036583

MISTO
Carta | A sostegno della gestione forestale responsabile
FSC® C021883

GRAFICA VENETA CARBON NEUTRAL

Questo libro è stampato da Grafica Veneta S.p.A.
con un processo di stampa e rilegatura certificato 100% carbon neutral
in accordo con PAS 2060 BSI

Albero genealogico di Laura Hartman Maestro
Grafica di Meryl Sussman Levavi

Parlami di casa

Per mio padre,
che ha costruito una base di solida roccia
ricavandola dalla sabbia.

Ma senti adesso cosa accadde
agli alberi veri:
verso la fine di quell'estate
produssero nuove foglie dai rami spezzati.
Era la stagione sbagliata, sì,
ma non potevano farne a meno.

Mary Oliver, *Hurricane*

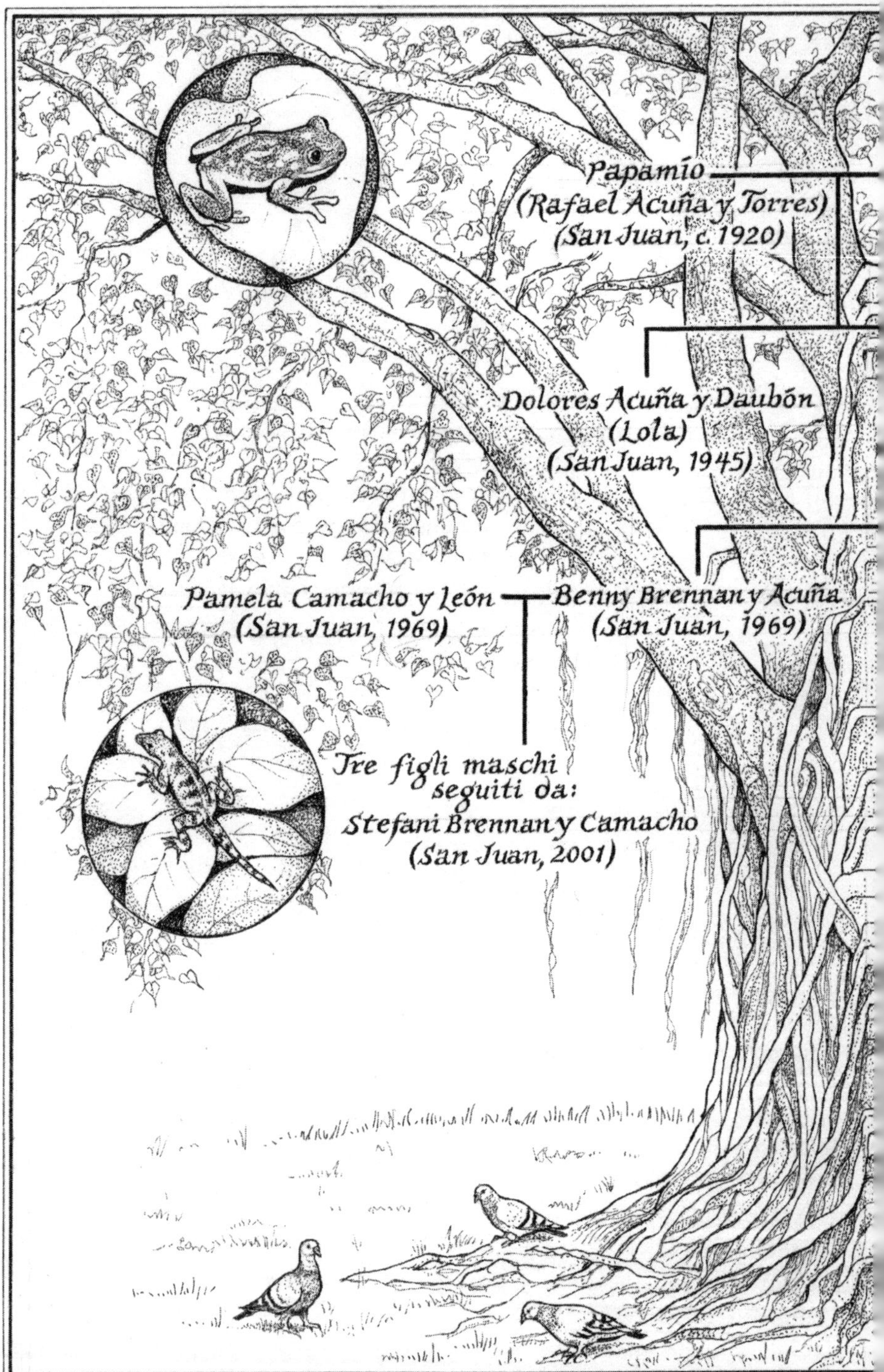
Papamío
(Rafael Acuña y Torres)
(San Juan, c. 1920)
Dolores Acuña y Daubón
(Lola)
(San Juan, 1945)
Pamela Camacho y León
(San Juan, 1969)
Benny Brennan y Acuña
(San Juan, 1969)
Tre figli maschi
seguiti da:
Stefani Brennan y Camacho
(San Juan, 2001)

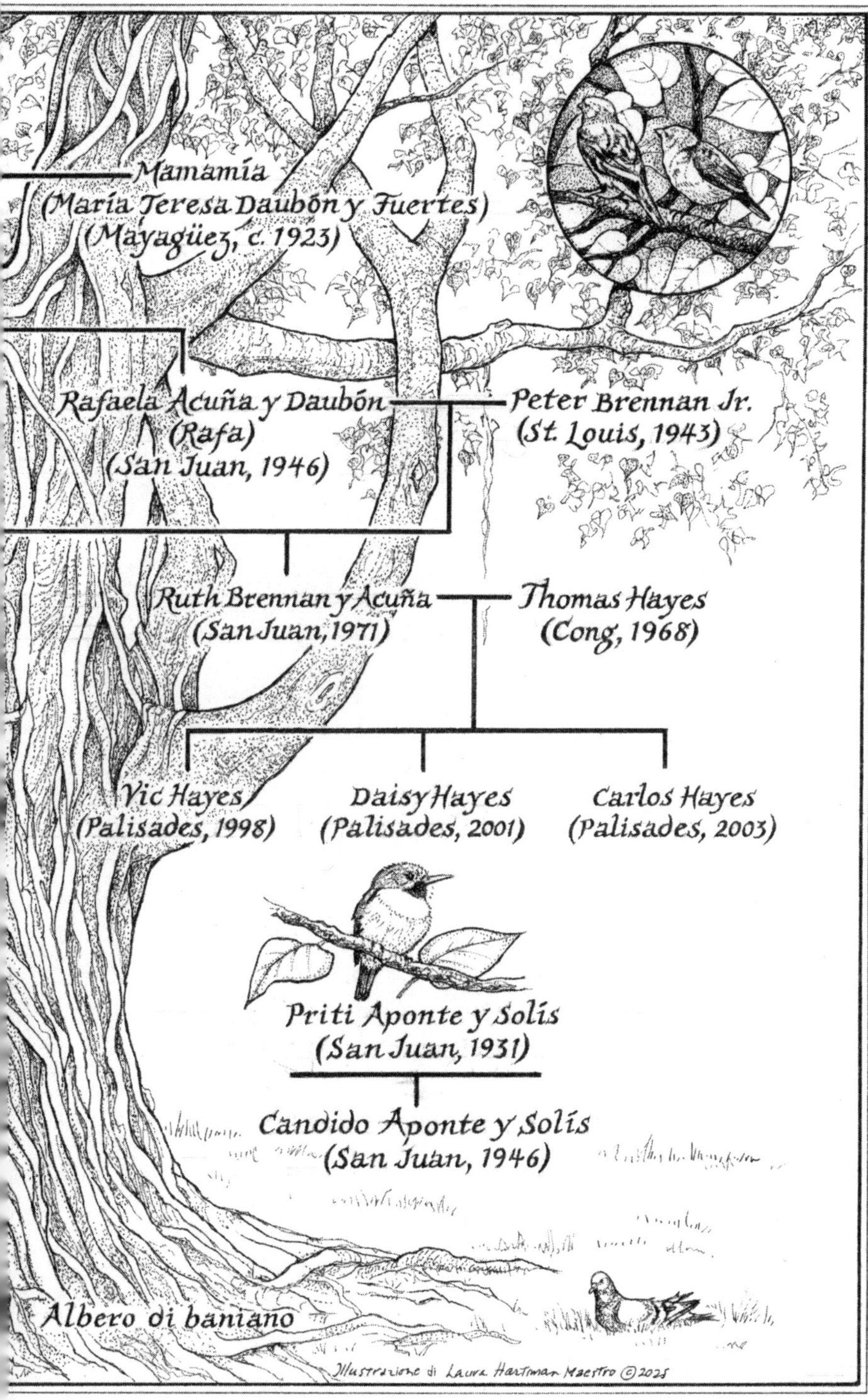
Mamamía
(María Teresa Daubón y Fuertes)
(Mayagüez, c. 1923)
Rafaela Acuña y Daubón
(Rafa)
(San Juan, 1946)
Peter Brennan Jr.
(St. Louis, 1943)
Ruth Brennan y Acuña
(San Juan, 1971)
Thomas Hayes
(Cong, 1968)
Vic Hayes
(Palisades, 1998)
Daisy Hayes
(Palisades, 2001)
Carlos Hayes
(Palisades, 2003)
Priti Aponte y Solís
(San Juan, 1931)
Candido Aponte y Solís
(San Juan, 1946)
Albero di baniano
Illustrazione di Laura Hartman Maestro © 2025

1.

Palisades, New York
2023

In seguito, Ruth dirà di averlo capito nell'istante in cui il telefono aveva cominciato a squillare, ancora prima di alzare il ricevitore. Dirà che c'era qualcosa di catastrofico in quel suono. Al giorno d'oggi nessuno chiama più sul fisso.

Sono le 20.14 di un martedì sera di giugno e in realtà, anche se poi sosterrà il contrario, Ruth non coglie nessun presagio negativo quando l'apparecchio diffonde la sua voce stridula nella stanza. Al massimo prova fastidio, perché si è dimenticata di staccare il telefono prima delle riprese. Cerca sempre di girare i video al primo colpo, altrimenti perdono di spontaneità. Nonostante il suo lavoro le richieda di mantenere una presenza costante online, Ruth non è particolarmente brava a fingere. Così, quando squilla il telefono, il video rivela la sua irritazione sotto forma di una smorfia prima di scendere dallo sgabello. Non si ferma a mettere in pausa la telecamera, così il video cattura tutto: la sua figura scalza, in jeans e blusa di lino, che cammina sul pavimento di ardesia allontanandosi verso lo sfondo dell'inquadratura. Risponde al telefono, un aggeggio antiquato rivestito di madreperla appeso alla parete, scelto soprattutto perché fa arredamento e perché sua figlia, Daisy, l'ha convinta che gli oggetti vecchi e scomodi a volte sono più divertenti dei loro corrispettivi moderni e pratici. In effetti il telefono è bellissimo da vedere, ma non si presta a portare avanti vere conversazioni.

Da questa distanza si nota di più quanto sia minuta Ruth, quanto siano sottili le sue spalle. È di profilo mentre alza il ricevitore, si mette in punta di piedi e allunga il collo per parlare nel microfono a forma di cono fissato sul davanti dell'apparecchio.

"Pronto?"

Fa per avvolgersi il filo intorno al dito, quando nel suo corpo cambia qualcosa. D'un tratto posa una mano sul bancone della cucina per non perdere l'equilibrio e si ingobbisce in una posa che non le dona. Tutto intorno, la stanza ha ancora lo stesso aspetto che le ha dato lei, il primo esempio dell'estetica che l'ha fatta diventare famosa per caso (o almeno *semi-famosa*, come insistono a dire i suoi figli): soffitti alti, travi a vista, enormi piante tropicali in vasi di terracotta. Basta vederla in foto per capire che questa stanza profuma di cupcake al limone e legno di sandalo, con un vago sentore di menta. Ma all'interno di questo diorama così curato, Ruth è solo una donna minuta in una grande stanza che sta ricevendo una notizia terribile.

"Aspetti, oh mio Dio," dice appoggiando la fronte al braccio allungato sul bancone. "No, no," aggiunge, ma l'interlocutore, chiunque sia, non può sentirla, perché è troppo lontana da quel microfono ridicolo. "No, non lo so." Si tira su e si sforza di indirizzare la voce verso il telefono. "Sono sua madre! Sì, certo. Cosa significa, la sua anamnesi? Oh mio Dio, aspetti. Come..."

La fronte lascia una macchia scura di fondotinta sulla manica della blusa di lino naturale. Ruth si raddrizza del tutto e si picchia il palmo sul petto, all'altezza del cuore.

"Sì, è assicurata. Ovvio, sì. La tessera dovrebbe averla nel portafoglio. Cosa?"

Si piega su se stessa formando un nodo ancora più stretto, e intanto si aggrappa al telefono.

"Va bene, sì," dice. "Certo."

Cerca di sciogliersi dal groviglio in cui si è trasformata, mettendo una mano sul fianco e piegando la testa all'indietro per guardare fuori dal lucernario. Un blu sempre più scuro. Una scorza di luna. Prova a parlare di nuovo, ma sente lo sforzo intrappolato nella gola. Lo spinge fuori.

"Devo appuntarmi il suo numero e richiamarla," gracchia aprendo un cassetto.

Tira fuori una penna ma non trova nemmeno un foglietto. Toglie il tappo con i denti e scrive sulla mano.

"Ok," dice. "Sì, ok."

Dopo aver rimesso il ricevitore sulla forcella, Ruth fa un verso che è estraneo alle sue stesse orecchie. Un verso da mammifero che viene dalle profondità dei polmoni. Per un po' piange sommessamente, raggomitolata su se stessa, finché non si ricorda della telecamera. È un momento visibile: la consapevolezza entra nell'inquadratura e la fa alzare in piedi. Ruth tenta di inspirare, allarga le spalle e attraversa la stanza a grandi passi. Ma certe cose non le può nascondere, e il mascara diventa fango sotto gli occhi.

Fuori, gli alberi sono in tumulto, il vento è così tagliente che fa sussultare le foglie estive staccandone alcune dai rami troppo secchi. Poi procede sferzante allontanandosi a sud e ancora più a sud, dove si trova sua figlia.

Il gorgo vorticante della mente di Ruth lo segue.

2.

San Juan, Portorico
Un'ora e quarantatré minuti prima
2023

Nell'ingresso del palazzo, Daisy aprì la cassetta della posta di metallo con su scritto il suo nome, Appartamento 2B. Ci trovò un volantino pieno di coupon da usare nei negozi della zona, l'immancabile lettera settimanale da parte di sua nonna, profumata e vergata su carta color lavanda come se fossero in un romanzo vittoriano, e – sì! – la busta che aspettava da tutta la settimana. Spinse lo sportello con il gomito e la cassetta si richiuse con un bel *clic*. Alle sue spalle, il portone sbatacchiò e la signora Fernández dell'1A aprì la porta di casa e mise fuori la testa.

"*Ay*, Daisy, non vorrai uscire con questo tempo, vero?"

Lei si voltò. "No, signora Fern, non si preoccupi!" la rassicurò. "Non ho intenzione di muovermi. Ho solo preso la posta." La sventolò in aria per dimostrarglielo.

"Bene, bene," disse la donna. "Sta' al sicuro!" E chiuse la porta.

Se c'era una cosa che Daisy apprezzava della signora Fernández era che, pur essendo cordiale, non la tirava mai per le lunghe. Risalì verso il suo appartamento facendo i gradini a due a due. Aveva lasciato la porta aperta, e non nel senso che non aveva chiuso a chiave: era proprio spalancata. Conosceva tutti i suoi vicini di casa – viveva in un palazzo di otto appartamenti – e tra loro non c'erano né ladri né delinquenti. Sentì un odorino delizioso arrivare dal piano di sopra, probabilmente da casa del signor Kurtzweiler. Forse stava cercando di cucinare tutto quello che aveva in frigo e nel congelatore prima che saltasse la corrente e il cibo andasse a male. Chissà, magari più tardi le avrebbe portato una pila di Tupperware, o almeno un piatto coperto con la pellicola trasparente. Daisy chiuse la porta, scalciò via le infradito, che finirono sotto il tavolino, e si mise sul divano con le gambe piegate sotto il sedere. Accanto a lei c'era il suo zainetto aperto, da cui facevano capolino gli oggetti di uso quotidiano: portafoglio, burrocacao, elastici per capelli. Ci buttò anche le chiavi e poi si sistemò tra i cuscini. Fissò la busta così a lungo che a un certo punto guardò l'ora. Se avesse aspettato Carlos, di sicuro lui avrebbe trovato il modo di trasformare quel momento in una cerimonia solenne. Ma le prove del suo spettacolo teatrale non sarebbero finite prima di un'ora, e a dire la verità Daisy non aveva tutta quella pazienza. Infilò il dito sotto il lembo della busta e strappò.

Dentro c'erano due analisi del dna, composte da diverse pagine e piegate in tre. Fece un respiro profondo, lasciando che la curiosità crescesse dentro di lei per un istante mentre distendeva le pagine sulle ginocchia nude. Il ticchettio dell'orologio risuonava forte nella stanza silenziosa e la ragazza sentì che il suo cuore cercava di calmarsi adeguandosi a quel ritmo. Tuttavia, man mano che subentrava la confusione, i battiti presero la direzione opposta. Daisy girò l'ultima pagina, come se potesse trovare una spiegazione diversa, più sensata. Il retro del fascicolo era bianco. Tornò alla prima pagina, e poi alla seconda, alla terza, alla quarta. Ogni foglio era pieno di diagrammi a torta, grafici e mappe colorate, facili da leggere. Eppure quei dati la confondevano.

"Ma che cavolo," disse ad alta voce. Raddrizzò le gambe e si sedette composta. "Non ha senso."

Cercò il telefono a tentoni mentre continuava a studiare le

pagine che aveva in mano. Guardò di nuovo l'ora. Sapeva che Carlos era ancora alle prove e che aveva il telefono in silenzioso, ma lo chiamò lo stesso. Scattò la segreteria e Daisy lasciò un messaggio concitato dopo il *bip*.

Carlos, è una cosa assurda, non ci crederai mai. Ovviamente non potevo aspettarti e ho aperto i risultati del dna e PORCA MISERIA sto ancora cercando di capirci qualcosa. Chiamami appena senti questo messaggio! Veloce, veloce, veloce!

Riattaccò, ma subito dopo lo richiamò e disse: *Non preoccuparti, siamo ancora parenti!* e riattaccò di nuovo. Teneva gli occhi incollati alle pagine davanti a lei e ricominciò a leggerle, stavolta con più attenzione. Il telefono iniziò a squillarle in mano e Daisy rispose senza guardare.

"Carlos!" esclamò. "Non ci crederai mai, è una cosa fuori di testa."

"Chi è Carlos? Non sarà mica il tuo ragazzo?"

Lei allontanò il telefono dall'orecchio. *Bleah.*

"Ciao, Brandon," disse abbassando il volume della voce. "Hai bisogno di qualcosa?"

Suo zio Benny aveva una decina di case vacanza a San Juan e Daisy ne gestiva ancora un paio per lui nella zona di Condado, pur avendo aperto una fiorente attività tutta sua da più di un anno. Gli appartamenti non erano lontani da casa di Daisy a Miramar, e poi tutti gli imprenditori di successo che conosceva in città avevano almeno un'occupazione extra, e quella era la sua. Le piaceva consigliare i ristoranti con il menu più conveniente a pranzo, le spiagge meno caotiche durante il fine settimana, le gallerie con gli artisti locali più quotati. Per l'arrivo di Brandon e dei suoi amici, aveva comprato una bella scatola di *alfajores* nella panetteria di Paulina e l'aveva sistemata sul bancone della cucina insieme a un sacchetto di caffè Yaucono macinato fresco. A parte gli sporadici ospiti da incubo, quel secondo lavoro le piaceva molto.

Brandon si era presentato circa una settimana prima, con altri quattro membri della sua confraternita e una bottiglia di tequila mezza vuota. Viaggiavano con i bicchieri per gli shottini: forse se li erano portati da casa, forse li avevano presi in aeroporto, Daisy non avrebbe saputo dirlo. Le avevano offerto uno shottino, glielo avevano preparato lo stesso nonostante lei avesse rifiutato tre volte e poi si erano messi a fare commenti non proprio a bassa voce sul suo fisico mentre lei cercava di spiegare a Brandon come funzionavano le serrature elettroniche e il sistema di allarme. Non era mai stata così contenta di terminare un check-in.

Non li aveva più sentiti fino a due giorni prima, quando li aveva chiamati per avvertirli che l'allerta meteo era diventata seria, che i turisti stavano evacuando l'isola prima che il tempo peggiorasse e che, se volevano trovare posto su un aereo, dovevano attivarsi subito. Brandon le aveva garantito che erano preparati.

"Cara mia, siamo della Louisiana, noi. Non abbiamo paura di un po' di pioggia."

Un po' di pioggia. Daisy aveva chiuso gli occhi per un attimo, cercando di reprimere la bollicina di rabbia che stava affiorando dentro di lei, alimentata dall'arroganza di quel cretino.

"Lo sai che la corrente salterà di sicuro," aveva detto. "Non potrete accendere l'aria condizionata."

"Secondo te nel *bayou* abbiamo l'aria condizionata?" Si era messo a ridere. "Finché ci sono birra e patatine, noi siamo a posto!"

Per giorni i meteorologi dell'isola avevano usato le formule più incisive, e gli abitanti avevano ascoltato i reporter in tv, ma anche i vicini di casa, il canto degli uccelli che saliva e poi si smorzava, le giunture doloranti che in momenti del genere erano messaggere affidabili. Avevano raccolto informazioni sensoriali da tutte quelle fonti e non solo, e poi, dopo aver scoperto i particolari, si erano messi a fare i preparativi. Avevano comprato batterie e bottiglie d'acqua, prelevato contanti al bancomat, riempito di ghiaccio i frigo portatili e caricato il cellulare. A quella tarda ora, in tutto l'arcipelago portoricano, non restava altro da fare che abbassare le serrande antiuragano, per chi era così fortunato da averle, e accovacciarsi al riparo dalla brezza che aumentava e dal cielo che assumeva una sfumatura verde. Nell'aria si sentiva il risucchio del vento: la tempesta era in arrivo.

Ed ecco che al telefono c'era di nuovo Brandon, in ritardo per qualsiasi ripensamento. L'entusiasmo e la confusione di Daisy si affievolirono per fare spazio alle fesserie che Brandon stava sicuramente per snocciolare. Non era colpa sua se il ragazzo non aveva dato retta ai suoi avvertimenti, se non si era preparato per la tempesta. Daisy appoggiò sullo zaino aperto i fogli che aveva in grembo e si alzò per sgranchirsi. Sbirciò dalla finestra il cielo verdegrigio, color argilla cruda.

"Senti, in pratica vogliamo tentare la fuga," disse Brandon.

Daisy sussultò. "Aspetta, in che senso?" Le venne quasi un capogiro per l'incredulità. "Hai guardato fuori dalla finestra? Ormai è troppo tardi per partire."

"Sì, ma non vogliamo rischiare, ce ne andiamo."

"Dille la verità, tua *mamma* non vuole rischiare," disse uno dei suoi amici idioti, e Daisy lo sentì in sottofondo. Poi risero tutti, nemmeno fosse una battuta brillante.

"Senti, siamo della Louisiana," disse Brandon. "Perciò massimo rispetto per il meteo. Riconosciamo una tempesta quando la vediamo, e quella che sta arrivando è bella tosta."

Daisy posò il palmo della mano sul vetro tiepido della finestra e ne osservò la forma, delineata dal colore allarmante del cielo.

"L'aeroporto è aperto, almeno?" chiese.

Di lì a poco anche lei avrebbe abbassato le serrande antiuragano e si sarebbe messa a pregare perché l'aria condizionata restasse accesa il più a lungo possibile. In una scatola di cemento sigillata, la temperatura aumenta in fretta.

"Sì, mi sa che abbiamo trovato l'ultimo volo per Miami," disse Brandon. "Ma dobbiamo fare due scali. Ci credi? Pazzesco."

Uno dei suoi amici fece un rutto rumoroso, poi Daisy sentì una voce di donna.

"Signore, adesso devo proprio chiederle di riattaccare, per favore."

"Un attimo, siete già sull'aereo?" Daisy sentì il tono allarmato della propria voce.

"Sì. Ti saluto," disse lui. "Questa qui sta dando di matto perché sono al telefono."

"Aspetta!" esclamò Daisy. "Avete portato dentro tutte le cose che c'erano sul terrazzo come vi avevo chiesto? Avete abbassato le serrande?"

Su quel terrazzo c'era un intero set di mobili da giardino. Un frigo portatile vuoto, un ombrellone, quattro sedie pieghevoli. Un barbecue a gas con una bombola di propano di scorta. Un alberello di ibisco in un vaso pesante, che poteva trasformarsi in un perfetto proiettile trasportato dall'aria. Se uno qualsiasi di quegli oggetti avesse preso il volo dall'attico al quattordicesimo piano, qualcuno avrebbe potuto lasciarci la pelle.

Brandon mise una mano sul telefono, ma lei lo sentì lo stesso chiedere agli amici se avessero eseguito quelle semplici indicazioni. Ci fu uno scoppio di risate.

"Io mi sono ricordato di portare il rum!" disse uno di loro.

"Signore, deve mettere il telefono in modalità aereo," disse l'hostess. "Subito."

"Eh, non lo so," disse Brandon a Daisy.

"Signore!" ripeté l'hostess.

"Ti saluto."

Poi ci fu solo il *clic*.

E la preoccupazione di Daisy, la sua preoccupazione insistente, come un ronzio nel cervello che prevaleva su tutto il resto.

"Merda," disse aprendo la porta scorrevole e uscendo sul balcone per valutare il cielo, che era basso e mutevole, e adesso era di un colore tra il rosa e il verde, la sfumatura di un livido in via di guarigione. Sapeva di non avere scelta. Doveva andare.

La pioggia non aveva ancora iniziato a cadere, ma Daisy la sentiva appesantire l'atmosfera, mentre il vento si scatenava nelle strade vuote. Un pessimo momento per avventurarsi fuori con lo scooter, un momento stupido, in effetti. Nell'aria si percepiva una specie di crepitio intenso e un odore di terra, di metallo. Sul balcone, il vento le passò tra i capelli sfilandole una ciocca dalla coda di cavallo. Non aveva ancora visto i fulmini, ma stavano per arrivare. Poteva andare e venire in mezz'ora. E se nel frattempo la situazione degenerava, poteva fermarsi nell'altro appartamento. Per raggiungerlo ci volevano dieci minuti. Magari otto, se andava a tutta velocità. Tornò dentro, abbassò le serrande e le fissò a terra, chiuse la porta scorrevole, afferrò lo zaino e ci buttò dentro quello che le serviva. Controllò due volte di avere le chiavi e nell'uscire fece il doppio nodo alle scarpe da ginnastica.

Fuori, il vento ormai era così forte che i semafori appesi ai cavi oscillavano leggermente. Così forte che gli scooter del servizio di sharing erano stati tutti radunati e stipati nei depositi, o in qualunque luogo li mettessero quando non ingombravano le strade.

Nell'oscurità crescente, Daisy si diresse verso il proprio scooter sotto la tettoia. Quando montò in sella, il mezzo rispose con un *bip* elettronico. Il faro sfarfallò una volta e poi si accese proiettando la luce sull'asfalto bollente davanti a lei. Daisy allacciò il casco sotto il mento e infilò lo zainetto sulle spalle, dopo aver controllato che il nastro adesivo riflettente fosse ancora pulito e visibile sulla parte posteriore. Girò la manopola dell'acceleratore e si avviò lungo la corsia ciclabile, aggirando con fare esperto le tre buche dell'isolato mentre prendeva velocità. Dietro di lei un pulmino centrò una di quelle buche con un sobbalzo sferragliante, e Daisy sorrise rendendosi conto che, nel periodo passato a San Juan, era diventata una persona diversa. Era diventata una persona che guidava uno scooter nel vento, quasi al buio, una persona con un piccolo catalogo delle buche di San Juan. Quindi adesso era portoricana? Ce l'aveva fatta, alla fine? Che domanda imbarazzante. La vita in città le calzava a pennello, si sentiva a casa sua, eppure non riusciva mai a scacciare del tutto gli interrogativi inutili che sua madre le aveva inculcato in testa. Ripensò ai risultati del dna che aveva appena ricevuto e provò una sensazione strana, sconcertante, mentre il suo cervello cercava di conciliare quelle nuove informazioni con tutti i modi in cui lei aveva cercato di definire se stessa nei suoi ventidue anni sulla Terra. Era come un'effervescenza nelle vene. In alto, la luce squarciò il cielo sempre più scuro con una serie di lampi, seguiti quasi subito da un rombo di tuono. Daisy si piegò in avanti sullo scooter e girò ancora di più la manopola dell'acceleratore.

Al suo arrivo lì, due anni prima, Daisy aveva il terrore degli scooter. Li guardava sfrecciare e zigzagare nel traffico, le persone in sella immancabilmente senza casco, spesso con le infradito ai piedi, una borsa da spiaggia buttata su una spalla, gli occhiali da sole per ripararsi dagli insetti. A quanto pareva non mettevano mai la freccia e si fermavano di rado al semaforo rosso. Daisy ricordava una donna con un lungo abito da sera rosso e luccicanti tacchi a spillo che passava per avenida Ashford, seduta dietro un uomo in smoking. La donna aveva i capelli neri, acconciati in una raffinata coda di cavallo con la scriminatura laterale, e lo strascico velato del vestito si allargava dietro lo scooter come un'ala cremisi. Daisy si era accorta di essere rimasta a fissare quei due a bocca spalancata, posandosi una mano sul collo. La divorava la paura, la *certezza*, che l'abito si sarebbe impigliato nella ruota, facendo schiantare lo scooter, e quella donna affascinante sarebbe stata lanciata verso una morte sanguinosa sotto le ruote di un furgone di passaggio.

Ma gli scooter erano così onnipresenti che ben presto Daisy non era più riuscita a preoccuparsene. Come succede anche con le cose più assurde, alla fine si era abituata. E poi era arrivato il giorno in cui, dopo aver preso coraggio con un caffè e un *quesito*, Daisy aveva scaricato l'app per prenotare uno scooter e, fatto il doppio nodo alle scarpe da ginnastica, era montata in sella con molta cautela. Non aveva ancora percorso un chilometro che era già innamorata.

Adorava tenersi in equilibrio sullo scooter stringendo saldamente l'acceleratore e il freno. Voleva sentire la pedana ruvida e appiccicosa sotto le suole, il vento caldo che sferzava la T-shirt facendola aderire al corpo e asciugava il sudore sul collo, anche quando il sole picchiava sulle braccia tese in avanti. Le piacevano la velocità ragionevole, l'agio della sveltezza, gli isolati della città che scorrevano rapidi sotto le ruote. Sembrava ancora di camminare, più o meno, ma senza sforzo. Mentre percorreva le strade in fretta, cercando di non dare nell'occhio, sentiva frammenti di risate e i bassi rimbombanti del reggaeton. Il tizio che lavorava alla bancarella dei frullati aveva cominciato a riconoscerla e le gridava un saluto ogni volta che passava. *¡Buenas, linda!* A volte lei gli rispondeva.

Aveva usato gli scooter del servizio di sharing per diverse settimane prima di decidersi ad acquistarne uno, per essere sicura che la batteria fosse sempre carica e che i freni funzionassero. Si era comprata anche un casco, nonostante fosse l'unica a metterlo. Gli altri in sella agli scooter non indossavano protezioni di alcun tipo, e per lei erano tutti pazzi da legare.

Daisy non era spericolata per natura, ma si conosceva, così si costringeva a fare le cose che la spaventavano. Come una rabdomante, aveva la percezione innata che dietro la paura si nascondesse tutto il meglio. Sapeva che spesso, ascoltando la preoccupazione che le fremeva nel corpo e andandole incontro anziché scappare, poteva ottenere qualcosa di buono. Ovviamente c'erano delle eccezioni notevoli (vicoli bui, uomini discutibili, guidare lo scooter durante un uragano), ma Daisy capiva la differenza e aveva imparato a trasformare la paura sana in un trampolino di lancio. Era proprio in quel modo che a vent'anni era approdata lì, lontano dalla madre e dai fratelli a casa sulla East Coast, lontano dall'università che avrebbe dovuto frequentare a Long Island e dalla vita ordinata e prevedibile che l'attendeva. Si era spinta fin lì perché il coraggio doveva diventare una cosa da mangiare, un seme da inghiottire che avrebbe messo radici e sarebbe sbocciato dentro di lei.

In realtà lo scooter non le serviva più, adesso che aveva il pickup del lavoro, ma ormai si era affezionata al senso di avventura e alla comodità di guidare quella piccola scheggia nelle strade. Per un'occasione come quella, lo scooter era perfetto: non doveva preoccuparsi del traffico, né di trovare parcheggio. Avrebbe fatto molto più in fretta che con il pickup.

La velocità del vento aumentava e Daisy teneva le ginocchia leggermente piegate per ammortizzare gli scossoni mentre si precipitava lungo calle José Martí e girava a sinistra per cominciare a risalire la collina. Sospesa sopra Condado vedeva una nebbia di pioggerella illuminata dai lampi. All'incrocio con lo stradone scese dallo scooter per attraversare a piedi. In quel punto capitava spesso che i turisti le sfrecciassero accanto mentre era ferma davanti alle strisce pedonali, ma Daisy sapeva che coraggio e avventatezza non erano la stessa cosa. Aspettava sempre il verde.

Il gatto comparve come per magia proprio allora, come se anche lui fosse solo un gioco di luce. Aveva il pelo nero e lucido e solo gli occhi gialli erano abbastanza visibili da confermare che non si trattava di una creatura immaginaria nelle tenebre. Si era fatto buio in anticipo e l'oscurità sembrava più opprimente per via della tempesta in arrivo. I semafori proiettavano i loro colori nel vento, ma il traffico nell'incrocio sottostante era lento, tranquillo. Ormai per strada rimanevano pochissime automobili. Chiunque avesse un po' di sale in zucca era a casa al sicuro, a riempire d'acqua la vasca da bagno e a caricare i dispositivi elettronici. Una macchina solitaria entrò nell'incrocio dirigendosi verso Daisy, e lei cominciò a temere per il gatto.

"Qui, micio," disse sottovoce. L'animale si bloccò con una zampa sollevata e puntò lo sguardo su di lei, deciso a non avanzare oltre. "No, non ti fermare," disse Daisy a volume più alto. "Vieni via dalla strada!" Il gatto mosse un baffo. "*Ven, gatito*," provò a dire allora, rendendosi conto che forse parlava spagnolo. Invece l'animale restò immobile e Daisy capì che era come lei: uno che si preoccupava troppo e che, dovendo uscire in quella notte di caldo soffocante, fingeva di avere tutto sotto controllo. Daisy fece due passi indietro e il gatto zampettò avanti, come se stessero ballando il valzer. La macchina passò appena dietro di lui e allora il micio saltò sul cordolo e superò Daisy di corsa, infilandosi in una recinzione lì vicino. Nell'istante in cui la coda fu inghiottita dalla siepe che cresceva dall'altra parte, sembrò che anche l'ultimo brandello di luce venisse risucchiato. Quando Daisy si girò di nuovo verso l'incrocio, era ancora più buio di prima. Nel tempo che ci aveva messo a voltarsi si era fatta notte fonda. Scese dal cordolo, tenendo il manubrio dello scooter con entrambe le mani e procedendo a tentoni mentre il faro illuminava l'asfalto. Il suo corpo capì che stava per succedere qualcosa prima del suo cervello. Non c'era alcun suono tranne quello del vento, nessuna informazione sensoriale che fungesse da avvertimento, eppure il corpo di Daisy si flettè presagendo qualcosa di terribile.

Comparve nella sua visione periferica come una forma che si ingrandiva, un'ombra veloce e famelica, impossibile da contenere, nera e silenziosa mentre si scagliava verso di lei nelle tenebre. Un'automobile con i fari spenti. Rapida e muta. Ma Daisy era ben visibile, con i vestiti di colori chiari, lo scooter, il faro, il nastro adesivo riflettente! Non era nemmeno scesa del tutto sulla strada, dunque non era concepibile che la macchina la raggiungesse proprio lì, appena giù dal cordolo, che sembrasse accelerare verso di lei. Non riusciva a muoversi. Come in un incubo, era bloccata. E anche se accadde tutto in un attimo, quel momento sembrò durare un'ora, un anno. Daisy si osservò dall'alto, immobile, paralizzata dal panico. Si disse che doveva scappare, ma non ci fu nessun movimento. Solo un urlo mentre lasciava la presa sul manubrio e si portava inutilmente le braccia davanti al viso, come se potessero impedire alla macchina di arrivare.

Il terrore non indossa l'abito tradizionale. Non è un mostro dotato di zanne e artigli che ti piomba davanti strillando con le fauci insanguinate. Il terrore vero è entrare in una stanza dove hai vissuto da solo per quarant'anni e scoprire che la sedia non è esattamente dove l'avevi lasciata. Il terrore è un minuscolo dettaglio al posto sbagliato: una macchina dove non dovrebbe esserci nessuna macchina. Appena prima dell'impatto, Daisy capì che alcune persone non sono poi così filosofiche riguardo alla morte, a dispetto di quel che credono. Non si vedono passare davanti tutti i momenti più straordinari della loro esistenza, non hanno nessun flashback, non fanno un'analisi approfondita degli amori e dei rimpianti passati. A volte, nell'istante appena prima dello schianto, l'unico pensiero che compare nella mente è questo: *Oh, mio Dio. Sto per morire.*

* * *

La pioggia cominciò a scendere forte. Non mandò qualche gocciolina in avanscoperta, ma si raccolse in una muraglia scura e animata che galoppò dentro la città tutta insieme, come succedeva spesso sull'isola, rumoreggiando lungo le strade e sull'area che corrispondeva a Daisy, o almeno al corpo di Daisy riverso a terra, disposto con un'angolazione innaturale sotto il diluvio, una gamba buttata contro la recinzione, il color crema della maglietta che cambiava rapidamente per gli schizzi di acqua fangosa. Anche la macchina si era fermata con un'angolazione innaturale, adesso aveva un faro acceso e il clacson suonava nella pioggia incessante, il guidatore accasciato sul volante. Il petto di Daisy si alzava e si abbassava nello sforzo ostinato di respirare? Le sue dita calde si contorcevano sulla superficie della pozzanghera che si stava formando?

Era troppo buio per capirlo.

3.

San Juan, Portorico
1968

In un rovente pomeriggio d'estate del 1968, a meno di due chilometri da quell'incrocio, Rafaela Acuña y Daubón, la nonna di Daisy, era in piedi davanti a un pesante specchio ovale. La sua figura era visibile anche da fuori, incorniciata dalla finestra di un albergo di discreta fama che era appena stato dipinto di celeste. Il sole cominciava a immergersi nel bagno caldo del mare, allungando la sua luce lenta e dorata sui tetti delle case e sulle strade acciottolate. Era un giugno come tutti gli altri nel quartiere di Santurce, a San Juan.

Rafaela aveva alcune rose rosse infilate tra i capelli neri, sopra i quali portava una *mantilla* bianca sostenuta da una *peineta*. Indossava un abito con le maniche scampanate di pizzo e i pendenti di perle che le ondeggiavano delicati dai lobi erano di sua nonna: qualcosa di prestato. A Rafaela la semplicità non era mai interessata granché, men che meno per il giorno delle sue nozze.

Con lei c'era anche la sorella Dolores, in preda al panico, cosa che in Rafaela suscitava una profonda tranquillità. Nel solco del mento di Dolores si erano accumulate goccioline di sudore, e Rafaela fu sollevata che il vestito rosa della sorella fosse di seta, così non si sarebbero formati aloni scuri sotto le ascelle. Le alte finestre erano spalancate e la luce rossastra della sera inondava la stanza. Fuori, qualcuno scampanellò passando in bicicletta, e il suono le mise allegria. Non avrebbe permesso a Dolores di rovinare quella magnifica giornata. Si meritava un matrimonio perfetto, dopo il periodo caotico da cui la loro famiglia aveva appena cominciato a riemergere. Le scarpe col tacco non fecero alcun rumore sulla moquette spessa quando Rafaela attraversò la stanza per posare la lettera sul tavolino accanto allo specchio da terra. Dietro di lei, Dolores aprì un ventaglio con un rumore simile a una *r* arrotata, e Rafaela ne osservò i colori guizzanti mentre la sorella si faceva aria.

"Allora, Rafa?" chiese Dolores.

Rafaela infilò le dita in un lungo guanto di raso bianco e iniziò a tirarselo sul braccio esile.

"Lola, aiutami con l'altro," fu la sua risposta.

Dolores sospirò e richiuse il ventaglio, appoggiandolo sulla lettera ancora dispiegata. Quella lettera aveva così poca importanza per Rafaela che non si sarebbe nemmeno disturbata a ripiegare il foglio. Non si sarebbe disturbata a strapparla o a bruciarla. L'avrebbe soltanto abbandonata lì, sul tavolino di marmo. Poi si sarebbe completamente dimenticata della sua esistenza.

"Lascia perdere i guanti, Rafa!" esclamò Dolores, afferrando comunque il secondo guanto e tenendolo aperto in modo che la sorella potesse indossarlo. Dolores aveva lo stesso profumo delle orchidee nel bouquet della sposa, appena arrivate al loro fragile culmine prima di appassire. Tirò il bordo superiore del guanto sul gomito di Rafaela e poi riprese la lettera dal tavolino. "Cos'hai intenzione di fare?" Gliela agitò davanti come se fosse un secondo ventaglio.

"Oh, piantala di fare la drammatica." Rafaela si controllò il trucco allo specchio, assicurandosi che il rossetto rosso non le fosse finito sui denti nel minuto e mezzo trascorso dall'ultima volta che aveva controllato. Spostò la *mantilla* di lato e si girò a esaminare la fila di bottoncini bianchi che iniziava tra le scapole e scendeva fino alla vita. Soddisfatta di quel che vedeva, risistemò velocemente la *mantilla* sulle spalle e si girò per sorridere alla sorella. "Ho intenzione di sposarlo," disse.

Ormai la mente di Rafaela era sgombra da ogni dubbio. Certo, c'erano stati i soliti timori di qualsiasi corteggiamento, ma si era lasciata tutto alle spalle. Loro due erano innamorati e la loro unione, più che una decisione, era una cosa inevitabile. Dio l'aveva creata per quell'uomo e, anche se lui non assomigliava quasi per niente al futuro marito che un tempo poteva essersi immaginata, di sicuro era solo perché prima i limiti della sua fantasia coincidevano con il perimetro di quell'isola. Adesso le cose erano cambiate. E così, tra meno di un'ora, la señorita Rafaela Josefina Acuña y Daubón sarebbe diventata la moglie di Peter Brennan Jr.

"Sono pronta," disse.

Dolores era rimasta impalata con la bocca socchiusa, il panico superato dallo sconcerto. "Ma... devi almeno parlarne con lui."

Rafaela sollevò il mazzo di orchidee bianche con le mani guantate. Gli steli erano avvolti da un nastro rosa scuro fermato con uno spillone coronato da una perla. "Parlargli di cosa? Non c'è niente da discutere, Lola."

Dolores scosse la testa. "Ma..."

Si conoscevano da ventuno anni, e Rafaela era ancora l'unica persona al mondo davvero in grado di sconvolgere la sorella. Dolores era senza parole.

"Senti, anche se volessi parlargli, come dovrei fare?" domandò Rafaela. "Entro in chiesa con l'abito bianco e gli chiedo di uscire un attimo?" Agitò la mano nell'aria in un gesto vago. "Ne discuteremo più tardi."

"Ma più tardi sarà troppo tardi," disse Dolores. "Più tardi sarete già sposati."

Rafaela coprì la breve distanza che le separava e le prese le mani. Inclinò il viso verso Dolores, come faceva fin dall'infanzia, quando i diciotto mesi tra loro costituivano una differenza visibile: due bambine con la stessa faccia rotonda circondata da riccioli neri, ma una leggermente più alta dell'altra. Rafaela aveva imparato quel trucco quando portava ancora il pannolino: mettersi di fronte alla sorella maggiore, guardarla dritto negli occhi, prenderla all'amo e riavvolgere la lenza. Una volta che lo sguardo della sorella si concentrava su di lei, Rafaela riusciva sempre a farle capire tutto.

"Lola, ascolta," disse. "Quella lettera disgustosa non l'ha mica scritta Peter, no?"

Dolores fece un respiro profondo e annuì. In effetti.

"In quel caso sarebbe stato diverso," continuò Rafaela. "Ma forse non gliel'hanno neanche detto."

"Forse invece sì," ribatté Dolores. "E non puoi sapere cosa ne pensa finché non glielo chiedi."

A Rafaela si curvarono le spalle per la frustrazione. "E anche se gliel'avessero detto? Chi se ne importa, Lola! È ovvio che non la pensa così, altrimenti non avrebbe mai accettato di trasferirsi qui, no? Me l'ha chiesto lui di sposarlo! Mi ama!"

"Certo che ti ama, Rafa, ma non sposi solo lui, lo sai. Sposi tutti loro, l'intera famiglia."

"*Ay*, per favore! Che razza di cliché!"

"È un cliché perché è vero! E se la sua famiglia non ti accetta..."

"Smettila," la interruppe Rafaela, la voce spezzata da un'inquietudine nuova. Lasciò andare le mani della sorella. "Basta, Dolores, ti prego. Proprio nel giorno del mio matrimonio."

Rafaela non la chiamava quasi mai con il suo nome per intero.

Sentì che Lola studiava il suo volto per capire se fosse incrinato dal dubbio, per individuare una fenditura in cui insinuarsi, ma Rafaela sapeva che la sorella non avrebbe trovato nessun appiglio, perché la sua era una certezza assoluta. Peter era quello giusto. Sollevò il pesante orlo dell'abito per controllare le scarpe, un paio di Vaccari argentate, regalo della cugina Clarisa, che le aveva messe solo due volte. Erano splendide, ma non abbastanza da farle dimenticare la preoccupazione sul viso della sorella. Rafa sospirò e fece ricadere l'orlo sul pavimento.

"Quando sarò sua moglie dovranno accettarmi per forza," disse. "Non avranno scelta. E poi, appena ci incontreremo di persona, capiranno di avermi giudicata male." A quel punto fece un grande sorriso, riportò l'attenzione sulla sorella e le diede un pizzicotto in vita. "Capiranno quanto è fortunato. Basta guardarmi!" Alzò un braccio sopra la testa e fece una piroetta agitando i fianchi, con il vestito che le frusciava intorno alle gambe.

Dolores non poté trattenere una risata vedendo quanto era intensa la gioia di Rafa, quanto era sicura di sé. Strinse le labbra e annuì. Rafaela vide la rassegnazione calare sul suo volto. Lola si era detta che ci avrebbe provato, e l'aveva fatto. Adesso che si erano lasciate alle spalle quello sforzo, Rafaela poteva contare sulla sorella per varcare il portone della chiesa del Sagrado Corazón de Jesús e affrontare la lunga navata con un sorriso. Avrebbe ignorato i banchi vuoti sul lato dello sposo fingendo che fosse tutto a posto, che l'assenza rispecchiasse soltanto la distanza geografica, e che due famiglie felici stessero unendo i loro figli nel sacro vincolo del matrimonio.

"Ok." Lola si costrinse a fare una faccia allegra e poi l'allegria divenne sincera. Rafaela vide l'istante in cui si verificò il cambiamento, il modo in cui la sorella si ammorbidì, tanto che, quando Lola aprì le braccia, fu come un *flor de maga* che schiudeva i petali. Rafaela si rifugiò nel suo abbraccio e la tenne stretta.

"Sei la sposa più bella del mondo!" sussurrò Lola nella *mantilla*.

Rafaela chiuse forte gli occhi, poi si raddrizzò e si staccò da Lola, stringendole la mano nella sua. "Bene." Sentiva la gabbia toracica alzarsi e abbassarsi sotto il corsetto. "Abbiamo un matrimonio da celebrare!"

Quando Dolores si fermò sul pianerottolo e decise di tornare di corsa nella suite a recuperare la lettera, non pensò al motivo per cui voleva tenerla. Forse un giorno sarebbe diventata una prova, un promemoria, una specie di polizza assicurativa. Forse un giorno lei avrebbe avuto l'occasione di sbatterla su un tavolo chiedendo spiegazioni. O magari semplicemente non voleva che qualcun altro la trovasse, perché era una vergogna che quella lettera esistesse. Quando Dolores la prese dal tavolino di marmo con un movimento brusco, quando la piegò e la infilò sotto il ferretto del reggiseno, dove sarebbe rimasta a pulsare contro la sua pelle per tutta la cerimonia come un secondo battito cardiaco, forse la stava nascondendo solo per proteggere Rafaela, come se potesse neutralizzarne il contenuto tramite l'umida rivendicazione della propria umanità.

Rafaela seguì la sorella sotto il portone ad arco a due battenti della chiesa che conosceva bene come la propria camera da letto, e sentì il lieve ticchettio delle scarpe sulle mattonelle. Si concesse un istante per abituare gli occhi alla penombra. Papamío aspettava appena dentro il vestibolo e, quando Rafaela sbirciò dalla finestrella ad arco della porta interna, vide che anche Peter l'aspettava, alto e bellissimo nell'uniforme blu, i bottoni dorati scintillanti, due strisce sui polsini. I suoi occhi azzurri erano così chiari che sembravano quasi bianchi e vederlo lì, solo e fiducioso ai piedi dell'altare, accese una fiamma di tenerezza dentro di lei. Le guance di Peter erano pervase da un leggero rossore, come un richiamo alle rose che Rafaela si era sistemata dietro l'orecchio. Il cuore le batteva forte nel corsetto, per l'amore o per la preoccupazione. Forse per entrambe le cose. Lola si avviò per prima lungo la navata. Poi Papamío strinse la mano di Rafaela nella sua e non chiese se era pronta. Era troppo tardi per cose del genere. “Si comincia,” disse invece. E le porte si aprirono.

In fondo alla navata, gli occhi di Peter brillarono alla luce del tramonto e Rafaela capì che lui era tutto quello che desiderava. Vedeva la vita che avrebbe vissuto, da moglie di un uomo simile. Lui era suo, aveva un sorriso che illuminava ogni cosa, e lei lo amava. Eccome. Di sicuro l’ansia che provava era naturale. Certo, mentre percorreva la navata le sembrava quasi di camminare sulla passerella prima di essere gettata in mare, ma una volta arrivata in fondo si sarebbe tuffata nella sua nuova vita, e Peter l’avrebbe presa al volo.

Ai piedi dell’altare, Papamío attese con pazienza mentre Rafaela restava aggrappata al suo braccio. Se percepì una qualche riluttanza, non lasciò trapelare nulla. Si limitò a sorridere e a respirare, immobile finché la figlia non fosse stata pronta a lasciarlo andare, così lui avrebbe potuto darle un bacio sulla guancia e consegnarla al futuro marito. Il tempo fremette e si dilatò mentre Rafaela esitava a lasciare il braccio di suo padre. Sentiva la felicità irradiata da Peter, a un solo metro da lei. Una felicità piena, inebriante. Lo sposo fece un passo avanti, impacciato. Dunque era questo il momento, era davvero ora. L’attendeva una vita diversa, una vita molto diversa. Finalmente Rafaela si girò verso il padre, che la abbracciò e la baciò. Da sopra la spalla di Papamío, lei esaminò i banchi e i volti. Passò in rassegna l’intera chiesa mentre il padre si girava per stringere la mano a Peter.

Perché c’era un solo volto che avrebbe potuto cambiare tutto, due occhi verdi che avrebbero potuto fornire la tessera del domino imprevista con cui dirottare Rafaela su una strada completamente diversa. Ma quel volto non c’era; ovvio che non c’era. Papamío le accarezzò di nuovo il braccio passando le nocche sul guanto di raso. Rafaela gli strinse le dita. E lo lasciò andare.

4.

Saint Louis, Missouri
1978

Prima di allora Ruth era stata a Saint Louis solo una volta, quando aveva quattro anni. Nonno Pete, cappello di paglia in testa, l'aveva portata alla fiera della contea. Il nonno odorava di antiacido per lo stomaco e dopobarba, e lei lo sapeva bene, visto che se l'era presa sulle spalle: Ruth si era aggrappata al cappello con le braccine e aveva infilato i talloni dei sandali sotto le sue ascelle. Il nonno era rimasto in piedi accanto a lei sulla giostra, cingendole la vita con le braccia per trasformarsi in una cintura di sicurezza umana e non farla cadere. Il cavallino su cui si era seduta aveva la criniera turchese e una sella dorata piena di borchie. Era la prima volta che assaggiava lo zucchero filato. E anche se all'epoca non parlava ancora inglese, nonno Pete comunicava facilmente con lei. Usava facce buffe e gesti elaborati. Incrociava gli occhi e la faceva ridere. Così, quando i suoi genitori le dissero che si sarebbero trasferiti in Missouri, a Ruth sembrò un bel posto dove andare a vivere. Magari non proprio bello come San Juan. Ma le giostre, lo zucchero filato e l'altro nonno, che era così simpatico? Benissimo per lei.

Mancavano tre settimane al settimo compleanno di Ruth quando la famiglia lasciò Portorico per trasferirsi a Saint Louis, e in seguito lei non sarebbe riuscita a ricordare nulla del trasloco. Non aveva memoria di quando aveva riposto i giocattoli e i libri negli scatoloni, o di quando aveva vuotato la cassettiera di camera sua, quella decorata con le rose dipinte, o di quando aveva impilato ordinatamente i vestiti in valigia: calze, canottiere, pantaloncini, gonne. Non ricordava quando la madre aveva implorato il padre di posticipare il trasloco solo di un mese, per festeggiare il compleanno di Ruth a San Juan con parenti e amici. Non ricordava la risposta del padre: "C'è sempre un nuovo motivo per rimandare". Tutti i preparativi, e qualsiasi sentimento collegato, sarebbero diventati un vuoto persistente nella memoria di Ruth. Ma i giorni e le settimane che seguirono quel vuoto li avrebbe ricordati vividamente.

La primissima mattina, quando si svegliò nella loro nuova villetta, in un nuovo quartiere residenziale nella zona nord di Saint Louis, avvertì il profumino familiare di caffè e pancetta affumicata. Era contenta che quell'aroma riconoscibile coprisse l'odore di legno e pittura fresca della casa nuova. La sua camera era più piccola di quella che aveva a San Juan, ma anche questa era dipinta di giallo e al centro del soffitto c'era un piccolo lampadario decorato da fiori rosa e foglie verdi, molto grazioso. La luce del sole che filtrava dalle tende era poca e debole, perciò Ruth si chiese se la camera si trovasse all'ombra di un grande albero che non aveva notato la sera prima. Ma quando aprì le tende per guardare fuori si rese conto di non essere affatto all'ombra. Semplicemente, il sole lì era diverso. Un'angolazione diversa, una distanza diversa.

Avrebbe avuto sei anni per altre tre settimane e, anche se non ricordava di essersi sentita triste prima di andarsene da San Juan, divenne malinconica nello scoprire l'inaffidabilità della posizione del sole nel cielo, una cosa che non aveva mai messo in discussione prima. Aveva la sensazione che avrebbero dovuto evitarle quella scoperta almeno fino al suo settimo compleanno. Le sembrava un'ingiustizia che una bambina di sei anni dovesse affrontare una simile rivelazione. Sentiva i suoi genitori che parlavano e ridevano in cucina. Lanciò un'occhiataccia al proprio riflesso nel vetro non molto illuminato della sua nuova finestra e chiuse le tende.

All'epoca Benny aveva nove anni e per lui era peggio, perché era andato a scuola per più tempo e aveva più amici da cui separarsi. Non erano nemmeno riusciti a organizzare il trasporto della sua bici a Saint Louis, così lui l'aveva regalata al suo migliore amico Tiago e il padre gli aveva promesso che gliene avrebbe comprata una ancora più bella dopo il trasloco, del colore che voleva.

Il lunedì dopo, il papà li accompagnò a piedi alla fermata dell'autobus e gli altri quattro bambini che erano già lì cominciarono a parlare con Ruth e Benny, tutti nello stesso momento. Le loro parole erano ingarbugliate e rumorose, come se avessero una tromba in bocca, o almeno così sembrò a Ruth. Lei e il fratello erano già abituati al suono dell'inglese, perché a San Juan il padre si rivolgeva spesso a loro nella sua lingua materna. Se glielo avessero chiesto, Ruth e Benny avrebbero risposto che sì, parlavano inglese. Parlavano un inglese lento, preciso, attento, pacato, come lo parlava il padre a San Juan, lo stile di inglese che usava quando leggeva loro la storia della buonanotte seguendo con il dito le parole sulla pagina. Sapevano dire "Potrei avere un bicchiere d'acqua, per favore?" e "Questo hamburger è delizioso" e "Gli Yankees sono sopravvalutati". Sapevano quale azione compiere quando il padre diceva "È ora di andare a dormire" o "Passami il sale, per favore" o "Mettiti le scarpe". Ma i bambini alla fermata dell'autobus parlavano un inglese completamente diverso da quello che conoscevano Ruth e Benny. Attaccavano tutte le parolecomeunasolagrandeparola e non prendevano mai fiato tra una frase nasale e l'altra. Ruth sentiva i propri occhi ingrandirsi, spalancati nel tentativo di contenere tutto quel chiasso. Aveva lo zaino nuovo, turchese a righe bianche e rosse, e indossava una tutina di cotone rosa che secondo la madre sarebbe stata adatta per settembre, finché non fossero andate a fare compere per procurarsi qualche vestito più pesante. Ma Ruth era già infreddolita, così si chinò per tirarsi le calze fin sopra le ginocchia nodose. Non le sarebbe dispiaciuto un cardigan. Il papà era in maniche di camicia e sembrava non essersi accorto dell'aria gelida. Rise per qualcosa che aveva detto uno dei bambini, poi rispose usando anche lui la sua voce strombazzante. Posò una mano sulla testa dei figli, uno alla volta, dicendo come si chiamavano.

"Lui è Benny." Il palmo del padre, piatto sulla testa, gli schiacciò leggermente gli indomabili capelli neri, spingendoli sulla fronte e facendoli arrivare fino alle sopracciglia. Atterrito, Benny guardò Ruth con una smorfia. Poi toccò a lei, ma i suoi riccioli neri erano legati in due trecce strette che le scendevano sulla schiena. La mano del padre era calda sul cuoio capelluto, dove c'era la scriminatura. "E lei è Ruth. Di' ciao, Ruth!"

"Ciao, Ruth!" fece lei. La sua prima battuta in inglese.

Tutti i bambini risero, e Ruth si sentì scaldare un po'.

Il volume usato dai bambini alla fermata si amplificò del mille per cento una volta saliti sull'autobus. Benny, che a San Juan usciva sempre di casa cinque minuti prima per andare a scuola a piedi con Tiago e fingere di non avere una sorella minore, si rannicchiò accanto a Ruth e appoggiò la fronte al sedile davanti a lui.

Ruth andava in prima, e in classe ebbe meno difficoltà a seguire l'insegnante, che scandiva meglio le parole rispetto ai bambini. Nel giro di pochi giorni, Ruth imparò a recitare le forme e i colori in inglese; sapeva cantare l'alfabeto e contare fino a cento. E ben presto individuò i suoi nemici mortali tra i compagni di classe. Il primo era Timmy O'Brien, che aveva la faccia larga e rosa e i capelli biondi sempre sudati sulla fronte, e che rideva ogni volta che Ruth tentava di pronunciare una parola con la *r*. L'aula era piena di quadrati, triangoli, alberi verdi, rose rosse, e poi c'era il suo stesso nome, santo cielo: un vero e proprio campo minato. La seconda era Alice García, che all'inizio Ruth aveva scambiato per una potenziale amica, per via dei capelli neri e del cognome. In realtà lei non vedeva l'ora di disilluderla, buttandole i capelli in faccia ogni volta che Ruth aveva la sfortuna di capitare in fila dietro di lei. Ciò nonostante, alla fine della prima settimana Ruth si sentiva già più sciolta quando parlava inglese, e si era fatta tre amiche simpatiche: Kathy, Jennifer e Jenny. Durante la ricreazione giocavano a saltare la corda e rimiravano le trecce di Ruth. Le domande che le facevano sulla sua vita prima di Saint Louis erano poche e innocue. I loro interessi vertevano sul gioco della campana e sui biscotti, più che sulle vicende intime e personali.

Ma tutti i pomeriggi, sull'autobus, Benny si sedeva ancora accanto a Ruth, e cominciò persino a insistere per avere il posto vicino al finestrino, usando Ruth come scudo umano tra sé e gli altri bambini. Lei provava a chiedergli come andava, se gli piaceva la terza, se tra i suoi compagni c'erano degli appassionati di baseball come Tiago, ma Benny non rispondeva quando la sorella si sforzava di parlare in inglese. Così Ruth passava alla comodità dello spagnolo, nella speranza di strappargli qualche parola e confortarlo, ma Benny la zittiva bruscamente e si guardava subito intorno sull'autobus, cercando di capire se qualcuno l'aveva sentita.

Alla fine della seconda settimana, fu chiaro che Benny non si stava ambientando. Vennero convocati i genitori. La madre si presentò in un vestito di lino verde acido con una cintura sottile in vita e i tacchi alti, il padre in giacca e cravatta. Non servì.

Era un venerdì pomeriggio e le lezioni erano finite, ma Ruth e Benny rimasero a scuola ad aspettare il colloquio dei genitori con il direttore, il signor Parnacki. Si sedettero sulle sedie appena fuori dal suo ufficio, ma nonostante la porta chiusa sentirono ogni parola pronunciata dagli adulti all'interno. Secondo il direttore, Benny doveva retrocedere di un anno e ripetere la seconda.

"Eppure è un bambino così intelligente," insistette il padre. "A San Juan era tra i migliori della scuola."

"Be', non so cosa si studi laggiù," disse il signor Parnacki, "ma qui è molto indietro rispetto ai suoi compagni di terza."

La madre era insolitamente silenziosa.

"Ma è già uno dei più grandi del suo anno. Se lo spostate in seconda, tra lui e i compagni ci sarà più di un anno di differenza." Dietro la porta, la voce del padre era cupa. "Per lui sarebbe mortificante."

"Be', forse un po' di imbarazzo gli darà la motivazione necessaria," disse il signor Parnacki, "per imparare l'inglese."

Benny si chinò in avanti, agitato, i gomiti sulle ginocchia. "Cosa stanno dicendo?" sussurrò a Ruth in spagnolo.

Lei esitò. Poi si strinse nelle spalle.

In macchina, tornando a casa, Benny giocherellava con il pomello della manovella per abbassare il finestrino, dandogli dei colpetti con il dito per farlo girare. Mentre guardava quel pezzetto di plastica nera che ruotava, Ruth si chiese quanto capisse suo fratello di quel che stavano dicendo i genitori seduti davanti. Si chiese se stesse anche solo ascoltando o se fosse davvero così ipnotizzato dal meccanismo del finestrino come sembrava.

"So che è difficile, Rafaela," stava dicendo il papà, "ma anche tu devi imparare l'inglese."

"Lo so già, l'inglese," ribatté lei. "Ti sto parlando in inglese adesso, no? Non è inglese questo?"

Il semaforo stava per diventare rosso e il padre frenò più bruscamente del dovuto. Ruth notò che stringeva il volante così forte da avere le nocche bianche.

"Hai capito cosa intendo, Rafaela! Che cavolo, non sono il tuo nemico. Non sto cercando di renderti infelice."

La madre sospirò rumorosamente, e il suono del suo respiro prese quasi forma a bordo della piccola Datsun. Riempì tutto l'abitacolo.

"Ma certo che parli già inglese." Adesso la voce era più dolce, era la versione migliore del papà, che Ruth riconosceva grazie alle storie della buonanotte. "Lo parli benissimo," disse in spagnolo. Le prese la mano e le baciò le nocche. Poi tornò all'inglese. "Ma sono anni che non lo usi. E i bambini fanno fatica, soprattutto Benny. Hai sentito cos'ha detto il direttore. Devono esercitarsi di più, dobbiamo aiutarli se vogliamo far funzionare le cose."

La mamma non rispose, ma Ruth vide che distoglieva lo sguardo dal padre per girarsi verso il finestrino. L'autoradio era spenta e Benny stava ancora facendo girare il pomello. *Tic. Frrr. Tic. Frrr.* Il padre lanciò un'occhiata nello specchietto retrovisore e alzò la voce rivolgendosi a tutti e tre.

"Allora," disse, "mi tocca impuntarmi, solo così impareremo tutti, ok? Basta spagnolo a casa. Da adesso, parleremo tutti in inglese. *Solamente inglés, Benny, ¿me entiendes?*"

Tic. Frrr. "E la bici che mi hai promesso?" chiese Benny in spagnolo.

La madre si piegò in avanti e abbassò il finestrino per poi appoggiare fuori il gomito. "Ho mal di testa," disse in un inglese secco e preciso.

Ruth sentì una specie di strozzamento in gola, ma sapeva che era solo tristezza. Già a sei anni, cinquantuno settimane e tre giorni, era una persona pragmatica. Sapeva che quella sensazione sgradevole di avere la gola serrata quando deglutiva non l'avrebbe davvero uccisa.

Alla festa per il suo settimo compleanno Ruth si divertì da matti, anche se dal punto di vista dei rapporti sociali fu un fallimento totale. La organizzarono in un parco vicino a casa, un sabato pomeriggio in cui splendeva il sole, e Kathy, Jennifer e Jenny arrivarono puntuali. In uno sviluppo imprevisto, però, scesero tutte dalla stessa station wagon e la mamma di Jenny salutò con la mano dal parcheggio, suonando due volte il clacson prima di ripartire.

"Dove va?" si chiese la madre di Ruth ad alta voce mentre le tre bambine attraversavano il prato di corsa in una nuvola di euforia per travolgere la festeggiata in un abbraccio. Depositarono i regali avvolti nella carta colorata sul tavolo da picnic già ingombro di cibo e trascinarono via Ruth per andare a giocare sugli attrezzi senza nemmeno salutare i suoi genitori. Appesa per le ginocchia a testa in giù, con le trecce che sfioravano la terra sotto di lei, Ruth lanciava sguardi furtivi verso la mamma e il papà. Il padre, in piedi davanti al barbecue con una spatola in mano, fissava la carne e fingeva di non accorgersi della crescente agitazione della moglie dietro di lui. A un certo punto afferrò una bottiglia marrone e bevve un sorso. Nel frattempo, la madre girava in tondo e si affannava intorno al tavolo, cercando di nascondere il fatto che aveva preparato davvero troppe cose da mangiare. Spostò qualche piatto e qualche ciotola sul tavolo e mise via alcune pietanze, riponendole nelle borse della spesa e in un frigo portatile appoggiato per terra all'ombra. Poi chiamò Benny e lo caricò di roba da riportare in macchina. Lui, che stava calciando il pallone contro la recinzione del campo da tennis, non si lamentò perché per farlo avrebbe dovuto parlare in inglese.

Ruth guardò Benny raggiungere la macchina con un sacco di cose in mano. Dietro di lui, la madre si mise a braccia conserte e cominciò a parlare al padre, la cui unica risposta fu bere un altro sorso dalla bottiglia marrone. La madre radunò altre parole e le sparò fuori dalla piega all'insù che aveva preso la sua bocca, scuotendo la testa e agitando il nodo formato dalle braccia conserte. Per fortuna gli attrezzi erano abbastanza lontani da impedire a lei e alle amiche di sentire la conversazione, anche se, dal linguaggio del corpo della madre, Ruth sospettava che le parole fossero in spagnolo. Finalmente il padre si voltò, si strinse nelle spalle e disse qualcosa in risposta, spingendo la madre a rinnovare l'attacco ai piatti e alle ciotole sul tavolo. Stavolta il rumore di cose che sbattevano e picchiavano arrivò fino a Kathy e Jennifer, che facevano a turno a girare sulla parallela appese per un ginocchio, ruotando in un modo incredibile, come la lancetta dei secondi di un orologio. Ruth riportò l'attenzione sulle amiche, perché non poteva farne a meno. Sembrava impossibile girare così, ignorando la legge della gravità, senza cadere e sbattere la testa per terra, allacciate alla parallela solo con un ginocchio. Ruth era sbalordita. Si raddrizzò e saltò giù rimbalzando sulle punte dei piedi.

"Insegnatemi!" esclamò arrampicandosi sulla parallela e appendendosi con una gamba come le amiche.

La madre di Jenny tornò alle cinque in punto e le tre amiche abbracciarono Ruth, le augurarono buon compleanno, ringraziarono i suoi genitori e poi riattraversarono il prato di corsa per salire sulla station wagon che le aspettava accostata davanti al marciapiede. La madre di Jenny suonò il clacson e fece di nuovo ciao con la mano, e la madre di Ruth riuscì ad alzare a sua volta la mano per un saluto, ma non riuscì ad assumere l'adeguata espressione di cordialità mentre lo faceva. Andate via le invitate, la mamma poté finalmente dare libero sfogo allo sgomento che aveva cercato (invano) di nascondere per tutto il pomeriggio.

"Mai vista una cosa del genere," disse. "Chi è che lascia andare le figlie piccole a una festa senza fare nemmeno un salto a bere qualcosa o a mangiare un boccone? Senza nemmeno venire a presentarsi? Quella donna non ci conosce neanche!"

Il padre di Ruth teneva aperto il sacco nero dell'immondizia mentre Benny raccoglieva i piatti e i bicchieri di carta dal tavolo e li buttava dentro. Il papà aggiunse anche la bottiglia marrone vuota. Nessuno rispose alla mamma, perché capivano che le sue domande non erano fatte per ottenere una risposta.

"Per quel che ne sa, potremmo essere un branco di assassini con l'ascia," proseguì la mamma. "Rischiava di tornare e trovare le bambine massacrate sull'erba!"

Ruth si chiese se in quello scenario dovevano essere tutti e quattro degli assassini, ma tenne la domanda per sé. Sapeva per esperienza che, se si fosse resa utile senza chiedere nulla in cambio, forse sarebbe riuscita a placare almeno in parte la furia della madre. Così si diede un gran daffare intorno al tavolo, mettendo il coperchio sui contenitori di plastica e avvitando i tappi delle bottiglie di vetro. Buttò giù l'ultimo goccio di aranciata prima di gettare il bicchiere. La madre dirigeva le operazioni usando un solo dito, con cui indicava qua e là. Nel frattempo metteva via l'enorme scorta avanzata di piatti e tovaglioli e non interrompeva il suo sfogo nemmeno per un istante.

"Ma almeno lei è venuta a vedere se sua figlia era davvero invitata a una festa di compleanno!" disse la mamma. "E le altre? Lo sapevano almeno dov'erano oggi le loro figlie? O con chi erano?"

"Mi serve un'altra birra," sussurrò il papà a Benny, che stava portando il frigo portatile in macchina e lo mise giù per fargli prendere un'altra bottiglia.

"Tu lo sapevi!" Alla fine la mamma aveva formulato l'accusa che ribolliva appena al di sotto delle sue parole.

"Io cosa?" Il papà si servì di un aggeggio attaccato al portachiavi per stappare la birra.

"Lo sapevi! Non potevi non sapere come funzionano le feste di compleanno da queste parti."

Il papà lanciò il tappo verso il sacco dell'immondizia lì vicino.

"Rafaela," disse in un tono da cui si intuiva che aveva esaurito la pazienza. "Ogni festa di compleanno è diversa. A Portorico non tutte le feste sono uguali, e lo stesso vale per Saint Louis. A volte vengono le famiglie, a volte solo i bambini. Tu l'hai detto alle altre mamme? Che erano invitate, che potevano portare tutta la famiglia? O l'hai dato per scontato?"

Ruth e Benny si immobilizzarono, perché percepivano il cambiamento appena scatenato dal padre e sapevano che la mamma, quando era arrabbiata, era come uno pterodattilo: concentrata al massimo sul bersaglio ma anche attentissima a qualsiasi movimento periferico. La mamma serrò le labbra per un istante, quasi volesse fermare le parole che le si stavano accumulando nella bocca come una tempesta, ma in realtà le stava solo trattenendo un momento perché acquistassero più forza.

"Ah," disse un attimo dopo. "Quindi è colpa mia? Avrei dovuto saperlo? Che questi pazzi mandano i figli tutto il pomeriggio al parco da soli con degli sconosciuti? Come facevo a saperlo, perché uno dovrebbe saperlo?"

"Gesù, Rafaela, non ti sto accusando. Non è colpa di nessuno, non ci sono colpe qui. Datti una calmata."

Ruth chiuse gli occhi. *Mai e poi mai dire alla mamma di darsi una calmata*, ammonì il padre in silenzio.

"Darmi una calmata?!" A quel punto la voce della mamma si poteva descrivere solo come uno strillo. "Mi trascini via da casa mia, mi porti in questo posto orrendo, non mi aiuti ad ambientarmi, ti dimentichi di dirmi le cose più semplici, le cose più stupide. Erano tre giorni che cucinavo, mi hai vista, lo sapevi che stavo preparando roba per venti persone, e non ti è venuto in mente di avvisarmi che le famiglie non sarebbero venute, che forse ci sarebbero state solo tre invitate? Hai lasciato che mi umiliassi, Peter! E adesso mi dici di *darmi una calmata*?"

Benny uscì dalla paralisi quel tanto che bastava per girare la testa di qua e di là e controllare se c'era qualcun altro abbastanza vicino da assistere a quel massacro domestico. Sul campo da tennis c'erano due adolescenti biondi che si lanciavano la palla, ma sembrava che non si fossero accorti della guerra in corso nell'area picnic. Il papà si ficcò una mano nella tasca dei jeans, inclinò la testa all'indietro e finì la birra in un unico lungo sorso. Poi buttò la bottiglia, che atterrò nel sacco con un tonfo sordo.

"Va bene, basta così," disse a bassa voce. "Ti stai rendendo ridicola." Si chinò a fare il nodo al sacco dell'immondizia. "Un conto è sentirsi confusa, un altro accusare me. La festa è andata benissimo. Giusto, zucchina?" Guardò Ruth, che tentò di immobilizzarsi ancora di più. "Ti sei divertita?"

Ruth mosse la testa di un paio di centimetri al massimo, senza capire se con quel movimento avesse confermato o negato. Si era divertita da matti. Era stata la giornata più bella da quando se n'erano andati da San Juan. La più bella della sua vita, in effetti, per quel che ricordava. Ma ammetterlo in una situazione del genere non sarebbe stato una specie di tradimento?

"Prendi quelle due borse, Benny, mettiamo tutto in macchina." Il padre indicò le ultime borse della spesa rimaste sul tavolo. "Il frigo portatile lo porto io. Ruth, tu prendi i bellissimi regali che ti hanno fatto le tue amiche. Adesso li portiamo a casa e li apriamo."

Il padre afferrò il sacco dell'immondizia e il frigo portatile, si girò e si avviò verso la Datsun, ma Benny e Ruth non si mossero. Aspettavano che la mamma approvasse le istruzioni del padre. Il tempo si dilatò, passarono alcuni secondi e Ruth sentì il proprio corpo allungarsi verso i tre pacchetti colorati sul tavolo. Non avrebbe fatto nemmeno un passo, non li avrebbe presi in mano.

"Forza," disse finalmente la mamma, liberandoli dall'incantesimo. "Fate come ha detto vostro padre."

5.

Palisades, New York
2009

Tre giorni dopo il suo trentottesimo compleanno, Ruth era appena tornata a casa dal lavoro e si stava slacciando il cinturino delle scarpe col tacco nell'ingresso, quando squillò il telefono. Sospirò e guardò l'orologio. Di solito, una chiamata a quell'ora significava che Thomas avrebbe fatto tardi, perciò poteva essere così gentile da andare lei a prendere i bambini al doposcuola quella sera, e lui sarebbe andato al posto suo il giorno dopo? Frugò nella borsa in cerca del telefono, e infatti era suo marito.

"Fammi indovinare," disse.

Solo che non era Thomas. Al telefono di suo marito c'era una voce sconosciuta.

"Salve, è la moglie di Thomas Hayes?"

"Mmh." Ruth allontanò un attimo il telefono dall'orecchio per controllare di nuovo lo schermo, nel tentativo di superare la confusione. "Sì," rispose. "Chi parla?"

"Mi chiamo Travis, sono il gestore della Future Fitness." Ruth ci mise un po' a ricordare che era la palestra di Thomas. "Mi dispiace di darle questa notizia, ma stanno portando suo marito al Nyack Hospital."

"Aspetti," disse, perché quella era sempre la prima parola di Ruth durante una crisi, una preghiera contro il tempo. Aspetti. Poi: "Come fa… perché ha il suo telefono?".

Una domanda stupida, scatenata dalla sua prima ondata di ipotesi: una caviglia slogata, un legamento rotto, una commozione cerebrale. Niente di tutto questo però spiegava la voce di quello sconosciuto al telefono di Thomas.

"Porto con me il telefono e ci vediamo all'ospedale," disse lo sconosciuto. "Sto seguendo l'ambulanza."

La facoltà di linguaggio di Ruth si prosciugò alla parola *ambulanza*, che fece il suo dovere accompagnando il suo cervello nella direzione corretta. Lei non rispose, non chiese cosa fosse successo. Prese le chiavi dalla ciotola nell'ingresso dove le aveva buttate meno di un minuto prima e infilò di nuovo le scarpe che si era appena tolta. In ogni caso, mentre si chiudeva la porta alle spalle e si accorgeva di essersi dimenticata il cappotto, non ebbe bisogno di fare domande: Travis stava ancora parlando.

"È svenuto sul tapis roulant," disse l'uomo. "Abbiamo chiamato subito il 911 e i paramedici sono arrivati nel giro di pochi minuti."

Ruth percepì una certa tensione nella voce dell'uomo, c'erano delle cose che esitava a dire. Sentì l'adrenalina pulsare forte anche attraverso la linea telefonica.

"Gli ho fatto il massaggio cardiaco finché non sono arrivati i paramedici."

Ruth raggiunse il Nyack Hospital in meno di nove minuti, ma non ebbe alcuna importanza. Thomas era morto prima che arrivasse l'ambulanza, prima che entrassero inutilmente con la barella nel pronto soccorso. Era morto addirittura prima di picchiare la fronte sul tapis roulant, prima che il macchinario scagliasse il suo corpo contro la parete alle sue spalle. Thomas era morto quasi un secondo prima di cadere a terra.

"Aneurisma cerebrale," spiegò poi il medico che aveva eseguito l'autopsia. "Non è stato un infarto, dopotutto." Sembrava che quell'informazione dovesse consolare Ruth. Lei non riusciva a capire in che modo.

Quando chiamò sua madre dal pronto soccorso per chiederle di andare a prendere i bambini al doposcuola, Ruth non riuscì a spiegarle il motivo. Non era ancora in grado di pronunciare quelle parole da incubo: *Thomas è morto.*

"Per favore, mamma," disse invece. "Sono all'ospedale con Thomas. Puoi portare a casa i bambini e farli cenare?"

Quando Ruth arrivò a casa da sola, sua madre era in cucina con i ragazzi e Daisy era in bagno. A sua madre bastò vederla in faccia per portare subito i bambini in soggiorno a guardare i cartoni, cosa rigorosamente vietata la sera se il giorno dopo c'era scuola. I fiori che Thomas aveva regalato a Ruth per il suo compleanno tre giorni prima erano ancora nel vaso sul bancone. Non avevano nemmeno cominciato ad appassire. Ruth sapeva che tecnicamente i fiori erano già morti la sera del suo compleanno, quando Thomas glieli aveva portati in tutto il loro colorato splendore. Malgrado il profumo fresco e i petali morbidi, sapeva che i fiori erano morti nell'istante in cui erano stati separati dalle radici e recisi dal terreno. Ovviamente non aveva pensato a niente di tutto questo finché non era morto anche Thomas, e allora sembrò impossibile conciliare quelle due verità discordanti. Quando sua madre tornò in cucina, Ruth si accasciò tra le sue braccia in un urlo silenzioso. Durò un'infinità di tempo, o così sembrò sia a Ruth sia a sua madre. E nei momenti in cui Ruth pensava di riuscire a ricomporsi, quando si asciugava la faccia e faceva qualche respiro profondo, ecco che le cadeva l'occhio su quei cazzo di fiori e perdeva di nuovo il controllo. Non poteva accettare la loro sfrontatezza: erano morti eppure erano ancora lì, odorosi e vividi. Una parte guasta e instabile del cervello di Ruth cercava senza sosta di scambiare una morte con l'altra, di riportare indietro Thomas. Cominciarono a ronzarle le orecchie e provò un panico mai sperimentato prima. Era come cadere e cadere senza atterrare mai, un ciclo che ricominciava di continuo, il terrore insistente di aspettare un impatto che, in realtà, era già arrivato.

Vic aveva quasi undici anni. Daisy otto. E Charlie, a cinque anni, era ancora abbastanza piccolo da chiedere di essere preso in braccio quando non aveva voglia di camminare, ma già così pesante da rendere difficile esaudire quella richiesta, specie quando Ruth metteva i tacchi. I bambini non capirono che Thomas non sarebbe tornato. Persino Vic, che probabilmente era abbastanza grande da cogliere l'irrevocabilità della morte, sembrava incapace di afferrare il carattere definitivo di quella nuova situazione familiare. Così quei primi giorni furono anche sorprendenti, di una facilità ovattata. Era atroce, e Ruth era assediata dal rombo costante dell'orrore, ma i bambini erano più gestibili del previsto. Al funerale e al cimitero non piansero nemmeno. Anzi, sorridevano, ridevano e giocavano con gli amichetti. In chiesa Daisy aveva una coroncina di fiori in testa e indossava un vestito blu marino che Ruth non aveva mai visto. Non sapeva da dove fosse saltato fuori, chi avesse vestito sua figlia quella mattina. Charlie le diede la mano e le fece dondolare il braccio avanti e indietro mentre seguivano la bara di Thomas lungo la stessa navata che Ruth aveva percorso in abito da sposa solo tredici anni prima. Sì, i bambini reggevano bene, anche nei momenti in cui Ruth faceva fatica.

Questo finché i fiori del suo compleanno non cominciarono ad afflosciarsi, finché non divennero fragili nel vaso e ammuffiti lungo gli steli. Ruth non riusciva a buttarli via, ovviamente, anche se l'odore di marcio strisciava fuori dal vaso e permeava la cucina. Buttarli via voleva dire accettare il tempo che era passato da quando Thomas aveva esalato l'ultimo respiro. Erano gli ultimi fiori che suo marito le avrebbe mai regalato.

"Mamma, i fiori puzzano," le disse Vic un pomeriggio, seduto al bancone della cucina con davanti il quaderno di matematica. Lei si era presa un'aspettativa dal lavoro, ma doveva ancora imparare tutte le cose nuove e sconvolgenti che le sarebbe toccato imparare a seguito dell'improvvisa assenza di Thomas. I fondi pensione, cambiare l'olio, come usare l'idropulitrice, quando e perché usare l'idropulitrice. La femminista che viveva dentro Ruth era scioccata per tutte le cose che aveva lasciato fare al marito senza nemmeno rendersene conto. Thomas era anche quello che aiutava i bambini con i compiti di matematica. Vic allungò la mano a sfiorare un petalo secco, che cadde in silenzio sul bancone in una piccola pioggia di polline. Bastò quel minimo cambiamento per amplificare l'odore.

"Lo so, tesoro," disse Ruth.

"E allora perché non li butti?" fece lui girandosi sullo sgabello.

"Finiamo gli esercizi con le frazioni."

Naturalmente il dolore dei figli non rimase sospeso a lungo, e quando la diga crollò nessuno venne risparmiato. Ecco Vic in ginocchio accanto alla lavastoviglie aperta, mentre singhiozzava e al tempo stesso si rifiutava di piangere, in una scena pervasa dall'odore rancido dei piatti sporchi. Ecco Charlie che distruggeva il suo libro di fiabe preferito, rompendo la rilegatura per strappare le pagine cucite e lanciarle contro la parete dall'altra parte della stanza. Ed ecco la piccola Daisy, bloccata in mezzo al supermercato con una scatola di cereali in mano, le lacrime che formavano minuscole chiazze a forma di stella sul linoleum, le scarpe da ginnastica rosa incapaci di muoversi. Quanto a Ruth, il suo dolore fu una maratona caratterizzata principalmente da pantaloni della tuta sporchi e da una stanchezza tormentosa ed estenuante.

Con il tempo, Ruth assunse la forma di un recipiente solido e morbido al tempo stesso, imparò ad aprire il proprio cuore in due così che i figli potessero buttarci dentro la propria sofferenza. Si informò sui fondi pensione e imparò a controllare l'olio dell'auto. L'idropulitrice la vendette a un vicino che promise di prestargliela semmai le fosse servita di nuovo. Per fare che? Certe cose Ruth si rifiutò di impararle.

C'era una piccola polizza sulla vita che Thomas aveva insistito per stipulare.

"Non ce ne facciamo niente di una polizza sulla vita, perché non ti do il permesso di morire," gli aveva detto lei la prima volta che ne avevano parlato.

"Ti mancherei, eh," aveva commentato lui.

"Certo! E poi, se tu morissi non potrei mai lasciare il lavoro."

"Peggio per te, mogliettina," aveva risposto Thomas. "Tanto il lavoro non lo puoi lasciare lo stesso!"

Erano scoppiati a ridere come due scemi, a loro agio come erano sempre stati. Il premio della polizza non bastò nemmeno lontanamente. Ruth e Thomas guadagnavano bene, e Ruth aveva anche ereditato una bella somma da sua zia quando andava ancora all'università. Ma avevano speso quasi tutto per una casa che altrimenti non avrebbero mai potuto permettersi, nel quartiere con le scuole migliori, proprio in riva al fiume Hudson, e le tasse sulla proprietà andavano di pari passo. Avevano persino un pontile dove ormeggiavano i kayak in estate. In qualsiasi altra zona del paese o quasi, con i loro stipendi Ruth e Thomas sarebbero stati ricchi. Ma lì, nella lontana periferia di New York, i soldi non facevano in tempo ad arrivare che erano già spariti, perciò il loro stile di vita era piuttosto simile a quello di qualsiasi altra famiglia fortunata con due genitori che lavorano, un mutuo alto e tre figli: in generale stavano bene, ma c'era sempre una robusta corrente sotterranea di preoccupazione.

Quando creò *Vedova in cucina*, Ruth non pensava di farci dei soldi. Dopotutto, non era più una donna che poteva abbandonarsi a idee campate per aria, ammesso che prima lo facesse, cosa che di fatto non era mai successa. Tanto più ora, se voleva sperare di crescere tre figli da sola nel migliore dei modi, doveva perseguire i suoi obiettivi con decisione e pragmatismo. Il primo obiettivo era mantenere lo stesso stile di vita e non perdere la casa. Ruth avrebbe dovuto investire alla perfezione il premio della polizza. Avrebbe dovuto cercare e ottenere ogni promozione possibile al lavoro. Avrebbe dovuto programmare le spese e tirare la cinghia: niente più verdure biologiche, niente più cena consegnata a domicilio il venerdì sera, niente più lezioni di piano e vacanze. E avrebbe avuto bisogno di tanto aiuto a casa.

Sua madre si trasferì nella vecchia camera di Charlie senza nemmeno fingere che ci fossero delle alternative. Solo per un anno, dissero, finché Ruth non fosse riuscita a trovare un nuovo ritmo, come imparare a correre con una gamba sola. La mamma sarebbe stata la sua protesi. Comprarono un letto a castello da mettere nella camera di Vic, che divenne la camera dei ragazzi, anche se Charlie non ci dormiva mai, perché si arrampicava nel letto di sua madre ogni sera, spesso ancora prima che lei andasse a dormire. Ruth entrava in camera e lo trovava tutto sudato sotto le coperte, nel pigiama con i piedini, a emanare calore sul lato del letto che era stato di Thomas. Allora gli raddrizzava braccia e gambe e gli scostava i capelli dalla fronte appiccicosa, e Charlie non si svegliava. Lei non lo riportava mai nel suo nuovo letto a castello.

L'anno passò, e poi ne passarono altri due. Un ritmo lo trovarono. I bambini si adattarono alla cucina della nonna senza lamentarsi, e Ruth contribuiva preparando in anticipo tutto quello che poteva nel fine settimana. Al lavoro, si chiese se avesse ottenuto la prima promozione perché i capi erano dispiaciuti per lei, ma quando ottenne la seconda sapeva di essersela guadagnata, e forse non ce l'avrebbe fatta se Thomas fosse stato ancora vivo. Forse non avrebbe lavorato con tanto impegno e determinazione. Infuse lo stesso livello di energia alla loro vita domestica, in cui programmava le spese e risparmiava e gestiva e pianificava, mentre sua madre si dava da fare dietro le quinte come l'energica novella sposa che non era mai stata quando era davvero una novella sposa. Ma a quei tempi Ruth non lo sapeva. Quello che sapeva era solo di essere immensamente grata a sua madre, perché faceva tutto il lavoro invisibile che permetteva a Ruth di guadagnare quegli stipendi sempre più alti.

Nel periodo in cui sua madre visse con loro, *Vedova in cucina* era riservato al fine settimana. Rappresentava il loro tempo insieme, quando i bambini erano ancora piccoli, e aiutò Ruth ad affrontare l'amnesia del dolore, il fatto di non riuscire più a ricordare i difetti del marito, i peli lasciati nel lavandino dopo essersi fatto la barba o le briciole di pane conficcate nel burro perché usava il coltello sporco. Nelle giornate peggiori Thomas si rifiutava di esprimere le proprie emozioni, cosa che però non impediva a quelle emozioni di esistere, e di presentarsi poi sotto forma di indizi fisici impercettibili che Ruth doveva interpretare come una specie di indovina. L'anta di un armadietto sbattuta poteva indicare che era il compleanno di suo padre, che era già morto ed era stato un alcolista. Una sessione super intensa in palestra poteva indicare che qualcosa era andato storto al lavoro. L'unica volta che Ruth gli aveva suggerito di andare in terapia, perché forse gli avrebbe fatto bene parlare della sua infanzia difficile, Thomas aveva alzato gli occhi al cielo e l'aveva definita una vera *americana*, come se fosse un insulto. Sì, a volte quel matrimonio era stato faticoso, esasperante, ma adesso che era finito Ruth ricordava soltanto l'amore.

Così faceva una torta o costruiva qualcosa o dipingeva o preparava i pasti per la settimana con sua madre e i bambini, loro cinque tutti insieme, e Ruth documentava i progetti con le fotografie che caricava online. Erano immagini artistiche, bellissime, e anonime. Non mostrava mai i volti dei figli, ma poteva capitare di vedere una manina grassottella che spuntava da un lato per rubare un biscotto ancora caldo dalla griglia su cui era stato messo a raffreddare. O la curva dell'orecchio di Daisy con una ciocca di capelli che scendeva fino a metà inquadratura nella foto di un piatto di pomodorini scottati e mozzarella fresca davanti a una finestra bagnata di pioggia. O cinque grembiuli colorati appesi ai ganci accanto alla credenza, e il sesto gancio, quello di Thomas, sempre vuoto. Il posto vuoto divenne il loro segno distintivo, a ricordare perché la bellezza che cercavano insieme era così importante. Un piatto in più, una sedia libera, un solo pennello asciutto tra le macchie di colore.

Per Ruth, *Vedova in cucina* divenne una specie di meditazione su Instagram, una riflessione sull'assenza, un modo per documentare la natura dinamica del loro dolore: come cambiava e si espandeva e contraeva e faceva spazio a nuove avventure, ma non spariva mai. Non immaginava che un progetto così intimo e personale potesse acquistare un seguito, che potesse interessare agli altri. Ruth voleva solo individuare la bellezza nelle loro vite, metterla in risalto, ricordare a se stessa e ai figli che la bellezza era ancora possibile dopo l'annientamento. A volte era così brava in quell'arte che i bambini riconoscevano a stento le loro esperienze quando riguardavano le foto.

"Ma non era il giorno che è scattato l'allarme antincendio?" chiedeva Daisy, confusa dalla delicatezza dei post della madre. "Non era la mattina che Charlie mi ha vomitato nelle scarpe?"

Quella sensazione sarebbe diventata più acuta e precisa man mano che Daisy cresceva e si faceva più critica nei confronti di Ruth, ma in quel primo periodo si presentava soprattutto sotto forma di perplessità. Eppure non c'era falsità nell'impresa di Ruth. Semplicemente, il suo bisogno di bellezza era così intenso da creare una realtà tutta nuova, distinta da quella in cui vivevano (e a volte vomitavano). Nelle fotografie non c'erano mai chiazze, strisce, sbavature. Il lavello non traboccava mai di piatti da lavare, Ruth non aveva mai saltato una doccia. Vic non si era mai scottato il braccio tirando fuori dal forno una teglia di crostini fatti in casa, non aveva mai fatto cadere la teglia, le briciole non si erano mai sparpagliate nei quattro angoli della cucina, sotto il frigo e i fornelli, attirando una famiglia di topi che ci sarebbero volute settimane per sfrattare. Su Instagram, Ruth non piangeva mai né sospirava né si irritava quando i bambini non seguivano le istruzioni più semplici. Non diceva mai "merda" o "cazzo" davanti a loro. Su *Vedova in cucina*, ogni cosa era perfetta. Matura, succosa, colorata, pulita.

Quando arrivò a centomila follower, Ruth era strabiliata. Quando superò i quattrocentomila, cominciò a chiedersi se quel piccolo folle progetto potesse avere una qualche tenuta. Il giorno in cui raggiunse il milione, lei e i bambini prepararono e fotografarono una sfilza di tortine bianche decorate con fuochi d'artificio fatti di zucchero colorato, e poi le mangiarono per cena con le mani.

A lungo andare Ruth avrebbe capito l'incredibile realtà dei fatti: la sua vita online era diventata più redditizia del suo lavoro a tempo pieno. Studiava come negoziare al meglio con fornitori e inserzionisti, come usare i dati per aumentare le interazioni, come orientarsi nel campo minato che la vedeva dipendere da un pubblico volubile per mantenersi. Se una volta girava i video quando e come voleva, adesso passava il tempo a sviluppare *contenuti*. Imparò a usare la parola "contenuto" per indicare qualcosa che non andava necessariamente in un recipiente. Soppesò i vantaggi di essere capa di se stessa, stabilire da sola i propri orari, lavorare da casa e guadagnare di più contro la spaventosa prospettiva di rinunciare a uno stipendio fisso e a una buona assicurazione sanitaria aziendale, proprio quando i suoi tre figli cominciavano a perdere interesse per *Vedova in cucina*. Scelse di mettersi in gioco, di rimanere attenta e versatile. Ci furono anni di vacche magre e anni di vacche grasse, ma Ruth lavorò senza sosta, si adattò senza sosta, e non perse mai di vista i rischi. Per lo più, ne valse la pena.

Mentre tutti quei follower inaspettati aumentavano, i suoi figli crescevano. Charlie continuò a essere Charlie, anche se alla fine smise di chiedere di essere preso in braccio. A Ruth la cosa non dispiacque affatto, benché sua madre avesse previsto il contrario. Divenne appassionato di tiare, piroette e brillantini. Quando lui e la sorella mettevano le mani sulla trousse della mamma, Daisy sceglieva i trucchi nelle sfumature corallo o neutre, mentre Charlie si impiastricciava con i colori più sgargianti che trovava. Emergeva dal bagno come un unicorno arcobaleno, e adorava gli strass.

Charlie non fece mai coming out con la famiglia, perché non ce ne fu bisogno: la sua identità era sempre stata chiara, fin da quando portava il pannolino. Ma in seconda media cambiò nome, mentre a scuola preparavano una messa in scena della *Bella e la Bestia*. La sera prima della prova generale portò a casa il programma e sulla riga di Lumière, il personaggio che interpretava lui, non c'era scritto "Charlie Hayes" ma "Carlos Hayes-Acuña".

Ruth era seduta al bancone della cucina con il programma aperto davanti e fissava il nome del figlio, non solo quello di battesimo modificato, ma anche l'aggiunta del cognome da nubile di sua madre, attaccato in fondo come una coda vestigiale. Di fronte a lei Charlie, i gomiti appoggiati sul bancone, spostava di continuo lo sguardo dalla sua faccia al foglio, cercando di valutare la sua reazione, mentre lei si raddrizzava gli occhiali e si schiariva la gola. Come capitava spesso, Ruth cercò di guadagnare tempo mentre preparava una reazione appropriata per il suo ultimogenito. Non sapeva cosa pensare.

"Allora?" chiese Charlie con un grande sorriso. "Che te ne pare?"

Ruth si schiarì di nuovo la gola, un segnale inconsapevole del proprio disappunto, tanto che Daisy e Vic – che di solito fingevano soltanto di essere interessati agli spettacoli di Charlie – si avvicinarono a sbirciare da sopra la spalla della madre. Ruth era convinta di aver nascosto bene lo sconcerto, ma si sbagliava e i figli glielo fecero capire. Del resto, succedeva quasi sempre.

Vic lanciò un'occhiata al programma e poi diede una pacca sulla spalla al fratello. "*¡Ayyy, Carlitos!*" disse il primogenito in tono di approvazione.

Era vero che a volte lo chiamavano Carlitos, e quando piangeva diventava Bendito Carlitos, e quando si comportava come una piccola peste diventava Pendejito Carlitos, e quando tutti gli insegnanti si innamoravano subito di lui diventava Guapito Carlitos, e ogni tanto, quando erano di fretta, lo chiamavano solo Lito. Ma di solito lo chiamavano Charlie. Mai Charles, e di sicuro mai Carlos. Perciò, come soprannome, a Ruth sembrò un po' forzato. Fece un respiro rumoroso, un sospiro a cui si abbandonava almeno una decina di volte al giorno, e che poteva indicare compiacimento, irritazione, fame o stanchezza. I suoi figli lo chiamavano El Suspiro, e la prendevano sempre in giro al riguardo.

Vic diede di gomito a Daisy e indicò la madre con un cenno della testa. "El Suspiro!" bisbigliò.

Si sporsero in avanti.

"Ma non vuoi far sapere alla gente che Lumière lo interpreti tu?" chiese Ruth con cautela.

"Lo sanno tutti che sono io," rispose Charlie. Fece un piccolo balletto agitando nell'aria bastone e cilindro invisibili. Poi si strinse nelle spalle. "E comunque sono sempre stato Carlitos."

Era vero.

"Sì, ma Carlos?"

Lui fece di nuovo spallucce. "Sembra un nome più da adulto."

Era stupido da parte sua sentirsi un po' abbandonata? Quello che i figli di Ruth non sapevano (perché non lo sapeva nemmeno lei) era che, quando i suoi genitori avevano divorziato nel Midwest nel 1982, c'erano state discussioni interminabili sul destino del cognome della madre.

Per la madre di Ruth fu molto più difficile separarsi dal cognome del marito che dal marito stesso. Ai tempi del fidanzamento, Rafaela si era mostrata titubante all'idea di sostituire i propri cognomi con quello della famiglia Brennan. Non conosceva nessuna donna che avesse cambiato cognome dopo il matrimonio, a Portorico non si usava. Ma lo sposo aveva insistito, e così, dopo lunghe conversazioni in cui Peter le spiegava perché per lui fosse così importante, erano arrivati a un compromesso: Rafaela e i futuri figli avrebbero preso il cognome di Peter, ma avrebbero anche tenuto quello di Papamío. Dunque, nei documenti legali, Rafaela e i figli furono registrati come Brennan y Acuña. A Saint Louis, però, il secondo cognome era una cosa strana, confondeva le persone e a volte le spaventava, perciò avevano smesso di usarlo. A Saint Louis erano diventati i Brennan e basta. Poi, dopo il divorzio, Rafaela aveva voluto mantenere lo stesso cognome dei figli, soprattutto perché – lo sapeva avendolo visto con i propri occhi – il cognome Brennan offriva a tutti loro una piccola protezione dai pregiudizi, o almeno faceva guadagnare un po' di tempo. Così, dopo profonde riflessioni, la madre aveva deciso di non riprendere il cognome da nubile. Avevano continuato tutti a chiamarsi Brennan.

Poi, all'università, Ruth aveva pensato per un attimo di riesumare il cognome lasciato a Portorico quando aveva sei anni, il cognome con cui era nata. Negli anni incerti e romantici della giovinezza, si baloccava con l'idea di rivendicare la metà perduta degli Acuña. Ma poi aveva conosciuto Thomas, l'aveva sposato e aveva sostituito tutto quel caos di cognomi con un semplice Hayes, peraltro senza la dissonanza culturale subita dalla madre. Anzi, l'aveva fatto quasi senza pensarci. Eppure, fino alla morte di Thomas, il cognome Hayes le aveva sempre suscitato sentimenti contrastanti. Con il lutto, però, aveva cominciato a portare il cognome del marito come un segno di devozione, come un talismano. Non se lo sarebbe mai tolto.

Così, vedere quel cognome seguito da un trattino, nel programma di una messa in scena della *Bella e la Bestia* alle scuole medie, infilato tra "Carlos" e "Acuña" in un modo che non lasciava quasi altra scelta al lettore se non pronunciarlo erroneamente "Ay-ez", fece srotolare un nastro di preoccupazione lungo la nuca di Ruth. Sembrava un piccolo sacrilegio. Non riusciva a spiegarlo bene a Charlie perché nemmeno lei ne era del tutto consapevole. Sapeva solo che la metteva a disagio. Fece scivolare il programma sul bancone, spingendolo di nuovo verso il figlio, e cercò di parlare con voce energica e vivace.

"Basta che ti renda felice," disse.

Charlie la guardò con un'espressione vuota, e Ruth capì di non aver superato il test a cui era stata sottoposta senza saperlo. Riesaminò la frase. *Basta che ti renda felice.* Solidale. Innocua. Dove aveva sbagliato?

"Cosa c'è?" chiese.

Charlie fece una smorfia e aggrottò la fronte. "È solo che... mi sembra che non capisci."

Aveva ragione, Ruth non capiva.

La lezione che la maternità le stava impartendo in quel momento era che essere concilianti con i figli non bastava più, anche se, quando Ruth aveva l'età di Charlie, a nessun adulto della sua vita sarebbe mai passato per la testa di essere conciliante con lei. Come tutte le generazioni precedenti fin da quando era iniziata la storia dell'umanità, Ruth era cresciuta in un'epoca in cui erano i figli a dover compiacere i genitori.

Poi però, quando era diventata madre, aveva scoperto che nel giro di pochi anni gli equilibri si erano completamente capovolti: i suoi figli non avevano il benché minimo interesse a compiacerla. Il turno di Ruth e dei suoi coetanei non sarebbe mai arrivato. Peggio, si rese conto che non bastava padroneggiare l'arte di rabbonire i figli. Adesso bisognava farlo in modo convincente, dentro di sé. Non bastava dire loro quello che volevano sentirsi dire. Bisognava anche crederci.

"È il mio retaggio," disse Charlie semplicemente.

Il suo retaggio! Ruth sentì il suggerimento di una voce interiore irragionevole: *Il tuo retaggio è l'egocentrismo contemporaneo di periferia!* Sapeva che quella voce era ingiusta. La zittì, le mise il bavaglio, le diede un calcio nelle costole e la gettò da un dirupo. Andò alla ricerca di una voce più ragionevole. Avrebbe voluto evocare Thomas, la miracolosa felicità di scegliere insieme i nomi dei bambini, l'inflessione della voce di lui il giorno in cui aveva detto per la prima volta "Charlie". Ma quel ricordo era così sacro che Ruth non riusciva proprio a radunare le parole nella bocca.

"Penso solo che cambiare nome sia una cosa grossa," disse invece.

"In realtà no," replicò Charlie in tono piatto. "Ci sono tanti ragazzi che lo fanno."

Ruth scosse la testa, la bocca appena socchiusa, senza niente di ragionevole da dire. Che epoca umiliante per fare il genitore: dopo millenni in cui era stata considerata preziosa, la saggezza delle vecchie generazioni era diventata di colpo insignificante.

Suo figlio prese in mano il programma e lesse ad alta voce il proprio nome nella versione nuova e perfezionata: "Carlos Hayes-Acuña". A quel suono, Ruth provò una minuscola fiammata di rabbia, e ne fu sorpresa. Non riusciva a interpretare del tutto quella sensazione, ma ecco cosa poteva covare sotto la cenere: lei aveva perso il cognome Acuña in un momento in cui non aveva scelta. Quel cognome era importante per lei, non solo perché apparteneva a Papamío, ma anche perché racchiudeva in un solo boccone tutta la musica di Portorico, di casa sua. L'aveva perso, o gliel'avevano portato via, ma in ogni caso non ce l'aveva più. E allora che diritto aveva Charlie di prenderlo con tanta noncuranza, di provarlo come se fosse un costume di scena?

"Io ne vado fiero, mamma," disse. "È bello essere portoricani."

Per Ruth quella frase non c'entrava niente, e si sentiva così confusa che non riuscì a formulare una risposta. Charlie approfittò del suo silenzio per chiudere il discorso.

"E comunque hanno già stampato il programma."

6.

San Juan, Portorico
2023

La sua anima è ancora dentro il corpo, ma Daisy non sa se il suo corpo sia ancora adatto al mondo. Non ha freddo e non ha neppure caldo. La tempesta, sempre più intensa, non occupa lo stesso piano di realtà in cui si trova lei. Qui le intemperie non esistono. Non ci sono violente raffiche di vento. Non ci sono scrosci di pioggia forte. E non c'è nemmeno dolore nello sfacelo di ossa e pelle che la racchiude. È cosciente e incosciente al tempo stesso, perché percepisce qualcosa di ciò che le accade intorno, ma non è in grado di reagire in nessuna delle modalità umane abituali. Quando arriva l'ambulanza, riesce quasi a vedere i lampeggianti. Ci sono voci, maschili e femminili, e lei le sente ma non capisce cosa dicono. Ci sono mani sulla sua pelle, di cui ha consapevolezza pur non riuscendo esattamente ad avvertirle al tatto. Qualcosa si assottiglia, lo spazio si deforma e le sembra di essere un elastico di gomma, che si tende e poi si allenta diventando molle in un modo terrificante e pericoloso. La sua anima sale e scende a una velocità vertiginosa, di continuo, si lancia nell'atmosfera e poi precipita di nuovo giù nel corpo immobile, come a eseguire la defibrillazione su di sé. Sulla Terra, le mani che armeggiano sul suo corpo la legano a una specie di tavola, e quando la tavola viene sollevata l'anima esce di nuovo dal corpo. Incurante della gravità, schizza in alto e stavolta sembra davvero troppo lontana.

Caricano il suo corpo sull'ambulanza. Vicino a lei risuonano i *clic* e i *bip* di un macchinario medico. Daisy capisce che la sua anima deve tornare subito, in questo stesso istante, non possono ancora chiudere i portelloni dell'ambulanza, non possono andarsene senza l'anima, o questa rischia di non ritrovare mai più la proprietaria. *Non ancora, non ancora. Aspettate!*, vuole urlare Daisy.

La sua voce è irreperibile.

* * *

Al suo arrivo a San Juan, due anni prima, Daisy aveva portato con sé alcuni progetti segreti e piuttosto velleitari e una sola valigia di vestiti di seconda mano. Era la seconda volta in due anni che tentava di trasferirsi a Portorico e, nonostante le severe rimostranze della madre, stavolta aveva tutte le intenzioni di rimanerci. Sua cugina Stefani, che aveva rimandato l'ingresso all'università in Florida a causa della pandemia, era finalmente partita lasciando una camera libera.

"C'è la camera di Stefani, puoi stare da noi!" aveva detto lo zio Benny.

Quando Daisy era piccola, andavano sempre a trovarli durante le vacanze estive e ogni volta che arrivava il momento di tornare a casa lei si metteva a piangere. L'ultima sera dell'ultima volta che erano stati lì prima che morisse suo padre, Daisy si era procurata del cartoncino grigio e una cucitrice e, insieme a Stefani, aveva costruito un paio di manette. Si erano incatenate tra loro. Avevano cenato e si erano lavate i denti in quel modo, sfilandosi le manette solo un attimo per mettersi la camicia da notte. Erano andate a dormire così e poi, al risveglio, si erano disperate scoprendo di aver rotto la catena di cartoncino durante la notte. La mamma non era riuscita a nascondere l'insofferenza per tutta quella sceneggiata.

"Non puoi fare la valigia con le manette!" aveva detto. "Anche se sono di cartoncino!"

Era stato il papà a far sedere Daisy sulle sue ginocchia, ad accarezzarle i capelli e a darle un bacio sulla testa. Le aveva permesso di bagnargli di lacrime la camicia pulita.

"Torneremo prestissimo," le aveva detto.

Ma lui non era mai tornato. Era stata la sua ultima visita, l'ultima volta che si era scottato il naso sotto il sole. Daisy ci pensava ogni volta che arrivava a Portorico e poi di nuovo ogni volta che se ne andava. Non dava mai per scontato che ci sarebbe stato un altro viaggio. Per sicurezza, si rattristava ogni volta. Sua madre cercava di spiegarle che non era Portorico in sé a piacerle.

"È solo perché ci veniamo in vacanza," provava a convincerla. "Quando siamo qui passiamo il tempo a divertirci tutti insieme, ci alziamo tardi, andiamo in spiaggia. Ovvio che ti piace. Se abitassimo qui, sarebbe diverso. Io dovrei andare a lavorare, tu dovresti andare a scuola. Non potresti fare i pigiama party con Stefani tutte le sere."

Ma Daisy aveva sempre saputo che sua madre si sbagliava su questo. O magari aveva ragione, ma non importava. Perché lei voleva trasferirsi a San Juan da che aveva memoria. Certo, ad attirarla era in parte la presenza di Stefani e degli altri parenti, la prospettiva di divertirsi, ma c'entravano anche l'energia esuberante, la luce, la lingua, i sapori della cucina. Il coro di suoni notturni, l'odore di asfalto bollente e pioggia e alberi di *flamboyán*. C'entravano i gesti e i vezzi che aveva sempre considerato specifici della sua famiglia, e anche suoi, finché non aveva cominciato a vederli in abbondanza a Portorico: il modo in cui la mamma arricciava il naso per chiederle di ripetere quello che aveva detto, il modo in cui la commessa del supermercato le appoggiava una mano sull'avambraccio prima di indirizzarla verso la corsia sette, dove avrebbe trovato le olive che le servivano. C'entrava il modo in cui l'orgoglio della comunità emergeva nei momenti difficili, come conseguenza dell'autonomia in un luogo che in teoria autonomo non lo era affatto. C'entravano il coraggio e la determinazione bilanciati da una propensione alla felicità che a New York si vedeva di rado. C'entrava il modo in cui si era evoluta la visione di Daisy, per cui quel luogo era abbastanza estraneo da rappresentare un'avventura, ma comunque abbastanza familiare da permetterle di sentirsi a casa. Daisy sapeva di essere sempre stata innamorata di Portorico, a dispetto di quel che pensava sua madre. Quando era lì, si sentiva più viva.

Il dodicesimo giorno della seconda volta in cui si era trasferita sull'isola, Daisy andò a vedere un appartamento che Benny aveva in mente di comprare. Non era sul mercato immobiliare: un amico di Benny che abitava a Miami l'aveva ereditato da una vecchia zia e voleva venderlo al più presto, con tutto quello che c'era dentro. Benny era il tipo giusto per un acquisto del genere. Si sarebbe occupato di ogni cosa, ottenendo uno sconto significativo per la fatica di svuotare e pulire l'appartamento, e poi ci avrebbe guadagnato vendendo tutto quello che valeva la pena di vendere, e poi ci avrebbe guadagnato ancora di più ristrutturando la proprietà e aggiungendola alla sua selezione di case vacanza, che erano diventate un secondo lavoro estremamente redditizio per lui. Aveva condotto la trattativa al telefono e l'accordo era quasi cosa fatta, perciò Daisy doveva solo raggiungere il palazzo, aspettare la vicina di casa incaricata di aprirle e poi scattare qualche foto per lo zio.

Malgrado la semplicità del compito, Daisy non si sentiva abbastanza qualificata. Ma Benny aveva da fare e lei no, quindi lo zio le aveva dato un elenco di cose da controllare e l'aveva mandata lo stesso. Doveva far scorrere l'acqua da tutti i rubinetti, trovare tutte le prese di corrente e attaccarci il caricatore del telefono per verificare che funzionassero. Doveva fotografare i tubi sotto i lavandini e gli infissi delle finestre. Doveva controllare i pavimenti per vedere se il legno era sollevato o scolorito, individuare eventuali danni causati dall'acqua, studiare ogni angolo in cerca del più piccolo indizio di muffa: anche una singola spora sarebbe stata inaccettabile.

Daisy arrivò davanti al piccolo palazzo *art déco* con i balconi ricurvi e i gerani a tutte le finestre, suonò al campanello con su scritto "Fernández" e aspettò finché dietro il vetro non comparve una donna anziana ed elegante. Era alta e regale, con gli zigomi pronunciati e i capelli bianchi come una nuvola. Le rivolse un sorriso affabile, ma evitò di aprire prima che Daisy si fosse identificata. Soddisfatta quella richiesta, la donna ruotò la maniglia e tirò il pesante portone per farla entrare. Poi fece un sorriso cerimonioso, si girò e si avviò lungo il corridoio, rivelando i capelli sciolti e trascinandosi dietro l'abito di seta.

"Sei molto più giovane di quel che mi aspettavo," osservò la signora Fernández guardandola da sopra la spalla. "Pensi di comprare l'appartamento?"

"Ah, io no," rispose Daisy. "Mio zio. Io sono solo i suoi occhi e le sue orecchie."

"Sono sicura che sei molto più di questo." La donna le fece l'occhiolino, si fermò ai piedi delle scale e indicò di sopra. "Primo piano, la porta sulla sinistra. Appartamento 2B."

"Grazie!" esclamò Daisy, ma la donna era già scomparsa.

Fuori dal 2B c'era uno zerbino a forma di girasole, dove Daisy lasciò i sandali. Si chiuse la porta alle spalle e appese la borsa al pomello. Quando premette l'interruttore in cucina non si aspettava che si accendesse la luce, invece ci fu uno schiocco seguito da un tenue ronzio mentre la lunga lampadina fluorescente sul soffitto prendeva vita. La corrente c'era ancora, e anche Daisy si sentì all'improvviso illuminata dall'interno.

L'appartamento era intatto e magnifico: sembrava un posto in cui una donna con il rossetto opaco, le scarpe col tacco basso e il grembiule poteva preparare un ciambellone. Gli armadietti della cucina erano color giallo sole con le maniglie cromate e i ripiani di formica avevano gli angoli appuntiti e taglienti che ai tempi di Daisy nessuno produceva più. Dopo la cucina iniziava la moquette, soffice e arancione, e il divano era di velluto verde oliva con un centrino su ciascun bracciolo. Daisy fissò la carta da parati del soggiorno per tre minuti interi, cercando di capire se le forme geometriche che scendevano dall'alto fossero cascate o arcobaleni o alberi da frutto.

Restò incantata per qualche altro minuto senza accorgersi del tempo che passava, finché non sentì il sudore raccogliersi sulla nuca, a ricordarle che era lì per lavorare. Si riscosse e recuperò il telefono dalla borsa. Prima, però, l'aria condizionata. Trovò il moderno condizionatore a finestra, l'unica concessione della casa al ventunesimo secolo, e quando lo accese il piccolo appartamento si riempì di aria fredda e di rumore bianco sufficiente per coprire il traffico nella via sottostante. Daisy aprì il foglio con l'elenco delle cose da controllare e lo appiattì sul bancone della cucina. Passò diligentemente in rassegna tutti i punti indicati, ma sentiva una fitta di desiderio ogni volta che apriva un armadietto e ci trovava dentro una pila di piatti con il bordo decorato da foglie di palma o un set di bicchierini in vetro colorato sistemati su un bizzarro carretto in miniatura. Benny doveva comprare quell'appartamento, doveva comprarlo, e poi lei l'avrebbe preso in affitto. *Ho bisogno di non andarmene mai più da qui*, pensò. Quando finì e si rimise i sandali fuori dalla porta, si rese conto che lo zerbino non era affatto un girasole, ma una margherita. Come lei: Daisy.

Quella sera, a casa nella cucina dello zio Benny, aspettò con impazienza che lui le chiedesse dell'appartamento. Aveva già aiutato la zia Pamela a sparecchiare e a caricare la lavastoviglie. Benny era stanco dopo tutta la giornata in officina, ma quando si trattava di nuove proprietà la sua energia era inesauribile. Daisy stava da loro da meno di due settimane e aveva già capito che Benny e Pamela avevano un patto: Benny poteva investire i loro risparmi in immobili purché la cosa risultasse redditizia e Pamela non doveva saperne niente né preoccuparsene, mai. Così Daisy aspettò.

"Porto Karl Marx a fare una passeggiata," disse la zia dando un bacio in testa a Benny. Karl Marx era il bulldog francese che rivestiva la funzione di figlio adesso che tutti e quattro i ragazzi erano cresciuti e si erano trasferiti, tre negli Stati Uniti (compresa Stefani, anche se tutti loro speravano che tornasse dopo l'università) e uno sull'isola di Vieques. L'arrivo di Daisy non aveva minimamente intaccato la posizione di Karl Marx come figlio preferito, e tutti loro lo sapevano benissimo. La porta si era appena chiusa delicatamente dietro la codina tozza del cane, che Benny le stava già chiedendo di vedere le foto dell'appartamento. Daisy aprì la galleria e gli passò il telefono, cercando di contenere il tremolio della propria voce.

"È tenuto benissimo." Si alzò per riguardare le foto da sopra la spalla dello zio, come se non le avesse studiate tutto il pomeriggio, come se non avesse memorizzato ogni dettaglio. "Il palazzo in generale non è male, ma l'appartamento è un gioiellino."

"Mmh." Benny non si sbilanciò mentre faceva passare le foto, soffermandosi più a lungo del dovuto su quelle più noiose, ingrandendo i tubi, gli spazi sotto i tubi. "È acqua, questa?"

Daisy si sporse socchiudendo gli occhi. "No, è solo un'ombra. Era tutto asciuttissimo."

"Che razza di carta da parati!" esclamò poi lo zio senza la minima traccia di ammirazione.

Daisy annuì con aria solenne. Benny ingrandì la moquette. "C'è la moquette?"

Lei annuì di nuovo.

Benny sospirò. "Magari per terra mettiamo il laminato." Ingrandì i ripiani, gli armadietti. "Sostituire tutta questa roba però ci costerà un occhio."

"Ma perché devi sostituirla se è come nuova?" chiese Daisy.

Lui la guardò inarcando un sopracciglio e non rispose finché non arrivò alle foto del bagno, che era rivestito di piastrelle quadrate rosa fino all'altezza degli occhi. Anche la vasca, il water e il lavandino erano rosa, e sulla tenda della doccia c'erano enormi fiori rosa.

"Sembra la casa di Barbie a dimensioni naturali," disse Benny.

"Sì, esatto," confermò Daisy con riverenza.

"È quasi un peccato che sia tenuto così bene," proseguì lo zio. "Nessuno lo prende in affitto, un appartamento così."

"Lo prendo io!" rispose lei con troppo entusiasmo. Poi inghiottì rumorosamente, un suono che sentirono entrambi nella cucina silenziosa. "Se lo compri, poi lo prendo io in affitto così com'è. Non dovrai cambiare niente. Nemmeno una virgola."

Benny spostò lo sguardo dallo schermo a Daisy e poi di nuovo allo schermo, come per valutare quanto fosse seria. Ingrandì la parte posteriore del water rosa, dove un elaborato copriteiera a forma di torta fatto all'uncinetto nascondeva un rotolo di carta igienica di scorta. "Neanche quello?"

Daisy guardò suo zio. "Specialmente quello."

Benny posò il telefono sul tavolo e si appoggiò allo schienale della sedia incrociando le braccia.

"E tutta la roba della vecchia signora?" chiese.

"Cioè?"

"È ancora tutta nell'appartamento, giusto? Ogni singola cosa. I vestiti, le scarpe..."

Era vero, c'erano boccette di pillole nell'armadietto dei medicinali, vestiti nel guardaroba, libri sulle mensole, un odore forte che usciva dal frigo.

"Ci penso io," disse Daisy. "Penso a tutto io."

Benny fece un cenno con la testa che non voleva dire né sì né no. Voleva dire che stava riflettendo su quelle parole.

"Mi piace davvero tanto, sul serio." Daisy disse così perché, se avesse detto quello che le passava davvero per la testa, lo zio l'avrebbe presa per pazza. *Nella mia anima si è appena formata una voragine che potrà essere colmata solo dalla presenza di questo appartamento nella mia vita, dalla presenza della mia vita in questo appartamento.* "Ci starei benissimo," disse invece, cercando di articolare i pensieri in un modo sensato per una persona normale. "La posizione è perfetta e non dovresti perdere tempo e soldi per ristrutturarlo. Sarebbe affittato fin dal primo giorno."

Aveva un piano anche per il contenuto, ma non c'era bisogno di approfondire adesso. Benny spense lo schermo e girò il telefono a faccia in giù. Daisy tornò a sedersi e guardò in faccia lo zio con aria speranzosa.

"Facciamo così," disse lui dopo averci pensato su in silenzio per qualche istante. "Il prezzo che chiedono è più che onesto. Io faccio un'offerta e chiudo la trattativa. Ci pensi tu a sgombrare la roba della signora, giusto?"

Daisy annuì, il respiro accelerato.

"Poi, se accetti di gestire l'altra casa vacanze di Miramar e le due di Condado... e intendo tutto, le prenotazioni, i check-in, le pulizie, le richieste degli ospiti, tutto... se accetti, ti lascio abitare in questo appartamento." Indicò il telefono con il dito. "Senza pagare l'affitto."

Il cuore le sobbalzò nel petto. "Sul serio?"

"Sul serio. Sono stufo di buttarmi nel traffico di Condado ogni volta che arriva un ospite. Parcheggiare poi è un incubo. Così ci guadagniamo entrambi, è un investimento sicuro."

Daisy sentì la gabbia toracica sollevarsi e allargarsi. Benny alzò una mano nello spazio tra loro, per riportare la calma.

"È una soluzione temporanea, comunque," disse. "Prendiamoci sei mesi e vediamo come va."

Il volto di Daisy era un groviglio di emozione trattenuta. Cercò di mantenere il controllo.

"Magari ti stancherai di vivere nel 1965," disse Benny.
"Mai," sussurrò lei.

L'unica cosa che cambiò furono le lenzuola del letto, messe a lavare insieme agli asciugamani ricamati con un motivo di limoni che aveva trovato nell'armadio della biancheria. Concluso l'acquisto dell'appartamento, Daisy non si trasferì subito: prima doveva procedere al repulisti generale. Quando Stefani tornò a casa per il Ringraziamento, decisero di affrontare insieme gli armadi della vecchia signora. Per l'occasione Daisy portò una bottiglia di vino da quattro soldi, che versò in due bicchieri color ambra trovati in un pensile della cucina.

"Che posto incredibile." Stefani bevve un sorso e poi appoggiò il bicchiere sul pesante comodino in legno di quella che presto sarebbe diventata la camera di Daisy. Lei corse a prendere un sottobicchiere, cercando di non darlo a vedere. Stefani scalciò via le Converse lasciandole accanto al letto e aprì le ante a soffietto dell'armadio, chinandosi dentro a prendere un paio di mocassini marrone chiaro con il cinturino in velcro. "Di che taglia sono?"

Daisy infilò furtivamente il sottobicchiere sotto il vino della cugina e poi si chinò a controllare.

"Trentasei." Si mise a giocherellare con il cinturino.

"Troppo piccoli." Stefani depositò i mocassini nello scatolone delle cose da vendere e poi riprese a frugare nell'armadio, tirando fuori una vestaglia di seta simile a un kimono ricoperta di pavoni. "Guarda qua!"

"Bellissima." Daisy fece un fischio di ammirazione. "Questa la teniamo."

Stefani buttò la seta colorata nella pila sul letto. Due ore dopo, lo scatolone era pieno soltanto a metà, eclissato dalla gigantesca pila di vestiti da tenere. Le ragazze si provarono ogni singolo indumento: pantaloni a zampa, un mucchio di minigonne con la cintura, camicie con enormi colletti a punta. Polsini, fasce per capelli, body, scaldamuscoli.

"Ma non possiamo tenere tutto!" esclamò Daisy.

Stefani fece il broncio allo specchio.

"Dobbiamo essere ragionevoli," continuò lei.

"Esattamente cosa ci trovi di irragionevole in questo outfit?" Stefani indicò il tailleur pantalone aderente di colore celeste che indossava in quel momento, e Daisy non seppe come rispondere.

Le ragazze sapevano che la loro benefattrice si chiamava Gloria Jiménez, così cominciarono a parlare di lei, dicendo cose come "Certo che Gloria li sapeva proprio portare, i turbanti di seta" o "Chissà Gloria dove l'aveva trovato, questo caftano".

Una volta finito, si rintanarono nel soggiorno di Gloria: Stefani con un miniabito di spugna e Daisy con una tuta intera di lamé dorato. Si sedettero sul divano verde oliva di Gloria a rimpinzarsi di patatine.

"Non sono in tinta con il divano," disse Stefani.

"Scemenze." Daisy le allungò il sacchetto aperto e la cugina ci affondò la mano. "Questo divano sta bene con tutto."

Stefani fece una faccia dubbiosa, ma non obiettò.

"Di sicuro Gloria era una vecchia signora stilosa," disse Daisy appoggiando le scintillanti gambe dorate sul tavolino.

"Quand'è che ti trasferisci?" chiese Stefani.

Daisy si strinse nelle spalle. "Magari stanotte potremmo fermarci qui a dormire. È tutto pronto, più o meno. Devo ancora portare qui le mie cose, ma non ho tanta roba."

Stefani scosse la testa. "Resto solo quattro giorni," disse parlando con la bocca piena. "Mia mamma ci ammazza se non torniamo a casa a dormire."

"Vero." Daisy prese una manciata di patatine e posò il sacchetto sul tavolino, accanto ai piedi della cugina. "Allora mi trasferisco domenica, dopo che sei ripartita."

"Fantastico." Stefani si piegò in avanti e si mise a rovistare nei cassetti del tavolino. "Dov'è il telecomando di quel coso?" disse indicando il televisore, una scatola enorme che si reggeva su quattro gambe sottili con i piedini dorati, molto anni cinquanta, anche se di per sé lo schermo era al massimo un quattordici pollici.

"Non ce l'ha," rispose Daisy con un sorriso. Si alzò e si avvicinò al televisore. Estrasse una manopola a scatto e lo schermo cominciò a illuminarsi. Passarono vari altri secondi prima che comparissero delle immagini sgranate.

"Niente tv via cavo?" chiese Stefani.

Daisy fece segno di no con la testa. "Ma ci sono tante videocassette." Si accovacciò a esaminare lo scaffale accanto al televisore. "Potremmo guardare un vecchio film."

Ci misero mezz'ora a capire come funzionava il videoregistratore, ma dopo aver cercato su Google con il telefono di Stefani finalmente ci riuscirono. Guardarono *Indovina chi viene a cena?* e poi restarono lì, con addosso i vestiti di Gloria, i piedi allungati sul tavolino di Gloria, mentre scorrevano i titoli di coda.

"Sarebbe meglio avviarci," suggerì Stefani. "Mia mamma non dorme finché non ci sente rientrare."

"Tra un attimo," disse Daisy. "Prima voglio farti vedere una cosa."

La lasciò sul divano e tornò in camera a rovistare sotto il letto. Tirò fuori tre cartelloni e un raccoglitore ad anelli verde, pieno da scoppiare, e portò tutto in soggiorno.

"Cos'è?" disse Stefani raddrizzando la schiena e stiracchiando le braccia sopra la testa. "Sembra uno di quei progetti di educazione artistica che si facevano alle medie."

"Aspetta e vedrai," rispose Daisy lanciando il raccoglitore sulla poltrona e poi arrivando in fondo al soggiorno per appoggiare i tre cartelloni alla credenza di Gloria.

"Oh!" Stefani cominciò a capire di cosa si trattava. "Caspita!" Si alzò in piedi.

"È venuto bene, no?" disse Daisy facendo un passo indietro per ammirare la sua opera.

"Sì!"

Daisy aveva rivelato solo alla cugina che aveva intenzione di aprire un'attività tutta sua lì a San Juan, e la segretezza le serviva soprattutto per evitare di affrontare la madre, che di sicuro sarebbe stata contraria. Quando Daisy immaginava tutti i possibili motivi per cui la sua nascente attività avrebbe potuto fallire, l'imprevidenza e la pigrizia non facevano parte del quadro. Aveva preparato piani alternativi per ogni scenario.

"Sai che esistono dei programmi apposta per fare queste cose al computer," disse Stefani avvicinandosi a esaminare i cartelloni. "Però questo collage vecchio stile è molto più bello. Uau, guarda che roba!"

Daisy osservò la cugina mentre si chinava ad ammirare le immagini, incollate quasi tutte con la colla stick. In alcuni punti ostinati, dove la colla non teneva, si vedevano i bordi quasi trasparenti del nastro adesivo.

"È così concreto, così stiloso!" Stefani si inginocchiò a guardarlo meglio. "È straordinario. Sei un genio creativo, cugina."

Daisy fece un grande sorriso. Quando Stefani si alzò, sulle ginocchia le erano rimasti i segni della moquette.

"E cos'abbiamo qui?" Stefani prese il raccoglitore verde dalla poltrona e si ributtò sul divano con il malloppo in grembo. "Cosa c'è dentro questo reperto archeologico?"

"Il business plan." Daisy si sedette accanto a lei e aprì il raccoglitore, sistemandolo sulle loro gambe.

Poi tacque, osservando Stefani mentre girava le pagine, scuoteva la testa ammirata, di tanto in tanto faceva una domanda, e si mostrava stupefatta non appena scopriva che Daisy aveva una risposta pronta e approfondita per ogni possibile dubbio.

"È incredibile, Daisy," disse Stefani alzando lo sguardo. "È come se avessi pensato a tutto."

Lei fece un respiro e annuì in modo impercettibile. "Sì, credo di sì," disse. "Ci ho lavorato tantissimo. Sono pronta, credo."

Stefani chiuse il pesante raccoglitore e lo spostò dalle loro gambe per spingerlo sul tavolino. "Benissimo, allora," disse alzandosi. "Meglio andare a riposare, se domani vuoi conquistare il mondo."

Si girò e tese la mano a Daisy, che si fece tirare su dal divano.

"Prima di tornare a casa però devo cambiarmi," disse Stefani sgattaiolando un attimo in camera.

Daisy lanciò un'ultima occhiata al suo collage di spunti visivi e sentì il brivido e l'entusiasmo della determinazione, una nuova avventura. Era scalza e avvertì le fibre arancioni della moquette, ruvide sotto il morbido arco del piede.

* * *

Sull'ambulanza, Daisy ha una scarpa sola. Il calzino è zuppo e il paramedico glielo toglie. C'è una sensazione gommosa, sconnessa, uno stimolo contro l'arco del piede. Anziché percepire le dita altrui sulla pelle, per Daisy è come se le dita fossero le sue. È lei a muoverle, per pizzicare, picchiettare, dare colpetti, cercare segni di vita. Il piede è freddo e umido al tocco. Le dita del piede, con lo smalto lilla applicato sulle unghie proprio quella mattina, sono raggrinzite. Fuori c'è un altro fulmine e il lampo di luce modifica per un istante il pallore della sua pelle tiepida, da argento a oro e poi di nuovo argento.

7.

San Juan, Portorico
1953

Quando Rafaela aveva sette anni e Dolores otto, il loro amico Candido e sua madre Priti vivevano con loro nella grande casa di calle Américo Salas. Le due bambine la vedevano così: non si trattava della loro governante Priti che viveva lì con il figlio, ma del loro amico Candido che viveva lì con la madre, nella camera al piano terra della villa in cui, guarda caso, la donna cucinava e faceva le pulizie. Al piano di sopra c'erano quattro camere libere più grandi, ma le due sorelle non si erano mai chieste perché l'amico e la madre condividessero quella stanzetta accanto alla cucina, quando di sopra ce n'erano tante altre più belle tra cui scegliere. L'educazione che avevano ricevuto non incoraggiava domande di quel tipo.

Priti era sempre la prima ad alzarsi e Rafaela, a qualsiasi ora scendesse, la trovava già vestita e indaffarata in cucina, tra caffè da preparare, uova da friggere e pane da tostare. Immergeva e rigirava cose da mangiare in una padella sfrigolante e, se Rafa entrava in cucina senza la vestaglia, le dava una pacca sul sedere con la spatola.

"Dove hai le pantofole?" diceva. "Ti prenderai i funghi!"

Rafaela rideva e arricciava il naso, pensando ai funghi che le spuntavano tra le dita dei piedi. Candido aveva la sua stessa età, ma lui non usciva mai dalla loro stanzetta in pigiama, non camminava mai scalzo sulle mattonelle fredde. Aiutava la madre a lucidare la ringhiera della scala, a spolverare la scacchiera di giada di Papamío e a lustrare con l'olio di limone il mobile da toeletta di Mamamía, in legno con gli intarsi d'osso. A Rafaela piaceva il profumo che restava nell'aria dopo che Candido aveva finito di lucidare il mobile. Una volta gli aveva chiesto se poteva provare, e Candido aveva annuito in silenzio, mettendole in mano la bottiglia e lo straccio, ma lei aveva passato più tempo ad annusare l'olio che a lavorare. Si era lasciata dietro una sfilza di impronte, così poi Candido aveva dovuto rifare tutto, ma non si era arrabbiato, o se si era arrabbiato lei non se n'era accorta.

Entrambi sapevano, senza capire perché lo sapevano, che nessuno avrebbe mai dovuto sorprendere Rafaela con lo straccio e il lucido. Anzi, nessuno avrebbe mai dovuto vedere l'affetto che li legava, nonostante loro due fossero segretamente migliori amici. Così, Rafaela copriva subito il sorriso e distoglieva lo sguardo quando c'era un adulto nelle vicinanze. Tuttavia, a volte si nascondeva dietro la palma in vaso nell'angolo dello studio di Papamío per poter osservare Candido mentre spalancava la porta a due battenti che dava sul cortile e spazzava fuori la polvere, la grazia dei suoi movimenti, l'eleganza con cui fletteva il braccio per togliere il chiavistello. A volte ammirava il modo in cui i capelli color miele gli si arricciavano dietro le orecchie. Fin da piccoli, lei aveva notato la sua pelle levigata e il verde intenso dei suoi occhi, lo stesso colore del ciuffo di foglie di un ananas giunto a perfetta maturazione. Per Rafaela era un piacere anche solo guardarlo, fissarlo, cosa che faceva ogni volta che poteva abbandonarsi a quel piacere senza farsi notare. Una volta Dolores li beccò insieme nella dispensa, accovacciati sul pavimento a scacchi con il mento sulle ginocchia a giocare con una trottola. Candido riusciva a farla girare per ben tre minuti e mezzo con un solo lancio. Stava insegnando la tecnica a Rafaela, come tirare indietro lo spago per ottenere la massima rotazione, ma Dolores fece uscire la sorella minore dalla dispensa tirandola per un orecchio, e non la lasciò andare finché non l'ebbe trascinata di sopra in camera sua.

"Santo cielo, e se Papamío ti avesse vista con quel ragazzo?" disse Lola.

Rafaela si massaggiava l'orecchio. "Stavamo solo giocando," replicò con un'espressione imbronciata. "È simpatico."

"È molto simpatico," concordò la sorella. "Ed è per questo che devi lasciarlo stare. Lo metterai nei guai."

"Guarda cosa mi hai fatto all'orecchio!" Rafa si tirò indietro i capelli per esaminare i danni allo specchio, ma il rossore stava già svanendo, e con esso la sua irritazione.

Quell'anno per la Nochebuena, la vigilia di Natale, Rafaela e Dolores dovettero restare a casa mentre Mamamía e Papamío andarono a cena con la famiglia del governatore a La Fortaleza. Rafaela non era mai stata nel palazzo del governatore, ma le girava la testa al pensiero che i suoi genitori venissero accompagnati dentro, superando i turisti che si affollavano davanti al cancello d'ingresso per scattare una foto. Rafaela era talmente disperata per essere stata esclusa da un evento così prestigioso che non sapeva come avrebbe fatto a sopravvivere. Mentre la madre si preparava in camera, le due sorelle si arrampicarono sul suo letto. Mamamía aveva raccolto i capelli neri, poi li aveva attorcigliati e avvolti intorno alla testa in un'acconciatura di grande effetto, fermandoli con pettinini dorati. Aveva scelto un vestito di broccato verde smeraldo con guanti abbinati che arrivavano appena sotto il gomito. Mascara nero, rossetto rosso e scarpe dorate in tinta con i pettinini infilati tra i capelli. Quando sorrideva, Mamamía era radiosa come il sole. A Rafaela bastava guardarla per struggersi. I pendenti che sua madre portava alle orecchie le ricordavano i manghi maturi che piegano i rami dell'albero. Lola era sdraiata a pancia in giù a leggere per la millesima volta

Pérez y Martina, un racconto per bambini, mentre Rafaela era seduta a gambe incrociate e teneva aperto davanti a sé l'ultimo numero di "Vogue", la rivista preferita della madre. Mamamía era proprio bella come le signore bionde su quel giornale. *Più bella*, pensò Rafaela sfogliando pigramente le pagine.

"E noi quando verremo invitate a casa del governatore?" chiese.

Dolores mise il dito sul punto in cui era arrivata, per tenere il segno, e alzò gli occhi dal libro. Mamamía era seduta sullo sgabello davanti al mobile da toeletta e si girò a guardare le figlie. Nello specchio dietro di lei, Rafaela ammirò la scollatura sulla schiena del vestito verde, che metteva in risalto le delicate scapole brune della madre.

"Possono venire solo i bambini grandi," disse Mamamía chinandosi a sistemare il cinturino della scarpa.

"Ma noi siamo grandi," replicò Rafa.

"Parla per te, io sono ancora piccola," disse Lola riportando l'attenzione sul libro.

Mamamía si alzò, raggiunse il letto e si accomodò in mezzo alle figlie. "I più giovani stasera avranno dodici o tredici anni." Sorrise. "Ancora qualche anno, per voi due."

Rafaela emise un lamento e si lasciò cadere sulla schiena. "Non riuscirò mai ad aspettare così tanto!"

Mamamía chiuse la rivista e si mise la figlia in grembo. "Adesso ti dico un segreto," disse.

Rafaela allungò la mano per sfiorarle un orecchino. "Che segreto?" sussurrò.

Lola fingeva di continuare a leggere accanto a loro, ma Rafaela percepì che cambiava posizione e capì che anche la sorella stava ascoltando.

"Quelle cene eleganti?" disse Mamamía accarezzando la pelle morbida sotto il mento di Rafaela con le dita del guanto di raso. Avvicinò il viso al suo, tanto che i nasi si toccavano. "Sono noiose da morire."

"Cosa?" Rafaela era scioccata. "No!"

"Lo sapevo!" Lola chiuse il libro di colpo e si alzò sulle ginocchia.

"Noiosissime," confermò Mamamía alzando gli occhi al cielo.

"Ma tutti i vestiti e gli accessori alla moda?" chiese Rafaela.

Mamamía ci pensò su, inclinando la testa di qua e di là. "A volte ci sono signore bellissime, altre volte ci sono signore intelligenti e interessanti," spiegò. Rafaela si abbandonò tra le braccia della madre come una neonata e Mamamía le sorresse la testa nella piega del gomito, sollevandole le gambe con l'altro braccio. "Ma le signore più belle, intelligenti e interessanti sono quelle che abitano proprio qui in questa casa!" Si allungò a dare una strizzatina affettuosa al ginocchio di Dolores, che soffriva il solletico. Lola fece uno strillo. Sdraiata tra le braccia della madre, la piccola Rafa non era convinta.

"E le cose da mangiare?"

"Conosci una cuoca più brava di Priti?"

Giusto.

"E la musica?"

Con un sospiro, Mamamía tirò su Rafa rimettendola seduta. Poi la fece scivolare giù dalle proprie gambe e si alzò.

"Be', i *boleros* e le *guarachas* sono irresistibili," ammise. "E vostro padre è un ballerino meraviglioso."

"Ci sarà l'orchestra?" chiese Lola, ormai incapace di nascondere la curiosità.

"Ma certo," rispose Mamamía. "Forse Rafael Hernández con il suo complesso."

"Uau!" A quel punto Lola era abbastanza colpita, e le due sorelle intonarono la loro canzone preferita di Rafael Hernández, che consideravano il vero inno nazionale anche se non corrispondeva alla scelta ufficiale ratificata dal governatore Muñoz Marín solo l'anno prima. *Yo sé lo que son los encantos de mi Borinquen hermosa, por eso la quiero yo tanto, por siem-*

pre la llamaré ¡PRECIOOOOOOSAAAAA! Rafaela si strinse le mani sul cuore e Lola gettò la testa all'indietro per cantare a squarciagola.

"*Ay*, il mio piccolo coro di angeli!" disse Mamamía con una risata. "Ecco, preferirei di gran lunga restare a casa con voi, per esercitarci a cantare gli *aguinaldos* e prepararci per le *parrandas*!"

Mamamía fece ondeggiare i fianchi. Le *parrandas*, i gruppi che andavano di casa in casa intonando canti natalizi, erano una delle sue tradizioni preferite. Anche a San Juan, diceva sempre che le ricordavano la sua infanzia a Mayagüez, quando le *parrandas* andavano in giro per tutta la città e la campagna circostante a cantare e ballare e suonare strumenti, sia fatti a mano sia improvvisati, battendo le mani, agitando le gonne, mangiando insieme e bevendo *pitorro* e *coquito*. Nelle *parrandas* erano tutti ricchi, non importava chi aveva i soldi e chi no. Era una comunità che cresceva come un'onda, portando ovunque gioia e animazione mentre avanzava nelle strade da una casa all'altra, a quella dopo ancora. Per quanto sfarzose, le feste a La Fortaleza impallidivano in confronto alla vivacità delle *parrandas*.

"Comunque, sono sicura che sarà divertente," aggiunse Mamamía, ma non convinse né se stessa né le figlie.

Infilò un rossetto rosso in una scatolina a specchio, che poi mise nella borsetta.

"Come vado?" Controllò il proprio riflesso allo specchio.

"Sei stupenda, mamma!" esclamò Lola.

"La donna più bella del mondo," disse Rafaela con sincerità assoluta.

Mamamía sorrise a entrambe e le abbracciò con cautela, per non sbavare il trucco e non sgualcire il vestito. Di solito non era così attenta, ma quando partecipava a eventi del genere il suo aspetto fisico era della massima importanza. Faceva di tutto per mostrarsi perfetta, per scongiurare qualsiasi accusa di sciatteria. Con le figlie non aveva ancora accennato al sottile risentimento delle altre mogli, ai complimenti ambigui sulla sua *raffinatezza* e sul suo portamento, al respiro e alle mani invadenti dei loro mariti. Non sapeva nemmeno da che parte cominciare per spiegare le acrobazie verbali in cui si lanciavano alcune di quelle donne per arrivare al punto: la loro purezza di sangue in quanto discendenti in linea diretta di antenati spagnoli. Una purezza, lasciavano intendere, che aveva caratterizzato anche Papamío, finché non aveva deciso di diluire la propria stirpe sposando una *jíbara morena*, anche se Mamamía si sarebbe definita piuttosto una *parda clara*, se qualcuno si fosse preso il disturbo di chiederglielo. (Ovviamente capitava di rado che le persone facessero domande dirette, e nessuno le aveva più chiesto niente dopo che, due anni prima, l'addetto del censimento l'aveva ascoltata con educazione mentre lei spiegava quanto fosse assurdo cercare di riassumere la questione della razza in appena due o tre opzioni, quando chiunque a Portorico poteva verificare con i suoi occhi che la razza era uno spettro con almeno qualche decina di categorie distinte e stupende. L'uomo aveva annuito sorseggiando il tè, e poi aveva ignorato le rivendicazioni di Mamamía scrivendo la propria valutazione, *mulata*, sulla cartellina che aveva davanti.)

In un'occasione precedente, sempre a La Fortaleza, una donna che si credeva l'incarnazione della signorilità aveva sfiorato il gomito di Mamamía e indicato i suoi piedi con un cenno della testa, sottolineando quanto fossero alti e belli i suoi tacchi.

"È stato difficile," aveva chiesto poi, "abituarti a portare le scarpe?"

Prima di rispondere, Mamamía si era presa un secondo in più per masticare e inghiottire la tartina. Quando era dell'umore giusto, le piaceva stuzzicare quel tipo di ignoranza.

"Le scarpe non sono state un grande problema," aveva

risposto, piegando una gamba verso l'interno e sollevando il tacco per ammirare il proprio piede. Poi, abbassando la voce, aveva aggiunto: "Ma temo che non mi adatterò mai a imprigionare il mio magnifico seno in questo dannato reggipetto!".

Mamamía si era goduta per un attimo l'espressione scandalizzata della donna, prima di girarsi a posare il bicchiere di champagne vuoto sul vassoio di un cameriere di passaggio. Per lei era un piacere immenso mettere al loro posto quelle brutte presuntuose, ma era decisa a proteggere le sue figlie e a evitare che dovessero fare altrettanto. Quando fosse arrivato il loro turno di starsene nelle sale da ballo in abito da sera, a sopportare quelle conversazioni esasperanti, Dolores e Rafaela avrebbero affrontato una versione potenzialmente ridotta di quell'ignoranza, Mamamía lo sapeva, perché le sue figlie avevano metà del lignaggio del padre a sostenerle. E lei le avrebbe armate di maniere impeccabili, di un'educazione eccellente e della bellezza che era loro per diritto di nascita. Le sue figlie, decise, sarebbero sembrate le padrone di quelle sale. Ma non prima del necessario.

Le piccole Dolores e Rafaela non sapevano nulla dell'arena sanguinosa in cui si trasformavano gli incontri dell'alta società, e conoscevano solo la fragranza del profumo alla gardenia della madre, l'eleganza della sua postura, il sorriso che rivolgeva a Papamío quando lui le offriva il braccio, eppure percepivano la sincerità assoluta di Mamamía quando diceva che avrebbe preferito restare a casa con loro. Sapevano che era vero. La baciarono sulla guancia incipriata davanti alla porta di casa e poi corsero sul balcone a guardare Benicio che tirava fuori la Buick Roadmaster gialla del 1949 dalla tettoia ad arco. Vestito con la sua *guayabera*, Benicio scese dalla macchina e fece il giro dall'altra parte per aprire la portiera a Mamamía e Papamío. Sul vialetto, tutti e tre si girarono a guardare le bambine sul balcone.

"Torneremo in tempo per le *parrandas*!" disse Mamamía.

"E se mangiate tutto a cena, dopo Priti ha una piccola sorpresa per voi."

Lola si mise a saltellare sulle punte dei piedi, mentre Rafa provò a indovinare di cosa si trattasse. Forse le *mallorcas* della pasticceria La Bombonera? Che delizia!

Dopo cena, Priti permise a tutti e tre – Lola, Rafa e Candido – di fare il bis del suo *tembleque* fatto in casa, freddo e dalla consistenza perfetta, che lei decorava sempre con qualche scaglia di cocco fresco e un pizzico di cannella. Poi, in soggiorno, sollevò con estrema attenzione il coperchio del giradischi di Papamío, prese un vinile e lo posizionò sul piatto. Il disco cominciò a girare con un crepitio. Candido si tirò indietro i capelli, mise un braccio dietro la schiena e fece un profondo inchino a Rafaela, che ridacchiò sul divano.

"Señorita," disse lui con la sua voce più profonda e formale. "Mi farebbe l'onore di concedermi questo ballo?"

Priti rise e Lola alzò gli occhi al cielo, ma Rafaela si tirò su e appoggiò le dita sulla mano di Candido, rimasto in attesa. Le dita di lui erano calde e asciutte. Lei fece la riverenza e poi alzò la voce di tre ottave fino a un ridicolo falsetto, per rispondere attraverso il naso.

"L'onore è tutto mio, gentile signore!"

Risero tutti, ma quel suono scomparve sotto il ritmo di *El Cumbanchero*, e neppure Lola riuscì a stare ferma. Ballarono tutti, non smisero di ballare nemmeno quando la canzone finì e Priti dovette farla ricominciare, ancora e ancora. Rafaela aveva l'impressione che il calore della propria pelle fosse una risposta all'aria che la circondava. Ballarono finché la stanza non si mise a girare sotto di loro.

Dodici giorni dopo, all'Epifania, Rafaela si svegliò e scoprì che i Re Magi le avevano portato un flauto, un nuovo aquilone a forma di falco e soprattutto un set composto da spazzola e specchio, pesanti e dorati, con i manici tempestati di perle e decorati da scie di stelle. Erano belli come quelli di Mamamía, proprio una cosa da grandi. Rafaela indossò il suo vestito preferito e uscì sul balcone con lo specchio per ammirarsi alla luce del sole. Ogni volta che nella via sottostante passava una ragazzina, Rafaela orientava lo specchio per puntarle in faccia un raggio di sole, così la ragazzina era costretta ad alzare lo sguardo e a vedere Rafaela sul balcone, come una Giulietta dei tropici, gli occhi scuri e luminosi, con il suo specchio nuovo e risplendente.

Fu Priti a interrompere il gioco. "Vieni, ti devi cambiare," disse chiudendo le alte persiane e tirandola dentro.

"Perché? Io oggi resto vestita così," protestò Rafaela indicando il suo abito favoloso.

Ma Priti aveva già raggiunto il guardaroba e stava frugando nel ripiano più in basso. Riemerse con l'unico paio di bermuda che Rafaela possedeva.

"Tieni." Si girò e glieli porse. "Ti vanno ancora bene?"

Rafaela fece una smorfia. "Ehm... no?"

"Provali."

"Non..."

"Mettiteli!" Priti non alzava quasi mai la voce, nemmeno con Candido.

Rafaela afferrò i pantaloncini e li infilò in fretta sotto il vestito.

"Ecco," disse Priti. "Perfetti." Poi la fece girare bruscamente e cominciò a raccoglierle i lunghi riccioli neri in una coda di cavallo, mentre Rafa cercava di non lamentarsi. Vide Lola passare di corsa in corridoio, anche lei vestita in modo strano: pantaloncini, T-shirt e un vecchio paio di scarpe stringate.

"Ma che succede?" chiese a Priti, che continuava a tirarle i capelli.

"È una sorpresa," rispose lei legando la coda con un nastro. "Dai, su."

Rafa indossava ancora il vestito sopra i bermuda, così tornò al guardaroba e riemerse con una camicetta a maniche corte e il colletto di pizzo. Anche se non era abbinata ai pantaloncini, Rafaela sperava che il pizzo fornisse l'eleganza mancante. La abbottonò, lanciò uno sguardo di disapprovazione allo specchio e prese le scarpe stringate dell'anno prima dal ripiano più in basso.

Priti era seduta davanti accanto a Benicio, proprio come la settimana precedente, quando erano andati tutti e sette al Vanderbilt per il loro pranzo annuale del periodo natalizio. Quel giorno Rafaela si era seduta in braccio a Papamío, e Candido si era stretto sul sedile anteriore tra Benicio e la madre. Più tardi quel pomeriggio, dopo essere rientrati, Benicio aveva offerto a Papamío una caraffa di *pitorro* e i quattro adulti erano spariti nello studio di Papamío per farsi un bicchierino insieme. Erano andati avanti fino al tramonto, e a quel punto Priti aveva dovuto preparare dei tramezzini per cena.

Ma oggi in macchina erano solo loro cinque, perciò i tre bambini avevano spazio in abbondanza per spaparanzarsi sul sedile posteriore. Rafaela era seduta in mezzo, dietro il posacenere, ma non correva nessun rischio di sporcarsi i pantaloncini o le scarpe, perché Benicio svuotava quel posacenere ogni singola volta che Papamío scendeva dalla macchina, e poi lo puliva anche con uno straccio umido. Priti portava un foulard blu sui capelli e indossava gli occhiali da sole nuovi che Mamamía le aveva regalato per Natale. Vestita così e con quel sorriso, e così a suo agio sulla Roadmaster, qualcuno avrebbe potuto scambiarla per la sorella minore di Mamamía. Arrivati in fondo a calle Arecibo imboccarono il ponte e la macchina rallentò fino a procedere a passo d'uomo. Priti si sporse in avanti sul sedile: davanti a loro, il traffico era fermo. Qualunque fosse la meta, sembrava che tutta San Juan avesse deciso di andare nello stesso posto. Benicio si sporse di lato al di sopra della portiera, ma non c'era granché da vedere. Priti gli lanciò un'occhiata.

"Quanto dista da qui?" chiese.

"Sarà meno di un chilometro."

Lei aprì la portiera con un cigolio.

"Vuoi andarci a piedi con loro tre?" chiese Benicio.

"Se aspettiamo, sarà tutta sciolta prima che arriviamo!"

Sciolta! Era un indizio, senza dubbio. Rafaela guardò la sorella, poi l'amico, poi di nuovo la sorella.

"*Piraguas*?" chiese Lola.

"Ma perché dovrebbero sciogliersi?" rifletté Rafaela, già con l'acquolina in bocca pensando a quale gusto scegliere. Ciliegia, arancia, papaia.

Candido si strinse nelle spalle.

"Andiamo, non c'è tempo da perdere!" esclamò Priti spalancando anche la portiera posteriore.

Erano nella corsia centrale, verso la metà del ponte, ma non c'era pericolo a scendere, perché nemmeno le altre macchine si muovevano. Tutto intorno a loro, altri bambini scendevano da altre macchine con altre signore.

"Se riesco a uscire dall'ingorgo, vi aspetto in quel bar che c'è alla fine di avenida Miramar," disse Benicio. "Quello con gli ombrelloni gialli."

"Facciamo tra due ore?" propose Priti.

"Fate pure con calma. Il capo mi ha dato il giorno libero quando finiamo qui. Mi prendo un caffè mentre aspetto."

Priti fece un grande sorriso e condusse i bambini sul marciapiede, come anatroccoli che si dirigono verso lo stagno in una fila disordinata.

"Dove andiamo?" chiese Rafaela per la centesima volta.

Di nuovo, l'unica risposta di Priti fu accelerare il passo, con loro tre al seguito. Lì vicino, una donna che teneva per mano un bambino piccolo sorrise a Priti.

"I suoi figli sono bellissimi!" disse, e Rafaela vide quanto fosse contenta Priti di ricevere complimenti di quel tipo, quando cioè la gente pensava che suo figlio fosse lì in compagnia delle sue due graziose sorelle. Era un errore che capitava con una certa frequenza, perché, a parte gli occhi verdi di Candido (ereditati da Priti), in effetti i tre bambini si assomigliavano parecchio. Come al solito, Priti raddrizzò la schiena e non corresse la convinzione errata che quei tre piccoli splendori fossero tutti suoi. In un certo senso era così, pensava.

"Grazie!" disse invece. E poi, rivolta ai bambini: "Forza, svelti!".

Raggiunsero la folla in costante aumento, formata da bambini tutti vestiti in modo strano come loro: pantaloncini, T-shirt, scarpe malridotte. Molti dei maschi indossavano la divisa della loro squadra di baseball, con tanto di cappellino e calzettoni a righe. Priti scese dal marciapiede per superare una famiglia più lenta. Seguirono la folla ma, quando finalmente arrivarono, Rafaela non riusciva ancora a capire cosa ci facessero lì, in un parco pieno di gente all'estremità orientale della Vecchia San Juan.

Al centro del parco c'era un grande assembramento di persone, e tutto intorno a quel nucleo si vedevano degli aviatori della Marina che stavano a guardare, belli e sorridenti con i berretti e gli occhiali a specchio. Candido capì prima delle bambine, e lasciò la mano della madre per correre verso il centro della folla. Rafaela cercò di andargli dietro, ma Lola esitava, prudente. La tirò per il braccio, ma la sorella non ne voleva sapere. Così anche Rafa si liberò e seguì Candido nella folla. C'erano gomiti ovunque e non si vedeva niente, ma tenne la testa bassa e si infilò tra le braccia e i corpi che si agitavano. C'erano anche strilli e grida acute, e addentrandosi nel grosso della folla Rafaela si rese conto che erano tutti bambini. Le madri erano rimaste lungo il perimetro, a sorridere e a chiacchierare con gli uomini in uniforme. Subito dopo, sotto la suola piatta della scarpa stringata avvertì lo scricchiolio di qualcosa di bagnato, come ghiaia friabile che scoppiava sotto il peso dei suoi passi.

"Cos'è?" disse ad alta voce, chinandosi a toccare i sassolini grigiobianchi sotto i suoi piedi.

Fredda. Era fredda gelata. Accanto a lei, un ragazzino con la canotta dei Cangrejeros stava formando una pallina con quella roba bianca. Più la compattava, più quella scricchiolava e gli creava un rivoletto di acqua gelida lungo il polso. Il ragazzino vide che lei lo fissava.

"È neve!"

Rafa restò a bocca aperta.

"Ma come?"

Quel manto di fanghiglia ghiacciata sotto il caldo cielo blu non poteva essere più diverso dalla neve che aveva visto una sola volta prima di allora, durante un viaggio di famiglia a New York, una sera in cui era caduta una nevicata silenziosa. Era stata una cosa magica, che aveva rallegrato tutti. Persino Papamío aveva accennato qualche passo di valzer sotto i fiocchi senza peso davanti al loro albergo nella Fifth Avenue.

"Doña Fela l'ha fatta arrivare in aereo dal Vermont per l'Epifania!"

Rafaela sbatté le palpebre nel tentativo di assimilare quell'informazione, ma non aveva senso, era un gesto troppo esagerato perché la sua immaginazione potesse contenerlo. Più tardi, tornando a casa, Benicio si sarebbe fermato a comprare *piraguas* per tutti e Priti avrebbe spiegato che l'amata sindaca della città, Doña Felisa Rincón de Gautier (che si dava il caso fosse anche una cara amica di Mamamía), aveva organizzato la consegna della neve come regalo di Natale per i bambini di San Juan. Molto ma molto più tardi, decenni dopo, gli accademici avrebbero riesaminato quella giornata, quell'offerta fuori misura, e avrebbero dichiarato che si trattava di un atto di colonizzazione psicologica. Ma quel giudizio sarebbe arrivato solo in un futuro lontano ed estraneo. Oggi, lo sciroppo ghiacciato delle *piraguas* avrebbe colorato le lingue dei bambini di rosso e blu e verde, mentre loro parlavano con riverenza di Doña Fela: le sue perle, le trecce impeccabili e gli enormi occhiali da sole, l'incredibile generosità.

Ma prima di qualsiasi riflessione, prima di ogni cosa, c'era la neve! Un miracolo fugace, anche se era piena di sabbia. Rafaela si accovacciò e affondò le mani in quel miscuglio, avvertendo una scossa di freddo su per le braccia. Si ritrovò a strillare come tutti gli altri bambini intorno a lei, grandi scoppi di risa mentre i maschi si tiravano quelle sottospecie di palle di neve compattate con le mani e le femmine tentavano di pattinare sulla superficie con le scarpe scivolose. Un ragazzino si sdraiò sulla schiena in mezzo al caos e agitò braccia e gambe, disegnando delle forme nella neve quasi sciolta. Quando si tirò su, la schiena era un disastro, tutta bagnata e cosparsa di fili d'erba appiccicati, e la pelle era arrossata per il freddo.

"Rafa!" Sentì chiamare il proprio nome e, quando alzò lo sguardo, vide Candido in piedi accanto a un aviatore che teneva aperto un sacco nuovo di neve fresca. "Corri, è tutta per noi!"

Lei si fece largo per coprire la breve distanza tra loro, ma quando arrivò c'erano già altri quattro ragazzini che avevano notato il sacco nuovo e sgomitavano intorno a Candido per essere i primi a mettere le mani bollenti sulla neve pulita, come maialini ingordi che vogliono succhiare il latte dalla madre. Rafaela spingeva e si contorceva, ma non riusciva a raggiungerlo. Allora Candido si alzò in punta di piedi, allungò il braccio superando tutte quelle mani avide e trovò quella di Rafa sopra la mischia. La attirò a sé, se la mise davanti e la avvolse tra le braccia, così Rafa si ritrovò tra lui e il sacco. Avevano la stessa corporatura, ma anche allora Rafa si sentì al sicuro con lui, per il modo in cui aveva trasformato il suo corpo minuto in una barriera intorno a lei. Per il modo in cui le chiuse la mano nella sua e poi tuffarono le dita insieme nella neve che li aspettava.

I decenni sarebbero passati in un istante. Rafaela avrebbe vissuto una vita lunga e ricca. Avrebbe conosciuto l'amore e la sofferenza, il piacere e la meraviglia. Avrebbe visto molte nevicate. E poi Lola sarebbe morta, e Rafaela avrebbe trovato dentro di sé una disperazione nuova. Si sarebbe rivolta a uno psicologo che le avrebbe insegnato ad alleviare l'ansia causata dal lutto dicendole di chiudere gli occhi e di fare un respiro profondo, di attingere dai suoi ricordi più felici, di individuare la *sensazione* provata in quei momenti. In quale occasione, nel corso della sua vita, si era sentita più al sicuro e più protetta? Doveva andare lì. Rimanere lì. Respirare.

Rafaela era stupita perché tornava sempre là. In quel semplice parco cittadino della Vecchia San Juan. Alla sensazione improvvisa che aveva provato quando Candido, in piedi alle sue spalle, aveva intrecciato le dita calde alle sue e le aveva affondate nella neve gelida.

8.

Saint Louis, Missouri
1979

Ruth sapeva che i suoi genitori avrebbero divorziato ancora prima che lo sapessero loro. Lo sapeva ancora prima di imparare come si diceva "divorzio" in inglese, ancora prima di capire appieno il concetto di divorzio, il fatto cioè che le persone sposate potevano decidere di non rimanere sposate. In vita sua nessuno, da entrambi i lati della sua grande famiglia cattolica, aveva mai divorziato. Né a Portorico né in Missouri, e in Irlanda non era nemmeno legale. Le unioni coniugali delle famiglie Acuña e Brennan erano permanenti, o almeno duravano fino alla morte, e in genere la felicità o infelicità a lungo termine di una persona non era ritenuta rilevante all'interno dell'accordo. Ciò nonostante, fin da prima del suo ottavo compleanno, quasi tre anni prima che i suoi genitori comunicassero finalmente la decisione a lei e al fratello, Ruth capì che quel matrimonio non poteva andare avanti.

Quell'istante di precoce chiarezza si verificò durante la prima estate dopo il trasferimento a Saint Louis. Ruth passava quasi tutte le giornate a casa di Jennifer, Jenny o Kathy. Non invitava mai le amiche da lei, non proprio perché si vergognasse di qualcosa, ma perché il momento della merenda l'avrebbe messa in difficoltà. Sua madre non comprava mai i triangolini di mais con la salsa di cipolle che la mamma di Jenny aveva sempre a disposizione. Non era rifornita di patatine e biscotti farciti di crema. A casa di Ruth, non si vedeva una merendina neanche a pagarla.

"Perché un giorno non inviti qui le tue amiche?" le chiedeva la madre almeno due volte alla settimana.

Ma Ruth lanciava un'occhiata ansiosa al portafrutta stracolmo e poi saltava sulla bici. Da Kathy, nelle giornate più calde, usavano lo scivolo ad acqua. Da Jenny, dove la madre teneva l'aria condizionata al massimo, stavano nel seminterrato moquettato a giocare con almeno un centinaio di Barbie bionde, quasi tutte con villa e macchina di lusso, anche se avevano i ragni come animali domestici. La mamma di Jennifer lavorava part time, perciò da lei andavano meno spesso, ma quando ci andavano sua mamma preparava i popcorn e chiudeva le tende nel bel mezzo della giornata, si sistemavano ognuna su una poltrona a sacco (Ruth sceglieva sempre quella gialla) e guardavano un film sul Betamax di Jennifer.

Ruth percepiva vagamente che sua madre e suo fratello non si stavano ambientando altrettanto bene. Benny si era finalmente fatto un amico, uno soltanto, ma poi quel bambino era partito per il campo dei boy scout, così Benny era rimasto di nuovo da solo, almeno per le prime due settimane dell'estate, che a dieci anni sono un'eternità. Con l'inglese stava migliorando, ma era ancora decisamente infelice, e passò la maggior parte di quelle giornate vuote a cercare di convincere i genitori che non era troppo tardi per rimandarlo a Portorico per l'estate, aveva ancora una montagna di settimane prima di tornare a scuola e la zia Lola aveva detto più volte che poteva stare da lei quanto voleva.

Spesso la sera, dopo che Benny era andato a dormire, Ruth sentiva i genitori che ne parlavano. Forse "parlare" non era la parola giusta: la sua camera aveva una parete in comune con la loro, e in effetti quello che sentiva era l'urgenza delle voci che aumentavano man mano di volume. La mamma diceva con insistenza che a Benny avrebbe fatto bene tornare, passare un po' di tempo con Tiago, vedere che la sua vita là esisteva ancora, che gli volevano ancora bene e non lo avevano dimenticato. E il papà sosteneva con pari intensità che tutti i progressi fatti da Benny sarebbero svaniti se gli avessero permesso di tornare: avrebbe dimenticato il poco inglese che aveva imparato e, una volta rientrato a casa, si sarebbero ritrovati a dover gestire una rabbia e un risentimento ancora più grandi.

Ma per quanto le cose fossero difficili per Benny, per la mamma era ancora peggio. Ruth non aveva idea di come passasse le giornate sua madre, ma sapeva che non le passava a giocare a bridge o a canasta con le altre mamme, né a pulire il bagno fino a farlo brillare, né a preparare pranzi al sacco per portare i figli a fare gite culturali. E nemmeno le passava sul balcone a casa di sua sorella a San Juan, a bere caffè ascoltando le canzoni di Héctor Lavoe e il lontano sciabordio delle onde. Ed era questo, più di qualsiasi altra cosa, a definire l'esistenza di sua madre in quel momento: il non fare.

Il papà sembrava capire il vuoto desolante della nuova vita della mamma a Saint Louis. Sembrava vederlo come una corrosione che avrebbe divorato la loro famiglia se lui non avesse trovato il modo di contenerlo. Così fu lo sforzo in quella direzione, e il suo spettacolare fallimento, a rivelare a Ruth che il crollo era vicino.

Era un venerdì sera quando il papà tornò a casa dal lavoro e annunciò che sarebbero diventati membri del country club. Per cena la mamma aveva preparato delle braciole di maiale impietose, dure come le suole delle scarpe. Ruth sedeva davanti alla propria tovaglietta a righe e pensava con nostalgia alla casa di Kathy, dove il venerdì sera si mangiava sempre la pizza. Benny era seduto alla sua sinistra e il papà alla sua destra, mentre la mamma si affannava ancora intorno al tavolo per riempire il bicchiere a tutti. All'inizio la mamma non reagì alla notizia, nemmeno con l'espressione del viso, tanto che Ruth si chiese se avesse sentito.

"I Maguire e i Powell sono già membri," continuò il papà, "e anche tanti dei miei clienti."

Il papà stava già tagliando la carne, ma la mamma lo fulminò con lo sguardo, inducendolo a mettere giù le posate. Poi si girò ad appendere il grembiule al gancio dietro la porta di servizio, si lisciò la gonna e li raggiunse a tavola. Dopo essersi servita una porzione di piselli rinsecchiti, allargò le braccia, tutti si presero per mano e recitarono una breve preghiera. Alla fine, solo nella sua testa, Ruth aggiunse: "Caro Dio, ti prego, insegna alla mamma che esiste anche la pizza, amen".

Il papà riprese a segare la braciola, se ne cacciò un pezzo in bocca e continuò a parlare. "Ma in realtà lo faccio per te." Allungò la mano e strinse quella della mamma nella sua. Lei gli concesse quel gesto affettuoso prima di tornare a concentrarsi sul piatto, ma lui non si lasciò scoraggiare dalla sua freddezza. "Organizzano pranzi e tornei di carte e ci sono un sacco di occasioni per fare volontariato. Ti farà bene, potrai conoscere tante persone nuove. Farti delle amiche."

Il papà lasciò perdere per un attimo la braciola e si dedicò ai piselli, ingozzandosi fino a farli sparire in quattro e quattr'otto. Ruth era sbalordita dalla sua risolutezza: decideva di mangiare i piselli e come se niente fosse non ce n'erano più. Non ne lasciava nemmeno uno abbandonato nel piatto. Ruth ne assaggiò una forchettata e li buttò giù con un sorso di latte. Intanto la mamma dissezionava il cibo nel piatto con aria schizzinosa.

"Ah, e aspetta di vedere la piscina! Ti piacerà da morire. Ci sono anche i campi da tennis. E magari potremmo cominciare a giocare a golf. Ti piacerebbe? Posso regalarti un set di mazze da golf per il tuo compleanno!"

La mamma finì di masticare e prese il tovagliolo di stoffa che aveva in grembo per tamponarsi gli angoli della bocca, anche se erano puliti. Poi fece un respiro profondo e se lo rimise in grembo. Ruth vedeva che la madre stava reprimendo qualcosa, ma non sapeva cosa. Dietro la sua aria imperturbabile c'era un'emozione ambigua. Era entusiasmo? Speranza? Irritazione? Capire la mamma era davvero impossibile.

"Stupendo," disse lei in tono neutro.

Il papà si appoggiò allo schienale della sedia, fece un sospiro e abbassò il capo.

"Davvero," disse la mamma allungando la mano a stringere la sua. "Sembra bello. Quando andiamo a vederlo?"

Il papà sorrise, rabbonito. "Domani!"

"Ah!" La mamma inarcò le sopracciglia, il massimo a cui arrivò nel rivelare un sentimento autentico durante la conversazione.

"Sì, ci ho fatto un salto oggi con Bob. Nel pomeriggio abbiamo giocato a golf e mi ha fatto fare un giro. È un posto talmente incredibile che mi sono portato avanti e ho fatto subito l'iscrizione, le tessere saranno pronte domani mattina. Possiamo passarci la giornata e dare un'occhiata a tutte le strutture."

"Anch'io?" chiese Ruth. Sembrava un sogno.

"Ovvio," rispose il papà. "Tutti e quattro. C'è un ristorante affacciato sul campo da golf, ma ho la sensazione che tu e le tue amiche starete tutto il tempo al bar vicino alla piscina."

"Possono venire anche le mie amiche?!"

"Ma certo, tesoro! Quando vuoi."

"E cosa servono al bar?"

Ruth notò con invidia che il papà aveva quasi finito la braciola. Nel frattempo, parlare di altro cibo – cibo che non fosse braciole di maiale stoppose e piselli stracotti – era sia un palliativo sia una tortura. Il papà cominciò a elencare sulle dita i piatti presenti sul menu del bar.

"Pizza."

Oh.

"Hot dog."

Oh.

"Hamburger, patatine fritte, gelato."

Ruth era in estasi. Benny non reagì, perché parlava di rado a tavola, a meno che non gli facessero una domanda diretta. Mangiò in fretta, come sempre, ma Ruth intuì dalla sua postura che anche lui era elettrizzato per il country club.

L'indomani mattina la mamma preparò uova strapazzate e pancetta affumicata, poi si truccò e si acconciò i capelli con cura. Indossò una gonna azzurra e una camicetta aderente che legò in vita con un nodo. Il rossetto era del colore del *dulce de leche*, cosa che le metteva in risalto i denti facendoli sembrare di un bianco ancora più abbagliante. Alle orecchie mise dei semplici orecchini di perle e infilò i piedi curatissimi in un paio di sandali. La madre di Ruth era molto più bella delle altre mamme, di una bellezza che sarebbe risultata imbarazzante se fosse stata portata con meno orgoglio. Ruth mise il suo bikini rosa preferito, quello con le balze sul pezzo sopra, e aggiunse solo dei pantaloncini di jeans, finché la madre non la prese per le spalle, la fece girare e la rispedì in camera sua a nascondere il bikini sotto un prendisole.

A bordo della Datsun l'entusiasmo era contagioso, benché la mamma ne fosse immune. Ruth teneva d'occhio il piccolo orologio sul cruscotto, perché per le prossime volte voleva sapere quanto ci si metteva ad arrivare. Diciassette minuti. Appena usciti dalla strada principale imboccarono un viale alberato con la ghiaia bianca che scricchiolava sotto le ruote. Un cartello nero con le scritte in corsivo dorato dava il benvenuto allo SHORT HILLS BABYLON COUNTRY CLUB. Prima ancora che la proprietà comparisse in lontananza, Ruth era incantata dalla volta arcuata formata dagli alberi, dal prato con l'erba curata, dalla simmetria dei cancelli che si aprirono mentre loro si avvicinavano. Si fermarono accanto a una guardiola di mattoni rossi, dove furono accolti da un uomo anziano con berretto e uniforme. Il papà abbassò il finestrino.

"Salve, signor Brennan!" disse l'uomo. "Già di ritorno!"

"Salve, Carl!" rispose il papà, come se si conoscessero da una vita. "Sì, ho portato la famiglia a vedere il posto."

"Molto bene, signore." Carl gli fece cenno di proseguire con la cartellina che aveva in mano, e la ghiaia scricchiolò di nuovo sotto le ruote.

Ruth fu la prima a scendere dalla macchina, saltellando sulle punte dei piedi mentre aspettava che il papà aprisse il bagagliaio. Tirò fuori la borsa da spiaggia e cercò di stare ferma, ma tra gli alberi intravedeva già uno spicchio della piscina di un blu cristallino, che si preannunciava come un balsamo contro il baccano delle cicale al di là degli alberi. La mamma se la stava prendendo comoda, come faceva a volte quando intorno a lei tutti erano ansiosi di fare qualcosa, e così li mandava ai matti. Rallentò, costringendo la famiglia a adattarsi al suo ritmo, tenendo tutti prigionieri mentre abbassava l'aletta parasole e controllava il proprio riflesso allo specchio. Si sfiorò un orecchino, premette le labbra tra loro, sistemò un capello invisibile che non era al suo posto. Ruth sapeva benissimo che non doveva correre avanti né fare commenti che potevano passare per impazienza. Benny aspettava con le mani in tasca.

E poi la mamma scese! Scese dalla macchina! I genitori si avviarono, e il papà precisava dove si trovavano le varie cose, il braccio allungato, il dito a indicare di qua la sede del circolo sportivo, di là il campo da badminton e la pista da bocce. Benny si chinò per prendere Ruth sulle spalle come uno zaino, con la borsa da spiaggia della sorella che gli picchiava contro il fianco. Lei gli premette la guancia sul collo e si rese conto che la sua pelle aveva un odore diverso da quello che aveva a San Juan. Non migliore o peggiore, solo diverso, come se prima contenesse un elemento di calore che adesso si era raffreddato.

Davanti al circolo sportivo c'erano due scalinate laterali

che conducevano all'ampia veranda anteriore, dove finalmente Benny mise giù la sorella. Il padre allungò la mano verso la maniglia, ma fu anticipato da un inserviente, che aprì la porta e lo salutò levandosi il cappello.

"Salve, signor Brennan."

Come facevano a conoscerlo già tutti?

Poi però ci fu un sussulto, un fremito, che l'uomo tentò di nascondere mentre si rimetteva il cappello. Troppo tardi. L'avevano visto tutti, anche se Ruth ne ignorava il significato.

"Signora Brennan," disse l'uomo in fretta, facendosi da parte e tenendo aperta la porta per lasciarli entrare.

Ruth dimenticò subito quello strano momento, perché il circolo sportivo era troppo elegante e confortevole: luci dorate, una schiera di alte finestre con i listelli bianchi che davano sul campo da golf, la moquette così folta che i sandali ci affondavano dentro. Ne sentì la morbidezza sulle dita dei piedi. Su un lato c'era una stanza con poltrone di pelle e scrivanie di mogano, un camino enorme e tantissimi scaffali carichi di libri con i dorsi di pelle lucida. C'era odore di legna da ardere, il che sembrava assurdo lì al chiuso, nella calura estiva. Persino Benny si fece sfuggire uno "Uau" di apprezzamento.

Estasiata, Ruth non si accorse degli sguardi ansiosi e delle gole che venivano schiarite dietro il bancone dell'accoglienza. Il gestore non portava il cappello. Il suo compito era intrattenere i rapporti con i membri del circolo in linea con la loro posizione sociale e poi tradurre le loro necessità e desideri al personale. Di conseguenza, la sua uniforme era un completo elegante con tanto di cravatta. Si chinò in avanti, curvando leggermente la schiena.

"Buongiorno, signor Brennan, che piacere rivederla così presto." Portava occhiali spessi con un doppio ponte dorato sul naso. Aveva le palpebre rosa, e stava guardando tutti loro sbattendole pesantemente proprio quando Ruth si girò a osservarlo. "E chi abbiamo qui?"

L'uomo piegò la bocca a formare un sorriso.

"Questa è mia moglie," disse il papà. "La signora Brennan."

"Piacere," disse la mamma.

"Capisco," fece l'uomo sbattendo le palpebre ancora più furiosamente.

Con lui c'erano due impiegate, entrambe bianche, ed entrambe fissavano apertamente la famiglia Brennan. Non finsero di essere occupate, non nascosero il loro palese interesse. Il loro capo raddrizzò la schiena e poi uscì da dietro il bancone.

"Signor Brennan, permette una parola?" disse indicando la biblioteca con il palmo rivolto all'insù. "In privato?"

Il papà fece una smorfia con tutto il viso, con tutto il corpo. Cominciò dalla fronte e arrivò almeno ai pugni. Si girò verso la mamma, le baciò la guancia profumata.

"Ci metto solo un attimo," disse. E poi, a Benny: "Da' un'occhiata alla vista da quelle finestre, vecchio mio!".

Ma l'ottimismo di Benny si era spento. Andò a rannicchiarsi sotto il braccio della madre. Fu Ruth a dare un'occhiata, trascinandosi fino alla schiera di finestre, lasciando che la luce del sole le cadesse sul viso, guardando i raggi che filtravano tra gli alberi fuori. Da lì la piscina si vedeva molto meglio, le otto corsie luccicanti, l'ampia zona dei tuffi delimitata dalle corde, le due sedie dei bagnini, lo scivolo curvo e ripido. Il bar non aveva ancora aperto e c'era una grata abbassata sul bancone, ma Ruth vedeva due ragazze muoversi all'interno: entrambe portavano una polo bianca e il grembiule e avevano i capelli raccolti in una coda di cavallo ordinata. Ruth concentrò tutta la propria attenzione sulle due code di cavallo delle ragazze, nel tentativo di non sentire le parole che il padre e il gestore si stavano scambiando "in privato", a pochi passi da lì. La biblioteca aveva una porta. Persino Ruth capiva che il gestore l'avrebbe chiusa, se non avesse voluto far sentire a tutti la conversazione.

"Questo è un circolo molto esclusivo, signor Brennan," disse l'uomo.

"Lo so," rispose il papà. "Come si evince dalla quota annuale esorbitante che, come ricorderà, ho versato per intero giusto ieri."

"Sì, signore, ma il regolamento è chiaro per quanto riguarda i requisiti di ammissione. Questo circolo è solo per bianchi."

"Sì," disse il papà. "Quindi?"

Il gestore fece un verso che poteva essere solo di scherno, e Ruth vide le due giovani impiegate dietro il bancone dell'accoglienza scambiarsi una risatina in silenzio. La madre di Ruth stava a testa alta accanto a Benny, la schiena perfettamente eretta, le perle bianche ai lobi. Fissava il grande dipinto a olio appeso alla parete dietro il bancone. Tre uomini con il cilindro in testa, a cavallo, che inseguivano dei cani che a loro volta inseguivano una volpe.

"Temo che non avrei potuto approvare la vostra iscrizione se avessi saputo che sua moglie era... non bianca."

"Non sia ridicolo, certo che è bianca!"

Di nuovo quel verso di scherno. "E da dove viene, se posso chiedere?"

"Non capisco cosa c'entri questo con..."

"Potrebbe aiutarci a stabilire..."

"È di Portorico. Viene da una delle famiglie più stimate e ricche di Portorico."

"Capisco."

"Tutto questo è scandaloso."

"Signor Brennan, la prego. Dovrà ammettere che si tratta di una situazione molto insolita. Sicuramente capisce che mi ha messo in una posizione scomoda. Sono certo che sua moglie sia una donna incantevole e di buona famiglia, e questo non è un attacco personale nei suoi confronti. Ma dobbiamo pensare anche agli altri membri paganti, famiglie che appartengono a questo circolo da generazioni. È mio compito offrire loro gli standard elevati che si aspettano di trovare qui. Non sono io a fare le regole, ma è mio dovere applicarle per conto del consiglio di amministrazione. Faccio del mio meglio per soddisfare tutti."

"Ottimo lavoro, non c'è che dire."

Il gestore si schiarì la gola rumorosamente, prendendo tempo per permettere a entrambi di ricomporsi, di calmarsi, ma in quel tentativo di silenzio Ruth sentiva i loro cuori battere all'impazzata. Sentiva le loro vene pulsare nel collo.

"Magari potrebbe fornirci qualche documento?" chiese poi il gestore. "Una prova che sia bianca?"

"Potete provare che non lo è?"

"Signor Brennan, qualunque persona dotata di occhi sarebbe in grado di vedere che non lo è!"

Ruth gli occhi li aveva. Si girò a guardare la madre, che aveva la pelle di un colore simile a quello delle due donne bianche dietro il bancone. Ruth non aveva mai pensato alla bianchezza (o non bianchezza?) della madre nei termini della sua effettiva pigmentazione. Forse la mamma era meno rosa, riconobbe Ruth. Ma di sicuro quelle due donne non erano *più bianche* di sua madre, no? E poi per la prima volta le venne in mente un'altra cosa, e si ritrovò ad allungare un braccio per studiare il proprio colore. Era stata fuori in bici tutta l'estate, aveva usato lo scivolo ad acqua, giocato a campana e saltato la corda. E il suo braccio era marrone, marrone, marrone. Lo girò e si avvide che sotto la pelle era più bianca, ma era già preoccupata. Serrò le mani sulle braccia, provando un freddo improvviso nell'edificio con l'aria condizionata. Si pentì di non aver portato un maglione.

"Scandaloso," ripeté il papà, la voce che si alzava per la collera, accompagnata dal rumore del palmo sbattuto su una superficie dura nella biblioteca. "Mio suocero potrebbe comprarsi tutto questo posto e rivenderlo."

Ruth sapeva che quella frase rientrava nello sforzo maldestro del papà di difendere la mamma, di difendere l'esistenza stessa della loro famiglia. Ma era altrettanto consapevole del fatto che, pur essendo forse il tipo di argomento che poteva colpire un uomo dalle palpebre rosa in un country club di Saint Louis, e pur essendo stato vero una volta, adesso di sicuro non era più così. Ruth conosceva i racconti sulla ricchezza della famiglia di Papamío, un tempo leggendaria, ma da quando era nata non aveva mai visto una sola prova di quella fortuna, perciò tirarla in ballo a propria difesa le sembrava sia disonesto sia umiliante. Ruth non capì razionalmente quella specifica scheggia di vergogna, non sarebbe stata in grado di spiegarne la presenza, ma la percepiva lo stesso.

"Bene," disse il gestore. Ruth lo sentì inspirare rumorosamente con il naso allungato. "Signor Brennan, non è certo mia intenzione offendere. Vediamo di arrivare a un compromesso, che ne dice?"

Quando riemersero dalla biblioteca, qualche minuto dopo, i due uomini avevano ormai smesso di sorridere per finta. Adesso le due impiegate rimaste dietro il bancone sogghignavano sfacciatamente, e il gestore affrontò subito la questione.

"Se non avete di meglio da fare che starvene lì a guardare come due allocche i nostri nuovi membri, allora forse siete di troppo e dovremmo mandarvi a casa prima."

Poi si concentrò sulla famiglia Brennan, rivolgendosi in particolare alla madre. "Prego, signora Brennan," disse con un ampio gesto della mano. "Mi permetta di mostrarle la proprietà."

La mamma sollevò ancora di più il mento e strinse gli occhi a fessura. Benny le prese la mano.

"Mi porti un bicchiere di limonata," disse.

"Come, scusi?" chiese il gestore balbettando.

"Ho sete," fece lei. "Limonata con ghiaccio. E anche per i miei figli."

L'uomo si girò e schioccò le dita verso l'unica impiegata

rimasta dietro il bancone. Lei trasalì e corse a prendere la limonata, che venne depositata, gelida, nelle loro mani in attesa non più di novanta secondi dopo.

"Qualcosa per lei, signor Brennan?" chiese il gestore.

"No."

Durante la visita della proprietà, tutti furono impacciati e a disagio. Ruth provò comunque un simbolico brivido di euforia quando passarono accanto alla piscina, ma con una sorta di intuito primigenio capì che sarebbe stato sleale esprimere qualsiasi emozione simile alla felicità. Rientrati nella sede del circolo, gli uomini stabilirono con calma che la famiglia Brennan avrebbe mantenuto l'iscrizione, ma il gestore doveva porre un limite da qualche parte, e non era proprio possibile assegnare un armadietto alla signora Brennan nello spogliatoio delle donne, perché di sicuro le altre mogli si sarebbero opposte.

"Le consentiremo l'accesso allo spogliatoio del personale, ordinando ai dipendenti di togliere tutte le loro cose quando dovrà usarlo. Sarà come il suo spogliatoio privato. Ancora meglio dello spogliatoio comune, no?"

Fu allora che accadde. L'istante in cui Ruth capì con certezza assoluta che il matrimonio dei suoi genitori era arrivato al capolinea. Anche se al piano inferiore dell'edificio le luci erano tenui, la mamma non si era tolta gli occhiali da sole.

"D'accordo, Brian. Andrà benissimo." Il papà strinse la mano al gestore e gli diede una pacca sulla spalla. "Vero, Rafaela?"

"Tra gentiluomini si trova sempre un compromesso," disse il gestore.

Allora si voltarono entrambi a guardare la mamma, il suo viso stoico. Attraverso le lenti sfumate degli occhiali, lei sostenne lo sguardo di ciascuno a turno. Continuò a fissarli con espressione torva, in silenzio, fino a farli contorcere e avvizzire. Ruth osservava trattenendo il fiato. Percepì la forma torreggiante della dignità di sua madre in quello scambio muto. Decise di assorbire la forza della madre, di farla sua. Se la mamma era una quercia, lei sarebbe stata un arboscello. Capì che quel momento non era altro che pioggia.

Ma Ruth sapeva già mentre stava accadendo che quel ricordo avrebbe messo radici nel terreno dissodato della sua mente, e che un giorno l'avrebbe aiutata a definire un aspetto importante della mamma che non le era ancora del tutto chiaro. Anni dopo, Ruth avrebbe rievocato spesso quel ricordo, come una diapositiva color seppia. L'avrebbe sollevata tenendola per i bordi, guardando i colori filtrare attraverso la pellicola traslucida. Sarebbe passato moltissimo tempo prima che le ombre dell'immagine venissero illuminate con chiarezza, prima che Ruth capisse che quel giorno al country club non era stata la semplice esistenza di un inequivocabile razzismo a mandare la mamma su tutte le furie. Quello che la mamma davvero non poteva sopportare era il fatto che, per la prima volta in vita sua, il razzismo fosse rivolto *a lei*.

Nel silenzio profumato dello Short Hills Babylon Country Club, Ruth era immobile nel suo bikini con le balze, il prendisole e i sandali bassi. Stava ferma da così tanto tempo che il colore era defluito dalla sua visione periferica, eppure teneva gli occhi sulla madre, che non batteva ciglio e aveva intrappolato i due uomini usando solo il peso del suo sguardo. Quando ebbe finito, tese il bicchiere vuoto verso il gestore senza fare un passo. Quando fu chiaro che il suo braccio non era abbastanza lungo da raggiungerlo, la mamma aspettò che fosse lui a coprire la distanza tra loro, a fare un passo avanti e a prenderle il bicchiere di mano. Andò proprio così. Poi, la mamma si girò e ricondusse Benny e Ruth verso le scale.

"Tre teli da bagno," disse senza voltarsi. "Noi siamo in piscina."

9.

San Juan, Portorico
1964

L'umore di Priti fu chiaro fin dall'istante in cui Rafaela varcò il cancello cigolante di calle Américo Salas e se lo richiuse alle spalle con un tonfo. Attraverso la finestra aperta, Rafa sentì le ante degli armadietti che sbattevano. Si fermò cercando di non fare rumore e abbassò lo sguardo sulle scarpe stringate che spiccavano sugli ampi gradini rossi sotto di lei. Posò i libri accanto alla porta d'ingresso e raggiunse la finestra in punta di piedi, poi si aggrappò alle sbarre di ferro battuto e si sollevò di peso per sbirciare dentro. In sala da pranzo la lunga tavola elegante era già apparecchiata per la cena, ma attraverso l'arco in fondo alla stanza si vedeva la cucina, dove Priti andava avanti e indietro a grandi passi, borbottando tra sé. Rafaela si appiattì di nuovo a terra e strisciò fino all'estremità della veranda, dove si sporse al di sopra del muretto per controllare la tettoia. La macchina di Papamío non c'era. Saltò sul muretto e si sedette lasciando penzolare i piedi. Forse poteva aspettare lì che Priti sbollisse la rabbia.

Non che Rafaela avesse paura di lei. Le voleva bene come a una seconda mamma. Ma le rare volte che Priti aveva la luna storta c'era da stare attenti, e lei avvertiva un profondo senso di colpa, che la metteva a disagio e la confondeva.

Da piccola, Rafaela era convinta che il padre di Candido fosse morto e che fosse per quel motivo che l'amico e la madre si erano trasferiti a vivere e a lavorare da loro. Secondo lei si trattava di un accordo perfettamente equo: Priti e Candido guadagnavano qualcosa e abitavano in un bel posto, mentre la sua famiglia riceveva tutto l'aiuto di cui aveva bisogno. Tuttavia, arrivata ai diciassette anni, Rafaela ne sapeva abbastanza da capire che il padre di Candido non era affatto morto, ma che non era nemmeno sposato con Priti. Non dedicava grandi energie a cercare di immaginare come avesse fatto Priti a finire in una situazione del genere, e nemmeno si sentiva personalmente responsabile della sua sventura o salvezza, eppure intuiva che moltissime altre famiglie benestanti di San Juan non l'avrebbero assunta. Ciò nonostante, Rafaela sapeva che, a dispetto di quello che pensavano gli altri, per lei era un'enorme fortuna conoscere Priti, mangiare i suoi piatti tutti i giorni, sentirla canticchiare in cucina, sottoporsi ogni mattina al suo esame rigoroso condotto con spazzola e olio di palma. Se fosse stata incline a riflessioni simili, Rafaela si sarebbe ritenuta fortunata persino di ricevere una pacca sul sedere con la spatola di tanto in tanto, perché sapeva che Priti ci teneva alle buone maniere e alla rettitudine morale, e i suoi colpi sporadici, ben assestati e per lo più indolori, servivano a far emergere la parte migliore di lei. Priti non era una che faceva sceneggiate per nulla; c'era sempre una causa precisa e legittima.

Così, Rafaela aveva sperato di ricevere una soffiata da Pamío prima di entrare in casa, ma lui non c'era, e lei non poteva starsene lì fuori tutto il pomeriggio: doveva fare i compiti, e poi aspettava una telefonata della sua amica Claudia alle quattro in punto. Sentì un altro botto provenire dalla cucina – una pentola sui fornelli, forse – e sussultò leggermente. Quella mattina le erano anche cadute tre gocce di caffè sul colletto bianco della divisa scolastica. Cercava sempre di non sporcarsi i vestiti, non tanto perché detestasse le macchie in sé, ma perché sapeva che la loro comparsa equivaleva a lavoro settimanale in più per Priti. E adesso era angosciata all'idea di aggiungere questo problema a quello che stava succedendo in casa, qualunque cosa fosse. Forse poteva salire in camera a cambiarsi di soppiatto. Forse poteva provare a mettere in ammollo la divisa, se solo fosse riuscita a capire come faceva Priti, quale misteriosa sostanza versava sulla stoffa prima di immergere il vestito in un secchio di acqua tiepida. O forse poteva recuperare l'altra divisa stropicciata dal cesto della biancheria sporca e usarla fino al giorno del bucato. Di sicuro sarebbe riuscita a capire come funzionava un ferro da stiro.

"Ehi!"

Rafaela alzò lo sguardo e si riparò gli occhi dal sole. Sopra di lei, sul balcone della camera dei suoi genitori al primo piano, c'era Candido.

"Ti nascondi da mia mamma?" chiese.

Rafaela saltò giù dal muretto. "Non dire sciocchezze," rispose. "Stavo solo controllando se Papamío era in casa."

Spesso, quando Rafaela rientrava da scuola il pomeriggio, il padre era a casa nel suo studio. Aveva un orario di lavoro abbastanza prevedibile: in ufficio la mattina e il tardo pomeriggio, a casa entro le sette di sera. Quasi tutti i giorni faceva una lunga pausa pranzo, per mangiare a casa con Mamamía, e magari lavorava nel suo studio un paio d'ore prima di tornare in ufficio a chiudere la giornata.

"Benicio l'ha riaccompagnato in ufficio un'ora fa."

Candido frequentava la scuola pubblica, ad appena due isolati da lì. La mattina usciva un'ora dopo Rafaela e il pomeriggio rientrava prima di lei, così, agli occhi di Rafaela, Candido era quasi sempre a casa. I suoi voti erano eccellenti, anche se non lo si vedeva mai studiare, e aveva sempre tempo in abbondanza per aiutare sua madre in casa. In quel momento aveva in mano uno straccio sporco e teneva i gomiti sulla balaustra. Buttò giù lo straccio, che atterrò ai piedi di Rafaela.

"Oh, Romeo!" Alzò un braccio e se lo appoggiò in fronte. "Mi è caduto il fazzoletto!"

"Cretino." Rafaela rise e si chinò a raccoglierlo. Sentiva che Candido la guardava dall'alto, e si chiese cosa vedesse, mentre lei si piegava e si raddrizzava. Poi si mise una mano sulla vita sottile. "Ho recuperato il vostro lurido strofinaccio, Giulietta!" Lo teneva sollevato tra due dita.

"Orsù, portatemelo!" disse lui.

Rafaela si allontanò dal muretto, ma poi si fermò e alzò di nuovo lo sguardo. "Cos'ha Priti?" chiese.

Un fuoco sconosciuto oscurò per un istante il volto di Candido, ma mentre Rafaela lo guardava lui lo spense. "Vieni su," le disse.

Fu così che accadde, fu così che, all'insaputa di Papamío, Candido gli risparmiò l'incombenza di rivelare a Rafaela che la sua vita era cambiata completamente da un giorno all'altro. Candido non aveva programmato di dirglielo, ma nemmeno gli sembrava di aver oltrepassato i limiti. Lei era la sua più vecchia amica, e poi, il problema non aveva colpito anche lui? Ne avrebbero condiviso il peso.

Spesso, in tempo di crisi, sembra impossibile valutare la portata del danno sul momento, ed è solo col senno di poi che si riesce a stabilire la vera misura della distruzione. Non fu questo il caso con la caduta della famiglia Acuña y Daubón, l'otto novembre 1964. Il crollo fu immediato e totale, e anche se Rafaela e Dolores ci misero un po' a capire come e perché era successo, ne capirono subito le conseguenze.

Erano spariti dei soldi. Una grossa somma di denaro, scomparsa, sotto la supervisione di Papamío, che per questo era stato sollevato dall'incarico di tesoriere municipale della città di San Juan con effetto immediato. Perché, come o dove fossero finiti i soldi erano domande senza risposta, ma la scarsità di informazioni non impedì alla gente, ai giornalisti e ai vicini di fare congetture.

Qualcuno parlò di immoralità. Ci furono accuse, senza prove, di illecito amministrativo, gioco d'azzardo, appropriazione indebita, truffa. Nella dichiarazione rilasciata alla stampa, il governatore fu tiepido nella difesa di Papamío, insistendo sul fatto che aveva sempre saputo che Don Rafael Acuña y Torres era un uomo di buon carattere, ma confessando, con tutte le implicazioni connesse, che di fatto non sapeva spiegare dove fossero finiti i soldi mancanti.

"Che si tratti di pessimi investimenti, semplice cattiva gestione o qualcosa di peggio, non è questo il punto," disse il governatore alla conferenza stampa di quella sera, tra i *clic* e i flash delle macchine fotografiche. "Il denaro è sparito, dunque la persona responsabile della stabilità e della solvibilità finanziaria di questa città non può rimanere al suo posto. Vi assicuro che risaneremo il bilancio e adotteremo nuove misure per garantire che una cosa simile non accada mai più."

Tutti a San Juan capivano quanto fosse importante per il governo del Partito popolare reagire in modo rapido e deciso a ogni potenziale scandalo. Non erano passati nemmeno vent'anni da quando gli Stati Uniti avevano messo fine (in apparenza) al dominio coloniale sull'isola, concedendo alla popolazione di Portorico il diritto di eleggere il proprio governatore. Ma i portoricani rimanevano cittadini degli Stati Uniti che non avevano rappresentanti nel Congresso e che non potevano votare il presidente. Rimanevano cittadini di seconda classe che, per la Corte suprema, "appartenevano agli Stati Uniti ma non ne facevano parte". Di conseguenza, la scena politica a San Juan era caotica e turbolenta. C'erano opinioni forti, diversificate e proclamate a gran voce. La popolazione voleva che Portorico diventasse uno stato federato degli Stati Uniti, o chiedeva la completa indipendenza, o preferiva mantenere lo status relativamente nuovo di Commonwealth e territorio degli Stati Uniti. Secondo alcuni, lo status di Commonwealth non era altro che un'illusione e Portorico rimaneva una colonia *de facto*. In ogni caso, i vari pareri avevano pochissimi punti in comune, e la questione della sovranità di Portorico sarebbe rimasta la preoccupazione politica principale per decenni a venire. Nel 1964, però, gli abitanti non lo sapevano ancora. Sapevano soltanto che volevano dimostrare, a se stessi e al mondo, di avere la capacità e il diritto inalienabile di governarsi da soli. Non c'era spazio per tollerare la corruzione, o almeno non c'era spazio per tenerla in bella vista.

Papamío doveva andarsene. La sua famiglia avrebbe lasciato la casa con sette camere da letto di calle Américo Salas in modo che il nuovo tesoriere della città ci si potesse trasferire con la famiglia. Bisognava anche vendere la Roadmaster gialla. E ovviamente tutto questo voleva dire che Papamío non poteva più permettersi di pagare né Benicio né Priti. Candido e sua madre dovevano andarsene, tutti loro dovevano andarsene.

Infine, se anche il brusco cambiamento di posizione sociale non avesse determinato l'espulsione immediata di Rafaela e Dolores da Las Madres, Papamío non avrebbe più potuto permettersi di pagare la retta della scuola più prestigiosa di Portorico e forse di tutti i Caraibi. L'educazione d'élite delle ragazze era finita.

In un giorno normale, i due diciassettenni della casa, Rafaela e Candido, non si sarebbero mai trovati da soli al primo piano; se quella situazione disdicevole si fosse verificata per caso, uno dei due o entrambi avrebbero rimediato tornando subito al piano terra. Ma in un giorno normale Mamamía non avrebbe nemmeno chiuso le pesanti tende del salottino, non avrebbe preso una polverina contro il mal di testa e non si sarebbe stesa sulla chaise longue con la porta chiusa alle tre del pomeriggio. In un giorno normale, Priti non si sarebbe messa a sbattere le padelle a destra e a manca, cucinando come un'ossessa per scacciare la rabbia e fare spazio al dolore che sarebbe arrivato a rimpiazzarla. Quello non era un giorno normale. Perciò nessuno si accorse dei due adolescenti seduti fianco a fianco sul piccolo divano in fondo al letto di Mamamía e Papamío, le ginocchia che si sfioravano, i volti vicini.

"Ma dove andrai?" chiese Rafaela. Non era ancora approdata alla domanda successiva: dove sarebbe andata *lei*?

Candido si piegò in avanti appoggiandosi sui gomiti e si strinse nelle spalle. "Magari andrò a cercare mio papà. A Nueva York."

Rafaela rabbrividì.

Diversamente da lei, Candido non era mai uscito dall'isola. Non sapeva davvero quanto fosse difficile e rischioso vivere a New York, e probabilmente si era fatto un'idea romantica della città, come tutti, del resto, finché non ci andavano e la vedevano con i loro occhi. I palazzi grigi, le strade grigie, il cielo grigio, le facce grigie delle persone, che perdevano il colore in quel luogo freddo e dissonante. Rafaela ci era stata due volte, la prima nel 1951, quando era così piccola che aveva soltanto due ricordi di quel viaggio. Il primo era lo sbarco nel porto di New York appollaiata sul fianco di Mamamía, quando aveva allungato il piccolo collo per vedere l'altezza terrificante dei palazzi e si era aggrappata con tanta forza alla madre da conficcarle un'unghia nel seno. Mamamía aveva strillato e poi era morta d'imbarazzo quando la donna davanti a lei si era girata. Il secondo ricordo era etereo: solo un cielo scuro, il silenzio ovattato dei fiocchi di neve che cadevano, piccoli spilli di freddo che diventavano acqua nell'istante in cui le sfioravano la pelle.

I ricordi del secondo viaggio a New York erano molto più vividi. Era stato appena quattro anni prima, nella primavera del 1960. Avevano mandato Papamío in città a sbrigare alcuni affari e lui si era portato tutta la famiglia. Alloggiavano al Plaza Hotel, che era elegante e lussuoso e – malgrado l'atteggiamento brusco degli addetti alla reception e le occhiatacce sconcertanti lanciate di tanto in tanto dagli altri ospiti – sembrava un po' casa loro quando giravano la chiave nella serratura della suite e si chiudevano la porta alle spalle.

Rafaela e Dolores aspettavano sempre con ansia le visite quotidiane della donna delle pulizie, una ragazza portoricana non molto più grande di loro, che le faceva ridere con i racconti delle sue avventure in città mentre cambiava le lenzuola, spolverava le lampade e puliva il lavandino del bagno. Le due sorelle si rannicchiavano insieme su una sola poltrona troppo imbottita, e i loro occhi seguivano senza vergogna la ragazza mentre parlava e lavorava, e le note familiari del suo spagnolo si posavano come uccelli colorati nella camera dalle sfumature avorio, inattese e deliziose.

"Voi due ormai fate parte dell'arredamento," aveva detto un giorno facendo loro il solletico sotto i piedi con il piumino della polvere. Se c'era del risentimento in quella frase, le due sorelle non se n'erano accorte.

Di giorno, quando Papamío aveva le riunioni di lavoro, Mamamía portava le ragazze a fare compere nella Fifth Avenue, alla messa del mattino nella cattedrale di San Patrizio e, una volta, al Winter Garden Theatre a vedere la matinée di *West Side Story*, in cui i personaggi portoricani erano pericolosi ed elettrizzanti: Rafaela non aveva mai conosciuto nessuno così.

Ma per Rafaela i ricordi più duraturi di quel viaggio riguardavano il pomeriggio in cui la madre le aveva fatte salire su un taxi per portarle nella Harlem spagnola, dove si erano inerpicate per quattro rampe di scale fino a un appartamento che puzzava di aglio per andare a trovare la cugina di Mamamía e i suoi cinque figli, i quali si erano precipitati in casa tutti insieme al rientro da scuola, pressappoco quando loro erano a metà della seconda tazza di caffè. Rafaela e Dolores si erano sentite fuori posto con i loro nastri e i vestiti inamidati dai colori vivaci. I cugini si affollavano intorno a loro, le spingevano contro il piccolo tavolo, sgomitavano per richiamare l'attenzione e le tempestavano di domande sulla vita a San Juan.

Com'era la loro scuola?

Ce l'avevano il fidanzato?

Andavano in spiaggia tutti i giorni o solo nel fine settimana?

A San Juan la mangiavano la pizza? E avevano già assaggiato quella di New York? Che ne pensavano?

Mamamía aveva sorriso davanti a quell'interrogatorio ed era intervenuta con gentilezza. "Rafaela e Dolores studiano inglese a Las Madres, ma non fanno molta pratica, quindi non so se riescono a seguire tutte le vostre domande!"

Senza fare una piega, i cugini erano passati a uno spagnolo perfetto, seppure con un leggero accento, e avevano ricominciato da capo.

La cosa che Rafaela ricordava di più di quella giornata, dell'intero viaggio, era l'aria rilassata di Mamamía in quel posto sconosciuto. Il modo in cui l'odore e il chiasso di quell'appartamento minuscolo sembravano dissiparsi intorno a lei. Il sorriso non era mai forzato, la postura era quella di una donna completamente a suo agio, un gomito appoggiato sul tavolo come Rafaela non le aveva mai visto fare prima. Era quasi come se nel corpo di Mamamía ci fosse un'altra persona. Lei e la cugina stavano così vicine da sfiorarsi la fronte e avevano continuato a parlare e ridere finché il muro di mattoni fuori dall'unica finestrella della stanza era passato dal rosso al marrone scuro, al viola, a indicare che di lì a poco Papamío sarebbe rientrato dalle riunioni. Si aspettava di trovare le sue tre donne al Plaza. Mamamía aveva dato un lungo abbraccio alla cugina e poi loro tre erano scese di corsa per le scale strette ed erano uscite in strada a cercare un taxi.

Sul divano di broccato dorato ai piedi del letto nella sontuosa camera dei genitori, Rafaela provò a immaginare il suo amico Candido in quel posto lontano. Provò a immaginare la sua lingua che diventava lenta e floscia, trovando l'indolenza dell'inglese. Candido che mangiava la pizza al salamino piccante. Che saliva infinite rampe di scale fino a un appartamento rumoroso. Sirene, insegne al neon, edifici altissimi che coprivano il sole. Il vocio animato della Harlem spagnola. Nei suoi ricordi di New York c'erano sempre rumori assordanti, bordi taglienti, superfici dure. In quel panorama, Rafaela non riusciva proprio a fare spazio per la morbidezza di Candido. La morbidezza della sua voce, dei suoi occhi, della sua pelle, della sua risata, della sua bocca. New York l'avrebbe annientato, pensò.

"Se c'è mai stato un momento per farlo, questa potrebbe essere la mia ultima occasione," disse lui. Appoggiò la mano fresca sulla nuca di Rafaela, sotto la cascata dei riccioli di lei, e senza chiudere gli occhi la baciò.

Quando Candido si tirò indietro, Rafaela temeva di mettersi a piangere, con il rischio che lui pensasse che si era pentita del bacio. Così tenne gli occhi sulle loro mani intrecciate e abbassò la voce per intonarsi alla sua morbidezza.

"Non andare a New York," gli disse.

Più tardi quella sera, mentre Mamamía tornava da una commissione non meglio precisata, la vicina di casa, una donna trasandata e astiosa, la guardò di traverso dalla propria veranda e dichiarò ad alta voce che Papamío aveva sempre avuto un grosso difetto, e cioè non era mai stato capace di prendere la decisione giusta. Priti, che da anni coltivava con difficoltà l'arte dell'autocontrollo, sentì per caso il commento dalla finestra della cucina e, ben sapendo che il rapporto di lavoro con Mamamía era giunto al termine e che non era più tenuta a tacere di fronte all'ignoranza, si asciugò le mani, si tolse il grembiule e lo posò sul bordo del lavello per andare alla porta principale. Quando la aprì si trovò davanti Mamamía, si fece da parte per lasciarla entrare e poi uscì sulla veranda e si appoggiò alla ringhiera a braccia incrociate.

"*Oye*," gridò in direzione della vicina, seduta sulla sedia a dondolo con il ventaglio e un bicchiere di limonata. Un richiamo di quel tipo sarebbe bastato per scioccarla e indurla al silenzio, ma Priti, che aveva aspettato a lungo per dire quello che pensava, avrebbe detto tutto. E anche senza alzare la voce, decise, perché non avrebbe concesso quella potenziale distrazione, non avrebbe fornito una scusa alla donna per darle della svitata. Così scese i gradini e attraversò il vialetto, superò Benicio, che stava lucidando il paraurti posteriore della Roadmaster con un panno pulito, e non si fermò finché non arrivò sulla veranda della vicina, davanti alla sedia che non dondolava più.

Priti disincrociò le braccia e unì le mani dietro la schiena. Parlò a voce bassa ma con urgenza. Disse: "Sono tanti anni che lei è convinta, a torto, di essere in qualche modo superiore a Doña María Teresa. E perché? Per via di quei capelli biondi e flosci? Perché Dio le ha fatto uno scherzo dandole quella pelle rosa che si scotta se esce senza coprirsi? Perché la sua famiglia ricca e senza sangue nelle vene si è incrociata con tutte le altre famiglie europee di quest'isola invece di rinvigorire le sue prospettive con un po' di *sangre fuerte local*?".

La limonata della vicina tremava nel bicchiere, e il ventaglio si bloccò nell'aria.

"Per tutti questi anni ho tenuto a freno la lingua mentre lei continuava a fare i suoi complimenti falsi. Ma adesso posso dirlo, *gazmoña*, quegli insulti pungenti mettevano solo in risalto la sua invidia." Priti alzò una mano e indicò dall'altra parte del vialetto, verso la porta, dove Mamamía era rimasta appena dentro a mordersi le nocche per lo stupore. "Ho il piacere di informarla," proseguì Priti, "adesso che sono finalmente libera di parlare, che quella signora là ha più grazia ed eleganza in un neo sulla schiena di quanta potrebbero mai metterne insieme in una generazione tutti i suoi parenti e quelle facce da maiale dei suoi figli."

La vicina aveva gli occhi e la bocca spalancati, ma non ci fu una risposta verbale al di là di un rantolo, così Priti si girò e se ne andò, scuotendo la testa e borbottando mentre si allontanava.

"Il tuo brutto muso non ci mancherà neanche un po'. Dio ci ha dato almeno una consolazione, non dovremo più vedere questo branco di babbei."

Mamamía aspettava Priti appena dentro la porta. Se la chiusero alle spalle insieme, senza fare rumore, e poi si lasciarono cadere ai piedi della scala, dove ripeterono ogni singola parola che riuscirono a ricordare e risero fino alle lacrime.

* * *

Nelle settimane successive andarono in pezzi così tante cose che per Rafaela fu impossibile dare un ordine sensato agli eventi. Non c'era una gerarchia della perdita, era solo perdita, dopo perdita, dopo perdita. Un elenco parziale delle cose perdute: amiche, posizione sociale, routine, casa, sicurezza, la capacità di dormire dopo l'alba, l'identità, il proprio posto nel mondo.

A Las Madres, Rafaela era stata una studentessa eccellente, amata più dalle insegnanti che dalle compagne, le quali ipotizzavano a priori che la sua bellezza e ricchezza la rendessero arrogante. A Rafaela non importava, perché le supposizioni sulla sua arroganza non erano del tutto infondate, e per fortuna la sua discreta autostima le impediva di notare i giudizi peggiori delle compagne. Se Lola e Candido fossero stati i suoi soli amici si sarebbe ritenuta fortunata, ma in effetti alcune altre amiche le aveva, e comunque la scuola non serviva per fare amicizia. Serviva per studiare fisica e matematica e francese e inglese, per leggere i classici e scrivere temi di argomento politico con scopo persuasivo. L'educazione a Las Madres era un portale, un'anticipazione della vita complicata e affascinante che le attendeva.

Nei primi giorni dopo l'espulsione, quindi, Rafaela provò a convincersi che l'abbandono precoce della scuola significasse soltanto che la parte complicata e affascinante della sua vita sarebbe cominciata in anticipo. Intorno a lei tutti si davano da fare per elaborare un piano. In casa l'attività ferveva. Compratori, venditori, traslocatori, tizi in giacca e cravatta con valigette portadocumenti che andavano e venivano a tutte le ore, uomini in divisa con carrelli e furgoni che portavano via le cose. Era come una coreografia vertiginosa, un brutto sogno in cui tutti avevano imparato i passi di danza tranne Rafaela. Stava ferma al centro della sala da ballo mentre il valzer del disfacimento prendeva una velocità terrificante intorno a lei. Le braccia le pendevano inerti lungo i fianchi.

Nello studio di Papamío, lei e Dolores erano sedute sugli scatoloni pieni di libri. I mobili non c'erano più, tranne la poltrona da ufficio in pelle di Papamío. Adesso che la occupava senza avere davanti la scrivania, il padre sembrava piccolo e strano, come una tartaruga senza il guscio. Tanti anni in quella casa, e Rafaela non aveva mai saputo che la poltrona aveva le rotelle. Non ci si era mai seduta nemmeno una volta. C'erano tante cose che non aveva mai saputo, che non si era mai chiesta. Per esempio, ignorava che Papamío, la cui famiglia era stata incredibilmente ricca alcune generazioni prima, si era trovato a un passo dalla bancarotta prima di sposare Mamamía, il cui padre di umili origini aveva invece prosperato con l'agricoltura e le proprietà immobiliari. Non capiva che gran parte dell'eredità di sua madre si era ormai volatilizzata, che gran parte dello stile di vita principesco della sua famiglia era stato finanziato negli ultimi anni dalla posizione governativa del padre. E di sicuro nemmeno un angolino del cervello di Rafaela avrebbe mai immaginato che Mamamía fosse già impegnata a inventarsi l'attività (selezionare e noleggiare abiti e accessori di lusso, presentandosi come la prima stylist di San Juan) che alla fine li avrebbe aiutati a superare i momenti peggiori di quella catastrofe finanziaria. Se anche Rafaela avesse saputo alcune di quelle cose, o tutte, saperlo avrebbe contribuito ben poco ad attenuare il suo disorientamento di quel periodo. Semplicemente, troppe cose stavano cambiando troppo in fretta.

La voce di Papamío riecheggiò sulle pareti vuote, macchiate dalle ombre lasciate dai mobili.

"Possiamo mandarvi a scuola fino al diploma, ma dovrete andarci una alla volta, e non a Las Madres," stava dicendo Papamío, e quelle parole non fecero che accrescere il tumulto interiore di Rafaela. "Dolores sarà la prima, ovviamente, visto che è già all'ultimo anno."

Le ragazze si tenevano per mano.

"La prima a fare cosa?" disse Rafaela dando voce alla propria confusione.

"E Rafa?" chiese Lola.

Rafaela strinse la mano della sorella nella sua, ma non per gratitudine. Qualunque fosse la decisione che Papamío doveva comunicare alle figlie, Rafa non voleva rendergli le cose ancora più difficili. Lui si piegò in avanti e, spingendosi sulla poltrona con le rotelle, si avvicinò agli scatoloni su cui le ragazze stavano appollaiate fianco a fianco. Mise una mano sul ginocchio di Rafaela, sul lino della gonna; i baffi gli tremolarono quando sorrise, e per un orribile istante lei pensò che si sarebbe messo a piangere.

"Rafa vivrà un'avventura." Papamío sorrise a labbra strette e la figlia lo incoraggiò con un cenno del capo. Lui si schiarì la gola. "Ti abbiamo trovato un buon lavoro, Rafaela. Solo per un anno, finché Lola non si diploma, poi lei andrà a lavorare e tu potrai tornare per finire la scuola."

"Tornare?" chiesero le ragazze all'unisono.

"Dove deve andare, pa'? Dov'è il lavoro?" proseguì Lola. Rafaela non aveva il coraggio di chiedere.

Sempre seduto sulla poltrona con le rotelle, Papamío si spinse indietro di qualche centimetro. Si era creato una zona cuscinetto. Appoggiò i gomiti sulle ginocchia.

"A Trinidad."

Lola restò a bocca aperta e Rafaela sentì che la sorella le stritolava le dita nella mano.

"C'è una base della Marina."

Rafaela annuì. Sorrise a Papamío, ma sentiva pulsare tutte le estremità, avvertiva un tremolio nella visione periferica, percepiva che i limiti dell'universo a lei conosciuto stavano andando in frantumi.

"Non puoi mandarla a Trinidad!" Lola si alzò di colpo e gli altri due la guardarono. Nessuna delle ragazze aveva mai parlato così a Papamío. Nemmeno nei sogni, o negli incubi. Ma quella era un'epoca senza precedenti, e c'erano cose di ogni tipo che accadevano per la prima volta. Lola abbassò la voce, dispiaciuta. "Dove andrà a vivere?"

Papamío sbatté rapidamente le palpebre. "Una nipote di Mamamía è già là. Alloggia in una pensione per i civili direttamente nella base, e c'è spazio per Rafaela."

Rafa annuì di nuovo. "Va bene. Va bene," tentò di convincersi. "Che lavoro è?"

Lola si risedette con un tonfo.

"Farai la segretaria, per la Marina."

Rafa continuava ad annuire. Le sembrava di avere un macchinario arrugginito al posto del cervello. Cercava di far girare gli ingranaggi, cercava di immaginarsi in un ufficio da qualche parte, ma la catena non si muoveva. Non sapeva nemmeno cosa faceva, una segretaria. Papamío accorse in suo aiuto.

"Innanzitutto, sarà semplice lavoro amministrativo," disse. "Rispondere al telefono, battere a macchina i promemoria, archiviare i documenti." Forse le si leggeva in faccia il terrore, perché Papamío aggiunse: “Non ti preoccupare, ti insegneranno tutto. Imparerai in fretta”.

Lola si teneva la testa tra le mani, ma si raddrizzò all’improvviso, rianimata dall’idea che le era appena venuta in mente.

“Ci vado io!” disse. “Sono la più grande, ho più esperienza. Rafa è troppo piccola per andarsene di casa.” Lola non disse ad alta voce che Rafaela sarebbe stata un disastro nel lavoro che il padre stava descrivendo, ma il concetto era ben chiaro dalla sua espressione, e comunque lo stavano pensando tutti.

A quel punto Papamío si lasciò sfuggire un sospiro che sembrò fargli male fisicamente. “È già tutto organizzato a nome suo,” disse.

“Sono sicura che si può fare una modifica!” Lola agitò le mani nello spazio tra lei e la sorella, come per fare un trucco di magia. *Voilà!*

“Hanno bisogno di gente che sappia l’inglese, Lola,” disse Papamío.

“Ma io lo so, l’inglese!”

Lui le rivolse un sorriso triste. “Rafa è stata la migliore del corso per due anni di seguito. Sono rimasti colpiti dai voti alti, per questo hanno accettato di assumerla così giovane.”

“Ma se mandi me non noteranno neanche la differenza!” insistette Lola. “Posso farmi passare per Rafaela per un anno! Chi se ne accorgerebbe?”

“No,” disse Rafa.

Gli altri due si girarono a guardarla.

Rafaela si alzò e unì le mani dietro la schiena. Cominciò a percorrere lo studio vuoto in tutta la sua lunghezza, mentre la vedevano spingere un po’ di più sul macchinario arrugginito nel suo cervello, che finalmente si azionò. Ecco. Riusciva a immaginarsi in un ufficio caldo e luminoso davanti a una finestra. I capelli raccolti in uno chignon. Una gonna a tubino come quella di Lois Lane, forse un paio di occhiali. Un bicchiere d’acqua su un sottobicchiere accanto alla macchina da scrivere che ticchettava. Avrebbe parlato in inglese dicendo cose come: "Sì, capitano Browning; subito, capitano Browning". Avrebbe risposto al telefono non appena squillava, senza cincischiare. Avrebbe chiesto: "Con chi desidera parlare?".

Seduta sullo scatolone alle sue spalle, Lola continuava a tirare su col naso, ma Rafaela si rifiutava di girarsi a guardarla. Le lacrime di Lola erano contagiose, lo sapevano tutti.

"Magari sarà divertente," disse sperando di convincerli. Poteva imparare a prendere ordini anziché darli soltanto, giusto? Poteva imparare a essere umile, a tenere a freno la lingua. E poteva diventare la salvatrice della famiglia, guadagnare bene e aiutare tutti a superare quel momento.

Papamío sfilò il fazzoletto dal taschino e lo dispiegò porgendolo a Lola, che si soffiò il naso rumorosamente.

"Conoscerai tante persone nuove," disse poi. "Ti ricordi Clarisa? La nipote di Mamamía? Ha soltanto un anno più di te."

Rafa fece segno di no con la testa.

"L'ultima volta che è venuta a San Juan eravate piccole." Papamío si picchiò le mani sulle cosce e si alzò. "Ma vedrai che riprenderete confidenza in men che non si dica. Sarà bello avere lì qualcuno di famiglia."

Papamío fece qualche passo verso di lei tendendo le mani, e Rafaela smise di camminare per consentirgli di prenderla tra le braccia. Lui la afferrò per le spalle, sbatté di nuovo le palpebre e abbassò lo sguardo per un attimo prima di fissarla negli occhi.

"*Mija*," disse, e poi due parole che Rafa non gli aveva mai sentito pronunciare prima, e che sperò di non dover mai più sentire per il resto della sua vita. "Mi dispiace."

10.

Palisades, New York
2023

Daisy.

Per ora, la catastrofe esiste in una parola sola, perché Ruth non trova il coraggio di collocare quella parola in un contesto più ampio, di circondarla di altre parole. Si tratta di Daisy.

Ruth è in piedi nella camera degli ospiti, davanti all'armadio aperto dove tiene la valigia grande. Sblocca il cellulare e scorre l'elenco delle città salvate fino a trovare San Juan. Una formalità, in effetti, perché sa già che tempo fa a Portorico. La prevedibile differenza di temperatura, la pioggia, la stagione degli uragani che ogni anno fa sempre più paura. Ma siamo solo a giugno, alle prime minacce di tempesta manca ancora un mese, come minimo, più probabilmente due o tre mesi. E comunque niente di tutto questo può incidere granché sul bagaglio di Ruth. Quando arriverà là, starà tutto il tempo in una stanza d'ospedale. Se è fortunata.

Perciò controlla solo per forza dell'abitudine. Una rapida occhiata alle previsioni le permetterà di fare i bagagli senza nemmeno pensarci. Ha già tante altre cose da fare. Comprare i biglietti dell'aereo. Chiamare i ragazzi. Deve anche dirlo a sua madre, e a suo padre. Non riesce a pensare oltre l'immediato futuro. Cerca di regolare il respiro e di restare presente.

Ma quello che vede sullo schermo produce una specie di scatto nella sua spina dorsale. Sente la schiena drizzarsi mentre fissa il telefono. Sulla sinistra dello schermo non vede la sfilza di piccoli soli splendenti che si aspettava di trovare. Al loro posto c'è uno sfondo grigio pieno di minuscole saette. Ruth si sfiora la testa in cerca degli occhiali, perché è arrivata a un'età in cui senza occhiali riesce a farsi solo un'idea vaga delle cose. Ma lì tra i capelli non li trova. Gira in tondo, si tocca la tasca sinistra, dove li dimentica ogni tanto, si tasta il collo e scopre che non sono nemmeno lì, appesi per una stanghetta allo scollo della blusa. Le sembra di essere un personaggio dei cartoni in un'animazione macabra.

"Merda," dice ad alta voce.

Torna in cucina, stringendo ancora il cellulare, e ovviamente trova gli occhiali abbandonati accanto al computer. Li tiene sempre a portata di mano quando gira un video. Quel dannato video, che sembrava così importante solo un'ora prima. Chiude il portatile sbattendolo e si spinge gli occhiali sul naso. L'app del meteo le si spalanca in mano: probabilità di tempeste pari al cento per cento, probabilità di tempeste pari al cento per cento, probabilità di tempeste pari al cento per cento. Per tre giorni.

"Strano," dice sottovoce, perché è sempre stata brava a minimizzare.

Scruta quelle previsioni sconfortanti mentre torna in camera e sente una linea di preoccupazione formarsi nella solita ruga che ha sulla fronte, sente le labbra arricciarsi sporgendo dal viso. Ma finisce lì. Nient'altro può penetrare il mantello fatto di paura compassata che sta già indossando e che le avvolge tutto il corpo.

Fissa il telefono e torna in cima alla pagina, dove è tutto spiegato nel riquadro con il piccolo punto esclamativo rosso nell'angolo. "Allerta meteo," dice. Ruth clicca su "altro" e vede lo schermo riempirsi di urgenze in grassetto rosso, un riquadro dopo l'altro. "Allerta uragano. Rischio tornado. Pericolo di allagamenti. Attenzione alle onde anomale. Allerta frane."

Ruth indietreggia senza guardare finché non sente i polpacci entrare in contatto con il letto. Si siede con un tonfo e clicca su tutte le allerte, una alla volta. Legge e rilegge, ma non riesce a trovare il pulsante della comprensione nel cervello. Niente di tutto ciò ha senso.

"Siamo solo a giugno," dice al vuoto.

Anziché elaborare quello che sta leggendo, la sua mente rimane inutilmente concentrata sulla negazione della realtà e su altre attività futili. Perché non è stata attenta? Come ha fatto a scollegarsi da Portorico e da sua figlia al punto da non avere la benché minima idea della tempesta in arrivo? E soprattutto, la domanda più angosciante, perché diavolo non si è impegnata di più per rimettere a posto le cose con Daisy? Ogni volta che cercano di parlare della vita di Daisy, tornano al solito copione in cui Ruth pretende rispetto dalla figlia e Daisy dice alla madre di farsi i fatti suoi e lasciarle vivere la sua vita da adulta come le pare. Sotto l'irritazione, in realtà Ruth si sente rifiutata, perché il discreto fondo per l'università che ha racimolato lavorando come una matta è ancora in banca a fare la muffa. L'indifferenza di Daisy la ferisce, e spera che la figlia non debba mai scoprire quanto sia faticoso per una madre single crescere tre figli, tanto più mettere da parte tutti quei soldi per farli studiare. Ma non sono riuscite a scoprire la componente di tenerezza dello scontro, perché sono entrambe bloccate nella fase della rabbia.

"Ti sento che stai letteralmente alzando gli occhi al cielo," ha detto Daisy l'ultima volta che si sono parlate al telefono, e così hanno bisticciato sull'uso della parola *letteralmente*.

Quando è successo? Due settimane fa? Tre? Che spreco di fiato prezioso, che spreco di tempo. Perché non ha detto a sua figlia: "Ti voglio bene oltre ogni ragione, niente di tutto questo ha alcuna importanza e ogni giorno che respiri è un dono"? Le parole sullo schermo di Ruth si confondono. Ruzzolano e corrono e vorticano, ma le si conficcano anche nella coscienza e cancellano temporaneamente tutto il resto.

"I rischi per la vita umana e le proprietà tengono conto dell'incertezza tipica delle previsioni. La velocità dei venti potrebbe superare i centonovanta chilometri orari. Preparatevi a condizioni estreme. Potrebbe verificarsi un livello catastrofico di distruzione, tra cui gravissimi danni strutturali agli edifici più solidi e completa distruzione di quelli instabili. Presenza di onde anomale potenzialmente mortali alte fino a tre metri e mezzo nelle aree costiere. La quantità di pioggia caduta nelle zone interne dell'isola potrebbe superare i cinquanta centimetri, con conseguenti allagamenti e rischio di esondazione dei fiumi. L'acqua potrebbe rompere gli argini e invadere le vie di fuga. Situazione favorevole ai tornado. È necessario completare urgentemente i piani di evacuazione di emergenza."

Solo una scheggia allora, larga come la lama di un coltello. Un fremito di orrore che si diffonde come pelle d'oca sulle braccia, un formicolio caldo sulla nuca. Un nuovo strato di paura che si sovrappone allo strato di paura precedente, solo che Ruth non capisce nessuno dei due. Deve andare subito da Daisy. E c'è un mostro sul suo cammino.

Quando il telefono squilla di nuovo, non sarebbe giusto dire che spaventa Ruth distogliendola dai suoi pensieri, perché Ruth è già in uno stato di allarme tale che sarebbe impossibile scioccarla ulteriormente. Molla il cellulare sul letto e corre in cucina, verso il telefono fisso che ormai non usa più nessuno, e che tuttavia stasera sta già suonando per la seconda volta. Alza il ricevitore, ma non dice "pronto".

"Daisy?"

"Ruth Hayes?"

Non è Daisy, ovviamente.

"Sì?" Ruth è senza fiato, si sente stravolta. Appoggia una mano alla parete per tenersi in piedi.

"Sono Kevin, dell'ufficio amministrativo del centro traumi di Río Piedras." L'uomo al telefono è a malapena udibile sotto il rimbombo interno delle orecchie di Ruth. "Abbiamo parlato poco fa," dice, come se lei potesse averlo dimenticato.

"Sì." Ruth trattiene il fiato, chiude forte gli occhi. Quali che siano le domande pronte a uscirle di bocca, lei non è pronta alle risposte, perciò le manda giù. Lascerà parlare lui.

"Mi dispiace disturbarla di nuovo," dice l'uomo. "So che è una notizia pesante e di sicuro in questo momento è molto impegnata a organizzarsi."

Non le piace il suono della parola *organizzarsi*. Ruth tende l'orecchio per sentire se sta succedendo qualcosa nella lontana stanza in cui si trova Kevin, ma a varcare la soglia di quel microfono distante è soltanto la voce dell'uomo. Chissà se lui ha visto Daisy. Sono stati abbastanza vicini da mescolare l'ossigeno? Daisy respira ancora, scambia ancora l'aria con le persone che la circondano. Se così non fosse, Ruth lo saprebbe, perché smetterebbe di respirare anche lei.

"Mia figlia è..." Ruth interrompe subito la domanda, perché vuole la conferma che Daisy sia ancora viva, e non trova il coraggio di contemplare la possibilità che esista un'alternativa.

"Non ho novità sulle condizioni di sua figlia, temo," dice Kevin. "Mi dispiace."

Ruth chiude gli occhi, una timorosa preghiera nelle palpebre.

"La chiamavo solo per chiederle dell'assicurazione sanitaria secondaria," prosegue lui.

Sta dicendo parole senza senso. Non sembrano né spagnolo né inglese.

"Come, scusi?" dice Ruth.

"Sua figlia ha un'assicurazione sanitaria aggiuntiva?"

"Ha la Pinnacle. Il piano diamante."

"Sì, abbiamo trovato la tessera, ma mi chiedevo se ci fosse un'assicurazione secondaria."

"Non..." Ruth si ferma a riflettere sulla domanda, non perché sia possibile che Daisy abbia un'assicurazione sanitaria secondaria, ma perché è troppo confusa dall'improvvisa comparsa della domanda stessa. Il suo cervello procede in ritardo. "No," risponde infine. "No, ha solo quella. Lo so perché la pago io. Mancano ancora quattro anni prima che superi la soglia d'età. Ha la Pinnacle."

"Sì, pensavo solo che magari avesse anche un'assicurazione di viaggio."

Ruth scuote la testa, ma la confusione non passa. "No, lei... non è in viaggio. Vive lì."

"Ah!" La voce si fa di colpo acuta e poi, quasi più a se stesso che a Ruth, Kevin dice: "Ma qui hanno segnato come indirizzo di casa Palisades, New York".

"È il mio indirizzo, prima viveva qui." Ruth si preme il palmo della mano sulla fronte, ma non riesce ad attraversare la pelle e il cranio per fermare tutto quello che sta vorticando lì dentro. "Potremmo... potremmo pensarci dopo?" chiede. "Quando arrivo lì?"

"Ma certo," dice Kevin. "Ma certo, nel frattempo forniremo a sua figlia le migliori cure possibili. Di questo non si deve preoccupare."

Lei non se ne stava preoccupando. Ma adesso un po' sì.

"Grazie," dice Ruth.

"Solo una cosa..."

Ruth lo sente spostare dei fogli, e poi battere su qualche tasto.

"Se potesse, signora Hayes, le consiglierei di chiamare la sua compagnia assicurativa il prima possibile, per verificare la copertura."

"Verificare la copertura?"

"So che è l'ultima cosa di cui vorrebbe occuparsi in questo momento."

Ci sono cose peggiori, Ruth lo sa bene.

"È solo che la Pinnacle ci dice che a Portorico sua figlia non è coperta."

"Cosa." La parola le esce senza il tono interrogativo.

"Forse è solo perché non facciamo parte della loro rete." Non sembra convinto, né tantomeno convincente. "Sono sicuro che è solo un malinteso. Detesto chiedere cose simili in un momento del genere."

Ci sta provando, poverino. Ma la sua gentilezza non fa che peggiorare le cose. Ruth la riconosce, ricorda quel tipo di gentilezza dai tempi della morte di Thomas. Di sicuro gli impiegati amministrativi degli ospedali non sono così cortesi quando un paziente non assicurato arriva con una caviglia slogata o un bernoccolo in testa. Di sicuro tengono quel livello di empatia per chi è davvero in pericolo di vita.

"Non si preoccupi," dice. "Mi informo. Devo fare i bagagli e prenotare il volo. Quando riesco a fare spazio nel cervello, provo a chiamare."

* * *

Rafaela apparecchia la piccola tavola con una tovaglietta e le posate d'argento. Appoggia il calice da vino di cristallo su un sottobicchiere perché, pur vivendo da sola, non è una selvaggia. Abbassa le luci e sta portando il piatto dalla cucina alla sala da pranzo, quando vede la sagoma di sua figlia comparire fuori dalla porta a vetri della piccola veranda. Anche se vivono a cinquanta metri di distanza, Ruth non ha l'abitudine di passare a trovarla senza prima mandarle un messaggio. Comunque, Rafaela non dà importanza alla cosa mentre le fa cenno di entrare. Si siede e prende il primo boccone della cena proprio mentre Ruth apre la porta e fa un passo all'interno. Ma poi non si muove da lì, e Rafaela trova che si stia comportando da villana, finché non la guarda davvero per la prima volta. Ruth è tutta in disordine, ha l'aria smarrita. Sembra che le si sia bloccato il respiro nel collo e nelle spalle, il viso è deformato da un'emozione innominabile. Rafaela fa cadere la forchetta nel piatto e scatta in piedi.

"Cosa c'è?" Copre la distanza tra loro in poche falcate e prende Ruth tra le braccia.

Ancora prima di averne conferma, sa che deve trattarsi di uno dei ragazzi. Ruth fa fatica a spingere le parole fuori dal corpo. Non c'è aria per trasportarle. Riesce a emettere una sola parola.

"Daisy."

No.

No, no, no, no, no.

"Cosa?" dice Rafaela, ora davvero in preda al terrore. "Cosa le è successo?"

L'odore di pesce annerito e olio bollente appesta la stanza. Rafaela ha mangiato solo un boccone, ma teme comunque di dare di stomaco. Nella fortezza creata dalle sue braccia, Ruth è tesa, un nodo sussultante di dolore e paura. Rafa posa saldamente le mani sulle spalle della figlia. La allontana da sé per guardarla in faccia. Deve convincere l'orrore a uscire alla luce.

"Cosa c'è?" ripete. "Cos'è successo a Daisy?"

"Un incidente," gracchia Ruth.

Anche il respiro di Rafaela si ferma. Sente il battito del cuore farsi pesante.

"È..." Rafaela richiama indietro la frase. "Dov'è?" chiede invece.

Accompagna Ruth fino al divano. Si siedono insieme sul bordo, appollaiate e curve in avanti.

"Al centro traumi di Río Piedras."

Il cuore le sobbalza di nuovo nel petto. Dunque il suo cuore funziona ancora. Fa le acrobazie.

"Ok," dice. "Ok, andiamo. Facciamo i bagagli."

Si alza, ma la figlia rimane seduta, prende il telefono dalla tasca posteriore dei jeans. Lo sblocca e lo porge a Rafaela con aria disperata. Poi si accascia con la fronte sulle ginocchia. Rafaela guarda lo schermo, la sfilza di icone catastrofiche che formano un muro impenetrabile.

Non riusciranno a partire, i voli saranno tutti cancellati. Sono bloccate lì, e quella sensazione di stasi imposta le provoca un senso di panico e claustrofobia. Rafaela sente lo slancio della determinazione svaporare dal proprio corpo, e al suo posto si apre una voragine allarmante, in cui comincia a penetrare la nebbia.

Ruth raddrizza la schiena di colpo e le prende il telefono di mano. "Benny," dice. "Dobbiamo chiamare Benny. Lui può raggiungerla."

Apre la rubrica con mani tremanti, mentre Rafaela ha un vuoto. Benny. Benny. Le ci vuole un minuto. Il vuoto può essere ostinato, ma non dura mai più di qualche secondo, un minuto. Con pazienza, Rafaela cala di nuovo il secchio nel pozzo della memoria, ma quando lo tira su è vuoto. Ci prova un'altra volta. E un'altra volta ancora. Ecco. *Merda.* È come uno schiocco, l'inizio di un terrore secondario.

Benny. Ma certo, Benny.

Suo figlio.

11.

Saint Louis, Missouri
1980

Due anni prima del divorzio, Benny si fece un secondo amico a Saint Louis, un ragazzino che era appena arrivato in città.

"Fantastico, vecchio mio!" disse il papà da dietro il giornale, seduto al tavolo della colazione. Quando il papà beveva un sorso di caffè, Ruth lo capiva sempre, perché una mano spariva dal bordo del giornale e la barriera cominciava ad afflosciarsi. Poi si sentiva il tintinnio della tazza che veniva posata di nuovo sul piattino, e a quel punto il papà sbatteva il giornale per raddrizzarlo.

La colazione era il pasto preferito di Ruth: c'erano meno probabilità di mangiare roba stracotta e più probabilità di uscirne illesi. Ruth era capace di tostare il pane e di imburrarlo da sola, e aveva il permesso di aggiungere sale e pepe finché le uova non prendevano proprio il sapore che piaceva a lei.

"Sbrigati a mangiare, così riesco a pettinarti prima che arrivi l'autobus," disse la mamma.

Ruth aveva nove anni e la mamma non le faceva più le trecce tutte le mattine, ma voleva comunque che si legasse i capelli, nonostante Jennifer, Jenny e Kathy li tenessero sciolti con dei graziosi fermagli fissati ai lati della testa.

"Be', si tengano i fermagli e anche i pidocchi," disse la mamma. "Io mia figlia la voglio pulita."

"È vero, zucchina," aggiunse il papà abbassando il giornale al volo per farle l'occhiolino. "Meglio tenerli legati."

Nell'interpretazione di Ruth, l'occhiolino voleva dire che in realtà a suo padre non importava niente di come si pettinava, ma che in compenso era sempre alla ricerca di occasioni innocue per dare ragione alla mamma.

"Comunque, volevo sapere se posso andare a fare un giro in bici con lui dopo scuola," disse Benny.

"Un giro in bici con chi?" chiese il papà abbassando di nuovo il giornale.

"Con il nuovo arrivato. Eddie."

Il papà aggrottò la fronte, come se fosse la prima volta che lo sentiva nominare.

"Quello che si è appena trasferito qui. Te l'ho appena detto."

"Ah, giusto." Il papà non se lo ricordava, poco ma sicuro. "Certo che puoi."

La mamma stava risciacquando la padella nel lavello, ma Ruth vide il suo disappunto ancora prima che si girasse. Le braccia smisero di muoversi nell'acqua saponata. Le spalle erano immobili. Fece un respiro profondo e scosse la testa, poi si girò asciugandosi le mani nel grembiule.

"Più informazioni, grazie," disse a Benny avvicinandosi e fermandosi in piedi accanto a lui. Una mano puntata sul fianco, l'altra appoggiata allo schienale della sedia del papà.

Benny aveva già finito le uova strapazzate e stava facendo fuori la seconda scodella di cereali, perché, come aveva osservato Ruth, i maschi di undici anni mangiavano quasi senza sosta. Deglutì e poi rispose.

"Cioè?"

"Cioè, se devi andare in giro con questo ragazzo che non conosco, mi servono più informazioni!" disse la mamma.

"Informazioni di che tipo?"

"Cognome, dove abita, dove andate, a che ora tornate."

"Ah," fece Benny con un'espressione avvilita. "Non lo so.

Non lo conosco ancora così bene. Posso chiederglielo. Ma poi...”

Il papà piegò il giornale e lo posò sul bordo del tavolo.

Ruth vide Benny spremersi le meningi alla ricerca di una soluzione che gli permettesse di fornire alla madre le informazioni che voleva ma anche di andare a fare un giro in bici quel giorno stesso, nel pomeriggio, subito dopo scuola. Era il 1980. La logistica era complicata e gli amici scarseggiavano. Benny non poteva permettersi di perdere un'occasione del genere.

“Rafaela, non è un problema,” disse il papà spezzando in due con un morso l'ultima fetta di pancetta affumicata. “Gli farà bene.”

Benny fece un grande sorriso alla mamma, implorandola in silenzio.

“E a me farà bene avere più informazioni, così non dovrò preoccuparmi. Non chiedo molto.” La mamma si rivolse a Benny. “Perché non passate qui a fare merenda dopo scuola, così me lo presenti? Poi potete andare a fare tutti i giri che volete.”

Benny tentò di nascondere una smorfia, ma Ruth se ne accorse. I genitori no, perché invece di guardare il figlio erano occupati a cercare di dissimulare la reciproca irritazione. Ruth mangiò un altro boccone di pane tostato e restò in attesa, per vedere cosa sarebbe successo. Le liti dei genitori erano spiacevoli, a volte, ma erano anche una fonte affidabile di intrighi domestici, e aveva la sensazione che ne stesse nascendo una proprio davanti ai suoi occhi.

“Restate tra la scuola e il parco e non andate più a nord della Midway Avenue,” disse il papà arrotolando il giornale. “Va bene, Rafaela? Così saprai dove sono.”

“Peter.” La voce della mamma era carica di rimprovero. “Non lo conosco neanche, il suo amico.”

“Sono solo ragazzi,” disse il papà alzandosi e buttando giù l'ultimo sorso di caffè. “Sono tutti uguali. Giusto, vecchio mio?”

Ruth guardò il fratello, che era troppo sveglio per concordare con il padre in un momento simile. Infatti Benny prese il cucchiaio e si ficcò in bocca una montagna di cereali, così la sua risposta risultò del tutto incomprensibile. Il papà usò il giornale arrotolato per dare un colpetto in testa ai figli, uno ciascuno. Poi si piegò a baciare la mamma, che si irrigidì. Se la madre si fosse inclinata verso di lui di un centimetro, di mezzo centimetro, forse Ruth avrebbe continuato a nutrire qualche speranza. O anche se la madre si fosse tirata indietro, allontanandosi dal padre. Non avrebbe indicato che almeno provava qualcosa? E invece la cosa più tremenda era proprio la sua completa immobilità, il fatto che non si prendesse nemmeno il disturbo di allontanarsi da lui. Come se si separasse dal proprio corpo giusto il tempo necessario per sopportare il bacio del marito. Ruth osservò il padre mentre prendeva le chiavi e la valigetta portadocumenti dal loro solito posto, vicino alla porta di servizio. Andato via lui, riuscì quasi a vedere lo spirito della madre che scendeva e rientrava nel suo corpo.

Ruth e le sue amiche erano sulle altalene dietro la scuola quel pomeriggio, quando il fratello e il nuovo arrivato passarono di lì in una nuvola di polvere sollevata dalle bici. Benny abbassò il cavalletto e lasciò la bici appena fuori dal parco giochi, ma l'altro ragazzino restò in sella un paio di minuti, a farc qualche acrobazia. Impennò sulla ruota posteriore e fece girare il manubrio a ripetizione. Poi cambiò ruota e si mise a saltellare su quella anteriore. Ruth sentiva che le sue amiche lo stavano guardando.

"Ciao, scema," disse Benny alla sorella.

"Ciao, sfigato," rispose lei.

Jenny era sull'altalena accanto a quella di Ruth, piegava e distendeva le gambe per prendere velocità. Ruth girava su se stessa, facendo attorcigliare le catene a cui era appesa l'altalena e allungandosi in punta di piedi per arrotolarle il più possibile. Si fermò posando a terra la punta di un piede per guardare le acrobazie del nuovo arrivato, che finalmente smise di mettersi in mostra, buttò la bici per terra e seguì Benny agli attrezzi. Jenny aspettò che lui la guardasse prima di lanciarsi, il corpo inarcato che saliva in alto, l'altalena abbandonata che si afflosciava alle sue spalle, i capelli biondi che si allargavano come un mantello, le braccia e le gambe che mulinavano nell'aria. Ruth si piegò all'indietro per guardarla volare, trattenne il fiato aspettandosi un tonfo. Ma Jenny realizzò un atterraggio perfetto, in posizione accovacciata con una mano per terra, poi fece la verticale come se niente fosse e infine si rimise in piedi. Si sfregò via la terra dalle mani, fingendo di non aver visto i ragazzi che la guardavano, e poi le infilò nelle tasche posteriori dei jeans.

"*Mira*, Evel Knievel!" disse il nuovo arrivato.

Ruth non ne era del tutto sicura. Le sembrava che lui avesse detto così, e il suono di quella frase le smosse qualcosa dentro, qualcosa che non sapeva come chiamare. Si piegò all'indietro fino a essere quasi sdraiata nell'aria e poi sollevò la punta del piede, mollando la presa sul terreno. Mentre l'altalena la faceva girare come una trottola, inarcò la schiena. Adorava quello stordimento. Tenne gli occhi aperti e guardò il mondo capovolto ruotarle intorno.

I ragazzi chiacchieravano tra loro, ma lei non li sentiva perché Kathy e Jennifer applaudivano a più non posso. Così Ruth aspettò che l'altalena si fermasse e saltò giù. Con la testa che le girava raggiunse gli attrezzi, dove Jenny era già appesa per le ginocchia a un'estremità della scala a pioli orizzontale. Il nuovo arrivato e suo fratello erano in piedi sopra l'attrezzo, si tenevano in equilibrio sui due pioli dalla parte opposta, e quando Ruth si aggrappò con le mani finsero di calpestarle le dita. Lei strillò, ma passò in fretta da un piolo all'altro fino ad andare a sbattere contro Jenny dall'altra parte. Quindi si girò e ricominciò, con l'aiuto di Jenny che le diede una spinta tenendola per i fianchi. Arrivata in fondo, salì i gradini che portavano in cima alla torretta e si appoggiò alla ringhiera, accanto al fratello e al suo nuovo amico.

"Come ti chiami?" chiese al ragazzo.

Lui si girò a guardarla. "Eddie," disse.

Da quello scambio Ruth non ricavò niente. Aggrappandosi alla ringhiera, trasformò il suo corpo in un angolo acuto: piedi, sedere, mani.

"Ti sei appena trasferito?" chiese.

"Sì."

Ecco. C'era qualcosa in quella sillaba. L'intonazione, la formalità. Sapeva che non se l'era immaginato.

"Di dove sei?" chiese.

Lui guardò Benny per la traduzione, e Benny intervenne. "*¿De dónde vienes?*"

Eddie riportò lo sguardo su Ruth. "*De Puerto Rico*," disse.

"Ah."

Ruth lanciò un'occhiata a Jenny, ancora appesa per le ginocchia, i capelli biondi che ricadevano come una tenda gialla, così lunghi da sfiorare il terreno sotto di lei. Con la faccia capovolta era impossibile leggere la sua espressione. Eddie si mise a sedere su un piolo e poi saltò giù. Benny lo seguì. Ruth fece ancora una volta avanti e indietro lungo i pioli e poi vide i ragazzi riprendere le bici e allontanarsi.

Le ragazze convocarono una riunione sulla giostra per discutere del nuovo arrivato. Toccava a Kathy spingere, ma se la stava prendendo comoda, seduta sul bordo e spingendo pigramente con un solo piede.

"È stato bravo a fare le acrobazie in bici," disse Jennifer.

"Mio fratello è molto più bravo," replicò Kathy. "Fa i salti e le giravolte in aria."

"Com'è che si chiama?" chiese Jenny.

"Eddie," rispose Ruth.

"Ah, sì," disse Jenny. "Giusto."

"Sembra simpatico," disse Jennifer.

Kathy si strinse nelle spalle. "Non lo so. Avete visto che bici arrugginita? E com'erano ridotte le sue scarpe da ginnastica? Chi è che arriva in una scuola nuova con le scarpe tutte rotte?"

Ruth si pentì di non aver guardato meglio le scarpe, ma non riusciva a capire cosa c'entrassero.

"Be', per me è carino," disse Jenny.

"Che schifo!" esclamò Kathy, cercando di impedire a un sentimento improvviso di manifestarsi in una smorfia. Jennifer e Jenny non la stavano guardando, ma Ruth studiò il suo volto e vide che era comunque diventata rossa in faccia. Kathy se ne accorse.

"Comunque," disse saltando giù dalla giostra per cominciare a spingere davvero, "secondo me è straniero, o qualcosa del genere." Lo disse con disprezzo, in modo che tutte capissero le implicazioni inespresse, e fissò Ruth mentre lo diceva.

Ruth si paralizzò. La sensazione che prima aveva avvertito solo come un lieve formicolio cominciò a espandersi dentro di lei. D'un tratto si diffuse a ogni parte del suo corpo, ed era composta da tanti pezzi diversi. C'erano orgoglio e vergogna, rabbia e felicità, perdita e potere, alienazione e senso di appartenenza. C'era anche nausea, cristallizzata da una sensazione collaterale che riuniva tutte le altre e le rimpiazzava. Quella sensazione più grande era molto più facile da identificare: era paura.

Ruth voleva dire qualcosa. Dichiararsi d'accordo con Kathy, dimostrare con una frase che anche lei sapeva benissimo che Eddie era *straniero*. Ma le parole si incepparono in bocca. Per via di Benny. Per via del conforto racchiuso nel modo di parlare di Eddie, familiare ma distante, come svegliarti la mattina e sentire gli scampoli di un sogno ai margini della mente, dove ne avverti la presenza, ne hai una vaga percezione, e c'è un lungo precipizio dove potrebbe tornare se non ti sforzi troppo, se non sollevi la testa dal cuscino per metterti a sedere. Il trucco è tenere ferma la mente. Non puoi volerlo troppo, non puoi guardarlo direttamente, non puoi fargli cenno di avvicinarsi. Con pazienza, respirando, i dettagli potrebbero tornare nitidi. Il punto d'accesso potrebbe essere un singolo elemento, una porta che si spalanca, ed ecco che all'improvviso l'intera matassa si dipana in un colpo solo. *¡Coquí!* O, altrettanto spesso, *puf!* La porta si chiude per sempre. Tutto diventa irrecuperabile, tutto svanisce.

Ruth restò completamente immobile sulla piattaforma di metallo della giostra. Il sole si tuffò dietro un banco di nuvole e lei si chiuse la felpa rossa, tirando su la cerniera fino al mento.

Ruth andò a casa presto, disse alle amiche che non si sentiva bene.

Il papà era ancora al lavoro e la mamma stava facendo un solitario al tavolo della cucina, con una tazzona di caffè a portata di mano. Ruth buttò lo zaino per terra vicino alla porta della cucina.

"Appendilo," disse la mamma senza alzare gli occhi dalle carte.

Allora Ruth mise lo zaino sulla propria sedia, lo aprì e tirò fuori i compiti e l'astuccio. Poi andò ad appendere lo zaino al suo gancio accanto alla porta di servizio.

"Com'è andata la giornata?" chiese la mamma.

"Bene," rispose Ruth.

"Sei tornata presto." A quel punto alzò lo sguardo: Ruth era in piedi accanto a lei, le si appoggiò e le diede un bacio sulla guancia. La mamma tirò un po' indietro la sedia per prenderla in braccio.

"Non mi sentivo bene," disse Ruth prendendo il dieci di picche e mettendolo sul jack.

"Ah sì?" La mamma le posò la mano fresca sulla fronte, per controllare se aveva la febbre.

Poi si piegò in avanti contro la schiena di Ruth, le mise le braccia intorno alla vita e le diede un bacio sulla nuca. Ruth sentì che si rilassava tra le sue braccia. Sentì quel nuovo manto di confusione rotolare via. Inclinò la testa all'indietro sulla spalla della mamma.

"Ok, *mi amor*?"

Mi amor. Solo quando erano da sole Ruth era ancora *mi amor*. Le lacrime scesero calde e rapide, e Ruth non le capì, non sapeva quale fosse esattamente la loro origine, anche se era chiaro che erano arrivate con Eddie. Ma non pensava che fosse colpa di quel ragazzo.

"Oh." La mamma la strinse forte e la cullò dondolando leggermente sulla sedia. "Shh, shh. Va tutto bene," mormorò. "Cos'è successo? È successo qualcosa?"

Ruth fece un respiro profondo e si tirò su a sedere. Si asciugò gli occhi sulla manica della felpa rossa. "No, non è successo niente. Non proprio. Non lo so. Non mi sentivo bene e basta."

La mamma la fece girare per guardarla bene in faccia. Dopo alcuni secondi, stabilì che Ruth stava dicendo la verità, come meglio poteva.

"Ok," disse facendola alzare e alzandosi a sua volta dal solitario. "Siediti."

Ruth tirò indietro la propria sedia e si sedette davanti ai compiti, mentre la mamma prendeva un bicchiere di Snoopy dall'armadietto e lo riempiva di succo. Lo posò davanti alla figlia e tornò a sedersi accanto a lei. Prese l'otto di quadri e lo mise sul nove.

"Hai tanti compiti per domani?"

"Solo matematica," disse Ruth.

Risolse il primo problema e poi tirò fuori il temperino dall'astuccio. "Ho conosciuto il nuovo amico di Benny," disse. In tono distaccato, mentre infilava la matita già appuntita nel piccolo aggeggio nero e la girava.

"Ah sì?" La madre si adeguò alla sua noncuranza. "È simpatico?"

Lei si strinse nelle spalle. "Penso."

Un delicato ricciolo di legno si staccò dalla matita e atterrò sul libro degli esercizi. Ruth risolse altri due problemi di matematica. Stavano imparando le divisioni in colonna, e a lei i numeri non interessavano granché, ma le piaceva tracciare lo schemino per calcolare il quoziente.

"È di Portorico," disse sottovoce.

"Ah." La mamma teneva il mazzo di carte nella mano sinistra, sulle unghie aveva uno smalto rosa chiarissimo. L'interno di una conchiglia. La tenue sfumatura di una nuvola durante un temporale con il sole. Il colore della loro casetta a Santurce, la prima in cui avevano vissuto. Casa.

"Di che zona di Portorico, esattamente?"

Ruth si strinse di nuovo nelle spalle. "Non lo so." Disegnò un ghirigoro sul margine del libro.

La mamma pescò altre tre carte. Stava per arrivare la prossima domanda, Ruth se lo sentiva, e sapeva che era quella grossa. Impossibile camuffarla, nonostante la voce dolce della madre.

"È bianco?"

Eccola lì.

Fece un'altra volta spallucce. "Penso." Da quel giorno al country club, Ruth aveva perso la capacità di distinguere quelli che erano considerati bianchi da quelli che non lo erano. Non c'erano dubbi che fosse una cosa importante, anche se non capiva perché. Era importante a Portorico ed era ancora più importante qui. "Come noi, lo sai? Una via di mezzo."

Sua madre annuì. C'era sollievo nella sua postura. E Ruth piombò di nuovo in un pantano di brutte sensazioni. Dentro di lei sapeva che Benny aveva taciuto quell'informazione di proposito, che c'era un motivo per cui non aveva detto ai genitori e alla sorella che il nuovo arrivato non si era semplicemente trasferito, ma si era trasferito da Portorico. Ruth non capiva cosa vedesse Kathy quando guardava Eddie, né perché; non capiva cosa suo fratello stesse nascondendo alla madre, né perché; ma quando si trattava di lealtà, Benny non poteva competere con la mamma. Stavano in due galassie diverse. Perciò, in quel senso, non sembrò un vero tradimento.

"Però l'inglese non lo parla neanche un po'," riferì Ruth.

La mamma fece un respiro profondo. "Dio mio," disse.

La cena quella sera fu complicata, e non solo perché la mamma aveva preparato i tagliolini al forno con il tonno (un abominio in quattro ingredienti: una scatoletta di tonno al naturale, un barattolo di zuppa condensata, un ammasso di tagliolini ammorbiditi nell'acqua e un malinconico strato di formaggio fuso). Persino il papà faceva fatica a buttarli giù, ma Benny finì il piatto e fece il bis. Inconcepibile.

La mamma arrotolò i tagliolini sulla forchetta, ma non li portò alla bocca. "Ti sei divertito oggi con il tuo nuovo amico?" chiese a Benny.

"Mm-mh," rispose lui annuendo. Su un lato del piatto c'era un mucchietto di formaggio fuso che sembrava a tutti gli effetti un grumo di moccio.

Ruth aveva ancora un po' di nausea da prima.

"Non hai fame, tesoro?" chiese il papà.

Lei fece segno di no con la testa.

"Non si sente bene," disse la mamma allungando la mano per sistemarle un ricciolo dietro l'orecchio. Poi le accarezzò la guancia e a Ruth fece piacere che la sua salute fosse l'unico argomento abbastanza importante da spingere la mamma a rivolgere una frase intera direttamente al padre, anziché al vuoto intorno a lui.

"Cosa ti senti, zucchina?" chiese il papà.

"Non lo so. Mi fa male la pancia."

Il papà abbassò lo sguardo sul piatto e annuì in segno di solidarietà. "Mangia almeno un paio di bocconi," disse, poi spostò l'attenzione su Benny come per darle tregua, o così le sembrò.

Ruth prese in mano la forchetta, ma senza convinzione.

"Allora, cos'avete fatto tu e il tuo amico?" chiese il papà.

"Siamo andati in giro in bici," rispose Benny. "Abbiamo fatto un salto al parco giochi, ma poi siamo arrivati ai campi da tennis di Wooster Place e siccome non stava giocando nessuno ci siamo entrati con le bici."

"Nei campi da tennis?"

"Sì, perché Eddie ha la Bmx e fa tutte le acrobazie. Impenna senza mani e sta su una vita, non si muove neanche. Fa solo avanti e indietro con i pedali e la bici resta quasi immobile e lui sta su come se niente fosse."

"Però!" esclamò il papà. "Può insegnarti qualche trucco?"

"Sì, be', certe cose si possono fare solo con la Bmx," disse Benny. "Però mi ha spiegato come si impenna con la bici normale."

"Fantastico," disse il papà. "Dopo cena mi fai vedere?"

"Certo." Benny fece un grande sorriso. "Riesce pure a fare la verticale sul manubrio, o qualcosa del genere, ma quella mi sa che non sono proprio capace." Per quel che ricordava Ruth, Benny non aveva mai parlato così tanto a cena.

"Io non riuscirei a fare la verticale nemmeno sul tappeto," disse il papà. "Figurati in bici!"

"Infatti, è super bravo. Poi dopo i campi da tennis siamo andati al minimarket e lui si è preso una granita." Benny tacque abbastanza a lungo da cogliere la disapprovazione della madre. "Non ti preoccupare, mamma, io non l'ho presa perché non volevo rovinarmi l'appetito. E comunque non avevo i soldi. Guarda, guarda la lingua." Tirò fuori la lingua per farla ispezionare alla madre, perché lo sapevano tutti che la granita del minimarket te la colorava.

"Tuo padre ti aveva detto di non andare più a nord della Midway."

"Ah."

"Non essere pignola, Rafaela," disse il papà. "Il minimarket è sulla Midway."

"Tecnicamente è in Upton Street." Benny si ficcò in bocca un'altra forchettata di tagliolini.

"È sull'angolo," disse il papà.

"Sull'angolo a nord," precisò la mamma. "Benny, non voglio che attraversi quell'incrocio così pericoloso in bici!"

"Siamo scesi dalle bici, mamma, abbiamo usato le strisce," disse Benny. "Lo giuro."

Quell'informazione non bastò a smorzare lo sguardo torvo che la mamma gli aveva puntato addosso. Il papà mangiò un boccone di tagliolini e Ruth osservò l'intera esperienza riflettersi sul suo volto. La mamma si alzò da tavola, andò al bancone della cucina, aprì un cassetto. Tirò fuori un rotolo di pellicola trasparente e lo portò al tavolo, ne staccò un pezzo e lo usò per coprire il piatto della figlia. La stava liberando. Ruth non le aveva mai voluto così bene come in quel momento.

"Hai finito i compiti?" le chiese la mamma.

Ruth fece segno di sì con la testa.

"Bene, tesoro," disse lei. "Puoi andare. Perché non ti stendi un attimo sul divano nella tavernetta? Ti porto una coperta."

"Grazie, mamma," disse Ruth.

Si alzò pian piano dalla sedia, si stiracchiò e fece uno sbadiglio. Non voleva mangiare, ma non era nemmeno pronta a rimanere da sola. Aveva bisogno di sentirsi circondata dal conforto della sua famiglia. Prima di uscire dalla cucina, si fermò accanto al papà e gli posò il mento sulla spalla. Lui le diede un bacio sulla guancia. La mamma prese il piatto coperto con la pellicola e lo depositò in frigo.

"Allora, di che zona di Portorico è il tuo amico?" chiese la mamma tornando a sedersi.

"Cosa?" fece Benny fulminando la sorella con lo sguardo. Ruth si tirò su di scatto dalla spalla del papà e si avviò verso la porta.

"Ho saputo che è portoricano."

"Sì," borbottò Benny.

"Ah, fantastico!" La voce del papà riempì la stanza.

Ruth si fermò appena fuori dalla porta, dietro il muro, ad ascoltare. La luce che usciva dalla cucina tracciava una linea obliqua sulla moquette e non andava oltre. Ruth rimase nella zona in ombra.

"Strano che non ce l'hai detto subito!" disse il papà.

Un altro borbottio di Benny.

"Be', ci piacerebbe conoscerlo il prima possibile," aggiunse la mamma.

"Assolutamente," concordò il papà.

Ruth si rese conto che ormai i suoi genitori non concordavano quasi più su niente, e che quella confluenza di opinioni a tavola era davvero un caso eccezionale. Capì anche che probabilmente volevano incontrare il nuovo arrivato per motivi molto diversi. Il papà non vedeva l'ora di conoscere una nuova famiglia portoricana per socializzare, bere rum e fare colpo con il suo spagnolo. In più sperava che da quella conoscenza potesse nascere un'amicizia non solo per Benny ma anche per la mamma. Le ragioni della mamma, invece, non avevano niente a che fare con i rapporti sociali. A lei interessava solo prendere le misure, valutare quel ragazzo e la sua famiglia. Assicurarsi che fossero il tipo *giusto* di portoricani da frequentare. Ma comunque tutto questo non importava, perché la rara convergenza dei loro desideri voleva dire che per Benny non c'era scampo a prescindere. Dovevano incontrare il nuovo arrivato, punto e basta.

"Forse dovremmo invitare tutta la famiglia," disse il papà, e Ruth riuscì quasi a percepire il disagio del fratello filtrare attraverso la parete. Premette la guancia sui pannelli di legno. "Che ne dici, Rafaela? Potrebbe essere divertente, no?"

"Sì, mi sembra una splendida idea."

Benny taceva, e Ruth sentì solo le forchette raschiare sui piatti e poi, un istante dopo, le gambe di una sedia che grattavano le mattonelle e una dichiarazione calma ma decisa da parte del padre.

"Non ce la faccio a mangiare questa roba, Rafaela."

12.

Palisades, New York
2023

Daisy era seduta a gambe incrociate sul divano con un morbido cuscino in grembo e un controller tra le mani. La nonna era seduta accanto a lei e la stava massacrando a *Mario Kart*. Daisy provò a non farsi distrarre dai colpi alla porta, ma comunque non servì a niente: la sua macchina era appena stata doppiata.

"È aperto!" gridò la nonna senza staccare gli occhi dallo schermo.

La madre di Daisy entrò nella stanza, si fermò dietro il divano e si chinò in avanti a guardarle giocare. Sullo schermo, la nonna lanciò un calamaro contro la macchina di Daisy, che si ritrovò subito con il parabrezza coperto di inchiostro nero e uscì di strada.

"Allora, che cosa state combinando voi due?" chiese la mamma.

A Daisy sembrava piuttosto chiaro, quello che stavano combinando, ma evitò di dirlo, perché le restavano solo due giorni prima di tornare a San Juan. Se aveva fatto quel viaggio, metà del motivo era cercare di rimettere a posto le cose con sua madre, e fino a quel momento tutti i suoi tentativi erano falliti. L'altra metà era festeggiare l'ottantesimo compleanno di suo nonno. Daisy gli aveva preso un panama Gamboa vintage che sembrava nuovo di zecca e l'aveva portato fin lì a mano per non rischiare che si schiacciasse in valigia, avvolto nella carta velina e infilato con cura in una borsa di carta che aveva tenuto sulle gambe per tutto il volo. Non aveva idea di dove si potesse sfoggiare un cappello simile in Missouri, ma forse il regalo avrebbe incoraggiato il nonno ad andare a trovarla a San Juan. Lui e Trisha, la sua seconda moglie, viaggiavano ancora volentieri e ogni tanto si godevano una breve vacanza. Il loro volo da Saint Louis arrivava quel pomeriggio e Vic stava già andando all'aeroporto a prenderli.

"Bah, le solite cose," rispose infine la nonna appena superato il traguardo con la bandiera a scacchi, posando il controller sul tavolino. "Sto solo distruggendo i sogni di vittoria di mia nipote."

A Daisy mancava ancora un giro intero prima di arrivare al traguardo, ed era appena uscita di strada, di nuovo.

"Oh, da' qua." La nonna le tolse di mano il controller.

Daisy sembrò sollevata.

"Pensavo che magari volevi darmi una mano con la torta, Daisy," disse la mamma.

"Certo." Daisy si alzò e fece uno sbadiglio, si stiracchiò le braccia sopra la testa. "Fai la *tres leches*?"

"La preferita del nonno," confermò la madre.

"Ma poi, Ruth, cosa c'è in programma per il resto del fine settimana?" chiese la nonna.

La guardarono pilotare la macchina sullo schermo mentre la mamma rispondeva. "Vic dovrebbe arrivare qui con loro verso le cinque, la cena è in terrazza, sul presto, poi li porta in albergo a sistemarsi. Benny, Pamela e i ragazzi arrivano stanotte, quindi vanno direttamente in albergo in taxi. Domani la festa comincia all'una. Ci saranno tutti. Persino la ragazza di Vic sta arrivando in macchina da Boston."

"E Peter lo sa, vero?" chiese la nonna. "Non è una festa a sorpresa o qualcosa del genere? Perché ha ottant'anni, Ruth, mica settantasei come me che sono una giovincella. Non voglio che gli venga un infarto prima di rimetterlo sul volo di ritorno."

"Mamma, lo sai benissimo che è in gran forma. E comunque fino a domenica ne ha ancora settantanove."

"Dico solo che..."

"Gliel'abbiamo detto della festa, mamma."

"Bene."

"Ti va di aiutare me e Daisy con la torta?"

La nonna superò il traguardo per la seconda volta e spense la console. "Tu cosa pensi, Ruth? Secondo te mi va di aiutarvi?"

Daisy si mise a ridere.

"Non mi piaceva fargli le torte nemmeno quando eravamo sposati, perché dovrei cominciare adesso?"

"Ok, mamma."

"Svegliatemi quando è pronta!" La nonna chiuse la porta dietro di loro e le salutò dal vetro.

A casa, in cucina, Daisy e sua madre iniziarono la familiare coreografia dei preparativi per la ricetta, e la tensione tra loro si allentò per la prima volta dall'arrivo di Daisy due giorni prima.

"Vuoi una tazza di caffè?" chiese la mamma.

"Sì, grazie."

La mamma riempì d'acqua la caraffa e accese la macchina, mentre Daisy tirava giù l'impastatrice rosa da un ripiano della credenza. Si mise il suo grembiule preferito, quello con sopra le mucche, radunò gli ingredienti e li allineò sul bancone: farina, bicarbonato, sale, uova, zucchero, i tre tipi di latte, panna, vaniglia, cannella. A parte i due barattoli di latte (quello evaporato e quello condensato), nella cucina di sua madre niente restava nella confezione originale. Gli ingredienti secchi erano stati trasferiti in vasetti o contenitori etichettati poco dopo l'acquisto. Il latte, la panna e la vaniglia si trovavano in tre bricchi di vetro abbinati ma di dimensioni diverse. Persino le uova, tolte subito dal cartone, erano state risistemate su un vassoio di porcellana azzurra che veniva benissimo in foto sullo sfondo dei ripiani bianchi. La Daisy adulta trovava leggermente ridicoli tutti quegli spostamenti, ma doveva ammettere che il risultato a livello estetico era stranamente confortante, forse perché ricordava un'epoca in cui tutti quei prodotti venivano comprati o reperiti in una condizione che era più vicina al loro stato naturale, senza imballaggi sintetici, coloranti dai toni accesi, dolcificanti artificiali e additivi. L'aspetto confortante era tutto un trucco, Daisy lo capiva. Ma funzionava.

La mamma le porse una tazza e bevve un sorso dalla sua.

"Grazie," disse Daisy, e assaggiò il caffè.

Era buono, e adesso erano pronte a cominciare. Daisy si legò i capelli in una coda di cavallo e si girò per lavarsi le mani.

"Potresti... spostare la tazza più in là?" disse la mamma. "Fuori dall'inquadratura."

Daisy si bloccò davanti al lavello, l'acqua bollente che le scorreva sulle mani. Dopo un istante, regolò la temperatura e finì di risciacquarsi. Asciugò le mani sul grembiule, prese la tazza dal bancone e bevve un altro sorso.

"L'inquadratura?" disse.

Sua madre la guardò senza dire niente. Stava cambiando l'ordine in cui la figlia aveva allineato gli ingredienti sul bancone, perciò Daisy fu costretta a ripetersi.

"L'inquadratura, mamma?"

"Daisy, non cominciare."

"Hai intenzione di fare delle foto?"

Di nuovo, la madre non rispose.

"Sul serio?" disse Daisy.

La madre scosse la testa e lei si slacciò il grembiule.

"Cosa fai?"

"Mi tolgo il grembiule."

"Ma dai, Daisy."
"Mamma, non mi interessano queste cose."
"Sì, ti sei spiegata più che bene," disse la mamma. "Anzi, ormai è chiaro da anni. La buona notizia è che non devono interessarti. Devi solo farle."
"Devo?"
"Cioè, non sei obbligata. Ma resti qui solo pochi giorni e abbiamo passato pochissimo tempo insieme."
"Quindi hai deciso di passarlo così?"
"Stiamo cucinando! A te piace cucinare!"
Era vero che a Daisy piaceva cucinare, ma principalmente perché alla fine si ottenevano dei piatti che si potevano mangiare.
"Non sono venuta per essere tua figlia per finta, cucinare per finta e sorridere per finta con te davanti alla macchina fotografica."
La mamma accese una delle ring light wireless e provò varie angolazioni, verificando quali punti restavano in ombra.
"Sei mia figlia per davvero, Daisy. E stiamo preparando una torta vera."
Daisy abbandonò il grembiule sul bancone, ma poi, prevedendo le lamentele della madre, lo spostò dall'inquadratura e lo ficcò di nuovo nel cassetto dove l'aveva trovato.
"Hai capito cosa intendo," disse. "È tutto falso."
La mamma fece un respiro profondo e poi buttò fuori l'aria rumorosamente dalla bocca. El Suspiro.
"Daisy, non ti stanchi mai di questo discorso? Non è faticoso portarsi sempre dietro questo peso, sparare giudizi su di me in continuazione?"
La figlia non rispose. Si appoggiò al lavello in stile rustico e incrociò le braccia.
"È il mio lavoro, Daisy. È così che pago le bollette, è così che le ho pagate da quando è morto tuo padre. So che non ti piace. Ma la verità è che possono esserci più cose vere nello

stesso momento. Possiamo passare dei bei momenti insieme, preparando la torta per il compleanno del nonno. E mentre prepariamo una torta vera, che sarà deliziosa, tra l'altro, posso anche fare qualche foto da usare dopo, in un post sul blog pagato dagli inserzionisti. Così potrò continuare a riempire il tuo fondo per l'università, che se ne sta lì inutilizzato."

"Oh, ci risiamo," disse Daisy.

"E pagarti l'assicurazione sanitaria, anche," disse la mamma. "E il cellulare."

"Te l'ho già detto di disdire il contratto del cellulare! Non mi serve."

La mamma scosse la testa. Si avvicinò al cassetto dove Daisy aveva ficcato il grembiule, e per un attimo lei immaginò la madre mentre glielo riportava, glielo infilava dalla testa, le posava le mani sulle spalle e la guardava negli occhi. Invece la mamma prese il grembiule appallottolato, lo distese, lo piegò per bene e lo rimise nel cassetto. Poi si girò a guardarla.

"Dev'esserci un altro modo per fare questa conversazione," disse. "Ci abbiamo provato migliaia di volte, ed è sempre peggio."

"Su questo siamo d'accordo."

"È solo che... So che ormai è troppo tardi per tornare qui, l'occasione della Stony Brook è sfumata e te la sei fatta scappare."

Daisy sbuffò.

"So che hai firmato un contratto d'affitto, Daisy, e per qualche motivo hai deciso di restare là. Va bene, non ne discuto neanche. Ma non c'è motivo di non continuare a studiare a San Juan. C'è un'ottima università, e..."

"Dov'è Carlos?" la interruppe Daisy.

"Cosa?"

"Tuo figlio, Carlos."

La mamma aggrottò la fronte al punto che le si formò una

sorta di croce al centro. Di solito non tollerava le interruzioni, ma era talmente confusa che perse il filo.

"È... alle prove. Perché?"

"Così." Daisy si strinse nelle spalle. "Ha diciannove anni. Anche lui dovrebbe andare all'università."

La croce sulla fronte della mamma si spianò.

"Oh mio Dio, Daisy, ti prego," disse appoggiando i gomiti sul bancone, in una posa che rivelava una profonda stanchezza. "Tuo fratello è in una situazione completamente diversa."

"Sì, fa l'attore e il ballerino a Broadway. Solo uno dei lavori più precari del mondo, lo sanno tutti. Perché mai dovrebbe servirgli una laurea?"

"Ci andrà, all'università!" esclamò la mamma. "Ma il suo percorso è diverso dal tuo. Non può sprecare la giovinezza, quelli che per un ballerino sono gli anni migliori..."

"Mamma, è il *mio* percorso che è diverso!" Daisy disincrociò le braccia e tese le mani davanti a sé, come se potesse disegnare il discorso nell'aria e riuscire finalmente a farlo capire a sua madre. "È un doppio standard assurdo! Sei convinta che Carlos sia un caso a parte perché è la futura stella di Broadway, ma sei talmente accecata da lui che non ti sei neanche accorta che io a San Juan sto andando alla grande, e che a differenza di quel gran divo di tuo figlio sono in grado di pagarmi l'affitto. Se venissi a vedere, se mi sostenessi per cinque minuti invece di criticarmi sempre..."

Daisy esaurì le energie prima di finire la frase e la mamma si tirò su, si scostò i riccioli dalla fronte.

"Non lo so, Daisy," disse. "Ho lavorato tanto per darvi le opportunità migliori. È stata durissima dopo la morte di vostro padre. E adesso tu non le vuoi nemmeno."

Erano tornate al punto di partenza, come sempre.

"Sai, anch'io alla tua età mi sono trovata davanti a un bivio." La mamma fece ruotare uno degli sgabelli davanti all'isola della cucina e ci si sedette, aggrappandosi al poggiapiedi con i piedi nudi. "Per un po', ho percorso la strada sbagliata. Anzi, mi ci sono proprio buttata a capofitto. Ho rischiato di fare l'errore più grosso della mia vita."

La mamma non la stava guardando. Teneva gli occhi sul vassoio di porcellana delle uova, ma a Daisy sembrò che non stesse guardando nemmeno quello. Era da un'altra parte, e per un attimo Daisy pensò di raggiungerla. Doveva solo chiedere. Invece tenne la bocca chiusa, le braccia di nuovo incrociate, e dopo un fitto silenzio la mamma tornò.

"Voglio solo che tu sappia che non è mai troppo tardi per correggere la rotta," disse. "Per scegliere una strada diversa."

Daisy non aiutò a preparare la torta, ma la festa fu comunque un successo, e al nonno il cappello piacque moltissimo. La domenica, Daisy era sotto il piumino nel suo vecchio letto a leggere un romanzo tascabile, quando Carlos bussò alla porta.

"Entra pure." Buttò da parte il libro, felice di essere di nuovo per un po' sotto lo stesso tetto del suo fratellino, e al diavolo il doppio standard.

Carlos spalancò la porta restando sulla soglia.

"Taaanti auguuuri a teee!" cantò ad alta voce.

"Il mio compleanno è stato due settimane fa."

"Sì, ma eri lontana, e ora sei qui," spiegò lui. "Quindi festeggiamo adesso."

Daisy sorrise. "Ok. E non si balla? Niente fuochi d'artificio?"

"Ho qualcosa di meglio." Carlos fece un grande sorriso, ancora fermo nel vano della porta.

Lei inarcò le sopracciglia.

"Devo dartelo adesso, prima che Ruth torni dalla spesa."

Daisy si tirò su del tutto e si mise qualche altro cuscino dietro la schiena. "Ok, sono pronta. Vai."

Allora Carlos entrò nella stanza, tendendo un braccio da

cui penzolava un sacchetto regalo e saltellando per evitare lo zaino di Daisy e la pila di vestiti sporchi sparsi per terra.

"Oh, che emozione!" esclamò lei allungandosi a prenderlo. Era un sacchetto natalizio riciclato che il fratello aveva ripescato in soffitta, perché sapeva che per Daisy comprare carta e sacchetti regalo nuovi era uno spreco.

Carlos si appollaiò sul letto accanto a lei, facendo sobbalzare il materasso sotto di loro. "Aprilo!"

Daisy sollevò molto lentamente gli strati di carta spiegazzata. "Sei stato bravo a trovare la velina rossa e verde abbinata al sacchetto," disse fermandosi ad ammirare la confezione.

"Oh mio Dio, vuoi darti una mossa!" esclamò lui.

Daisy fece una risata, scavò sotto tutti gli strati di carta e tirò fuori dal sacchetto la prima di due scatole piatte a forma di libro. Anche queste erano avvolte nella carta, fermata alla bell'e meglio con il nastro adesivo. Tolse un pezzo di scotch ed estrasse la prima scatola dal suo involucro. Allora fece un grande sorriso, spostando lo sguardo dalla scatola al fratello.

"È un test del dna!" disse lui, in caso Daisy non sapesse leggere la scritta sulla scatola. Carlos non ce la faceva più ad aspettare: prese la seconda scatola dal sacchetto e strappò la carta. "In realtà sono due. Uno per te, uno per me."

"Adesso capisco perché non volevi farlo vedere alla mamma!" disse Daisy ridendo di nuovo.

"Sì, lei queste cose le odia," confermò Carlos.

"Ma perché ne hai presi due?"

"Vic dice che certe informazioni le puoi ottenere solo se sei biologicamente maschio. Devi avere il cromosoma Y, penso. Quindi ha detto che era meglio se lo facevo anch'io, per ricavare la maggiore quantità possibile di dati genetici. Nessuno escluso!"

"Per fortuna abbiamo un fratello maggiore cervellone che ci dà i consigli sui cromosomi," disse Daisy. "E lui il test non lo vuole fare?"

"Nah, non è interessato, come al solito. Ha detto che se gli viene qualche curiosità guarda i nostri. Il suo sarà più o meno uguale al mio."

Daisy aprì la scatola strappandola e rovesciò il contenuto sul letto, sotto lo sguardo di Carlos.

"Quanto sei disordinata," disse lui. "Come facciamo ad avere gli stessi geni?"

Allora, in mezzo a quella leggerezza, cadde per un attimo il silenzio.

"Dai, niente paura." Carlos le diede uno schiaffetto sul braccio. "Abbiamo detto che lo facciamo."

"Aspetta, dammi un momento," disse lei. "Certo che lo facciamo. Ma prima vieni qui."

Lo tirò più vicino a sé, quindi posò i piedi a terra. Voleva guardare il loro riflesso nello specchio a figura intera, seduti l'uno accanto all'altra sul bordo del letto.

Carlos aveva la pelle olivastra, mentre quella di Daisy era pallida e piena di lentiggini, una differenza che si accentuava ogni estate, quando lui si abbronzava e lei no. Daisy aveva i capelli più chiari e sottili, e c'erano anche altre cose, meno evidenti. Carlos aveva un'eleganza nel portamento che Daisy non riusciva nemmeno a imitare. Lui aveva orecchio per la musica; lei era stonata come una campana. A lei piacevano i cibi speziati; lui non li sopportava.

Quindi Daisy voleva fermarsi un momento per ricordare a se stessa che quelle differenze non erano poi così grandi, soprattutto in confronto al rovescio della medaglia. Perché allo specchio vedeva chiaramente anche le somiglianze. La forma del naso, la linea delle sopracciglia: folte e naturali le sue, perfettamente curate quelle di Carlos, ma la piccola curva sull'angolo esterno era uguale. Avevano entrambi una fossetta solitaria nella parte inferiore della guancia sinistra e le stesse dita lunghe e sottili. Quando avevano il singhiozzo inspiravano con un buffo grugnito, non solo loro due ma anche Vic. E a quel punto Daisy si sentì più sicura. Poteva concedersi di fare ipotesi che mai nella vita sarebbero state vere.

"Pensa se salta fuori che sono il frutto di una scappatella della mamma," disse.

"Ah, per favore," replicò Carlos. "Se c'è il frutto di una scappatella qui, sono io."

"Perché devi essere tu?" fece lei dandogli una piccola pacca sul torace con il dorso della mano.

"Eddai," disse Carlos. "Mi hai visto? Sono una scappatella fatta persona."

Daisy annuì guardandolo allo specchio. "In effetti."

"Il figlio dell'amore!" strillò. "Convinta?"

Daisy fece una risata.

"E poi sono il più piccolo," le ricordò. Con un sussurro, aggiunse: "È sempre il figlio più piccolo".

In bagno, sfregarono ognuno il proprio tampone sulla parte interna della guancia e sigillarono i campioni, poi Carlos si applicò una maschera di argilla blu sul viso mentre Daisy compilava i documenti appoggiata al mobile del lavabo. Su entrambi i moduli spuntò la casella che diceva "Desidero ricevere i risultati via posta ordinaria" e mise il proprio nome e l'indirizzo del suo appartamento a San Juan.

"Mi prendi in giro?" disse il fratello sbirciando da sopra la sua spalla. "I risultati con la posta cartacea? È una soluzione estrema persino per te, Daisy."

"Lo sai che odio l'email, Carlos."

"Ok, ma puoi odiarla e vivere lo stesso nel ventunesimo secolo."

"Infatti," disse Daisy sulla difensiva, leccando la prima busta. "Sono una persona molto moderna. Talmente moderna che sono postmoderna. Comunque, non è che non ce l'ho, l'email."

"È la stessa cosa. Se non la usi mai, è esattamente come non averla."

"Invece la uso," ribatté Daisy stringendosi nelle spalle. "Per il lavoro, cose così. Quando sono costretta. Ma se posso scegliere, preferisco il vecchio sistema."

Carlos fece una smorfia, spingendo le labbra tutte da un lato e sbattendo le palpebre dietro l'argilla blu.

"Immagina come sarà bello il giorno che trovo i risultati nella cassetta della posta," proseguì lei. "Ci mettiamo lì ad aprire la busta e li leggiamo insieme!"

"Ehm, ti ricordo che non la possiamo aprire insieme. Tu sarai tornata a San Juan, e io sarò qui solo soletto in periferia con Ruth, ad aspettare con ansia i risultati."

"Ma piantala," disse lei. "Sarai alle prove super chic di qualche spettacolo e non ci penserai neanche."

"Ah, Daisy." Carlos scosse la testa. "Lo sai che le prove non sono mai chic. Sono una faticaccia!" Appoggiò un braccio sulla fronte con aria melodrammatica, badando di non toccare davvero l'argilla blu. "Sempre se non sei la star, ovvio."

"Be', presto lo sarai." Daisy ci credeva davvero.

"Lo so," fece lui con un grande sorriso.

"Comunque," riprese Daisy. "Possiamo sentirci in videochiamata!"

Carlos scosse la testa. "Sei un vero enigma," disse mentre esaminava i documenti alla ricerca delle clausole scritte in piccolo. "Ci vogliono già da sei a otto settimane per ricevere i risultati, e con la posta cartacea bisogna aggiungere almeno altre due settimane. Forse tre, per farli arrivare fino a San Juan!"

"Be', per mia fortuna è il mio regalo di compleanno e posso fare come mi pare." Daisy piegò il secondo gruppo di moduli e li infilò nella busta insieme al campione del fratello, controllando di nuovo i numeri sulla provetta e sui fogli per accertarsi di non aver fatto confusione. "Menomale che mi vuoi bene."

"Ne sei sicura?" Carlos si piegò verso lo specchio per ispezionare la maschera, poi si lavò via i resti di argilla dalle mani, mentre girava la testa a destra e a sinistra seguendo i propri occhi nel riflesso. “Dio, come sono affascinante con la faccia blu. Forse dovrei restare blu per sempre. Guarda che zigomi!”

Daisy si sventolò la faccia con le buste. “Bello da togliere il fiato.”

Carlos aveva lasciato il telefono sul coperchio del water. Lo prese e aprì il calendario. “Ok, oggi è il ventisette aprile.” Fece scorrere le settimane, e intanto le contava. “Perciò dovremmo ricevere i risultati entro la fine di giugno.”

“Peccato che non arrivino in tempo per la festa della mamma!” disse Daisy con una risata.

Carlos bloccò il telefono e se lo mise in tasca.

“Ti accompagna all’aeroporto?” chiese.

Daisy si appoggiò con la schiena allo stipite della porta. “Chi, la mamma? Non lo so. Credo di no.”

Lui girò il viso blu per guardarla. “Non ti preoccupare, Daisy. Non può avercela con te per sempre.”

13.

Trinidad
1964

La nave salpò da Ponce alle quattro di un giovedì pomeriggio. Rafaela sarebbe arrivata a Trinidad il venerdì mattina, e avrebbe avuto il fine settimana libero per ambientarsi prima di iniziare il suo nuovo lavoro, la sua nuova vita. Le sue lettere avrebbero avuto un tono leggero e allegro. Le avrebbe scritte puntualmente ogni settimana ai genitori, alla sorella e a Candido, una per ciascuno. Non avrebbe scritto di quanto si sentisse a disagio con le altre segretarie, che prendevano ordini facilmente, senza innervosirsi, e il cui rapporto l'una con l'altra era così informale che Rafaela lo trovava sia volgare sia intrigante. Alcune ragazze le stavano simpatiche, ma non riusciva a rilassarsi con loro, non era in grado di imitare la loro affabilità. In quelle lettere settimanali Rafaela non avrebbe accennato nemmeno alla sua nostalgia di casa, al cibo pessimo della mensa, al fatto che i fiori di quell'isola la facevano starnutire così forte che a volte spaventava un ufficiale di passaggio, spingendolo a chiedersi ad alta voce come facesse una *creaturina* simile a fare tutto quel chiasso. Il suo inglese migliorò fino a includere cose bizzarre di ogni genere. Ma a Trinidad c'erano anche tante cose che le risultavano familiari, e così si concentrò su quei dettagli confortanti: le nuvole bianche che attraversavano l'azzurro intenso del cielo, gli inni in latino durante la messa della domenica mattina, la ninnananna notturna del *coquí* fuori dalla finestra della sua camera.

Quando venne a sapere da Dolores, e non da Candido stesso, che l'amico aveva comprato un biglietto di sola andata per New York, Rafaela avvertì di nuovo quel tremolio che le annebbiava i margini della visione. Gli scrisse subito, e quando ricevette la risposta provò la stessa sensazione data da un dolore cronico, perché si sentì angosciata ma, al contempo, ci era già talmente abituata che l'inquietudine dentro di lei sembrava quasi benevola. "Mia carissima amica," scriveva Candido, "cosa cambia tra un'assenza di qualche centinaio di chilometri e di qualche migliaio? Tu non ci sei comunque. New York, anche nella sua giornata peggiore, non può essere più triste di San Juan senza Rafaelita."

Candido aveva ragione, e lei lo sapeva. Non faceva nessuna differenza, e le cose non sarebbero cambiate nemmeno se fossero rimasti entrambi a San Juan, o se lui fosse venuto a Trinidad, o se lei fosse andata a New York. Perché, per cambiarle, Rafaela avrebbe dovuto esaminare i sentimenti che lui le faceva provare. E a quel punto avrebbe dovuto riconoscere che quei sentimenti indicavano che era innamorata. E poi? Lei e Candido non avrebbero mai potuto stare insieme. L'aveva capito fin da piccola, con la stessa chiarezza con cui sapeva che Mamamía non avrebbe mai dovuto beccarla con il lucido e lo straccio. La loro incompatibilità era evidente come il rossore del suo orecchio il giorno in cui Lola l'aveva trascinata fuori dalla dispensa e su per le scale, lontano da lui. Rafaela era attratta da Candido perché erano giovani e perché lui era bello. Le sarebbe passata. Questo almeno era quello che diceva a se stessa di notte, sdraiata da sola in un groviglio di lenzuola bollenti a pensare a lui. *Passerà*, si ripeteva. Aveva forse altra scelta, adesso che era lì a guadagnare qualche soldo per la sua famiglia? Tra le nuove responsabilità della sua vita non c'era spazio per capricci infantili.

E comunque, anche se nessuno ne aveva mai parlato esplicitamente, Rafaela aveva sempre capito, ancora prima di Trinidad, che un uomo (come Papamío) poteva prendere in moglie la donna che voleva (come Mamamía), non importava che aspetto avesse l'amata, da dove venisse o chi fossero i suoi genitori. Gli uomini che appartenevano a certe famiglie potevano fare quello che volevano, e per loro qualsiasi scandalo sarebbe stato lieve e di breve durata, e subito dimenticato. Lo stesso non valeva per Mamamía, né per Rafaela. Sapeva che per le donne era diverso perché, anche se nessuno l'aveva mai detto ad alta voce, aveva respirato e consumato e assorbito il concetto fin dall'infanzia: innamorarsi di un ragazzo come Candido sarebbe stata la sua rovina. E, malgrado le nuove circostanze della sua vita, non era ancora disposta ad ammettere che forse, di fatto, la sua rovina era già arrivata. Non si era ancora resa conto che *rovina* e *libertà* erano la stessa parola. Perciò, a dispetto del suo cuore palpitante, la possibilità di Candido non esisteva, e il dolore che rimaneva nell'ombra da lui gettata serviva solo a confonderla.

A Trinidad, Rafaela imparò a civettare e, cosa ancora più importante, imparò a *non* civettare. Imparò a reprimere il sorriso, distogliere lo sguardo, incurvare leggermente le spalle, sottrarsi alle attenzioni indesiderate di un giovane uomo. Per una ragazza bella come Rafaela, una base della Marina degli Stati Uniti nel profondo Sud dei Caraibi era un autentico campo minato di attenzioni indesiderate di giovani uomini. Sua cugina, che era meno bella di lei, usciva con i ragazzi tre o quattro sere alla settimana, ma Rafaela restava in camera ad ascoltare la radio o a scrivere le sue lettere, che con il passare delle settimane diventavano sempre più dispersive. C'erano settimane in cui scriveva una lettera in più a Candido, o due, o tre. Cercava di immaginare quelle aggiunte come semplici racconti, una cronaca spassionata del tempo che passava lì, ma non era uno stratagemma abbastanza convincente. Non ne spediva mai più di una.

"Dico solo che su quest'isola si mangia molto meglio che in quella mensa abbandonata da Dio!" scherzò Clarisa mentre si tirava su i collant. "Basta sopportare un cretino che ti guarda nella scollatura per un paio d'ore. Almeno così ti puoi mangiare un *pelau* decente."

Ma Rafaela aveva abbandonato le scarpe stringate e le gonne a ruota, la divisa scolastica e i calzini con il risvolto di pizzo da poche settimane. Non importava che alcuni di quei militari avessero solo diciotto anni, solo uno più di lei. Sembravano più vecchi di decenni. Forse era il taglio di capelli, l'uniforme, la voce roca e profonda. Forse era la tracotanza con cui le chiedevano se aveva impegni venerdì sera, la loro presunzione da *yanqui*, l'acqua di colonia troppo forte. Qualunque cosa fosse, non era perché pensava ancora a Candido.

"Be', almeno domani sera ti va di venire da Pat e Lorraine a giocare a Parcheesi?" chiese Clarisa infilandosi le scarpe col tacco.

Rafaela era tentata solo perché le piacevano i giochi da tavolo. Di Pat e Lorraine, come di tante altre amiche della cugina, poteva fare benissimo a meno. Era grata a Clarisa per il tentativo di includerla, ma le poche volte in cui si aggregava capiva che il suo atteggiamento tiepido nei confronti delle ragazze era ricambiato. Rafaela non sapeva come parlare con loro, e non le piaceva provarci. A pranzo, quando vedeva due o più amiche della cugina sedute insieme in mensa, sollevava un po' il libro che aveva in mano e fingeva di non notarle.

"Che ne dici?" chiese Clarisa. "Possiamo preparare la sangria."

Rafaela si alzò per aiutarla a chiudere la cerniera sulla schiena. "Vediamo," disse.

La pausa pranzo di Rafaela durava mezz'ora, compresi tre minuti per andare e tre per tornare camminando con i tacchi alti a cui si stava ancora abituando, e poi altri cinque minuti circa in fila per il cibo, per cui alla fine le restavano venti minuti per mangiare. Per fortuna il pasto era sempre così sgradevole che non le dispiaceva lasciarne un po' nel vassoio. La sala puzzava di disinfettante e pomodori bolliti, ma era una consolazione sedersi per quei venti minuti a calmare la mente. A volte lo sforzo di ascoltare e parlare in inglese tutto il giorno le lasciava un leggero mal di testa, che spesso riusciva ad alleviare in quei benedetti venti minuti chiudendo un attimo gli occhi mentre masticava quel cibo cattivo, facendo respiri profondi e sfrattando temporaneamente le parole straniere dal cervello. Si immergeva nei suoi pensieri in spagnolo come in un bagno caldo.

Ma da diversi giorni di fila un giovane molto insistente, con i capelli rossi e le lentiggini, si alzava dal suo tavolo appena la vedeva arrivare e le rubava alcuni di quei minuti preziosi. Rafaela li sentiva sfuggire via, uno, due, mentre quell'uomo le si piazzava davanti e sorrideva con i denti gialli e la pelle gialla e i capelli di un arancione brillante. Lei era stanca, aveva fame e il vassoio di cibo era pesante. Non le piaceva tenere il latte in equilibrio sul vassoio, portarlo in giro nella mensa affollata. Temeva che qualcuno la urtasse o che il latte scivolasse fino al bordo, e a quel punto le si sarebbe rovesciato addosso tenendole compagnia con il suo odore rancido per il resto della giornata. Il latte tremò nel bicchiere.

"Per favore," disse, "ho bisogno di sedermi."

Il nome cucito sull'uniforme del giovane diceva "Busby". Rafaela provò di nuovo ad avviarsi, ma lui le si mise davanti. Era la sua mossa preferita. Quando provò a cambiare strada, lui la bloccò di nuovo. Rafaela sbatté piano le palpebre, disse al mal di testa di pazientare, presto sarebbe arrivata con il rimedio. E poi, per un attimo, immaginò di lanciare il vassoio.

Immaginò il brusio nella sala che si interrompeva di colpo, l'unico suono rimasto quello della carne che sfrigolava sulla griglia, seguito subito dopo dall'acciottolio delle posate che volavano e del vassoio che cadeva. Immaginò la faccia scioccata di Busby, le lentiggini nascoste sotto un velo bianco gocciolante, le ciglia appiccicose di latte. Sorrise senza volerlo.

"Visto? Lo sapevo che avevi un sorriso in serbo per me!" disse lui. "Rafaela, giusto? Non dimenticherei mai un nome così, e su un corpo del genere."

Non c'era nemmeno più bisogno di rispondergli; lui sapeva cosa aspettarsi, e sembrava che fosse cambiato qualcosa: non sperava più di affascinarla o convincerla, ma di logorarla, di trovare un modo per non lasciarle altra scelta. Rafaela guardò di nuovo la sua faccia e fu dispiaciuta di vederla pulita e asciutta.

"Una ragazza sexy come te non può dire di no per sempre. Eddai, non ti senti sola? Usciamo solo una volta. Esci con me una volta, e poi mi implorerai di uscire di nuovo!"

Rafaela non fu in grado di reagire, così si limitò a girarsi. Avrebbe voluto lasciarsi cadere sulla sedia più vicina, ma nel momento stesso in cui prendeva quella decisione era consapevole del rischio. Dall'altra parte del tavolo, proprio di fronte, c'era una sedia libera, e sapevano entrambi che lui l'avrebbe considerata un invito. Avrebbe colonizzato gli importanti minuti di beatitudine di Rafaela con le sue stupide lentiggini e la sua maledetta voce. Lei curvò le spalle e il latte cominciò a scivolare di lato. Proprio quando ebbe la sensazione che la sua gola stesse per cacciare un urlo senza permesso, un braccio le passò davanti, una mano afferrò il bicchiere e lo sollevò, alleggerendo il peso del vassoio. Poi una seconda mano le prese direttamente tutto il vassoio.

"Fuori dai piedi, Busby." Era il proprietario delle mani che stava parlando. "È un ordine, soldato."

Le guance di Busby arrossirono sotto tutte quelle lentiggini, e Rafaela vide quanta fatica gli costasse chiudere la bocca e obbedire, ma dopo un istante si rassegnò.

"Sissignore," disse, facendo il saluto militare prima di girare sui tacchi e ritirarsi al suo tavolo.

Ciò che impedì a Rafaela di sorridere all'uomo che ora teneva il vassoio in una mano e il bicchiere nell'altra era il timore che un nuovo antagonista avesse semplicemente sostituito il primo, che il nuovo arrivato pensasse che la sua cavalleria gli desse il diritto di sedersi di fronte a lei durante i pochi minuti che restavano. Tuttavia, quando disse "Grazie", lo intendeva davvero.

"È quel pagliaccio che dovrebbe ringraziarmi," replicò l'uomo. "Per averlo salvato da una figuraccia."

A quel punto lei non poté più trattenere il sorriso.

"Dove vuole sedersi?" chiese lui.

Rafaela indicò il suo tavolo preferito, davanti alla finestra. Era sporco di briciole, ma l'avrebbe scelto comunque, perché era seminascosto da una grossa colonna e le piaceva la vista sul mare. Seduta lì, riusciva quasi a vedere Port of Spain dall'altra parte della baia, e sapeva che, se avesse guardato nella direzione opposta e avesse seguito con gli occhi le lingue di terra che si gettavano tra le onde, se avesse lasciato vagare lo sguardo oltre quelle isole nel vasto Mar dei Caraibi, se fosse riuscita ad allungare abbastanza la vista, magicamente, per centinaia di chilometri, allora avrebbe visto Portorico.

L'uomo la accompagnò al tavolo e posò il vassoio con sopra il bicchiere. Le tirò indietro la sedia, proprio come se lui fosse Papamío e lei Mamamía e stessero partecipando alla cena della Nochebuena a La Fortaleza.

Che strano, pensò lei, ma si sedette e prese la forchetta. Cercò di prepararsi al momento in cui lui avrebbe scostato la sedia di fronte, per mettersi lì a deliziarla con il suo inglese chiassoso. Ma non lo fece. Appoggiò le mani sullo schienale della sedia libera e le fece un cenno con la testa, piuttosto formale, e in questo modo lei riuscì ad ammirare per la prima volta l'inattesa avvenenza di quella testa. Pelle abbronzata, una massa di capelli neri ondulati e folte sopracciglia nere sopra gli occhi azzurri più penetranti che avesse mai visto. Lui batté leggermente i tacchi e accennò un inchino.

"Buona giornata, signorina," disse.

E Rafaela si stupì a tal punto che, quando aprì la bocca per rispondere, non trovò niente da dire. Quell'uomo galante la stava lasciando in pace. Non voleva niente da lei, non aveva intenzione di saccheggiare il suo tempo, di prendere ciò che era suo per riempirlo di rumore.

"Grazie!" ripeté, ma lui stava già andando. Quando si girò per allontanarsi, Rafaela intravide il nome cucito sull'uniforme.

Brennan.

* * *

La cappella della base di Chaguaramas era piccola e spoglia. Rafaela ci andava tutte le domeniche, per la messa delle dieci di mattina, ma l'umidità e l'odore di minestra che impregnava i tappeti non la aiutavano a sentire la voce di Dio. Da quelle funzioni non ricavava niente tranne la particola, così una domenica non ci andò: una decisione che le sembrò audace ed elettrizzante la mattina in cui la prese, ma che in seguito le provocò un attacco di nostalgia di casa così acuto che si sentì travolgere dal rimorso e finì per recitare nove rosari nel tentativo di recuperare il buonumore. La domenica successiva, si alzò presto e con il cuore contrito. Indossò un abito rosa con le maniche ad aletta, collant di seta e décolleté nere. Aggiunse dei semplici orecchini di perle e un rossetto discreto. Alle sette e mezzo, davanti all'ingresso della base, prese l'autobus che l'avrebbe portata in città.

Anche se non era mai stata a Port of Spain, quando arrivò

nella piazza principale e vide le nuvole bianche fluttuare dietro gli imponenti campanili gemelli della cattedrale dell'Immacolata Concezione, quella vista le sembrò subito familiare. Da fuori la chiesa assomigliava a una torta nuziale, ma non appena entrò e avvertì l'odore di sale e pietra, e la traccia residua di fumo d'incenso, Rafaela si ritrovò di nuovo a casa, seduta sul bordo del letto a baldacchino accanto a Lola ad allacciarsi le scarpe della festa.

Da piccole, le due sorelle si vestivano da sole per la messa e poi aspettavano l'ispezione di Mamamía, che raddrizzava un orecchino qui, sistemava un fermaglio là, e poi dava loro un bacio sulla testa. La madre era sempre impeccabile, con uno scamiciato, collana di perle e giganteschi occhiali da sole, anche in casa. Mamamía era preparata al sole implacabile della tarda mattinata, era preparata all'invidia di ogni singola donna presente nella chiesa del Sagrado Corazón de Jesús. Andavano a messa a piedi e Rafaela si godeva la passeggiata mentre faceva roteare il manico del parasole nel palmo della mano. Le piaceva osservare come erano vestite le altre bambine, confrontare le altezze dei tacchi delle madri (nessuna batteva quelli di Mamamía). Rafaela e Dolores ridacchiavano dietro il ventaglio ogni volta che beccavano un ragazzo a mangiare con gli occhi la loro mamma, il che capitava spesso. A San Juan, la messa era uno sport di squadra.

Quel ricordo la fece sentire ancora più sola, ancora più lontana da casa, e nella cattedrale, quando intinse le dita nell'acquasanta per segnarsi, Rafaela ebbe la sensazione che anche il suo corpo fosse una chiesa, che la cavità nel suo petto fosse il tabernacolo. Sentiva il proprio cuore battere all'interno. Ma poi la messa iniziò e i suoni furono un balsamo: le preghiere in latino si alzavano in volo fino al soffitto, riecheggiavano tra gli archi. C'era qualcosa di curativo nel semplice atto di sedersi, inginocchiarsi, alzarsi, inginocchiarsi, sedersi. Recitare le parole abituali. Immaginò Dolores e i genitori inginocchiati nel banco lontano, le loro voci che si mescolavano alle sue fervide preghiere. Quando fece la comunione, Rafaela si sentì restituita a se stessa. Si sentì pronta a sopportare un'altra settimana di esilio.

Per questo non le sembrò esattamente un colpo di fortuna quando, proprio in quel momento, aprì gli occhi e le cadde lo sguardo sul retro di una testa che aveva già visto. Riconobbe la linea precisa, appena sopra il colletto, dove i lucenti capelli neri sfumavano nel collo forte e abbronzato. Rafaela rimase dov'era, inginocchiata nel nono banco, e quella testa si inclinò mentre lei la guardava. Quando il prete alzò l'ostia consacrata, fu sicuramente l'immaginazione di Rafaela a fare tutto, perché da quella distanza non avrebbe mai potuto sentire la voce di lui. Fu sicuramente la sua fantasia a proiettare la solidità di quell'unica parola nell'etere. Le conferì un vago accento spagnolo.

"Amen," disse Peter Brennan prendendo la particola.

E quando si girò, Rafaela poté studiare il suo profilo per la prima volta, protetta dallo scudo delle proprie mani giunte. Le ciglia nere incredibilmente folte, le sopracciglia espressive, le guance rubizze. Gli occhi azzurro ghiaccio, anche di profilo, anche nel tenue bagliore delle ombre create dalle vetrate istoriate. Lui girò l'angolo per cominciare a tornare indietro e in quel momento si accorse che Rafaela lo stava guardando. Lei chiuse subito gli occhi, ma era troppo tardi. Lui l'aveva già vista e lei aveva visto lui, il modo in cui aveva cambiato espressione di colpo senza riuscire a impedirselo. Il sorriso fugace, la fossetta, la consapevolezza. Se qualcuno le avesse chiesto cosa provava in quel momento, forse Rafaela avrebbe preso in seria considerazione la domanda. Con una riflessione sincera e una spiegazione onesta, forse avrebbe stabilito che soffriva di solitudine, struggimento e di un caso grave di lussuria pura e semplice. Forse ammetterlo avrebbe in parte placato lo scombussolamento sentimentale che si stava verificando dentro di lei. Ma non c'era nessuno che potesse farle quella domanda. Rafaela socchiuse una palpebra per vederlo passare e, in effetti, era troppo tardi. Sentì il tabernacolo nel petto spalancarsi. Sentì il cuore muoversi verso di lui.

Finita la messa, Rafaela si trattenne nel banco, cantò fino all'ultimo verso dell'ultimo inno, e poi si inginocchiò ancora una volta nel tentativo di riconquistare la tranquillità che aveva provato per un po', prima che la comparsa di quell'ufficiale giovane e aitante la turbasse di nuovo. Quando raccolse la borsetta e il ventaglio dal pavimento di pietra e si segnò all'uscita, quando lasciò il silenzio fresco dell'ambiente consacrato e si ritrovò sotto il sole cocente di una metà mattina dei Caraibi, si aspettava di trovarlo a ciondolare sul sagrato o su una panchina lì vicino. Se l'era presa comoda perché le piaceva l'idea di farlo aspettare. Dava per scontato che lui avrebbe parlato del più e del meno, che avrebbe fatto commenti sulla funzione, la chiesa, il tempo, le avrebbe chiesto come si chiamava, che storia aveva alle spalle, da dove veniva; e presumibilmente, visto che era un gentiluomo, avrebbe fatto tutto questo mentre cercava di non fissarle troppo la bocca, di non lanciare nemmeno un'occhiata ai bottoni sul davanti del suo vestito. Ma quando Rafaela scandagliò la piazza riparandosi gli occhi con la mano, quell'ufficiale con la sua magnifica testa piena di capelli se n'era già andato.

Rafaela cominciò a cercarlo ovunque. In mensa durante la pausa pranzo, nella lavanderia a gettoni dove lavava tutto tranne la biancheria intima (che lavava a mano in una bacinella nella sua stanza, perché non sopportava l'idea che un marinaio la guardasse piegare le mutande pulite in un luogo pubblico sotto una luce fluorescente), durante le camminate a passo svelto che lei e Clarisa facevano intorno alla base la sera per sgranchirsi le gambe dopo aver lavorato tutto il giorno. Eppure lo incrociava di rado e, quando succedeva, l'ufficiale la salutava sempre con un sorriso e un cenno amichevole che Rafaela trovava fin troppo cortese.

Tutto questo per dire che, quando finalmente parlarono, Rafaela era talmente piena di aspettativa che stava quasi per scoppiare. L'aveva visto nella cattedrale più di un mese prima, e il salvataggio in mensa risaliva a quasi tre mesi prima. Ormai Rafaela frequentava quella messa tutte le settimane, si sedeva nello stesso banco e, quando si inginocchiava a dire le preghiere, chiudeva solo un occhio dietro la tenda delle proprie mani giunte, ma in chiesa l'aveva visto solo in altre due occasioni. Ed entrambe le volte, anche se aveva imparato a cantare con un po' meno devozione e a raggiungere più in fretta l'uscita dopo l'inno di chiusura, quando era arrivata nella piazza lui se n'era già andato.

Così, quella sesta domenica, Rafaela non si stupì quando non lo trovò fuori dalla cattedrale. Si era abituata alla delusione, proprio come alla speranza. Tuttavia, in piazza, sentì le spalle ingobbirsi sotto il tessuto inamidato della camicetta. La fermata era a cinque isolati dalla chiesa, ma l'autobus passava quasi due ore dopo, così Rafaela aveva preso l'abitudine di comprarsi un *pot bake* e poi guardare le vetrine mentre lo mangiava, come fosse Audrey Hepburn in *Colazione da Tiffany*. Quella colazione era il pasto migliore di tutta la settimana, perciò assaporava ogni boccone e studiava con calma le vetrine con le cose che non avrebbe mai comprato: gioielli, vestiti, cappelli, scarpe. Quando cominciò a sentirsi malinconica, quando il ricordo della vita precedente si fece insopportabile, si concesse di ammorbidire lo sguardo e si concentrò invece sul proprio riflesso, riconoscendo di non aver bisogno di niente se non di quel corpo, dei vestiti che aveva addosso, della calda dolcezza di quella focaccina al cocco avvolta nel tovagliolino di carta. Della sua famiglia. Diede un morso, affondando i denti nella crosta, e poi sorrise alla propria immagine nel vetro.

Proprio in quell'istante le sembrò che altri denti le restituissero il sorriso, ma era un sorriso troppo grande per la sua faccia. Aggiustò lo sguardo, mise a fuoco per vedere oltre il vetro invece che sulla superficie. Ed eccolo lì, al tavolo dall'altra parte, davanti a una tazzina di caffè con un giornale piegato sotto un gomito. E stava... stava ridendo? La salutò con la mano, e lei sentì le guance arrossire e la bocca seccarsi, il che rese difficile masticare e inghiottire il bel boccone di *pot bake* che aveva appena preso. Rafaela ricambiò il saluto e poi, appena riuscì a deglutire, rise anche lei. Allora lui si alzò, lasciando incustodita la tazzina per un attimo, e aprì la porta sul marciapiede, mettendo in allarme la cameriera, che lo inseguì e lo bloccò sulla soglia.

"Ah, no, non me ne sto andando," disse. "Ho solo visto un'amica." Fece un cenno a Rafaela.

La cameriera lo squadrò con aria sospettosa ma indietreggiò, tenendolo d'occhio nel caso in cui cercasse di scappare. Finalmente lui alzò lo sguardo e incrociò quello di Rafaela, che a quel punto aveva riavvolto il *pot bake* nel tovagliolino, insieme alla propria dignità.

"Entra!" disse lui.

Rafaela non riuscì a reagire. Restò impalata sul marciapiede, temporaneamente paralizzata sui tacchi.

"Posso offrirti un caffè?"

Lei annuì una volta e si avvicinò, ma lui non si mosse. Le tenne la porta aperta, così lei lo avrebbe sfiorato nell'entrare. Rafaela gli passò più vicino del dovuto, e intanto inspirò il profumo del suo collo.

Lui le offrì un caffè, e poi un altro, e poi una cialda con lo sciroppo d'acero e un uovo al tegamino e un po' di pancetta affumicata e una pila di fette di pane tostato con burro extra, e fu così gentile da non fare parola del suo enorme appetito, anche se non riuscì a nascondere del tutto l'ammirazione per la quantità di cibo che era in grado di stipare in quel corpo minuscolo. Rafaela mangiò abbastanza per una settimana, nella speranza che la domenica successiva lui le avrebbe offerto di nuovo la colazione, e quando finalmente terminò di mangiare lui le offrì un altro caffè e lei perse l'autobus.

"Ti darei un passaggio, ma non so come te la caveresti in moto con quella gonna," disse lui, e fu il massimo a cui si spinse con i commenti sull'aspetto fisico. Rafaela scoprì con stupore che, per quanto detestasse i commenti di quel tipo fatti dagli altri uomini della base, desiderava ardentemente sapere cosa pensasse di lei quell'uomo in particolare. Avrebbe scambiato volentieri almeno una fetta di pane tostato con un complimento sui suoi occhi o il suo sorriso o il suo accento. Ma Peter tenne le mani appoggiate sul tavolo e portò cautamente il discorso sull'infanzia, la famiglia, il lavoro, i viaggi. Era affabile e spigliato, rideva spesso, e lei aveva l'impressione che le parlasse come avrebbe parlato a un amico, a un altro uomo. Era esaltante e strano, soprattutto quando si rese conto di avere difficoltà a concentrarsi su quello che lui stava dicendo, non perché parlasse veloce o usasse parole complicate, ma perché quelle parole uscivano da una bocca così straordinariamente incantevole. Rafaela si sporse in avanti. Cercò di concentrarsi sulle idee anziché sulle labbra.

Aspettarono insieme l'autobus successivo e, quando arrivò, invece di assicurarsi che salisse a bordo e augurarle buon pomeriggio, lui salì con lei.

"E la moto?" chiese Rafaela vedendolo accomodarsi al suo fianco.

Lui agitò la mano nell'aria. "Domani entro in servizio tardi," disse. "Torno a prenderla in mattinata."

La domenica seguente, quando Rafaela andò ad aspettare l'autobus per Port of Spain davanti all'ingresso della base, Peter era già lì, i capelli neri così folti che nemmeno il taglio rigoroso del barbiere della Marina era riuscito a domarli del tutto. Rafaela notò che, quando era in abiti civili, Peter portava i capelli con la scriminatura di lato e un ciuffo che sembrava una cucchiaiata di panna montata. Indossava una *guayabera* giallo limone e pantaloni cachi, e Rafaela fece molta fatica a mantenere un'espressione neutra quando lo vide. Era occupata in quello sforzo, quando notò che alla fermata c'erano già altre due persone, tra cui una donna, che stava molto vicino a Peter, anzi, si inclinava verso di lui, e proprio mentre Rafaela li guardava lui le disse qualcosa e lei tirò indietro la testa ridendo e toccandogli il braccio. Quella donna gli stava toccando il braccio. Così ora il tentativo di mantenere un'espressione neutra prese tutt'altra direzione, e quando Rafaela arrivò alla fermata rivolse un cenno formale a Peter e gli disse "Buongiorno" nello stesso tono secco con cui l'insegnante di matematica di Las Madres si rivolgeva alle studentesse quando era reduce da una sbronza. Peter le sorrise, ma Rafaela distolse lo sguardo, fingendo di osservare la strada in cerca dell'autobus, anche se mancavano ancora sette minuti al suo arrivo. Si sentì stupida; nonostante avesse controllato tre volte che non portasse la fede alla mano sinistra, non aveva mai pensato che in assenza di un anello lui potesse comunque essere impegnato. Per forza era stato immune alla sua presenza. Tuttavia, malgrado i sentimenti in tumulto, Rafaela avvertì un formicolio lungo la nuca quando lui pronunciò il suo nome.

"Rafaela, la conosci Mindy?"

La ragazza tolse la mano dal braccio di Peter e la allungò verso Rafaela, che la prese con riluttanza.

"No, non credo," rispose.

"Io sono Mindy." La ragazza le strinse energicamente la mano. "Ah, l'ha appena detto lui!"

Fece un'altra risata fragorosa, anche se non erano nemmeno le sette e mezzo di mattina.

Rafaela non fu in grado di elaborare una risposta educata,

ridotta al silenzio dall'esame minuzioso a cui stava sottoponendo la rivale. Mindy aveva i capelli lucenti ma un viso un po' cavallino, stabilì Rafaela. Lanciò un'occhiata a Peter, che però aveva un'espressione imperscrutabile.

"Mindy lavora alla mensa ufficiali," disse lui.

La ragazza si coprì la bocca con la mano e, inclinandosi verso Rafaela, disse a bassa voce: "E là dentro è *ufficialmente* un casino!".

Rise ancora più forte, e Peter spostò il braccio prima che potesse toccarlo di nuovo. Rafaela se ne accorse, ma non sapeva se Peter l'avesse fatto perché gli dava fastidio o perché voleva risparmiare a lei quello spettacolo.

La battuta di Mindy non faceva ridere, ma era talmente palese che non rispondere sarebbe stato maleducato, così Rafa ci provò. Offrì un piccolo sbuffo e un sorriso, un'espressione di tiepido divertimento. Le sembrò più che sufficiente.

"Rafaela lavora in segreteria," disse Peter, e lei annuì.

Prima che fosse costretta ad aggiungere altro, l'autobus comparve con misericordioso anticipo e, nonostante fosse arrivata alla fermata per ultima, Rafaela non si fece problemi a salire per prima. Esibì il tesserino della base che le garantiva il trasporto gratuito in città e andò a sedersi quasi in fondo, con la faccia rivolta verso il finestrino e la borsetta stretta in grembo. Avvertiva il formicolio della pressione dietro gli occhi e non avrebbe saputo dire se le lacrime imminenti fossero di sofferenza o semplice umiliazione.

Lui le piaceva. Rafaela sarebbe potuta uscire con qualsiasi altro marinaio o ufficiale lì a Trinidad, ma lui era l'unico che avesse catturato un pizzico del suo interesse. Era stata una tale sciocca. Con la coda dell'occhio vide Mindy accomodarsi in seconda fila, proprio dietro l'autista, e spostarsi subito vicino al finestrino, dando un colpetto con la mano sul sedile accanto a lei. Rafa girò ancora di più la testa verso il finestrino, desiderando di spalancarlo e sgattaiolare fuori. Scivolò in avanti sul sedile. Nella sua testa sentì Mamamía che le diceva di stare seduta dritta, ma ignorò la madre lontana, che di sicuro avrebbe fatto un'eccezione in quelle circostanze. Chiuse gli occhi sperando che le palpebre riuscissero a trattenere le lacrime di mortificazione che stava covando. Avrebbe tanto voluto che Lola fosse lì con lei.

E poi colse il suo profumo prima di vederlo, il vago aroma speziato del dopobarba. E poi si sentì sfiorare la spalla dalla sua, il peso di lui che la urtava leggermente.

"Tutto bene?" chiese Peter. Era seduto accanto a lei.

Rafaela sbatté le palpebre e aprì gli occhi, ma tenne lo sguardo sullo schienale del sedile davanti al suo. Si raddrizzò e cercò una scusa per quel comportamento, quel malumore.

"Benissimo," disse. "Ho solo un po' di mal di testa." Strinse la base del naso tra l'indice e il pollice per rendere l'idea.

"Sì, be'," sussurrò lui, "si sa che Mindy fa questo effetto."

Rafaela sentì la propria postura che cambiava, la spina dorsale che si distendeva.

"Causa spesso allergie," aggiunse lui.

Poi Peter fece un trucco di magia vero e proprio. Come uno sciamano, e senza il minimo accenno all'incantesimo che stava lanciando, passò con disinvoltura allo spagnolo e spiegò che Mindy non era la sua ragazza: a quanto vedeva, era una persona buona e sola e molto lontana da casa, e dopo averla conosciuta un po' meglio aveva cercato di offrirle gentilezza e conforto in modo equilibrato, senza incoraggiare false speranze. C'era una sola ragazza nella base, anzi una sola ragazza in tutta Trinidad, o forse nell'intero pianeta, con cui Peter non aveva alcun desiderio di rimanere equilibrato. Per quell'unica ragazza, era pronto a buttarsi.

Rafaela ascoltò tutto il discorso senza respirare, senza muoversi, senza staccare gli occhi dal sedile davanti al suo. Si meravigliò del bellissimo spagnolo di Peter, che gli cambiava la voce, cambiava le parole con cui sceglieva di esprimersi, la faceva sciogliere dentro, tanto che, quando finalmente alzò gli occhi, guardò prima la sua bocca, per vedere la forma che prendevano le sue labbra mentre pronunciava quelle bellissime parole che la riportavano a casa, e poi, solo dopo, i suoi penetranti occhi azzurri.

"Spero che quella ragazza mi permetta di offrirle di nuovo la colazione, dopo la messa," disse lui.

E poi appoggiò la mano aperta, con il palmo rivolto all'insù, sul proprio ginocchio. E aspettò che lei la prendesse.

14.

New Jersey
1991

Ruth, ignara del fatto che la sua capacità di innamorarsi profondamente di due uomini allo stesso tempo fosse un carattere ereditario, conobbe entrambi i suoi fidanzati dell'università mentre lavorava fuori dal campus, pochi mesi dopo la morte della zia Lola. I primi due anni di università erano stati una lunga siccità sentimentale, e la sua solitudine venne solo ingigantita dal peso del lutto improvviso. Così, all'inizio dell'autunno del terzo anno, quando si trovò davanti non una ma ben due prospettive romantiche, Ruth era sia piacevolmente sorpresa sia totalmente impreparata. Infatti la gestì malissimo.

Per primo conobbe Thomas, un sabato pomeriggio di fine settembre. Nel New Jersey non c'erano ancora tracce di autunno e quel giorno nel laboratorio fotografico faceva caldo, così Ruth aveva aperto la porta che dava sulla strada e l'aveva fermata con un mattone, perché il proprietario del palazzo si rifiutava per principio di accendere l'aria condizionata a settembre, a prescindere dalle reali condizioni meteo. Ruth si era raccolta i capelli con un elastico e aveva lasciato lo zaino per terra dietro il bancone. Lavorava lì sedici ore alla settimana: quattro il lunedì, quattro il mercoledì e poi un lungo turno da otto ore nel weekend. Il sabato c'era sempre poco movimento, cosa che all'inizio l'aveva sorpresa, ma ben presto aveva capito che quello era il giorno in cui la gente andava in giro a scattare le foto, non certo il giorno in cui portava i rullini a far sviluppare o tornava a ritirare le stampe. Così Ruth aveva imparato a portarsi dietro i libri, per preparare subito le stampe della giornata e poi passare il resto di quel lungo turno a leggere o a studiare. Una volta aveva chiesto a Gus, il capo, se c'era speranza di mettere una sedia più comoda dietro il bancone, ma lui l'aveva guardata come se le mancasse qualche rotella.

"Non ti pago per startene a poltrire su una sedia comoda," aveva detto.

Il sabato poltrisco comunque, aveva pensato lei, senza dirlo, perché le piaceva il lavoro e le piaceva guadagnare qualche soldo, e non voleva dargli l'idea di chiudere direttamente il negozio il sabato e risparmiare sulla sua paga. Invece aveva detto: "No, hai ragione, scusa. Era solo un'idea". Si era appollaiata sullo sgabello di legno dietro il registratore di cassa, scomodo e duro, bramando la poltrona a sacco nella sua stanza al dormitorio.

Erano passate da poco le due quando Thomas entrò, e ovviamente lei non sapeva ancora che si trattava di Thomas. Il campanello non tintinnò, visto che la porta era tenuta aperta dal mattone, ma Ruth percepiva il cambiamento della luce quando entrava qualcuno, così alzò gli occhi dal libro. Lui sembrava un paio d'anni più grande di lei e indossava una T-shirt del Wodsley College infilata nei jeans. Quel modo di vestire le sembrò bizzarro, perché rivelava sia una certa meticolosità sia un deciso disinteresse per la moda, il che gli dava un'aria da imbranato consapevole che lei trovò stranamente affascinante.

"Ciao," disse lui senza guardarla davvero.

Ruth gli fece un cenno con la testa e sgombrò in fretta il bancone, ancora occupato dai resti del suo pranzo di mezz'ora prima. Aveva messo troppa cipolla rossa nell'insalata, ma per fortuna a coprire il suo alito c'era l'odore forte e acido dei reagenti fotografici. Lui si piegò a esaminare le varie buste sotto il bancone.

"Come mai non sei alla partita?" chiese Ruth.

Il ragazzo alzò lo sguardo, confuso. "Che partita?"

Lei indicò la sua T-shirt. "Non vai al Wodsley?"

"Sì."

A quanto pareva, la domanda non gli aveva schiarito le idee.

"Anch'io," fece Ruth. "Pensavo di essere l'unica di tutta l'università che non poteva andare alla partita oggi."

Erano a circa tre isolati dallo stadio, e ogni pochi minuti si sentiva un boato. Di lì a poche ore, finita la partita, ci sarebbe stata una processione di gente ubriaca che tornava ai dormitori, passando proprio davanti al laboratorio fotografico. Prima di allora, Ruth avrebbe tolto il mattone e chiuso la porta. Più tardi, tornando a casa, sarebbe stata attenta a dove metteva i piedi, per non calpestare il vomito.

"Ah," disse lui. "Non sono..." Scosse la testa. "Non sono un grande appassionato di basket."

Ruth lo guardò con un'espressione vuota. "È football," disse.

Lui fece un grande sorriso. Ruth non conosceva nessuno con quello scintillio giocoso negli occhi.

"Ah," disse.

"Sì, stavo scherzando," disse lui.

"Molto divertente."

"Però è vero." Si strinse nelle spalle. "Non sono un grande appassionato di football."

Lei annuì. "Hai un accento particolare."

"Sì."

"Di dove?"

"Irlanda."

"Ah!" fece lei. "Mio papà è irlandese."

Lui sorrise senza rispondere. Anni dopo, le avrebbe spiegato che di solito, quando la gente proclamava di avere origini irlandesi, in realtà intendeva irlandesi-americane, dunque non c'era molto altro di cui parlare, perché Thomas non era irlandese-americano. Era irlandese-irlandese, di Cong, un paesino della County Mayo nella provincia di Connacht, in Irlanda occidentale. E non gli piaceva farlo notare, perché era un po' da saputelli, perciò di solito lasciava che fossero gli altri a portare avanti la conversazione. Da parte sua, preferiva andare al sodo.

"Forte," disse aspettando un secondo per vedere se lei aveva qualcosa da aggiungere sull'Irlanda, poi chiese: "Quale devo usare tra queste? Le foto non mi servono subito".

"Posso vedere il rullino?"

Lui tirò fuori dalla tasca due cilindretti gialli.

"Dunque," disse Ruth sporgendosi sopra il bancone, anche se sapeva già quale busta consigliargli. Finse di esaminare i rullini. "Quella rossa," disse. "Lì a sinistra."

Lui prese due buste rosse dalla pila e pescò una penna dal barattolo sul bancone.

"Puoi metterli tutti e due nella stessa busta," spiegò Ruth.

E poi cercò di non guardarlo mentre si chinava a scrivere i suoi dati in stampatello. Non voleva dargli l'impressione di stare lì a giudicare la sua calligrafia. Ruth aveva la cattiva abitudine di cercare sempre di riempire i silenzi imbarazzanti.

"In effetti mio papà non è davvero irlandese," disse, tanto per dire qualcosa. "È irlandese-americano."

Thomas si interruppe e raddrizzò la schiena.

Sempre anni dopo, le avrebbe spiegato che era stato molto strano sentirla fare quella distinzione. Le avrebbe detto che una distinzione del genere poteva farla solo una persona irlandese.

"O una persona portoricana," avrebbe replicato lei. "Essere originari di Portorico non è come esserci nati."

Ma quella conversazione sarebbe avvenuta solo due anni

dopo. Quel primo giorno, nel laboratorio fotografico, quando Ruth precisò che il padre era irlandese-americano, la sua dichiarazione spinse semplicemente Thomas a posare la penna. A tirarsi su. A notare che lei non era solo una ragazza carina con le fossette e i capelli ricci. C'era qualcosa di diverso.

"I suoi genitori, cioè i miei nonni, sono arrivati dall'Irlanda, ma erano ancora molto giovani. Mio nonno non ha nemmeno l'accento irlandese," proseguì Ruth, ignara del cambiamento che aveva appena provocato, continuando a parlare per riempire il silenzio. Tuttavia notò che lui si era fatto più attento, e si chinò a frugare nella tasca davanti dello zaino in cerca di una gomma da masticare, nel caso in cui l'odore dei reagenti non fosse stato abbastanza forte. Le sembrò di avvertire ancora una traccia di cipolla, anche se aveva sigillato il contenitore di plastica e aveva fatto il doppio nodo al sacchetto prima di buttarlo. "Sono nati a Galway."

"Ah, non troppo lontano dalla mia zona," disse lui. "County Mayo. Ci sei mai stata?"

Ruth fece segno di no con la testa.

"Prima o poi," fece lui.

"Sì, lo spero." Ruth sorrise. "Mi piace il tuo accento."

"Grazie. A me piace il tuo."

Lei si sentì inspirare di colpo, avvertì un antico timore, ben sepolto e quasi dimenticato, che lui stava dissotterrando delicatamente, come un archeologo con un pennellino.

"Il mio accento?" chiese.

"Be', non sembri una del New Jersey," spiegò lui.

"Ah," disse Ruth con una risata. "Ho capito. Sì, non sono di qui."

"E quindi di dove sei?"

Di dov'era, in effetti?

"Dunque. Dovrei avere l'accento di Saint Louis, credo."

"Ah, del Midwest."

"Sì, ma in realtà non vengo da lì. Originariamente sono di

Portorico," disse Ruth. E quella frase portò la zia Lola nella stanza accanto a lei, assente e presente al tempo stesso. Per un istante, il dolore che travolse Ruth fu acuto come quello che aveva provato tre mesi prima, accanto alla bara aperta della zia nella chiesa del Sagrado Corazón de Jesús. Ruth lo spinse da parte. "Sono nata a San Juan," continuò. "Mia mamma viene da lì, tutta la sua famiglia. Ci siamo trasferiti in Missouri quando avevo più o meno dieci anni."

Ultimamente le capitava di esagerare l'età che aveva quando se n'erano andati da Portorico, come se quei tre anni immaginari potessero riscattare un'autenticità che non sentiva più. Thomas annuì, ma non rispose. Picchiettava l'estremità della penna sul bancone. E poi finalmente disse: "Ho tantissime domande".

Ruth fece una risata che la lasciò sorpresa. "È un casino, lo so."

"No, è fantastico!"

"Sarà," disse lei. E poi fece una specie di gesto vago e impacciato. Non sapeva nemmeno cosa volesse comunicare. All'improvviso, la T-shirt di lui infilata nei jeans sembrò così ammaliante, così europea, così fuori dalla sua portata. Accidenti, perché doveva essere una tale imbranata? Non c'era da stupirsi che non frequentasse nessun ragazzo da mesi.

"Quindi mi serve più tempo," disse lui.

"Più tempo?"

"Per elaborare le mie tantissime domande, e fartele, e sentire le tue risposte."

"Ah."

"Ne ho così tante che non so nemmeno da che parte cominciare. Per esempio, tuo padre, l'irlandese-americano, ha vissuto a Portorico per tutto quel tempo o i tuoi si sono separati? E se tuo padre ha vissuto là, era perennemente scottato dal sole? E se non si scottava, come faceva? E poi, altro esempio, a Saint Louis c'è una grossa comunità portoricana? Perché proprio Saint Louis? O magari c'è una comunità irlandese a Portorico? Com'è successo tutto questo, com'è successa questa storia, come sei successa *tu*?"

Lei rise di nuovo, e sentì il fantasma di Lola volare via dalla stanza. "Sì, ci serve decisamente più tempo," disse.

"Quindi, si va a cena."

"Cosa?"

"Esci a cena con me."

Ruth si strinse nelle spalle, felicissima, ma cercando di non darlo a vedere. Aveva avuto una storiella alle superiori e un paio di flirt dimenticabili alimentati dalla vodka nell'estate prima di andare all'università, ma niente di serio e niente da allora. Ovviamente non lo avrebbe mai rivelato a Thomas, nemmeno dopo essersi fidanzati, ma restava il fatto che aveva vent'anni e non aveva mai avuto un vero appuntamento con un ragazzo. Temeva di arrossire se non avesse detto qualcosa al più presto. "Ok," decise. "Perché no?"

"Stasera?"

"No, stasera no!" rispose con una risata. Lavorava fino alle sei e poi aveva in programma di andare a una festa con le sue tre compagne di stanza. Era molto probabile che al suo rientro le avrebbe trovate già ubriache, ma era troppo tardi per cambiare la risposta, e comunque sarebbe stato patetico uscire a cena con lui poche ore dopo che glielo aveva chiesto, lo sapeva persino lei. Fuori, sentì un altro boato alzarsi dallo stadio.

Lui appoggiò i gomiti sul bancone, avvicinando il viso al suo. Ruth masticò in fretta la gomma. Era seduta sullo sgabello di legno e vedeva che una barba ispida gli avrebbe riempito il mento e la mascella se non si fosse rasato ogni mattina. Era pomeriggio presto e c'era già un'ombra, una linea obliqua lungo lo zigomo, le lentiggini sul dorso del naso. I capelli scuri erano tagliati corti e le labbra erano molto rosse. "Domani sera?" chiese.

Ruth aspettò un istante e poi disse: "Forse".

Il telefono sotto il bancone si mise a squillare e fu costretta a rispondere. Era una cosa veloce: no, non erano aperti la domenica. Oggi chiudevano alle sei. Quando riattaccò, lui aveva ripreso a compilare il modulo sul davanti della busta. Mise dentro i due rullini e poi spinse la busta verso di lei.

"Sai, se la cena va male e la situazione diventa imbarazzante, poi ti tocca cercare un altro negozio per far sviluppare le foto," disse Ruth. "Sicuro che ne valga la pena?"

Lui incrociò le braccia e ci pensò su. "Stai pianificando di trasformare la cena in un disastro?"

"Non necessariamente." Ruth si strinse nelle spalle. "Ma succede di rado che i disastri siano pianificati."

Lui annuì con aria seria. "Dunque. C'è quel laboratorio nella Maple Avenue."

"Però sono cari," disse lei. "E sono bravi con le stampe a colori, ma se devi far sviluppare delle foto in bianco e nero, tanti auguri."

"Allora sarà meglio che la cena vada bene," concluse lui.

"Mi sa di sì."

Ruth scrisse il proprio numero di telefono sul bloc-notes che teneva dietro il bancone, strappò il foglio e lo spinse verso di lui. Non sapevano ancora il nome l'uno dell'altra.

"A proposito, io mi chiamo Thomas," disse lui.

"Ah!" Lei gli strinse la mano. "Piacere di conoscerti, Thomas. Io sono Ruth."

Lui la guardò con aria beffarda. "Ruth?" chiese. "È un nome portoricano?"

"Ehm... no."

"Non è nemmeno irlandese," aggiunse lui.

"No. È un nome biblico."

"Per caso sei anche ebrea?"

"Non che io sappia."

"Va bene. Aggiungiamo qualche vocale extra e una lettera accentata e vedrai che diventi subito irlandese."

La cena andò più che bene. Thomas si era vestito in modo diverso, dunque Ruth non riuscì a capire se la T-shirt infilata nei jeans fosse stata un'anomalia o fosse invece un'abitudine regolare, ma gliene importò ben poco. Scelsero il ristorante indiano preferito di Ruth, dove lei andava solo quando uno dei suoi genitori la portava a cena. Al tavolo rise così forte che dovette coprirsi la bocca per paura di sputare un pezzo di *paneer* e farglielo finire in faccia. Dopo, lui la riaccompagnò a piedi al dormitorio e prima di avvicinarsi al suo viso le chiese "Posso baciarti?", una cosa che per poco non rovinò il momento, pensò Ruth. Anni dopo, però, avrebbe riconosciuto che di fatto lui era solo decenni avanti rispetto alla sua epoca. Si misero d'accordo per rivedersi il weekend successivo.

E poi la settimana dopo, nel tardo pomeriggio del mercoledì, Ruth era di nuovo al lavoro quando entrò Arthur. Stavolta la porta era chiusa, perché, nonostante fossero passati solo quattro giorni, nel frattempo era arrivato l'autunno, così il campanello sopra la porta tintinnò quando lui la spinse. Fuori, gli aceri che fiancheggiavano entrambi i lati di Main Street si erano colorati all'improvviso di un cremisi acceso. Il sole stava calando dietro i negozi dall'altra parte della strada, dando l'impressione che l'intero isolato andasse a fuoco. E su quello splendido sfondo apparve lui.

Ruth si alzò di scatto e sentì la gola seccarsi. Teneva d'occhio quel ragazzo da due anni, ma non ci aveva mai parlato. Sapeva che frequentavano lo stesso anno perché, appena iniziata l'università, stavano nello stesso dormitorio per le matricole. Lui era al settimo piano, Ruth lo sapeva perché l'aveva visto premere il bottone in ascensore. A volte immaginava che occupasse la stanza esattamente sopra la sua. Lo vedeva andare e venire dall'edificio almeno un paio di volte alla settimana. Un giorno l'aveva visto girare la chiave nella serratura del portone principale proprio mentre lei saliva in ascensore, così aveva premuto il bottone per tenere aperte le porte finché ne aveva avuto il coraggio, sperando che lui salisse e restassero soli. Il cuore le tamburellava nel petto al solo pensiero, mentre immaginava il ragazzo che si girava a guardarla, le puntava addosso gli occhi color cioccolato e poi la spingeva contro la parete dell'ascensore, premeva il bottone per lo stop di emergenza e le sollevava la gonna sui fianchi e... nemmeno portava la gonna, quel giorno. Trascorsi circa trenta secondi senza ancora nessun suono di passi, Ruth si era sentita una sfigata e aveva lasciato che le porte si chiudessero senza di lui. Eppure le era mancato il fiato finché non era arrivata al sesto piano, nella sua stanza da matricola, da sola.

Sapeva che lui faceva Rodríguez di cognome, o almeno così pensava, perché giocava a calcio, o almeno così pensava, dato che lo si vedeva spesso in giro per il campus con addosso una maglietta da calcio, e sulla schiena c'era stampato il cognome Rodríguez. Loro due non avevano mai avuto lezione insieme, ma all'inizio di ogni semestre, quando entrava nell'aula di un corso per la prima volta, Ruth passava in rassegna tutti i banchi per vedere se lui c'era. Una volta si era ritrovata in fila dietro di lui in mensa, aveva spinto il proprio vassoio lungo il ripiano di metallo dietro il suo, aveva scelto le stesse cose che sceglieva lui, anche se non andava matta per i fagiolini, solo per dargli qualcosa da commentare nel caso in cui si fosse girato e avesse notato che avevano preso esattamente lo stesso pranzo – ma guarda che coincidenza! –, e allora si era accorta che, a differenza di molti loro coetanei, lui non si faceva il bagno nel Drakkar Noir ma aveva un profumo di pulito, un misto di lenzuola fresche di bucato, detersivo e sapone al legno di sandalo. Gli si era avvicinata fermandosi appena prima di andare a sbattere con il naso contro la sua schiena larga e snella, per consegnare quella fragranza alla memoria.

"Ciao," disse Ruth quando lui entrò nel laboratorio fotografico quel mercoledì al tramonto. Disinvolta. *Ciao.* Come se niente fosse, come se non le ci fossero voluti due anni e la perfetta convergenza delle circostanze per trovare il coraggio di liberare finalmente quella singola parola.

"Ciao," fece lui, guardò dritto verso di lei e sorrise.

Ruth si sedette con un tonfo, grata che lo sgabello fosse lì a reggere il suo peso, grata di non essere caduta di schiena perdendo i sensi. Mio Dio, che voce. Era come zuppa e pane caldo in una giornata fredda. *Di' qualcos'altro*, pensò. Rivolta a lui, rivolta a se stessa. Aveva bisogno che tra loro esistessero altre parole. Ma nella sua testa non trovò assolutamente niente, niente con cui crearne altre.

"Non sapevo che lavorassi qui," aggiunse lui.

Come se sapesse un sacco di altre cose su di lei e trovasse strano che quell'unico particolare fosse sfuggito alla sua attenzione.

"Ah," disse Ruth. "Sì, ho cominciato il semestre scorso."

"Vai al Wodsley, giusto?"

"Esatto," rispose lei, sentendo la bocca rigida, la testa che girava, pregando che lui non se ne accorgesse.

"Ti ho vista in giro, mi sembra."

Le fossette di lui erano come crateri, ci si poteva cadere dentro. Ci si poteva infilare tutta la lingua.

"Ah sì?"

Lui annuì. "Sì, decisamente."

"Forte," disse lei.

"Secondo me al primo anno stavamo nello stesso dormitorio," proseguì lui. "Eri al Dozens, vero?"

"Sì!"

"Ecco, anch'io."

Ruth non poteva dire di nuovo *forte*, lo sapeva. Ma non le veniva in mente nient'altro.

"Forte," disse. "Sì. Sì, hai decisamente una faccia familiare."

"Mi chiamo Arthur," disse lui.

Arthur Rodríguez. Un nome inaspettato. Ruth aveva pensato che potesse chiamarsi Eric. O Raúl, o Javi. Un nome di quattro lettere. Un nome lieve, meno da vecchio. Ma non era importante. Si chiamava Arthur, che meraviglia.

"Io sono Ruth," disse, rendendosi conto per la prima volta che anche lei aveva un nome da vecchia. Arthur e Ruth. Avrebbero dovuto sorseggiare limonata attraverso la dentiera su un dondolo in veranda da qualche parte.

"Allora, Ruth, di dove sei?" chiese lui.

La domanda che temeva. Non sapeva mai come rispondere.

"Ah, è una lunga storia," iniziò, fingendo di essere occupata con qualcosa di molto urgente sotto il bancone, perché guardarlo negli occhi era una cosa troppo intensa, e le sembrava che il suo intero corpo fosse un'insegna al neon che rivelava i suoi sentimenti. Per fortuna indossava un reggiseno leggermente imbottito che nascondeva il codice Morse che i suoi capezzoli erano decisi a trasmettere. Incrociò lo stesso le braccia davanti al petto, per sicurezza.

"Non intendevo... Dico solo, portoricana o dominicana?" chiese lui.

Ruth lo guardò dritto in faccia. La domanda la fece quasi sussultare. "Cosa?"

"Scusa. Cubana?" riprovò lui.

"No, no," rispose lei. "Cioè, sì. Sono portoricana."

"Ah, vedi, anch'io. Cioè, mio papà è portoricano. E dominicano. Metà e metà, in effetti. Mia mamma è bianca."

Non dire di nuovo "forte", pensò Ruth.

"Uguale io, metà portoricana, metà bianca. Ma sono nata là, a San Juan."

"Davvero?" disse lui. "Forte. Io a Portorico non ci sono mai stato. Nemmeno mio papà. È nato a Paterson, e lì tutti pensano che sia nero e basta. Cioè, afroamericano. Lui spiega a tutti che è *domini-ricano.*"

"Ah!" esclamò Ruth, stupita.

"Gli sembra più divertente di afrolatino."

"Sono d'accordo."

"Allora, sei nata a San Juan, eh?" disse Arthur, e Ruth ebbe la sensazione che lui stesse valutando tutto di lei alla luce di quella nuova informazione. "Sai, è buffo, ho sempre pensato che fossi portoricana o dominicana, quando ti vedevo in giro. O comunque sapevo che eri *qualcosa*. Ma non ti ho mai vista alla Boricua House o ai loro eventi, quindi non ero sicuro."

A Ruth sembrava di saltellare da un'emozione a un'altra, a un'altra ancora, come se fossero foglie di ninfea su uno stagno calmo e profondo. Lui l'aveva vista. L'aveva notata. Aveva pensato a lei, cercando di capire chi fosse o chi potesse essere. E, cosa ancora più sbalorditiva, l'aveva *riconosciuta*. Ruth si era talmente abituata a disorientare le persone che non si era mai resa conto di bramare quel tipo di riconoscimento. *Il suo cuore vede il mio cuore.*

A Saint Louis, le poche volte che le persone si prendevano il disturbo di considerare la questione della sua etnia, le davano della messicana, allo stesso modo in cui pensavano che il ragazzo vietnamita, le due ragazze coreane e l'unico insegnante cinese-americano del loro distretto scolastico fossero tutti cinesi. Anche quelli che ci tenevano davvero, quelli che sapevano che non bisognava più dire *orientale*, non erano ancora arrivati a usare il termine *asiatico*. Facevano del loro meglio, pensava Ruth, perché era quello che voleva credere. Di rado si prendeva la briga di correggerli.

Per tutta l'infanzia nel Midwest aveva assimilato l'idea che la sola cosa importante del suo aspetto fisico era il fatto di essere quasi – ma non del tutto – bianca. Anche i moduli che aveva compilato per presentare la domanda di ammissione al Wodsley College e ad altre università offrivano opzioni molto limitate per quanto riguardava le caselle da spuntare. Aveva dovuto scegliere tra bianca, nera, nativa americana, asiatica, altro. Ruth aveva messo la crocetta su *altro*, e sua madre, che guardava da sopra la sua spalla al tavolo della cucina, le aveva letteralmente tolto la matita di mano con una sberla.

"Che stai facendo?" aveva chiesto la mamma.

Ruth si era piegata a raccogliere la matita da terra.

"Sto... compilando i moduli."

"Perché hai messo la crocetta su *altro*?"

Lei non era riuscita a formulare una risposta sensata.

"Tu sei bianca!" aveva detto la mamma. "Metti la crocetta su *bianca*!"

Spazientita, aveva picchiettato con il dito sulla casella corretta, nel caso in cui la figlia non riuscisse a trovarla senza il suo aiuto. Ruth aveva girato la matita e aveva cominciato a cancellare la crocetta su *altro*, ma poi si era arrischiata a rivolgere una piccola osservazione alla madre. "Sai, potrebbero esserci delle borse di studio disponibili per..."

"Bianca!" l'aveva interrotta la madre.

E così Ruth aveva messo la crocetta su *bianca*, ma in quel momento aveva sentito una specie di brivido strisciante sulla pelle.

Aveva sperato che le cose cambiassero trasferendosi sulla East Coast. Era uno dei motivi per cui aveva fatto domanda per tutte quelle università di New York, del New Jersey, del Maryland. Sapeva che fuori da Portorico c'erano dei posti nel mondo dove vivevano un sacco di portoricani. Sapeva che c'erano delle comunità, altri ragazzi come lei le cui esperienze potevano avere qualcosa in comune con la sua. Ruth non aveva avuto un'infanzia infelice, non come Benny. Non si era sentita triste ed esclusa, non aveva avuto nostalgia di casa, non aveva provato una completa alienazione né era stata il bersaglio di un razzismo persistente ogni giorno della sua vita. Ma c'erano cose piccole, cose minuscole, in effetti, che Kathy, Jenny e Jennifer non avrebbero mai capito. Il modo in cui le commesse la ignoravano e invece adulavano le sue amiche quando andavano a comprare i vestiti per il ballo di fine anno. Ruth aveva sospettato che il suo aspetto fisico c'entrasse qualcosa, ma non poteva dimostrarlo, nemmeno a se stessa. C'erano stati altri momenti, naturalmente, in cui l'ignoranza era stata inequivocabile. Una volta erano uscite tutte insieme a cena per il compleanno di Jenny e la cameriera aveva guardato Ruth e le aveva detto: "Spero che vadano bene le patatine con l'hamburger, cara. Purtroppo abbiamo appena finito il riso e fagioli". Kathy e Jennifer erano scoppiate a ridere, e Ruth si era sentita avvampare. Jenny aveva posato la mano sulla sua sotto il tavolo, senza dire niente. Ma quelle cose non succedevano tutti i giorni, nemmeno tutte le settimane. Per la maggior parte del tempo, Ruth era stata abbastanza felice. Era bello essere inclusa in un gruppo di amiche, avere sempre qualcuno con cui sedersi in mensa. Ma all'università aveva sperato di incontrare persone diverse dalle sue amiche di Saint Louis. Aveva sperato di conoscere gente che la trovasse simpatica senza l'aggiunta della tacita espressione *anche se*...

Così, quando era arrivata al Wodsley, si era subito risentita nello scoprire quanto fossero marcate le divisioni all'interno del campus. Gli studenti entravano a far parte di associazioni che li distinguevano non solo in base al genere e alla razza, ma anche per classe socioeconomica, religione, media dei voti, statura, peso, bellezza. Ruth trovò quelle suddivisioni inquietanti, ma anche problematiche a livello personale, perché non sapeva cosa fare. Dov'era l'associazione per le ragazze portoricane-irlandesi cresciute nel Midwest, di bellezza discreta e razza indefinita, le cui madri insistevano a dire che erano bianche nonostante esistessero prove contrastanti al riguardo? In mensa, tutti gli studenti bianchi mangiavano nella sala principale, mentre quelli appartenenti alle minoranze si radunavano nelle salette secondarie, separate dallo spazio principale da pareti di vetro. Gli asiatici in questa sala, gli afroamericani nell'altra, i latinoamericani nell'altra ancora. A

Ruth sembrava di essere una truffatrice ovunque si sedesse, così ordinava il cibo da portare via e andava a mangiare alla scrivania nella sua stanza al dormitorio.

Tuttavia, il quarto giorno di università, in un attacco di ingenuo ottimismo, Ruth aveva fatto irruzione nella Boricua House, decisa a fare progressi. Era entrata a passo di marcia, come se fossero tutti lì ad aspettare lei, i suoi nuovi potenziali amici, in attesa di abbracciarla. Portava l'etichetta adesiva con il nome che tutti dovevano usare la prima settimana di università. *Ciao, mi chiamo RUTH BRENNAN.*

La ragazza al bancone dell'accoglienza aveva forse un anno più di lei, e non era stata per nulla accogliente. All'ingresso di Ruth stava parlando al telefono: l'aveva guardata senza rivolgerle né un sorriso né un cenno e non le aveva indicato di sedersi ad aspettare. Si era limitata a fissarla mentre continuava la conversazione. Così Ruth si era avvicinata alla bacheca, per ingannare l'attesa studiando i volantini e il calendario degli eventi in programma. Un volantino scritto con lettere viola a forma di palloncino la informava che l'otto per cento della popolazione studentesca del Wodsley era ispanica. L'otto per cento! Quasi uno su dieci! (La matematica continuava a non essere il suo forte.) La Boricua House era un luogo accogliente per tutti gli studenti ispanici, diceva un altro volantino, non solo per i portoricani. Lungo i bordi della bacheca, fissate con le puntine, c'erano diverse bandiere: Ecuador, Cuba, Messico, Panama, Perù. Il martedì sera si organizzavano cene dove ognuno portava un piatto da condividere. Il sabato mattina c'era un gruppo di conversazione per esercitarsi a parlare in spagnolo. *Si accettano tutti i livelli! Niente vergogna!*, diceva il volantino.

Alle sue spalle, al bancone dell'accoglienza con quel nome ingannevole, Ruth aveva sentito che la ragazza riattaccava. Allora si era allontanata dalla bacheca, ma prima di raggiungere il bancone aveva notato che era comparsa un'altra studentessa e che adesso la guardavano in due. La nuova arrivata era in piedi dietro la sedia della prima ragazza. Appeso sul davanti del bancone c'era un festone di stagnola che diceva BIENVENIDOS.

"*Ay, mira la blanquita*," aveva detto la nuova arrivata. "*¿Qué quiere ella?*"

Ruth sapeva di aver perso una parte significativa del suo spagnolo nel corso degli anni, da quando se n'era andata da Portorico. Ma ne conservava ancora abbastanza da cogliere l'inconfondibile ostilità diretta verso di lei, e l'accento non era nemmeno quello di una persona nata a Portorico. *Ehi, guarda quella tipa bianca. Cosa vuole?*

Una volta, Ruth avrebbe raddrizzato la schiena ergendosi in tutta la sua altezza e avrebbe risposto con il suo spagnolo tagliente, umiliandole con un perfetto accento caraibico, con una replica da riservare ai bulli del parco giochi. *No quiero nada de ustedes comemierdas. Estoy en el lugar equivocado.* Ma aveva la bocca secca, e le risorse linguistiche della sua mente erano esaurite da tempo. Così, la voragine che si era aperta nel suo stomaco in quel momento era la stessa che si era aperta al ristorante di Saint Louis quando quella cameriera con la faccia rossa aveva detto "riso e fagioli". Era la voragine dell'esclusione. L'abisso si era spalancato e Ruth ci era caduta dentro. Non era più tornata alla Boricua House.

Ma adesso, due anni dopo, un mercoledì sera al tramonto nel laboratorio fotografico, ecco che Arthur Rodríguez smantellava da solo tutta la delusione di Ruth, la sua sofferenza, il suo ottimismo distrutto. Ecco che ridava vita alla speranza di Ruth di trovare un senso di appartenenza. E quanto era bello, mio Dio. Era una cosa da pazzi che un essere umano potesse racchiudere in sé tanta perfezione, e avere quel profumo, e quell'aspetto. Una cosa da pazzi.

"*Encantado de conocerte*," disse con un piccolo inchino formale.

"Uau, ma parli spagnolo?"

Lui si strinse nelle spalle. "Ovvio. Tu no?"

"Sì," fece lei. "Cioè, una volta. Un bel po' l'ho perso in Missouri."

Lui rise. "Come una valigia smarrita in aeroporto?"

"Sì, qualcosa del genere."

"Hai lasciato il cuore a San Francisco, come dice la canzone?"

"Esatto." Ruth stava lasciando il suo cuore proprio lì, nel laboratorio Pro Photo di Main Street a Wodsley, nel New Jersey. "Cioè, era la mia prima lingua, no? Ma quando ci siamo trasferiti a Saint Louis mio fratello faceva fatica a scuola, così..."

"Così i tuoi vi hanno proibito di parlare spagnolo a casa?"

Come faceva a saperlo? Ruth fece segno di sì con la testa.

"Ah, bruttissimo," commentò lui.

E Ruth scoprì, mortificata, di essere sull'orlo delle lacrime. *Ma che cazzo, ripigliati subito.*

"E allora esercitati," disse lui. "È ancora dentro di te. Lo recuperi, se ci provi."

Lei si strinse nelle spalle. "E con chi mi esercito?"

Lui le sorrise, e i suoi denti erano bellissimi. A Ruth venne voglia di leccarli.

"*Conmigo*," disse lui. *Con me.*

15.

San Juan, Portorico
2023

Daisy.

Nelle sue orecchie c'è un rombo.

Daisy!

DAISY, mi senti? Stringimi la mano se mi senti, Daisy.

Il suo nome è un faro, un fuoco di segnalazione, pensa un po'! È potentissimo.

Daisy non ha mai tenuto particolarmente al suo nome, il più umile dei fiori. Non ne ha mai apprezzato la bellezza semplice e solida prima d'ora. Ma è il suo nome. Un talismano, con la capacità divina di tenerla ancorata al mondo.

Daisy!

Di nuovo. E dietro il suono del suo nome, dietro il rombo, ci sono altri rumori. Una cacofonia, un'intera sezione di percussioni che si sta scatenando. Un rullare di tamburi senza ritmo, chiassoso e strepitante, un frastuono sopra di lei, troppo fragoroso per essere prodotto da semplici gocce di pioggia che colpiscono il tetto di metallo di un'ambulanza. E dietro, un altro suono dissonante, anche se a Daisy sembra tutta musica. Euforia, quando la sua anima rientra ancora una volta nel corpo. Il suo nome, il suo bellissimo nome.

Daisy!

E il lamento stonato di una sirena.

16.

Saint Louis, Missouri
1980

A livello superficiale, Rafaela e Peter erano in sintonia sull'idea di invitare a casa la famiglia di Eddie. Ci avrebbe pensato Benny a estendere l'invito per quel venerdì sera. Era escluso che Rafaela cucinasse; avrebbe semplicemente comprato una torta alla Morton's Bakery per accompagnare il caffè. Peter avrebbe comprato anche una bottiglia di rum, nel caso in cui gli ospiti gradissero gli alcolici. Su tutte queste cose erano d'accordo.

Benny era ancora in camera sua a prepararsi, mentre Ruth era nella tavernetta a guardare la sigla iniziale di *Wonder Woman*. Sulla soglia, Rafaela osservava la figlia e sospettava che, sotto la sua tuta preferita di velluto a coste blu, Ruth indossasse mutande e canottiera di Wonder Woman.

"Spegni la tv," gridò Peter dalla sua postazione alla finestra. "Sono arrivati gli ospiti!"

"Devo proprio, mamma?" sussurrò Ruth.

"Sono nel vialetto!" strillò Peter.

"Spegni," disse Rafaela.

Quando lei e la figlia emersero dalla tavernetta, la famiglia Morales y Reyes era già seduta sul divano a fiori bianchi e blu del soggiorno. Per Ruth era talmente strano vedere qualcuno seduto lì che restò a bocca aperta, e Rafaela fu costretta a darle un leggero pizzicotto sulla nuca per calmarla. In effetti,

Rafaela temeva che il divano odorasse di polvere, così quella settimana aveva sbattuto i cuscini e li aveva lasciati fuori ad arieggiare al sole per qualche ora. Aveva anche fatto bollire dei bastoncini di cannella in una pentola d'acqua per creare un aroma accogliente. Eddie, l'amico di Benny, infilato in una giacca con tanto di cravatta, aveva un'aria sconsolata.

"Tu devi essere Eddie," disse Rafaela porgendogli la mano. Il ragazzino si alzò molto goffamente e gliela strinse.

"Sì, signora," disse.

"Piacere di conoscerti, sono proprio contenta che siate venuti tutti."

"Grazie, signora," disse lui, e poi accennò a girarsi per indicare la presenza dei genitori. "Questi sono mia mamma e mio papà."

Anche i genitori si alzarono.

"Come va?" disse Rafaela porgendo la mano a entrambi. "Io sono Rafaela. Molto piacere di conoscervi."

I genitori sorrisero e le strinsero la mano.

"Luis," disse il padre.

"Consuelo," disse la madre.

Rafaela non riuscì a ricavare nulla da quei nomi pronunciati con cura, perciò attese che i due tornassero a sedersi sul bordo del divano e dicessero qualcos'altro. Erano una bella coppia, anche se i loro vestiti non sembravano né costosi né particolarmente alla moda. Non li si poteva criticare per l'aspetto, che in generale era pulito e in ordine, forse solo un po' spigoloso. Mascella spigolosa, fianchi spigolosi, modi spigolosi, pensò Rafaela. *Ineleganti* sarebbe stato un giudizio credibile, anche se poco generoso. E comunque, in grembo alla madre di Eddie c'era l'antidoto a tutti quegli angoli, sotto forma di una splendida bambina tonda e grassottella, con gli occhi neri e umidi che continuavano a sbattere le palpebre. La bambina avrebbe messo tutti a loro agio. Avrebbe dato loro qualcosa da guardare e di cui parlare. I suoi capelli neri e sottili erano raccolti in un minuscolo ricciolo che spuntava da un fiocco rosa al centro della testa. Rafaela vide la presenza della bambina attirare Ruth come la forza di gravità. Sua figlia si fece spazio sul divano, stringendosi accanto alla madre di Eddie, e avvicinò il viso a quello della bambina.

"Ma ciao!" disse.

La bambina allungò la manina paffuta e le afferrò il naso.

"Posso prenderla in braccio?" chiese Ruth tirandosi su, rivolta alla madre di Eddie.

La donna faceva saltellare la bambina sulle ginocchia.

"Saluta, prima!" disse Peter.

"Oh," fece Ruth con una risata. "Scusate, salve."

I genitori di Eddie le fecero un cenno con la testa.

"Io sono Ruth."

"Piacere!" dissero.

"Come si chiama la bambina?" chiese lei.

Nessuno le rispose, e Rafaela cominciò a capire perché la conversazione languiva. Benny era seduto sulla poltrona e, come il suo amico Eddie, portava la cravatta su una camicia a quadri, ma la giacca ormai gli stava troppo piccola, così almeno si erano risparmiati quella battaglia. Peter tornò con il vassoio d'argento buono, su cui aveva messo il bricco d'argento pieno di caffè e le tazzine di porcellana con il bordo dorato. Attraversò la stanza e posò il vassoio sul tavolino, fuori dalla portata della bambina.

"Come si chiama?" chiese di nuovo Ruth.

Ancora una volta Consuelo non rispose e, anziché intervenire, Rafaela disse al marito: "Vado a prendere la torta".

Peter cominciò a servire il caffè.

"*Mi hija pregunta cómo se llama la bebé*," disse poi, e Rafaela lo sentì mentre usciva dal soggiorno.

Si girò sulla soglia, appena in tempo per cogliere il sorriso che attraversò il volto della madre di Eddie.

"Ah," disse Consuelo. "*¡Se llama Estela!*"

"Estela," ripeté Ruth. "Ciao, Estela!" Offrì il dito alla bambina, che subito lo strinse nella sua presa appiccicaticcia. "Posso prenderla in braccio?"

"Chiediglielo in spagnolo," le disse Peter.

Ruth sbatté le palpebre in fretta, più volte, e in cucina Rafaela trattenne il fiato. Sua figlia ricordava le parole dello spagnolo che le avevano proibito di parlare? Rafaela non sentiva quelle bellissime forme uscire dalla bocca dei suoi figli da più di un anno. C'era un tormento nella voce di Ruth mentre provava a formulare la domanda.

"*¿Puedo cargarla?*" disse.

Con un colpetto di tosse Rafaela disincastrò quello che le si era bloccato in gola, qualunque cosa fosse, e poi si dedicò alla torta. Attraverso il vano della porta vide la madre di Eddie spostare la bambina sulle ginocchia di Ruth. Estela agitò le braccia verso la madre, ma non si mise a piangere. Consuelo le rivolse versetti e sorrisi vari e la bambina sembrò contenta di rimanere in braccio a Ruth.

"Di sotto ho la dama cinese," disse Benny a Eddie.

Rafaela non ne era sicura, ma sospettava che nemmeno Eddie capisse. Notò che Benny si tratteneva dal tradurre per l'amico. Trovava modi più semplici per comunicare.

"Vuoi andare giù?" chiese indicando con il dito, e l'amico annuì. I due ragazzini si alzarono, entrarono in cucina e si strinsero per passare dietro Rafaela, che stava trasferendo la torta su un'alzata di ceramica azzurra. Era importante togliere anche il disco di cartoncino e stagnola da sotto la torta, prima di portarla agli ospiti, in modo che fosse ragionevole ipotizzare che l'avesse preparata lei. Come le capitava spesso quando aveva a che fare con i dolci, Rafaela pensò a Priti, e il cuore le si gonfiò come l'impasto di una meringa. La chiamava ancora diverse volte all'anno, tra cui Natale e il suo compleanno, ma non si erano più viste dopo la partenza di Rafaela per Trinidad. Erano passati sedici anni, e in quel lasso di tempo, mentre Rafaela maturava, il ruolo di Priti nella sua immaginazione si era disseminato, era fiorito, appassito e poi cresciuto di nuovo. Priti le mancava ancora come una seconda mamma e, anche se adesso la loro conoscenza era meno intima di prima, Rafa aveva la sensazione di capirla in modi nuovi. Adesso Rafa era una madre, una casalinga e una cuoca magnificamente fallita. Si era resa conto di quanto fosse difficile fare tutte quelle cose, anche senza le ingiustizie aggiuntive subite da Priti. Adesso, quando ci ripensava, si vergognava della sua completa incapacità di comprendere la posizione di Priti all'epoca, ma sapeva fin troppo bene che i rimpianti erano inutili. Con un certo sforzo, buttò quelle fantasticherie nella pattumiera insieme alla graziosa scatola rosa della Morton's Bakery e si leccò via dal polso uno sbaffo di glassa.

"Oh, aspetta." Benny si fermò sulla soglia del seminterrato accanto all'amico. "La torta." Poi disse a Rafaela: "Lasciatene un po' per noi".

E si fiondarono giù per le scale.

In soggiorno, Rafaela tenne d'occhio soprattutto Ruth, che faceva il solletico alla bambina mentre gli adulti mangiavano e parlavano. Se provava qualche emozione per l'improvvisa ricomparsa della lingua spagnola come forma di comunicazione ammessa in casa, Ruth non lo diede a vedere. Sembrava interessata solo alla bambina. Estela si piegò all'indietro per sorriderle con le gengive, facendo oscillare la testa pesante, così Ruth la tenne più stretta per evitare che cadesse. Avevano quattro fossette in due, e a Rafaela sembrava chiaro che si fossero innamorate e che in quel momento per loro non contasse nient'altro.

Anche lo spagnolo di Peter era arrugginito, notò lei, ma la precisione che gli mancava era compensata dalla determinazione, e Rafaela, da brava moglie devota, interveniva in suo aiuto quando tentennava. Peter chiese agli ospiti da quale zona dell'isola venivano. Divisoria, risposero. Lui guardò Rafaela come se potesse spiegargli dove si trovava quel posto, ma lei non l'aveva mai sentito nominare.

"È un paesino minuscolo," disse Luis.

"Sulle montagne," aggiunse Consuelo.

Il che non spiega niente, pensò Rafaela senza dirlo.

Sorseggiarono il caffè, e alle sue orecchie persino il tintinnio della tazzina posata sul piattino suonò come un piccolo campanello d'allarme. Rafaela capiva che quello che stava succedendo dentro di lei, qualunque cosa fosse, era come una grossa goccia che cadeva esattamente al centro di un profondo lago emotivo. Adesso si era formata un'increspatura che si propagava all'esterno, c'era un'inquietudine che stava emergendo. Era arrabbiata con Peter, ma sapeva che suo marito non aveva fatto niente di male. Rafaela aveva voluto incontrare Eddie e i suoi genitori quanto lui, ma non si era chiesta perché. Perché voleva conoscere quelle persone, cosa si aspettava da loro?

Da quando erano arrivati a Saint Louis, Rafaela era diventata brava a mantenere una tranquillità di fondo. Da quando si erano sposati, in realtà: far bollire i bastoncini di cannella non era l'unico trucco che aveva imparato. Rafaela sapeva che non doveva guardare sotto la superficie, non doveva chiedersi cosa poteva agitarsi sotto. Certo, quando pensava alla sua vita in generale, sapeva di essere profondamente infelice. Non sapeva perché, ma c'era una miriade di motivi possibili, e sospettava che non fosse solo la quantità di quei motivi ma anche la loro esatta combinazione a creare l'abisso tra il colore empirico che osservava nella vita quotidiana e la propria capacità di percepire e sperimentare quel colore sotto forma di gioia. Nel 1980 non sapeva che il nome di quell'abisso era *depressione clinica*, e non sapeva che non era colpa di nessuno. E poi, quella sera con quelle persone estremamente piacevoli, qualcosa aveva sconvolto la quiete che custodiva con tanta cura. Forse non era nemmeno una grossa goccia, ma un sasso.

Ora c'erano onde in tutte le direzioni, che arrivavano fino alle sponde del lago. Per quanto ci provasse, Rafaela non riuscì a recuperare la calma.

La torta era una chiffon al limone, la preferita di Ruth, ma sua figlia non toccò cibo finché la famiglia Morales y Reyes rimase lì, perché per mangiare avrebbe dovuto separarsi per un po' dalla bambina. Una volta andati via gli ospiti, si sedette al tavolo della cucina con la sua fetta mentre Rafaela e Peter mettevano in ordine.

"Voi non lo volete un altro bambino?" chiese Ruth affondando pian piano la forchetta nella torta gialla.

Rafaela rispose con un suono più simile a un abbaio che a una risata, e non poté fare a meno di notare l'espressione ferita che attraversò per un attimo il volto del marito. Lui la scacciò con una smorfia.

"Per noi basta bambini, zucchina," disse Peter alla figlia.

"Ci penserei io," replicò Ruth. "Voi non dovreste fare niente. Gli cambierei i pannolini, gli darei da mangiare e tutto."

Rafaela sapeva che avrebbe dovuto fare una battuta o almeno dire qualcosa di consolatorio. Avrebbe dovuto sfilarsi i guanti di gomma gialla e andare da Ruth, posarle una mano sulla testa e dirle che non c'era bisogno di fare un altro bambino, perché proprio lì con loro c'era già la bambina perfetta. Non ce la fece. Le sembrava di avere le ossa delle spalle vuote, lo stomaco attorcigliato. Non riusciva a muoversi. Le venne in mente che parte del suo turbamento quella sera era nato osservando la felicità della famiglia Morales y Reyes, nonostante i suoi membri dovessero avere molti motivi per sentirsi infelici, o almeno così immaginava lei. Sembravano tutti sulla stessa lunghezza d'onda. Si aiutavano l'un l'altra con disinvoltura, interagivano con semplicità. Il modo in cui Consuelo aveva passato la bambina al marito senza una parola mentre si infilava il cappotto, il modo in cui Luis si era allungato a prenderla ancora prima che Consuelo si muovesse nella sua direzione. Parlavano la stessa lingua non solo con la bocca e nei pensieri, ma anche nei muscoli e nelle ossa, pensò Rafaela. Forse era questo che non funzionava tra lei e Peter. Il pensiero le svolazzò in testa come un uccellino di passaggio, senza posarsi in modo permanente. Ma sapeva senza confessarlo a se stessa che l'uccellino si chiamava Candido.

"Stasera non eri proprio in te." Peter la spaventò distogliendola dai suoi pensieri, la voce troppo vicina al suo orecchio. Lei non aveva notato che era lì.

"Lo so," rispose Rafaela. "Me ne sono accorta anch'io. Mi sa che non mi sento molto bene."

Il rumore dell'acqua che scorreva copriva la voce di suo marito, ma non per questo Rafaela smise di affaccendarsi al lavello. Peter era chino in avanti, i gomiti appoggiati sul bancone, mentre Rafaela lavava i piatti da sola. Lui si era arrotolato le maniche, non si sapeva bene perché.

"Famiglia molto simpatica, vero?" disse Peter.

"Piacevolissima, sì."

"Perché ho la sensazione che ci sia un *ma* in arrivo?"

"Non lo so, non c'è nessun *ma*," rispose lei. "A meno che non ti aspetti che io abbia altro da dire su di loro."

"Be', in effetti pensavo di sì," disse Peter.

Rafaela tirava fuori i piatti dall'acqua saponata e li immergeva nell'acqua pulita del secondo lavello per poi metterli sullo sgocciolatoio. La torta al limone era ancora sull'alzata di ceramica davanti a Ruth, e lei sapeva senza girarsi che la figlia avrebbe rubato una seconda fetta. Erano già tagliate, sarebbe stato impossibile chiedere a una bambina di starsene seduta lì senza fare il bis. Se Rafaela si fosse potuta concedere il lusso di sedersi, non si sarebbe nemmeno disturbata a prendere un piatto: avrebbe tirato indietro la sedia e infilzato direttamente la forchetta nella torta sull'alzata. Guardò suo marito.

"Perché?" chiese. "Che altro dovrei dire su di loro?"

"Non lo so." Peter sembrava esasperato. "Cioè, sono i primi portoricani che incontriamo da quando ci siamo trasferiti qui. Pensavo che ti avrebbe fatto piacere. Pensavo che ci sarebbe stato altro da discutere a parte i piatti sporchi."

"Be', non so perché l'hai pensato," replicò lei. "Saranno anche portoricani, e sì, sembrano simpatici, ma per quello che abbiamo in comune potrebbero anche venire da Plutone."

"Come puoi dire così, Rafaela?" disse Peter. "Sii ragionevole."

Quella frase la faceva infuriare quasi come quando lui le diceva di *darsi una calmata* o di *rilassarsi*, espressioni che per fortuna erano diventate di una rarità estrema tra loro perché, malgrado i difetti, Peter era uno che imparava dai suoi errori. In quel momento però sembrava indifferente alla crescente agitazione della moglie. Come faceva a non percepire quello che montava dentro di lei? Non si alzava forse dalla pelle di Rafaela in ondate bollenti? Era come se lui non fosse stato avvertito.

"È ovvio che avete delle cose in comune," stava dicendo. "Non dire assurdità. Avete un figlio della stessa età, siete portoricani. Vivete qui, a Saint Louis. Non è già un mucchio di cose in comune?"

Rafaela smise di immergere i piatti e si girò a guardare il marito.

"Hai idea di quanto sia ridicolo quello che hai appena detto?" chiese.

"Perché è ridicolo? È vero, no?"

Alle proprie spalle, Rafaela sentì il peso della figlia atterrare sulla sedia e capì che Ruth aveva appena compiuto il furto della seconda fetta.

"Mettila giù!" disse senza girarsi.

"Cosa?" La voce di Ruth era uno squittio. "Come..."

Quando si girò a guardare, Ruth aveva ancora la bocca spalancata.

"Non importa," sospirò. "Fa' pure."

"Posso mangiarla?" sussurrò Ruth.

"Veloce," disse Rafaela. "Prima che cambi idea." Ruth non perse tempo, e lei tornò a concentrarsi su Peter. "Dunque. Sei convinto che dovremmo essere grandi amici perché veniamo dallo stesso paese e siamo finiti tutti qui?" disse.

"Be'." Era come se Peter stesse esaminando l'affermazione di Rafaela in cerca di possibili trabocchetti. Non riusciva a trovare errori, ma non voleva nemmeno sbilanciarsi. "Voglio dire... non è che queste cose non valgono niente, giusto?"

"Certo che non valgono niente!" disse lei. "O ci vanno molto vicino. Tu e Richard Nixon siete dello stesso paese. Vuoi diventare il suo migliore amico?" Rituffò le mani nell'acqua. "Lo vedi quanto è stupido dire così? Quanto è presuntuoso?"

"Ma dai, Rafaela."

Peter cercò di avvicinarsi a lei, di appoggiare il fianco al suo, ma il tentativo la fece soltanto irrigidire. Rafaela non voleva essere così, ma non trovava l'interruttore per spegnere la rabbia e aiutarla ad ammorbidirsi nei confronti del marito.

"Consuelo sembra una donna gentile," disse Peter, come se fosse quello il punto. Come se Rafaela non se ne fosse accorta e, facendoglielo notare, si potesse risolvere tutto. "Anche lei si sente spaesata qui," proseguì lui, posandole per un istante la guancia sulla spalla. "Ti ricordi com'è stato per te, no?"

Rafaela respirò molto piano, inspirò col naso, espirò con la bocca, e alla fine scoprì con sgomento che la collera era ancora lì, guizzante e di origine incerta. La furia si trasformò nel minaccioso pizzicore delle lacrime dietro gli occhi. La faceva facile, Peter. Eppure si sbagliava su tutto, e della sua esperienza aveva capito ben poco. Stava ancora parlando, ma adesso lei gli fece un favore smettendo di ascoltare.

"E poi secondo me non sa una parola di inglese," stava dicendo. "Tu potresti aiutarla, darle una mano con le basi. Farebbe bene a entrambe." La voce riaffiorò in superficie e

Peter si avvicinò un po' di più, forse per impedire alla figlia di sentire le parole successive. "Lo so che ti senti sola qui, tesoro. Non parli quasi con nessuno fuori da questa casa."

Quelle parole caddero dentro Rafaela come in una voragine oscura, senza che lei riuscisse a salvarle. Ancora una volta, Peter le si appoggiò addosso.

"Non sarebbe bello avere un'amica?"

In quel momento Rafaela provava una rabbia inspiegabile, che cercò di non far trasparire dalla voce. Gli rispose con freddezza: "Non mi serve un'amica".

C'erano tante altre cose che le servivano. Avrebbe potuto preparargli una lista. Al primo posto ci sarebbe stato un marito capace di mandare a quel paese il gestore del country club. Da nessuna parte in quella lista sarebbe comparsa l'amicizia di Consuelo Reyes.

Rafaela percepì il cambiamento che stava avvenendo in Peter, lo stesso cambiamento che a volte la spingeva a cedere, ma non quella sera. Quella sera lei era una porta chiusa, e presto suo marito avrebbe smesso di provare a scassinare la serratura, di blandirla pur di farla aprire. Sotto gli occhi di Rafaela, Peter serrò le mani in un nodo stretto davanti a sé, e dal colore delle nocche si vedeva che era sempre più spazientito. Poco male. Tutta la sua vita lì, lei la passava aggrovigliata in un nodo come quello. Che lo provasse anche Peter, ogni tanto.

Benny entrò nella stanza. Si era già messo il pigiama di flanella con i piedini e li strascicava sulle mattonelle. E quello fu l'antidoto. Quel pigiama con i piedini riuscì a fendere tutto il dolore e la resistenza di Rafaela come un'ancora fende l'acqua trasparente. Si sentì tornare in se stessa, l'angoscia venne lavata via. Ecco il suo caro bambino, nell'ultimo pigiama con i piedini della sua vita. E al tavolo ecco la sua splendida bambina. Quella era la loro preziosa infanzia, l'unica che avrebbero mai avuto, e nel bene o nel male la stavano trascorrendo lì. Che mangiassero tutta la torta che volevano!

“Ehi!” Benny puntò gli occhi sul piatto di Ruth. “Posso prendere anch’io un’altra fetta?”

“Hai preso un’altra fetta?” chiese il papà a Ruth.

Rafaela lo guardò. Ma dov’era prima, quando lei aveva avuto quello scambio di battute con Ruth proprio davanti a lui?

Ruth guardò la madre e poi scosse appena la testa. “No! È la prima.” Lanciò la bugia come un frisbee, per vedere come la prendevano. “Mangio un pezzettino alla volta per gustarmela.”

Il papà le fece l’occhiolino.

“Bugiarda,” disse Benny.

“Non dare della bugiarda a tua sorella,” intervenne Rafaela. “Sta solo scherzando.”

Peter prese dallo sgocciolatoio uno dei piatti appena lavati dalla moglie, lo asciugò con uno strofinaccio e lo porse a Benny. “Prendine una piccola,” disse.

Benny si sedette accanto a Ruth e scelse la fetta più grossa che era rimasta, proprio al centro della torta. Mangiarono in un silenzio appagato.

“Non capisco perché non vuoi darle una possibilità,” disse Peter rivolgendosi di nuovo a Rafaela, proprio quando lei pensava che la discussione fosse finita. Perché insisteva così?

“Come no!” esclamò Rafaela. “Gliel’ho data una possibilità, è stata qui tutta la sera! Per caso non le ho servito la torta e il caffè nelle tazze buone?”

Peter fece la sua espressione più sconvolta e giudicante. “Le tazze buone?”

“Sì.” Fantastico. Rafaela non sapeva nemmeno di avere quel sentimento dentro di lei, finché non lo aveva espresso ad alta voce per sbaglio.

“Le tazze buone,” ripeté Peter.

Rafaela non era una che rincarava la dose, specie quando sapeva di avere torto. Ma c’era un che di perverso in tutta quella conversazione. Voleva provocarlo, mandarlo su tutte le furie.

"Sicuramente migliori di quelle che è abituata a usare lei," disse vergognandosene subito. Ma solo un pochino. Quell'emozione era soltanto una delle cinquantadue carte nel suo mazzo. Provò anche una specie di soddisfazione malvagia nell'osservare la faccia disgustata di Peter quando lo disse, il momento in cui anche lui si rinserrò in se stesso. Forse adesso erano pari, ugualmente nauseati l'uno dall'altra, ugualmente sicuri che il coniuge fosse una persona deplorevole.

"Buona la torta, vero?" disse Benny seduto al tavolo.

Era così buona che Ruth non rispose nemmeno. Si limitò a prenderne un'altra forchettata.

"Stai facendo la snob, Rafaela," disse Peter, non abbastanza sottovoce da evitare che i bambini lo sentissero. Erano seduti proprio lì.

Rafaela aveva un piatto tra le mani. Lo sollevò, e per un lungo istante fu tentata di romperlo in testa al marito. Ruth e Benny li fissavano mangiando la torta. Rafaela si astenne da quella semi-violenza e invece sbatté di nuovo il piatto nell'acqua. Il bordo picchiò sul rubinetto e una scheggia volò via e tintinnò contro la finestra. Una piccola onda di marea uscì dal lavello e salì sul paraschizzi, poi tornò indietro e sciabordò oltre il bancone fin sul pavimento, inzuppando sia lei sia Peter, prima la pancia e poi le scarpe. Il verso che le sfuggì in quel momento era uno strillo caustico, un suono solo vagamente collegato al linguaggio umano.

"È una *jíbara*!" esclamò. "L'intera famiglia, tutti *jíbaros*!"

Nel silenzio che seguì, Rafaela doveva fare una scelta. Se avesse consultato la mappa delle sue emozioni, ci sarebbe stata una rampa d'uscita da qualche parte, lo sapeva. Se solo fosse riuscita a trovarla, avrebbe potuto imboccare quella via di emergenza. Era la sua ultima occasione di invertire la rotta, avvicinarsi al marito, abbracciarlo e cercare conforto in lui.

"A San Juan quella donna non sarebbe stata degna di spazzare i pavimenti in casa di mio padre," disse invece.

Si odiò all'istante.

Ma odiò Peter un pochino di più.

Non diceva nemmeno sul serio, pensò. O almeno non voleva dire sul serio. Peter reagì raggelandosi visibilmente. Si ritrasse da lei, inorridito. Afferrò lo strofinaccio che aveva appena infilato nella maniglia del frigo e si chinò ad asciugare la pozza che si allargava sul pavimento.

"Come si può cadere in basso," mormorò.

Poi depositò lo strofinaccio zuppo sul bancone e uscì dalla stanza.

* * *

Dopo la lite, Ruth e il fratello si ritrovarono da soli in cucina con la rabbia della madre, ma anche con le sue altre emozioni, tutte quante palpabili. Ruth sentiva che alcune di quelle emozioni le provava anche lei, in situazioni diverse. C'era collera, sì. E snobismo, sì, era innegabile. Ma c'era anche paura. Nostalgia di casa. La tremenda frustrazione di essere fraintesa. C'era dolore. Perché il papà non lo vedeva? Dov'era la sua lealtà nei confronti della mamma, perché la incalzava così quando era evidente che lei soffriva e aveva bisogno che lui la trattasse con dolcezza? Ruth lo avrebbe aiutato a capire.

Lavati tutti i piatti, la mamma si tolse il grembiule e tornò in soggiorno, dove si sedette in silenzio nell'alone luminoso della lampada a stelo. Non si mise a leggere. Non tirò fuori il punto croce dall'armadietto del cucito. Restò semplicemente seduta in silenzio accanto alla lampada, ancora con le scarpe bagnate ai piedi e i gioielli addosso. Continuava a lisciare la gonna già liscia del vestito mentre Ruth la guardava dalla soglia.

Quando Benny ebbe finito di mangiare, Ruth lavò i piatti di entrambi. Poi andò in soggiorno e si sedette vicino alla mamma solo per un momento. Le posò la testa sulla spalla, ma non riuscì a capire se lei si fosse resa conto della sua presenza, e questo le provocò una strana inquietudine.

"Va tutto bene, mamma," sussurrò. "Ti voglio bene."

Aspettò una risposta mentre osservava la collana di perle della madre che si muoveva leggermente con il flusso del respiro. Tre respiri completi, quindi Ruth si alzò e le diede un bacio sulla guancia.

Si cambiò in fretta, mettendosi la camicia da notte; si lavò i denti e la faccia e poi andò a cercare il padre nella tavernetta. Lo trovò seduto sulla solita poltrona reclinabile, ma il poggiapiedi non era sollevato. Il padre aveva il mento appoggiato sulla mano, il gomito sul bracciolo, il corpo tutto ripiegato su se stesso per la tensione.

"Papà, mi leggi una storia?" chiese.

Lui stava guardando *Fantasilandia* con il volume alto.

"Papà?"

"Cosa?" disse il padre girandosi verso di lei.

Ruth non avrebbe mai conosciuto il papà nel modo in cui conosceva la mamma, anche se lui era più semplice, più facile da comprendere. Non avrebbe mai capito se fosse davvero malleabile o solo più bravo a fingere, ma comunque non aveva importanza, perché, quando lui staccò gli occhi dallo schermo e li posò sul volto della figlia, lei vide i suoi tratti cambiare, la sua espressione ammorbidirsi. Anche se Ruth odiava il modo in cui a volte lui parlava alla mamma, *questo* continuava a essere vero. Il padre li amava in un modo puro e senza complicazioni. La fredda luce blu del televisore gli illuminò un lato del viso mentre le tendeva una mano. Ruth fece un passo avanti.

"Mi leggi una storia?" ripeté.

Il papà le prese la mano e gliela strinse.

"Ma certo, tesoro. Va' a letto, io arrivo subito."

In camera, Ruth prese *L'airone e il toro* dallo scaffale dei libri, perché sapeva che era uno dei preferiti del papà. Accese la lucina notturna a forma di margherita e poi si infilò sotto la trapunta ad aspettare.

"Pronta a dormire?" disse il papà dalla soglia, con un'allegria forzata nella voce.

"Prontissima."

Lui si avvicinò e si sedette sul bordo del letto, poi si lasciò cadere di schiena sul cuscino accanto a lei, e Ruth lo imitò.

"Ti sei divertita stasera?" le chiese.

"Sì."

"Quella bambina ti sta proprio simpatica, eh?"

"La adoro!" disse Ruth.

"Sei stata bravissima con lei."

"Forse tu e la mamma dovreste farlo davvero, un altro bambino," suggerì di nuovo.

Il papà sbuffò.

"Con un piccolino diventa tutto più bello," sussurrò Ruth.

Lui restò in silenzio. "Non so se funziona davvero così."

"Forse sì, però."

"Ti è piaciuta anche la torta," disse il papà cambiando discorso.

"Al limone è la mia preferita."

Il papà guardava il soffitto con le mani intrecciate dietro la testa. Ruth cominciò a passargli le dita tra i capelli, arruffandoli fino a coprirgli la fronte. Li lisciò in varie direzioni finché lui non chiuse gli occhi.

"Papà?"

"Mmh," fece lui senza aprirli.

"Penso di sapere come si sente la mamma." Era nervosa perché le sembrava una cosa importante, ed era il momento giusto, ma non era sicura di riuscire a descrivere quello che provava o a farglielo capire.

"Davvero?"

Ruth era grata che non aprisse gli occhi. "È come... l'altro giorno. Al parco giochi. Quando Benny e Eddie sono andati a fare un giro in bici, quel giorno... e poi sono venuti al parco giochi... Kathy ha detto che Eddie è *straniero.*"

"Ah." La voce del papà era triste.

"A dire la verità non ho neanche capito bene cosa intendeva. Ma..." La sua voce si era ridotta a un sussurro esitante. "Solo che... non voglio che pensi che sono straniera anch'io."

Dio, quanta vergogna c'era in quella frase. Le sbocciò dalla gola e la sentì nelle sue stesse orecchie, nell'eco della mamma che diceva *jíbara*. Non conosceva il significato esatto di quella parola, né avrebbe mai potuto immaginare che, anni dopo, i portoricani l'avrebbero rivendicata e onorata, accogliendola con orgoglio nel loro senso di identità. Ruth sapeva solo che quella sera, quando la mamma aveva usato quella parola per descrivere la famiglia di Eddie, nell'aria era rimasta una scia acida. Ne aveva riconosciuto l'odore.

Adesso il papà aveva aperto gli occhi, e Ruth sbatteva furiosamente le palpebre. Per un istante pensò di riuscire a ricacciarle indietro, e invece no: aveva gli occhi troppo pieni e umidi, così due lacrimone le scivolarono lungo le guance. Il papà gliele asciugò con il dorso della mano.

"Oh, tesoro," disse.

Il papà si tirò su a sedere e la circondò con un braccio, la attirò a sé e le diede un bacio sulla testa.

"Ascolta," disse poi con voce dolce. "È molto importante."

Ruth si raggomitolò tra le sue braccia, l'orecchio contro il petto del papà. Sentiva la voce del suo cuore lì dentro, e le sembrò che chiamasse il nome della mamma. La voce del papà era tenue come la lucina notturna.

"Quella bambina, Kathy?" sussurrò.

"Sì?" disse Ruth.

"È un'idiota."

17.

San Juan, Portorico
2014

Daisy aveva appena compiuto tredici anni la prima volta che lo zio Benny e la zia Pamela chiamarono per invitare la nipote a trascorrere l'intera estate da loro a San Juan. Daisy e sua madre ascoltarono la telefonata con il vivavoce.

"Per Stefani sarebbe fantastico avere qui sua cugina tutta l'estate," disse Benny alla mamma.

"È l'età migliore," aggiunse Pamela. "E ormai i ragazzi sono così impegnati che a casa non si fanno quasi più vedere."

Stefani aveva tre fratelli più grandi, tutti vicini tra loro per età, e poi erano passati cinque anni prima che nascesse lei. Due dei ragazzi andavano all'università, mentre il più giovane sarebbe partito per l'accademia dei pompieri di Miami subito dopo il diploma, perciò la casa si stava svuotando.

"Ti prego, zia Ruth!" esclamò Stefani. "Ho bisogno di compagnia, altrimenti piangerò per tutta l'estate!"

"Posso, mamma?" chiese Daisy.

Benny ricordò a Ruth le estati in cui anche loro da adolescenti tornavano a San Juan con la madre. Rivedevano i nonni e gli amici, facevano escursioni alle cascate di El Yunque con Lola, giocavano a carte con Mamamía nel patio mentre Papamío metteva a marinare le bistecche. Passavano lunghi pomeriggi pieni di risate dorate, con l'aroma penetrante della carne che sfrigolava sul barbecue. Durante una di quelle estati, quando Ruth aveva proprio tredici anni, lei e Benny si erano accorti che a Portorico il sole tramontava molto prima e molto più in fretta che a Saint Louis. Di notte erano saliti sul tetto con una coperta e, sdraiati sulla schiena ai lati della madre, avevano contato le stelle nel cielo nero come l'inchiostro, indicando le costellazioni che conoscevano. Lo zio Benny ricordava tutto ed era bravo a farlo ricordare anche agli altri. Ruth non riuscì a trovare un motivo per opporsi.

L'ultimo giorno di giugno, Daisy prese l'aereo da sola per San Juan, dove Benny e la cugina Stefani l'aspettavano nella zona degli arrivi. Quella prima sera, e tutte le sere successive, Daisy rimase alzata fino a tardi con la cugina a cuocere biscotti e a guardare film dell'orrore, riemergendo dalla camera di Stefani solo verso mezzogiorno per trascinarsi in spiaggia o per andare a guardare le vetrine nella Vecchia San Juan. A volte smezzavano una Coca sedute sull'antica muraglia di pietra vicino al molo e guardavano i turisti che sbarcavano dalle navi da crociera per fermarsi poche ore in città. Le due cugine si passavano la lattina mentre esaminavano la folla e sceglievano i ragazzi che avrebbero voluto baciare. Texani, *nuyoricani*, canadesi, non importava. Quando si trattava di baci immaginari, non facevano discriminazioni. Il fine settimana andavano a pesca con Benny o a fare shopping con Pamela. Trascorrevano pigri pomeriggi a leggere libri di Suzanne Collins fianco a fianco per poi scambiarseli, e dopo parlavano degli scandali contenuti in quelle pagine standosene sdraiate sulla sabbia senza aprire gli occhi.

Quell'estate a Daisy capitò una cosa strana: spesso, quando usciva di casa con la cugina, scopriva di essersi dimenticata il telefono. La quarta volta che capitò, Daisy cominciò a provare un senso di liberazione, come se avesse infranto la superficie dell'acqua e fosse emersa nella freschezza di un respiro profondo. Era inaspettatamente piacevole, separarsi dal telefono. Decise di trasformare quella sensazione in un esperimento.

Ne parlò prima con la mamma, che accettò con riluttanza. Poi spense il telefono e lo ripose nella tasca interna della valigia che non avrebbe riaperto fino alla fine di agosto. Quando la mamma voleva sentirla, chiamava Benny o Pamela o il loro numero di casa e qualcuno le passava la figlia. Ben presto l'assenza cominciò a sembrare normale, e Daisy si sentiva una persona nuova.

"Dovresti provare," disse alla cugina un pomeriggio, mentre si chiudevano la porta alle spalle per andare a fare un giro in bici. "È bellissimo staccare dalla realtà."

Stefani si fermò con la chiave nella serratura per lanciarle un'occhiata dubbiosa, e Daisy le diede un colpetto con il gomito.

"Pensaci un attimo," disse cominciando a contare i miracoli sulla punta delle dita. "Nelle ultime due settimane non ho sentito nemmeno un influencer usare epiteti razzisti, non ho saputo di frane o incendi o catastrofi naturali di nessun tipo. Se sono deragliati dei treni con centinaia di vittime, io non ne so niente. E sai cosa mi è successo ieri?" Stefani la fissava come se fosse un'aliena. "Quando siamo entrate nel museo?" Daisy fece una pausa a effetto. "Non ho preparato il piano di fuga."

"Cos'è che non hai preparato?" Stefani mollò la chiave e si mise la mano sul fianco.

"Il piano di fuga," ripeté Daisy.

"Ma di che parli?"

"Tipo, ogni volta che vado in un luogo pubblico, mi guardo intorno per cercare le uscite di emergenza e individuare i posti migliori per nascondermi, nel caso ci sia una sparatoria di massa."

"Ma che cavolo, Daisy."

Daisy fece un'altra pausa. "Tu non lo fai?"

Stefani scosse la testa, momentaneamente senza parole.

"Ah," disse Daisy. "Be', forse non lo farò più nemmeno

io, adesso che non guardo tutti i giorni un feed pieno di armi e violenza."

Allora tacquero entrambe, poi Stefani girò la chiave nella serratura, aprì la porta e buttò il telefono sulla libreria appena dentro.

"Vediamo come va," disse chiudendo di nuovo.

Quando rientrarono quella sera, la zia Pamela le stava aspettando con un "Dove cavolo siete state senza telefono?" che scatenò una lunga discussione sull'effettivo scopo del cellulare, sul motivo per cui Pamela pagava il conto ogni mese e sui futuri parametri in base ai quali Stefani avrebbe dovuto portare con sé il telefono ogni volta che uscivano di casa.

"È colpa mia," disse Daisy. "Gliel'ho detto io di lasciarlo qui."

Pamela si alzò dal tavolo.

"Non fraintendetemi, sono contenta che non abbiate sempre in mano il cellulare," disse. "Ma troviamo una via di mezzo."

Il giorno dopo, al crepuscolo, giocarono a Yahtzee sulla spiaggia, usando il coperchio di una scatola per tirare i dadi e facendo a turno a segnare i punti passandosi l'unica matita che avevano. Stefani lasciò il telefono chiuso nella tasca della borsa da spiaggia. Stracciò la cugina a dadi e poi fecero un picnic con banane, pane e formaggio.

"Mi piace un sacco quello che si mangia qui," disse Daisy.

"Ma come, non avete le banane a New York?" la punzecchiò Stefani. "Niente formaggio nella Grande Mela?"

"Non queste cose specifiche," rispose Daisy masticando. "Anche se questo formaggio è delizioso. Intendo in generale, il cibo portoricano."

Stefani sospirò. Si era appoggiata all'indietro sui gomiti e guardava, al di là dei suoi piedi, le onde che si scurivano. "Non so. A me piacerebbe andare più spesso a cena fuori. Ci sono tanti ristoranti fantastici qui che vorrei farti provare, ma mia mamma cucina praticamente tutte le sere."

"Sei fortunata!" Daisy scosse la testa. "È una bravissima cuoca."

"Tua mamma è una bravissima cuoca, semmai," replicò Stefani. "Fa sempre piatti diversi. Noi mangiamo sempre le stesse cose tutte le settimane."

"Be'." Daisy diede un morso alla banana e si strinse nelle spalle. "Potresti cucinare tu allora, pigrona."

La cugina le diede una spinta e Daisy quasi si ribaltò per non far finire la banana nella sabbia. "Dico solo che la pasta e cose così sono facili. Ma tua mamma prepara ogni volta una cena eccezionale, fatta in casa da zero."

Stefani si tirò su a sedere e batté le mani per pulirle dalla sabbia. "Tua mamma non fa mai piatti portoricani?"

Daisy scosse la testa. "In realtà no. Cioè, non spesso."

Stefani stava frugando nella borsa per vedere se trovava qualcos'altro.

"La nonna invece è una cuoca tremenda," disse Daisy. "E intendo pessima."

"Sì, mi hanno raccontato." Stefani rise mentre tirava fuori una fetta di pane e ci metteva sopra un pezzo di formaggio.

"Eh già, quindi mia mamma sa fare solo qualche ricetta portoricana, perché la nonna non le ha mai insegnato. Immagino che fosse difficile trovare gli ingredienti in Missouri quando era più giovane, e comunque alla nonna non è mai piaciuto cucinare. Così mia mamma ha imparato solo un paio di cose da Lola prima che morisse. Se fa altri piatti portoricani, cioè quasi mai, è perché li ha trovati su Pinterest. E chi lo sa se sono autentici?"

Daisy osservò la cugina strappare il pane con i denti.

"Ti dico cosa penso davvero," proseguì Daisy.

"Cosa pensi davvero?" Stefani le lanciò uno sguardo indagatore mentre continuava a masticare.

"Penso che la cucina di tua madre mi abbia fatto capire quanto siano ingiusti sia il disinteresse della nonna per la cucina sia la conseguente scarsità di ricette portoricane nel repertorio culinario di mia madre."

"Per la miseria!" esclamò Stefani mettendosi una mano sul cuore.

Daisy annuì. "È una faccenda importante."

Ma Stefani si mise a ridere. "Mi rimangio tutto allora." Si cacciò in bocca l'ultimo pezzo di pane. "Sull'idea di andare più spesso a cena fuori. Magari invece dovremmo imparare a cucinare. Cioè, nel tempo che avanza tra la spiaggia, i libri, i pisolini, le chiacchiere sui ragazzi e i giochi da tavolo. Quando siamo libere, potremmo chiedere a mia mamma se ci insegna qualche ricetta di famiglia."

"Sì!" esclamò Daisy tirandosi su sulle ginocchia.

"Quanto sono intelligente," disse Stefani.

Daisy si alzò e sbatté il telo da bagno al vento, mandando la sabbia verso l'oceano.

"Dove vai?" chiese la cugina.

"A casa! A imparare a cucinare!"

"Di già?" Stefani provò a usare un tono irritato, ma si stava già rimettendo in piedi mentre ficcava nella borsa il telo pieno di sabbia.

"Sto morendo di fame!" disse Daisy.

Fu così che la zia Pamela accettò di insegnare alle ragazze una ricetta alla settimana, il sabato pomeriggio. Tutti i venerdì consegnava loro la lista della spesa e un po' di soldi e loro due portavano a casa gli ingredienti con un carrellino. Guidate da Pamela e con vari gradi di successo, impararono a fare innanzitutto il *sofrito*, e poi: *arroz con gandules*, *alcapurrias*, *pernil*, *mofongo*, *tostones*, *ropa vieja* e *pasteles*.

La penultima domenica insieme, Daisy e Stefani restarono tutto il giorno in cucina da sole, con tanto di grembiuli e buffe retine per i capelli. Ma l'ironia era riservata solo all'abbigliamento. Il cibo era una cosa seria. Quando la cena fu finalmente pronta, e in tutta la casa si era diffuso un profumino appetitoso di carne insaporita con il sale, le ragazze servirono i loro manicaretti in sala da pranzo, dove avevano apparecchiato la tavola con tovaglioli di stoffa e candele. Benny e Pamela erano sbalorditi. Le ragazze li studiarono mentre assaggiavano tutto, cercando di capire se gli elogi fossero sinceri. Sì, lo erano.

Daisy infilò la forchetta nella montagna di *mofongo* che aveva nel piatto e preparò con calma il boccone perfetto, con la giusta quantità di carne e banane verdi. La consistenza era sublime.

"Siamo state braviiiiissime," disse Stefani con la bocca piena.

"Ben detto!" confermò Benny.

L'esperienza dell'estate trascorsa lì aveva cambiato Daisy, dandole una percezione più elastica della realtà e del proprio posto nel mondo.

La settimana prima che Daisy tornasse a New York, lei e Stefani andarono a comprare gli assorbenti, nel caso in cui a una delle due venisse il ciclo per la prima volta (ormai entrambe si aspettavano che succedesse da un momento all'altro). Accanto alla farmacia scoprirono un negozietto dell'usato dove nemmeno Stefani era mai stata.

"Ma che carino!" Fu Daisy a fermarsi davanti alla vetrina, con la borsa ingombrante ma leggera della farmacia appesa al gomito.

Guardò il loro riflesso nel vetro, poi prese la cugina sottobraccio e spinse la porta. Dentro c'era un odore familiare, o forse un conglomerato di odori familiari che insieme diventavano un aroma unico e riconoscibile, uguale nei negozi dell'usato di tutto il mondo. Era fatto di polvere, vecchia pelle e un mucchio di ricordi, e dava la netta sensazione che l'aria fosse appiccicosa di nostalgia, un vortice di particelle in controluce.

Daisy inspirò a fondo. C'erano macchine da scrivere, ombrelli, accessori per computer obsoleti, due piccoli cigni di ceramica. Una valigia rigida, tenuta aperta con un fermo, conteneva un'intera collezione di occhiali da vista. Nella corsia dell'abbigliamento per bambini Daisy trovò una canottiera arcobaleno stilosissima e un pigiama del Trenino Thomas che sicuramente le sarebbe andato bene. Il reparto donna era ancora meglio.

"Pazzesco, no?" disse Stefani passando a fatica tra le file di grucce stracariche per raggiungere Daisy. "Guarda questa borsa Michael Kors. Undici dollari!"

"Bella." Daisy afferrò una camicia button down di un materiale delicato e trasparente, con il colletto a punta e una stampa di cavalli selvaggi in un paesaggio desertico.

"Mmh." Stefani la guardò con aria dubbiosa. "Quella camicia potrebbe essere qui solo perché è un obbrobrio."

Daisy scosse la testa come per rimproverarla. "Stefani, mi stupisco di te. Dov'è finito il tuo spirito d'avventura?"

La cugina sollevò una manica, osservando con occhio critico la stampa sbiadita. "Ma è un indiano?" chiese. "Daisy, non saranno mica cowboy e indiani?"

Daisy gliela strappò di mano e la esaminò da vicino.

"È soltanto un tizio a cavallo," disse.

"Con un copricapo di piume." Stefani indicò una figura molto sbiadita disegnata sulla stoffa.

Daisy non la vedeva.

"Però, voglio dire… i copricapi con le piume esistono comunque. È sbagliato celebrare la loro esistenza?"

"Daisy, è una camicia razzista," disse Stefani.

A malincuore, Daisy la mise giù.

"Guarda questa!" Era una T-shirt tagliata sopra l'ombelico con la scritta DIECI PIANI DI MORBIDEZZA e stando al cartellino del prezzo costava due dollari.

"Non l'ho capita," disse Stefani.

Daisy la aggiunse alla pila degli acquisti.

L'ultima sera di Daisy a San Juan, le ragazze presero due sedie da campeggio, le portarono nel giardino dietro casa e si misero a giocare a Parcheesi su un tavolo pieghevole. Quando Stefani mise i dadi nel bussolotto di cartone, Daisy ebbe la sensazione che fosse il suo cuore a sbatacchiare lì dentro, a fare quel baccano attutito. Stefani strinse il bussolotto nel pugno e lo agitò con delicatezza. Adesso tra loro c'era un enorme catalogo condiviso di canzoni, giochi con battiti di mani, battute e aneddoti, per non parlare delle ricette di famiglia. Avevano costruito nuove idee e nuovi ricordi l'una nella mente dell'altra, il tutto senza scambiarsi un solo messaggio sul telefono.

"È stata di gran lunga l'estate più bella della mia vita," disse Daisy con un groppo in gola. "Magari mia mamma fosse tornata a vivere qui come tuo papà. Sarebbe stato bello se io e i miei fratelli fossimo cresciuti qui con voi a Portorico."

Stefani guardò la cugina con aria spavalda. "Mi prendi in giro? Abiti a New York! La città più fantastica del mondo!"

"Ehm, abitiamo a Palisades," la corresse Daisy mentre agitava i dadi. "E da là, solo in inverno e solo nelle giornate limpide, al massimo *vediamo* la città più fantastica del mondo. Giù lungo il fiume. Nella distanza fredda e grigia."

"Dici niente." Stefani lanciò i dadi sul tabellone.

Daisy posò il proprio bussolotto.

"Mi sa che da domani dobbiamo cominciare a chattare," disse. "Ci tocca tornare nel mondo della tecnologia."

La cugina fece un sospiro pesante, contando ad alta voce mentre muoveva la sua pedina gialla sul tabellone.

"Infatti," disse. "Ma possiamo anche telefonarci."

"O lasciarci i messaggi in segreteria, come si faceva una volta," disse Daisy.

"Mandarci i fax."

"Codice Morse."

"Piccioni viaggiatori."

Scoppiarono a ridere, e Daisy scoprì che le risate tristi ricadono in modo diverso nell'aria rispetto a quelle normali.

Quella sera, quando aprì la valigia e tirò fuori il telefono per caricarlo prima del viaggio, per un attimo temette di ripiombare nelle vecchie abitudini non appena fosse arrivata a New York. Soppesò nella mano il piccolo dispositivo e, quando lo attaccò alla presa e lo accese, capì all'istante che la sua non era stata solo una pausa temporanea. Stava facendo una scelta definitiva. Senza esitazione, tenne il pollice premuto sulle app finché queste non si misero a tremolare e, una alla volta, le cancellò tutte. Twitter, Instagram, Snapchat. Sparite.

"Sul serio?" chiese Stefani, che stava sbirciando da sopra la sua spalla. "Molli tutto così di botto?"

Daisy annuì. "Non mi manca nemmeno un po'," rispose. "Sto meglio senza. E comunque, ci sono tanti ragazzi della nostra età che diventano vegani o vegetariani, no?" Si strinse nelle spalle. "Ecco, è la stessa cosa."

"Ti chiami fuori," disse la cugina.

"Esatto. Mi disiscrivo."

"Ma, Daisy," proseguì Stefani lasciandosi cadere di schiena sul letto, "lo sai anche tu che la metà di quelli che si dichiarano vegani il primo giorno di scuola, a ottobre si stanno già sfondando di cheeseburger."

Daisy posò il telefono sul comodino, con il piccolo cordone ombelicale che scendeva fino alla presa dietro il letto.

"Per me non sarà così," disse. "Cioè, conosco i miei limiti, quindi so che non potrei mai smettere di mangiare i cheeseburger." Si mise una mano sotto la testa. "Ma questa vita senza telefono la voglio per sempre."

Stefani assunse la stessa posizione, e poi rotolò su un fianco per guardare in faccia la cugina.

"Daisy Hayes," disse. "Sei proprio saggia."

* * *

Otto settimane. Tanto ci aveva messo Daisy a crescere, anche se alla fine il ciclo le sarebbe venuto solo a ottobre. Al suo arrivo a San Juan, all'inizio dell'estate, era una ragazzina ansiosa con una voce flebile. Era come tutte le sue coetanee, incollata al telefono, quasi interamente definita da una perenne corrente di preoccupazione di cui nemmeno si rendeva conto. Quella preoccupazione era così incessante che Daisy non si era accorta di come le pesasse sullo stomaco in una voragine fremente. Non sapeva che era possibile scacciare quel convulso senso di vuoto. Non sapeva che non era obbligatorio provare sempre quella tensione lungo la nuca, finché non l'aveva provata più.

La prima settimana dopo essere tornata a New York, riuscì a trovare un vecchio e pesante telefono a disco in un negozio dell'Esercito della Salvezza.

"Questo coso funziona?" chiese alla signora dietro il bancone.

"Portalo qua, così proviamo a collegarlo e vediamo."

La signora aveva i capelli grigi tagliati corti e indossava un grembiule molto pratico. A Daisy andò subito a genio. Il telefono produsse un trillo appagante quando lo posò sul bancone, perché dentro c'erano dei campanelli veri. La donna si girò a staccare il filo dalla base di un moderno cordless, che era il telefono fisso del negozio, e lo inserì con un *clic* nella piccola fessura sul retro del telefono a disco. Daisy sollevò la cornetta e sorrise sentendo che c'era la linea.

"Lo prendo," disse.

Pagò diciassette dollari in contanti, mise il telefono nello zaino e lo portò a casa.

In camera sua, andò a caccia della presa telefonica (saltò fuori che era dietro la scrivania: che comodità!) e inserì il filo. Poi prese il cellulare e compose il numero di casa, che scoprì con sua sorpresa di ricordare ancora, anche se non lo chiamava da almeno due anni. Il suono di quel vecchio telefono a disco che si annunciava nel silenzio della casa le fece venire la pelle d'oca. Daisy trasalì e poi aspettò un altro squillo prima di alzare la cornetta. Sulla linea c'era un crepitio basso e appagante.

"Che cazzo è stato?" sentì gridare dall'altra camera. Il suo fratellino aveva quasi undici anni e faceva abbondanti esperimenti con la parola *cazzo* ogni volta che la mamma non era in casa. All'epoca si chiamava ancora Charlie, non Carlos, ma era già completamente se stesso.

"Vieni a vedere!" disse lei.

Dato che non veniva, Daisy mise giù la cornetta, la alzò di nuovo e poi fece il numero del cellulare di Charlie, che fu costretta a cercare sul proprio cellulare perché non l'aveva mai composto prima.

"Vieni in camera mia," disse quando lui rispose.

"Sono molto impegnato a scegliere i vestiti per il primo giorno di scuola."

"Mancano ancora tre giorni. Per questa cosa ci metti trenta secondi."

"E va bene."

Daisy riattaccò. Un attimo dopo Charlie apparve sulla soglia, e a quel punto lei fu costretta a fare i conti con il fatto che il suo fratellino non sembrava minimamente colpito dal suo nuovo acquisto.

"Ma perché?" continuava a chiedere lui.

"Provalo!"

Charlie alzò la cornetta, infilò il dito in uno dei buchi che corrispondevano ai numeri e girò il disco in senso orario.

"Daisy, c'è un motivo se questa tecnologia non la usa più nessuno," disse. "Mi servirebbero dieci minuti solo per fare il numero. E poi, chi chiamo? Come faccio a ricordarmi i numeri a memoria?"

Daisy gli prese la cornetta di mano e la posò delicatamente sulla base, come se fosse un neonato da mettere nella culla.

"Puoi usare il cervello," gli rispose.

Quella sera Daisy preparò la cena e, mentre serviva *arroz con gandules* a tutta la famiglia, disse alla mamma che il cellulare non le serviva più.

"Cosa?" fece la mamma.

"Lo prendo io," disse Vic. "Il suo è più nuovo del mio." Aprì il tovagliolo e se lo mise sulle gambe.

"Il cellulare le serve," replicò la mamma prendendo il piatto che Daisy le stava porgendo. "Grazie."

"In realtà no, mamma," disse Daisy sedendosi. "Mi sono comprata un telefono fisso."

"È tipo il triceratopo dei telefoni," spiegò Charlie. "Posso bere una Coca?"

"Acqua o latte," disse la mamma.

Lui fece una smorfia, ma si riempì il bicchiere di acqua e li raggiunse a tavola.

"Daisy, a scuola non ti puoi portare un telefono fisso," disse la mamma. "E se succede qualcosa? Devo riuscire a contattarti."

Sapevano tutti cos'era il *qualcosa* che poteva succedere e, nel caso in cui avessero avuto la tentazione di dimenticarlo, la prima settimana di scuola ci sarebbero state le esercitazioni per prepararsi alle emergenze. Daisy annuì.

"Ok, mamma."

Da allora, Daisy sviluppò una specie di rapporto ibrido e minimalista con la tecnologia moderna. Teneva il cellulare carico, lo portava a scuola, a volte doveva usarlo per fotografare i compiti e caricarli su Google Classroom, ma quando tornava a casa lo metteva in carica accanto al mobiletto del soggiorno e se ne dimenticava.

Tre o quattro volte alla settimana chiamava Stefani da camera sua con il telefono a disco, che trillava e frusciava per l'elettricità statica. Se la cugina non stava facendo i compiti, Daisy spostava il telefono attraverso la stanza finché il filo glielo permetteva e poi tirava la cornetta sul letto, dove si sdraiava sulla schiena con la testa che penzolava oltre il bordo e i piedi in alto appoggiati alla parete. In quella posa, parlava con Stefani come se fosse il 1985.

"Appena sono grande abbastanza, mi trasferisco a Portorico, poco ma sicuro," disse alla cugina attorcigliando il cavo della cornetta intorno al dito, senza sapere che aveva ereditato quel gesto dalla coscienza collettiva degli adolescenti della Generazione X.

"Non farlo," disse Stefani. "Se vieni ad abitare qui, diventi una cicciona."

"Vero," ammise Daisy. "Dovrò cominciare a fare jogging."

"Oppure potresti mangiare solo insalata," suggerì Stefani.

"Jogging, decisamente."

Scoppiarono a ridere.

"Però, sul serio, forse l'estate prossima dovrei venire io a New York," disse Stefani. "Prima che ti metti a decidere il nostro futuro, valutiamo tutte le opzioni."

"Palisades non è proprio un'opzione da valutare," insistette Daisy.

"Questo lascialo dire a me."

18.

Palisades, New York
2023

Fuori dal soggiorno di Rafaela la nebbia si acquatta sull'Hudson, mettendosi a cavalcioni del fiume e spegnendo lo scintillio di luci di Dobbs Ferry, la cittadina sull'altra sponda. Ruth è seduta sul divano accanto a sua madre quando chiamano Benny a Portorico.

"Daisy." Ruth sussurra il nome della figlia. Una preghiera. Si alza e comincia a fare avanti e indietro nella stanza. Da piccola, Ruth sapeva per istinto che i segnali della mamma erano gli unici che contavano. Da adulta, li cerca ancora senza saperlo. Tiene d'occhio il volto della madre, che è in grado di ridurre o espandere il terrore dentro di lei.

Rafaela è infinitamente più presente a se stessa di quel che crede la figlia e, nonostante la nebbia strisciante e lo shock ancora da elaborare, nota il panico crescente di Ruth. Vede che la figlia la osserva e aggiusta subito il proprio volto di conseguenza. Assume un'espressione neutra e determinata che sostituisce la paura. Controlla anche la voce, trasformandola nel ronzio di un macchinario pesante. Affidabile. Regolare.

"Andrà tutto bene," dice a Ruth mentre sente il telefono squillare all'altro capo della linea.

A duemilacinquecento chilometri di distanza, in una casa già al buio per l'inevitabile blackout, il cellulare di Benny ha ancora il segnale. Per il momento, il ripetitore resiste. Il telefono prende vita sul tavolino, si mette a vibrare mentre lo schermo si accende. La sua luce blu si unisce alle fiamme guizzanti delle candele che arrossano la stanza. Benny lo prende, risponde.

"*Hola*," inizia facendo una battuta, "la ringraziamo di aver chiamato la linea diretta per l'apocalisse."

Rafaela gli dice tutto, in fretta, ogni cosa. È sempre stata dell'idea che il cerotto vada strappato subito, con i peli e tutto. Altro che i trigger warning di cui parlano sempre i suoi nipoti. La vita intera dovrebbe presentarsi con un solo grande trigger warning. Non è forse questa la sua bellezza sghemba e abbagliante? I suoi nipoti si proteggono dalle parti migliori, pensa lei. Si impediscono di guarire. *Resilienza!*, vorrebbe gridare Rafaela. *Resilienza!* Superando un continente e raggiungendo il corpo immobile e malconcio della nipote.

Dopo che Rafaela ha riferito la notizia, il silenzio di Benny si prolunga abbastanza da spingerla a chiedersi se la tempesta abbia fatto cadere la linea. Ma sa anche che Benny è fatto così: ha bisogno di un secondo in più, o forse tre, per elaborare quelle informazioni orribili. E quando è pronto a tornare tra loro, le gomme non girano a vuoto, fanno subito presa e gli permettono di agire con rapidità ed efficienza.

"Vado." Ecco, appunto.

Rafaela lo immagina mentre si alza dal divano rosso del soggiorno in penombra, immagina sua moglie che solleva la testa dal libro all'estremità opposta, allarmata, raddrizzando la schiena.

"Vai dove?" dice Pamela in sottofondo. "Non puoi andare da nessuna parte con questa tempesta."

Rafaela sente Benny coprire il microfono del cellulare, sente il mormorio della sua voce distante. Nella piccola cucina di New York, nella splendida casetta che è la copia di un'altra, Rafaela guarda l'amata figlia ridotta a uno straccio. Ruth ha l'aria vecchia, antica. Di nuovo, madre e figlia si scambiano di posto nel cosmo.

"Ci va Benny," dice Rafaela alla figlia diventata un rudere. "Tra poco sarà con lei."

Ruth annuisce, torna sul divano e sprofonda di nuovo accanto alla madre. "Ringrazialo da parte mia."

"Potrei metterci un po' ad arrivare, con la tempesta," dice Benny. "Siamo messi male, hanno già chiuso un sacco di strade. Comunque adesso esco, ti chiamo quando arrivo."

"Ok."

Lui riattacca prima che Rafaela riesca a salutarlo.

"Sta' attento," dice lo stesso.

Anche dopo aver riattaccato, la tempesta le risuona ancora nelle orecchie. O forse invece la tempesta avviene proprio lì nella stanza, ed è Ruth a emanarla? La rabbia cataclismatica del vento, lo sferzare inclemente dell'acqua che non sembra per niente liquida, ma una cosa fatta di fruste e catene. Rafaela sente l'essenza stessa della tempesta nelle ossa, porta il dna delle intemperie inciso nella memoria. Lei le ha vissute, quelle tempeste.

Rafaela ha la sensazione che sia abbastanza naturale, alla sua età, e con tutto quello stress, che il ricordo di una vecchia tempesta soppianti la realtà di quella in corso. Le viene in mente un uragano, l'avevano chiamato Santa Clara, lei aveva nove o dieci anni. Ricorda di aver dormito per terra nella dispensa con l'intera famiglia, Mamamía e Papamío e Lola e Candido e Priti, pigiati come sardine, i piedi in faccia. Rafaela aveva usato un sacco di riso come cuscino, e il vento aveva fatto vibrare e tremare la casa da cima a fondo, ma lei si era sentita al sicuro, là in quello spazio ristretto con tutti i suoi cari. Perciò può essere difficile conservare la distanza tra allora e adesso, distribuire con certezza le persone e le cose lungo la sequenza temporale della propria esistenza. Forse non è poi così allarmante, pensa Rafaela. Forse ha appena fatto una scoperta scientifica, ha aperto un cunicolo spazio-temporale dove il tempo è irrilevante, dove la sua vita avviene tutta nello stesso momento. Ha creato una specie di miracolo. Di fronte a una tragedia forse di immense proporzioni, perché la mente non dovrebbe avere la tentazione di cancellare il presente a favore di un altro trauma a cui lei è già sopravvissuta?

Comunque adesso Rafaela è lucida, nonostante il piccolo inconveniente di prima, lo spavento di non ricordare chi fosse Benny. Le ci è voluto solo un minuto. Ma adesso è presente, ha la mente sgombra, e le viene un'idea, ma aspetta che Ruth si muova, che apra gli occhi.

"Non so cosa fare," sussurra la figlia accanto a lei.

"Non fa niente. Lo so io," dice Rafaela alzandosi. "Mi è venuta un'idea." Si avvicina alla porta e la apre. "Va' a fare le valigie."

"Mamma, non ci sono voli."

"Tu falle e basta," dice Rafaela. "Chiama i ragazzi, informali. Così sarai pronta appena ci sarà un volo."

Sembra che Ruth voglia obiettare, ma a che scopo? Non ha energie se non per provare paura. "Ok," dice. "Cos'hai intenzione di fare?"

"Devo fare un paio di telefonate," risponde Rafaela. "E poi faccio le valigie anch'io. Appena ho finito vengo a casa tua, stanotte resto con te."

La figlia si alza e la raggiunge alla porta, ma non esce. Invece si ferma e le posa la testa sulla spalla. Rafaela sente la forza delle proprie gambe sotto di sé e capisce che in questo momento la cosa più importante è il potere della sua presenza fisica. Si trasforma in una base di solida roccia, abbraccia e conforta la figlia che piange. Restano così a lungo mentre Ruth riversa tutto il suo terrore nelle lacrime.

19.

Saint Louis, Missouri
1981

La mattina del suo trentacinquesimo compleanno, Rafaela si svegliò al suono del telefono che squillava. Sentì il marito rispondere in cucina, ma non fece nemmeno in tempo a chiedersi chi fosse che chiamava così presto, perché Benny e Ruth erano già sulla soglia della camera per farle gli auguri. Benny aveva in mano un vassoio con pane tostato e caffè, Ruth una sola rosa gialla in un vasetto. Le cantarono a squarciagola la canzoncina di buon compleanno mentre lei si stiracchiava e si tirava su a sedere sistemandosi i cuscini dietro la schiena. Non provò la solita irritazione di quando la svegliavano.

"Buon compleanno, mamma," disse Benny mettendole il vassoio della colazione sulle gambe.

"Oh, grazie, miei piccoli bonbon!" esclamò lei. "Venite qua, per il mio compleanno voglio solo un bacio."

I figli andarono ad abbracciarla e Rafaela tolse di mezzo il caffè tenendolo saldamente in mano mentre li baciava. Benny era diventato un ragazzino dinoccolato, più goffo di un bambino piccolo che impara a camminare. La sua cognizione spaziale non teneva dietro alla velocità con cui braccia e gambe gli crescevano dal tronco, riempiendo lo spazio intorno a lui. Sbatteva di continuo i mignoli dei piedi contro gli spigoli e faceva cadere i bicchieri dal tavolo spingendoli con un gomito vagante. A quasi tredici anni, suo figlio era già più alto di lei, e a breve avrebbe raggiunto Peter. Era successo tutto così in fretta.

"E la vostra colazione dov'è?" chiese Rafaela dando un morso al pane tostato.

"Già fatta." Ruth si arrampicò sul letto dal lato di Peter e si tirò la trapunta sulle gambe.

"Apri i biglietti, mamma!" disse.

Benny si sedette in fondo al letto, ai loro piedi.

"Com'è il pane?" chiese.

"Perfetto," rispose Rafaela. "Burroso."

"Il segreto è spalmare il burro fino al bordo," spiegò Benny. "Altro che metterci un grumo in mezzo e basta."

"I biglietti, mamma!" ripeté Ruth.

"Sì!" Rafaela posò la fetta di pane e prese i biglietti dal vassoio. Una busta viola con la calligrafia ordinata di Ruth, una busta gialla con la scrittura veloce e illeggibile di Benny. Solo due biglietti.

Peter entrò nella stanza e aprì le tende. "Ecco qua," disse. "Un po' di sole per la festeggiata. Pronti, ragazzi? Vi accompagno alla fermata!"

Rafaela lanciò un'occhiata alla sveglia digitale sul comodino.

"Dobbiamo aspettare che la mamma apra i biglietti," disse Ruth.

"Non voglio farvi perdere l'autobus!" esclamò Peter, già in corridoio.

Rafaela abbassò la voce. "Potete stare almeno altri quattro minuti."

Peter rimise dentro la testa. "Quasi dimenticavo," disse. "Hanno chiamato i tuoi. Gli ho detto che eri ancora a letto, visto che è il tuo compleanno. Richiamano tra dieci minuti."

Rafaela annuì senza rispondere. Era impegnata ad aprire la prima busta. Sul biglietto di Ruth c'era un neonato che portava un paio di grossi occhiali con gli occhi mobili adesivi e aveva in testa un cerchietto con le antenne. Quello di Benny era a forma di bassotto e si apriva a fisarmonica, così il cane si allungava sempre di più. *Ti auguro una felicità lunga così!*, diceva.

"Ah!" esclamò Rafaela appoggiando la testa al cuscino. "Come vorrei che rimaneste a casa per il mio compleanno."

"Possiamo, mamma?" chiese Ruth.

Benny si stava già alzando. Si avvicinò a Rafaela e le diede un bacio sulla guancia.

"Ragazzi, andiamo! Perdete l'autobus!" gridò Peter dalla cucina.

"Ti voglio bene, mamma," disse Ruth tirandosi su sulle ginocchia. Anche lei le diede un bacio sulla guancia. "Buon compleanno." Scese dal letto e si allontanò saltellando sulla moquette solo con le calze.

Rafaela si mise ad ascoltare l'immediata nuvola di rumore prodotta dai figli che si precipitavano lungo il corridoio, prendevano gli zaini, spingevano le sedie in cucina, sbattevano la porta del frigo.

"Non trovo le scarpe!" piagnucolò Ruth.

"Sono qui."

E poi la porta di servizio si chiuse sbattendo ancora più forte, marcando l'inizio della sua solitudine quotidiana. Rafaela prese la tazza di caffè dal vassoio e abbassò lo sguardo su quei due teneri biglietti. Due.

Di sicuro era stato Peter a portare i ragazzi in cartoleria a sceglierli. E poi aveva pagato lui, non solo i biglietti ma anche la rosa gialla. Il fiore era stato un'idea di Peter o di Ruth? In ogni caso, lui doveva averla aiutata a recuperare il vasetto dalla credenza, assicurandosi che non ci mettesse troppa acqua. Perciò suo marito non si era dimenticato del suo compleanno. Aveva partecipato il tanto che bastava perché Rafaela interpretasse quello sgarbo esattamente nel modo che voleva lui: Peter aveva deciso di non prenderle un biglietto. Aveva deciso di non darle un bacio sulla guancia quella mattina, di non pronunciare le parole *Buon compleanno*. Aveva completamente smantellato la sua possibilità di lamentarsi.

Non mi hai preso un biglietto sarebbe sembrata una frase meschina.

"I biglietti erano da parte di tutti e tre," avrebbe replicato lui. "Secondo te chi l'ha comprata la rosa?" avrebbe detto.

E in effetti non poteva biasimarlo. Lei non aveva forse fatto la stessa cosa per la festa del papà? Il loro matrimonio era diventato un campo di battaglia improntato al minimo sforzo, cosparso dei cadaveri dei loro sentimenti più nobili. Lo squillo del telefono la fece trasalire, distogliendola da quei pensieri. Saltò giù dal letto, afferrò la vestaglia e corse in cucina a rispondere.

Dall'altra parte c'era una specie di fruscio pesante, a indicare che la chiamata veniva da Portorico ancora prima che Papamío cominciasse a cantare, in inglese e poi in spagnolo. Ferma davanti alla porta di servizio, Rafaela vide un uccello cardinale rosso posarsi sull'albero di sanguinella mentre suo padre cantava. Tenne la cornetta incastrata tra il collo e la spalla mentre si legava la cintura di raso in vita e, quando l'uccellino volò via, chiuse gli occhi per poter quasi provare la sensazione di essere là, oltre la distanza ovattata della linea, e come se niente fosse – una folata di vento, un tonfo – ritrovarsi nella cucina dei genitori a Portorico invece che a Saint Louis, dove avrebbe tenuto addosso un maglione tutto il giorno e non sarebbe comunque riuscita a scaldarsi. Era il sedici novembre.

"Ah, grazie, papà," disse sorridendo nel telefono. "È bello sapere che non è cambiato niente. Sei ancora intonato!"

"Le campane non mi hanno voluto nel club!" fece lui con una risata.

"È Rafa?" La voce di Mamamía dietro di lui. "Perché non mi hai aspettata!"

"Non potevo aspettare, non potevo aspettare, Rafaela, ascolta," disse Papamío. "Abbiamo una grossa sorpresa per te. Devi scendere."

"Scendere dove?" chiese lei.

Papamío rise. "Scendere dove! Scendere a Portorico, cosa pensi? Scendere nell'Ade? Devi scendere a Portorico subito!"

"Oh, papà." Rafaela si passò una mano sui ricci, togliendosi il crespo della notte. "Magari potessi."

"Certo che puoi! Devi venire," disse lui. "È importante."

Rafaela si spostò nella cucina per guardare il calendario appeso alla parete accanto al frigo. Quell'anno il Ringraziamento cadeva presto. La settimana successiva avrebbe dovuto passare tutto quel tempo orribile ai fornelli. Ma era il suo compleanno e non ci voleva pensare.

"Allora, viene?" Di nuovo Mamamía.

"Ovvio!" disse Papamío. "Deve venire!"

Un rumore sommesso mentre la madre strappava la cornetta al padre.

"Vieni, Rafa?"

"Ciao, Mamamía!"

"Tuo padre ti ha già spiegato tutto? Lo sai che deve venire anche Peter, per firmare i documenti insieme a te?"

"Non dirglielo, pazza! Taci, o rovinerai la sorpresa!"

Un tira e molla e poi il borbottare delle loro voci che bisticciavano, attutite dalla barriera di una mano sulla cornetta. Poi tornò la voce di Papamío, vivace, allegra e decisa.

"Allora, quando vieni?" chiese.

Rafaela scosse la testa. "Magari potremmo scendere durante le vacanze di Natale, quando i ragazzi non hanno scuola. Prima di Capodanno," rispose lei. "Devo parlare con Peter e vedere se..."

"No, Rafaela, non capisci."

Lei interruppe il ragionamento, perché adesso la sentiva: l'urgenza nella sua voce. Studiò il calendario aggrottando la fronte, sollevò la pagina per controllare dicembre e poi la fece ricadere.

"La settimana prossima è il Ringraziamento," disse, ma in realtà stava solo pensando ad alta voce.

"Ah," fece Papamío in tono critico, e nella sua testa Rafaela lo vide agitare la mano nell'aria respingendo le sue preoccupazioni. Da giovane, quel gesto la mandava in bestia. Adesso lo trovava tenero. "E allora vieni questa settimana! Vieni domani!"

Ci andò. Da quando aveva deciso di sposare Peter (cosa da cui i genitori avevano cercato solo dolcemente di dissuaderla), Mamamía e Papamío non le avevano mai chiesto niente con tanta insistenza. Così, quando le dissero di andare da loro, nel modo in cui glielo dissero, Rafaela si sentì in dovere di andare. All'inizio Peter espresse qualche vaga obiezione – il lavoro, i ragazzi –, ma, quando si trattava di visitare Portorico, si lasciava convincere facilmente. Era vero che era stato lui a insistere per andarsene da San Juan e portare tutta la famiglia a Saint Louis, ma i motivi erano soprattutto pragmatici: negli Stati Uniti c'erano lavori migliori per lui e, credeva, opportunità migliori per i figli. Rafaela sapeva però che lo stile di vita di San Juan gli mancava quasi quanto mancava a lei. Così buttò lì qualche commento sul clima, la cucina e il rum, e Peter, pur non dichiarandosi esplicitamente d'accordo, aprì una valigia dalla sua parte del letto.

L'indomani mattina Rafaela andò all'agenzia di viaggi e prenotò i biglietti. La cugina di Peter arrivò da Jefferson City con l'incarico di badare ai ragazzi per tre giorni e, a mezzogiorno di giovedì, Rafaela e Peter erano già seduti al tavolo della cucina di Mamamía con davanti un piatto di frollini al cocco.

"Ma di cosa si tratta, Rafael?" chiese Peter al suocero.

Papamío si appoggiò allo schienale della sedia e intrecciò

le mani sullo stomaco. Sotto i baffi grigi a spazzola si allargò un sorriso. "Tutto sarà svelato a tempo debito!" disse.

"Cioè domani mattina alle nove," aggiunse Mamamía mentre versava l'acqua al limone dalla brocca nei bicchieri pieni di ghiaccio.

"Cosa succede domani mattina alle nove?" chiese Rafaela.

Saltò fuori che avevano un appuntamento con Don Julio Dorado y Beltrán, nel suo studio legale a Hato Rey. Andarono in macchina – guidava Papamío – e fu una sensazione strana e appagante vedere Peter seduto dietro con Mamamía, la quale aveva insistito perché fosse Rafaela a stare davanti. Rafaela sapeva che Peter si sarebbe infastidito a doversi sedere dietro mentre sua moglie se ne stava comodamente davanti, che avrebbe considerato quella disposizione un piccolo affronto al suo orgoglio virile; ma non si trattava di una vera offesa (non come quelle che lei sopportava quasi ogni giorno a Saint Louis senza lagnarsi), perciò la situazione le provocò una contentezza diffusa. Tuttavia Rafaela sapeva anche che quelle circostanze non avrebbero aiutato Peter a capire cosa provava lei quando la gente sentiva il suo accento e reagiva urlandole lentamente le parole come se fosse un'idiota. O cosa provava quando il cassiere in banca le chiedeva se giù a *Porta Rico* aveva il bagno in casa. O come si era sentita la prima e ultima volta che era andata a una riunione dell'Associazione genitori-insegnanti, solo per scoprire che non c'era nemmeno una sedia libera perché tutti stavano tenendo il posto a qualcuno che doveva ancora arrivare. Peter non l'avrebbe mai capito, perché non gli interessava sapere come si sentiva lei *ogni singola volta* che varcava la soglia dell'esclusivo Short Hills Babylon Country Club e scendeva le scale moquettate per raggiungere lo spogliatoio del personale.

Lo studio di Don Julio si trovava al terzo piano di un grande palazzo di vetro, dove la receptionist li accompagnò direttamente in una luminosa sala riunioni. Un'altra impiegata distribuì i caffè sul lungo tavolo di legno prima che Don Julio facesse la sua comparsa con un grosso faldone pieno di documenti: indossava un costoso completo grigio e aveva i baffi larghi come quelli di Papamío. Rafaela si girò a guardare il labbro superiore nudo del marito seduto accanto a lei, perfettamente rasato. Aveva ancora i capelli neri, folti e mossi, gli occhi azzurri come l'oceano. Non lo guardava più tanto spesso, si rese conto. Era ancora così attraente. E poi un'intuizione tardiva le balenò in testa: quanto poco importava tutto questo alla fine.

"Rafael!" esclamò Don Julio tendendo la mano a Papamío. "Felice di vederti! Ti trovo bene."

Papamío accennò ad alzarsi per salutarlo, dandogli una pacca sulla spalla. Poi Don Julio si girò verso Mamamía e le fece un piccolo inchino.

"María Teresa," disse baciandola sulle guance. "Com'è che lui è invecchiato e tu no? Sei più bella che mai!"

Mamamía agitò la mano nell'aria, per niente impressionata dai complimenti.

"Tu devi essere Rafaela," disse poi, spostando l'attenzione su di lei. "È un piacere conoscerti dopo tutto questo tempo."

Rafaela gli porse la mano e lui la strinse.

"E tu." Don Julio tese la mano a Peter. Le offese aumentavano. "Devi essere il fortunato marito."

"Proprio così!" confermò Papamío.

Peter strinse la mano all'uomo. "Peter Brennan," disse precisando il proprio nome.

Don Julio si lasciò cadere su una delle poltrone in pelle rossa e posò l'ingombrante faldone sul tavolo con un tonfo, un refolo d'aria.

"Immagino che tuo padre ti abbia detto perché siamo qui oggi." Don Julio sorrise appoggiandosi allo schienale, un braccio allungato sulla poltrona accanto, identica alla sua. "Ti faccio le mie congratulazioni!"

Rafaela scosse la testa e aprì la bocca per rispondere, ma Papamío la anticipò.

"Non gliel'abbiamo ancora detto," spiegò battendo le mani e sporgendosi in avanti. "È oggi il grande giorno."

"Caspita." Anche Don Julio si sporse in avanti, i gomiti sul tavolo, l'orologio d'oro che spuntava dal polsino della camicia, il compiacimento che cresceva per uguagliare quello di Papamío. "Il grande giorno! Una grande sorpresa, insomma, eh?" Aprì il faldone davanti a sé ed estrasse una penna d'oro dal taschino interno della giacca. "Sei pronto, allora?" disse a Papamío. "Vuoi fare tu gli onori di casa?"

Papamío tese una mano con il palmo alzato. "Prego. Pensaci tu."

"María Teresa?"

Mamamía scosse la testa.

"Va bene!" Don Julio fece un respiro profondo, tirò fuori dal faldone tre copie di un contratto e le spinse sul tavolo. "Come puoi vedere da questi documenti, il giorno in cui hai compiuto un anno tuo padre ha depositato una considerevole somma di denaro in un fondo intestato a te."

Rafaela stava fissando i fogli, ma a quel punto alzò la testa di scatto per guardare Papamío.

"Papà?" disse.

Lui riusciva a malapena a contenersi, le narici gli fremevano come se non riuscisse a inspirare abbastanza aria. Annuì. "Sì, *mija*. Quando di soldi ce n'erano ancora, ne abbiamo messi un po' da parte per te e altri per Lola."

"Per tutti questi anni non si potevano toccare," aggiunse Mamamía accanto a lei. "Erano bloccati nel fondo e aumentavano. Fino a oggi."

"Ma perché..." Rafaela si mise a tremare.

"Per come era strutturato il fondo, non potevamo usarli," disse Papamío.

"Ed è stata una buona cosa," osservò Don Julio. "Perché

così non potevano toccarli nemmeno i creditori. Tuo padre è un uomo intelligente, ha fatto bene ad accantonare dei risparmi per te con questo sistema."

"In effetti forse erano *troppo* immobilizzati," disse allora Papamío. "Quando andavi ancora a scuola, abbiamo cercato di prelevare qualcosa per farti restare a Las Madres, ma il fondo non ce lo consentiva. Era blindato!"

Sotto il tavolo, Rafaela strinse la mano di sua madre e riportò l'attenzione sui documenti che aveva davanti.

L'avvocato continuò: "La somma iniziale è... qui". Si sporse sopra il tavolo e picchiettò su un numero a metà della pagina.

Rafaela sussultò, si coprì la bocca con la mano per un attimo, poi abbassò il braccio, si schiarì la gola.

"Quella somma iniziale è stata investita molto bene nel corso degli anni," aggiunse Don Julio.

Rafaela prese i fogli pinzati, girò la pagina e riappoggiò il documento sul tavolo. Avvertiva la presenza incombente di Peter, ma era vaga e sfumata.

"Il contratto doveva scadere trentaquattro anni dopo, e qui," disse Don Julio indicando una cifra esorbitante verso il fondo della seconda pagina, "c'è la somma che ti può essere corrisposta adesso, tutta in una volta, oppure che puoi trasferire per lasciarla all'interno della strategia di investimento. Come preferisci, basta firmare questi documenti."

Ora Mamamía le stava stritolando la mano, e Rafaela sentì le lacrime pizzicare agli angoli degli occhi. Le lacrime di Papamío avevano già rotto gli argini e gli scivolavano sul viso senza controllo, raccogliendosi nei baffi sempre più umidi.

"Papamío?" disse Rafaela.

"Buon compleanno, figlia mia."

Rafaela sentiva il corpo rigido per la confusione. Non aveva mai desiderato attivamente un momento del genere, perché sembrava impossibile. Eppure adesso lo stava vivendo, e non riusciva a credere che stesse succedendo davvero. Come poteva essere?

"Ma voi..." Rafaela non sapeva come fare per acchiappare una delle tante domande che le si affollavano nel cervello, bloccarla e poi spingerla fuori dalla bocca. "E Lola?"

"Lola ha già ricevuto la sua parte," rispose Papamío. "L'anno scorso, il giorno del suo trentacinquesimo compleanno."

Rafaela scosse la testa, la bocca vuota e spalancata. Era impensabile che sua sorella fosse riuscita a tenerle nascosta una cosa simile. E poi, quasi subito, capì che non era poi così impensabile. Ovvio che Lola avrebbe continuato a vivere la sua vita come se i soldi non facessero nessuna differenza.

"E voi allora?" disse Rafaela.

"Noi cosa?" fece Mamamía. "Siamo vecchi. E siamo felici."

"Non hai nemmeno sessant'anni!" esclamò Rafaela.

"Li faccio quest'anno!" replicò Mamamía stringendosi nelle spalle. "E comunque, nella seconda parte della nostra vita ce la siamo cavata bene. Non ci manca niente."

"Ma sono soldi vostri," disse Rafaela. Si girò verso il padre. "Soldi tuoi."

"Non sono mai stati miei." Papamío scosse la testa. "Non dopo il 1947."

"Ma..."

"Sono tuoi, Rafa," disse Mamamía, e poi aggiunse: "*Solo* tuoi. Capito? Non appartengono a nessun altro. Soltanto a te".

Rafaela aveva quasi dimenticato che Peter era lì, ma adesso lo sentì respirare rumorosamente nella poltrona vicina. Forse stava iperventilando.

"Respira, Peter!" gli suggerì Mamamía.

Poi Don Julio tirò fuori un secondo faldone, molto più smilzo, che conteneva un misto di documenti per la tutela del patrimonio. Il succo era che, adesso che il fondo irrevocabile segreto di Rafaela era giunto a maturazione, adesso che il denaro al suo interno apparteneva solo a lei e non era più protetto dal fondo stesso, Peter doveva accettare che quella somma rimanesse esclusa dalla comunione dei beni. Non avrebbe dovuto avanzare pretese sul denaro di Rafaela. Forse acconsentì solo per la pressione che si sentiva addosso, il peso delle aspettative e delle convenzioni sociali, la sensazione di essere sopraffatto. O forse non capì del tutto i documenti in spagnolo che stava firmando, ed era troppo disorientato per opporsi. A ogni modo, Rafaela restò allibita quando, senza alcuna esitazione, suo marito tolse il cappuccio alla penna che Papamío gli aveva messo in mano. E firmò.

Una volta superato lo shock iniziale di quella giornata, Rafaela avrebbe sviluppato una percezione più profonda di quel denaro e di ciò che poteva fare o non fare per lei. Un giorno quella somma non l'avrebbe più stupita come era successo durante quella prima assurda giornata nello studio di Don Julio. Era una bella somma, una grossa somma, sì. Ma alla fine Rafaela sarebbe arrivata a capire che non era un ritorno all'opulenza inebriante della sua giovinezza, quanto piuttosto una somma che le avrebbe dato la libertà. Se stava attenta e la amministrava bene, poteva durarle per il resto della vita.

Quel primo giorno, però, seduta al lungo tavolo di legno in quel palazzo di vetro a Hato Rey, mentre contava le cifre sui contratti che aveva davanti, Rafaela era attonita. Inspiegabilmente, uno dei suoi primi pensieri fu riservato a Candido. Ricordò quando sedevano fianco a fianco al tavolo della sala da pranzo, i libri di matematica aperti davanti, Candido che si inclinava verso di lei, le sfiorava la spalla con la sua. Dovevano avere nove anni, più o meno, e le pagine dei loro quaderni di matematica erano coperte di cifre come quelle. Numeri grandi, robusti, impegnativi. Si scambiavano i problemi e le strategie, facevano a gara per vedere chi trovava per primo la risposta. E poi, da lì, Rafaela precipitò subito in un altro ricordo, alcuni anni dopo. Era seduta davanti, sulla Buick Roadmaster, e Candido la stava portando a Ponce per dirle addio.

Aveva pregato i genitori e Lola di non accompagnarla. "Sarà troppo difficile salire su quella nave se ci siete tutti," aveva spiegato. Così Papamío aveva prestato la macchina a Candido, per l'ultima uscita prima di venderla, e avevano caricato nel bagagliaio il baule e le due valigie di Rafa. A quei tempi, da San Juan a Ponce ci volevano sei o sette ore di macchina. Lei indossava un vestito di lino giallo pallido, e non avevano quasi aperto bocca, ma Candido le aveva tenuto la mano per tutto il tragitto.

E adesso, inaspettatamente, la sua vita stava cambiando di nuovo. Un battito di ciglia, una raffica di vento, e le sue sorti si erano rovesciate.

"Sei felice, *mija*?" sussurrò Papamío. "So che non ti ripaga di niente, ma..."

Adesso toccava a Rafaela interrompere, intercettare quei sentimenti sbagliati. "Non dire sciocchezze, mi hai dato la vita più bella che potessi desiderare. Non c'è niente da ripagare," disse. "Non c'è mai stato." Voleva così bene al padre che ci credeva davvero.

Poi si alzò e Papamío si affrettò a togliere di mezzo le altre poltrone per stringerla tra le braccia. Rafaela sentì il profumo dolce e speziato dell'acqua di colonia mentre lui la abbracciava, e tutta la sua infanzia la assalì di colpo. Tutta la solitudine e il dolore degli anni successivi svanirono, come se non ci fossero mai stati.

E come se nulla fosse, era di nuovo ricca.

E come se nulla fosse, poteva lasciarlo.

20.

Palisades, New York
2019

Quando cominciò a dimenticare le cose, Rafaela non lo disse a nessuno, nemmeno a se stessa. Era sempre stata una persona piuttosto riservata, ma stavolta la faccenda era diversa: nascose la cosa non per discrezione, ma innanzitutto perché era terrorizzata, e poi proprio perché la memoria la tradiva. Non lo disse ai figli perché, in pratica, dimenticò che stava dimenticando.

All'inizio si trattava solo di singole parole, e succedeva solo quando era molto stanca o stressata. Guardava una sedia per un intero minuto e pensava "Che cavolo, è quella cosa dove ti metti quando non vuoi stare in piedi! Come si chiama?" prima che finalmente le sovvenisse la parola: *silla*. A volte passava un altro intero minuto prima che riuscisse a farsela venire in mente in inglese. Poi toccò alle piccole commissioni quotidiane. Andava al centro commerciale, parcheggiava al solito posto, entrava, puntava verso una destinazione ben precisa... e a quel punto i suoi passi rallentavano. Si fermava, un pollice infilato sotto la tracolla della borsa, le chiavi ancora in mano. Fissava il pavimento, mentre gli occhi passavano in rassegna gli archivi mentali in cui custodiva la lista delle incombenze. Tutto inutile. Non ricordava minimamente perché fosse lì o cosa dovesse fare. Magari andava nell'area ristorazione e ordinava un'insalata, e poi, quando ne aveva mangiata metà: comprare un vestito nuovo per lo spettacolo di Carlos! Ecco cosa doveva fare! Sempre più spesso, però, l'incombenza dimenticata non si rivelava fino al ritorno a casa, quando scopriva che era finita la carta igienica o trovava i frammenti di una ciotola nella spazzatura. A volte, la smemoratezza si muoveva nella direzione opposta, presentandosi sotto forma di ipervigilanza. Non si fidava di se stessa e, convinta di non aver ancora svolto una commissione, la ripeteva varie altre volte. E così, da un giorno all'altro, le arrivavano per posta quattro copie extra dell'ultimo libro consigliato da Oprah. Allora fingeva di aver ordinato delle copie in più per Ruth e i ragazzi, un gruppo di lettura di famiglia.

Rafaela si disse che probabilmente era normale, alla sua età tutti tendevano a dimenticare le cose. Aveva settantadue anni, ma ciò che aveva vissuto in quei decenni valeva almeno per un secolo. Si disse che dipendeva tutto dal fatto di non aver condotto una vita lineare o ordinaria: era saltata da un paese all'altro e da una città all'altra, aveva cambiato lingua e cultura, aveva popolato la comunità del suo cervello di persone che venivano da tanti posti diversi e appartenevano a tanti ceti diversi. C'era stato anche quel lungo periodo, durato anni, in cui si era sentita terribilmente triste quasi ogni giorno, e di sicuro ne aveva risentito. Come poteva una singola esperienza umana contenere tutte quelle cose? Sarebbe stato diverso se fosse rimasta ricca per tutta la vita, rifletteva, se avesse sposato uno dei ragazzi che sembrava destinata a sposare. Sarebbe stato diverso, ne era sicura, se fosse stata ancora portoricana.

Cominciò a scrivere le cose nell'istante in cui le venivano in mente. Aveva un quaderno rosso rilegato a spirale pieno di cose da fare, utilissimo finché si ricordava di consultarlo e di cancellare le cose dopo averle fatte. Sospettava che Benny si fosse accorto di qualcosa, perché a suo figlio non sfuggiva mai niente, nonostante vivesse a San Juan. Si sentivano al telefono quasi ogni giorno, un saluto veloce per vedere se andava tutto bene, e in videochiamata almeno una volta alla settimana. Benny era sempre stato premuroso e paziente, ma negli ultimi tempi Rafaela non poteva fare a meno di notare un pizzico di irritazione nella sua voce quando diceva: "Sì, mamma, mi hai già parlato della nuova igienista dentale. Due volte!". Si ritrovò a non rispondere più tanto spesso alle chiamate del figlio, forse per sfuggire alla propria preoccupazione o forse solo per evitare l'esasperazione di Benny. Quale che fosse il vero motivo, Rafaela sapeva che Ruth e Benny parlavano di lei tra loro, perché a poche settimane di distanza l'uno dall'altra cominciarono entrambi a buttare lì che quello poteva essere il momento giusto per vendere il suo appartamento e trasferirsi da uno di loro. Il mercato immobiliare era favorevole, dissero. La cosa le diede fastidio, perché era smemorata, non stupida. Era perfettamente in grado di subodorare che si erano messi d'accordo.

Quando i figli le proposero di trasferirsi, Rafaela tentennò il necessario, perché sapeva che loro se lo aspettavano e non le era mai piaciuto essere troppo accomodante. In realtà però ne aveva abbastanza della solitudine ed era pronta a passare alla fase successiva. Le piaceva l'idea di cenare tutte le sere con i nipoti. Era quello il motivo. Non l'altra cosa.

"Mamma, lo sai che qui c'è un clima favoloso, e poi abbiamo un sacco di spazio," disse Benny in videochiamata.

Due dei quattro figli di Benny erano già laureati e il terzo faceva il pompiere a Miami. A casa era rimasta solo la più piccola, Stefani, ma di lì a poco sarebbe partita anche lei per frequentare l'università in Florida grazie a una borsa di studio come giocatrice di softball. La casa sarebbe stata vuota. Inoltre, a Rafaela stava simpatica la moglie di Benny, che era cordiale e divertente e un'ottima cuoca. Per non parlare del clima di San Juan: lo adorava. Eppure, quando andava a trovarli, Rafaela non riusciva a scrollarsi di dosso la sensazione di essere un'ospite. Non riusciva a immaginare di stravaccarsi sul divano nel loro soggiorno, di guardare la tv in camicia da notte, magari con in testa i bigodini che si metteva una volta alla settimana.

"Ci penserò," disse, anche se non aveva nessuna intenzione di pensarci.

Sapeva già che si sarebbe trasferita da Ruth e dai ragazzi, che abitavano lì vicino e avevano spazio in abbondanza. Aveva vissuto con loro anni prima, quando i ragazzi erano piccoli, dopo la morte di Thomas, perciò loro conoscevano già i suoi ritmi e le sue personalissime bizzarrie. Rafaela si sentiva a suo agio da loro. Ma Ruth avrebbe dovuto impegnarsi per convincerla, ovviamente.

"Mamma, ho deciso di sistemare la casetta per gli ospiti," annunciò Ruth una domenica sera mentre cenavano sulla terrazza dietro casa. "Sono anni che ci penso, e voglio documentare tutto per *Vedova in cucina*."

"È una magnifica idea!" disse Rafaela.

"Penso di realizzare una serie dove far vedere il prima e il dopo," spiegò Ruth. "La casetta diventerebbe una bella vetrina, e magari quando è pronta potrei anche usarla per i contenuti stagionali. Natale, cose così."

Rafaela annuì. Anche se per lei i social media non avevano alcun senso, sapeva che quello era il lavoro di Ruth e aveva imparato a fingere che fosse normale.

"Altro vino, nonna?" Carlos le offriva sempre altro vino perché si divertiva quando la nonna era un po' brilla. Anche lei si divertiva, quindi accettò.

"Versati un bicchiere anche tu, *nene*!"

"Mamma!" esclamò Ruth. "Ha solo quindici anni!"

"E mezzo," precisò Carlos. "Solo un goccio, mamma? Non possiamo far bere la povera nonna da sola."

"Ruth, non è molto piacevole bere da soli," aggiunse Rafaela.

"E va bene," disse Ruth agitando una mano verso il figlio. "Ma solo un goccio!"

Carlos era già in piedi. "Vuoi, Daisy?"

Daisy stava per rifiutare comunque, ma Ruth la batté sul tempo.

"Chi porta a casa la nonna se bevete tutti? Io devo già lavare i piatti, non posso fare anche quello!"

Rafaela non guidava più la sera, perciò la accompagnavano a turno.

"La porto io, mamma." La povera Daisy era sempre la figlia responsabile, e guidava bene, ma a Rafaela non piaceva l'odore di patchouli della sua macchina. Le pizzicava in gola.

La nonna posò la mano sul braccio della nipote e si sporse verso di lei. "Bevi pure, cara," sussurrò. "Stanotte dormo in camera di Vic."

Adesso che Vic era all'università, Rafa poteva fermarsi a dormire in camera sua ogni volta che voleva.

"Oh, bene!" disse Ruth con un sorriso. "Sono contenta che resti!"

"Daisy gradisce un po' di vino!" gridò Rafaela verso la porta a vetri scorrevole che Carlos aveva lasciato aperta alle proprie spalle. Infatti sentiva il soffio dell'aria condizionata sulle gambe.

"Non potevi scegliere un momento migliore, mamma," iniziò Ruth. "Perché stavo pensando..."

"È un'abitudine pericolosa!" gridò Carlos dalla cucina.

Tutte si fecero sfuggire un lamento esasperato. Quella era la battuta preferita di Papamío. Non aveva mai fatto ridere, poi era diventata così trita e ritrita da far ridere, e infine anche quell'effetto era svanito, eppure tuttora nessuno nella loro famiglia poteva confessare che *stava pensando* senza subire la consueta interruzione. Carlos tornò con tre bicchieri puliti e la bottiglia infilata sotto il braccio. Chiuse la porta con il sedere e posò i calici vuoti davanti alla madre e alla sorella, ma prima rabboccò quello della nonna.

"Per me stasera no," disse Ruth allontanando il bicchiere.

"Perché, sei incinta?" chiese Carlos.

"Che schifo!" disse Daisy.

Ruth colpì la figlia con il tovagliolo. "Perché 'che schifo'?"

Carlos e Rafaela ridacchiarono tra loro.

"Comunque, ho un lavoro da finire dopo cena e devo restare lucida," spiegò Ruth.

"Nemmeno io sono incinta, se qualcuno se lo stava chiedendo," disse Rafaela.

"Idem," disse Carlos.

Tutti spostarono lo sguardo su Daisy, che non disse nulla e bevve delicatamente un sorso di vino.

Ruth si schiarì la gola e rifletté un istante prima di procedere a cambiare del tutto discorso. "Allora, mamma. Mi piacerebbe farti partecipare alla nuova serie che ho in mente."

"Io?" chiese Rafaela.

Daisy fece una smorfia contrariata, ma si trattenne.

"Sì, come ai vecchi tempi. Come quando abbiamo cominciato," disse Ruth.

Rafaela spinse il bicchiere verso Carlos. "Qui ci vuole altro vino!" esclamò.

Carlos si mise a ridere.

"Dico sul serio, mamma, potrebbe venire una bella cosa. Ho un piano."

"Oh. Lei ha un piano," disse Rafaela inarcando le sopracciglia verso i nipoti.

Ruth la ignorò. "Pensavo di cominciare con tutte le foto del prima, per far vedere la casetta com'è adesso, vecchiotta e poco sfruttata."

Rafaela vide che la figlia teneva d'occhio Carlos, il cui "goccio" corrispondeva a tre quarti di bicchiere per sé e ancora di più per la sorella, ma Ruth decise di sorvolare. Sapevano bene cosa potevano combinare degli adolescenti, e un bicchiere di vino a cena con la nonna era il minimo sindacale.

"Poi documentiamo tutta la ristrutturazione," proseguì Ruth. "E tu dovresti comparire solo alla fine dei lavori."

Ruth spinse da parte il piatto e si sporse in avanti, con i gomiti sul tavolo. Non sapeva di essersi tradita. La postura, le premure, il rifiuto del vino e soprattutto il fatto che avesse lasciato il telefono in casa per tutta la cena: nel loro insieme, quegli indizi annullavano il suo tentativo di far sembrare la conversazione disinvolta e spontanea.

"So che stai pensando di vendere il tuo appartamento..."

"*Voi* state pensando di vendere il mio appartamento." Rafaela era bravissima a interpretare il ruolo del genitore anziano recalcitrante. Era chiaro da dove venisse la passione di Carlos per la recitazione.

Ruth mise le mani una sopra l'altra. "Ok, *noi* stiamo pensando di vendere il tuo appartamento."

"Così va meglio," disse Rafaela con sussiego, bevendo un sorso di vino.

"Quindi pensavo... e se pubblicassimo dei contenuti anche sul tuo appartamento? Potremmo far vedere quanto è bello, il tuo gusto impeccabile, la vista spettacolare sul fiume... scommetto che ci sarebbero un sacco di potenziali compratori interessati."

Rafaela borbottò qualcosa senza sbilanciarsi, mentre Ruth allargò le mani sul tavolo a indicare che stava per arrivare al nocciolo del discorso.

"E poi, alla fine, potremmo fare la grande rivelazione... della tua nuova casa," disse.

Carlos, seduto in mezzo a loro due, continuava a ruotare la testa dall'una all'altra come un personaggio dei cartoni animati. Serrò la coppa del bicchiere tra le mani. "La nonna viene a stare da noi?" chiese. "Nella casetta degli ospiti?"

Ruth strinse le labbra nervosamente. "Se vuole. Vuoi, mamma?"

Tutti si girarono a fissare Rafaela, che li guardò con gli occhi sgranati.

"Datemi un po' di tempo per pensarci," disse.

"Brindiamo alla nonna che ci pensa!" Carlos levò il calice e tutti fecero tintinnare i bicchieri. "Uh, quanto vino che ci berremo insieme, nonna!"

Furono presi da un attacco di ridarella, mentre Ruth alzava gli occhi al cielo e Daisy cominciava a sparecchiare. Alla fine Rafaela accettò di trasferirsi nella casetta, ma non di realizzare una cronaca inutile e invadente della sua vita: per quanto Ruth avesse legioni di follower apparentemente devoti, a nessuno interessava vedere l'appartamento di una vecchia signora, o il camion del trasloco di una vecchia signora, o la reazione di una vecchia signora davanti a una casa arredata con gusto, in toni neutri con vivaci tocchi di colore. Ma poi Rafaela dimenticò di aver rifiutato, così, quando Ruth glielo chiese di nuovo, ecco che si ritrovò di colpo a sorridere come un'idiota davanti alla telecamera, nella zona lastricata a bordo piscina di fianco alla casa di Ruth. Sua figlia era accanto a lei, con Daisy e Carlos lì vicino.

Ruth le disse di non guardare. Non le aveva messo una benda sugli occhi solo perché Rafaela si era opposta. Alle loro spalle, gli aceri giapponesi si agitavano appena nella brezza. Nel video che avrebbero guardato in seguito, Ruth puntava subito gli occhi verso la telecamera, mentre Rafaela non trovava la posizione esatta dell'obiettivo e appariva disorientata, con lo sguardo leggermente fuori fuoco per tutto il tempo.

"Finalmente è arrivato il grande giorno! Pronta, mamma?"

Rafaela annuì. "Pronta."

"Prima di entrare, voglio ricordare a tutti voi che ci state guardando com'era la casa prima. Questo era l'esterno," [PAUSA] "e questo era l'interno solo quattro mesi fa." [PAUSA]

Sua figlia faceva quelle cose da anni, ma Rafaela non si sarebbe mai abituata a sentirla parlare in quel modo.

"Dove devo guardare?" chiese. "Non vedo le foto."

"No, mamma, questo è solo l'audio per le riprese da aggiungere dopo."

"Ah."

[PAUSA]

"Ok, ci siamo, mamma! Tre, due, uno!"

Dietro di loro la piscina luccicante scivolò via e lo sfondo cambiò, mentre Ruth si girava insieme alla madre concentrandosi sul volto di Rafaela, la bocca spalancata, le mani che si alzavano e si posavano sulle guance in un gesto di sbalordimento. Era tardo pomeriggio e c'era una luce morbida, dorata.

"*Ay*, oh mio Dio, Ruth," disse Rafaela senza fiato. Aveva gli occhi lucidi.

E adesso sullo sfondo c'era Carlos, che riprendeva con il telefono da un'altra angolazione. Si vedeva il retro della testa di entrambe e, pochi metri davanti a loro, la nuova casa di Rafaela. Tre spessi archi simmetrici di stucco color crema. Due ampi gradini che portavano all'ingresso, dello stesso colore del tetto di tegole rosse. Una ringhiera di ferro battuto che abbracciava una finestra appena sotto il tetto. Ai lati dei gradini erano stati sistemati due enormi vasi, in cui crescevano alberelli di ibisco dal tronco intrecciato che sfoggiavano fiori color giallo canarino. Sulla veranda c'era la sedia a dondolo di Rafaela con un plaid appoggiato sul bracciolo. Accanto, il cesto di vimini con le parole crociate, la matita e gli occhiali.

"Ah," disse sottovoce. "Non me l'aspettavo così."

Una copia in miniatura della casa di calle Américo Salas, eccezionale nella sua somiglianza. Eccezionale.

"Come...?" disse poi senza completare la domanda.

Quella casetta elegante e aggraziata non aveva senso lì, tra le ville in stile Craftsman e quelle in stile vittoriano, la moderna architettura colonica della bassa valle dell'Hudson.

Era una medicina. Una cura.

Una macchina del tempo.

Quel posticino nuovo traboccava dei ricordi più felici di Rafaela. Era frastornante, assurdo. In una vita costellata di perdite, tutto questo le era stato restituito.

"Ti piace, mamma?"

Rafaela sbatté le palpebre, gli occhi ancora lucidi. "È perfetta," sussurrò con labbra tremanti.

Dentro, i pavimenti erano in cotto e qua e là spuntavano aggiunte in ferro battuto: maniglie, serrature, ringhiere. Marmo caldo per il bancone della cucina. Un divano bianco troppo imbottito, un tavolo di rovere, una scaffalatura nera con tutti i suoi libri preferiti, una credenza di mogano piena di foto incorniciate. Ricordi, tutti in bianco e nero.

Rafaela poteva toccare quei ricordi. Ne sentiva l'odore, come una base di solida roccia. Ecco Mamamía nel vestito verde smeraldo, Papamío con lo smoking. Ecco Benicio accanto alla Buick Roadmaster con la *guayabera* e i capelli tirati indietro. Rafaela e Dolores con la divisa della scuola, una a destra e una a sinistra di Priti sul gradino davanti all'ingresso dell'istituto a Miramar. Priti che guardava dritto davanti a sé con gli occhi verde scuro, senza mai schiudere le labbra nelle fotografie. Di nuovo le sorelle, in bermuda accanto a Candido, il sole a picco sopra di loro, le bocche spalancate per le risate, le dita intirizzite dal freddo, le scarpe bagnate di neve sciolta.

"Stai bene, mamma?" chiese Ruth mettendole un braccio intorno alle spalle.

Carlos stava ancora filmando a qualche passo di distanza, ma Daisy era concentrata su Rafaela, ne intuiva le emozioni ed era pronta a intervenire. Decisa. Rafaela non riusciva a parlare. Agitò una mano davanti al viso.

"Basta, mamma." Daisy entrò nell'inquadratura. "Anche tu, Carlos. Spegni."

Ruth non postò il video perché Rafaela, sostenuta da Daisy, glielo proibì. Ciò nonostante, tutti loro erano contenti che il video esistesse, persino Daisy, e Rafaela più di tutti.

"Hai ragione, mamma," disse Ruth. "È troppo personale."

"Ma non è proprio quello che vuole la gente?" chiese Carlos. “Un’intimità di quel tipo? Come dare un’occhiata in esclusiva dietro il sipario?”

“Non fare il grezzo, Carlos,” disse Daisy. “I follower della mamma possono anche evitare di ficcare il naso in massa nelle faccende private della nonna.”

“Dico solo che la nonna è talmente adorabile che potrebbe diventare virale.”

“Non voglio diventare virale!”

“Non importa, non ho intenzione di postarlo!” esclamò Ruth mettendo fine alla discussione. “Certi sipari devono restare chiusi.”

E Rafaela amò ancora di più la figlia perché conosceva quella verità cruciale. Tante persone l’avevano dimenticata.

* * *

Il giorno in cui arrivò il camion per trasferire Rafaela nella sua nuova vita dall’altra parte del fiume, lei non sollevò nemmeno una scatola. Restò seduta al tavolo della cucina a bere il caffè mentre gli operai si affaccendavano intorno a lei imballando e portando via tutto.

Nei primi mesi dopo il trasloco, Rafaela notò uno spiccato miglioramento delle proprie capacità cognitive. Anzi, nella nuova casa le sembrava di essere così lucida che iniziò a chiedersi se non si fosse immaginata tutto, se non avesse ingigantito il problema della smemoratezza. Si sentiva bene e a suo agio, e cominciò a pensare che il trasloco stesso l’avesse aiutata, costringendola a usare parti del cervello che si erano arrugginite per l’inutilizzo. Nel vecchio appartamento si era adagiata nella routine, ma adesso ogni giornata era piena e nuova, e la sua mente lavorava come una macchina ben oliata.

E poi arrivò la pandemia a cancellare ogni speranza di naturalezza. La scultura in netto rilievo che era la vita di Rafaela cominciò a sfocarsi di nuovo lungo i bordi, ma lei riusciva comunque a essere grata per il fatto di vivere nella casetta che era la copia di quella della sua infanzia, dove solo un acero e una piscina la separavano dalla figlia e dai nipoti. Tutti loro formavano una bolla sicura, e nessuno restò da solo. Almeno un paio di volte alla settimana Rafaela si ritrovava a ringraziare Dio ad alta voce perché aveva deciso di trasferirsi al momento giusto, perché non era rimasta bloccata e isolata nel vecchio appartamento dall'altra parte del fiume.

Tuttavia, man mano che le giornate si trasformavano in un ciclo di tedio infinito, Rafaela sentì tornare la smemoratezza. Non tutta in un colpo, ma a sprazzi. Un lampo, una scossa, e non riusciva a tenere salda la mente. Per un attimo, dimenticava come si tostava il pane. Faceva il numero di Lola, e poi ricordava che l'amata sorella era morta quasi trent'anni prima. Il dolore tornava, vasto e implacabile. Le giornate svanivano, svanivano.

Rafaela cominciò a fare l'inventario di se stessa, costringendosi a risolvere un cruciverba al giorno anche quando doveva sbirciare un paio di soluzioni. O tutte le soluzioni. Poi prendeva le foto incorniciate sulla credenza, una alla volta, e si raccontava le storie che contenevano, per ricordarle. Ecco il vestito verde di Mamamía. Ecco Candido sulla neve.

Quando guardava più volte di fila il video della rivelazione della casetta girato da Ruth, riusciva a rievocare il senso di gratitudine. Tutto le sembrava chiaro. Così, fu in un momento simile, un momento razionale, cristallino e appagato, che Rafaela aprì il portatile e decise, finalmente, di prendere di petto il problema.

Arrivata alla vecchiaia, Rafaela aveva cominciato a rendersi conto di essersi comportata da passeggera per la maggior parte della sua vita. Le erano capitate delle cose, sì, anche con una certa frequenza, ma di rado aveva cercato di prendere il controllo del volante per guidare l'autobus. Persino la decisione più importante della sua vita, il divorzio, le era sembrata uno scioglimento inevitabile, raggiunto di comune accordo e stimolato dalla sua improvvisa fortuna finanziaria, anziché una risoluzione dinamica messa in moto da lei. Al di là di tutto, comunque, fino ad allora aveva avuto una vita straordinaria, e non era disposta a cedere i suoi ricordi a una lenta scomparsa. Sapeva che esistevano farmaci sperimentali, studi clinici ed esercizi mentali di ogni tipo. Si sarebbe armata. Avrebbe lottato.

* * *

I giochi le erano sempre piaciuti. Giochi da tavolo, giochi da cortile, videogiochi. Da piccola giocava a backgammon con Papamío, a Snakes and Ladders con Priti, a campana con Lola. Candido le aveva insegnato il domino. Di tanto in tanto Mamamía si aggregava per una partita a Cluedo, ma si rifiutava di giocare a Monopoly perché secondo lei era una celebrazione del colonialismo, e quando diceva così Papamío alzava sempre gli occhi al cielo. A Trinidad, Rafaela aveva ripiegato sul solitario, che le dava altrettanta soddisfazione. Le piaceva lo schiocco delle carte quando le posava sul tavolo nelle loro piccole file ordinate. Anni dopo, quando Benny aveva avuto problemi a imparare l'inglese, era stata Rafaela a suggerire di cominciare a giocare a sciarada tutte le sere dopo cena. Quando arrivava il suo turno, Benny riusciva a essere se stesso, simpatico e brillante com'era, senza la pressione della grammatica.

"Giraffa!" gridava mentre Peter percorreva il soggiorno a grandi falcate. "Palma! Bicicletta!"

L'anno del divorzio, Benny aveva tredici anni e per Natale Rafaela gli aveva regalato la sua prima console Atari. Un paio di anni dopo, quando lo fece passare all'Atari 5200, sapevano entrambi che il regalo era anche per lei. Facevano a turno giocando fianco a fianco sul vecchio divano di velluto nella tavernetta, le ginocchia che si sfioravano, Ruth che sgranocchiava popcorn e leggeva fumetti nella poltrona reclinabile lì accanto mentre madre e figlio si scambiavano il joystick. Avevano tutti i giochi tipici, ovviamente: *Centipede*, *Pac-Man*, *Space Invaders*. Benny adorava *Donkey Kong*, ma il preferito di Rafaela era *Q*bert*. I colori, il ritmo, quel piccolo personaggio strambo con l'enorme naso a tubo. Benny era un giocatore nervoso, cambiava spesso idea e procedeva in modo casuale, mentre Rafaela seguiva sempre lo stesso percorso, a meno che non rimanesse intrappolata. C'era un che di confortante nella ripetizione. Sentiva che nessuno poteva fermarla.

Così, Rafaela fu entusiasta di scoprire che secondo alcuni medici i videogiochi potevano migliorare le capacità cognitive degli anziani. Quando invitò Vic a casa per farsi aiutare sembrava un sabato mattina, ma poteva anche essere un martedì, perché ogni giorno del 2020 dopo metà marzo era esattamente identico agli altri.

"Mi sono comprata la Nintendo Switch," gli disse indicando la scatola sul tavolino. "Mi servirebbe una mano per collegarla."

"La Nintendo Switch!" esclamò Vic. "Grande, nonna!"

Rafaela fece un piccolo balletto.

"Che giochi hai preso?" chiese il nipote.

Lei infilò la mano nella busta e tirò fuori le custodie di plastica colorata una alla volta. "*Mario Kart*, *Super Smash Bros. Ultimate* e *Assassin's Creed*."

"Uh, *Assassin's Creed* quale?" Vic si sedette sul divano a esaminare la selezione. "A questo non ci ho mai giocato. *Black Flag* è il migliore, però. Ha una grafica pazzesca."

"Be', caro," disse Rafaela. "Tua nonna va matta per le grafiche pazzesche."

"Ah!"

Vic si era già spostato dietro il televisore per collegare i cavi.

"Con questa si può giocare anche online, vero?" chiese Rafaela.

"Nonna, vuoi andare online?"

"Sì!"

"Lo sai che puoi giocare anche solo contro il computer, vero? Oppure compriamo altri controller e ci sfidiamo tra di noi."

Rafaela si trattenne dal lanciargli un'occhiataccia. "Hai presente che quando ho iniziato a giocare tu non eri ancora nato, sì?"

Vic si mise a ridere. "Lo so, nonna, voglio solo essere sicuro. Cioè, non è obbligatorio andare online."

Stavolta la nonna scandì bene le parole, per accertarsi che lui capisse. "Voglio. Andare. Online."

"Sissignora!" Vic prese il controller e cominciò a crearle un profilo. "Mi serve solo la tua email."

Lei gli si avvicinò e tenne d'occhio lo schermo per evitare errori di battitura. "È bellarafaelabombon@gmail.com."

Vic rise di nuovo di gusto. "Ovvio."

"Non te la scordare."

"Nonna, non ti sarai mica trovata il fidanzato online?"

Rafaela esitò, poi decise che la vita era troppo breve per i tentennamenti. "In effetti sì," rispose.

Vic rimase senza parole.

"Un vecchio amico," proseguì. "Gioca anche lui online, e abbiamo pensato che sarebbe stato divertente giocare insieme."

"Sei strabiliante," disse Vic.

Rafaela fece un sospiro. "Lo so."

"Alcuni di questi giochi dovrebbero anche essere un ottimo esercizio per il cervello, credo," aggiunse Vic.

"Sì, l'ho sentito dire," commentò lei con un sorriso.

"Ok, che password mettiamo?" le chiese poi il nipote girandosi a guardarla.

Rafaela gliela dettò, specificando quali lettere andavano in maiuscolo. "HotTamal47/Miramar."

Vic scosse la testa. "Incredibile."

Rafaela gli fece scrivere username e password dentro la copertina del quaderno rosso, insieme a istruzioni dettagliate per andare online e trovare l'amico tramite il suo username.

"Non dimenticarti di me, però!" disse Vic. "Anch'io sono bloccato a casa. Qualche volta puoi invitarmi qui da te a giocare, no?"

"Qualche volta," rispose lei. "E qualche altra volta invece avrò voglia di starmene qui da sola a giocare in mutande!"

Gli diede un bacio sulla guancia, lo accompagnò alla porta e chiuse a chiave. Rimasta sola, scalciò via le scarpe e si rannicchiò sul divano con il nuovo controller tra le mani. Stava prendendo il controllo, letteralmente, e se c'era anche solo una parte della sua situazione su cui poteva incidere con la forza di volontà e la risolutezza, allora Rafaela avrebbe vinto.

Avvia gioco.

21.

Palisades, New York
2019

"Quest'estate ho deciso di fermarmi a San Juan un po' più del solito." Daisy aveva pianificato con cura il momento per dirlo, aspettando che sua madre fosse al volante con la macchina in movimento. Per il sesto anno di fila Daisy avrebbe passato luglio e agosto a San Juan, e per la sesta estate di fila avrebbe desiderato di fermarsi là per sempre.

"Cosa? Ma è..." La mamma la guardò con una faccia perplessa. "Sorprendente."

Daisy fece un respiro profondo e annuì.

"Sicura che l'estate prima di cominciare l'università sia il momento giusto? Non sarebbe meglio rientrare presto per prepararti con calma?"

Daisy aspettò un momento prima di rispondere, si prese un attimo per farsi coraggio. "Ho parlato con Tío Benny, per loro non è un problema se mi fermo di più."

"*Tío* Benny?" disse la mamma. "Com'è che adesso lo chiami *tío* tutto d'un colpo?"

L'irritazione era prevedibile, ma Daisy non capiva perché sua madre prendesse di mira quell'aspetto. Pensava che si sarebbe concentrata sulla questione dell'università.

"Ma di cosa stai parlando?" le chiese.

"È lo *zio* Benny," la corresse la mamma. "Da quando in qua dici Tío Benny?"

"Ah. Non saprei." Daisy scosse la testa. "Da sempre?"

La mamma si fermò al semaforo rosso e mise la freccia. Stavano andando al centro commerciale a comprare il vestito per la cerimonia del diploma di Daisy, anche se lei avrebbe preferito cercare qualcosa in un negozio dell'Esercito della Salvezza. Ma aveva deciso di non litigare con sua madre per il vestito, perché bisognava scegliere con intelligenza le proprie battaglie: una era più che sufficiente.

"In ogni caso, ha detto che posso aiutarlo a gestire le sue proprietà finché non trovo un lavoro vero," spiegò.

"Ah," fece la mamma. "Cioè i suoi Airbnb."

"Be', sì," disse Daisy, rendendosi conto che chiamarle *Airbnb* sminuiva le proprietà, anche se non capiva bene perché.

"Allora va bene," cedette la mamma. "Ma come mai?"

"Quella che lo aiuta di solito aspetta un bambino, perciò gli serve una mano per qualche mese. Magari anche di più." Daisy pronunciò l'ultima frase molto in fretta, come un guerriero che abbassa lo scudo per un attimo, solo per sferrare un colpo all'avversario, e poi si ripara di nuovo.

La mamma le lanciò un'occhiata, quindi riportò a fatica lo sguardo sulla strada. Tacque ancora un istante mentre assimilava le nuove informazioni.

"Ma il primo semestre alla Stony Brook inizia a settembre," disse infine. "Gli studenti possono trasferirsi nei dormitori dal ventidue agosto. Come fai a frequentare l'università a Long Island se lavori a Portorico *per qualche mese*?"

"Ecco, è proprio questo il punto," disse Daisy. "Ho pensato che mi farebbe bene prendermi un anno di pausa."

"Urca!" esclamò Carlos dal sedile posteriore.

"Col cavolo!" disse la mamma.

"Senti, non preoccuparti," fece Daisy. "All'università ho comunque intenzione di andarci."

"Altroché se ci vai," disse la mamma. "Dopo il culo che mi sono fatta tutti questi anni per pagartela, e le lezioni private per prepararti al test d'ammissione che sono costate un occhio. Per non parlare di tutte le ore che ci sono volute per compilare la domanda, scrivere i saggi e fare richiesta per la borsa di studio. Ti conviene andarci eccome!"

"Ci andrò, mamma, l'ho appena detto!" esclamò Daisy. "Il rettore mi terrà il posto per un anno, ci ho già parlato. Posso cominciare il prossimo autunno."

"Hai parlato col rettore," disse la mamma.

"Sì."

"Prima di parlare con quella che ti paga l'università."

"Volevo solo avere tutte le informazioni precise prima di darti la notizia."

La mamma fece una cosa allarmante, una cosa che faceva solo quando era talmente furiosa da non riuscire a parlare. Serrò le labbra e buttò fuori l'aria dalle narici come un toro.

"Il rettore dice che ormai succede spesso," spiegò Daisy. "Dopo tutto lo stress dell'ultimo anno di superiori, tanti ragazzi hanno bisogno di rilassarsi e si prendono una pausa. In Europa lo fanno tutti."

"Non siamo in Europa!" strillò la mamma. "Siamo a Long Island!"

Poi strinse di nuovo le labbra mentre accelerava per superare un camion, e Daisy sperò di non aver commesso un errore fatale nel suo piano. La mamma non era nota per la guida prudente, nemmeno quando era in buona.

"Rallenta, Ruth," disse Carlos. "Sono troppo bello per morire."

"E di tutto questo hai discusso anche con Benny, prima di parlarne con me?" chiese la mamma. "Sono l'ultima ruota del carro?"

"Ma no, non abbiamo discusso dei dettagli," disse Daisy. "Ripeto, volevo solo avere il quadro completo prima di..." Lasciò la frase a metà, perché era vero: per prima cosa aveva parlato con Benny. Poi con il rettore. E solo adesso con lei.

"Appena sento mio fratello gliene dico quattro."

"No, mamma. Io Benny devo solo ringraziarlo." Almeno evitò di scatenare di nuovo il dibattito sulla scelta tra *tío* e *zio*. "Lo sai che ho sempre voluto trasferirmi a San Juan, o almeno non restare solo per le vacanze estive. Finalmente ho la possibilità di farlo, di vedere com'è davvero. È una grande occasione."

"Una grande occasione," ripeté la mamma.

"Sì."

"Quale parte, esattamente?"

"In che senso? Tutta."

La mamma prese l'uscita per il centro commerciale.

"Daisy, in questo momento Portorico è un casino. L'isola non si è mai ripresa dalla tempesta. Lo sai. L'hai visto."

Dal 2017, con "la tempesta" si indicava sempre l'uragano Maria, anche se da allora c'era stata almeno un'altra decina di tempeste terribili.

"Oggi a Portorico si trasferiscono solo quelli che hanno fatto i soldi con le criptovalute," proseguì la mamma.

"Colonizzatori," concordò Carlos.

"Tutti gli altri che hanno ancora un cervello se ne stanno andando."

"Oh mio Dio, mamma, questo però è davvero offensivo!" esclamò Daisy.

Dietro di loro, Carlos si fece scrocchiare le dita.

"Non è offensivo, Daisy, è un dato di fatto! Un conto è fare un salto giù a trovare i parenti, ma viverci? Dici sul serio? Perché dovresti salire a bordo di una nave che affonda?"

Daisy sentì una vibrazione nel plesso solare, percepì che nelle parole della madre c'era qualcosa di profondamente inquietante, ma non riusciva ad afferrarlo. Continuava a sfuggirle. La mamma si fermò a un altro semaforo rosso.

"Una nave che affonda, eh?" disse Daisy. "Se ti interessassi un po' di più, sapresti che il vero problema sono i ricchi che arrivano dagli Stati Uniti per evadere le tasse. I vecchi residenti trovano solo lavori umili e sono costretti ad andarsene dai quartieri gentrificati."

La mamma la ignorò. "Quindi cosa pensi di fare?" le chiese invece. "Non vai all'università e ti inventi di cambiare paese?" Lo disse come se non avesse mai sentito una cosa più assurda in vita sua.

Daisy guardò fuori dal finestrino, vide la brutta strada a otto corsie da cui erano appena usciti, con gli spartitraffico di cemento e le macchine in coda.

"Esatto," rispose. "C'è un sacco di gente che si trasferisce da un posto all'altro, non è per niente una cosa ridicola. La nonna l'ha fatto. E anche tu."

"Santo cielo, Daisy, non è la stessa cosa!" Quasi le tremava la voce dalla rabbia.

Alle proprie spalle, Daisy sentì il fratello bloccare il telefono: nemmeno TikTok poteva più distrarlo dall'incendio che stava per divampare sui sedili davanti. Da quando aveva cambiato nome alle medie, Carlos si era sforzato di meritarsi quel nome e di onorare la cultura da cui proveniva, ma dopo l'uragano Maria, quando il mondo intero aveva visto il presidente degli Stati Uniti lanciare rotoli di carta da cucina ai cittadini sconvolti, la sua rabbia era aumentata e aveva imparato più in fretta. Ora, a quindici anni, era un *boricua* del tutto politicizzato e, anche se non parlava spagnolo, ne sapeva più della sorella sulla storia e sulla politica dell'isola. Daisy lo sentì irrigidirsi sul sedile posteriore mentre la madre parlava.

"Daisy, adesso i vecchi residenti se ne vanno da Portorico perché non hanno scelta. Non trovano un lavoro ben pagato, l'hai appena detto. Non possono permettersi di comprare casa e di formare una famiglia, l'hai appena detto. Vengono cacciati via." Non disse *dalla gente come te*, ma Daisy sentì lo stesso quell'idea espandersi come la fioritura delle alghe ripresa in timelapse nell'acqua stagnante. "A proposito, quando mia madre se n'è andata, nemmeno lei ha avuto scelta." Il semaforo divenne verde e la mamma prese la circonvallazione che girava intorno al centro commerciale. "Era sposata, e mio padre ha deciso di tornare in Missouri per cambiare lavoro e mandarci in scuole migliori. So che a voi oggi sembrerà impossibile da capire, ma a quei tempi la donna non aveva grande scelta. Era il marito a portare a casa i soldi, perciò decideva lui."

"Va bene, ma tu allora?" chiese Daisy.

"Io cosa? Quando ce ne siamo andati da Portorico ero una bambina. Nemmeno io ho avuto scelta."

"Parlo di quando sei andata all'università a migliaia di chilometri da casa," precisò Daisy. "D'accordo, non hai cambiato paese, ma la cultura della East Coast è completamente diversa da quella del posto dove sei cresciuta, no? Avevi proprio la mia età quando sei partita e ti sei lasciata il Missouri alle spalle per sempre. Non vai mai nemmeno a trovare il nonno! Fai sempre venire qui lui con Trisha."

"A loro piace venire qui!"

"Non è questo il punto! E poi anche Tío Benny se n'è andato alla mia età."

"Lo zio Benny."

"Che pesante che sei, mamma!"

In quella macchina la frustrazione era a un livello tale da trasformarsi nel quarto passeggero, legato al sedile posteriore con la musica troppo alta sparata dagli auricolari. La conversazione stava andando ancora peggio di quel che aveva temuto Daisy.

"E comunque, quello che abbiamo fatto io e Benny non è *per niente* la stessa cosa," proseguì la mamma. "Io mi sono trasferita sulla East Coast per andare all'università, studiare, migliorarmi, proprio come voleva mio padre quando ci ha portati qui. Non sono mica andata su una misera isola dei Caraibi a riparare macchine scassate."

Daisy restò a bocca aperta. Anche la mamma inspirò rumorosamente, ma non si corresse. Tutti loro sapevano che la mamma riusciva a essere cattiva quando si offendeva, ma adorava suo fratello. Non l'avevano mai sentita parlare di lui in quel modo, nemmeno una volta.

"Eddai, mamma," intervenne Carlos. "Non era mica un'isola qualunque. Era Portorico. Casa vostra."

Le *macchine scassate* non le nominò nemmeno. I figli sorvolarono su quell'osservazione sprezzante, perché c'erano troppe questioni in ballo per affrontarle tutte. Daisy scosse la testa e riportò il discorso dove voleva, cambiando di nuovo tattica. Con uno sforzo tremendo, ignorò i commenti della madre e tenne sotto controllo la voce.

"A ogni modo, non riuscirò mai a imparare bene la lingua se non mi immergo completamente," disse. "Appena Stefani parte..."

"Per andare *all'università*," disse la mamma.

"Appena Stefani parte, non potrò più contare su di lei. Dovrò parlare in spagnolo."

Tranne che per dire a Daisy che mettersi a studiare una lingua era tempo sprecato, perché la tecnologia faceva passi da gigante e alla fine avrebbe fatto tutto il lavoro al posto degli esseri umani, la mamma non accennava mai alla lingua spagnola. Non parlava mai in spagnolo con la nonna, non ne voleva sapere di parlare in spagnolo con Daisy e i suoi fratelli, e non lo avrebbe mai ammesso davanti a nessuno, ma tutti loro sapevano che aveva perso quasi completamente la sua lingua materna. Già adesso Daisy parlava spagnolo meglio di lei. La mamma fingeva che non le importasse. Fingeva che la scelta di abbandonare la sua lingua fosse voluta, che preferisse dedicare lo spazio limitato del suo cervello a cose più importanti. Tuttavia, che lo ammettesse o meno, Daisy sapeva che quella era una ferita, e avrebbe dovuto starci più attenta. Lungo la mascella di sua madre c'era già un guizzo di tensione.

"Comunque è solo per un anno, mamma. Non è niente di che," disse. "Puoi venire a trovarmi. Ci divertiremo!"

"Più di adesso?" chiese Carlos.

Lo ignorarono entrambe. La mamma era rimasta ferma al discorso di prima, e la sua voce aveva preso un tono amaro.

"Quindi pensi di immergerti nella lingua a Portorico?" disse. "Cosa credi, di imparare lo spagnolo parlando con i tizi che vanno in vacanza negli Airbnb di tuo zio?"

Daisy scosse la testa senza rispondere, perché avevano superato il confine del dialogo costruttivo ed erano entrate nel territorio in cui potevano solo dire cose di cui poi si sarebbero pentite. Era inutile. Voleva chiuderla lì.

"Oltretutto le trappole per turisti di tuo zio sono proprio sul lungomare gentrificato," continuò la mamma. "A Condado e Isla Verde, dove il novantacinque per cento dei residenti parla inglese. Se pensi di imparare lo spagnolo a Portorico, auguri, Daisy. Faresti meglio a trasferirti a Haverstraw a fare la lavapiatti. Lì sì che lo impareresti davvero."

Daisy fece una smorfia, incapace di tirarsi fuori dalla discussione. Ormai la situazione era così disperata che era disposta a farsi assistere dalla tecnologia. Mandò un messaggio al fratello seduto dietro di lei. *E adesso che cazzo dico??? Aiuto.*

Sullo schermo comparvero tre puntini e poi la nuvoletta con la risposta di Carlos. *È fuori di testa. Abbandona la nave.*

"Sai, parlare spagnolo non ti renderà portoricana," stava dicendo la mamma, tirando fuori l'artiglieria pesante. "Non basta ascoltare Bad Bunny e mangiare *mofongo*."

Però hai anche il culo da portoricana. Carlos scriveva in fretta, ma poi aggiunse ad alta voce: "A me piace di più Residente. Bad Bunny è bravo, ma non ne posso più di sentirlo alla radio".

Daisy interruppe le sue riflessioni. "Non ho bisogno di *diventare* portoricana, mamma. Lo sono già!"

"Ma davvero." La mamma strinse il volante e Daisy sentì tutte le emozioni che si sprigionavano da lei.

A quel punto nemmeno Carlos riuscì più a limitare l'irritazione alle battute pungenti. "Sai, Ruth," disse, "solo perché in Missouri hai bevuto la pozione dell'odio per te stessa non puoi aspettarti che la beviamo anche noi."

Daisy si girò di scatto per fulminarlo con gli occhi. *Non mi stai aiutando!*

"Io non odio me stessa!" esclamò la mamma con voce acuta e distorta, piegandosi in avanti.

"Be', non sembri molto fiera," borbottò Carlos.

"Non ti permettere!" strillò la mamma.

Lui scosse la testa e si girò a guardare fuori dal finestrino.

"Non sapete quello che dite," proclamò la mamma per poi lanciare un'occhiata nello specchietto retrovisore. "Siete ossessionati da tutte queste scemenze sull'identità. E allora il lato irlandese? Siete irlandesi per più del cinquanta per cento, eppure non ne parlate mai."

Daisy detestava quando la mamma aveva ragione. In effetti, perché erano così scollegati dalla loro parte irlandese? "Forse perché il papà non c'è più," disse.

"O forse perché non ci siamo mai stati, in Irlanda," aggiunse Carlos. "Non ne sappiamo granché."

"O forse perché tutto a un tratto essere bianchi non va più di moda e così quella parte del vostro retaggio non vi interessa," disse la mamma.

"Ehi," disse Daisy. "Sei ingiusta!"

"Prova a negarlo," replicò lei.

"Come facciamo ad affezionarci all'Irlanda se non ci abita più nessuno della nostra famiglia?"

"Non è che invece ci abita ancora qualcuno?" chiese Carlos.

"No," rispose lei scuotendo la testa.

"Comunque, mamma, non siamo ossessionati e non sono

scemenze," spiegò Daisy addolcendo la voce. "Non dire più così, per favore. Per noi è perfettamente legittimo e normale essere interessati al retaggio della nostra famiglia. Piuttosto, è strano che a te non interessi per niente."

"Non mi interessa perché non ha senso," replicò la mamma. "Perché volete a tutti i costi appartenere a un posto di cui non siete davvero originari? Voi venite da qui. È qui che siete nati." Puntò l'indice sul volante, come a ribadire che i suoi figli venivano proprio da lì.

"Insomma il nostro retaggio non conta niente," intervenne Carlos. "Tu hai deciso che non vuoi più essere portoricana, per qualche motivo misterioso che però a quanto pare non è l'odio per te stessa, e allora tutti noi dobbiamo fingere di non esserlo?"

"Ma voi non siete portoricani! Non c'è niente da fingere!" La mamma schiacciò bruscamente il pulsante della radio per accenderla e subito dopo la spense. "Non è una categoria speciale, Carlos. Gli abitanti di Portorico sono uguali identici agli abitanti di qualsiasi altra zona degli Stati Uniti. Neri, bianchi, di razza mista, asiatici."

Daisy strabuzzò gli occhi, ma tenne la bocca chiusa.

"Qualsiasi altra zona degli Stati Uniti?!" esclamò Carlos in un impeto di frustrazione. "Ruth, dici sul serio? *Degli Stati Uniti?*"

La mamma sbuffò. "Tecnicamente."

"Ah, se vogliamo parlare dell'aspetto tecnico..."

"Il punto è che sono vostra madre," lo interruppe lei rivolgendosi di nuovo a Daisy. "Quindi, che ti piaccia o no, è mio dovere interessarmi al tuo futuro, e sconsigliarti di prendere le tue solite decisioni scriteriate."

Daisy sentì vibrare il telefono sulla coscia e lo sfilò appena dalla tasca per leggere il messaggio del fratello: *PESSIMA*.

"Infatti, sei nostra madre!" Daisy serrò i pugni, sperando di sfogare la rabbia senza riversarla nella voce. "E che ti piaccia o no, mamma, sei portoricana. Passare dieci anni in Missouri non ti ha curata da questa malattia. Non è che vivere per un po' nel Midwest ti ha fatta diventare bianca. Quindi mi dispiace darti questa notizia, ma questo significa che anche i tuoi figli sono portoricani."

La mamma scosse la testa. "Sono *mezza* portoricana," la corresse. "E non significa un bel niente."

Daisy si picchiò una mano in fronte, ma non rispose.

"Comunque, se vuoi abbandonare gli studi per andare a fare la fannullona in spiaggia su un'isola tropicale, non posso impedirtelo. Ma non aspettarti che me ne stia zitta davanti a una scelta così stupida. E non aspettarti nemmeno che il tuo fondo per l'università rimanga lì per sempre."

Il telefono vibrò di nuovo. *DAVVERO PESSIMA!*

La mamma parcheggiò, ma non spense la macchina. Daisy sperò di interrompere lì la conversazione per riprenderla più tardi, quando si fossero calmate entrambe. Ormai l'idea di entrare nel centro commerciale e di trovare un vestito che le mettesse d'accordo sembrava assurda.

"Bah, ragazzi, mi sa che non vi capirò mai." La mamma incrociò le braccia sul petto.

Vibrazione del telefono. *Eufemismo.*

"Portorico qua, Portorico là. Quante scemenze sentimentali." Le si incrinò la voce, ma poi si schiarì la gola per scacciare qualsiasi cedimento e proseguì. "Sapete, non è che a Portorico le cose andassero poi così bene."

A quelle parole, Daisy fu travolta dal senso di colpa. Non solo perché in quelle conversazioni lei e Carlos si alleavano contro la madre, bistrattando le sue emozioni, ma anche perché era vero che non potevano capire le sue esperienze, il motivo per cui si sentiva così. Com'era stato per lei crescere a Portorico con un padre bianco, e poi a Saint Louis con una madre portoricana? Forse le sembrava di andare alla deriva o di essere condannata a un'esistenza precaria, pensò Daisy. Le sarebbe piaciuto che la madre si confidasse con loro, invece di reagire in quel modo.

"Ma te lo ricordi, almeno?" le chiese.

Domanda sbagliata.

"Ovvio che me lo ricordo!" Le guance della mamma si colorarono di una furia nuova.

Daisy stava cercando il suo punto debole, qualcosa che la facesse fermare a riflettere. Così poi avrebbe risposto alla domanda per davvero. Con la giusta considerazione. Si ricordava di quando viveva a Portorico? Se n'era andata che aveva sei anni.

Cosa ricordava? *Cosa ricordava?*

Si ricordava di quando andava a trovare i nonni la domenica pomeriggio, la sfera del sole piantata come un paletto nel limpido cielo azzurro? Ricordava le *piraguas*, le palme, la risata roca di Papamío, i *tostones* fritti nell'olio? Il mobile del soggiorno in cui tenevano le lampade da usare durante gli uragani, l'odore di cherosene, la scatola dei fiammiferi spessi, il fischio del vento tra le fronde delle palme? E si ricordava di come stava bene con i piedi nella spuma calda delle onde accanto a Benny, mentre la radiolina gracchiante del padre trasmetteva musica salsa dall'asciugamano alle loro spalle? E di quando si arrampicava sulle radici del baniano dietro casa, cercando il punto in cui i due rami più grossi si univano a formare una specie di amaca, dove poteva sdraiarsi incrociando i piedi e restando immobile a guardare i passerotti e i ragni e le rane, un intero regno di animali sotto la vasta chioma dell'albero? Riusciva a ricordare un tempo in cui quasi tutti quelli che la circondavano erano portoricani e non avevano bisogno di definizioni imposte da stranieri né dovevano dimostrare la propria umanità e le proprie qualifiche ai non portoricani presenti tra loro? Un tempo in cui non erano scesi a compromessi, non venivano paragonati a nessuno ed erano liberi; lo ricordava, sua madre, come ci si sentiva a essere una persona, solo una persona, senza aggettivi, come ci si sentiva a essere una bambina di nome Ruth che viveva in un posto che amava, con le persone che amava? Un posto in cui la comunità non era una cosa da cercare e creare – ammesso di riuscirci – come una nota a piè di pagina in un'esperienza più grande, ma era, di fatto, l'intera bellissima bolla in cui viveva, lucente, dorata, dolce e inebriante? Il verso del *coquí* fuori dalla finestra di notte: quello doveva ricordarselo per forza.

Ma forse Daisy non l'avrebbe mai scoperto.

"Se non te lo ricordi va bene lo stesso, mamma."

Lei gettò il capo all'indietro, contro il poggiatesta, e si passò le mani sui capelli. "Ho detto che me lo ricordo!"

Vibrazione del telefono. *Non se lo ricorda.*

"È solo che..." La mamma abbassò la voce. "Non so perché sia così importante per voi. È la mia infanzia, non la vostra."

Daisy si trattenne dal rispondere, e lei si girò a guardarla.

"Perché vi interessa così tanto dove sono cresciuta?" Il tono si era ammorbidito, ma sul volto imperversava ancora la bufera. "Proprio non capisco."

Daisy non sapeva come spiegarglielo, ma voleva provarci. Purtroppo, Carlos la anticipò.

"Ma non è solo dove sei cresciuta, mamma," disse slacciandosi la cintura per sporgersi tra i sedili. "È riduttivo quando dici così."

Daisy gli lanciò un'occhiataccia, perché sapevano entrambi quanto la madre odiasse parole come *riduttivo*. Proprio quando si erano quasi tirati fuori da quel pasticcio! Daisy prese il telefono e scrisse di soppiatto: *STAI ZITTO LA FAI SBROCCARE*. Il telefono di Carlos emise un *ding*, ma lui lo ignorò.

"Parli come se quello che sei tu non avesse niente a che fare con quello che siamo noi. Come se noi non avessimo accesso alla nostra stessa identità o etnia."

Ahia, la mamma non l'avrebbe presa bene, Daisy lo sapeva. Come aveva fatto la conversazione a deragliare così in fretta? Da casa al centro commerciale erano solo otto minuti in macchina! Ormai non stavano più parlando della sua decisione di prendersi un anno di pausa, né tantomeno della sua decisione di trascorrere quell'anno a San Juan. Appoggiò la testa al finestrino.

"Ossignore," disse la mamma senza sorprendere nessuno, alzando la voce più di Carlos per non doverlo più ascoltare. "La vostra etnia? Santo cielo, devo ricordarti che sono bianca? Guardami!" Allungò il braccio per dimostrarlo, ma qualunque prova avesse era coperta dalla manica lunga. "Guardati!" aggiunse. "È tutto così ridicolo, così frustrante, così controproducente!"

Carlos mantenne la calma. Più la mamma alzava la voce, più lui misurava con cura le parole. "Be', di sicuro è un peccato che non possiamo mai discuterne senza che ti arrabbi."

"Carlos..." fece Daisy cercando di intervenire, ma lui alzò la voce e le parlò sopra.

"Forse se ti aprissi di più," disse, "se parlassi con noi invece di diventare aggressiva ogni volta che salta fuori il discorso, magari potremmo capire perché ti sconvolge così tanto."

Daisy voleva bene al fratello, ma era chiaro che la presenza di Carlos era l'errore più grave nel suo piano. La mamma spense la macchina e si chinò a prendere la borsa appoggiata ai piedi della figlia.

"Ne ho abbastanza," disse.

Aprì la portiera e scese dall'auto, ma Daisy e Carlos sapevano che di solito quella dichiarazione significava che la mamma ne aveva *quasi* abbastanza e in realtà non aveva finito. Tipicamente, usava quella frase per far capire all'interlocutore che sarebbe stata lei ad avere l'ultima parola. E infatti si girò e rimise la testa nell'abitacolo. Guardò Daisy dritto negli occhi, ignorando completamente Carlos, anche se era stato lui a spingerla fino a quel punto.

"Se sei decisa a sprecare il tuo tempo a Portorico per imparare lo spagnolo o quello che è, benissimo," disse. "Fa' pure. Va' a Portorico, mettiti in costume e buttati in spiaggia a prendere il sole. Ma non fingere di avere la nobile missione di ritrovare le tue radici, per l'amor di Dio. Se tu sei portoricana, io sono giapponese!"

Si appese la borsa alla spalla e sbatté la portiera.

"Pazzesco," disse Daisy. Sentì il telefono vibrare.

Sayonara.

* * *

Daisy si trasferì a San Juan. Fu Vic a darle un passaggio in aeroporto, perché la mamma si era rifiutata. La mattina della partenza, però, la mamma la accompagnò alla macchina e la strinse in un lungo abbraccio sul vialetto.

Nove mesi dopo, una pandemia globale fece fermare il mondo e sia Vic (dall'università) sia Daisy (da Portorico) tornarono a Palisades. Carlos era felicissimo di riaverli a casa, mentre la mamma – bisognava riconoscerglielo – non esultò nemmeno un pochino. Non disse mai niente sulla breve durata dell'anno di pausa della figlia. Invece fece scorta di puzzle e vino.

Per tre settimane Daisy passò gran parte delle giornate a letto. Riscoprì il cellulare, scaricò i giochi che la rincretinivano di più, si iscrisse a TikTok, si tuffò nel pozzo senza fondo delle ricerche online. Tornò indietro di anni sul profilo di *Vedova in cucina*, lasciando cuori e commenti su ogni singolo post. Smise di fare ginnastica e di lavarsi. Il ventitreesimo giorno, quando si ritrovò coinvolta in una battaglia su Twitter con gente che sosteneva che le mascherine fossero un complotto governativo, si tirò su a sedere e si scrollò di dosso le coperte. Si alzò, in calzini e pantaloni della tuta sporchi, e si trascinò di sotto più in fretta che poté. Entrò in cucina e superò il tavolo dirigendosi verso la porta a vetri scorrevole. La mamma alzò gli occhi dal portatile e le chiese se voleva mangiare qualcosa.

"Sì sì," rispose lei spalancando la porta.

Mise un piede fuori sullo zerbino e, mentre la madre la guardava seduta al bancone della cucina, tirò indietro il braccio il più possibile e lanciò il cellulare in giardino. Il telefono scivolò sulle mattonelle a bordo piscina, lasciandosi dietro una scia di frammenti.

"Daisy!" La mamma si alzò dallo sgabello.

Lei si richiuse la porta alle spalle.

La mamma si sedette di nuovo. "Stai bene?"

Daisy fece scattare la serratura della porta con il pollice e si sedette al bancone accanto alla madre. "Adesso sì," rispose.

A settembre Daisy non se la sentì di cominciare l'università su Zoom e la mamma non insistette, avendola vista sprofondare e poi risorgere dalla terra degli zombi. La discussione dell'anno prima rimase latente, irrisolta, e il tacito accordo tra loro fu che Daisy sarebbe andata all'università quando tutto il mondo avesse riaperto. L'avrebbe fatto a modo suo, nel mondo tridimensionale. Non era una ragazzina in grado di sopravvivere alle lezioni online. Anzi, non era più una ragazzina e basta.

L'università su Zoom era iniziata da poco, senza di lei, quando nella mente di Daisy comparve un'idea che si fece sempre più chiara. A quel punto sembrò così ineluttabile che fu come se fosse sempre stata lì, e Daisy le avesse semplicemente tolto la patina di ruggine, l'avesse lucidata e poi ci avesse attaccato il cartellino con il prezzo.

In segreto, scrisse un business plan (be', prima andò su internet a ordinare un manuale intitolato *Come scrivere un business plan*). Dopo averlo scritto, cominciò a indagare su quartieri, affitti, clientela, attività simili che avevano avuto successo, attività simili che avevano chiuso. Indagò su concorrenza, fornitori, prezzi, spese nascoste. Lavorò al progetto con tutto l'amore e la dedizione con cui le sue compagne di scuola avevano immaginato e pianificato il loro futuro matrimonio per un compito del corso di economia domestica in seconda media. (Daisy aveva raggiunto la sufficienza risicata, l'unica femmina della classe a prendere meno di buono.) Si servì di tutto quello che aveva imparato all'epoca riguardo a cartelloni e colla stick, ma al nuovo progetto riservò un entusiasmo che il compito di seconda media sul matrimonio non avrebbe mai potuto suscitarle. In camera sua, durante la pandemia, Daisy ritagliò foto da giornali e riviste per creare collage. Riempì un intero raccoglitore con le sue idee e alla fine trovò il nome. Quando si sentì pronta, chiamò Stefani con il telefono a disco.

"Ho intenzione di aprire un negozio," disse alla cugina.

"Che cosa?"

"Un negozio di vestiti e curiosità vintage."

"Durante una pandemia globale," commentò Stefani.

"Be', no. Quando sarà finita, probabilmente."

Tranne che per i fruscii sulla linea, tutto taceva.

"Ci sei?" disse Daisy.

"Sì."

"Mi hai sentita?"

"Hai intenzione di aprire un negozio vintage."

"Esatto! Per gente chic e coscienziosa che vuole evitare due crimini gemelli: consumare troppo e spendere troppo," spiegò leggendo dal business plan. "Prodotti di altissima qualità. Selezionati con una cura maniacale."

"Ovvio," disse Stefani.

"A San Juan," disse Daisy.

"Be', certo, per forza."

"Vuoi sapere il nome?"

"Spara."
"Si chiamerà The Double Down." Daisy allargò le mani davanti a sé come se vedesse già il nome stampato sulla tenda parasole del negozio.
Stefani tacque un istante. "Bello!" esclamò poi tra applausi e fischi di approvazione. Tacque di nuovo. "Tua mamma però darà fuori di matto."

22.

Saint Louis, Missouri
1982

Le domande di Ruth sulla fine del matrimonio dei suoi genitori erano del tutto pragmatiche. Dove sarebbero andati ad abitare? Quanto spesso avrebbero visto il papà? La mamma avrebbe ancora dovuto cucinare per loro? E come la mettevano con il country club?

I genitori le presentarono una serie di risposte concordate. Sarebbero rimasti a Saint Louis, perché il mediatore aveva consigliato di lasciare la custodia primaria alla mamma purché accettasse di restare in città. Ruth e Benny potevano aiutarla a scegliere la casa nuova. Sarebbero stati con il papà un weekend sì e un weekend no, più i martedì sera in cui la mamma frequentava il corso di educazione finanziaria all'università per adulti. Sì, la mamma avrebbe ancora dovuto cucinare, perché non tutti i problemi domestici si risolvevano mettendo fine a un matrimonio infelice. Ma di sicuro sarebbero potuti uscire a cena più spesso e, se fossero andati al Red Lobster, Ruth avrebbe potuto ordinare le chele di granchio. Quanto allo Short Hills Babylon Country Club, la mamma non avrebbe mai più rimesso piede in quel posto dimenticato da Dio. Ma Ruth poteva continuare ad andarci durante i weekend che passava con il papà, se voleva.

E lei voleva.

Le domande di Benny non erano altrettanto dirette, eppure Ruth notò che i genitori rispondevano insieme, come se fossero un tutt'uno, il che era già più di quanto avessero mai fatto mentre cercavano di rimanere sposati. Seduti fianco a fianco sul divano, ma senza sfiorarsi, ascoltarono con attenzione le domande del figlio. Poi il papà afferrò la mano della mamma e restarono così mentre Benny parlava, le dita della mamma strette nel pugno del papà, tanto che Ruth si chiese se fosse davvero necessario andare fino in fondo a quella faccenda.

"Perché dobbiamo restare qui se non abitiamo nemmeno più tutti insieme? Perché non possiamo tornare a Portorico?" chiese Benny.

"È così che funziona, tesoro," rispose la mamma. "Finché tu e Ruthie non compite diciotto anni, e finché io e il papà abbiamo la custodia condivisa, dobbiamo accettare di vivere nello stesso posto."

Lui si mise a giocherellare con un filo tirato sul bracciolo del divano. "E adesso vi sposerete con qualcun altro?"

"No," dissero loro all'unisono.

Benny voleva sapere se adesso erano più felici, o se sfasciare la famiglia li avrebbe resi più felici in futuro. Non lo chiese in tono cattivo o accusatorio; gli interessava davvero, perché, se dividersi avrebbe reso più felici i genitori, forse saperlo avrebbe aiutato anche lui a trovare un modo per rallegrarsene. E poi voleva sapere se il divorzio era in parte colpa sua, perché era sempre così triste.

"Certo che no," gli dissero.

Ruth aveva qualche dubbio. In ogni caso, a parte Benny, tutti trovarono il divorzio sorprendentemente facile. Arrivati alla fine, tre Brennan su quattro erano più felici, ed entrambi i genitori sospettavano che Benny, pur essendo profondamente infelice, non lo fosse né più né meno di prima.

Il papà restò nella casa vecchia, che a Ruth cominciò a sembrare un po' deprimente. Quando ci tornava con Benny per il fine settimana, notava i punti della moquette dove prima c'erano i mobili. Il papà non aveva ancora comprato niente per sostituirli, così quelle forme più blu o più marroni spiccavano rispetto al resto della moquette che era stato schiarito dal sole. A volte Ruth si sdraiava per terra a pancia in giù, si sollevava sui gomiti e provava a incoraggiare i buchi lasciati dai piedini del divanetto della mamma a riempirsi di nuovo. Afferrava e tirava le fibre, cercando di raddrizzarle e riportarle all'altezza originale. Temeva che quei crateri nella moquette facessero sentire triste o solo il papà, ma lui sembrava non accorgersene nemmeno.

Se Ruth fosse stata abbastanza grande da interrogarsi sulla loro situazione finanziaria, i genitori le avrebbero comunque detto che non erano affari suoi. Ma la verità era che il loro divorzio fu scandaloso solo perché erano cattolici nel Midwest del 1982. In realtà fu un divorzio pacifico, e lo fu grazie ai soldi. Di colpo il papà ne aveva di più perché non doveva più dividerli con la mamma. E di colpo la mamma ne aveva di più perché era ricca. (La mamma però disse a Ruth di non dire *ricca*, per lo stesso motivo per cui non doveva dire *grassa* a prescindere dal girovita di una persona. Per la mamma erano parole prive di tatto, così Ruth non le usava, nemmeno quando erano appropriate.) Il fatto era che la mamma non aveva bisogno di lavorare, perché aveva comunque abbastanza soldi per vivere nell'agio senza dover fare affidamento sul papà. Da questo punto di vista, i genitori di Ruth si erano accordati per un taglio netto: Rafaela non avrebbe chiesto gli alimenti né il mantenimento dei figli, e Peter non avrebbe avanzato nessuna pretesa sul fondo di Rafaela. Entrambi sarebbero stati subito liberi e completamente indipendenti a livello economico. Così, anche se Ruth e Benny ignoravano i dettagli di tutto questo, venne loro risparmiato il risentimento che di solito riempie i vuoti creati dalla separazione.

Il terzo weekend che dovevano passare con il papà, Ruth

gli telefonò non appena tornò a casa da scuola. La mamma era andata al supermercato lasciando il comando a Benny, il che significava che lui si era chiuso in camera con lo stereo a tutto volume e Ruth era da sola in cucina, con una banana mangiata a metà e una grande idea. Rispose la segretaria del padre, che glielo passò subito.

"Ciao, zucchina!"

"Papà! Mi è venuta una super idea!"

"Dimmi tutto."

"Possiamo ordinare la pizza stasera?"

"Mmh."

"A casa di Kathy il venerdì sera la mangiano sempre." Ruth ricordò troppo tardi che Kathy non gli stava per niente simpatica, dunque era difficile che quell'informazione potesse convincerlo.

"Sono d'accordo con vostra madre che vi vengo a prendere alle sette," disse il papà. "E sicuramente lei sa già cosa preparvi per cena." Ruth lo sentì spostare dei fogli sulla scrivania.

"Sì, papà, però è un'emergenza," replicò dondolando il cavo giallo del telefono come un'amaca. "Vuole fare quella roba fritta con l'ananas," sussurrò, guardando verso il vialetto per controllare che non ci fosse ancora traccia della macchina.

"Oddio," disse il papà. Dal tono, Ruth riuscì a immaginare la sua espressione. "È lì con te?"

"No, è andata al supermercato. A comprare l'ananas in scatola."

Il papà si mise a ridere. "E allora perché bisbigli?"

"Non lo so!" gemette lei. L'ananas fritto richiedeva una certa solennità. "Ti prego, papà, diventa il nostro eroe. Ordiniamo la pizza stasera."

Il papà fece un sospiro e Ruth capì di aver quasi vinto. Lo incalzò dolcemente.

"Non lasciarmi qui da sola con l'ananas," sussurrò.

"Ok, ok," disse lui. "Però non posso staccare prima delle

cinque, e con il traffico dell'ora di punta arriverò alle cinque e mezzo come minimo."

Ruth saltellò sulle punte dei piedi e il pesante cavo del telefono ballò sotto di lei, sbattendo contro il linoleum. "Evviva! Grazie, papino!"

"Aspetta a ringraziarmi," fece lui. "Devo parlare con vostra madre quando rientra. Prima che si metta a cucinare."

"Sì!"

"Perciò, appena arriva, dille di chiamarmi."

"Va bene! Grazie, papà."

E così, un venerdì sì e un venerdì no cominciarono a mangiare la pizza a casa del papà, e una volta stabilita questa abitudine fu abbastanza facile introdurla anche a casa della mamma. La tattica però fu diversa. Ruth le disse che si meritava una serata libera, lontana dai fornelli: in questo modo avrebbero passato più tempo insieme, cenando sul divano mentre guardavano *Fantasilandia*. Si aspettava che la mamma opponesse resistenza, che citasse l'importanza dell'alimentazione sana e del decoro, e invece saltò fuori che non vedeva l'ora di scalciare via le scarpe sotto il tavolino e di mangiare con le mani. A volte non li obbligava nemmeno a usare i piatti. Ruth rimase decisamente colpita.

In effetti, dopo il divorzio sua madre fu piena di sorprese. Per esempio, comprò una scorta di body e scaldamuscoli e un videoregistratore e cominciò a spingere da parte il tavolino nuovo di zecca per fare gli esercizi di aerobica in soggiorno. Una volta imparati i movimenti, si iscrisse in palestra per frequentare un corso dal vivo, e quando tornava a casa, con un velo di sudore che le illuminava la pelle, sembrava così euforica che Ruth si chiese perché non avesse iniziato anni prima. Concluso il corso di educazione finanziaria del martedì sera, la mamma si iscrisse a un corso per conseguire il Ged, che fu la più grande sorpresa fino a quel momento: come spiegò loro, Ged significava General Educational Development, e lei voleva prendere quel diploma perché non aveva mai finito le superiori. Quel brandello di informazione fu particolarmente sbalorditivo, dato che in famiglia, anche se nessuno l'aveva mai detto ad alta voce, erano tutti e quattro d'accordo sul fatto che la mamma fosse mille volte più istruita del papà, e tutti loro sapevano che il papà era laureato in radiotecnica all'università di Kansas City. La mamma però non se ne vergognava affatto, anzi, sembrò sorpresa che non lo sapessero.

"Ma come?" fu la sintetica domanda di Benny.

"Ho ricevuto un'istruzione eccezionale a Las Madres di Portorico, ed ero una studentessa modello," disse lei. "Solo che non ho mai avuto la possibilità di finire gli studi."

Be', adesso le cose erano cambiate! La mamma stabilì che Benny e Ruth erano grandi abbastanza per badare a se stessi nei due pomeriggi alla settimana in cui lei aveva lezione fino all'ora di cena. Se si fossero dimostrati autonomi e indipendenti, la mamma li avrebbe premiati con una console Atari come regalo di Natale. Fu un buon affare per tutte le parti coinvolte.

Quando passò il test e ottenne il diploma, la mamma non volle una festa. "Tutto quello che voglio è non annoiarmi mai più," annunciò. All'inizio si diede al giardinaggio, ma pur coltivando solo fiori (ovviamente) non le piaceva sporcarsi di terra. Così cominciò a frequentare altri corsi, ma solo uno alla volta, e mai per conseguire un titolo. Sceglieva qualunque cosa suscitasse il suo interesse: primo soccorso, interior design, informatica, persino un corso di ceramica. Quest'ultimo non le piacque affatto, ma lo finì lo stesso, completando tutti i progetti con puntualità nonostante lo scarso entusiasmo, soprattutto per dimostrare a Benny e a Ruth che rispettava gli impegni. Ci teneva a farlo capire ai figli, dopo aver annullato l'impegno che aveva preso con loro padre.

Così, a dicembre, quando il papà chiese alla loro sorprendente nuova madre se i ragazzi potevano andare da lui la mattina di Natale, la mamma fu accondiscendente. Se passavano con lei la Nochebuena e l'Epifania, disse, poteva benissimo rinunciare al venticinque dicembre. In cambio, il papà accettò che lei li portasse a Portorico per sei settimane durante le vacanze estive. Lui li avrebbe tenuti nelle altre due settimane, e per l'ultima settimana d'estate avrebbe prenotato un bungalow sul Lago degli Ozarks. Ruth non poteva credere alla sua fortuna. Era come mangiare la pizza per mille sere di seguito. Persino Benny sembrava contento.

La zia Lola arrivò da San Juan il venti dicembre, e faceva così freddo che minacciò di tornare all'aeroporto seduta stante. La mamma però non fece altro che prepararle una pila di maglioni e la ringraziò di essere venuta.

"Non avrei mai potuto lasciarti sola a Natale," disse Lola.

Bastava guardarle per capire che erano sorelle, ma nonostante la chiara somiglianza, e come succede sempre alle sorelle, si erano rese conto fin dalla giovinezza che una era leggermente più carina dell'altra. E così, mentre la mamma si era impegnata a esaltare e preservare la propria bellezza, Lola si era dedicata a coltivare altre qualità. A differenza della mamma, aveva messo su un po' di pancia con il passare degli anni, e si truccava di rado, se non per il rossetto rosso che era il suo tratto distintivo. Ma i suoi ricci neri erano ancora lucenti, più folti e indomabili di quelli della mamma, e poi aveva le dita piene di anelli e portava bracciali rigidi che sbattevano tra loro ogni volta che si lanciava in un abbraccio, cosa che succedeva piuttosto spesso. Lola era spontanea, divertente e bravissima a cucinare, ma forse la sua qualità migliore, almeno per quel che riguardava Ruth, era la facilità con cui riusciva a trasformare la mamma in un concentrato di gioia scoppiettante.

Lola aveva pianificato il menu delle vacanze natalizie per settimane, studiando con cura gli ingredienti per capire se andavano sostituiti con qualcos'altro e mandando più volte la mamma in vari supermercati per comprare l'occorrente in anticipo o per riferirle quali erano le cose introvabili a Saint Louis. E quelle cose le aveva portate lei da Portorico. Infatti era arrivata con una valigia rigida blu per le scarpe, i vestiti e i cosmetici e una più piccola piena di cibo.

La sera del suo arrivo, Benny trascinò i bagagli della zia su per la stretta scala fino alla quarta camera da letto che la mamma aveva insistito per avere, da loro ribattezzata "l'attico di Lola".

"Ah, quella piccola poteva andare dritta in cucina," disse Lola quando lo vide sulla soglia con i bagagli.

"E me lo dici adesso?" replicò lui sollevandola e posandola sul letto.

Ruth, sdraiata sul letto, sentì il materasso sobbalzare leggermente sotto il suo peso.

"Cosa ci hai messo dentro, lingotti d'oro?" chiese Benny.

"Qualcosa di meglio." Lola fece scattare le due serrature e aprì la valigia piccola come una conchiglia. Dentro c'era un raccolto ambulante di banane verdi, manioca, *gandules*, taro, un sacchetto di plastica con diverse foglie di banano avvolte in tovaglioli di carta bagnati per tenerle umide, e un assortimento di erbe aromatiche e spezie in sacchetti più piccoli. Ruth non riconobbe nessun ingrediente, non perché li avesse dimenticati nei quattro anni trascorsi da quando avevano lasciato Portorico, ma perché sua madre preferiva i prodotti in scatola, a prescindere dalla nazione in cui si trovava. Lola tirò fuori una manioca, grezza e rivestita di cera, e la lanciò a Ruth, che la prese al volo con entrambe le mani.

"Il *lechón* si è rifiutato di entrare in valigia," disse la zia.

Benny rise, ma Ruth rabbrividì. Era sempre stata combattuta quando si trattava di mangiare quei deliziosi maialini da latte nel periodo natalizio, perciò, pur sapendo che Lola stava scherzando, le piacque pensare che in quel momento ci fosse un maialino che trotterellava per le strade della Vecchia San Juan dopo essere sfuggito al proprio destino.

"Comunque, non ci mancherà!" esclamò Lola. "Avremo abbastanza *pasteles* e *florecitas* per sfamare un esercito di *parranderos*."

"Zia, qui non ci sono le *parrandas*," disse Benny. "Ci sono quelli che arrivano in gruppo a cantarti i canti di Natale, ma non è la stessa cosa. Non li inviti in casa a mangiare. E sono..." Benny cercò le parole per descrivere quei cantori dalle guance rosse, tutti seri con i loro spartiti e le muffole. "Diversi," disse.

"Non fa niente," replicò Lola lanciando una seconda manioca a Ruth. "Vorrà dire che ci sarà più cibo per noi!"

Ruth osservò quelle radici ruvide e bitorzolute e le venne qualche dubbio. Poche ore dopo, però, si ritrovò in cucina accanto alla zia con addosso un grembiule, circondata da profumini celestiali. Sui fornelli c'era una padella di olio in cui sfrigolavano aglio, cipolle, peperoni e pomodori. Ruth stava sminuzzando il coriandolo proprio come le aveva mostrato Lola, tenendo bene indietro le dita e muovendo il coltello dall'alto in basso.

"Perfetto!" disse Lola esaminando il suo lavoro. "Buttalo dentro!"

"Sopra gli altri ingredienti?"

"Esatto."

Ruth si avvicinò alla padella con il tagliere e aggiunse il coriandolo mentre Lola mescolava. L'aroma cambiò all'istante, facendosi più intenso e raggiungendo un picco che si arricciò in fondo alla gola di Ruth e le fece venire l'acquolina in bocca. Solo quando lo percepì di nuovo, lì nella cucina nuova della mamma, seppe di aver avuto nostalgia di quell'aroma, che riempì l'aria e fece appannare le finestre. La mamma era seduta al piccolo tavolo con un caffè e una rivista. Le due sorelle parlavano in spagnolo mentre Lola cucinava.

Allora nella piccola cucina luminosa si palesò un ricordo sepolto da tempo: la risata fragorosa della mamma, una risata profonda, di pancia. Negli ultimi anni quel suono era diventato superficiale e scolorito, e adesso era tornato, e Ruth ricordò. Il suono di sua madre quando era felice. Si pulì le mani sul grembiule e corse al tavolo, le gettò le braccia al collo e le diede un bacio sulla guancia. La mamma si mise la figlia in grembo e l'abbracciò. Lola cominciò a ballare con Benny, facendogli fare una piroetta e poi il casquè, sostenendolo con la spatola. Lui scoppiò a ridere.

"Mi rifiuto di fare un altro passo di danza finché non mi date da mangiare!" disse sporgendosi sopra la padella fumante. "Che profumino!" Passò allo spagnolo e Ruth riuscì a capire che Lola gli stava spiegando come si faceva il *sofrito*; poi però si perdette, perché parlavano velocissimi. Così si limitò a ridere quando ridevano loro, e decise di non rattristarsi per questo.

La mattina di Natale, Ruth era ancora felice. Si mise in ginocchio sul divano ad abbracciare lo schienale mentre teneva d'occhio il vialetto dalla finestra, aspettando la Datsun del papà. Aveva sperato che nevicasse, ma per il momento il cielo resisteva: era un coperchio bianco, freddo e pesante, che premeva sopra di loro e si rifiutava di liberare i fiocchi di neve. Ruth pensò che alla zia sarebbe piaciuto vedere la neve, e magari davanti a quello spettacolo si sarebbe persino innamorata di Saint Louis e avrebbe deciso di restare. Che meraviglia se Lola si fosse trasferita lì e la mamma fosse rimasta così felice per sempre (e loro avessero mangiato così tutti i giorni).

Quella mattina, la mamma aveva aggiunto un po' di cannella e una goccia di estratto di vaniglia al caffè, per renderlo natalizio, e aveva permesso a Ruth di bere la cioccolata calda anziché la spremuta d'arancia. Poi l'aveva aiutata a preparare il borsone per il weekend canticchiando tra sé, ancora in vestaglia e pantofole, i ricci raccolti in alto sulla testa.

Benny aveva il muso perché non voleva andare dal papà, ma Ruth non gli prestò la benché minima attenzione. Aveva capito che era quella la differenza fondamentale tra loro. Suo fratello si condannava da solo alla tristezza desiderando sempre le cose che non poteva avere. Lei, invece, si sapeva adattare. Senza doverlo imparare sulla sua pelle, sapeva che, evitando di sprecare energie nel desiderare troppo una certa cosa, si poteva trovare la felicità in una miriade di circostanze inattese.

"È arrivato!" Ruth saltò giù dal divano ancora prima che il papà entrasse nel vialetto. "Ciao, mamma! Ti voglio bene! Divertiti oggi con la zia Lola!" Le diede un bacio sulla guancia e corse fuori trascinandosi dietro il borsone. Di solito il papà suonava il clacson un paio di volte e faceva un cenno di saluto alla mamma, che rimaneva sulla soglia di casa, per poi uscire dal vialetto in retro. Ma ecco il primo indizio che quella giornata sarebbe stata diversa: il papà spense il motore e scese dalla macchina, appoggiando un gomito sul tetto e l'altro sulla portiera.

"Che fai?" disse a Ruth. "Perché non sei vestita?"

Lei si fermò e abbassò lo sguardo su di sé. "In che senso?"

"Nel senso, perché non sei vestita? Non puoi venire in pigiama."

"Perché no?"

"Rafaela, perché non sono vestiti?" Ignorando del tutto la domanda della figlia, Peter si era rivolto direttamente all'ex moglie, appoggiata allo stipite della porta con in mano una tazza di caffè.

"È la mattina di Natale," rispose lei. "Volevano venire in pigiama, non c'è niente di male."

"Certo." Il papà si spostò dalla macchina e sbatté la portiera. "Torna dentro."

Ruth abbandonò il borsone per terra.

"Ma..."

"Niente ma, veloce, altrimenti facciamo tardi."

"Tardi per cosa?"

Lui non rispose. Era già arrivato accanto alla figlia e si chinò a prendere il borsone. Benny non era nemmeno uscito di casa.

"Mettiti qualcosa di carino," le disse. "Magari lo scamiciato di velluto rosso e sotto il dolcevita bianco con la rosa sul collo."

A Ruth quel completo natalizio piaceva, ma non era proprio quello che aveva in mente per la giornata. Come avrebbe fatto a sedersi comodamente sulla moquette per aprire i regali, a rimpinzarsi di biscotti e sidro di mele caldo, a giocare con i giocattoli nuovi, a guardare film e cartoni tutto il giorno, con quei vestiti stretti e fastidiosi?

"Ma con lo scamiciato devo mettere le calzamaglie," obiettò.

"E allora mettile," rispose il papà, che poi guardò la mamma. "Le sue calzamaglie bianche sono pulite?"

"Penso di sì." La mamma si staccò dallo stipite e rientrò in casa, seguita dal papà.

Il successivo quarto d'ora fu un campo minato di voci tese e malumori esplosivi. Il papà borbottava sostenendo che la mamma volesse sabotargli le feste, e la mamma borbottava dicendo che il papà si aspettava che lei gli leggesse la mente. Benny gridò che no, quella roba non se la voleva mettere, e le scarpe non gli andavano neanche più bene, e comunque chi è così masochista da mettersi la cravatta la mattina di Natale?, mentre la mamma strattonava senza pietà i capelli della figlia per farle le trecce e Ruth si chiedeva da quando Benny avesse cominciato a parlare così bene in inglese.

"Mamma, cosa vuol dire masochista?" chiese.

"Shhh, sveglierai Lola."

Ma non era lei quella che stava urlando! Ficcò il pigiama ancora caldo nella tasca laterale del borsone, chiedendosi quanto avrebbe dovuto aspettare prima di poterselo rimettere. Quando il papà lanciò il borsone di Ruth nel bagagliaio, Benny era già sul sedile del passeggero.

"Perché ci hai fatti vestire eleganti?" chiese. Aveva vinto la battaglia contro la cravatta, ma sfoggiava un pullover e un'espressione imbronciata.

Il papà si fermò allo stop e mise la freccia. "Andiamo a messa con la mia famiglia."

"Ma ci siamo andati ieri sera con la mamma!" piagnucolò Ruth. Non era una che si lamentava spesso, ma un'ingiustizia di quella portata meritava una sonora protesta.

"Be', io non ne so niente," disse il papà. "Vostra madre queste cose non me le dice, quindi come faccio a saperlo?"

"Te lo sto dicendo adesso!" esclamò Ruth.

"Una cacchio di messa che non finiva più, oltretutto," commentò Benny.

Il papà inchiodò. "Hai appena detto una parolaccia?"

"No! Non ho detto niente," proclamò lui.

Ruth ridacchiò e il papà la fulminò con lo sguardo dallo specchietto retrovisore.

"È da prima di sposarmi con vostra madre che non vado alla messa di Natale con la mia famiglia. Non ci siamo mai andati nemmeno dopo esserci trasferiti qui, anche se ci ho provato tutti gli anni. Adesso è proprio ora," disse il papà. "Vostra madre non è l'unica ad avere una famiglia con delle tradizioni. Dovete imparare anche le mie. E voglio un comportamento impeccabile, sono stato chiaro?"

"Ok, papà," disse Ruth. Benny non rispose.

"E niente parolacce," aggiunse il papà.

Lei ridacchiò di nuovo, mentre Benny tirò il collo del maglione che gli stringeva. Ruth vedeva il volto del fratello riflesso nello specchietto laterale, e incrociò gli occhi per provare a farlo ridere, ma fu tutto inutile.

Il parcheggio era pieno, i banchi erano pieni. Ruth individuò nonno Pete sulla sinistra, circa a metà della chiesa. Gli vedeva la testa, con la parte calva circondata dai capelli bianchi.

"Ecco il nonno," sussurrò indicandolo.

Il sacrestano le lanciò un'occhiataccia portandosi un dito alle labbra.

"Che rompiscatole," disse lei.

Il papà la prese per un orecchio e la trascinò in un angolo, e Ruth si alzò in punta di piedi per alleviare il dolore, ma ebbe sufficiente buonsenso da stare zitta. Benny li seguì di malavoglia. Restarono in piedi insieme agli altri ritardatari, tutti allineati in fondo alla chiesa. Benny incrociò le braccia e si appoggiò alla parete con un tallone. Il papà si chinò sopra la testa della figlia per sussurrargli direttamente all'orecchio, ma Ruth sentì tutto, perché erano a mezza spanna da lei.

"Hai una gomma in bocca?" chiese il papà, incredulo.

Benny si strinse nelle spalle.

"Sputala," disse il papà. "Subito."

Lui inghiottì facendo un rumore esagerato. "Non c'è più."

Ruth alzò gli occhi e vide il collo del papà che diventava rosso, ma non capì se fosse per l'imbarazzo o la rabbia o entrambe le cose. "Non fai la comunione," disse il papà.

Benny fece una faccia come a dire *sai che me ne importa*. L'aveva fatta meno di dodici ore prima.

Almeno la musica era bella. Ruth cantò tutti i canti natalizi a squarciagola, mentre il fratello la guardava con un'espressione esasperata, e quando arrivò il momento della comunione lei gli fece la linguaccia prima di andare a mettersi in fila.

Nonostante tutto, non fu così male. Certo, non aveva niente a che fare con il sidro di mele caldo e i cartoni in pigiama, ma Ruth era felice di essere con il papà e Benny. Era felice di cantare gli inni natalizi, e stava già pensando al momento in cui, dopo la messa, sarebbero arrivati a casa del papà e lei avrebbe potuto togliersi le calzamaglie per rimettersi subito il pigiama. Andando a fare la comunione passò davanti al banco di nonno Pete e lui le fece l'occhiolino.

Finita la messa, per Ruth fu più difficile rimanere ottimista. Il principale ostacolo fu la scoperta che non sarebbero andati a casa del papà ad aprire i regali. E questo perché erano invitati dallo zio Jim e dalla zia Linda per la cena di Natale.

"Perché si chiama cena di Natale, se mangiamo a mezzogiorno?" bofonchiò Benny.

Il papà non si prese nemmeno la briga di rispondere. La cosa peggiore era che lo zio Jim e la zia Linda non avevano figli, perciò a casa loro non c'erano giocattoli o altro. Erano super gelosi della loro roba e pensavano che i ragazzini fossero dei bulldozer pronti a distruggerla, anche quando stavano fermi e si comportavano come piccoli esseri umani perfettamente normali. Da sposati, il papà e la mamma non erano mai andati a trovarli, anche se abitavano solo dall'altra parte della contea. Qualche volta all'anno lo zio Jim passava da loro, beveva una birra in giardino con il papà e la cosa finiva lì. Avevano un altro fratello, Paul, che viveva in Oregon con la moglie e i tre figli, dei ragazzini simpatici. Ruth e Benny li avevano visti solo una volta, ma poi avevano parlato per settimane di quanto sarebbe stato bello se lo zio Paul fosse venuto a vivere a Saint Louis e lo zio Jim e la zia Linda si fossero trasferiti in Oregon.

Quando arrivarono, la casa era già piena di gente. C'era nonno Pete con sua moglie Pearl, che non era la mamma del papà: il nonno l'aveva sposata dopo che la mamma del papà era morta. Pearl era gentile, ma puzzava di medicine. E poi la zia Linda aveva mille fratelli e sorelle, e ognuno di loro aveva mille figli, così non c'era neanche un posto per sedersi. Ruth si accomodò sulle ginocchia del nonno per qualche minuto, piluccando dal suo piatto di stuzzichini finché non lo vuotarono. Gli uomini parlavano sopra la sua testa, in particolare di football americano, che lei trovava di una noia mortale. Quasi tutti i ragazzini invece erano nel seminterrato, dove c'era il tavolo da biliardo dello zio Jim, perciò dopo gli stuzzichini anche Ruth e Benny scesero per provare ad aggregarsi. Gli altri erano tutti cugini tra loro e si conoscevano già.

Benny si fermò davanti alla parete a esaminare le stecche in attesa del suo turno, ma Ruth si avvicinò alle altre due ragazzine appoggiate al bordo del tavolo a guardare la partita.

"Io sono Ruth," disse reggendosi il mento con una mano. "Voi come vi chiamate?"

"Io sono Lucy," rispose quella più vicina. "Lei è Kelly."

Kelly non la guardò, ma facendo una voce lontana disse: "Lucy, sono a caaasaaa!" e tutti scoppiarono a ridere tranne Ruth e Benny.

Doveva essere una battuta che conoscevano solo loro, perché Ruth non la capì. Ma quando Benny la prese per il gomito e la riportò verso le scale senza alcuna spiegazione, lei non oppose resistenza. In quella stanza c'era una brutta atmosfera. Il ragazzo più grande aspettò che fossero arrivati a metà scala e poi gridò: "*¡Adiós, amigos!*".

Così Benny e Ruth finirono per rintanarsi in soggiorno, dove c'erano un tappeto ovale, alcune poltroncine con i braccioli di legno e diverse vetrinette piene di statuine. Inventarono un gioco in cui uno dei due copiava la posa di una statuina e l'altro doveva indovinare qual era la statuina in questione. Era il gioco perfetto, perché non bisognava parlare né toccare niente. In silenzio e in equilibrio su un piede solo, Ruth teneva un braccio teso con eleganza davanti a sé e l'altro leggermente curvo sopra la testa per imitare una ballerina, quando la zia Linda irruppe nella stanza e pretese di sapere cosa ci facevano lì.

"Stiamo solo giocando," rispose Ruth.

"Fuori di qui," disse Linda bruscamente.

"Facciamo solo passare il tempo," aggiunse Benny. "Non abbiamo toccato niente."

"Sarà meglio per voi, giovanotto," disse lei.

La zia Linda era sudata e aveva l'aria esausta, e nonostante fosse scortese e nevrotica Ruth provò pena per lei, che doveva correre di qua e di là per cucinare e servire tutte quelle persone il giorno di Natale, quando chiunque avrebbe solo voluto sedersi nella sua poltrona preferita con i calzettoni di lana ai piedi e una tazza calda tra le mani.

"Ti serve una mano a cucinare o ad apparecchiare la tavola?" chiese Ruth. Dopo aver aiutato la zia Lola per tutta la settimana, si sentiva più sicura di sé in cucina. E poi non aveva nient'altro da fare.

"Oh, che tenera piccola massaia," disse la zia Linda. "Non hai preso dalla mamma, vero?" Provò a fare una voce da cospiratrice, ma Ruth non seppe come reagire. La zia le risparmiò la fatica. "Dai, andate giù con gli altri e state lontani dai guai finché non è pronta la cena. Penso a tutto io."

Poi chiuse a chiave il soggiorno e li sospinse verso la cucina. Ruth e Benny la seguirono fino alla porta del seminterrato. Nessuno dei due voleva tornare là sotto. Ruth afferrò la mano del fratello e lui non le restituì esattamente la stretta ma nemmeno la scrollò via, con suo sollievo. Anzi, dopo un istante la attirò un pochino di più a sé. Poi Benny aprì la porta ed entrarono, ma non andarono oltre. Si sedettero fianco a fianco sul primo gradino senza dire una parola e si chiusero la porta alle spalle per appoggiarsi con la schiena. Si ritrovarono al buio, e da lì sentivano le conversazioni in corso sia di sopra sia di sotto. Ruth posò la testa sulla spalla di Benny e si concesse di piangere. Solo per un minuto.

"Che situazione schifosa," disse lui.

"Mi manca la mamma," sussurrò lei.

Benny tacque per un lungo istante, ma alla fine rispose: "Anche a me".

"Mi manca Lola," continuò lei.

"Anche a me."

Ruth tirò su col naso. "Non è per niente giusto che si chiama come Lynda Carter."

"Eh già." Benny non era appassionato di Wonder Woman

quanto Ruth, ma era sempre attento alle ingiustizie. "È proprio una stronzata."

Quando fu servita la cena, non c'erano abbastanza posti a tavola. Qua e là vennero sistemati dei tavoli pieghevoli per permettere a tutti gli adulti di sedersi, ma i ragazzini presero i piatti di carta, li riempirono di cibo e li riportarono giù nel seminterrato. Ruth e Benny aspettarono che la scala fosse libera e poi tornarono a sedersi sul primo gradino con la cena. Il cibo era buono, ma non avevano fame. Benny mangiò lo stesso, perché niente al mondo avrebbe potuto impedirglielo. Dopo aver vuotato il proprio piatto, mangiò anche la parte di Ruth.

Poco prima, uscendo dalla cucina, avevano visto il papà seduto a tavola con il nonno e lo zio Jim. C'era anche un altro che non conoscevano, probabilmente un fratello della zia Linda. E adesso, al di là della porta, Ruth e Benny li sentivano chiacchierare mentre mangiavano.

"Scommetto che ti mancava, una cena di Natale decente!" disse il nonno.

"Linda è un'ottima cuoca," rispose il papà.

"Da quanto tempo era che non mangiavi così bene, eh, Pete?" aggiunse lo zio Jim.

Ruth premette l'orecchio sulla porta di compensato per sentire meglio, perché il papà parlava piano e Benny masticava con la bocca aperta.

"Be', Rafaela fa del suo meglio." O almeno a Ruth sembrò che avesse detto così, qualcosa del genere. "Cucinare non è il suo forte."

"Chissà qual è il suo forte, io non l'ho mai capito," commentò il nonno.

"Non essere ingiusto, papà," intervenne lo zio Jim. "È bravissima a fare la montata."

Gli altri risero.

"Abbiamo provato a metterti in guardia, Peter," proseguì

il nonno. "Un conto è divertirsi un po' da giovani, ma una così non te la dovevi sposare."

"Una così come, esattamente?" chiese il papà.

"Dai, hai capito," rispose il nonno. "Cos'è, vuoi proprio sentirtelo dire?"

Allora il papà riprese a parlare, ma dava la schiena alla porta del seminterrato e aveva abbassato così tanto la voce che Ruth non sentiva più niente.

"Ok, ok, facciamo tutti un bel respiro prima di dire qualcosa di stupido," disse lo zio Jim alzando la voce.

"Troppo tardi," replicò il papà alzando anche lui la voce, e Ruth lo immaginò mentre beveva un sorso di birra.

Ruth sentiva la guancia calda contro la porta di legno e provava un senso di nausea, pur non avendo quasi toccato cibo. Una sedia grattò il pavimento di linoleum con un rumore stridulo e a quel punto la voce del papà divenne chiarissima.

"Vi siete spiegati bene," disse. "E la pensate tutti così, mi sembra. Magari sono anni che ne parlate tra di voi alle nostre spalle? Aspettate che usciamo dalla stanza per farvi quattro risate?"

"Oh, Pete, non fare il permaloso," disse lo zio Jim. "Stiamo solo cercando di dire che siamo sempre stati dalla tua parte."

"Non ci sono parti," replicò il papà. "Non è una guerra. E lei è la madre dei miei figli, dei tuoi nipoti, papà. Non dovevi stenderle il tappeto rosso, ma non le hai mai dato nemmeno una possibilità, non l'hai mai fatta sentire a suo agio. L'hai ignorata fin dal primo giorno."

Silenzio. Persino il rumore di sottofondo in cucina si era interrotto.

"Siete sempre stati scortesi con lei, tutti quanti," proseguì il papà. "Anche tu, Linda."

Ci fu un altro rumore fragoroso, forse una pentola sbattuta sui fornelli o una manciata di posate scagliate nel lavello. Nessuno parlò. Lo zio Jim si schiarì la gola. Ruth e Benny si fissarono nella penombra, poi la porta del seminterrato si allontanò di colpo dalla guancia di Ruth e lei cadde in avanti, ed ecco che sopra di loro sulla soglia, nella luce improvvisa, c'era il papà.

"E voi che ci fate qui?" chiese.

Ruth si limitò a guardarlo. Benny si alzò, piegò a metà i piatti di carta con dentro le forchette di plastica e scosse la testa. Il padre sembrò capire tutto al volo. Attirò i figli a sé per stringerli in un abbraccio e li baciò sulla testa.

"Andiamo via."

Sul sedile posteriore della Datsun, mentre aspettavano che il papà li raggiungesse, Ruth si sfilò le calzamaglie per rimettersi i pantaloni del pigiama di flanella. Quando comparve sulla soglia, il papà teneva tra le mani un involto di carta stagnola e camminava in modo strano, come un marciatore. Arrivato alla macchina, si avvicinò alla portiera di Benny invece che alla sua e gli chiese di aprire con un cenno del mento, ma Benny finse di non capire. "Apri la portiera!" esclamò allora Ruth, nello stesso istante in cui anche il papà lo diceva al di là del vetro, così Benny non ebbe scelta: si allungò ad aprire e subito il papà gli depositò sulle gambe l'involto di stagnola.

"Cos'è?" domandò, ma il papà aveva già richiuso la portiera e, lanciata una rapida occhiata alla casa, corse dall'altra parte. Quando salì in macchina, stava ridendo sotto i baffi.

"Papà, hai bevuto?" gli chiese Ruth, perché la mamma glielo chiedeva sempre quando sembrava stranamente su di giri e doveva mettersi al volante.

"Ma no," proclamò il papà. "Mi sono fatto solo una birra."

"Allora cos'hai da ridere?" fece Benny.

Lui girò la chiave e indicò con il mento la sorpresa luccicante sulle gambe di Benny.

"Ho rubato la torta della zia Linda," disse.

"Che cosa?"

Il papà rispose con un sorriso a trentadue denti, inserì la retro e uscì dal lungo vialetto guardando negli specchietti.

"Era il minimo, dopo che ci hanno rovinato il Natale."

Ruth scoppiò a ridere.

"Che torta è?" si informò Benny.

"Mele caramellate," riferì il papà. "La sua torta più famosa."

"Evvai!" esclamò Benny.

"Ne aveva due," aggiunse il papà, come se dovesse convincerli. "E poi c'erano altri quattro o cinque dolci portati dagli ospiti. Non ne sentiranno la mancanza."

In segreto, però, a Ruth piacque pensare che ne avrebbero sentito la mancanza eccome, e che la zia Linda sarebbe rimasta impalata in cucina, in una posa di indignata confusione, con le braccia conserte, a lambiccarsi il cervello per cercare di ricordarsi dove aveva messo la torta smarrita.

"Eppure ero convinta di averne fatte due!" disse quella Linda di fantasia nella testa di Ruth.

A casa, anche il papà e Benny si misero in pigiama. Il papà accese la tv e le lucine dell'albero di Natale, poi liberò la torta dalla stagnola. Era ancora calda, e la mise in mezzo al tavolino insieme a tre forchette.

"Gelato?" chiese.

"Ovvio!" disse Benny.

Il papà tirò fuori dal freezer la vaschetta del gelato alla vaniglia e ne versò l'intero contenuto al centro della torta. Non si disturbarono nemmeno a prendere i piatti. Divorarono la torta fino all'ultima briciola, facendo sparire tutte le prove del crimine. Ruth leccò la forchetta e anche uno sbaffo di caramello che le era rimasto su una nocca, unica traccia residua dell'abbuffata.

23.

Palisades, New York, 1999
New Jersey, 1991

Quando i bambini erano molto piccoli e Thomas era ancora vivo, ogni tanto Ruth cercava Arthur Rodríguez su Google. Non perché si fosse pentita di non averlo sposato, e nemmeno perché coltivasse innocue fantasie su di lui, ma perché era una giovane madre esausta che ricordava di aver amato in passato qualcuno che non era suo marito, e poi perché esisteva internet. Per la prima volta nella storia dell'umanità, una madre con i pantaloni della tuta sporchi e le ascelle appiccicose che non si faceva la doccia da giorni poteva lanciarsi in un'avventura come quelle dei libri a bivi, il tutto mentre allattava il figlio nel cuore della notte. Alle tre del mattino Ruth poteva mettersi sulla sedia a dondolo accanto alla culla, attaccarsi un neonato al seno, aprire Facebook e sfogliare il libro all'indietro, solo di un paio di capitoli, fino al punto in cui aveva compiuto una scelta. E immaginare, solo per pochi istanti, come sarebbe stata la sua vita se avesse scelto l'altra opzione.

Arthur non era bello quanto ricordava, il che aveva senso, visto che nel frattempo erano invecchiati entrambi, ma quello che la turbò davvero fu cliccare tra le sue foto più vecchie e rendersi conto che forse nemmeno negli anni in cui si frequentavano le sue fossette erano profonde quanto ricordava. Forse i suoi occhi color cioccolato erano normalissimi occhi marroni che lei aveva idealizzato perché era giovane e ingenua e facile a infatuarsi. Arthur Rodríguez era un uomo di aspetto discreto, ma sua moglie era molto carina e nelle foto lui le riservava sguardi adoranti, cosa che lo faceva sembrare più attraente. Ma poi Ruth scoprì che aveva una collezione di modellini di auto di cui andava assurdamente fiero, e questo la riportò al punto di partenza. A bocca aperta, studiò le piccole Porsche e Mustang e Corvette cercando di superare lo sconcerto. L'aveva scampata bella non sposandolo? Ma no, quell'hobby era una cosa tenera, decise.

Anche Arthur e la moglie avevano appena avuto un figlio, perciò forse in quel momento la moglie era da qualche parte su una sedia a dondolo, ad allattare il bambino e a navigare oziosamente su Facebook, perplessa alla vista dei suoi ex fidanzati. Ruth sapeva che con Arthur non avrebbe di certo avuto una vita migliore, non solo perché probabilmente lui era un uomo meno fantastico di quel che si era sempre immaginata, e non solo perché un marito diverso non le avrebbe evitato di avere i pantaloni della tuta sporchi e le ascelle appiccicose e un neonato da sfamare alle tre del mattino. Il motivo principale era che con nessuno avrebbe potuto avere una vita migliore di quella che aveva con Thomas. E questo perché – anche se lui fingeva di non saper preparare la borsa per il cambio del bambino, così toccava sempre a lei; anche se ogni santo giorno a colazione lasciava una montagna di briciole intorno al tostapane; anche se era stato la scelta più logica e sicura – alla fine Thomas era la scelta che Ruth aveva fatto con il cuore e che continuava a fare. Lo amava. Amava quella vita, persino quando si addormentava sulla sedia a dondolo e al risveglio si ritrovava con il capezzolo raggrinzito dall'aria fredda e il bambino che, sazio di latte, dormiva sodo con la bocca aperta.

* * *

Ai tempi dell'università, dopo che si furono finalmente – finalmente! – presentati quel pomeriggio d'autunno al Pro Photo di Wodsley, Ruth non cominciò subito a uscire con Arthur Rodríguez. All'inizio erano solo amici, e sulle prime l'euforia di quel legame fu già di per sé quasi ingestibile per lei. Poi divennero migliori amici, il tipo di amicizia che può nascere solo all'università. Cominciarono a vedersi tutti i giorni, facevano shopping insieme, mangiavano insieme.

Una volta consolidata l'amicizia, Ruth riuscì a non farsi più distrarre di continuo dalla bellezza di lui, così presero a studiare insieme, o meglio, fianco a fianco. Arthur era un tipo studioso, e Ruth si lasciò contagiare. Tra un capitolo e l'altro, tra una tesina e l'altra, lui le raccontava delle ragazze che gli piacevano, anche se nessuna gli piaceva mai abbastanza da trasformare il plurale in singolare, e Ruth gli raccontava di Thomas, di quanto fosse simpatico e interessante, delle risate che si facevano quando si vedevano, di quanto fosse piacevole stare così bene insieme senza buttarsi subito in una relazione ufficiale.

Thomas aveva tre anni più di loro, cosa che a quell'età sembrava una differenza abissale. Era indipendente, mai geloso, completamente padrone di sé. Stava facendo la specializzazione e non aveva tempo per le stupidaggini. Aveva la macchina e un tirocinio pagato e sembrava un uomo di mondo, anche se a volte, nonostante l'influenza di Ruth, si presentava ancora con la T-shirt infilata nei jeans.

"E quindi adesso voi due state insieme o cosa?" chiese Arthur.

Erano seduti alle due estremità opposte della sala studio nel dormitorio di Arthur, perché da Ruth la sala studio era sempre piena di ragazze che facevano la verticale, le flessioni e i salti mentre si interrogavano a vicenda sulle pagine appena studiate. Da Arthur invece non c'era mai nessuno, così loro due potevano allargarsi. Occupavano un intero tavolo ciascuno, con la relativa panca, su cui Ruth si sdraiava quando aveva bisogno di fare una pausa. Poteva sbadigliare fortissimo senza disturbare nessuno tranne lui.

"Non lo so," rispose Ruth. "Mi sembra che Thomas voglia fare sul serio con me." Puntò i gomiti sul tavolo e concentrò lo sguardo sulla graffetta che stava martoriando. "In realtà però non ne abbiamo parlato. E io non lo so se sono pronta."

"E secondo te lui è pronto?"

Ruth si strinse nelle spalle. "Be', è più grande. Ormai per lui il tempo delle feste sfrenate è finito."

Arthur le lanciò un'occhiata scettica. "Parliamoci chiaro, Ruth, siamo davvero convinti che le abbia mai fatte, delle feste sfrenate?"

Lei fece una risata. "Mi sa di no."

"Appunto."

"Ma oggi la gente lo chiede ancora, prima di mettersi insieme?" rifletté Ruth. "Bisogna fare un discorsone? O è una cosa che si dà per scontata e basta?"

Arthur si strinse nelle spalle. "Non saprei."

"Le ragazze che escono con te... nessuna ti ha mai chiesto di mettervi insieme?"

"Ci mancherebbe altro!" rispose lui. "Comunque io non le incoraggio di sicuro."

Ruth rise di nuovo. "Magari una potrebbe farti un attacco a sorpresa e chiedertelo quando meno te l'aspetti."

"Nah, non sono così irresistibile," disse Arthur. "Me la caverò."

Quando Ruth rise ancora, più forte di quel che avrebbe voluto, lui le sorrise mostrando i denti e le fossette.

"E poi è facilissimo zittire una ragazza appena comincia a parlare di cose che non vuoi sentire," aggiunse Arthur premendo il pulsante della penna a scatto.

"Ah sì?" Ruth si tirò su a sedere, visto che si era stesa sulla panca.

"Sì." *Clic clic.* "Basta chiuderle la bocca con la tua."

Ruth si immobilizzò, perché se fosse riuscita a controllare il respiro, forse non sarebbe arrossita, e se non fosse arrossita, forse lui non avrebbe capito quali bocche si era immaginata sentendogli pronunciare quelle parole: *basta chiuderle la bocca con la tua*. Il cuore le batteva in gola.

"Però! Sei bello incasinato, caro mio," riuscì a dire con una risata gracchiante.

"È vero," sospirò Arthur. "Mi fa piacere che almeno una di noi due abbia capito cosa vuole sul fronte sentimentale. Anche se non state insieme."

Ruth sorrise, sentendosi mille volte più al sicuro nel pensare a Thomas, che era così buffo, gentile, innamorato, e la fissava con uno sguardo così intenso che a volte le faceva venire le lacrime agli occhi, e sembrava sempre consapevole del suo dolore, anche quando Ruth non nominava direttamente la zia Lola. Thomas, convinto che andare a messa tutte le settimane non fosse per niente incompatibile con un catalogo ben assortito di parolacce. *Te l'assicuro, è che gli irlandesi sono fatti così*, diceva, e Ruth pensava a quanto dovesse essere liberatorio poter attribuire con tanta certezza le proprie stravaganze a un'origine unica e semplice.

"Pensi mai di tornare a vivere là?" gli aveva chiesto la quarta volta che erano usciti insieme, e lui si era fatto insolitamente serio mentre calmava il respiro per spiegarle che no, non sarebbe mai tornato in Irlanda. Quella sera le aveva raccontato che sua madre era morta quando lui aveva dodici anni e nello stesso periodo suo padre aveva praticamente smesso di fare il genitore. Così erano già dieci anni o più che Thomas aveva in mente la vita che stava facendo adesso: un posto lontano, una solida istruzione, una bella ragazza, un futuro meno cupo del passato.

Quando lui le aveva rivelato tutto questo, Ruth aveva represso a fatica l'impulso di piangere. Il legame tra loro era diventato subito più intimo e profondo, una nuova lente attraverso la quale ora Ruth lo vedeva come la persona forse più affascinante che avesse mai conosciuto. Lo ammirava per come si portava addosso la tristezza, senza seppellirla ma anche senza cedervi troppo. Thomas viveva bene nonostante il dolore e per lui puntare alla felicità era una pratica quotidiana. Nelle giornate in cui l'assenza di Lola la tormentava, in cui attraversava le ore con la fragilità scricchiolante di una statuina di vetro, Ruth si sforzava di assomigliare a Thomas, di comportarsi come lui, di essere felice entro i limiti della propria sofferenza. In quelle giornate, lui la faceva ridere, le preparava la pizza fatta in casa con il salamino piccante, le donava la sua presenza silenziosa come barriera contro la malinconia. Ruth si era innamorata di lui un centimetro alla volta, un'ora alla volta e, certi giorni, correndo anni luce alla volta. L'unico momento in cui non pensava a lui era quando pensava ad Arthur.

"Mah, mi sa che alla fin fine io e Thomas stiamo insieme per davvero," disse stringendosi nelle spalle, soppesando l'idea. Adesso stava giocherellando con gli evidenziatori, li metteva in piedi come un esercito variopinto, li disponeva nell'ordine dei colori dell'arcobaleno. "Ti va di conoscerlo?" chiese ad Arthur.

"No." La velocità della risposta la sorprese. "No, grazie, non c'è bisogno di arrivare a tanto."

Ruth provò a buttare giù gli evidenziatori come tessere del domino, ma caddero solo i primi due. "Perché no?"

"Secondo te mi va di conoscere il tipo che se la fa con la mia ragazza?" disse lui.

La mia ragazza. Di nuovo, Ruth provò il trucco di immobilizzarsi. E di nuovo, ebbe la certezza che non aveva funzionato. Per una volta, però, non disse niente di stupido o di cui avrebbe potuto pentirsi. Non finse di concentrarsi su qualcos'altro per deviare il discorso. E in realtà, sotto la tensione, riconobbe un sentimento nuovo: irritazione nei confronti di Arthur, perché non voleva mettere in pericolo la vertiginosa possibilità di Thomas per un capriccio di quel ragazzo con le fossette. Non era minimamente interessata a diventare una delle tante ragazze che avevano perso la testa per lui. Ruth doveva capire cosa stava succedendo, disinnescare tutto, qualunque cosa fosse. Guardò l'amico con un'espressione calma e Arthur incrociò il suo sguardo attraverso la sala silenziosa. Tra loro c'era un tavolo vuoto, e Ruth si rifiutò di immaginarsi sdraiata di schiena su quel tavolo. Ormai sapeva com'era la pelle di Arthur al tatto, perché l'aveva toccato nei vari modi in cui si toccano due migliori amici. L'aveva preso per il gomito, gli aveva messo un braccio intorno alle spalle, l'aveva abbracciato. Una volta lui se l'era caricata sulle spalle quando le scarpe nuove le avevano fatto venire una vescica sul tallone. Un'altra volta, lei gli aveva accarezzato la morbida peluria sulla nuca dopo che si era tagliato i capelli. Velluto.

Perciò Ruth sapeva già com'era il corpo di Arthur in quel senso, e non c'era nessun bisogno di immaginarsi anche le sue scapole sotto le mani. Non c'era nessun valido motivo per farlo. Ma lui la definì *la mia ragazza* e poi la guardò dritto in faccia con quegli occhi color cioccolato, e l'aria nella sala fu pervasa da quella sensazione. Non se la stava immaginando. Sapeva che la provava anche lui.

Ruth rimase perfettamente immobile finché non passò.

Anche se Arthur si era offerto di aiutarla a esercitarsi con lo spagnolo, quel piano non si concretizzò mai, perché Ruth si vergognava troppo dello stato pietoso della sua prima lingua. All'inizio lui aveva provato a parlarle in spagnolo, ma lei rispondeva sempre in inglese, e a volte lui doveva addirittura ripetere più lentamente perché lei non capiva, e così prima di rendersene conto si erano abituati all'inglese e non ci fu più modo di tornare indietro. Arthur la invitava spesso e con entusiasmo agli eventi della Boricua House, ma Ruth rifiutava sempre, per due motivi. Il primo: non ne aveva bisogno. Tutto il desiderio che aveva avuto in passato di conoscere persone che capissero quella parte di lei era stato soddisfatto da Arthur. Il secondo: era terrorizzata. Loro due si conoscevano da appena sette settimane e lui era già il migliore amico che avesse mai avuto al di fuori della sua famiglia. Meglio di Jennifer e Kathy messe insieme. Meglio di Jenny, persino. Ruth era terrorizzata all'idea che, osservandola in quell'ambiente, Arthur individuasse qualcosa di falso – qualunque cosa fosse ciò che avevano visto quelle ragazze la prima volta che Ruth aveva messo piede nella Boricua House in cerca di amicizia – e cambiasse idea su di lei.

Quando era da sola con Arthur, quei pensieri non la sfioravano nemmeno. Nel raccontarsi storie di famiglia o episodi legati all'infanzia, la comprensione tra loro era istantanea, anche nel caso di sensazioni che nessuno aveva mai capito a parte Benny. Per tutta la vita Ruth aveva cercato i mezzi per spiegare le proprie esperienze, e adesso non ne aveva bisogno. Con Arthur poteva essere sicura che lui avrebbe capito. Non le importava che la loro amicizia assomigliasse a un'isola deserta. Era abituata a un certo grado di isolamento.

Adesso erano amici da otto settimane e quella dopo ci sarebbero state le vacanze per il giorno del Ringraziamento. Per l'occasione la mamma sarebbe venuta a trovarla al campus e l'avrebbe portata fuori a cena, in un ristorante spagnolo dei dintorni, e poi, davanti al flan di zucca, avrebbe annunciato che in seguito alla morte di Lola aveva finalmente preso la decisione che rimandava da anni: mettere in vendita la casa di Saint Louis. Tuttavia, adesso che Lola non c'era più, la mamma non sopportava l'idea di tornare a Portorico da sola, nonostante Benny si fosse già trasferito sull'isola. Perciò stava cercando casa lì nel New Jersey, nella vicina Montclair. Quella possibilità riempì Ruth di entusiasmo, anche se era restia ad ammetterlo: in quel momento si rese conto che, per quanto patetico, sua madre era decisamente la migliore amica che avesse al mondo insieme ad Arthur.

Fatto sta che, durante quell'ottava settimana, Arthur la invitò al ballo annuale della Boricua House. Forse *invitò* non era la parola giusta.

"Tu vieni con me," disse. "Punto."

"Non ho niente da mettermi," provò a opporsi lei.

"Mica devi vestirti elegante, non è una festa di quel tipo. Puoi metterti i jeans, gli anfibi, quello che vuoi. Hanno il dj e un sacco di roba buona da mangiare, e poi è troppo divertente. Sarà fantastico."

Lo disse una domenica pomeriggio mentre attraversavano il cortile del campus. Il ballo sarebbe stato di lì a due giorni, la sera prima che iniziassero le vacanze. Sopra di loro c'era il cielo color ardesia, color autunno. A Ruth venne da piangere.

"Non so ballare la salsa," disse. In realtà la sapeva ballare, ma solo con sua madre, solo a piedi nudi sul balcone della zia Lola a Luquillo. Un ricordo che la portò ancora più vicina alle lacrime.

"Ti insegno io," disse Arthur.

Ruth si fermò di colpo e si sedette su una panchina. Aveva solo una giacca leggera e lo zaino, perché stavano andando a restituire dei libri in biblioteca. Lui le si sedette accanto ed entrambi si piegarono in avanti appoggiando i gomiti sulle ginocchia.

"Lo vedo, che sei agitata." La voce di Arthur era dolce, suadente. "Aiutami a capire."

Lei fu scossa da un brivido, anche se non faceva freddo. Le sembrava di essere una bambina recalcitrante, eppure non riusciva proprio a pronunciare le parole che cominciavano a formarsi nella sua mente. Erano nebulose, come se fossero sparpagliate in un mucchio di semi e lei potesse decidere di soffiarci sopra e farle volare via. *Non ho mai avuto un amico portoricano prima d'ora. Non sono capace di socializzare. Non so chi sono al di fuori della mia famiglia.* Rendersi conto di tutte queste cose era inquietante. Si vergognava.

"Cos'è che ti preoccupa? Il rifiuto degli altri?"

In parte era quello.

"Hai paura di non riuscire a inserirti?" la incalzò lui.

Era sia un conforto sia un fastidio, la frequenza con cui Arthur conosceva i suoi pensieri prima che li esprimesse, i suoi sentimenti prima che li provasse.

"Non lo so." Ruth si strinse nelle spalle. "Forse."

"Provaci, almeno." Le diede un colpetto al ginocchio con il suo.

"Ti ho mai raccontato della prima volta che sono stata là? Anzi, dell'unica volta?"

"Sì," rispose Arthur. "Un vero schifo, mi dispiace che sia andata così. Ma non puoi lasciare che una sola brutta esperienza ti rovini la possibilità di far parte di una cosa stupenda, una cosa che non hai mai avuto prima."

Lei tirò in dentro le labbra strofinandole l'una contro l'altra. Raddrizzò la schiena e fece un sospirone mentre una coppia felice passava davanti a loro mano nella mano.

"Non lo so. Sarà che nessuno vuole essere rifiutato due volte, ti pare?"

"Va bene, ma era solo una ragazza," replicò lui.

"Due. Le uniche due ragazze presenti."

"Ok, due ragazze. Comunque non tutti."

"Per forza, quel giorno non c'era nessun altro! E mi hanno chiamata *blanquita*."

Una volta Papamío la chiamava così in segno d'affetto, ma adesso era un insulto. Quella parola descriveva una caratteristica di Ruth che era vera e non vera al tempo stesso, e che in ogni caso lei non poteva controllare: la sua bianchezza. Ruth non era cambiata, ma era cambiato il peso di quella parola, era cambiato il mondo, e lei ne sentiva l'estremità appuntita conficcata nella pelle. Una pelle che si poteva definire bianca o non bianca a seconda della persona a cui lo si chiedeva. Nessuno lo chiedeva mai direttamente a Ruth.

"È stato orribile," disse Arthur. "Per questo non devi dargliela vinta. Fagli vedere chi sei."

"Se almeno lo sapessi, chi sono." Voleva essere una battuta.

"Devi venire," ribadì lui. "Vedrai che bello. Ti pentirai di non esserci venuta prima. Anzi, ti arrabbierai da morire perché ti sei fatta rubare due anni di vita da una ragazza perfida."

"Due ragazze perfide," precisò di nuovo Ruth, ma quando lo guardò capì che aveva vinto lui. Arthur le diede una spallata per gioco e poi la avvolse tutta con il braccio. "Ci divertiremo un sacco!"

"Forse hai ragione," disse lei.

"Certo che ho ragione," concluse lui con un grande sorriso.

Chissà, magari sarebbe andata bene.

Ruth non avrebbe mai saputo dire con certezza se si trattasse della stessa ragazza che (non) le aveva dato il benvenuto quel giorno al bancone della (non) accoglienza, perché erano passati più di due anni, e in ogni caso aveva fatto del suo meglio per cancellarsi dalla mente i dettagli di quel ricordo. Era possibile che la ragazza al ballo le avesse solo suscitato una sensazione molto simile, tanto da indurre Ruth a fonderle in un'unica brutta persona. In ogni caso, quando Arthur le tenne aperta la porta e lei entrò nella sala che la Boricua House aveva riservato all'interno del centro studentesco, quella ragazza era lì, a meno di tre passi da lei, e la squadrava dalla testa ai piedi con uno sguardo da giorno del giudizio. Ovviamente Ruth si paralizzò, sicura che presentarsi alla festa fosse stato un errore. Ma Arthur, entrato dopo di lei, le appoggiò una mano sulla parte bassa della schiena.

"Dammi un secondo," le sussurrò.

Poi la superò e si mise tra lei e la ragazza. Il suo adorato

Arthur abbracciò quella persona odiosa, che da sopra la spalla di lui continuava a fissarla con espressione torva. Non appena lui le sussurrò qualcosa all'orecchio, però, tutti i lineamenti della ragazza si addolcirono. A quel punto Arthur la prese per mano e la trascinò da Ruth.

"Ruth, ti presento Danielle," disse. "Danielle, questa è Ruth, la mia migliore amica."

Suo malgrado, Ruth provò un moto d'orgoglio nel sentire quelle parole: *migliore amica*. Porse la mano a Danielle, che però la lasciò di stucco scansando la mano per abbracciarla. "Finalmente ci conosciamo!" squittì. "Sono così contenta che sei venuta, vedrai come ci divertiamo stasera!"

Ruth aprì la bocca, ma non ne uscì niente. Arthur le diede di gomito e solo allora la voce riuscì a emergere.

"Sì," disse a fatica. "È un piacere anche per me."

"Avete richieste per il dj?" domandò Danielle alzando le sopracciglia e facendo un grande sorriso.

"Per adesso no," rispose Arthur.

"E tu, Ruth?" insistette lei, afferrandole le mani e stringendole tra le sue. Ruth non sapeva come sciogliersi dalla dubbia presa di quell'affetto improvviso, ma era sicura che la domanda servisse solo per metterla alla prova. Così lasciò trascorrere un lungo istante mentre passava in rassegna mentalmente l'intera collezione di dischi di sua madre.

"Qualcosa di Willie Colón."

"Oh, sì!" esclamò Danielle. Ma poi aggiunse "*¡Wepa!*" e Ruth, anche se non sapeva perché, ebbe la certezza che la stava prendendo in giro.

Danielle stava già attraversando la pista, diretta alla postazione del dj, e Ruth si chinò verso Arthur per parlargli all'orecchio. "Cosa le hai detto?"

Lui raddrizzò la schiena e la guardò in faccia. "Cioè?" chiese con un'espressione innocente.

"Quando siamo entrati," spiegò Ruth. "Mi ha guardato

malissimo, poi tu le parli e tutto d'un tratto diventa la mia migliore amica."

Fece le virgolette in aria mentre diceva *migliore amica*, e Arthur rise.

"Le ho solo detto che sei una tipa a posto."

Lei lo guardò attentamente. "E basta?"

"E che sei portoricana."

"Ah," disse Ruth, ma le dava fastidio che Arthur dovesse garantire per lei, che dovesse presentare le sue credenziali. E le dava fastidio che Danielle, prima di sapere che era portoricana, fosse stata così decisa a farla sentire come un'ospite sgradita. E aveva funzionato. Ruth aveva provato esattamente quella sensazione, come un brivido lungo la nuca.

"Senti, queste sono tutte bravissime ragazze," riprese Arthur. "Le conosco dal primo anno. Però, ecco, sono protettive."

La palla da discoteca proiettava raggi colorati sulla pista, e Ruth seguiva le luci con gli occhi.

"Cosa significa *protettive*? Loro proteggono te?"

"No, cioè... Forse sì. Più che altro si proteggono tra loro. Proteggono la comunità."

La comunità a cui io non appartengo, pensò Ruth.

"Quando le conoscerai meglio capirai."

"Ma come si fa a *conoscerle meglio*," (di nuovo le virgolette in aria) "se accolgono così le persone?"

Mentre parlavano avevano cominciato a costeggiare la pista, e adesso erano arrivati al tavolo delle bevande. Arthur prese due bicchieri di plastica, uno per sé e uno per Ruth, pieni di un liquido di colore rosa acceso con un aroma di frutta artificiale.

"Devi capire la loro situazione. Quasi tutte sono cresciute qui, nel New Jersey o a New York, ok? E sono molto legate, fanno parte di una comunità compatta. Molte di loro però a Portorico non ci sono mai state. Sono portoricane al cento per cento, hanno i genitori portoricani, tutti e quattro i nonni, l'intera famiglia." Arthur bevve un sorso dalla sottile cannuccia rossa. "Quelli del New Jersey le considerano portoricane. Poi però l'estate scorsa Danielle è scesa per la prima volta, è stata a Ponce dalla cugina di sua madre, che ha una famiglia enorme, e si aspettava che tutti la accogliessero a braccia aperte, come se fosse un ritorno a casa, un'esperienza cruciale per la sua vita, roba così."

"E invece?"

"E invece è arrivata e l'hanno trattata di merda. L'hanno presa in giro per l'accento. Le hanno detto che i *nuyoricani* sono una razza diversa."

"Oh." Ruth guardò dall'altra parte della pista, dove Danielle si allungava in punta di piedi per gridare qualcosa al dj, e sentì il cuore intenerirsi. Ma non troppo.

Quindi siamo uguali, pensò. Chi l'avrebbe mai detto. Tra loro avrebbe dovuto esserci affinità, e invece. Ruth si rese conto che quelle nuove informazioni, e l'empatia che avevano suscitato in lei, alla fine non facevano che aumentare la sua irritazione.

"E allora dovrebbe capire come ci si sente!" esclamò.

"Hai ragione, dovrebbe," concedette Arthur.

"E dovrebbe essere più gentile."

"Assolutamente."

Ruth puntò gli occhi nei suoi, ma non gli chiese per quale motivo avesse deciso di fare amicizia con una tale stronza (era il 1991 e all'epoca Ruth usava ancora la parola *stronza* per descrivere le ragazze che erano cattive con lei). Non glielo chiese perché sapeva che c'era il rischio di fraintendimenti, e in fin dei conti lei non stava con Arthur. Anzi, in effetti forse stava con Thomas. In quel momento Ruth fu travolta dalla nostalgia per Thomas. Per il modo semplice e sicuro in cui lui la adorava. Per la loro storia senza complicazioni. Tra loro non c'era niente di confuso, niente che facesse risuonare una nota di paura o di perdita. Con Thomas, era felice e basta. Era se stessa.

"Mi sa che ha una cotta per me," confessò Arthur allora, cercando di sovrastare il volume sempre più alto dell'orchestra El Gran Combo.

"Be', mi sembra evidente," disse lei sorseggiando la propria bevanda.

Forse non c'era nessun altro motivo dietro quell'ostilità, pensò Ruth. Non sarebbe stato confortante scoprire che l'unica ragione era la più banale? Ruth era arrivata alla festa con il ragazzo più carino del campus. Ovvio che le avrebbero puntato addosso armi di ogni tipo.

"Perciò, se vuoi che diventi amica di queste ragazze," proseguì, "forse devi solo spiegare a tutte che non voglio fargli concorrenza." Era impossibile non notare le varie ragazze che guardavano Arthur di soppiatto da diversi angoli della sala.

"Sì. Ben detto," disse lui vuotando il bicchiere.

Peccato che, usciti dalla festa, dopo che Arthur ebbe ballato con lei tutta la sera (e ovviamente era un bravissimo ballerino, così Ruth si era ricordata che la salsa la sapeva ballare, piuttosto bene in effetti, come pure il merengue, la samba e la bachata), tornarono al dormitorio di Ruth e in ascensore Arthur schiacciò il pulsante per l'arresto di emergenza. Poi la fece indietreggiare verso la parete e, quando premette il corpo contro quello di lei, e il suo profumo la fece accendere come una torcia, e la sua lingua sprigionò lo stesso sapore di una ciliegia al maraschino, fu tutto esattamente come Ruth se l'era sempre immaginato.

Ruth non andava fiera di quello che era successo, ma si disse che con Thomas non avevano mai parlato di una relazione esclusiva, anche se sapeva con relativa certezza che lui non frequentava nessun'altra e che probabilmente riteneva la cosa reciproca. Nel frattempo la relazione con Arthur diventava sempre più intensa e lui le suggerì di rompere con l'altro, ma Ruth non volle smettere di vedere Thomas. Arthur non protestò. Non avanzò pretese. Eppure un angolino della mente di Ruth le sussurrava che forse amava Arthur per tutti i piccoli vuoti dentro di lei che riusciva a riempire, per tutte le risposte a lungo desiderate che le offriva, e perché era incredibilmente sexy. E forse quelli non erano motivi sufficienti per innamorarsi davvero di una persona.

Ciò nonostante, per Arthur provava sentimenti esplosivi, dunque si sorprese di essere così attaccata a Thomas. L'idea di rompere con lui le faceva venire la nausea, accompagnata da un accenno di panico; ogni suo istinto le diceva di aggrapparsi a lui. Mentre si innamorava di Arthur un pochino alla volta, si rese conto con orrore di essere anche già innamorata di Thomas. E più di un pochino. Non dipendeva dal fatto di aver vissuto un'infanzia simile, né dalla semplice lussuria. Thomas poteva farla ridere istericamente senza pronunciare una sola parola. Ogni volta che era con lui, Ruth si sentiva più intelligente e più al sicuro e meno preoccupata. Quando fosse stata pronta, sapeva di potergli rivelare tutti gli aspetti meno gradevoli di se stessa, perché lui l'avrebbe soltanto amata di più per quei difetti. Thomas non le aveva ancora detto *ti amo*, ma Ruth sapeva già che lui l'amava, e per di più sapeva che quel sentimento era così profondo e autentico da poter superare la dura prova della futura vulnerabilità di lei. Ma non era pronta.

L'ultimo venerdì sera di gennaio, Ruth – che di sicuro in passato aveva usato la parola *puttana* per descrivere altre ragazze che si trovavano nella stessa situazione – finse un mal di testa e optò per rimanere da sola al dormitorio anziché uscire con uno dei due. Comprò una scheda telefonica al centro studentesco e, dalla propria stanza, chiamò suo fratello a San Juan. Benny era tornato in patria tre anni e mezzo prima e, se all'inizio Ruth aveva qualche dubbio al riguardo, le sue ultime riserve erano svanite durante la settimana del funerale di Lola. Benny sapeva dov'era casa sua e aveva fatto in modo di tornarci. Tutto in lui si era disteso e accomodato una volta ripreso il proprio posto a San Juan, così l'invidia di Ruth era stata scalzata dall'ammirazione.

"Come stanno Mamamía e Papamío?" chiese.

Durante una chiamata a lunga distanza, il silenzio sulla linea non era mai davvero silenzioso. Crepitava e ronzava.

"Ah," sospirò Benny. "Lo sai. *Bien y bien mal.*" Bene e malissimo. "Mamamía si stampa un sorriso in faccia e cucina per tutti. Ma ha smesso di canticchiare mentre stira le camicie di Papamío."

Ruth avrebbe voluto prendere un po' della loro sofferenza e aggiungerla alla propria, distribuire il carico collettivo del dolore perché pesasse in modo uniforme sulle spalle di tutti loro. Sentì le lacrime raccogliersi in gola, ma le sembrò una cosa egoista, così le buttò giù con un sorso di tè.

"Esci ancora con quella ragazza, Pamela?" gli chiese cambiando discorso.

"Sì," rispose lui. "Ruthie, è davvero fantastica."

Lei sorrise.

"E tu?" chiese Benny.

Ruth bevve un altro sorso di tè e si fece coraggio. Si aspettava quella domanda, era stata lei a condurre la conversazione fin lì proprio per poter confessare, ma adesso che era arrivato il momento si vergognava. Anche questa però le sembrò una cosa egoista, così fece un respiro profondo e gli raccontò tutto. Non gli risparmiò nemmeno un dettaglio deplorevole, ma Benny non si scompose.

"Sembra una situazione molto difficile, Ruth," commentò senza giudicarla.

La sua compassione la fece sentire ancora più in colpa. "Devo venirne a capo," disse. "Mi sento uno schifo." Sapere che il suo confessore era così lontano le dava un po' di sicurezza.

"Sei giovane," disse Benny in tono gentile. "Non essere così dura con te stessa, non sei mica sposata. Avere il cuore spezzato fa parte della crescita, vedila così. Magari stai solo accompagnando quei due attraverso un rito di passaggio."

Ruth sbuffò. "Sono sicura che mi saranno immensamente grati."

"Be', dovrebbero."

"Magari dovresti venire a trovarmi," disse lei. "E scegliere tu per me."

"Uau, che invito irresistibile. No, grazie," rispose Benny ridendo.

Le battute non bastarono ad arginare la marea della tristezza di Ruth. Si mise a piangere. Sapeva che era ridicolo, ma voleva far capire al fratello quanto fosse angosciante quella situazione.

"Ma come faccio a essere innamorata di due persone contemporaneamente?" chiese.

"Infatti è impossibile," rispose Benny.

Eppure lei sapeva, con certezza assoluta e per la prima volta in vita sua, che suo fratello si sbagliava.

"Ce ne sarà uno a cui tieni di più," osservò lui. "Senza quale dei due non riusciresti a vivere?"

Senza entrambi.

"Non lo so," rispose Ruth con una punta di infelicità nella voce.

"Allora forse non sei davvero innamorata di nessuno dei due."

Si sbagliava, si sbagliava di grosso.

A quel punto Benny tacque per un lungo istante e Ruth si accorse che le sue lacrime scorrevano così copiose da aver inzuppato il cuscino sotto di lei. Ormai il finto mal di testa era diventato realtà, tutto quel piangere le si era concentrato in mezzo alla fronte.

"Non so cosa fare," sussurrò.

"Sai cosa penso?" disse Benny.

"Mmh."

"Penso che sia così difficile perché ti sembra di dover scegliere tra le due metà di te stessa."

A letto sotto le coperte, Ruth fece una smorfia. Voleva respingere di netto quella teoria, ma non ci riuscì.

"Pensi di sposarti con uno dei due?"

Lei non rispose. Non meritava di sposarsi con nessuno dei due. E poi aveva vent'anni, era innamorata del mondo intero. Il matrimonio sembrava una prospettiva completamente folle.

"Allora, diciamo che un giorno ti sposi con uno dei due," proseguì Benny. "Quando avrai dei figli, saranno o latinoamericani o irlandesi. Perciò questa potrebbe sembrarti l'ultima occasione per essere l'una o l'altra cosa."

Lei aprì la bocca per dire che non era così semplice. C'erano vari modi in cui avrebbe potuto controbattere. Ma ci rinunciò e richiuse la bocca senza dire niente.

"Pensaci. Muore Lola e subito dopo vai a impelagarti in questo casino. Coincidenze?"

Ruth si tirò su a sedere e prese un fazzoletto dalla scatola sul comodino. Si soffiò il naso.

"Forse hai la sensazione di aver perso quel legame enorme, quella parte fondamentale di te stessa," aggiunse Benny. "Così adesso la posta in gioco è ancora più alta e devi fare una scelta."

Le costole le tremavano sotto la pelle.

"Se ti sentissi così, Ruth, sarebbe del tutto comprensibile. Ma non è la realtà. È un inganno causato dal lutto."

Ruth si lasciò cadere di nuovo sul cuscino e lanciò in terra il fazzoletto usato. "Secondo me non è solo questo. Però forse è una parte della spiegazione. Non ci avevo mai pensato in questi termini."

"Be', è difficile psicoanalizzarsi mentre si sta vivendo una cosa," disse Benny. "E poi chi ce l'ha il tempo di riflettere, quando ci sono dieci fidanzati da gestire?"

"Oh mio Dio, Benny, piantala!"

Lui fece una risata. "Sono tutti e due fortunati, è questo il punto."

Ruth sorrise. "Mi piacerebbe farteli conoscere. Sono così diversi."

"Ok, ma allora ce n'è uno che ti rende più felice?"

Forse... Ruth scosse la testa.

"Con chi è più facile essere te stessa?"

Thomas.

Le venne di getto. Ma non lo disse ad alta voce perché, nel momento stesso in cui la risposta si palesò, semplice e immediata, Ruth sapeva già che conteneva una buona dose di ipocrisia. A Thomas non aveva detto tutto, mentre Arthur sapeva. Per non parlare del fatto che, sebbene la relazione con Arthur fosse più incostante, le piaceva il modo in cui lui la spronava a superare i suoi limiti. D'accordo, quando erano insieme non si sentiva esattamente se stessa, e allora? Le piaceva comunque la persona che *voleva* essere con lui. E in quello sforzo c'era un brivido di eccitazione che non era del tutto pronta ad abbandonare.

"Devi essere onesta con tutte le persone coinvolte," disse Benny. "A partire da te stessa."

Argh. Nonostante la benevolenza del fratello, Ruth si detestò un pochino. Ecco l'onestà da cui partire.

"Benny, ti voglio bene," gli disse quella sera prima di riattaccare. Era sicura di averglielo già detto in qualche altra occasione, ma non ricordava quando. "Sei un bravo fratello maggiore."

"Puoi dirlo," concordò lui. E poi: "*Yo también te quiero*".

E Ruth scoppiò a piangere di nuovo, tornando al punto di partenza.

Dopo qualche tempo, Ruth vuotò il sacco con Thomas. Gli spiegò come e quando le cose con Arthur erano cambiate. Ma Thomas cercò di interromperla a metà discorso. Le disse che non voleva saperne niente, anche se qualche sospetto l'aveva avuto. Ruth però doveva togliersi quel peso dalla coscienza e, quando lo fece, Thomas ruppe con lei e la lasciò disperata ma finalmente sicura di quello che provava, come non era mai stata nei tanti mesi di indecisione tra i due uomini che avrebbe finito per considerare i due amori della sua vita. (Orsa Maggiore e Orsa Minore. Grandi e Piccole Antille. Dale Earnhardt e Dale Earnhardt Jr. La mamma e il papà.)

A lungo andare, e contro ogni speranza, Ruth convinse Thomas a riprenderla con sé. Ci riuscì assumendosi la piena responsabilità delle proprie azioni, spiegando la teoria dei pericoli legati al lutto e la psicologia della sua identità divisa, senza cercare alibi, e poi mostrando una pazienza incredibile mentre lui la faceva aspettare. Spese quote assurde della paga che le davano al Pro Photo per comprargli dei fiori ogni settimana in cui lui non le parlava. Glieli lasciava sullo zerbino o sul cofano della macchina o li ficcava nella cassetta delle lettere senza nemmeno un biglietto. E finalmente, dopo undici settimane, undici bouquet, quando si presentò a casa sua un giovedì pomeriggio con un mazzo di tulipani viola, lui aprì la porta e la lasciò entrare. Ruth avrebbe amato Thomas alla follia, e per il resto della sua vita, per averle dato quella seconda possibilità.

Ruppe con Arthur, ovviamente, con dolcezza ma senza troppi rimpianti. Anche la loro amicizia, così stimolante e generosa, doveva finire. Arthur uscì di scena, tristemente ma con grazia, solo per ricomparire di tanto in tanto e provare a farle cambiare idea, una volta addirittura inginocchiandosi con un anello. Per un istante Ruth immaginò di diventare la signora Rodríguez. Ovvio che lo immaginò, e quel pensiero la fece avvampare. Ma poi ricordò l'intensa sofferenza provocata dal caos precedente e capì al di là di ogni dubbio che doveva diventare la signora Hayes. Non Rodríguez. Hayes.

Ma la sua indecisione era durata decisamente troppo.

* * *

Dopo le nozze con Thomas, Arthur si tenne alla larga, per lo più. Alla fine, a eccezione di quelle ricerche su internet nel cuore della notte, Ruth pensava a lui molto di rado. E quando ci pensava si meravigliava di se stessa, non capiva come avesse fatto a comportarsi in quel modo orrendo. Con il tempo (e con buona pace del reality show *The Bachelor*) finì quasi per convincersi di quello che le aveva detto Benny: essere innamorati di due persone contemporaneamente era impossibile, nient'altro che un inganno causato dal lutto.

Comunque non aveva più nessuna importanza. Arthur aveva svolto una funzione rilevante nella sua vita. L'aveva incoraggiata a riconciliare la Ruth di San Juan con la Ruth del Missouri e la Ruth della East Coast, fondendo tre identità slegate in un'unica persona autentica e sicura di sé. Le aveva insegnato a trovare l'amicizia in posti inattesi, senza preconcetti o imbarazzo o timore. L'aveva condotta oltre una soglia che da sola non era riuscita a superare, e dall'altra parte Ruth aveva scoperto un modo nuovo di muoversi nel mondo che non prevedeva di nascondere alcunché. Per lei Arthur era stato il primo di tanti amici portoricani. Il primo di tanti amici di razza mista. Il suo primo vero amico. Quindi, sì, era stato doloroso separarsi da lui.

Ma poi erano cresciuti, Ruth e i due contendenti. Tutto quello che era successo nella loro vita prima del matrimonio e dei figli era levità e follia, rispetto al peso e al profumo di un neonato sorretto nell'incavo del braccio. Uno alla volta erano nati i figli di Ruth, che avevano trasformato la sofferenza di un tempo in una burla. Da quella prospettiva privilegiata, sembrava ridicolo che Ruth avesse mai riflettuto su quei futuri bambini passando al vaglio le opzioni e tormentandosi, come se ci fosse qualcosa di più importante della loro esistenza perfetta, come se quei tre bambini non fossero esattamente i tre bambini che era destinata ad avere e allevare, cascasse il mondo.

E poi, tredici anni dopo le nozze, Thomas era morto.

Da allora, Ruth non aveva mai più cercato Arthur Rodríguez su Google.

A mezzanotte, davanti al portatile, poche ore dopo che la figlia diciottenne aveva annunciato l'intenzione di trasferirsi a San Juan, per la prima volta dopo tanti anni Ruth ci fece un pensierino. Che male c'era a evadere un po' dalla realtà, a fare un salto dall'altra parte? Aprì Instagram e digitò il nome di lui nella barra di ricerca. Il mignolo restò sospeso sopra il tasto *invio*. Passò un secondo. Due. Tre.

Chiuse il portatile con un colpo secco.

24.

San Juan, Portorico
2022

Alla fine di aprile la nonna andò a trovare Daisy a San Juan. La seconda sera, la invitò a cena al Vanderbilt di Condado.

"Vestiti elegante," disse alla nipote.

Daisy non si offese, perché si rendeva conto che il suo stile anticonvenzionale da negozio dell'usato era imprevedibile, e apprezzò la dritta.

"Sei già stata al Vanderbilt?"

No, per Daisy sarebbe stata la prima volta.

"Ah, è un posto meraviglioso! Ti piacerà!" disse la nonna. "Molto classico, fa proprio per te. Immaginati le dive della vecchia Hollywood."

"Ooh, bello!" esclamò Daisy. "Qualcosa tipo... Bette Davis? O più Brigitte Bardot?"

"Be', tesoro, siamo pur sempre a San Juan," rispose la nonna. "Punta sulla bionda esplosiva, ovviamente."

Il Vanderbilt era un ristorante esclusivo, forse il più sontuoso in cui fosse mai stata, ma Daisy sentì di essersi vestita alla perfezione grazie a un tubino aderente di broccato color panna con riflessi argentei, ovviamente vintage, abbinato a un paio di Converse nere. Quando il maître la accompagnò al tavolo, la nonna era già lì con un calice di vino rosso.

"Oh, molto anni sessanta!" esclamò mentre la nipote si chinava a darle un bacio sulla guancia. "Davvero azzeccato!"

Daisy si raddrizzò e fece una giravolta in modo che la nonna potesse ammirare il vestito, poi si accomodò su un'enorme poltrona di pelle, così pesante che servì l'aiuto del maître per spingerla verso il tavolo.

"È un posto fantastico!" disse Daisy mentre il maître le metteva direttamente in mano il menu di pelle. Poi l'uomo prese la bottiglia di vino rosso dal tavolo e le mostrò l'etichetta prima di versarglielo. Quando se ne fu andato, Daisy si sporse in avanti per sussurrare al di sopra della candela bassa al centro del tavolo: "Che lusso!".

La nonna sorrise e affondò ancora di più nella sua poltrona di pelle. "Questa sì che è vita!"

Mentre studiavano il menu, Daisy tenne d'occhio la nonna. Tutti loro – cioè la madre e i fratelli di Daisy, Benny e famiglia – concordavano sul fatto che negli ultimi mesi i problemi di memoria della nonna sembravano essersi attenuati, o quanto meno il declino a cui avevano assistito prima della pandemia si era fermato. Daisy sospettava che la nonna avesse cominciato a prendere dei farmaci, ma non ne era sicura. La nonna si rifiutava ancora di parlarne; tuttavia, quali che fossero i metodi segreti che stava usando per trattare i sintomi, era riuscita a placare i loro peggiori timori collettivi. Ma aveva comunque settantacinque anni e ai figli non faceva piacere che viaggiasse per conto suo. Così, quando insisteva per prendere l'aereo da sola, se la scambiavano come il testimone in una gara di staffetta: al Jfk la madre di Daisy la accompagnava fino al gate, e dall'altra parte, all'aeroporto internazionale Luis Muñoz Marín, c'era Benny che l'aspettava nella zona arrivi. Una volta che si spostava nel centro di San Juan, però, non potevano fare niente per limitare la sua indipendenza. La nonna chiamava gli amici, si faceva venire a prendere da un taxi, programmava giri per i negozi, prenotava al ristorante e non diceva quasi mai a nessuno dove andava. Per tranquillizzarsi un po', tutti loro guardavano il pallino del suo cellulare che si muoveva sulla mappa dell'app di tracciamento. A Daisy, la nonna sembrava brillante come sempre.

"Cosa fanno di buono qui?" le chiese.

La nonna alzò gli occhi dal menu. "Ah, tutto!"

Daisy scoppiò a ridere, fece scorrere il dito sul menu e notò che gli ingredienti non erano locali, che la cucina non era portoricana. Quel ristorante avrebbe potuto trovarsi in qualsiasi città cosmopolita, Parigi, Dubai, Tokyo. Allora provò una fitta al cuore: le sarebbe piaciuto che quel posto elegante rivendicasse le proprie radici. Ciò nonostante, Daisy aveva cominciato a mangiare cereali almeno due volte al giorno e, da quando si era trasferita per la seconda volta a San Juan, non disdegnava un pasto veloce ed economico interamente a base di carote a bastoncino e hummus, dunque fu entusiasta della cena, servita su piatti di porcellana pregiata coperti da cupole d'argento che il cameriere sollevò nello stesso istante e portò subito via. La nonna aveva preso pesce spada al curry con contorno di ceci e pancetta. Daisy, braciola di maiale Berkshire con glassa al pomodoro e lenticchie fantasia.

"Buono, vero?" disse la nonna dopo il primo boccone.

Fu un godimento dall'inizio alla fine, tutti e cinque i sensi di Daisy si accesero e palpitarono.

"Quando ero bambina venivamo spesso qui," raccontò la nonna. "Era il ristorante preferito di Papamío."

Daisy smise di masticare per rimuginare su quell'informazione. "Esiste da così tanto tempo?" Si guardò intorno e si rese conto che, senza farlo apposta, aveva vagamente immaginato che tutta quella raffinatezza da vecchio mondo fosse artificiale, costruita per la clientela facoltosa.

"Da sempre!" esclamò la nonna infilzando un fungo glassato con la forchetta. "Il Vanderbilt è un'istituzione di San Juan!"

E di colpo la mente di Daisy si spalancò per l'ennesima

volta. Da quando si era trasferita di nuovo lì si era abituata a quella sensazione. Pensava di conoscere San Juan, dopo averci passato tante estati, dopo il primo tentativo di viverci interrotto dalla pandemia due anni prima. Eppure aveva ancora un sacco di cose da imparare sulla sua nuova città. Riconobbe la sensazione di quando un'ipotesi veniva smontata. Il Vanderbilt, un'istituzione di San Juan. E perché no? Se Parigi e Dubai e Tokyo avevano ristoranti così, allora poteva averli anche San Juan, ovvio.

"Ti va il dolce?" chiese la nonna.

Ordinarono crema catalana con popcorn caramellati, forse la cosa più buona che Daisy avesse mai mangiato. Dopo che ebbero spazzolato anche il dessert, la nonna divenne stranamente silenziosa mentre guardava nella sua tazza di caffè fumante, come per cercare di leggere un presagio. Sul tavolo c'era ancora mezza bottiglia di vino.

"Tutto ok, nonna?"

Lei sorrise e indicò la tazza vuota della nipote. "Hai finito il caffè?" domandò.

"Sì, ma fa' pure con calma," rispose Daisy. "Non ho fretta."

"Ah, no," disse la nonna ridacchiando. "Non hai capito, tesoro. È ora che ti levi di torno. Bevo qualcosa con un amico."

"Oh!" Daisy fece una risata. "Però, sei piena di sorprese!"

"Non ne hai idea!"

"Ma dopo come torni a casa?" chiese ancora Daisy, sentendo uscire dalla propria bocca la voce di sua madre.

La nonna fece una smorfia di disapprovazione. "Sono al mondo da parecchi decenni, e alcuni di quei decenni li ho passati in questa splendida città. Sono perfettamente in grado di tornare a casa da sola!" disse in tono di rimprovero.

"Certo, finché non ti bevi tre bottiglie di vino," replicò Daisy mettendosi la borsa in spalla. "Lo so come fai, signorina."

La nonna rise. "Sì, be', comunque siamo in un hotel. Male che vada, sono sicura che al piano di sopra hanno dei letti."

Anche Daisy fece una risata, si alzò faticosamente dall'enorme poltrona e si chinò a darle un bacio sulla guancia. "Va bene, cerca di non metterti nei guai," disse. "E grazie della cena. Era un sacco che non mangiavo così bene, anzi, forse è stata la cena più buona della mia vita."

"Figurati, tesoro. Adesso però smamma, prima che arrivi il mio ragazzo e si senta in dovere di invitarti a restare."

"Il tuo ragazzo!?" fece Daisy.

"Sciò!"

* * *

Nei mesi dopo il ritorno a San Juan, le giornate di Daisy avevano preso un ritmo irregolare ma confortante. Una volta trovato il posto perfetto, aveva negoziato e firmato un ottimo contratto d'affitto e da quel momento passava ogni ora libera a fare i preparativi per l'apertura del Double Down, e la minor quantità di tempo possibile a preoccuparsi dello strappo con la madre causato da quella decisione. Era troppo impegnata e stanca per tormentarsi attivamente, ma sua madre le mancava, e la feriva il fatto che fosse troppo testarda per sostenerla. Si sentivano ancora al telefono, più o meno una volta alla settimana, ma le loro conversazioni erano ingessate come mai prima di allora. Daisy usava la maggior parte delle sue energie per trattenersi dal parlare del negozio, ma dato che ormai tutta la sua vita ruotava intorno a quello aveva poco altro da dire. All'altro capo della linea, si rendeva conto che la madre vagliava gli argomenti cercando un tema di discussione neutro. Di cosa potevano parlare per non ripiombare nel solito baratro? Il rifiuto di Daisy di andare all'università, il suo cupo futuro, l'amaro disappunto della madre... Le conversazioni o esplodevano o si spegnevano. Non c'era mai una conclusione sana, felice.

"Ti chiamo la settimana prossima, mamma," diceva Daisy.

"Mi trovi qui."

Daisy lavorava ancora con Benny, gestendo le case vacanza più vicine al suo appartamento, ma adesso considerava quell'incarico come un'occupazione extra. La sua vera vocazione era il Double Down. Lo spazio era grande e arioso, più simile a un magazzino che a un negozio, e si trovava in un quartiere pieno di locali notturni dove gli affitti erano bassi. Aveva convinto due grossi investitori e cinque o sei microinvestitori a finanziare il progetto e aveva ottenuto un piccolo prestito a cui la nonna aveva fatto da garante (a condizione di non rivelarlo mai a sua madre). Anche la campagna su Kickstarter aveva avuto successo e Daisy aveva aggiunto ogni dollaro raccolto al budget per il negozio. Gli amici l'avevano aiutata a installare il nuovo impianto di illuminazione e a sostituire il water incrinato nel minuscolo bagno, ma aveva dovuto chiamare una ditta per rifinire i pavimenti di cemento. All'inizio della primavera del 2022, lo spazio era quasi pronto. Adesso Daisy doveva riempirlo, e per farlo le serviva un veicolo. Chiamò Benny per chiedergli se, tramite l'officina, poteva trovarle qualcosa a poco prezzo.

"Be', c'è Candido, un amico della nonna, che ha un parco macchine enorme e lo rinnova abbastanza spesso," rispose lui. "Ha sempre qualche mezzo in vendita. Provo a sentirlo."

Prima che finisse quella settimana, Daisy era diventata la fiera proprietaria di uno Chevrolet Silverado del 2002, arrugginito e di un colore indefinibile. Il pickup aveva un anno meno di lei e Daisy lo portava in ogni angolo dell'isola, riempiendo il cassone di roba scartata e trovando di tanto in tanto una perla nascosta tra il ciarpame. Portava ogni cosa al negozio, la puliva, la lucidava e la disponeva ad arte. La sera, dopo tanto lavoro manuale, le faceva male tutto. Aveva le mani screpolate a furia di lavare e strofinare e ormai le sembrava di essere perennemente coperta da un sottile strato di polvere che le si incollava addosso. A volte, dopo un'intera giornata di lavoro estenuante, doveva tornare a Condado e passare tutta la sera a pulire i bagni e a cambiare le lenzuola in uno degli appartamenti di Benny, così da prepararlo per gli ospiti in arrivo l'indomani. Mentre era lì, capitava che si addormentasse sul divano aspettando che finisse il ciclo dell'asciugatrice. Ogni ora che trascorreva così, Daisy era consapevole di essere molto fortunata.

A notte fonda si ritirava nel suo appartamentino, il suo paradiso, dove scalciava via le scarpe nello sgabuzzino e si trascinava a piedi nudi sulla moquette mentre aspettava che il pane tostato fosse pronto. Poi apriva il giornale sul tavolo e riempiva un bloc-notes giallo di appunti sulle prossime svendite per sgombero, aste pubbliche, vendite straordinarie per chiusura attività. Era stata in ogni singolo albergo di Portorico (almeno credeva), grande o piccolo che fosse, tentando di ingraziarsi chiunque fosse disposto ad avvisarla in caso di rinnovo dell'arredamento. In quel modo aveva ricevuto una dritta su un lampadario pazzesco a Ponce. Daisy non era mai stata più felice e più stanca in vita sua. Un prete appena ordinato doveva sentirsi così, immaginava. Aveva trovato la sua vocazione, e ci si era buttata anima e corpo. A volte, nel silenzio di quelle notti, pensava alle scelte compiute e rifletteva sul fatto che era stata libera di compierle solo perché aveva sempre vissuto nel privilegio. Le notti in cui si sentiva abbastanza serena da affrontare quel discorso, da riconoscere la propria arroganza e aprirsi all'ascolto delle rimostranze di sua madre, immancabilmente Daisy guardava l'orologio e si accorgeva che era troppo tardi per chiamare a casa. *Magari domani*, pensava.

Intanto restava da decidere quando inaugurare il negozio. Secondo Carlos era più indicata un'apertura graduale, per cominciare a recuperare parte dell'investimento iniziale e al tempo stesso rifinire gli ultimi dettagli. Ma del resto Carlos aveva anche suggerito di chiamare il negozio The Other Cheek, l'altra guancia, perciò le sue idee non erano necessariamente le migliori. Daisy sapeva di avere una sola occasione per fare colpo sui clienti. Doveva lasciarli di stucco. Nel corso delle sue spedizioni ad Arecibo, Rincón e Humacao aveva trovato diversi tesori, ma non bastavano. L'assortimento non era ancora completo. Le serviva una linea per le persone di una certa età. Di una certa età ma alla moda. Chissà se fare un giro esplorativo nelle case di riposo sarebbe stato giudicato troppo macabro.

Un'amica di Stefani le aveva procurato un vetusto registratore di cassa ancora funzionante che pesava una tonnellata. Daisy era rimasta in negozio fino a tardi per cercare di capire come si usava, e stava armeggiando con tasti e cassetti quando squillò il telefono. Era un vecchio apparecchio fisso, ovviamente, con lo stesso trillo acuto a cui ormai si era abituata, ma sentirlo squillare così tardi nel silenzio del negozio la spaventò al punto da farle rizzare i peli sulla nuca.

"Pronto?"

"Daisy!" Era la nonna. Si trovava a Portorico da quasi tre settimane, ma tra le richieste pressanti del suo carnet di ballo, e gli orari di lavoro impossibili della nipote, loro due non si erano quasi più viste dopo quella cena chic al Vanderbilt.

"Nonna, ciao!" esclamò Daisy asciugandosi il sudore dalla fronte. Voleva risparmiare sull'aria condizionata finché non arrivavano i clienti.

"Ciao, tesoro," disse la nonna. "Senti, so che sei molto occupata. Sei al negozio?"

"Sì!" Daisy decise di non farle notare che aveva chiamato il numero fisso. "Ho quasi finito per oggi," disse invece.

"Sei una grande lavoratrice!" esclamò la nonna.

"Fallo sapere alla mamma, per favore."

"Le passerà, tesoro. Dalle tempo."

Daisy si sedette sullo sgabello.

"Pensi che riuscirò a vedere il negozio prima di tornare a casa?" chiese poi la nonna.

"Quando riparti?"

"Martedì."

Daisy si guardò intorno, cercando di vedere quello spazio attraverso gli occhi di un altro. Che impressione avrebbe fatto il negozio a una persona che ci entrava per la prima volta? Un'amica aveva dipinto i quadri appesi alle pareti, tutti bellissimi: il quartiere La Perla al crepuscolo, una cascata di gonne con le balze che si agitavano al ritmo della musica *bomba*, un bambino con lo spazio tra gli incisivi che teneva un mucchietto di lucenti fagioli rossi nelle mani a coppa. I colori erano caldi e vividi, e l'intero negozio era illuminato a giorno. La merce spiccava su librerie, cassettoni e tavoli, tutto materiale di recupero. Da ganci e grucce pendeva ogni sfumatura immaginabile di chintz, mussola, *gingham* e pizzo. Un manichino da sarta indossava una tuta intera color mandarino e un foulard di seta. Daisy era circondata dai tesori di un mondo andato, riportati all'antico splendore, riadattati e resi di nuovo utili grazie ai suoi sforzi e alla sua immaginazione, alla sua capacità di svelare la magia nascosta negli oggetti comuni. Girò su se stessa, esaminando quel rifugio che aveva creato dal nulla, e si gonfiò d'orgoglio, letteralmente: le attraversò i polmoni e la fece diventare più alta di qualche centimetro. Perciò, anche se non era ancora pronta ad aprire il negozio, in quel momento decise che era pronta a condividerlo con sua nonna. La sua prima cliente.

"Che ne dici di passare domani?" disse.

"Ah!" esclamò la nonna. "È tutto pronto?"

Lei si strinse nelle spalle. "Quasi."

"Non vedo l'ora! Domani è perfetto," disse la nonna. "Ma prima mi serve il tuo aiuto per un'altra cosa."

Daisy trattenne El Suspiro prima che le sfuggisse dalle labbra. Ok, aveva molto da fare, e allora? Sua nonna ripartiva per New York di lì a tre giorni, e poi le sarebbe mancata da morire.

"Volentieri," rispose. "Dimmi tutto."

La nonna le diede un indirizzo di Luquillo e lei prese nota.

"Possiamo vederci lì domani verso mezzogiorno?" chiese la nonna.

"Ma certo." Daisy studiò l'indirizzo che aveva appena scritto. Le sembrava di riconoscerlo. "Ma non è uno degli appartamenti di Benny?"

Daisy aveva le chiavi di tutte le case vacanza di Benny, anche di quelle che non gestiva lei, perciò all'arrivo aprì ed entrò. La nonna era già lì, seduta in silenzio al tavolo da pranzo rotondo davanti alle porte scorrevoli del balcone. Doveva essere arrivata da pochi minuti, perché il condizionatore era acceso ma nella stanza faceva ancora caldo.

"Ciao, tesoro mio!" La nonna si alzò e le diede un bacio sulla guancia.

"Ciao, nonna!" Daisy mollò la borsa sul tavolo. "Devi proprio rientrare martedì?" le chiese. "Non puoi fermarti ancora un po'?"

"Ah, niente smancerie," disse la nonna entrando nel cucinino e prendendo un bicchiere dalla credenza, per poi riempirlo con l'acqua del rubinetto. Lo porse alla nipote da sopra il bancone. "Bevi, sembri accaldata."

Daisy resistette all'impulso di annusarsi le ascelle. Ultimamente la sua igiene personale lasciava molto a desiderare. Non aveva tempo. Buttò giù l'acqua e cercò di soffiare via i capelli che le si erano incollati in fronte. La nonna riemerse da dietro il bancone.

"Eri mai stata in questo appartamento?" le chiese.

"Non credo. Mi ricorderei il panorama," rispose Daisy, tornando verso il tavolo e mettendosi accanto alla nonna, che si stava godendo la vista sull'oceano.

"Era di Lola, mia sorella," disse la nonna.

"Ah!"

"L'appartamento l'ha lasciato a me e io l'ho dato in gestione a Benny. È così che è entrato nel settore immobiliare. Ha visto che si guadagnava bene e che c'era un bel potenziale."

"Uau, non ne avevo idea," disse Daisy.

"Lola però qui ci abitava proprio, non l'aveva mai dato in affitto," proseguì la nonna. "Ma aveva occhio per queste cose. Sapeva come investire in modo intelligente."

Daisy confermò con un cenno della testa. "Negli anni la mamma mi ha raccontato così tante cose su di lei che mi sembra quasi di averla conosciuta."

La nonna annuì. "Vieni," disse. "Voglio farti vedere una cosa."

Uscì dal soggiorno e imboccò il breve corridoio che portava alla camera da letto e al bagno. Daisy posò il bicchiere vuoto sul bancone e la seguì. In fondo al corridoio c'era una porta chiusa. La nonna prese una chiave dalla tasca e la infilò nella serratura, che era incrostata di salsedine per via del disuso. Dopo un po' di insistenza, la chiave girò con un cigolio stridulo e Daisy fece un passo indietro per permettere alla nonna di aprire. Dentro, lo spazio era molto più ampio del previsto, quasi paragonabile a una piccola camera da letto, ed era pieno di sacchi e scatoloni dal pavimento al soffitto.

"Nonna, cos'è tutta questa roba?" Ormai Daisy aveva una certa esperienza nel riconoscere una possibile miniera d'oro di articoli vintage. Sentì il battito accelerare.

"Cose accumulate negli anni," rispose la nonna. "Dammi una mano. Tira fuori quello là."

Daisy prese lo scatolone indicato dalla nonna e lo tirò giù dallo scaffale più in alto. I lembi erano ripiegati, ma non era sigillato.

"Forza, aprilo."

Lei fece come aveva detto la nonna. All'interno c'era una collezione di sacchetti antipolvere di stoffa, di quelli che si chiudono con la coulisse, con sopra stampati dei nomi che Daisy riconobbe all'istante. Dior. Louis Vuitton. Chanel. Dimenticò di respirare mentre prendeva il primo sacchetto e lo apriva. Dentro c'era una borsetta molto sobria, color cammello con le finiture blu marino e la chiusura dorata. La tirò fuori dal sacchetto e la esaminò. Aprendola, scoprì che dentro c'era ancora lo scontrino. Nel gennaio 1951 qualcuno aveva pagato una cifra astronomica per quella borsetta di Gucci che sembrava nuova di zecca. Non aveva più il cartellino attaccato, ma era chiaro che era stata usata pochissimo. Probabilmente gli articoli che Daisy aveva in negozio, tutti insieme, valevano meno di quella singola borsetta. La rimise con cautela nel sacchetto, che richiuse tirando la coulisse. Le tremavano le mani mentre ne apriva un altro, in cui trovò un paio di scarpe nere con il tacco, aperte dietro e con la punta tempestata di gemme, taglia trentotto, anche queste come nuove. Esaminò le suole immacolate, senza un graffio. Il cartellino dentro la scarpa sinistra diceva Prada.

"Stupende," sussurrò con riverenza.

"Ti piacciono?" chiese la nonna. "A dire il vero non mi sembra molto il tuo stile."

"Forse no," fece lei con una risata. "E comunque non mi andrebbero bene." Sollevò la scarpa destra per ammirare i colori cangianti delle gemme sotto la luce. "Però sono bellissime," concluse.

"Bene," disse la nonna. "Per fortuna non sono della tua taglia, così non sarai tentata di rubare la merce."

Daisy alzò gli occhi e la guardò in faccia. "La merce?"

La nonna la ignorò. "Prendi quello là," disse indicando un altro scatolone. Di nuovo, Daisy lo tirò fuori. Di nuovo, ci trovò dentro dei tesori.

"Ma da dove viene tutta questa roba?" chiese.

"Era di Mamamía," spiegò la nonna. "Mia madre. Quando è morta, Benny ha sgombrato l'appartamento dei miei genitori, ma io non riuscivo a decidermi, non sapevo che farne delle sue cose. Allora ho chiesto a Benny di tenerle da parte, con l'idea di esaminarle, prima o poi. E lui le ha portate qui."

"Aspetta, ma i bisnonni non avevano perso tutto?" riflettè Daisy. "Come faceva Mamamía a potersi permettere queste cose?"

"Be', non è sempre stato così," rispose la nonna. "Alcune le aveva comprate prima, quando erano ricchi. Le altre... è così che Mamamía ha rimesso in piedi la famiglia."

"In che senso?" domandò Daisy. Si creò un fruscio fastidioso mentre trascinava fuori uno scatolone pesante. "Non ha dovuto vendere tutto quando il loro patrimonio è andato in fumo?"

"No, al contrario. Ha usato queste cose per avviare un'attività tutta sua."

"Cosa?"

"Credevi di essere la prima imprenditrice della famiglia?"

"Ma... è solo che non ne avevo idea. È la prima volta che sento questa storia. Che attività era?"

"Be', Mamamía è sempre stata famosa per il suo stile," cominciò a raccontare la nonna, frugando nello scatolone ai suoi piedi e tirando fuori una pochette da sera a forma di conchiglia. "Guarda questa. Che meraviglia. Ricordo che un anno l'aveva usata alla messa di Pasqua." La mise da parte. "Ai suoi tempi era una donna bellissima e molto affascinante. Era amica di tutti i grandi stilisti e loro le regalavano le nuove creazioni, proprio come fanno adesso con le dive del cinema sul red carpet. Sapevano che se Mamamía si metteva un certo abito da sera per una cena a La Fortaleza, entro la fine della stagione arrivavano cinque o sei ordini per lo stesso vestito. Tutte le signore dell'alta società copiavano il suo stile e poi, quando facevano un viaggio all'estero, a Parigi o a Madrid, se ne andavano in giro come una pallida imitazione di mia madre. Pallida nel vero senso della parola! A volte le vedevamo sul giornale, nelle pagine degli eventi mondani, con addosso un tubino che lei aveva sfoggiato l'anno prima. E poi a New York si è sparsa la voce che il punto di riferimento era Mamamía. Era lei a dettare i gusti di un intero nuovo mercato."

"Fantastico," disse Daisy, che nel frattempo continuava a spulciare tra quei tesori. "Però queste cose sarebbe stato logico venderle, quando hanno avuto bisogno di soldi."

"Sì, e invece lei ha deciso di noleggiarle."

"Cosa!" Daisy si tirò su da uno scatolone e si mise le mani sui fianchi.

"Proprio così," disse la nonna. "All'epoca non esisteva ancora una parola per quel lavoro, ma in pratica è diventata una stylist. A ogni stagione riceveva le ultime creazioni e aveva cominciato anche ad allargare l'assortimento delle taglie. Ma soprattutto faceva da intermediaria tra gli stilisti e le clienti."

Daisy era sbalordita. "Ma era un piccolo genio!"

"Lo so! E a quei tempi era una cosa molto confidenziale, funzionava con il puro potere del passaparola. Tutte facevano finta di avere un gusto impeccabile per il taglio e il colore degli abiti, ma per anni è stata Mamamía a vestire ogni singola donna facoltosa di San Juan."

"Non ci credo che lo scopro solo adesso."

"Be', lei non ne parlava. Sia perché il suo successo dipendeva dalla discrezione, sia perché non ha mai voluto prendersi dei meriti. Non voleva ferire Papamío nell'orgoglio."

"Ma anche lui si è rimesso in piedi, no?"

"Sì, certo! Passato il caos iniziale, ha trovato un buon lavoro nel settore privato. È anche riuscito a dimostrare la sua innocenza, ma non sono mai tornati allo stile di vita che avevano quando io e Lola eravamo ragazze," disse la nonna. "E non credo nemmeno che volessero. All'inizio non è stato facile, per nessuno di noi, ma poi, quando ci hanno fatto l'abitudine... credo che i miei genitori fossero più felici, dopo essersi liberati da tutte quelle aspettative."

"Buon per loro!" esclamò Daisy. Voleva chiedere alla nonna se anche lei si fosse sentita più felice dopo averci fatto l'abitudine, ma aveva paura di sentire la risposta. Così tacque e la guardò mentre riprendeva in mano la pochette a forma di conchiglia e la apriva per esaminare la fodera di seta.

"Mi sa che questa la tengo io," disse la nonna facendole l'occhiolino.

"Allora..." Daisy intrecciò le mani davanti a sé e accennò con il mento agli altri scatoloni. "Che ne facciamo di tutte le altre cose?"

"Be'," rispose la nonna, "secondo me dobbiamo investirle."

Lei annuì stringendo i denti.

"Possono farti comodo in negozio?"

In quell'istante Daisy, che non era mai stata una piagnona, capì che una persona può cambiare. Tutte le parole le rimasero incastrate in gola e le gettò le braccia al collo, in lacrime. Quello era il culmine di un sogno latente dentro di lei fin dall'infanzia, un sogno che solo da poco aveva cominciato a germogliare e crescere. Era fertilizzante, luce, pioggia. Era eredità, approvazione, una linea diretta che passava da sua madre e arrivava fino a Mamamía. Il suo unico desiderio era vivere una vita piena di significato senza contribuire a peggiorare il mondo, due cose apparentemente impossibili secondo i parametri che regolavano l'esistenza degli esseri umani sul pianeta Terra. Quella stanza colma di ricchezze avrebbe cambiato tutto. Forse persino per sua madre: forse l'avrebbe aiutata a capire.

"Dopo che mi hai fatto vedere il tuo business plan, mi sono documentata un po'," disse la nonna sciogliendosi dall'abbraccio. "Devi cominciare con l'assortimento più favoloso e sensazionale possibile, no? Non potrebbe esserci un modo migliore per lanciare il tuo brand."

Daisy annuì, poi andò nel bagno non illuminato a prendere un fazzolettino. Si soffiò il naso e cercò di ricomporsi, per essere all'altezza della professionalità della nonna. Incredibile, aveva davvero usato parole come *lanciare* e *brand*. Forse tutti i timori sulle sue capacità cognitive erano infondati.

"Se partissi così, con una selezione extra lusso, come Mamamía, mi farei subito un'ottima reputazione," rifletté Daisy.

"E con quella reputazione sarebbe più facile tenere alto il livello dell'assortimento anche dopo?"

"Certo, con una fama così non devi neanche cercare la merce, è la merce che viene da te." Daisy piegò il fazzolettino e si soffiò di nuovo il naso, rumorosamente.

"Basta che non fai così davanti ai clienti, tesoro," disse la nonna indicando il fazzolettino appallottolato.

Daisy fece una risata, poi si girò a contemplare ancora una volta la miriade di scatoloni. "Diventerò il negozio di riferimento per chiunque voglia vendere o comprare articoli di lusso a San Juan," disse.

"Dovresti scriverlo sull'insegna," commentò la nonna dandole di gomito.

Lei la abbracciò di nuovo. La nonna la strinse forte e poi la lasciò andare.

"Non possiamo starcene qui tutto il giorno ad abbracciarci e a piangere," disse. "Portiamo questa roba al negozio!"

Daisy fece un passo indietro ed esaminò di nuovo quell'abbondanza. Non ne vedeva il fondo nemmeno mettendosi in punta di piedi. Ci sarebbero voluti diversi viaggi con il Silverado per portare via tutto. Lanciò un'occhiata alla nonna: era innegabile che fosse in forma, per avere settantacinque anni.

"Che ne dici se per adesso prendiamo solo i primi due scatoloni?" le propose. "So che non sei una fan del lavoro manuale."

"Dici bene. Mai stata."

"Devo chiedere a Benny quando arrivano i prossimi ospiti, poi torno a prendere il resto, stasera o domani."

"Come preferisci," disse la nonna flettendo il bicipite. "Ma sia messo a verbale che mi sono offerta di dare una mano."

"Verissimo," confermò Daisy con una risata.

"Il che vuol dire che mi devi un pranzo."

Daisy non aveva un soldo, e sapeva che la nonna aveva gusti costosi in fatto di cibo, ma una singola scarpa contenuta in quegli scatoloni avrebbe potuto pagare un mese di pranzi al ristorante.

"Signora, affare fatto."

25.

San Juan, Portorico
2023

Daisy non può muoversi né parlare né comunicare in alcun modo, eppure avverte una sensazione nuova, come se la sua anima fosse stata ricucita al corpo alla bell'e meglio. La cucitura non dà l'impressione di poter reggere nel caso in cui succeda qualcosa che ne metta alla prova la resistenza. Ma del resto non sembra nemmeno più che l'anima rischi di volare via a ogni folata di vento.

Nella sua camera d'ospedale, Daisy sente la parola *stabili*, ma altrettanto spesso sente la parola *critiche*, e sa che quelle parole si riferiscono a lei, alle sue condizioni. Si rintana nella certezza che l'anima si sia riunita al corpo, che il corpo sia confinato in un letto d'ospedale abbastanza comodo e situato nel mondo fisico. Dice a se stessa di concentrarsi su quella sicurezza, e sa istintivamente che è il modo giusto per guarire: dedicare tutta la sua energia a rafforzare il legame rinato con il mondo terreno.

Daisy non distingue il giorno dalla notte, né lo spagnolo dall'inglese. Non capisce se la tempesta è passata o se sta ancora agitando il mondo umido fuori dalla finestra. Ma impara a distinguere le infermiere, vagamente, e ce n'è una che diventa la sua preferita. Non sa come si chiama, ma ha un leggero profumo di lavanda e la sua mano è fresca e asciutta quando gliela posa sulla fronte; canticchia dolcemente tra sé quando entra a controllare i suoi parametri vitali o a cambiarle posizione nel letto o ad aggiungere una nuova dose del liquido che gocciola nel suo corpo dai vari sacchetti appesi intorno a lei.

A un certo punto, quando Daisy potrebbe essere in quella specie di giardino pensile di Babilonia che è il suo letto da mille anni o da due ore, l'infermiera si mette a parlare, e per un attimo Daisy riesce a sintonizzarsi sul suono umano delle sue parole. La voce della donna è come un salvagente, e le parole sono in spagnolo.

"La tua mamma sta arrivando, piccola Daisy, tieni duro."

Quando sente nominare la madre, ha l'impressione di agganciarsi a qualcosa. La sua stessa presenza le sembra più... presente. Ha la sensazione improvvisa che qualcosa faccia presa, come se lei oscillasse nell'aria sul trapezio e si sentisse lo schiocco sicuro della pelle che colpisce la pelle, tipico di quando l'acrobata appeso per le gambe afferra i polsi di quello che si è lanciato, e viceversa, e a un tratto i due sono allacciati e dondolano, si inarcano. Ed è così che il suo cervello si mette in moto, i suoi pensieri si mettono in moto. Daisy si attiva, ed eccola lì. In quella stanza. In quel letto.

"La tua mamma arriva presto, ma tu devi resistere."

Daisy si aggrappa con tutta la forza che ha e in quell'istante i ricordi tornano tutti insieme, con la stessa spaventosa velocità dell'incidente, la stessa confusione, lo stesso impeto. C'è uno schianto o uno scoppio o un botto, e Daisy ricorda la telefonata di quell'ospite antipatico, la tempesta. Ricorda lo scooter, la pioggia, il gatto. La macchina, oddio, la velocità scura e terrificante della macchina. E ancora prima la posta, le scale, la signora Fernández, il suo appartamentino, casa sua. E qualcos'altro, qualcosa di nebuloso. Ma cosa?

Prima di riuscire ad agguantare quello che le sfugge, lo spazio inaffidabile del suo cervello si distorce e sussulta e la deposita altrove, in una sensazione diversa. È cambiato tutto. Compare un ricordo, nitido e tattile: Daisy ha sei anni, è nel giardino dietro casa e la luce è piacevole, attraversata dalle scie dorate delle api. Suo padre la rincorre con il tubo per annaffiare il giardino, l'acqua è calda e sa di metallo. Lei grida, strilla, chiude forte gli occhi per evitare gli spruzzi. Si butta addosso al papà, una palla di cannone bagnata che gli atterra nella pancia morbida. Il cervello di Daisy sussulta e gira di nuovo, portandola in un altro ricordo. Sta giocando a nascondino in casa, fuori è già buio, sente sua madre lavare i piatti mentre lei cerca il papà e i fratelli. Controlla nella dispensa, nella lavanderia, sotto il proprio letto. Non trovandoli, la piccola Daisy si sente sola e triste, ma proprio quando sta per riferire il suo insuccesso alla mamma in cucina, ecco che li vede: sei piedi, infilati nei calzini, spuntano da sotto la tenda blu tremolante nella camera dei genitori. Si avvicina di soppiatto, allunga una manina con le fossette verso il bordo della tenda.

Il suo cervello sussulta più e più volte, e ogni nuova scena che le viene restituita è come un suggerimento, un promemoria del fatto che potrebbe ritrovare la strada di casa. Lei è questo, ricorda, Daisy Hayes, figlia di Thomas, figlia di Ruth. *Gira.* Daisy Hayes, universitaria ammutinata, *gira*, esploratrice di Portorico, *gira*, procacciatrice di oggetti curiosi, *gira*. Prende slancio e velocità, e adesso i movimenti del suo cervello assomigliano in modo terrificante a quelli di una pistola a tamburo, e Daisy stessa non ha il controllo del gioco, non è lei a scegliere quando girare, quando fermarsi, quando premere il grilletto, ma è comunque elettrizzante vedere le briciole di sé che si accumulano. Finché.

Lo scossone successivo la deposita in un tunnel privo di luce, un ricettacolo di tenebre e nient'altro. Daisy barcolla e procede a tastoni e non trova niente a cui appigliarsi. Nella stanza intorno a lei, il *bip* del macchinario aumenta il ritmo.

26.

San Juan, Portorico
1991

Negli anni successivi, ogni volta che discutevano delle nuove condizioni in cui si trovava la loro famiglia, Rafaela e Dolores affrontavano il discorso in modo indiretto, con un codice che avevano sviluppato senza volerlo. Di tanto in tanto parlavano di *prima* e *dopo*, ma non specificavano mai prima o dopo *cosa*. Dentro di sé, ciascuna temeva che l'altra avesse preso molto male il cambiamento, e ciascuna si sentiva fortunata (e un po' in colpa) per il fatto di essere sfuggita a quel destino.

Ecco cosa vedeva Lola quando rifletteva sulle scelte della sorella: Rafaela non era minimamente riuscita ad accettare la loro nuova posizione sociale, perciò era andata alla ricerca di un uomo, uno *yanqui*, che nella sua testa sarebbe stato in grado di riportarla allo status precedente. Si era fatta sedurre da quei capelli e da quegli occhi, così non si era accorta che, di fatto, il suo innamorato non era ricco. (Sebbene Lola fosse disposta ad ammettere che Peter era affascinante e gentile.) Ma Rafaela aveva trascurato anche un'altra cosa, che Lola aveva notato fin dall'inizio: per quanto Peter la amasse, sarebbe stato un partner terribile per lei. Non l'avrebbe salvata dalla vita prosaica in cui era precipitata. Al contrario, non sarebbe affatto riuscito ad ambientarsi a Portorico, così l'avrebbe portata via, e stavolta l'esilio di Rafaela sarebbe diventato permanente. Nella sua terra natia, estranea e lontana, Peter le avrebbe lasciato un paio di bambini quasi perfettamente bianchi, senza però riuscire a estendere quella bianchezza anche a lei. Quindi, pur essendo leggermente in anticipo sui tempi nelle questioni di razza, avrebbe bellamente ignorato il peso del suo stesso sciovinismo e tutto quello che Rafaela avrebbe dovuto sopportare in quanto straniera nel Midwest americano. Alla fine Peter avrebbe fallito: non solo non le avrebbe restituito lo status sociale che lei era ancora convinta di meritare per diritto di nascita, ma, cosa ancora più importante, non sarebbe mai riuscito a capirla davvero.

Ed ecco cosa vedeva Rafaela quando analizzava le scelte della sorella: Lola si era arresa immediatamente e completamente. Quando il suo fidanzatino del liceo, pressato dalla famiglia, l'aveva scaricata per sposarsi poco tempo dopo con la sua ex migliore amica, che al contrario di lei era ancora ricca, Lola aveva trasformato l'affronto in un mantello, ci si era avvolta tirandolo fin sotto il mento e non era più riemersa. Forse era un'interpretazione un po' esagerata, ma sta di fatto che a diciannove anni Lola aveva stabilito che l'amore era un inganno, che preferiva rimanere sola e triste pur di non rischiare di nuovo una simile sofferenza. Per sua fortuna, c'era una terza opzione che non comportava né tormento né rischio, così si era dedicata anima e corpo ai suoi studi. Era diventata un'insegnante di matematica e una zitella convinta ben prima che le venissero le prime rughe. "Preferisco il termine *single*, se non ti dispiace," diceva spesso alla sorella, correggendola. Ma agli occhi di Rafaela stava solo sprecando una vita di possibilità romantiche.

Entrambe avevano un pochino ragione. Ma entrambe avevano anche un pochino torto. Perché le valutazioni reciproche erano distorte dall'abitudine di fare confronti, naturale tra sorelle, dal profondo affetto che nutrivano l'una per l'altra, dall'ardente desiderio che l'altra fosse felice e, ovviamente, dall'incapacità di immaginare la felicità come un orizzonte totalmente diverso dal proprio. Così sprecarono un sacco di tempo a dispiacersi l'una per l'altra, senza rendersi conto che alla fin fine, arrivate all'età adulta, erano entrambe piuttosto felici, a dispetto di alcune decisioni discutibili prese in precedenza. Rafaela non se ne accorse fino al giorno d'estate in cui si celebrò il funerale di sua sorella, e trovò assurdo il fatto di non aver mai capito quanto fosse piena e piacevole la vita di Lola.

Negli anni dopo il trasferimento di Rafaela a Saint Louis, loro due si sentivano al telefono ogni domenica sera per almeno un'ora e si facevano visita l'un l'altra non meno di tre o quattro volte all'anno. Così Rafaela sapeva che Lola frequentava un circolo di lettura, partecipava a cene conviviali e si iscriveva a tornei di carte tutte le settimane. Sapeva che c'era un amico con cui andava a ballare ogni tanto, e un altro che amava fare escursioni, nuotare e partire per lunghi giri in macchina in campagna, alla ricerca di locali di cucina tipica. Tutte le domeniche Lola andava a messa nella loro vecchia chiesa di Miramar, anche dopo essersi trasferita a Luquillo, dove c'erano almeno dieci chiese più vicine. Passava le feste con Mamamía e Papamío, ma si godeva anche la solitudine. A volte si sottraeva agli inviti a cena dei genitori perché voleva solo starsene a casa a preparare una torta all'ananas glassata a forma di canarino.

Se Rafaela aveva avuto una brutta giornata, o voleva condividere una notizia entusiasmante, e provava a chiamare la sorella prima dell'orario stabilito della domenica sera, era difficile che la trovasse a casa. Eppure, nonostante tutti quegli indizi, Rafaela non era mai giunta alla stessa conclusione di Lola: una vita piena e soddisfacente non richiedeva né ricchezza né tantomeno un marito.

C'era qualcosa nel funerale di Lola che fece sentire Rafaela più vigile di quanto non fosse da anni, una sorta di lucidità intossicata, come se avesse assorbito l'energia vitale della sorella e la presenza improvvisa di quell'energia nel proprio corpo le avesse acuito i sensi. Con quella dote soprannaturale, Rafaela restò in piedi a tremare davanti all'altare della chiesa dove era stata battezzata e dove si era sposata, respirando con la bocca aperta per impedirsi di cogliere qualsiasi odore di morte potesse provenire dalla bara aperta di Lola, a pochi passi di distanza.

"È così bella," continuava a dire Mamamía, e Rafaela la prese sottobraccio e le accarezzò la mano.

Lola, che un tempo era stata davvero bella, non lo era più da tanti anni, non perché non avesse la capacità di mantenersi tale, ma perché non ne aveva il desiderio, e di sicuro non era bella in quel momento. La malattia era stata rapida, grottesca nella sua semplicità. A maggio, Lola si era presa un raffreddore estivo, o almeno lei insisteva a definirlo così. A giugno era diventato bronchite, poi polmonite, poi sepsi. Prima della fine del mese era morta, motivo per cui, oltre che con il dolore e lo shock, la famiglia dovette fare i conti anche con una buona dose di incredulità. Non aveva senso che un'energia vitale come quella di Lola fosse stata smantellata così, senza rumore né preavviso, senza nemmeno lasciare una storia interessante.

Nella bara, sullo sfondo del rivestimento interno color crema, Lola aveva un aspetto cereo e primordiale, lo stesso che caratterizza tutti i defunti quando il loro corpo smette di essere animato da ciò che un tempo ce li faceva amare. Il corpo di Lola, ora abbandonato dalla sua abitante, era pallido e gonfio. L'espressione che le avevano imbalsamato sul viso era troppo fascinosa, non aveva un briciolo della sua intelligenza arguta. Ovviamente alla madre Rafaela non disse niente di tutto questo. Si limitò ad aggrottare la fronte e a scherzare in silenzio con la sorella morta, perché non c'era altro che potesse fare nell'assurdità di quel momento.

"Senza offesa, ma stai proprio di merda," disse mentalmente a Lola.

"Be', sì," replicò il fantasma di Lola. "Però io sono morta. Tu che scusa hai?"

Rafaela soffocò una risata nel naso, ma riuscì a mascherare il rumore adattandolo al contesto e alle aspettative. Si coprì il viso con una mano, e le persone che sfilavano lungo la navata per porgere le condoglianze alla famiglia immaginarono che si trattasse di un'espressione spontanea di dolore, il che ovviamente era vero.

"Mamamía sta benissimo, invece," proseguì il fantasma di Lola.

"Come sempre," concordò Rafaela.

"Con lei l'eleganza è assicurata, anche al funerale di sua figlia." Una pausa. Poi: "Si è messa le Louboutin?".

Rafaela abbassò lo sguardo per sbirciare le scarpe della madre sul pavimento di pietra.

"Le Ferragamo, credo."

Lola avrebbe alzato gli occhi al cielo, se li avesse avuti. Rafaela fece un respiro profondo ed espirò, pensando che forse in quel modo avrebbe espulso il fantasma della sorella. Benny e Ruth, i figli di Rafaela, ormai giovani adulti, erano all'altro capo della fila dei parenti stretti, ai lati di Papamío, che aveva il volto grigio come il completo che indossava. Ruth continuava a sporgersi leggermente in avanti, rivolgendo il viso a cuore verso la madre all'estremità opposta. Era al tempo stesso una vela e un'ancora, quella ragazza. Benny svettava alto accanto a lei, il primo della fila, pronto a parare i colpi per il resto della famiglia. Di profilo, era la copia del padre. Qualunque rammarico potesse avere Rafaela riguardo al suo sventurato matrimonio, quegli anni di infelicità le avevano dato i suoi figli, perciò era valsa la pena di viverne ogni secondo. Benny conosceva ogni singola persona che si avvicinava a fare le condoglianze, salutava tutti per nome.

"Papamío, ti ricordi Adelita Cruz?" diceva. "Insegnava nella stessa scuola della zia Lola. Scienze, giusto, señora Cruz?"

Papamío annuiva porgendo la mano e snocciolando qualche frase fatta. "Grazie di essere venuta. Lola ne sarebbe stata felice."

Benny aveva aspettato di finire gli esami e il giorno dopo era saltato sul primo aereo per San Juan, perdendosi la cerimonia del diploma e spezzando il cuore a una ragazza di Saint Louis di nome Amanda che si struggeva per lui. All'inizio Rafaela lo aveva sostenuto, prevedendo un trasferimento temporaneo: presto suo figlio avrebbe scoperto che dietro la nostalgia e l'ottimismo dell'infanzia si celava la dura vita dell'isola. Portorico non aveva niente di piacevole tranne il clima, e anche per quest'ultimo c'era un prezzo da pagare. Benny se ne sarebbe accorto. Ormai però era tornato da quasi tre anni ed era come se non se ne fosse mai andato. Aveva preso in affitto una casa a Carolina, appena fuori San Juan, con Tiago e un altro ragazzo di Mayagüez, e Papamío (pur brontolando di continuo perché non andare all'università voleva dire sprecare il grande cervello degli Acuña) lo aveva aiutato a trovare lavoro in un'autofficina, dove aveva cominciato come apprendista con l'idea di diventare meccanico. Benny era bravo in tutte le fasi del mestiere: riparare le macchine, fissare il prezzo, gestire i rapporti con i clienti, che lo adoravano. Le donne gli facevano i complimenti per le ciglia e cercavano di farlo fidanzare con le loro figlie. Nel giro di sei settimane il suo spagnolo era tornato al livello del parlante madrelingua che era stato un tempo. Nel giro di sei mesi aveva preso in mano la contabilità dell'officina, e il proprietario (i cui figli avevano preso la *guagua* nella direzione opposta) aveva cominciato a chiedergli se un giorno gli sarebbe piaciuto rilevare l'attività. A Rafaela sembrava che suo figlio avesse le spalle più larghe ogni volta che lo vedeva, e si meravigliava dell'uomo che era diventato, diverso da tutti quelli che conosceva. Non era raffinato ed erudito come Papamío, e nemmeno socievole come suo padre Peter. Benny era fermo, risoluto, anche quando i suoi amici non capivano perché fosse tornato a San Juan proprio mentre la maggior parte di loro cercava di andarsene. Benny aveva sempre saputo chi era, cosa voleva, e non si faceva influenzare dai pareri altrui sulla sua vita. Vedeva il proprio futuro molto chiaramente e, mentre si impegnava a raggiungerlo, si era trasformato in un uomo sicuro di sé. Il tutto senza mostrare alcun risentimento.

La prima volta che Rafaela era andata a trovarlo dopo il suo ritorno a Portorico, Benny l'aveva portata al ristorante insistendo per offrirle il pranzo. Davanti a un piatto di *bacalaítos* (deliziosi, anche se il fritto non faceva per lei), il figlio l'aveva discolpata per la sua intera infanzia.

"Sai, non mi sono mai davvero abituato alla vita a Saint Louis," aveva detto. "Anzi, mi sa che proprio non volevo. Forse pensavo che se fossi stato abbastanza triste, se fossi riuscito a far sentire abbastanza in colpa il papà, lui ci avrebbe riportati a casa."

Rafaela aveva tenuto gli occhi sul piatto, perché Benny non aveva mai parlato con tanta schiettezza di come si sentiva, e lei non voleva farlo smettere mostrandosi troppo curiosa. Aveva intinto una frittella croccante nella salsa all'aglio condivisa al centro del tavolo e le aveva dato un morso.

"Però ultimamente ho pensato che forse il papà ci ha fatto un favore, a portarci là," aveva proseguito Benny.

Era un discorso talmente diverso da quelli che faceva di solito che Rafaela aveva smesso di masticare. Per tutta la vita suo figlio si era lamentato di quel trasferimento, avvenuto quando lui aveva nove anni. Diceva che gli mancava casa sua, minacciava di scappare per tornare sull'isola, attribuiva ogni sua sofferenza passeggera alla geografia di quell'esodo. Rafaela aveva alzato lo sguardo, stringendo ancora tra le dita il resto della frittella dorata.

"Se non ce ne fossimo mai andati, forse non l'avrei scoperto," aveva spiegato. "Forse non avrei mai apprezzato questo posto e come si sta bene qui."

Oh.

"Certo, mi sono perso tante cose. Ma ci ho guadagnato una prospettiva tutta diversa, che non avrei se fossi rimasto qui. Guarda Tiago, per esempio. Continua a dire che vuole trasferirsi a New York. Non la smette un secondo." Benny aveva bevuto un sorso di Coca-Cola dalla cannuccia, per poi agitare il ghiaccio nel bicchiere di carta. "È convinto che tutto sarebbe più facile se solo riuscisse ad andarsene dall'isola. Non lo sa che anche là è uguale, che bisogna comunque darsi da fare, e forse, sì, magari fai più soldi, ma stai anche peggio, perché all'improvviso tutti ti trattano come un *Porta Rickan*." Rafaela aveva fatto una risatina mentre Benny dava un morso. Aveva ripreso a parlare solo dopo aver inghiottito. "Quindi forse tutti quegli anni con il desiderio di tornare sono stati il grande dono della mia vita, mamma. Perché adesso so tutte queste cose."

Rafaela aveva posato nel piatto l'angolo avanzato del *bacalaíto* e si era pulita le dita sul tovagliolo macchiato di unto. Il suo bambino non sarebbe mai tornato indietro.

"Be', prego," aveva detto in tono ironico. "Era il mio piano fin dall'inizio."

Benny si era messo a ridere.

E ora lo sentì di nuovo, mentre rideva sottovoce all'altro capo della fila, e quel suono sacro e cristallino riecheggiò con grazia tra gli archi di pietra. Come gli riusciva, a suo figlio? Rafaela si sporse leggermente oltre la sagoma sempre più minuta di Mamamía per vederlo, nella sua alta eleganza, il fisico muscoloso contenuto alla perfezione nel completo impeccabile, la mano che afferrava quella di un altro uomo e lo attirava in un abbraccio, gli dava qualche pacca sulla spalla. La voce di Benny era disinvolta mentre faceva girare l'uomo verso Papamío e guidava la loro stretta di mano.

"Papamío, ti ricordi Candido?"

"*Ay*, oh mio Dio, Candido," disse lui. "Ma guardati, ragazzo mio!" E fece un passo avanti per abbracciarlo.

Rafaela sentì il respiro mozzarsi in gola. *Mio Dio, Lola*, pensò. *C'è qui Candido.* Ma tutto taceva, e quello per Rafaela fu il momento peggiore. Perché Candido era lì, dopo tutti quegli anni. E lei non poteva dirlo a sua sorella.

Era ancora magro e i suoi occhi verdi erano limpidi e magnetici proprio come li ricordava. Aveva un paio di baffi curati e c'erano dei fili argentei tra i suoi capelli folti, ma in generale sembrava ancora il suo amico, lo stesso ragazzo che l'aveva baciata sul divano dei suoi genitori quasi trent'anni prima.

La mano di Papamío si era spostata sulla guancia di Candido, e l'intimità di quel gesto fece trasalire Rafaela. Si stupì di quel tocco, della sensazione della pelle di Candido sotto il palmo caldo di suo padre. Per un attimo si distrasse, ma doveva salutare la señora Cruz, che era arrivata davanti a lei e parlava di come il pranzo in sala professori non sarebbe stato lo stesso senza Lola e il suo Tupperware pieno di *tostones* e fagioli, i suoi assurdi aneddoti del weekend. Rafaela le sorrise, annuì e le strinse la mano, ma in realtà era completamente assente da quello scambio, tutto il corpo sintonizzato invece sulla presenza di Candido a pochi passi da lei. Si lisciò il tubino, si sistemò i ricci dietro l'orecchio. Riusciva quasi a udire il sussurro insistente di sua sorella mentre lui si avvicinava: *È qui per te, Rafaela, non per me. È qui per te!*

Individuò la fede nuziale all'istante, mentre lui prendeva le mani di Mamamía tra le sue. Non fu una sorpresa, non proprio. L'aveva saputo, che si era sposato. Ma l'impatto visivo dell'anello fu comunque sconvolgente.

"Mi dispiace tanto," stava dicendo lui, e la sua voce era rimasta uguale, e a quel punto anche Mamamía lo strinse in un abbraccio, e Rafaela sentì il mondo inclinarsi sotto di lei, perché in tutti gli anni della sua infanzia, quando vivevano nella stessa casa, non aveva mai visto i suoi genitori abbracciare Candido, eppure eccolo lì, a piangere sua sorella come un fratello. Eccoli lì mentre si scambiavano il conforto viscerale di una famiglia. Lui aveva gli occhi chiusi e i capelli di Mamamía erano uno sbuffo di ricci grigi accanto al suo viso tirato, e quando finalmente Mamamía si sciolse dall'abbraccio gli strinse le spalle prima di lasciarlo andare.

Allora Candido si girò verso Rafaela e lei vide che nei suoi occhi c'erano lacrime vere, anche se si rifiutava di farle scendere. La voce era ridotta a un suono fioco, una sola parola, il suo nome. "Rafaelita."

Candido aprì le braccia e lei tirò su col naso in fretta, ma era troppo tardi. Tutto il suo dolore era arrivato in un colpo solo e lui non aspettò: la abbracciò, e come se niente fosse erano tornati bambini, tutti e tre insieme, brillanti e intatti, e correvano nelle stanze ampie e silenziose della grande casa di calle Américo Salas. Nascondino. Palme in vaso. L'aroma dei *quesitos* di Priti lasciati a raffreddare in cucina. Rafaela non si preoccupò del trucco che gli sporcava la spalla del completo mentre piangeva.

* * *

Si videro a pranzo al Vanderbilt di Condado, che negli anni dell'abbondanza era stato il ristorante preferito di Papamío. A Rafaela sembrava un po' troppo, ma Candido aveva insistito, così alla fine ci andò. Non frequentava quel posto da quando era ragazza e non se lo ricordava molto, finché il portiere non sollevò il cappello per salutarla all'ingresso. Fu così che Rafaela entrò in un ricordo.

Il ticchettio delle sue scarpe, un tempo di vernice, sul pavimento lucido come uno specchio. La grandiosità travolgente della doppia scalinata, la fresca quiete del lusso. Il personale che si spostava svelto e senza un suono nella hall per svolgere commissioni non meglio precisate per la ricca clientela. Lo sfavillio della luce dorata che emanava dagli enormi lampadari, la volta di archi simmetrici in cui riecheggiava il maestoso silenzio. Ma soprattutto fu l'odore, un aroma che Rafaela non aveva idea di poter riconoscere finché non lo inspirò, e che arrivò a precipizio attraverso i decenni della sua vita per trascinarla nel passato. Era il legno oliato del bancone di mogano, la pulizia splendente dei divani in pelle e delle poltrone di velluto trapuntato, i mazzi torreggianti di profumate orchidee che debordavano dai vasi di cristallo, e dietro tutto questo l'aroma intenso di una cucina a cinque stelle. Ancora più lontano, dai pannelli di vetro fumé in fondo alla hall, l'accenno remoto dell'acqua salata che scintillava sotto il sole di mezzogiorno.

Solo allora Rafaela ricordò la loro tradizione annuale: una volta all'anno, tra Natale e l'Epifania, Papamío li portava tutti lì per un lungo pranzo. Non solo Mamamía e le ragazze, ma anche Candido, Priti e Benicio. Un rituale festivo, e l'unico giorno dell'anno in cui mangiavano tutti e sette insieme alla stessa tavola. Priti si metteva il suo abito migliore, e Candido indossava i vestiti nuovi che Mamamía gli aveva puntualmente regalato a Natale. Comparvero altri odori: il sentore penetrante del liquido color rubino nei bicchieri dei grandi, e la nota salata e pungente del filetto alla Wellington, il preferito di Rafaela, che Priti non cucinava mai a casa. Capì subito perché Candido avesse scelto quel posto, il peso che aveva avuto a lungo nella loro vita. Le sembrava di essere seduta a un'estremità di un'altalena basculante, con Candido seduto dall'altra parte. Il Vanderbilt era il fulcro in mezzo a loro.

Si accorse di essere in anticipo, così sgattaiolò nel bagno delle signore a ritoccare il rossetto e la cipria. Si pentì di non essere andata dalla parrucchiera, di non essersi comprata qualcosa di nuovo da mettere, ma non aveva avuto tempo. Restò lì finché non fu sicura che lui fosse arrivato, che l'avessero accompagnato al tavolo e la stesse aspettando.

Infatti era così. Si alzò per salutarla e la baciò sulle guance, cosa che lei aveva previsto ma che la scombussolò lo stesso.

Era tormentata dall'antico ricordo delle loro mascelle che si sfioravano e si allontanavano, la sensazione della pelle di lui sulla sua. Non era così che voleva cominciare, confusa e accaldata. Ma poi, ancora prima che il maître avesse finito di spingere la sua poltrona, arrivò un cameriere con gli spessi menu di pelle. Il momento svanì in fretta e Rafaela si ricompose. Candido era sposato, lo sapeva. Felicemente sposato, sperò. Gli sorrise per un attimo prima di concentrare sul menu la maggior parte della sua attenzione apparente.

"Il filetto alla Wellington non lo fanno più, temo," disse Candido.

"Santo cielo, te lo ricordi?" Le venne l'acquolina in bocca.

"Era il tuo preferito."

Se lo ricordava, che strano.

"Non fa niente," disse lei. "Un piatto così a pranzo va bene quando hai dieci anni. A quaranta e passa magari no."

Candido fece una risata. "Mah, sono sicuro che te lo puoi concedere, ogni tanto."

Rafaela si limitò a premere le labbra tra loro senza rispondere.

"Il salmone è buonissimo," suggerì Candido. "Anche l'insalata di aragosta."

Lei annuì e chiuse il menu. "Vada per l'insalata di aragosta."

Candido ordinò una bottiglia di vino costoso e Rafaela si sentì ancora più inquieta, pur non sapendo esattamente perché. Ma non era una sensazione abbastanza forte da spingerla a rifiutare il bicchiere che lui le offrì quando arrivò la bottiglia. Il vino era eccellente.

Rafaela era divorziata da quasi dieci anni, e da allora non era uscita con nessuno. All'inizio era troppo presa dalle questioni pratiche, dalla necessità di districare la sua vita da quella del marito. Si sentiva sopraffatta dal compito di guidare i figli attraverso il campo minato del divorzio, ed era distratta dal terrore e dall'euforia scatenati sia dalla sua improvvisa indipendenza sia da tutte le cose che doveva imparare per conservarla. In seguito, dopo aver trovato un equilibrio, si era resa conto di apprezzare la solitudine e la possibilità di coltivare i suoi interessi, proprio come Lola. Ogni quindici giorni i ragazzi passavano il fine settimana da Peter, e all'inizio Rafaela aveva temuto che quei weekend si trasformassero in un abisso di solitudine, invece aveva scoperto che quelle giornate vuote erano un lusso. Era dall'infanzia che non si godeva il piacere di vivere senza orari. Faceva lunghi bagni, leggeva romanzi frivoli e romanzi impegnati. Schiacciava un avocado con miele e aceto e si spalmava quella poltiglia sul viso per scongiurare le rughe. Dormiva fino a tardi e la domenica sera, quando Peter riportava i ragazzi dopo cena, si sentiva abbastanza rigenerata da accogliere con pazienza i malumori di Benny.

Gli anni erano passati e, malgrado il disinteresse per le avventure sentimentali, Rafaela curava ancora moltissimo il proprio aspetto, si vestiva sempre in modo impeccabile, preferiva arrivare in ritardo piuttosto che uscire di casa con lo smalto scheggiato. Le piaceva sapere che gli uomini si sarebbero girati a guardarla, immancabilmente. E questo le bastava. Scoraggiava qualunque cosa venisse dopo, come succedeva a volte. Detestava l'approccio, il sorriso, le squallide frasi da rimorchio. Di solito reagiva con un rimprovero così arrogante che l'aspirante corteggiatore se ne andava sentendosi non solo respinto ma anche completamente umiliato. Così, in effetti, quel pranzo con Candido era il massimo livello di prospettiva romantica a cui Rafaela arrivava da tantissimo tempo. Sentì quella verità invaderle la mente, ma la scacciò guardando ancora una volta la fede nuziale di lui. Era tutto nella sua testa.

"Allora," disse Candido dopo che il cameriere ebbe preso l'ordine e portato in tavola pane caldo e burro alle erbe aromatiche. "Raccontami tutto."

Rafaela fece una risata. "Tutto?" Buttò lì una battuta. "Dopo quattrocento anni di occupazione spagnola, nel 1898 l'isola di Portorico fu ceduta agli Stati Uniti come uno spazzolino da denti avanzato."

Funzionò. Candido scoppiò a ridere. "Cioè, lo sai che in questi anni mi sono tenuto in contatto con Lola," disse. "Ogni tanto ci vedevamo, veniva a cena a casa nostra o la incrociavo a messa. Mi ha sempre tenuto aggiornato."

A Rafaela non sfuggì il *casa nostra*, ma scosse la testa. "Non lo sapevo."

In realtà era piuttosto beninformata, perché la sorella l'aveva tenuta al corrente di ogni mossa di Candido, o almeno ci aveva provato. Con il passare degli anni, però, tutte le volte che Lola faceva il suo nome, Rafaela si affrettava a cambiare discorso. Dopo essersi trasferita a Saint Louis con Peter, le faceva troppo male pensare di essere diventata il pezzo mancante. E invece adesso erano lì, seduti insieme a un tavolo del Vanderbilt, dove Lola non sarebbe mai più tornata, e la possibilità di riunire quelle parti affini di se stessa era svanita per sempre.

Candido bevve un sorso di vino e posò di nuovo il calice sulla tovaglia bianca, facendo girare lo stelo tra le dita. "Benny lo vedo spesso. Ha il contratto per il nostro parco macchine, quindi lavoriamo molto insieme. Bravo ragazzo."

Rafaela sorrise, orgogliosa. "Sì."

"Ha preso dalla mamma," disse Candido.

"Grazie a Dio!"

Risero di nuovo entrambi, e poi ci fu un lungo momento di silenzio imbarazzante.

"A dire il vero mi ricorda me stesso a quell'età," riprese Candido. "Ambizioso, gran lavoratore. Pieno di idee. Ci sono persone decise ad avere successo, costi quel che costi. Lui quello slancio ce l'ha."

Rafaela annuì. "È sempre stato così!" disse. "Anche se speravo che trovasse la felicità più vicino a casa. Cioè, più vicino a me, intendo."

"Be', qui sta bene, Rafaela. Davvero," replicò Candido. E poi, dal nulla: "Mi è dispiaciuto sapere che hai divorziato".

Lei lo fulminò con lo sguardo, ma poi scrollò le spalle. "A me no."

"Non è stato bello pensare che fossi infelice, tutto qua," spiegò lui.

Al che Rafaela bevve un goccio di vino, o meglio, una sorsata abbondante, e poi un'altra. Quindi finalmente parlò.

"Non è stato bello nemmeno per me." Fece un sorriso triste. "Eppure eccoci qua. Del resto non pensavo nemmeno di dover seppellire Lola così giovane."

Quando Candido allungò la mano per stringere la sua, non fu un gesto allarmante né romantico, ma di una tenerezza fuggevole. Lei gli accarezzò il dorso della mano e ricordò che quella era la stessa mano che aveva guidato la sua dentro un sacco di neve fresca tanti anni prima. Non voleva mollare la presa.

"Ancora non ci credo che non c'è più," disse lui sottovoce.

"Non ci credo che non c'è più," ripeté Rafaela scuotendo la testa. "Com'è possibile?"

Tra loro si alzò un'ondata di dolore, ma lei si lasciò scavalcare in modo che l'onda andasse a frangersi sulla battigia. Respirò al ritmo dell'acqua finché la parte più profonda non fu passata.

Quando arrivarono le portate, Rafaela tirò un sospiro di sollievo, non perché avesse fame (tutt'altro), ma perché il cibo offrì un'apertura, la possibilità di volgere l'attenzione altrove. Prima portò il discorso sull'insalata di aragosta, strutturata e insaporita alla perfezione, poi su Candido stesso. Tralasciò le parti che conosceva già bene e andò direttamente all'argomento che si era sforzata a lungo di evitare. Aprì la bocca sperando che il coraggio la assistesse.

"E tua moglie come sta? Il tuo matrimonio va meglio del mio, spero."

"Ah, be', mia moglie è una donna meravigliosa," rispose Candido. "Yasmina. È di Fajardo. Ti piacerebbe molto."

Lei percepì il suo riserbo, ma non ne capì l'origine. Forse non voleva ferire i sentimenti di Rafaela, o forse era confuso riguardo ai propri. Ma lei sapeva che il motivo non era importante. Avrebbe aperto la porta con garbo e lo avrebbe condotto dall'altra parte. D'accordo, si conoscevano da quando erano bambini, si erano amati, e allora? Non erano più bambini; erano adulti che si volevano molto bene, che avevano condiviso una casa e una storia e che adesso erano legati dal vincolo del dolore. Sarebbe andato tutto bene, avrebbero superato gli ostacoli con dignità.

"Lo diceva anche Lola. Non mi aspettavo niente di meno per te!" disse Rafaela. "E come vi siete conosciuti?" Conficcò la forchetta in un pezzo di aragosta.

"A New York," rispose lui.

"Ah!" Per poco non sussultò perdendo la compostezza. Sentì quell'informazione piombarle addosso, sentì che le increspava la fronte, e in quel momento sperò che ammettere la propria ipocrisia fosse una sorta di virtù. Ovviamente, nello stesso periodo Rafaela aveva conosciuto Peter e si era innamorata di lui. Candido le lesse in faccia tutti quei pensieri ancora prima che lei riuscisse a decifrarli.

"A quei tempi non uscivamo insieme," spiegò. "È successo solo anni dopo, quando siamo tornati tutti e due a casa."

Casa. Detta da lui, quella parola conteneva una chiarezza, un conforto e un'intimità che Rafaela aveva dimenticato da tempo, e non il caos informe che si scatenava ogni volta che a pronunciarla era lei. Annuì, come per incoraggiarlo a continuare, ma Candido sembrava incerto su come andare avanti.

"È stato dopo che tu e Peter vi siete trasferiti a Saint Louis con i bambini," disse sporgendosi con nonchalance a infilzare un pomodorino dell'insalata di Rafaela con la propria forchetta. "Un anno dopo, circa."

A quella rassicurazione lei si sentì sollevata, e si odiò per questo, ma fu anche distratta dal furto del pomodorino. Che differenza faceva, dove o quando aveva conosciuto sua moglie? In effetti, un po' di differenza la faceva. Lo osservò mentre rigirava il pomodorino nella salsa e se lo cacciava in bocca.

"L'ho rivista per caso alla festa di compleanno di un amico e abbiamo cominciato a rievocare i vecchi tempi a New York. Lavoravamo nello stesso hotel, ma al mio arrivo lei stava già risparmiando per tornare a casa. Ha qualche anno più di me. Ed è ambiziosa! Era decisa a tornare con abbastanza soldi per studiare da infermiera."

Una donna più grande! Rafaela era incuriosita. "E il diploma l'ha preso, giusto? Lola me l'aveva detto, che faceva l'infermiera."

"Esatto." Candido non riuscì a nascondere un sorriso orgoglioso. "Lavora in neonatologia all'Upr."

"Fantastico."

Rafaela avvertì una fitta di gelosia, anche se si rifiutò di ammetterlo. Ma era gelosia eccome, e in varie forme. Peter non era mai stato fiero di lei in quel modo. Che lei sapesse, mai nemmeno una volta suo marito aveva dovuto reprimere l'orgoglio nella voce mentre la descriveva a qualcuno. Non l'aveva mai ringraziata per aver lasciato la sua famiglia, la sua isola, non aveva mai espresso ammirazione per il suo inglese che migliorava o per la sua capacità di adattarsi a una nuova cultura. Tutte quelle cose non le erano forse riuscite piuttosto bene? Non gli aveva forse dato due figli belli e intelligenti, non li aveva allevati finché non erano diventati due giovani adulti felici, premurosi e responsabili, nonostante fossero cresciuti in un posto dove la loro madre non aveva parenti, amici, supporto, dove non si trovava nemmeno una banana verde al supermercato? E lì, sotto quel guazzabuglio di emozioni confuse, Rafaela provò un miracoloso pizzico di gioia nello scoprire che c'erano ancora matrimoni così. Gioia, nel vedere quanto fosse felice Candido della propria vita. Il sorriso che le illuminò il volto fu inaspettato e sincero, ma lo stesso valeva per le lacrime che le si accumularono dietro gli occhi. Il suo era un tale pantano di emozioni che non riusciva a isolarne nemmeno una che fosse coerente.

"E ho saputo che hai figli, giusto?" gli chiese, sperando di arrivare in fondo alla conversazione con la pura forza di volontà.

"Un maschio e una femmina, come te. Dieci e otto anni."

Il maschio viveva per il baseball. La femmina andava matta per i libri. A quel punto ci fu un secondo assalto al piatto di Rafaela, stavolta per prendere un crostino, e la vista del crostino che abbandonava la sua insalata su un dente della forchetta di Candido le riportò alla mente un ricordo dimenticato: mille ruberie simili quando erano bambini, lui che le sgraffignava di continuo il cibo dal piatto quando nessuno guardava. Non perché avesse fame o non gli dessero abbastanza da mangiare, ma perché entrambi lo trovavano esilarante. Da piccoli, l'unico pasto che facevano insieme era la colazione, e poi un paio di cene alla settimana, quando Mamamía e Papamío uscivano. Il furto era un gioco tra loro, ma nemmeno Priti poteva venirlo a sapere, nemmeno Lola. Era il loro segreto. In questo modo, quando il bottino era di grande valore (l'ultimo *tostón* rimasto nel piatto, per esempio), Rafaela non poteva lamentarsi senza rovinare il gioco. E così ricorreva ai pizzicotti o ai calci sotto il tavolo.

Candido prese il portafoglio dalla tasca dei pantaloni e tirò fuori le foto dei figli. Stava ancora masticando il crostino rubato.

"Sono bellissimi," commentò lei. "Spero che le loro maniere a tavola siano migliori di quelle del padre."

Lui rise, e quando fece per prenderle una fetta di cetriolo Rafaela gli diede uno schiaffetto sulla mano. Per batterlo sul tempo, la mangiò subito.

"Ricordi che ti mettevi nei guai per come difendevi il piatto?" le chiese Candido ridendo di nuovo.

Aveva dimenticato anche quello. Priti la sgridava perché teneva le braccia intorno al piatto come un portiere con il pallone.

"Non siamo allo zoo!" disse Candido con la voce di sua madre. "Togli immediatamente i gomiti dal tavolo!"

Rafaela si unì alle risate.

"Tua madre non aveva idea di quello che dovevo combattere!" esclamò scuotendo la testa.

"Sarai contenta di sapere che non tollero scherzi del genere alla mia tavola. È stata una delle prime regole quando i bambini erano piccoli. Mani a posto! Il cibo degli altri non si tocca!"

"Ah, di sicuro tu conoscevi i rischi meglio di chiunque altro." Rafaela bevve un sorso di vino. "Scommetto che quei bambini ti adorano," disse poi. "Quando diventi genitore, quando hai una famiglia così, cambia tutto."

"Be'," disse Candido guardandola dritto negli occhi. "Non tutto."

Sostenere il suo sguardo fu come sbarrare la porta a un assalto, a un esercito invasore, a un uragano, ma Rafaela ci riuscì. Non sbatté nemmeno le palpebre.

"Però sì, quasi tutto," ammise lui. "È evidente che sei stata una brava madre, Rafaela. I tuoi figli... Ruth..." Si interruppe per bere un sorso di vino. Poi scrollò la testa e cercò di schiarirsi la gola, ma sembrava che non riuscisse ad alzare il volume della voce, a mettere fiato nelle parole. "Tua figlia... Certo, non la conosco bene come Benny." Fece un respiro. "Ma anche lei sembra straordinaria, come Lola. E come la sua *mamá*."

Rafaela annuì, facendosi sfuggire una singola lacrima che scurì il lino rosso del tovagliolo.

"Hai fatto un ottimo lavoro con loro, sai. Dovresti essere molto orgogliosa. Immagino che non sia stato facile."

Lei piegò il tovagliolo sul tavolo e allungò la mano per stringere ancora una volta la sua. Tutti gli anni passati, tutte le persone che era stata dall'ultima volta che aveva sentito il timbro della voce di Candido. La loro lingua comune risaliva a due intere famiglie fa, eppure. Non c'era una sola stanza nel cuore di Rafaela di cui lui non possedesse la chiave. Ovviamente lei non disse niente di tutto questo, mentre sentiva sotto il pollice la fascia d'oro che gli circondava l'anulare. Invece gli diede una strizzatina affettuosa. Sorrise.

"Grazie," disse.

Perché non aveva altro che questo. Il pranzo proseguì senza scossoni. Parlarono del recente trasloco di Rafaela da Saint Louis alla East Coast, della vivace seconda vita di Priti a Miami, dove aveva sposato il preside di una scuola media e insegnava step nella palestra locale. Quando Candido le chiese se avesse mai pensato di tornare a casa, Rafaela non rivelò che a San Juan non poteva più sentirsi a casa, non adesso che Lola non c'era più e lui era felicemente sposato con una donna molto fortunata che lei non aveva alcun desiderio di conoscere.

Allora Rafaela avvertì un formicolio familiare, un risentimento a lungo sepolto che aveva sempre fatto del proprio meglio per ignorare. Candido aveva la capacità di scavare nelle emozioni senza nemmeno aprire bocca. Da un momento all'altro, mise a nudo ciò che lei provava. Gli bastò girare la testa, la luce gli colpì lo zigomo con una certa inclinazione, e Rafaela ne fu travolta. *Perché, perché, perché era stata lei a dover partire per Trinidad? Perché non aveva fatto una scenata, rifiutandosi di partire, insistendo per cercare una soluzione migliore? E perché a Lola avevano permesso di restare a casa a Portorico, vicino a tutti i suoi cari, mentre l'intera traiettoria della vita in esilio di Rafaela si era messa in moto il giorno stesso in cui era salita su quella maledetta nave a Ponce? Perché era partita senza lottare?* Rafaela non aveva mai incolpato Lola. Quasi non accusava nemmeno Papamío. Ma certe volte le sembrava che le avessero rubato la vita.

Davanti a lei c'era Candido. Erano due persone di mezza età. Lui era sposato.

Rafaela bevve altro vino e portò il discorso sull'azienda di trasporti di Candido: quanti dipendenti aveva adesso, quanti contratti pubblici, con che velocità stavano ampliando la flotta. La sua umiltà non poteva mascherare l'enorme successo che si era conquistato con il sudore della fronte. Rafaela era fiera di lui, ma non voleva dirglielo e sembrare paternalista.

"Priti sarà molto fiera di te," disse invece.

Lui fece un grande sorriso. "Me lo ricorda di continuo."

"Ci penso spesso, a lei," aggiunse Rafaela. "Specialmente dopo il divorzio, pensavo a lei tutti i giorni. Chissà che fatica ha fatto a crescerti da sola, senza tutti i vantaggi che ho avuto io."

Candido annuì.

"Una volta l'ho chiamata, dopo un attacco di rabbia di Benny," disse lei. "Cioè, da ragazzino era sempre di malumore, ma quel giorno è stato davvero terribile. Quando poi è andato a dormire sbattendo la porta, ricordo che mi sono messa a piangere. Il giorno dopo è uscito per andare a scuola e ho chiamato subito Priti per scusarmi di quello che le avevamo fatto passare da adolescenti."

"Me l'aveva detto," rivelò Candido. "Le ha fatto molto piacere."

Rafaela scosse la testa, imbarazzata. "Non avrei dovuto metterci così tanto. Adesso, quando ripenso alla nostra infanzia, mi sembra così strana, così sghemba. Quasi non ci credo che mi sembrasse naturale, il nostro modo di vivere."

Candido si strinse nelle spalle. "Una volta le cose funzionavano così."

Un'interpretazione generosa, pensò Rafaela. Lo fissò mentre afferrava la bottiglia quasi vuota e le versava l'ultimo goccio.

"Ne ordiniamo un'altra?" chiese lui. "Secondo me Lola ci direbbe di berne un'altra."

Lei era abbastanza brilla da mettersi a ridere, ma non abbastanza da approvare altro vino.

Quando si separarono sul marciapiede davanti al Vanderbilt, lei per tornare all'appartamento della sorella in taxi, lui per tornare in ufficio a piedi, Rafaela si rese conto di essere addolorata non solo per Lola ma anche per se stessa, per tutto quello che aveva perso anni prima e che poi aveva continuato a perdere, anno dopo anno. Persino in quel momento.

Non pensava spesso alle sue nozze, un evento che non aveva portato al matrimonio felice in cui aveva sperato. Ma le poche volte che ci pensava preferiva riflettere solo sulla bellezza intrinseca di quella giornata: l'abito bianco, la *mantilla*, l'opulenza delle orchidee, la luce che entrava in chiesa dalle vetrate istoriate. Il suo bellissimo sposo, affascinante nell'uniforme blu. Là c'era stato amore. Ma quel pomeriggio fuori dal Vanderbilt, quando salì sul sedile posteriore del taxi e Candido le chiuse la portiera, quando si allacciò la cintura e lui fece un passo indietro, salutandola dal bordo del marciapiede, proprio non le riuscì di scacciare gli altri ricordi. Ciò che aveva sempre represso – se ne rese conto solo allora – sotto la facciata rispettabile del vincolo matrimoniale.

Il giorno in cui aveva sposato Peter era innamorata di lui, questo era vero. Ma non in modo esclusivo. Non del tutto. Era il volto di Candido quello che aveva cercato tra i banchi dopo essere arrivata accanto al suo caro sposo in chiesa. Quando il prete aveva chiesto ai presenti se fossero a conoscenza di qualche impedimento per il quale Rafaela e Peter non avrebbero dovuto unirsi in matrimonio, quando Lola si era schiarita leggermente la gola ma non aveva detto nulla, era la voce impossibile di Candido quella che Rafaela aveva immaginato potesse risuonare dal fondo della chiesa. Era a Candido che aveva pensato senza volerlo proprio mentre faceva un passo avanti per infilare l'anello sulla mano tremante di Peter, appena prima di sussurrare le promesse davanti a Dio.

Era sempre stato Candido a essere troppo per lei. Non il contrario, mai, nemmeno per un giorno. Quanto era stata stupida, con le sue idee antiquate sul rango e sul decoro. Come aveva fatto a credere a quelle sciocchezze? Adesso c'erano molte vite a separare Rafaela dalla ragazzina che era stata, e non poteva più abitare un cervello in cui quelle vecchie scelte avevano un senso. Per tutto quel tempo avrebbe potuto essere lì, nel posto a cui apparteneva, con Lola, con Candido.

Lui era ancora sul marciapiede: alto, le spalle larghe, la fede nuziale che luccicava sulla mano mentre la salutava, gli occhi verdi come il muschio alla luce del sole. Stavolta Rafaela aspettò che il taxi si fosse immesso nel traffico prima di cedere alle lacrime.

27.

San Juan, Portorico
1991

Ruth e sua madre entrarono insieme nel palazzo sul litorale di Luquillo il giorno dopo aver seppellito la zia Lola. Ruth non ricordava di aver mai visto la madre sudare tanto come durante quel viaggio: il dolore l'avvolgeva come un cappotto di pelliccia in estate.

"*Ay*, che caldo!" esclamò la mamma in ascensore frugando nella borsa in cerca di un ventaglio, mentre Ruth premeva il pulsante del piano.

Quando aprirono la porta ed entrarono nel soggiorno di Lola, l'aria era ancora più calda, e per un attimo Ruth temette che la madre sarebbe svenuta.

"Mamma, siediti," le disse, poi andò dritta verso il condizionatore a finestra e lo accese al massimo.

Sua madre si sedette solo un momento, poi andò a mettersi in piedi davanti al condizionatore con gli occhi chiusi, girando il viso di qua e di là, allungando il collo in modo che l'aria fredda potesse insinuarsi nelle nuove pieghe che le si stavano formando proprio lì. Non si tingeva i capelli da quando aveva ricevuto la notizia della morte improvvisa di Dolores, e non era da lei tornare a casa con la ricrescita in vista. Una simile trascuratezza contrastava con la percezione che sua madre aveva di sé come di un'elegante donna di mondo, una raffinata viaggiatrice che visitava Portorico nello stesso modo in cui un pontefice in carica avrebbe potuto visitare di tanto in tanto il caro e lontano paese nativo della sua vita prepapale. Ma il dolore rimescola e trasfigura. Genitori e figli si scambiano il posto. Così la mamma sembrava non curarsi della ricrescita grigia mentre il getto del condizionatore le spostava i ricci dalla fronte e li spingeva dietro di lei come una bandiera che garriva al vento.

Ruth tornò verso l'ingresso a chiudere l'inferriata. Dal corridoio sentì arrivare il ritmo attutito di un merengue e l'aroma di qualcosa che friggeva in padella con l'aglio. La mamma si sedette sul divano.

"Stai meglio adesso, mamma?"

Ruth aveva sempre pensato che sua madre fosse in qualche modo immune alla debolezza, anche quando lei era piccola, prima che i genitori divorziassero. Anche in quegli anni, quando la mamma rideva di rado, a Ruth non era mai passato per la testa di preoccuparsi per lei, perché la mamma aveva sempre l'aria di una che fluttuava appena fuori dalla portata della vulnerabilità. Era solida, inespugnabile. Ma la fortezza materna che esisteva un tempo, reale o immaginaria che fosse, era crollata nell'istante stesso in cui Lola era morta. Adesso, sul divano di Lola, la mamma sembrava più piccola, disorientata, e Ruth provò l'impulso nuovo di proteggerla, di trasformare le proprie braccia in un'impalcatura per fermare la demolizione in corso.

"Chiudi anche la porta," disse la mamma.

Ruth bloccò l'inferriata e chiuse la porta d'ingresso. La musica e l'aglio svanirono. Rimasero sole nel silenzio.

"Ma qui ha sempre fatto così caldo?" La mamma gettò la testa all'indietro e chiuse gli occhi.

"Una volta non ti dava fastidio," disse Ruth posando le chiavi sul bancone della cucina. "Quando eravamo piccoli non ci facevi neanche caso."

Poi si avvicinò alle porte a vetri scorrevoli e scostò le tende, accorgendosi che stava trattenendo il fiato come le succedeva tutte le volte che rivedeva quel panorama dopo una lunga assenza. Al di là della ringhiera bianca e dei mobili da esterno di plastica, era impossibile distinguere il punto in cui il mare turchese si separava dal cielo dello stesso colore. Sotto di loro, un nastro di sabbia bollente era punteggiato di palme che scuotevano le fronde al vento.

"Una volta bastava aprire le finestre," disse Ruth facendo scattare la serratura con il pollice e tirando uno dei due pannelli. "Ti ricordi?"

Il vento entrò nella stanza e gonfiò le tende, rovesciando un vaso di margherite secche sul tavolino alle loro spalle.

"C'è troppa aria," si lamentò la madre raddrizzando la testa. "Chiudi, chiudi, altrimenti esce tutto il freddo."

Agitò una mano verso Ruth e nel giro di pochi secondi si addormentò seduta sul divano, gli angoli della bocca all'ingiù nella stanchezza cattiva e persistente del lutto. Per Ruth fu una delle prime lezioni sull'annichilimento. Aveva diciannove anni e aveva affrontato alcune difficoltà nella vita – andarsene da Portorico, imparare l'inglese, abituarsi alla nuova moglie di suo padre –, ma le piaceva pensare che quegli eventi le avessero forgiato il carattere. Tutte quelle esperienze le avevano insegnato delle cose, l'avevano resa più forte. Ma stavolta sembrava tutto diverso, non c'era nessuna lezione di vita da imparare. Lola non c'era più. Era troppo giovane per essere morta, eppure era morta, e l'annientamento della mamma era così assoluto da dare l'impressione che la maggior parte di lei se ne fosse andata con Lola dall'altra parte.

Ruth buttò i resti delle margherite e uscì a fare una passeggiata da sola finché la madre dormiva. Mentre il sole calava verso ovest, percorse a piedi nudi tutta la mezzaluna di sabbia, muovendo le gambe a un ritmo che solo quell'isola era in grado di generare, sentendo sotto i talloni il caldo che trasudava dal terreno. Sulla spiaggia incontrò un gruppo di cani che si rincorrevano e giocavano a mordersi e sfrecciavano insieme nell'acqua, mentre i padroni chiacchieravano tra loro tenendosi a debita distanza. Ruth ascoltò le forme familiari degli accenti umani e avvertì il peso di tutto quello che aveva perso, di tutta la lingua che aveva dimenticato. Era talmente piccola quando se n'erano andati. Da quasi tre quarti della sua vita, casa sua era altrove.

Forse non apparteneva più a nessun posto, pensò. O forse doveva solo continuare a cercare. Ormai viveva nel New Jersey da quasi due anni e, anche se non aveva il ragazzo (e non perché non ci avesse provato), aveva i suoi amici, le sue compagne di stanza. Aveva una vita divertente. Forse quella sensazione interiore di andare alla deriva faceva solo parte della crescita, forse tutti si sentivano così finché non trovavano la loro strada. Non le piaceva rifletterci troppo. Il pensiero che Lola non ci fosse più era angosciante; perché doveva anche trasformare sua madre nell'ombra di se stessa? E perché, oltre a tutto il resto, il dolore doveva intaccare la fragile identità di Ruth? Era già abbastanza difficile attraversare l'abisso di quelle giornate senza dover affrontare nuove domande su chi era e qual era il suo posto. Voleva togliersi dalla mente tutte quelle sciocchezze. Fece del suo meglio per respirare e calmarsi. Chiese a quelle domande di lasciarla in pace.

Arrivata alla curva occidentale della spiaggia, dove la terra sporgeva in avanti prima di ripiegarsi su se stessa e l'acqua cambiava colore nel fondale basso e roccioso, Ruth si lasciò cadere a terra sedendosi con i jeans direttamente sulla sabbia. Appoggiò i gomiti sulle ginocchia piegate e guardò i colori saturare il cielo vespertino. Il vento portò il profumo di una grigliata che qualcuno stava preparando sul balcone. Nel ritmo delle onde c'era una calma ipnotica e nel respiro di Ruth una lentezza di cui lei si dimenticava ogni volta che se ne andava da lì, per poi ricordarsene di nuovo ogni volta che tornava. Viveva quel dimenticare e ricordare, quell'amnesia oscillante, come una specie di atrofia spirituale. Tutte le volte che tornava doveva affrontare una verità pungente: ormai il semplice concetto di casa le era precluso. Apparteneva a ogni posto e a nessuno.

Perché ce ne siamo andati da qui?, pensò osservando i colori, affondando le dita nella sabbia fresca.

Ma era un inganno: quel pensiero l'aveva formulato in inglese.

* * *

Passarono il resto della settimana a sgombrare l'appartamento di Lola per trasformarlo in una casa vacanze. La mamma si lamentava del caldo tutti i giorni, così Ruth le lasciò le stanze anteriori, dove poteva lavorare al freddo artificiale del condizionatore.

"Io comincio dalla camera," disse alla madre.

Preparò scatoloni per le cose da tenere e altri per le cose da donare, mentre il resto finì nel sacco dell'immondizia. Si occupò prima dell'armadio, poi della cassettiera e del comodino, quindi passò alle carte. La scrivania era un piccolo scrittoio a serrandina con tanti scomparti per tenere tutto organizzato. Francobolli, buste, penne, graffette. C'era un unico cassetto profondo in cui Lola teneva tutte le carte, in ordine e ridotte all'essenziale. Un solo faldone era stracolmo di vecchi documenti, e Ruth lo lasciò per ultimo immaginando che sarebbe stato il più difficile. Si sedette a gambe incrociate sul letto, fece un respiro profondo e lo aprì. Dentro c'erano alcune pagelle scolastiche, una foto in bianco e nero di uno sconosciuto, un programma di sala della produzione originale di *West Side Story* al Winter Garden Theatre di Broadway e diverse lettere ingiallite che lì per lì Ruth non sapeva se leggere.

Ma poi, un ricordo: sua madre e la zia Lola sedute insieme al tavolo rotondo di legno nella cucina di Saint Louis, più o meno cinque anni prima. Ruth aveva circa quindici anni, Benny era sui diciassette. Le due donne sorseggiavano caffè in perfetto silenzio, quando Ruth era entrata e le aveva trovate così.

"Che succede?" aveva chiesto, subito insospettita da tanta tranquillità.

"Shhh!" Le avevano fatto cenno di avvicinarsi, attirandola nella loro nuvola di segretezza, e lei si era resa conto che stavano origliando. Con ogni piega della postura, uguale per entrambe: la schiena rigida, le mani sospese in aria, le orecchie tese avidamente verso il fondo delle scale.

La mamma aveva indicato in alto. "Benny sta di nuovo parlando con quella ragazza, Amanda," le aveva sussurrato portandosi l'indice alle labbra.

Ruth aveva esitato solo per un attimo. "Lo sapete che c'è un metodo più efficace, vero?"

Entrambe si erano girate a guardarla da sopra la tazza di caffè, mentre lei andava a prendere il telefono fisso sul mobiletto accanto alla porta di servizio e lo portava sul tavolo.

"Ma sentirà il *clic*!" l'aveva messa in guardia Lola.

"No, se mettiamo il muto," aveva spiegato Ruth.

Le due donne sembravano euforiche, si erano messe a saltellare sulla sedia quando Ruth aveva premuto il tasto "muto" e aveva alzato la cornetta con cautela. Poi l'aveva tenuta sollevata in mezzo a loro perché tutte e tre potessero sentire. Ma quel tradimento coordinato aveva dato ben pochi frutti. La conversazione era di una noia mortale. Amanda parlava dell'allenamento di lacrosse e delle doppie punte, e Benny non faceva nemmeno finta di essere interessato. Lo sentivano manovrare il joystick dell'Atari. Ruth ricordò di come tutte e tre avessero cercato di trattenere le risate quando Benny era sceso senza ciabatte a prendere una Coca dal frigo. Ma poi la zia Lola aveva fatto finta di studiarsi le doppie punte, e la mamma era quasi caduta dalla sedia dal ridere.

"Tutto bene, mamma?" le aveva chiesto Benny aprendo la lattina.

A Luquillo, nella camera di Lola, Ruth parlò ad alta voce nel caso in cui il fantasma della zia la stesse ascoltando. "Diciamocelo, non è che ti importasse molto della privacy." Quindi aprì la prima lettera.

Tre erano lettere d'amore firmate dal giovane uomo ritratto nella foto in bianco e nero, che a quanto pareva si chiamava Alejandro e che, nell'ultima lettera, dichiarava la sua intenzione di sposare un'altra. Nel corso degli anni Ruth aveva colto qua e là frammenti della vicenda – dopo che Papamío era andato in rovina, l'innamorato della zia Lola di quando era adolescente l'aveva scaricata per sposare la sua migliore amica –, ma non aveva mai scoperto il nome di quel mascalzone e non aveva mai visto la sua faccia da somaro. Ruth odiava il fatto che la zia Lola avesse tenuto le lettere di Alejandro; aveva voglia di mollargli un cazzotto in gola. Ma sapendo che Lola le aveva conservate, chissà per quale motivo, nemmeno lei riuscì a buttarle. Le rimise nella busta e sentì la tristezza avvolgerla come un sacco amniotico.

L'ultima lettera nel faldone era indirizzata a Papamío, ed era diversa dalle altre perché era scritta in inglese.

"Questa calligrafia la conosco," disse Ruth sottovoce. La riconobbe per via dei biglietti d'auguri che riceveva tutti gli anni al compleanno e a Natale, biglietti che costituivano il grosso del suo rapporto con nonno Pete dopo quel Natale disastroso di quando lei aveva undici anni. *Perché la zia Lola aveva una lettera di nonno Pete?* Per quanto ne sapeva, non si conoscevano neanche. Aprì la lettera senza pensarci e la lesse d'un fiato. Poi, con crescente agitazione, la rilesse più lentamente.

"Ma che cavolo..." disse ad alta voce.

Lesse la lettera ancora una volta, poi girò il foglio per vedere se c'era qualcos'altro, qualcosa che la aiutasse a riconciliare quella lettera spregevole con l'immagine che aveva di suo nonno, qualcosa che la aiutasse a spostare la pietra che le si era piazzata sullo stomaco. Aveva sempre saputo che il nonno era un po' razzista, ma siccome gli voleva bene si era convinta che non fosse davvero colpa sua. Dipendeva tutto dalla generazione, dalla famiglia, dal modo in cui era cresciuto. Nei suoi vent'anni di vita c'erano state alcune occasioni in cui Ruth aveva avuto la sensazione di essere sul punto di scoprire esattamente cosa pensava il nonno della mamma. Ricordava la parola *montata* da quella cena di Natale, forse solo perché poi aveva chiesto alla mamma cosa voleva dire, ma lei aveva inarcato un sopracciglio e si era rifiutata di rispondere; così Ruth era andata apposta nella biblioteca della scuola a cercarla sul dizionario. Ma non era riuscita a trovarla, così aveva dovuto chiedere alla bibliotecaria.

"Ah, è per dire che una persona è un pallone gonfiato," aveva risposto la donna senza esserle di alcun aiuto.

"Un pallone?" aveva ripetuto Ruth.

Ma la bibliotecaria l'aveva cacciata fuori, dicendole di andare a giocare.

Anche in seguito, dopo aver assistito a diversi scambi spazientiti e inspiegabili con varie cameriere nel corso degli anni, dopo aver sentito il nonno usare la parola con la *n* per descrivere un running back dei Chicago Bears a cui aveva dato ugualmente del montato, Ruth non aveva ancora fatto due più due. Dato che aveva una percezione complicata di sé (in generale era bianca) (ma comunque portoricana) (ma comunque quasi completamente bianca) (e anche completamente portoricana), e siccome il nonno era sempre stato affettuoso e gentile con lei, Ruth non aveva mai accettato che il razzismo del nonno potesse davvero estendersi alla mamma, e forse persino a *lei*.

Ora, con il foglio che le tremava in mano, Ruth si sentì stupida. Certo che si estendeva anche a lei. Lesse la lettera ancora una volta, sforzando le sinapsi, cercando di trovarci un senso. No, le parole erano quelle, punto e basta: le parole usate per descrivere la futura se stessa, per descrivere Benny.

All'improvviso nella stanza faceva troppo caldo, malgrado la brezza che entrava dalla finestra aperta. Ruth si lasciò cadere di schiena sui cuscini di Lola e si mise a respirare con la bocca.

Dopo essersi trasferiti a Saint Louis, era stato nonno Pete a comprarle il suo primo piumino per l'inverno, bianco e gonfio, decorato da una V di strisce blu e rosa. Alla cassa, mentre la teneva per mano, il nonno aveva insultato una donna in fila dietro di loro che aveva indicato Ruth facendo un commento che lei non aveva capito.

Sul letto di Lola, gli ingranaggi nella testa di Ruth non ne volevano sapere di girare. Era come una visita dall'oculista: il dottore aveva appena cambiato la lente davanti all'occhio e di colpo tutto sembrava diverso. Ruth avrebbe voluto tornare alla lente di prima, che le faceva vedere sfocato, ma non c'era più, sostituita dalle frasi malvagie sul foglio davanti a lei, diventate nitide tutto a un tratto. All'improvviso moltissime cose acquistarono un senso.

Ruth si alzò dal letto e andò alla porta con il foglio in mano. Sfiorò il pomello, ma poi pensò che forse la mamma non sapeva niente di quella lettera. Forse Ruth poteva risparmiarle il doloroso passaggio dalla lente sfocata alla visione nitida. Si fermò, con la mano sul pomello, e controllò di nuovo la data: aprile 1968. Poche settimane prima del matrimonio dei suoi genitori. In quel momento la mamma stava già soffrendo troppo.

Ruth non poteva sapere perché la calligrafia obliqua fosse sbaffata, ma l'inchiostro blu non si era mai ripreso da quella caldissima giornata di giugno nel reggiseno di Lola. La morbidezza della carta nascondeva la brutalità delle parole.

18 aprile 1968
Gentile signor Acuña & Torres,
spero tutto bene a Portorico. Ormai mio figlio Peter le avrà comunicato l'intenzione di chiedere la mano di sua figlia, nono-

stante fossimo molto dubbiosi e gli avessimo fortemente sconsigliato di farlo. Come è ovvio, non abbiamo mai incontrato sua figlia di persona. Sono certo che sia una ragazza incantevole, ma Peter ci ha spedito una fotografia da Trinidad e sono sicuro che concorderà con me nel ritenere che formino una coppia graziosa, sì, ma alquanto male assortita sul lungo periodo.

Non so come funzionino le cose lì da voi, ma qui negli Stati Uniti la gente perbene non mescola le razze. Non perché abbiamo qualcosa contro i portoricani o qualsiasi altra razza, ma perché la mescolanza non è naturale e causa terribili sofferenze alle persone coinvolte, specialmente ai poveri figli meticci. Per questo il matrimonio misto è ancora illegale qui, e mi pare di capire che le leggi di questo paese valgano anche per la vostra gente.

Finora non sono riuscito a convincere mio figlio del fatto che il cuore l'abbia portato fuori strada. È stato stregato dalla sua affascinante Raphaella. La esorto a dare ai nostri figli i consigli di cui hanno bisogno, ricordando loro che il vincolo del matrimonio perdura anche quando il fervore del desiderio è svanito da tempo. Faccio questo appello tanto per mio figlio quanto per sua figlia, perché nessuno dei due rimarrà felice a lungo in un matrimonio che sfida a tal punto le convenzioni. Cosa mai possono avere in comune? A motivarli è solo l'avventata irruenza della gioventù.

In fondo mio figlio è un giovane rispettoso che chiederà la sua benedizione per sposare sua figlia, perciò soltanto lei può convincerlo a desistere da questo piano sconsiderato. Da padre e da cristiano, mi aspetto che lei condivida le mie preoccupazioni. Se non riusciremo a impedire questo fidanzamento, dovrò chiederle di dimostrarmi la legittimità della loro unione. La prego dunque di inviarmi la documentazione relativa all'ascendenza di sua figlia, insieme alla sua personale assicurazione del fatto che non sia contaminata da sangue negro, sebbene la fotografia che mi ha spedito mio figlio sembri più che sufficiente a dimostrare il contrario.

Spero vivamente che possiamo risolvere la questione tra noi senza dover adire le vie legali a fatti avvenuti.

Distinti saluti,

Peter Brennan Sr.

Saint Louis, Missouri

* * *

Nascondendo l'esistenza della lettera alla mamma, Ruth era convinta di aver preso la decisione più adulta della sua vita: aveva scelto di portare lei la sofferenza sulle spalle, risparmiando qualsiasi dolore alla madre. Tuttavia non estese quella premura al padre, non perché tenesse meno a lui, ma semplicemente perché non le venne in mente. Dato che suo padre era un bravo padre, considerando la sua generazione e il suo comportamento e il modo in cui si relazionava con i figli, Ruth non pensava quasi mai ai sentimenti del papà. Di fatto, era solo vagamente consapevole della possibilità che lui li provasse.

Per come la vedeva Peter, il suo compito in quanto padre di Ruth era svolgere la funzione di pietra angolare, pilastro e baluardo. Il suo ruolo era accogliere l'inquietudine della figlia con calma imperturbabile e offrirle soluzioni. Tipicamente, nelle loro interazioni, la prospettiva che lui potesse sentirsi angosciato a sua volta non era contemplata.

Ruth aspettò fino all'autunno, quando il papà arrivò da Saint Louis per aiutarla a riportare le sue cose al dormitorio del Wodsley dopo l'estate trascorsa in gran parte nella casa nuova della mamma a Montclair. In realtà l'aiuto del papà non era poi così indispensabile: alla mamma non piaceva il caos di quella giornata, in cui tutti gli studenti tornavano nel dormitorio, ma Ruth non aveva molta roba e l'università era a mezz'ora di macchina. Poteva farsi prestare l'auto dalla mamma e completare il trasloco da sola in due viaggi. Ma il papà veniva ad aiutarla tutti gli anni perché voleva vedere la sua stanza.

"Visto che metto la metà dei soldi," diceva, "devo assicurarmi che siano spesi bene." E si lasciava cadere sul letto per provare il materasso.

La sua visita divenne parte del rituale di ogni semestre, e dopo ogni trasloco Ruth trovava una foto buffa che il padre aveva nascosto per lei da qualche parte. Li chiamava *ritratti motivazionali*: rappresentavano Gandhi o Gesù o Oprah e li infilava nella federa del cuscino o li metteva nella tasca dei jeans preferiti di Ruth o li attaccava con il nastro adesivo sotto la tastiera. Con un pennarello aggiungeva una didascalia ridicola, come "Gesù è sicuro che questo semestre avrai la media più alta di tutti!" o "Oprah sa che ce la puoi fare!".

La sera dopo il trasloco del terzo anno, il papà e sua moglie Trisha la portarono a cena nel suo ristorante preferito. Ruth aveva la lettera nella borsa e quel pensiero la distraeva a tal punto che quasi non riuscì a godersi il pollo tikka masala. Ma aspettò comunque la fine della cena, perché non voleva parlarne davanti a Trisha.

Poi tornarono al Radisson Hotel, dove Trisha – che aveva sbadigliato per tutto il dessert proclamando di avere il jet lag – salì in camera a dormire anche se erano solo le 21.15, cioè le 20.15 a Saint Louis. Ruth e il papà avevano evitato di guardarsi tutte e quattro le volte in cui Trisha aveva nominato il jet lag, e aspettarono che le porte dell'ascensore si richiudessero dietro di lei prima di scoppiare a ridere e continuare a sbellicarsi per interi minuti.

"Povera, è proprio sfinita!" disse Ruth asciugandosi una lacrima.

"Ruth, lo sai che è stancante far parte del jet set internazionale!" aggiunse il papà, tirando fuori dalla tasca dei pantaloni un fazzoletto di stoffa con cui tamponare le prove delle sue risate.

Poi cercarono l'angolo più tranquillo della grande hall e si sedettero su due poltrone disposte l'una di fronte all'altra. In mezzo c'era un tavolino basso di colore arancione, su cui Ruth appoggiò la lettera incriminata.

"Ho trovato questa," disse. "Quest'estate, quando sono andata con la mamma a sgombrare l'appartamento di Lola."

Il papà guardò prima la sua faccia e poi la lettera. Tra loro aleggiava ancora il ricordo delle risate, cosa di cui Ruth fu grata: una rete di sicurezza per una conversazione difficile. Ruth era sicura che il papà avrebbe riconosciuto all'istante la calligrafia di suo padre, ma non riuscì a capire subito se avesse già visto la lettera. Lo osservò con attenzione mentre si allungava a prenderla, mentre la leggeva, mentre la vergogna e l'orrore gli attraversavano il volto. Terminata la lettura, posò il foglio a faccia in giù sul tavolino. Tirò in dentro le labbra e i suoi lineamenti si misero a tremare in un modo che Ruth non aveva mai visto prima. O forse non aveva mai guardato davvero. Gli occhi di suo padre erano azzurri come sempre, anche se adesso gli angoli erano segnati dalle zampe di gallina, e i capelli erano venati d'argento.

"Dunque." Il papà si schiarì la gola. "Sono sempre stati contro di noi. Mi dispiace tanto che tu l'abbia trovata."

Ruth espirò a fondo. "Anche a me," disse, e aspettò che lui aggiungesse qualcosa.

"Mi dispiace che una lettera del genere esista, tanto per cominciare." Il papà si appoggiò allo schienale della poltrona, ma subito dopo si piegò di nuovo in avanti, con i gomiti sulle ginocchia.

"Be', ovviamente non è colpa tua se esiste," disse Ruth. "Non l'hai scritta tu. Ma ne eri a conoscenza?" Studiò il suo volto in cerca della verità, a prescindere dalla risposta che avrebbe dato.

"Sì e no," disse il papà.

Ruth fece un'espressione interrogativa.

"Sapevo che esisteva, a suo tempo," spiegò lui. "Non sapevo che Lola l'avesse conservata."

"L'avevi già letta?"
"No."
"Perciò quando dici che sapevi che esisteva..."
"Sapevo che mio padre aveva scritto a Papamío. Esprimendo la sua preoccupazione."
"Esprimendo la sua preoccupazione," ripeté Ruth.
"Cioè," disse lui, "conosco mio padre, quindi immaginavo che fosse offensiva, ma..."
Ruth restò in attesa, ma il papà si era bloccato. E in ogni caso lei non sapeva cosa si aspettava di sentire, a quel punto. I suoi genitori non erano nemmeno più sposati. Avevano divorziato da quasi dieci anni, e ormai il papà si era rifatto una vita. Stavolta il suo matrimonio era felice e funzionale. Eppure fu proprio lui a tirare in ballo la mamma. Con le dita, inchiodò la lettera sul tavolino arancione.
"L'hai fatta vedere a tua madre?"
"No," rispose Ruth.
Lui fece un sospiro, e nell'ampiezza di quel sospiro Ruth vide ciò da cui il papà aveva protetto con tanta cura la mamma per tutti quegli anni. Vide che aveva dei *sentimenti* al riguardo. Ruth non l'aveva mai visto piangere, e non sarebbe successo quella sera, ma le lacrime c'erano comunque.
"Hai fatto bene," disse infine il papà scuotendo la testa. "Tua madre ne ha passate abbastanza quando eravamo sposati. Non c'è bisogno di ricordarle tutto questo dopo tanti anni. È una cosa disgustosa."
Non avevano mai parlato della mamma, non avevano mai discusso del matrimonio né del divorzio, e nemmeno dei primi anni di vita di Ruth a Portorico. Era la prima volta, un momento storico.
"Sai, non amerò mai nessuna come ho amato tua madre," disse il papà. Esitò, poi si schiarì la gola e guardò di sfuggita verso l'ascensore prima di aggiungere la seconda metà della confessione. "Come la amerò sempre."

Aveva il viso distorto dall'emozione, e Ruth era sconcertata. "Ma... E Trisha?"

"Ah, tesoro. Non hanno niente a che fare l'una con l'altra." Fece un sorriso triste. "Trisha mi rende *felice*. Molto felice. È un tipo di amore completamente diverso. È facile. Quello che avevamo io e la mamma, quegli anni dolci, addomesticati... Lei era la mia famiglia, il mio tutto. Abbiamo fatto te! E Benny. La cosa migliore che io abbia mai fatto. Certo, è stato un matrimonio difficile. Ma, santo cielo, quello era amore. Non aveva prezzo."

Ruth non credeva alle sue orecchie. "Ma allora perché? Se era così prezioso, perché non l'avete fatto funzionare, perché non avete fatto tutto il necessario?"

"È che... l'amore che provavamo l'uno per l'altra, la base..." Il papà avanzò con cautela lungo la frase, una parola alla volta. "Non ha retto la pressione di quello che ha dovuto sopportare la mamma." Abbassò gli occhi sul tavolino, come se sulla superficie vedesse scorrere i ricordi della loro vita insieme. "Per me non è stata così dura." Si interruppe, ripensando al passato. "Poi, chiaro, come cuoca era pessima."

Lei fece una risata. "Ah, me lo ricordo!"

"Ma proprio *pessima*," ribadì il papà. "Comunque non m'importava più di tanto, davvero."

Ruth annuì.

"L'unica cosa difficile per me era vederla diventare così infelice," disse lui. "Soffrivo perché non riuscivo a renderla felice. Non sono riuscito a evitarle tutto quello che ha passato là. Cercavo di essere allegro, di trasmetterle ottimismo, di proteggerla. Ma la gente era cattiva con lei. Alla fine, si è disamorata della nostra vita. E di me, credo. Non la sto accusando, lei non aveva nessuna colpa."

Prima di quella sera, Ruth aveva sempre dato per scontato che suo padre non lo vedesse, il modo in cui la gente di Saint Louis trattava la mamma. Perché lui era cresciuto lì, perché il Missouri era il posto a cui era abituato, perché forse si rifiutava di accettare la realtà di chi era davvero sua moglie. E forse Ruth aveva lasciato correre perché avere a che fare con la mamma non era facile. Era una donna divertente, brillante e adorabile, certo. Ma era anche arrogante, vanitosa, troppo consapevole della propria bellezza. Era irascibile, altezzosa, esigente, irritabile. Tutto questo era vero e Ruth lo sapeva. Ma forse aveva lasciato correre anche perché si trattava di suo padre e gli voleva bene.

Così, l'idea che lui *sapesse* dell'ostilità della gente, ma non avesse fatto nulla per rimediare... era un'idea nuova per Ruth. E in quel momento si rese conto che era stato confortante dare per scontato che il padre ne fosse semplicemente ignaro. L'alternativa... Ruth cambiò posizione sulla poltrona. Vedeva il rimorso di suo padre. Ma era stato lui a fare quella scelta, e quel pensiero la colpì per la prima volta.

"Sei stato tu a portarci là," disse sottovoce.

Non era un'accusa. Era solo un'osservazione che Ruth pronunciò ad alta voce nell'istante in cui la sua mente la formulò. Ma suo padre sussultò lo stesso. Forse lei si aspettava che le fornisse un elenco di motivi: i suoi parenti, il lavoro, le scuole, la qualità della vita. Invece tacque. Tacquero entrambi, ripensando al passato.

Ruth rievocò il country club, il gestore con le palpebre rosa, l'armadietto nello spogliatoio del personale. Poteva solo ipotizzare quali ricordi si stessero presentando alla mente del padre. Erano rimpianti privati che lui conosceva a fondo.

Così, ciò che disse il padre subito dopo non era una giustificazione, Ruth lo capì. Era una verità, pronunciata con voce sommessa.

"Non mi rendevo conto," disse.

Nei mesi successivi Ruth avrebbe ripensato spesso a quel momento: l'ammissione del padre, la sua sofferta dichiarazione d'amore, il tormento sul suo volto. Le parole che non aveva detto o che forse non era stato capace di dire. Ruth avrebbe riflettuto su quel ricordo senza capire perché le si riaffacciasse di continuo alla mente. Forse ciò che la attirava era il mistero dei taciti rimpianti del padre. Il suo amore vasto, totale, convinto, imperituro per la mamma. E il suo appagamento profondo e senza complicazioni adesso, con un'altra donna. Le domande che tutto questo sollevava rispetto alle qualità e alle varietà dell'amore. Con chi si sentiva più a casa? Quale tipo di felicità contava di più?

Perché, come suo padre, Ruth si sarebbe innamorata una prima volta. E poi una seconda. Come suo padre, si sarebbe detta che le due cose non avevano niente a che fare l'una con l'altra. Ovviamente la differenza principale era che i due grandi amori di Ruth, così diversi tra loro, si sarebbero sovrapposti invadendo e affollando il suo cuore. Quel groviglio avrebbe avuto tutte le caratteristiche di un'avventura criminale: velocità, errori, doppiezza, conseguenze inimmaginabili. Come quasi chiunque sia mai stato innamorato, Ruth non si sarebbe accorta di essere vittima e carnefice al tempo stesso.

Quella sera, quando Ruth rientrò al dormitorio, si era fatto parecchio tardi. Si spogliò e si infilò la camicia da notte. Ormai faceva parte degli studenti anziani, così quel semestre aveva per la prima volta una stanza singola, il lusso di un lavandino e di un water tutti per sé. Nel piccolo bagno di servizio, accese la luce e sollevò il coperchio del water. E lì, attaccato sotto il coperchio con il nastro adesivo, c'era il primo piano di un George Washington sorridente, con un messaggio scritto nella calligrafia inconfondibile di suo padre: "Metticela tutta, ragazza mia!".

28.

Palisades, New York
2023

Tornata nella propria cucina, Ruth scopre di non riuscire ad andare oltre il bancone, la scena del crimine, l'inizio dell'incubo. Ha il sedere incollato allo stesso sgabello su cui era seduta quando quello stupido telefono antiquato si è messo a squillare. Ruth pesa mille tonnellate e le sue ossa sono stuzzicadenti sotto il fardello della pelle. Una bruttissima notizia al telefono può risvegliare e scatenare i demoni dormienti dell'anima. Ruth lo sa, l'ha sempre saputo. Eppure saperlo non la aiuta. Nel corso di una vita in cui ha collezionato dolori, non c'è mai stato un momento peggiore di questo. Sua figlia, che potrebbe essere viva o morta, si trova a duemilacinquecento chilometri di distanza, e lei è bloccata qui. Su questo sgabello.

Chiama i ragazzi e poi suo padre, commette l'atrocità domestica di comunicare la notizia. Si stupisce della forza nella propria voce, della compostezza nel tono. Non sa che ha ereditato tutto questo dalla madre. A Carlos, che è a Manhattan per le prove dello spettacolo, dice di chiamare un Uber e tornare a casa immediatamente. A Vic, che dopo l'università ha trovato un buon lavoro in uno studio di architettura a Boston ed è ancora in ufficio a lavorare fino a tardi, chiede di prenotare un volo direttamente per San Juan e di raggiungerli lì appena il tempo si rimette, appena gli è possibile. Ruth si trattiene dall'aggiungere "non si sa mai". È quasi sollevata quando suo padre non risponde e può scrivergli la parte peggiore in un messaggio. *Daisy ha avuto un incidente. Richiamami.*

Finito il giro di telefonate, Ruth si tortura ricordando tutte le cose orribili che ha detto a Daisy negli anni. Rivede ogni litigio inutile, ogni frase di cui si è pentita. Quando finalmente avevano fatto il vaccino anticovid e il mondo aveva riaperto, quando Daisy aveva annunciato che sarebbe tornata a Portorico invece di cominciare l'università, il loro rapporto già teso e fragile aveva toccato il punto più basso. Alcuni mesi dopo, quando Daisy aveva confessato che stava per avviare un'attività, che stava per aprire un negozio laggiù, Ruth aveva temuto che la figlia non sarebbe mai più tornata, che non si sarebbero mai riprese da quella follia.

Ormai il negozio di Daisy ha aperto più di un anno fa e sembra che vada a gonfie vele (così le hanno riferito). Ciò nonostante, Ruth è l'unica della famiglia a non esserci ancora stata. Persino Vic, quello che si tiene più in disparte, quello così indipendente che finisce sempre più lontano di tutti, è andato a San Juan per un weekend lungo a dicembre, per vedere il negozio e sostenere la sua sorellina. Solo Ruth è stata troppo testarda nel suo disappunto, troppo giudicante, troppo rigida. Si è rifiutata di accettare che Daisy abbia diritto a costruirsi un percorso non tradizionale e che quel percorso possa essere legittimo. Ammirevole, persino.

Ruth appoggia i gomiti sul bancone e abbassa la fronte sul nodo formato dalle sue mani giunte. Con improvvisa chiarezza, capisce che è tutta colpa sua. L'incidente di Daisy, il fatto stesso che sua figlia si trovasse a Portorico. Forse è in parte per questo che anche Vic è così distante. E presto Carlos li imiterà, pensa Ruth. Scapperà alla prima occasione. I suoi figli se ne stanno andando, e non solo perché sono cresciuti. Si è rifiutata di condividere talmente tante cose con loro, ha tenuto la porta talmente chiusa per non farli entrare, che Daisy è andata a cercare la chiave per conto suo. È per questo che sono arrivate qui, a questo momento terribile.

Ci sono così tanti discorsi che deve fare con i suoi figli. Così tante cose sepolte che adesso vuole dissotterrare.

"Ti prego, Signore," dice ad alta voce. "Fa' che non sia troppo tardi."

* * *

Ruth non dorme, non esattamente, ma si stende un attimo sul divano, dedicandosi a quella specie di riposante assenza dal corpo che è possibile solo in tempi di dolore o catastrofe. Chiude gli occhi e le tenebre dell'oblio le inondano la mente come misericordioso inchiostro nero. Resta così per qualche minuto, e quando riapre gli occhi è decisa a impiegare bene le ore cupe e spaventose che l'attendono.

Raduna il portafoglio, la tessera dell'assicurazione sanitaria, il portatile e gli occhiali, poi chiama la compagnia assicurativa e segue le istruzioni registrate. Le ci vogliono diciassette minuti e mezzo per parlare con un'operatrice in carne e ossa. L'operatrice in carne e ossa si chiama Yvette e per prima cosa le dice che la loro conversazione verrà registrata a scopi di formazione del personale e per garantire la soddisfazione del cliente. Essendo lei la cliente in questione, però, Ruth è già insoddisfatta, perché sua figlia potrebbe essere ancora viva o forse no, e Yvette ci ha messo diciassette minuti e mezzo per risponderle al telefono. Ruth non sa da dove cominciare.

"Numero di tessera?" le suggerisce Yvette.

Ruth scandisce il numero.

"Può dirmi cortesemente nome e data di nascita?"

"Miei o della paziente?"

"Ah, non è lei la paziente?"

"No, è mia figlia."

"Ok," dice Yvette. "In questo caso, nome e data di nascita di sua figlia."

"Daisy Hayes. Diciassette aprile duemilauno."

Ruth la sente scrivere sulla tastiera e poi interrompersi di colpo.

"Ah," dice Yvette. "Sua figlia non è minorenne?"

"No," risponde lei. "Ha ventidue anni."

"Capisco."

La sente scrivere di nuovo.

"Devo verificare con il mio supervisore," dice Yvette. "Non so se sono autorizzata a parlare della sua salute con lei."

"È mia figlia," dice Ruth, impotente.

"Me ne rendo conto, signora Hayes, ma purtroppo esistono delle leggi che tutelano la privacy di tutti i nostri pazienti. Di solito possiamo parlare della salute di un paziente solo con il paziente stesso. Sua figlia è reperibile?"

Ruth chiude gli occhi e rallenta il respiro più che può.

"No," dice. "Non è reperibile."

"La metto in attesa un secondo," dice Yvette, e prima che Ruth possa rispondere si sente un *clic* e inizia un'orrenda sequenza di jazz dozzinale che si interrompe ogni venti secondi per rassicurare Ruth del fatto che la sua chiamata sia molto importante. Dopo sei minuti, il jazz finisce, Yvette torna al telefono e Ruth si fa il segno della croce.

"Buone notizie!" dice Yvette tutta allegra. "Il mio supervisore conferma che possiamo parlare di alcuni aspetti della salute di sua figlia, perché nel suo fascicolo lei è indicata come persona da contattare in caso di emergenza."

"Ok, bene," dice Ruth, cercando poi di fare i conti con l'assurda realtà di essere al telefono da venticinque minuti senza ancora essere riuscita a dire a Yvette che sua figlia è in un pronto soccorso di Portorico e potrebbe, o forse non più, avere bisogno dei servizi della compagnia assicurativa.

"Allora, come posso aiutarla oggi?" chiede Yvette.

Ruth cerca di indietreggiare dalla domanda e valutarla, come uno scalatore che studia la via migliore per salire in vetta.

"Mia figlia ha avuto un grave incidente," inizia.

"Oh, mi dispiace molto," dice Yvette.

"Camminava per strada, credo. E una macchina l'ha investita."

"Oh mio Dio."

Le risposte di Yvette si piantano come ostacoli lungo il cammino di Ruth, e lei spera che la smetta, così da riuscire a pronunciare quelle parole tremende. Non sopporta le interruzioni.

"Questa sera ho ricevuto una telefonata, mi hanno comunicato che Daisy, mia figlia, è in ospedale. E hanno detto che c'era un problema di qualche tipo con l'assicurazione. Che dovevo chiamare per verificare la copertura."

"Oh mio Dio," ripete Yvette. "Mi dispiace molto."

"Grazie."

"Mi faccia controllare," dice Yvette scrivendo sulla tastiera. "Vediamo un attimo cosa c'è scritto qui."

Nel silenzio meccanico che segue, mentre Yvette digita, Ruth viene scossa da un tremito, che parte dal torace e sale lungo le vertebre propagandosi fino alla punta delle dita. Sono congelate, se ne accorge soltanto adesso, così come la punta del naso. Ruth sa che fuori non fa freddo. Sfiora l'icona del vivavoce e appoggia il telefono sul bracciolo del divano per infilarsi le mani fredde sotto le ascelle. Dopo qualche istante, i brividi si placano.

"Ah. Si trova..." Yvette non finisce subito la frase. Digita qualcos'altro. "Si trova al centro traumi di Río Piedras, a San Juan?"

"Esatto." Ruth ricomincia a tremare, ma stavolta respira per scacciare la sensazione.

"Ok, c'è una nota da cui risulta che le hanno telefonato," dice Yvette. "Dov'è? Nella Repubblica Dominicana?"

Lei sbatte le palpebre, sconcertata. "A Portorico."

"Ok."

Ruth la sente aspirare aria tra i denti.

"Ma è comunque fuori dal paese," dice Yvette.

"Be', in realtà no," dice Ruth. "Tecnicamente no."

Yvette tace. Ruth interpreta il suo silenzio come perplessità.

"Portorico, ha detto?" riesce finalmente a chiedere Yvette.

"Sì," conferma Ruth. "Che tecnicamente è un territorio degli Stati Uniti."

Non dice *una colonia* perché è già abbastanza nei guai con Yvette. L'operatrice non risponde subito.

"Se andasse al pronto soccorso in Connecticut sarebbe la stessa cosa," dice Ruth con un filo di disperazione nella voce.

"Be'," dice Yvette, e in quella singola sillaba allungata Ruth legge tutta la riluttanza dell'operatrice. "Qui vedo che... a quanto pare a Portorico ci sono un paio di fornitori che fanno parte della nostra rete. Ma purtroppo non il centro traumi."

Ruth sente le parole, ma queste non producono nessun impatto.

"Ok," dice. "Cosa significa?"

"Significa che le cure mediche ricevute da sua figlia in quell'ospedale specifico sono fuori rete."

Adesso le parole cominciano a produrre un contatto leggero, sporadico, come gocce di pioggia sull'asfalto asciutto.

"Ma era un'emergenza," dice Ruth sapendo che è del tutto inutile.

"Eh sì," dice Yvette altrettanto inutilmente.

"Quindi... Cosa dobbiamo fare?"

Ruth non conosce ancora l'entità delle ferite di Daisy. Sa che sua figlia è così ferita che non ha potuto chiamare a casa di persona per dirglielo. Sa che, nella migliore delle ipotesi, ha perso conoscenza. Nella migliore delle ipotesi, spera Ruth, quando si sarà stabilizzata la trasferiranno nel reparto di terapia intensiva. Quanto alle cure mediche, finora Ruth ha dedicato tutte le sue facoltà a pregare che la figlia non muoia. Desidera soltanto la sopravvivenza di Daisy. In questo momento non c'è una sola parte del suo cervello che sia in grado di interessarsi al costo di quella sopravvivenza. *Cosa dobbiamo fare?*

Yvette non ha una risposta.

"Ok." Ruth ci deve provare. "Ok, quant'è la franchigia?"

"Dunque..." Yvette sembra sollevata di poter digitare di nuovo, di poter recuperare le risposte a domande più semplici. "Ottomilasettecento dollari per Daisy singolarmente. Diciannovemilatrecentottanta dollari per la famiglia."

È una cifra importante. A Ruth non interessa. Venderà la macchina. Si inventerà qualcosa. Svuoterà il fondo per l'università di Daisy.

"Va bene," dice.

"Questo però vale per le cure all'interno della rete."

Ruth scuote la testa. "Quindi?"

Yvette le lascia finire la domanda.

"Quindi quant'è la franchigia per le cure fuori rete?"

Yvette esita un istante. "Non c'è."

Stavolta l'impatto delle parole è pesante, davvero pesante. È un cataclisma. Un meteorite che colpisce la Terra. Ruth ricomincia a tremare.

"Sua figlia può spostarsi in un ospedale della nostra rete?" le chiede Yvette.

Il tremito si interrompe e, non appena è passato, Ruth si accorge che sta per venirle un mal di testa potente, micidiale.

"Non..." dice. "Mia figlia..."

Yvette digita sulla tastiera.

"È in coma," dice Ruth. Non sa se sia il termine corretto dal punto di vista medico, ma ha bisogno di farle comprendere la gravità delle condizioni di Daisy, di farle capire quanto sia assurdo suggerire che Daisy salga su un taxi e si sposti in un ospedale della loro rete.

"A quanto pare ce n'è uno..." dice Yvette. "Oh."

"Dove?" chiede Ruth.

"A Saint Thomas."

"Saint Thomas," ripete Ruth, chiedendosi se Yvette sia in grado di cogliere l'insensatezza della proposta.

"Sì," conferma Yvette.

"L'isola," dice Ruth. "Di Saint Thomas."

"Sì, credo di sì," dice Yvette. "In realtà non è molto lontano. È nel raggio massimo previsto di centocinquanta chilometri."

"Perciò, tanto per chiarire, mi sta dicendo che a Portorico, che è un territorio degli Stati Uniti, non c'è nemmeno un ospedale della vostra rete?"

"Corretto."

"E invece mia figlia dovrebbe andare nell'ospedale della vostra rete su un'altra isola, Saint Thomas, perché si trova a meno di centocinquanta chilometri di distanza. Nelle Isole Vergini Americane."

"Be', ecco," dice Yvette. "Ovviamente non è una grande soluzione."

"Infatti," dice Ruth, ma poi ricorda un'altra cosa che ha detto l'operatrice e, piena di speranza irragionevole, torna con la mente a quel dettaglio. "Però mi diceva che a Portorico ci sono un paio di fornitori della vostra rete?"

"Sì." Una pausa mentre Yvette recupera le informazioni del caso. "C'è un dermatologo a Carolina." Un'altra pausa. "E un endocrinologo a Ponce."

Tacciono entrambe per un istante mentre riflettono su queste informazioni aggiuntive.

"E un ospedale a Saint Thomas," dice Ruth sottovoce.

"Non molto utile, suppongo," riconosce Yvette.

A quel punto, Ruth scoppia a ridere come una pazza furiosa. Va avanti per un po', finché il tremito non torna a sostituire le risate. Yvette si schiarisce la gola.

"Dunque." Ruth raduna tutta la forza che le è rimasta in corpo, la fa passare attraverso il caos del suo cervello e poi la fa uscire dalla bocca sotto forma di parole. "La prego di fermarmi se ho capito male, ma in pratica mi sta dicendo che, nonostante gli oltre trentamila dollari all'anno che pago per garantire l'assicurazione sanitaria ai miei figli, nonostante le franchigie e le quote fisse esorbitanti, nonostante non abbia mai saltato un pagamento o pagato in ritardo, nonostante Portorico sia un territorio degli Stati Uniti... mi sta dicendo che adesso mia figlia in coma non è assicurata."

Se una parte di Yvette aveva cominciato ad ammorbidirsi nei confronti di Ruth, questo è il momento che interrompe tutto.

"Sua figlia è ancora assicurata," spiega Yvette. "Solo che al momento è fuori rete."

"Non le pagherete le cure, è questo che sta dicendo."

"Pagheremo le cure in qualsiasi struttura della nostra rete," dice Yvette.

"Ma a Portorico non ce ne sono," replica Ruth. "Quindi non è coperta."

"È fuori rete." Ormai Yvette lo ripete come un mantra, come se questo potesse salvarla dalla dannazione eterna. "Sarò lieta di inviarle un elenco delle strutture che fanno parte della nostra rete, se può esserle utile."

"Non mi è utile."

Ruth piega la testa all'indietro su un cuscino del divano e sente il dolore allungarsi come un nastro dietro gli occhi e attraverso il cranio. Il silenzio si prolunga troppo, ed è Yvette a romperlo. Torna al suo copione, perché che altro potrebbe fare?

"C'è qualcos'altro che posso fare per lei?"

In quel momento la rabbia di Ruth prende il sopravvento sulla sua umanità fiaccata.

"Sì, ancora una cosa, Yvette," dice. "Puoi andare affanculo."

* * *

Appena arriva a casa, Carlos le mostra un'app per monitorare gli uragani e lo schermo del telefono viene invaso da una spirale ribollente.

"Cos'è?" chiede Ruth.

Sono fermi ai piedi del letto, davanti alla valigia riempita per metà.

"Un'immagine satellitare in diretta." Suo figlio gira lo schermo per farle vedere meglio.

Lei socchiude gli occhi, ma non capisce cosa sta guardando. "Dov'è Portorico?"

Carlos pizzica lo schermo, riduce lo zoom per aiutarla a orientarsi sulla mappa. Lì c'è Cuba. Lì c'è Hispaniola. Dov'è Portorico?

"Non vedo," confessa Ruth.

Carlos aumenta di nuovo lo zoom. "È lì sotto."

Ma non c'è niente da vedere. Nessun territorio visibile sotto l'ammasso attorcigliato di quella tempesta mostruosa.

"Oh mio Dio," sussurra Ruth.

"Non promette bene, mamma."

* * *

La nonna compare fuori dalla porta della cucina e Carlos si alza per andare ad aprirle.

"Hai fatto i bagagli?" chiede a Ruth, che è tornata in cucina e sta riempiendo d'acqua il bollitore.

"Ho cominciato, mamma."

"Non possiamo ancora andare da nessuna parte, nonna." Carlos le mostra l'app, ma lei lo allontana con un gesto della mano.

"Le tempeste ci sono sempre state," dice.

"Ma come questa, nonna?"

“Non ne hai idea,” risponde lei. “C’erano uragani che facevano davvero paura. L’unica differenza, secondo me, è che non avevamo i notiziari ventiquattr’ore su ventiquattro e nemmeno i cellulari che perdevano il segnale. Non eravamo sotto gli occhi di tutto il mondo, e quando arrivava la distruzione, arrivava e basta. Eravamo da soli!”

“Mi sa che certe cose non sono cambiate,” dice Carlos.

“Comunque, io lo so come funziona, ok?” dice la nonna. “Me lo ricordo: bisogna solo tenere duro.”

Anche Ruth se lo ricorda. Delle tempeste della sua infanzia, riesce a rievocarne solo una con chiarezza. Doveva avere circa cinque anni, era l’anno prima che se ne andassero da Portorico. Poi però ce ne sono state altre decine, durante le quali lei è rimasta a un capo di una fragile linea telefonica in attesa di notizie di Papamío, Mamamía, Lola, Benny. In effetti tutti loro sanno come funziona, almeno da lontano: per qualche ora ci sarà un vuoto enorme e spaventoso. Il trucco è resistere. Le ore passeranno con una lentezza esasperante, ma passeranno. Dovrebbero giocare a Uno o a Monopoly. Dovrebbero mangiare cibo spazzatura e scambiarsi racconti. Dovrebbero dormire quando ci riescono, ma senza separarsi dagli altri, senza prendersi la briga di lavarsi i denti o mettere il pigiama o infilare il corpo esausto sotto le lenzuola di un letto, perché lì si nascondono gli incubi. Ma se si stringono gli uni agli altri e riempiono l’attesa di colori, tepore e luce, alla fine, alla fine la tempesta passerà, certo che passerà. Ed è lì che vive la speranza, nelle ore silenziose dopo che la tempesta si sarà lasciata alle spalle Portorico. Durante quelle ore incerte, poco alla volta emergerà un’immagine chiara della distruzione. Sarà catastrofica o gestibile. Le persone rimaste si rimboccheranno le maniche come hanno sempre fatto e inizieranno la ricostruzione. E in quel tempo giallo e luminoso si sentirà il canto degli uccelli. Il telefono squillerà. E dall’altra parte ci sarà Daisy, certo che ci sarà. Deve esserci.

Ruth chiude forte gli occhi augurandosi di arrivare al più presto in fondo a queste ore di tensione.

"Insomma, ho fatto qualche telefonata," dice la nonna. "E ho trovato un volo per noi tre."

Ruth riapre gli occhi e lei e Carlos si girano a guardarla. "Cosa?" dicono all'unisono.

Poi Carlos aggiunge: "È impossibile, nonna. Ci sono letteralmente zero voli".

"Non è un volo di linea."

"Ma come, cosa..." Ruth non riesce a formulare la domanda giusta.

"Ho chiamato tuo padre..."

"Il papà?" La confusione stravolge il viso di Ruth. "Ci ho provato anch'io, ma non mi ha risposto..."

"No, non tuo padre." La nonna scuote la testa, si picchia il palmo sulla tempia. "Non tuo padre, ma che sto dicendo? Ho chiamato il mio amico, te lo ricordi il mio amico Candido?"

Ruth è perplessa. "Il ragazzo che è cresciuto con te? Il figlio della governante?"

La nonna si acciglia, scopre i denti inferiori, e Ruth prova una familiare vampata di preoccupazione per le capacità cognitive della madre, i suoi lapsus, la sua confusione, anche se negli ultimi tempi sembra essere migliorata. E comunque adesso non c'è spazio per quella paura, che infatti colpisce Ruth ma rimbalza subito via.

"Il mio amico, sì," conferma la nonna. "Be', *il figlio della governante*, come lo chiami tu, oggi è il proprietario della più grande azienda di trasporti di Portorico."

"Porca miseria!" esclama Carlos.

"Ha già mobilitato un aereo per noi nel New Jersey," prosegue la nonna, "e mi ha assicurato che sarà il primo volo ad atterrare a San Juan appena riapre l'aeroporto."

"Pazzesco," dice Carlos.

La nonna gli rivolge uno sguardo soddisfatto.

Ruth è già accanto al figlio. "Vediamo di nuovo quell'app per gli uragani. Si riesce a capire quando finirà la tempesta, o almeno il grosso?"

Carlos clicca e scorre le schermate. "Impossibile dirlo con precisione, ma secondo le stime la pioggia smetterà quasi completamente domani, entro metà pomeriggio."

Ruth guarda sua madre. "Quindi a seconda dei danni l'aeroporto potrebbe riaprire quando, domani sera? Potremmo decollare nelle ultime ore della giornata."

"Potremmo arrivare da Daisy domani notte," dice Carlos.

"È possibile." La nonna annuisce.

Stanno pensando tutti e tre alla stessa cosa. Si trovano già nel silenzio pieno di preghiere di quella stanza lontana. Tutto quello che accadrà dopo, qualunque cosa sia, accadrà lì. Lo affronteranno insieme.

"Saremo pronti," dice Ruth.

29.

San Juan, Portorico
2023

Adesso Daisy sente il dolore. Sordo, all'inizio, e impreciso. Ma poi si compatta, si impone. Compare in modo fugace ma costante nel suo corpo. Lì, nel letto d'ospedale di Río Piedras, il dolore è una cosa fisica. E questo le sembra incoraggiante. Ma ha il vago timore che il dolore sia anche una scala e che, se vuole riemergere nel mondo reale (e lei lo vuole fortemente), l'unico modo per riuscirci sia salire su per quella scala. Ferma davanti al gradino più basso, alza lo sguardo verso la cima. Non sa se ne ha la forza. Non è sicura di essere pronta a provarci.

A volte c'è la nonna. Forse ci sono anche Carlos e Vic, Daisy non ne è certa. Ma la mamma c'è di sicuro, è lì e non se ne va mai. Scherza con le infermiere. Canta delle canzoni a Daisy. Le racconta della sua infanzia lì a San Juan e poi a Saint Louis. Sono racconti che Daisy non ha mai sentito prima e che si proiettano come film nel cinema del suo cervello. Nel giardino dietro la casa della mamma cresce un albero di baniano, un fico strangolatore. La mamma è una bambina con i codini neri ricci e le ginocchia grassottelle. Tra i rami sorge un regno verde e lussureggiante, popolato da rane e insetti e uccelli, e la mamma bambina è Re e Regina di quel regno. *Sì, mamma*, pensa Daisy. *Questa è la via del ritorno, e tu sei il faro. Parlami di casa.*

"Hai notato i baniani, Daisy? Li hai visti?" dice la mamma dalla sua postazione fissa, al capezzale della figlia. "Con tutti quei tronchi? Sai che ce n'è uno proprio fuori dalla finestra? Apri gli occhi e lo vedrai. Forza, Daisy. Apri gli occhi."

Gli occhi di Daisy non si aprono. Il macchinario accanto al letto ticchetta e ronza e respira per lei. Su uno schermo digitale, la mamma tiene d'occhio il battito di Daisy. Le tiene la mano.

"Quando ero piccola, pensavo che quegli alberi avessero mille radici, mille tronchi, ma in realtà quelli lì non sono tronchi, per niente. Sai come funzionano?" dice la mamma, alzando la voce il minimo indispensabile per farsi sentire sopra il rumore del macchinario salvavita. "In realtà quei tronchi sono i rami, che si allungano verso l'alto, si allargano in fuori e poi cadono." La mamma le solleva il polso di qualche centimetro e poi lo lascia cadere sul letto. "Ecco, così," dice. "Cadono e poi scavano nel terreno e diventano le radici. Non è la cosa più magica che tu abbia mai sentito? Le radici diventano i tronchi, che diventano i rami, che diventano le foglie, che diventano le radici. E avanti così all'infinito."

L'immagine si materializza e si ripete in loop sullo schermo cinematografico che è la mente di Daisy. Un video in timelapse di foglie che spuntano e si distendono e poi si incurvano, si allungano, cadono, scavano, ricrescono. Un albero che ricicla se stesso. La mamma continua a parlare così. Per ore, per giorni, non abbandona mai quella sedia. Offre a Daisy ogni racconto, ogni ricordo, ogni affermazione che riesce a evocare. Ogni storia intima che aveva sempre tenuto per sé. Condivide ogni frammento di dolore meschino e mai confessato. Le dice che quei traumi sono anche i suoi traumi, che ha sbagliato a negarli per tutto quel tempo. Le chiede di svegliarsi perché deve scusarsi come si deve. Ci sono tante altre cose che deve dirle.

* * *

Durante la lunga veglia al capezzale di Daisy, i ruoli dei vari membri della famiglia vengono stabiliti fin da subito, perché sono in gran parte un prolungamento degli stessi ruoli che hanno a casa. Anche Benny, Pamela, Stefani e Candido vanno e vengono con delicata regolarità, abbastanza spesso da dimostrare affetto e preoccupazione, ma badando di non disturbare. Tra tutti, Ruth è l'ingranaggio al centro che fa ruotare gli altri, sua madre e i suoi figli. I movimenti di Rafaela hanno assunto una specie di grazia stoica. Pur essendo distrutta, riesce a sorridere e a parlare cordialmente con i medici, così traduce per Ruth, non tanto a livello linguistico quanto emotivo. Vic si è calato nella parte del figlio indispensabile, come sempre. Fa avanti e indietro in macchina tra la casa di Benny e l'ospedale, dando passaggi a tutti. Prende le ordinazioni, esce a comprare da mangiare e torna. Poi tiene d'occhio la madre per assicurarsi che si nutra, raccoglie la spazzatura e scende in strada a buttare tutto nel cassonetto, per non lasciare odore nella stanza.

Carlos è quello che fa più fatica a trovare il proprio posto senza Daisy. Per la prima volta in vita sua, la sua irriverenza giocosa lo tradisce. Così, il pomeriggio del quinto giorno di veglia, si rifugia nel telefono. Cancella i messaggi, controlla le email, spreca tempo sui social media. Legge le notizie sui lavori di pulizia e recupero in corso sull'isola. San Juan è stata risparmiata dai danni peggiori, ma cinque o sei cittadine in varie zone dell'isola sono state spazzate via.

In un servizio del telegiornale, un anziano è seduto su una sedia pieghevole fuori da casa sua, un semplice edificio di cemento con un piano solo. Stando alla scritta che compare in sovraimpressione, l'uomo si chiama David Pedrosa y Mulero. Di per sé la casa sembra intatta, ma tutti gli effetti personali dell'uomo sono sparpagliati nel cortile intorno a lui, fradici. I mobili sono gonfi d'acqua e incrostati di fango. Il signor Pedrosa y Mulero non guarda né la telecamera né il reporter, che tiene il microfono troppo vicino al suo volto abbattuto.

"Signore, può raccontarci com'è andata con la tempesta?" gli chiede il reporter in inglese. "Le sue cose sembrano molto danneggiate, ma la casa?"

L'anziano alza gli occhi, ma poi scuote la testa. Il reporter prova ad aiutare, imbeccandolo.

"Non vedo il segno lasciato dall'acqua sul muro, come abbiamo visto in altre comunità vicine." Il reporter indica un muro esterno della casa e l'inquadratura lo segue. "Significa che il livello non era molto alto, giusto? A quanto pare è stato fortunato."

La telecamera torna sul signor Pedrosa y Mulero, che scuote la testa. Risponde mantenendo un tono calmo, un atto di clemenza che a Carlos fa venire in mente un domatore di leoni di un vecchio circo, un uomo che potrebbe ridurre all'obbedienza tutta quella forza e ferocia con uno schiocco delle dita.

"Non c'è il segno sul muro," dice, "perché l'acqua è arrivata sopra il tetto."

Il signor Pedrosa y Mulero distoglie lo sguardo, e per un attimo il reporter non ha niente da dire. Finora ci sono trentasette vittime confermate.

Trentasette morti.

Finora.

E lo sanno tutti che quel numero è sbagliato, che non include ancora i posti più colpiti, i posti distrutti, i posti impossibili da raggiungere, dove i familiari stanno già seppellendo i loro morti non registrati senza aiuti o conteggi del governo. Lo sanno tutti che una parte di quelle vittime non verrà mai contata. Carlos guarda la sorella e sente questa informazione piombargli sul petto, sul collo, tra le clavicole. È seduto nella rientranza della finestra accanto al letto di Daisy, con un piede sotto il sedere e l'altro penzoloni. La madre è silenziosa, guardinga, tesa. Si protende in avanti dalla sedia verso Daisy, come se si aspettasse il suo ritorno da un momento all'altro e non volesse perderselo: quando la figlia si sveglierà, vuole che la prima cosa che vede siano i suoi occhi.

Carlos ricaccia indietro le lacrime guardando la madre. Ricaccia indietro le lacrime guardando Daisy che giace pallida sul letto: l'abbronzatura conquistata con tanta fatica sta sbiadendo in fretta. Presto sua sorella avrà lo stesso colore delle coperte, delle lenzuola. Presto svanirà completamente. Carlos deve uscire da lì. Invece riporta l'attenzione sul telefono e chiude tutti i siti di notizie. È solo perché ha urgente bisogno di distrarsi che trova il messaggio in segreteria. La segreteria non la ascolta mai. Chi la ascolta più? Chi è che lascia ancora messaggi in segreteria al giorno d'oggi? Solo la gente molto anziana o molto eccentrica.

Solo Daisy.

Vede il suo nome in cima all'elenco, con accanto un pallino blu, e gli si stringe il cuore. Tutti i messaggi che Daisy gli ha lasciato in segreteria hanno il pallino blu, perché lui non ne ha mai ascoltato nemmeno uno. Ogni volta che la sorella gli lascia un messaggio, lui fa quello che fanno tutte le persone normali: prende il telefono e la richiama. Ora Carlos salta giù dal suo posto nella rientranza della finestra.

"Mamma, ti va un caffè?" chiede.

Lei fa segno di sì con la testa e Carlos esce, premendo sul nome di Daisy appena è fuori dalla stanza. Fa un respiro profondo per prepararsi e poi si porta il telefono all'orecchio. Il primo messaggio dura tre secondi e dice soltanto: *Non preoccuparti, siamo ancora parenti!* Daisy l'ha lasciato alle 18.57 di martedì sera.

Carlos fissa il telefono. Lungo il corridoio, di fronte alla postazione delle infermiere, c'è una fila di sedie e lui si siede su quella più vicina con un tonfo. Martedì sera è quando è iniziata la tempesta. La sera che Daisy ha avuto l'incidente.

Solo un'ora dopo, alle otto, era già lì in ospedale. E se gli stava lasciando quel messaggio quando l'hanno investita? E se è lui il motivo per cui Daisy non ha visto arrivare la macchina? Carlos scuote la testa. Sta solo facendo il drammatico. La deve piantare con queste manie di protagonismo! E comunque, nel messaggio non si sente nessun rumore collegabile a un incidente. C'è solo sua sorella, la vivacità della sua voce. L'infinita stramberia dei suoi annunci. *Non preoccuparti, siamo ancora parenti!* Carlos ricontrolla l'elenco dei messaggi in segreteria e si accorge che quello precedente, sempre di Daisy, risale allo stesso minuto. Lo apre.

Carlos, è una cosa assurda, non ci crederai mai. Ovviamente non potevo aspettarti e ho aperto i risultati del dna e PORCA MISERIA sto ancora cercando di capirci qualcosa. Chiamami appena senti questo messaggio! Veloce, veloce, veloce!

La sensazione che lo attraversa da capo a piedi in quel momento è esattamente quello che si immagina provi una campana dopo essere stata colpita dal batacchio. È una vibrazione travolgente che annulla ogni capacità di pensare a qualcosa che non sia la vibrazione stessa. Si alza e va a prendere il caffè a sua madre.

"Mi sa che vado a fare un giro a casa di Daisy," dice Carlos dopo aver depositato il caffè nelle mani della madre.

La mamma distoglie gli occhi dal volto di Daisy il tempo necessario a guardarlo. "Perché?"

Lui assume un tono disinvolto. "Vedo se bisogna dare da bere alle piante. Recupero la posta, informo i vicini. Sanno cos'è successo? Benny gliel'ha detto?"

Sua madre scuote la testa. "Non lo so."

"Io so che Daisy è in confidenza con la signora Fernández e il signor Kurtzweiler. Saranno preoccupati per lei." Si china a dare un bacio sulla testa alla madre. “Le prendo anche un bel pigiama e un cambio di vestiti,” aggiunge. “Per quando si sveglia.”

La mamma ricaccia indietro le lacrime. “Buona idea,” dice.

La signora Fernández ha la chiave di scorta, ma non ha intenzione di aprire l’appartamento di Daisy al primo che passa. Carlos le mostra un documento, ma lei esita ancora, anche dopo averle chiesto quanti portoricani conosce che fanno Hayes di cognome. Così Carlos chiama lo zio Benny, che garantisce per lui al telefono.

“Carlos, lo sai che la chiave ce l’ho anch’io,” dice Benny dopo che la signora Fernández gli ha restituito il telefono. “Potevi chiedere a me.”

“Non ci sto proprio con la testa,” ammette Carlos.

Dentro fa caldo e c’è odore di chiuso. Le serrande antiuragano sono ancora abbassate, così Carlos apre la porta scorrevole del balcone e alza le serrande per far entrare la luce e l’aria fresca. È stato nell’appartamento di sua sorella altre tre volte e pensa che sia il posto più simile a Daisy sulla faccia della terra, eppure ogni volta che ci torna scopre che lei è riuscita a personalizzarlo ancora di più. Su un tavolino c’è una gabbia per uccelli giallo canarino con dentro una collezione di bottiglie di vetro, tutte di forme e colori diversi. Sul comodino in camera, una piuma spunta da un calamaio. C’è un mucchio di vestiti sporchi per terra e un mucchio di bucato da piegare sul letto, ma a parte questo la casa è in ordine. L’unico vegetale è una pianta grassa sul davanzale che se la sta cavando benissimo da sola.

“Era pronta per la tempesta, quindi,” dice Carlos guardandosi intorno. La vasca da bagno è ancora piena per oltre metà e si vede il segno lasciato dall’acqua vicino all’orlo. Carlos tuffa la mano nell’acqua tiepida e toglie il tappo. Accanto alla porta d'ingresso sono impilate tre casse di acqua. Carlos tira fuori un paio di bottiglie e le mette in frigo, perché quando Daisy tornerà a casa le farà piacere trovare qualcosa di fresco da bere. Si addentra nella piccola camera da letto e trova una borsa di tela appesa a un'anta dell'armadio. Fruga tra i cassetti e sceglie i vestiti con estrema cura. Alla fine opta per una tuta intera scivolata con i pantaloni a palazzo, coperta da una fantasia di tucani, palme e giaguari. Aggiunge un pigiama di seta rosa, una T-shirt dei Mars Volta ammorbidita dall'uso e due cambi di biancheria intima. Prende anche il libro in cima alla pila sul comodino. Dentro c'è un segnalibro: è arrivata solo al terzo capitolo. Glielo leggerà lui ad alta voce. Piega i vestiti con cura e infila tutto nella borsa di tela.

Nel frattempo cerca i risultati del dna, ma non trova niente. In camera non c'è la scrivania, ma controlla nel cassetto del comodino. Niente. Torna in soggiorno e controlla la libreria, la credenza, i cuscini del divano, sotto il divano. Trova un cassetto del tavolino in cui Daisy tiene le carte, ma l'entusiasmo di Carlos sfuma man mano che fa passare i fogli senza trovare quello che cerca. Apre l'anta che nasconde i cestini della spazzatura e in quello della carta trova una serie di buste e volantini, ma i risultati del dna non sono nemmeno lì.

"Che palle!" Si tira su e appoggia le mani sul bancone della cucina esaminando di nuovo l'intero appartamento. Scorre con lo sguardo su ogni possibilità, ogni angolo in cui potrebbe celarsi una busta smarrita. Torna in bagno, controlla il mobiletto, guarda sotto il lavandino. Non c'è niente nel forno, nel frigo, nel microonde, nel freezer. Sulla libreria è appoggiato un orologio, analogico ovviamente. Fa un ticchettio rumoroso che lo infastidisce.

"Daisy Hayes, non osare morire senza sputare fuori quei risultati," dice.

Nell'attimo stesso in cui la pronuncia, sa che è la battuta peggiore che abbia mai fatto.

* * *

I racconti non finiscono mai. Ruth parla fino a perdere la voce. Nell'ultimo mese ha imparato a proprie spese quanto sia inutile intestardirsi, perciò ora sa che questi racconti appartengono ai suoi figli. Non può più permettersi di tenerli per sé. Ha sprecato fin troppo tempo persa nei suoi sentimenti confusi riguardo a Portorico. O meglio, non riguardo a Portorico, per niente: riguardo alla sua esperienza di persona nata sull'isola, a cavallo tra due lingue e con una carnagione ambigua che si è ritrovata a vivere nel vasto mondo fuori da Portorico. Ha proiettato questi sentimenti intricati sui figli senza spiegare perché. Per tutti questi anni si è resa conto solo vagamente di quello che stava facendo, e adesso riconosce che, senza volerlo, ha precluso loro anche il retaggio del padre. Un po' l'ha fatto perché era occupata a essere una madre single, a lavorare per mantenere la famiglia, a mettere cerotti sulle ginocchia sbucciate, a preparare il pranzo per tutti, a leggere le storie della buonanotte. Ma un po' l'ha fatto anche perché non voleva che i figli si spingessero fuori dal perimetro della loro vita confortevole per affondare le radici in un terreno lontano. C'era un senso di possesso, sì, ma anche di protezione. Voleva che i figli avessero un'identità più semplice della sua, persino più semplice di quella di Thomas. Hanno vissuto nello stesso posto per tutta la vita, o almeno per la maggior parte della vita, e Ruth sperava che sarebbe bastato. Voleva che provassero il senso di appartenenza che lei ha sempre desiderato e non è mai riuscita ad avere. Ma a loro non l'ha mai detto. Non ha mai spiegato.

Be', glielo dirà adesso, e lascerà che siano loro a decidere chi vogliono essere. Non sarà lei a escluderli; non è mai stato il suo compito né la sua intenzione. Scaverà nella propria vita per estrarne un tesoro; brandirà il piccone della lingua, imparerà di nuovo le proprie storie usando parole che i suoi figli possano capire, parole che non hanno mai fatto parte del suo vocabolario. Etnia. Inclusione. Identità. Razza. Complicità. Ruth affronterà il proprio disagio e imparerà.

Condividerà tutto questo anche con Vic e Carlos. Sarà generosa di dettagli, non si tirerà indietro di fronte alle parti difficili. Comincerà da Portorico, poi Saint Louis, poi Wodsley e Palisades. Riporterà in vita anche Thomas, in ogni storia che riuscirà a evocare, la sua patria lontana, il suo accento melodioso, le sue perplessità culturali, la madre morta di cancro troppo presto e il padre precipitato nell'alcolismo subito dopo. Ruth non è nemmeno sicura di averne mai parlato con i figli, di aver mai spiegato perché adesso la loro è una famiglia a metà, perché non ci sono radici sopravvissute dal lato degli Hayes. Perché la loro famiglia significava tutto, assolutamente tutto, per Thomas. Quando la piccola Daisy si era presa la laringite acuta, Thomas aveva steso un sacco a pelo per terra nella sua cameretta e aveva dormito con una mano infilata tra le sbarre del lettino, per restare accanto alla figlia fino alla sua guarigione. Ruth vuole che i figli sappiano tutto, ogni dettaglio. Condividerà con loro l'impronta di quella magica, ingarbugliata eredità.

Ma prima, Daisy. Prima c'è lei.

"Svegliati, Daisy," dice.

Ruth intreccia i racconti in una corda, che poi lancia giù dalla scala del dolore di Daisy. La corda atterra ai piedi di Daisy con un piccolo tonfo che solleva una nuvola di polvere.

Passano altri sedici giorni prima che Daisy si senta pronta.

Si avvicina furtiva alla corda, che giace arrotolata a terra. Ci gira intorno, testando il proprio coraggio, poi allunga la mano e la afferra. È ruvida e robusta, formata da tante fibre intrecciate. Finalmente, Daisy si issa sul primo gradino.

E comincia a salire.

* * *

La mamma sta raccontando una storia. Un parco giochi a Saint Louis. Un ragazzino di nome Eddie, una ragazzina di nome Kathy. Qualcuno infligge una ferita sconcertante a qualcun altro. La mamma è immersa nel racconto, e Daisy vuole ascoltare. Sua madre le ha mai raccontato una storia così? Esita a interromperla. Ci vede sfocato, ondeggia tutto. Ha tenuto gli occhi chiusi per tanto tempo. Ha una maschera sulla faccia. *Ossigeno*, pensa.

"Mamma?"

Sua madre smette di raccontare la storia. Urla. Salta in piedi e si sporge sopra di lei. Grida per chiamare l'infermiera.

"Si è svegliata, mia figlia si è svegliata!" strilla.

E poi a Daisy fa male tutto. Specialmente la faccia, la tempia destra, il braccio sinistro, la coscia sinistra. Il dolore è lancinante, le offusca i pensieri, e a un tratto compaiono due infermiere e un dottore che allontanano la mamma e si mettono al suo posto. Fanno delle domande a Daisy, regolano il macchinario e una delle infermiere le toglie la maschera, così tutti la sentono quando sussurra: "Fa male".

Ma ridono tutti, e il dottore dice: "Ci credo, cara".

E poi una delle infermiere promette di darle qualcosa per il dolore dopo che il dottore l'avrà visitata.

* * *

Forse è morfina.

Qualunque cosa sia, funziona.

Daisy va e viene, ma non come prima.

Va e viene.

Viene e va.

La cucitura tiene.

Lei è qui.

* * *

Daisy si rende conto che i giorni passano. Lo sa perché a volte, quando si sveglia per il dolore, fuori c'è buio, e altre volte, quando si sveglia per il dolore, fuori c'è chiaro. Poi un giorno si sveglia con un livello di dolore che le consente di mettersi seduta nel letto e bere da un bicchiere. Il giorno dopo, riesce a mangiare. All'inizio gelatina, poi brodo, e alla fine cibo vero. La madre e i fratelli sono sempre lì. Per qualche giorno arrivano anche il nonno e Trisha. Il nonno insiste per tenere lui la forchetta e imboccarla, le dà le uova strapazzate come quando era piccola. Nel frattempo sua moglie Trisha fa i complimenti per le unghie o le ciglia a ogni singola infermiera di passaggio, cosa che fa venire la ridarella a Carlos. La nonna, Benny e Stefani si danno il cambio regolarmente, finché Stefani non deve tornare all'università a Tallahassee. Prima di andare all'aeroporto si sporge sopra il letto di Daisy, le dà un bacio in fronte e dice: "Sei stata brava a non morire".

Carlos prega la mamma di andare a casa a farsi una doccia, per l'amor di Dio. "Tua figlia non è morta," osserva. "Invece ho sentito dire che la scarsa igiene uccide."

"E va bene, vado!" esclama la mamma, che adesso accetta tutto senza scomporsi. Non smette mai di sorridere.

E poi, come era prevedibile, Carlos si annoia a starsene lì seduto accanto a Daisy. Mentre le tiene compagnia, si mette a fare ginnastica. Saltelli, flessioni, addominali. Appoggia un piede sul davanzale e fa stretching. Prova qualche plié, poi comincia a fare zapping e dice che Daisy è una drama queen, e lei cerca di non ridere perché le fa male quando ride.

"Cos'è successo a quello che guidava?" chiede Daisy all'improvviso, non appena le viene in mente la domanda. Si vergogna di non averci pensato prima.

"Cosa?" dice Carlos.

"Quello che guidava la macchina che mi ha investita."

"Ah." Carlos si alza e apre l'armadietto dietro il letto. "Sta bene. Ha avuto un attacco epilettico mentre era al volante, ma l'airbag l'ha salvato. O forse ha usato il tuo corpo per fermarsi." Comincia a frugare tra le cose di Daisy. "Non ci credo che sono stato in questa stanza dimenticata da Dio per settimane e non ho mai notato questo armadietto prima d'ora."

I vestiti sporchi di sangue sono spariti subito, li ha tagliati l'équipe chirurgica che non ha perso tempo la sera in cui l'ambulanza ha consegnato Daisy alle cure dei medici. Ma lo zaino c'è. Anche le chiavi. Anche il telefono fracassato.

"E questi cosa sono?" Carlos tira fuori un fascio di fogli dallo zaino, poi si risponde da solo. "Porca miseria, i risultati del dna!" Abbandona lo zaino per terra e si siede sull'unica sedia della stanza. "Sono andato a cercarli! E infatti non li ho trovati da nessuna parte."

Studia i fogli in silenzio. Quindi guarda Daisy, con i capelli sporchi allargati sul cuscino, e per prima cosa dice: "Forse non era la mamma a puzzare". E sente di essere tornato se stesso, come non era più dalla sera dell'incidente. Poi però le sventola davanti i fogli e aggiunge: "Daisy, ma che cazzo...?".

"Lo so," risponde lei, la voce bassa e roca. Indica il bicchiere di succo di mela sul tavolino con le rotelle e Carlos glielo passa. Daisy beve un sorso. "Immagina se fossi morta senza arrivare in fondo a questa faccenda." Gli restituisce il bicchiere e lui lo mette giù.

"Impensabile," dice Carlos. Ma poi appoggia le mani aperte sui fogli che tiene sulle gambe e suggerisce: "Forse però adesso non è il momento giusto. Forse dovremmo aspettare che recuperi le forze".

Daisy lo guarda, sbigottita. "Carlos, non fare lo scemo."

Lui sostiene il suo sguardo, impassibile. "È l'unica cosa che so fare."

Così un'ora dopo, quando la mamma torna con i capelli

ancora umidi dopo la doccia, Daisy e Carlos la stanno aspettando.

È un'imboscata.

* * *

Ruth legge i fogli a fatica e poi cerca gli occhiali da lettura nella borsa, perché qui c'è qualcosa che non va. "Non ha senso," dice sottovoce.

"Mm-mh, ce ne siamo accorti," replica Carlos.

Lei lo guarda, ma il figlio non riesce a trattenere l'attenzione di Ruth: subito i suoi occhi vengono catturati di nuovo dai fogli. Continua a voltare le pagine.

"Devi *esplicarci* un bel po' *de cosas*," dice Carlos nella sua imitazione razzista del personaggio di Ricky Ricardo, un'imitazione che a suo dire non è razzista perché è latinoamericano anche lui.

È latinoamericano, si sorprende a pensare Ruth. Senza virgolette in aria, stavolta. Suo figlio è latinoamericano. Recenti epifanie a parte, c'è scritto anche lì, su quei fogli. A quanto pare i suoi figli sono latinoamericani al cinquanta per cento, esattamente come lei, il che non ha senso. Metà portoricani, per quello che può giudicare lei. Metà caraibici, comunque. Eppure dovrebbero essere irlandesi per tre quarti.

"Non può essere," dice.

Daisy e Carlos tacciono, forse faticano a fare i conti con tante nuove informazioni. Forse stanno modificando e aggiustando tutto quello che pensavano di sapere di se stessi, anche se ovviamente quei fogli non cambiano nulla, qualunque cosa dicano. È proprio come temeva Ruth, l'esatta ragione per cui è sempre stata contraria al test del dna, in particolare per i latinoamericani caraibici: è troppo ambiguo e fa perdere la testa alle persone, senza motivo.

Daisy ha due borse gialle sotto gli occhi, un collage di brutti colori che le copre un intero lato del viso e un ematoma profondo sotto la pelle. La voce è ancora rauca per via del macchinario che la teneva in vita fino a pochi giorni fa.

"Dev'esserci una spiegazione," dice piano.

Carlos guarda Ruth con una faccia imbronciata, proprio come quando faceva i capricci da piccolo, il volto così espressivo che lei faticava a prenderlo sul serio, anche quando diventava rosso di rabbia. Il suo bambino, il suo piccolo clown. Ma la domanda che lui le fa adesso è davvero velenosa. Dentro c'è tutta la semplicità e la sofferenza di un bambino che non ricorda il padre.

"Allora, il papà era il nostro vero papà?"

Ruth balbetta. "Ce-certo che sì! Che ti salta in mente? Carlos!"

"Carlos!" Daisy alza la voce per rimproverare il fratello, ma lo sforzo provoca uno spasmo nella gola fragile, seguito da una raffica di tosse. Il dolore si propaga in tutto il corpo mentre i muscoli si tendono per la tosse. Daisy impallidisce e Ruth si alza per avvicinarle un bicchiere d'acqua alla bocca. Le tiene la cannuccia tra le labbra e aspetta che deglutisca.

Niente di tutto questo dissuade Carlos. "Non sei mai andata a letto con un altro?"

Per un attimo Ruth resta senza parole. In vita sua, non si sarebbe mai immaginata di dover rispondere a una domanda del genere fatta da un figlio. La collera che si scatena dentro di lei minaccia di incenerire tutto quello che ha imparato sulla gratitudine e sui rimpianti negli ultimi ventisei giorni.

Si gira a guardarlo in faccia e gli dice: "Non sono affari tuoi con chi sono o non sono andata a letto. Come osi farmi una domanda del genere? Chi cavolo sei?".

"Lo chiedo a te, Ruth! Chi sono?" Carlos alza le braccia al cielo come se fosse in una soap opera.

Alla bocca dello stomaco, Ruth sente montare un'altra tempesta. Perché dietro lo sdegno ci sono altri sentimenti, ovvio. In questa stanza fa troppo caldo. Le viene la nausea. Forse potrebbe curare questa sensazione vomitando, rimettendo, dando di stomaco. Sputando un nome nella stanza. Ma non può essere, davvero non può essere.

Arthur Rodríguez.

No. Ruth deve sedersi, respirare. Le serve tempo per assimilare questo sconvolgimento, ma succede tutto alla velocità della luce.

"Carlos, vacci piano," dice Daisy. "Dalle la possibilità di spiegare."

"Spiegare cosa?" Vic compare sulla soglia con la nonna. "Ti abbiamo portato un caffè freddo. Puoi già assumere caffeina?" E appoggia il bicchiere sul tavolino con le rotelle.

La bocca di Ruth è ridotta a una linea torva.

"Glielo dici tu, Ruth?" dice Carlos incrociando le braccia sul petto. È l'unico dei figli che la chiama per nome, fin dall'asilo, e Ruth ha sempre trovato questa abitudine buffa, tenera. Non oggi, però. Carlos si appoggia al davanzale e alle sue spalle, fuori dalla finestra, Ruth vede l'albero di baniano. Quando porge i fogli alla madre, si accorge che le trema la mano. La nonna li esamina con la testa leggermente piegata all'indietro e le labbra increspate.

"Cosa sto guardando?" chiede sbattendo le palpebre.

Vic si avvicina a sbirciare da sopra la sua spalla. "Sembrano i risultati di un test del dna. Urca." Guarda Daisy. "Il tuo?"

Lei annuisce.

"E il mio," aggiunge Carlos.

"Forte," dice Vic, ignorando palesemente l'atmosfera generale. "Posso vedere?"

La nonna gli passa i fogli. "Fa' pure, io non ci capisco niente."

Ruth vede che ci vuole solo un istante prima che anche Vic cambi espressione. E poi postura.

Questa famiglia. Questa vita. È molto più fragile di quanto

non si fosse mai resa conto prima. Nemmeno dopo aver perso Thomas si era mai sentita così vulnerabile. Al contrario, quella perdita è stata come cemento. Li ha uniti, li ha resi impenetrabili. Adesso invece... Questo momento le sembra impossibile, inconcepibile. Tutti e tre i figli la guardano con la stessa espressione diffidente. Come se fosse un'estranea, proprio quando aveva finalmente capito cosa fare, come correggere gli errori del passato.

La nonna si avvicina alla sedia e Ruth si alza per cederle il posto.

"Caspita," sussurra Vic sfogliando le pagine. "Questa sì che è una scoperta."

"Allora, di che si tratta?" chiede la nonna sedendosi. "Cos'è tutta questa baraonda?"

"Dunque." Vic si schiarisce la gola, incerto su cosa dire. "Non è..." Lancia un'occhiata a Ruth, che annuisce. "Non è quello che ci saremmo aspettati. Il risultato del test."

La nonna tira fuori dalla borsa un sacchetto per alimenti richiudibile. Ruth la osserva mentre lo apre e ci infila la mano. Come può fare uno spuntino in un momento del genere?

"Cioè?" chiede la nonna agitando il sacchetto verso Ruth e offrendole il contenuto. "Semi di girasole?"

Lei fa segno di no con la testa. Vic si schiarisce di nuovo la gola.

"Be'," spiega, "il papà veniva dall'Irlanda. E anche la famiglia di nonno Pete era irlandese. Mentre tu sei di Portorico."

"Esatto." La nonna morde un seme di girasole e sputa il guscio in un secondo sacchetto che sembra aver portato esclusivamente a quello scopo. "Quindi?"

"Quindi, su quattro nonni, tre sono irlandesi e una portoricana. Perciò il nostro dna dovrebbe essere principalmente irlandese, e per un quarto portoricano."

"Ok, sì," dice la nonna.

Ruth non si gira verso Carlos, ma sente lo sguardo del suo

ultimogenito bruciarle sulla tempia. Daisy tiene le mani sulla coperta, una sopra l'altra, tranquilla. *È sopravvissuta, è questa l'unica cosa che conta*, pensa Ruth. *Perché dobbiamo parlare di questo? A chi importa?*

"Secondo i risultati del test, però, sembra che Daisy e Carlos siano metà e metà," conclude Vic alzando gli occhi e guardando gli altri.

"Ah!" esclama la nonna. "Metà e metà?"

"Metà irlandesi, metà portoricani," chiarisce Carlos.

"Già." Vic si interrompe. "Chissà se..." inizia, ma poi lascia la frase in sospeso.

Carlos lo incalza. "Chissà se?"

Lentamente, Vic completa la frase. "Chissà se... i miei risultati sarebbero uguali."

"Ma certo che sarebbero uguali!" Ruth alza le braccia al cielo. "Avete tutti e tre gli stessi genitori, no?"

"Ne sei sicura?" Carlos scaglia la domanda come un dardo.

"Dio mio," dice la nonna.

Ma nessuno la sente, nessuno sta ascoltando. Tutti gli occhi sono su Ruth. Esigono risposte. Ruth tiene le mani sollevate, nel gesto universale per dire "basta". Cerca di alzare la voce più dei figli, di usare un volume più alto rispetto alle loro domande, ma Carlos e Vic le parlano sopra. Solo Daisy tace, gli occhi fissi sulla nonna.

Rafaela chiude il sacchetto e lo rimette in borsa. Si schiarisce la gola, prende il caffè freddo di Daisy e beve un sorso. Poi esegue El Suspiro, con una nota lunga e alta mentre butta fuori l'aria. Un canto di vento che proviene dal suo corpo, un tentativo di mettere fine a quel frastuono caotico, di riportare il volume a un livello di armonia in cui possano sentirsi a vicenda. Funziona. Ruth e i due nipoti maschi si girano a guardarla. La nonna si schiarisce piano la gola.

"Credo di poter spiegare," dice.

30.

San Juan, Portorico
1968

I primi due anni di matrimonio andarono bene. D'accordo, non esageriamo. I primi due anni di matrimonio andarono discretamente, una volta fatti tutti gli aggiustamenti del caso. Come spesso succede, dopo le nozze le alte aspettative romantiche del corteggiamento subirono la naturale trasformazione in torpore domestico. Niente di cui preoccuparsi. Ma Rafaela, che aveva passato la maggior parte della sua esistenza su un piedistallo, scoprì che per lei la vita da sposata presentava altre sfide, oltre a quelle comuni.

A Trinidad aveva capito che la sua infanzia era stata a dir poco aristocratica. Si comportava ancora come se facesse parte di un'élite, per come camminava, parlava e si atteggiava, sì, ma anche per le sue idee. Non si rendeva conto di essere una snob; non lo faceva apposta. Ma fare amicizia con le altre segretarie di Chaguaramas era stato difficile per lei. Persino sua cugina Clarisa – che aveva un sacco di amiche nella base e a cui Rafaela voleva comunque bene – talvolta le sembrava una zoticona, visto che veniva da Mayagüez, la discarica dell'isola, come la definiva Papamío nonostante fosse la città d'origine di Mamamía. Dopo essersene andata da Portorico, però, Rafaela aveva anche scoperto, con tremenda indignazione, che le persone non capivano chi era lei, né cosa la distingueva dalle altre ragazze. La trattavano come una plebea, come una ragazza che era cresciuta imburrandosi il pane tostato da sola e che adesso doveva imburrarlo anche a loro e poi servirglielo con una tazza di caffè bollente. A Trinidad, Rafaela aveva imparato a mandare giù le offese. Aveva imparato a sopportare di lavorare per un capo che a volte la chiamava *braciolina ai ferri*. Aveva scoperto di non avere scelta.

Ma grazie a Dio quella parentesi se l'era lasciata alle spalle. Adesso era sposata, nel bene e nel male: era la moglie di Peter Brennan. Quel fatto non le avrebbe mai garantito il prestigio di cui godeva un tempo come figlia di Rafael Acuña y Torres, ma era pur sempre qualcosa. Peter era bello, rispettabile e bianco, cosa che per qualche tempo Rafaela considerò (sbagliando) quasi equivalente a essere ricco. Così il grande compito della sua vita adulta, dopo essere stata prima al vertice della scala sociale e poi parecchio vicina al fondo, fu imparare ad abitare le sfumature intermedie, togliere gli strati artificiali di sciocchezze e aspettative che si erano accumulati su di lei, non per colpa sua, e scoprire chi era davvero sotto il peso dell'accondiscendenza del padre e di un sistema arbitrario di divisione sociale. Era molto da reggere, per un matrimonio fresco.

Tra la fine degli anni sessanta e l'inizio degli anni settanta, la Marina degli Stati Uniti era onnipresente a San Juan e per i civili c'era lavoro in abbondanza. Così, dopo essere stato congedato dal servizio attivo a Trinidad, Peter sfruttò i suoi contatti per assicurarsi un buon posto di lavoro come tecnico radio nella base aerea di Isla Grande. Gli sposini trovarono una casetta a Santurce con un albero di baniano in giardino, da cui si raggiungeva tutto a piedi: i locali notturni, i ristoranti, la famiglia di Rafaela, la spiaggia. Peter poteva andare a piedi anche al lavoro, e Rafaela non doveva andare con lui. Non doveva più trascorrere le giornate a dattilografare e archiviare documenti. Non doveva più trattenere il respiro quando il suo capo si chinava sopra la sua scrivania dopo pranzo e puzzava di aglio e scotch. Era tornata a casa, a Portorico, vicino alla sua famiglia, di nuovo nella sua pelle, nella sua lingua. Era felice.

Andarono in luna di miele a Las Vegas, cosa che fu divertente per via del sesso e del gioco d'azzardo, ma allarmante perché Rafaela vide che al marito piaceva quel posto chiassoso e superficiale, e per la prima volta ebbe il timore che Peter avrebbe finito per annoiarsi in una città classica, cattolica e coloniale come la sua amata San Juan. Cercò di non pensarci.

Non passò molto tempo prima che Peter smettesse di salutarla quando rientrava dal lavoro. Invece di andare a cercarla in cucina, crollava sul divano in soggiorno o si trascinava in camera togliendosi la cravatta, le scarpe, la cintura. A volte seminava addirittura i vestiti in corridoio come una scia di briciole di pane, e restavano lì finché non era Rafaela a raccoglierli e metterli via. Una volta lei li lasciò lì tutta la notte, per vedere quanto ci avrebbe messo il marito a riordinare il caos da lui stesso creato. L'indomani mattina Peter li calpestò andando in cucina per il primo caffè della giornata, che Rafaela gli aveva preparato insieme a un piatto di uova strapazzate e pancetta affumicata. Poi le urlò addosso quando non trovò le scarpe accanto alla porta.

"Sono in corridoio," disse lei.

"Be', che diavolo ci fanno in corridoio?" disse lui. "Non è il loro posto."

"No," concordò lei. "Infatti."

Si guardarono in cagnesco da un'estremità all'altra del soggiorno, finché Peter non uscì sbattendo la porta. Rafaela chiuse gli occhi e ripensò al disgusto che provava ogni mattina a Trinidad, quando il suo capo le consegnava il primo giro di promemoria e immancabilmente i fogli erano appiccicati tra loro per colpa di un grumo di gelatina caduto dalla ciambella che lui si era mangiato a colazione. Chissà cosa doveva sopportare Peter nel suo nuovo posto di lavoro, adesso che era di nuovo un civile. Se si fosse confidato con lei, le avrebbe fatto piacere. Ma finché non era pronto, Rafaela doveva essere paziente con lui.

Man mano che la routine domestica si consolidava e irrigidiva, uscivano sempre più di rado per andare a ballare o a mangiare fuori. Peter voleva risparmiare per comprarsi la macchina, cosa che Rafaela trovava ridicola, visto che potevano andare a piedi dappertutto. Lui cominciò a criticarla senza sosta per come cucinava, per come teneva la casa. Rafaela sapeva che un po' aveva ragione: non era brava in quelle cose. Ma quando avrebbe dovuto impararle? E perché, poi?

"Non è Peter," diceva a Lola ogni volta che ne parlavano. "Ci sono mariti peggiori."

"E allora qual è il problema?" chiedeva Lola.

"Credo che..." e Rafaela scuoteva la testa. "È solo che non mi piace fare la moglie."

Quello che non diceva, anche se ci pensava abbastanza spesso e la cosa la demoralizzava, era che Peter si aspettava una moglie diversa, poco ma sicuro. Era convinta di averlo deluso. Lui l'aveva scelta perché era bella, intelligente e affascinante, e perché si era sentito fortunato: nonostante la rovina economica della famiglia di Rafaela, nella base tutti le ronzavano intorno e lei aveva respinto ogni corteggiatore prima di Peter. Col senno di poi, Rafaela si rendeva conto che lui aveva suscitato il suo interesse non perché avesse qualcosa di speciale, ma perché la trattava con un minimo di rispetto e gentilezza. Si distingueva solo per quello: la trattava come una persona. (E, sì, era attraente.) Ma non era una base sufficiente su cui costruire un matrimonio, Rafaela lo capì decisamente troppo tardi.

Nascondeva quei pensieri velenosi alla sorella solo perché in gran parte li nascondeva anche a se stessa. Erano ingannevoli. E folli. Era troppo tardi per avere illuminazioni di quel tipo. Rafaela doveva fare buon viso a cattivo gioco.

"Andrà tutto bene," diceva a Lola. "Mi devo solo abituare."

Lola sospirava e le prendeva le mani, poi la abbracciava forte finché qualcosa tra loro si scioglieva, si ammorbidiva. Tra le braccia della sorella, Rafaela sentiva di potersi svegliare il giorno dopo per provarci ancora una volta.

Quando Peter era al lavoro, Rafaela poteva fare una passeggiata fino all'appartamento dei genitori, dove prendeva il caffè e leggeva qualche rivista con Mamamía o aiutava Papamío con i vasi di erbe aromatiche e pomodori che coltivava nel cortile del condominio in cui si erano trasferiti. I suoi genitori si erano adattati incredibilmente bene alla loro nuova situazione. Papamío era riuscito a dimostrare la propria innocenza e aveva trovato un buon lavoro in uno studio contabile. Ora anche Mamamía aveva delle entrate, grazie a una fiorente attività a cui però impediva con cura di oscurare l'inedito piacere che provava nel fare la casalinga, un piacere che sperava anche Rafaela potesse scoprire presto. A casa, Mamamía friggeva le uova con gli orecchini di diamanti e i tacchi alti, e la sua bellezza non risultava affatto sminuita in quell'appartamento modesto. Anzi, sembrava ancora più vivida, più straordinaria adesso che non era immersa nell'opulenza e poteva spiccare da sola. Mamamía e Papamío erano felici come quando abitavano nella grande casa di calle Américo Salas. Il sorriso di suo padre era persino più pronto e malizioso di prima. Rafaela prendeva esempio da loro e non si lamentava, ma sua madre vedeva tutto. Al tavolo della cucina davanti al caffè, le mise un dito sotto il mento per farle sollevare il viso.

"Andrà tutto bene, vedrai," disse. "Appena avrai un bambino si sistemerà tutto. Cambierà tutto."

Rafaela fece un sospiro profondo.

"Vedrai," ripeté la madre. "L'amore cresce. Non ha bisogno di fare i fuochi d'artificio fin dall'inizio, può anche essere lento e costante. Una sera ti innamori di nuovo di lui quando uccide un ragno sul muro del bagno. E poi di nuovo un giorno in cui ti racconta una storia buffa su qualcuno che sta antipatico a tutti e due. E poi ti innamori da capo quando vi nasce un bambino e lo vedi diventare padre. Ogni volta che è paziente con te, ti innamori."

Rafaela ripose tutte le proprie speranze in quell'idea. Un bambino avrebbe riempito le sue giornate di affetto e di senso, ma avrebbe anche unito lei e Peter. Un bambino avrebbe colmato il divario che aveva scoperto nel suo matrimonio, avrebbe risanato la loro famiglia ricreando l'intesa tra loro due.

Nel frattempo, lo sgomento di Peter per i fallimenti domestici di Rafaela era tale che lei cominciò a chiedersi se si fosse sposato non tanto per avere una compagna di vita quanto perché gli serviva qualcuno che cucinasse e pulisse per lui. Quando era di pessimo umore, Rafaela ripensava a tutte le governanti e cuoche incontrate a Trinidad che venivano da Portorico, e si chiedeva se suo marito l'avesse scambiata per una di loro. Di sicuro lui sembrava sorpreso per la mancanza di abilità e interesse della moglie per le attività domestiche, e la sua insofferenza era palpabile. Tutte le sere a tavola si lamentava con lei, anche nelle rare occasioni in cui Rafaela pensava di aver preparato qualcosa di abbastanza buono. Lui buttava giù la cena con una dose extra di birra e poi la cercava nel letto, al buio. A lungo andare, lei cominciò a perdere interesse anche per quello. Dopo, però, quando Peter dormiva contro la sua pelle alla luce della lampada, Rafaela gli percorreva con il dito l'attaccatura dei capelli umidi e sperava che i loro figli ereditassero quel bellissimo arco di lentiggini che lui aveva sulla fronte.

Quando Rafaela scoprì di essere incinta di Benny cambiò tutto, proprio come aveva predetto Mamamía. La sera in cui diede la notizia a Peter, lui si alzò da tavola, la prese per mano e la tirò in piedi. La sollevò da terra e la fece girare proprio come il giorno in cui le aveva chiesto di sposarla e lei, in una specie di gioiosa fuga dissociativa, aveva detto sì. Rafaela rise mentre giravano insieme in cucina, ma poi Peter si fermò di colpo e la mise giù con cautela accanto al tavolo. Lei aveva perso le scarpe e sentiva le mattonelle fredde sotto i piedi.

"Oh!" esclamò Peter. "Oh, mi sa che non dovrei farti girare! Dobbiamo stare attenti." E poi si inginocchiò e le prese i fianchi tra le mani e parlò alla pancia di Rafaela. "Ehi, ciao! Sono così felice che sei qui!"

Rafaela non l'aveva mai amato di più, nemmeno il giorno delle nozze. L'amore cresceva, sua madre aveva ragione. Quando lui si alzò e la baciò, avevano entrambi gli occhi lucidi. E poi Peter fece una cosa che non aveva mai fatto da quando erano sposati. Raccolse lui stesso i loro due piatti da tavola e li mise nel lavello.

"Andiamo a prenderci un gelato," disse.

Tuttavia Rafaela non notò il difetto dello stato in cui si trovava, e cioè che nel giro di nove mesi sarebbe finito. Durante la gravidanza, la pazienza e le premure di Peter furono illimitate. Reprimeva le lamentele sulle doti culinarie della moglie meglio che poteva e dopo cena, quasi tutte le sere, insisteva per farla stendere sul divano con un libro mentre lui lavava i piatti. La baciava, la elogiava e riponeva le proprie scarpe nello sgabuzzino. Le chiedeva come si sentiva almeno tre volte al giorno. Una meraviglia, ecco come si sentiva Rafaela.

E continuò a sentirsi una meraviglia dopo la nascita di Benny, il loro bambino perfetto. Ma guarda cosa aveva fatto! Aveva dato vita a uno splendido bambino che entrambi avrebbero amato! Era questo il suo contributo più importante alla loro famiglia, alla loro vita insieme, questo! A chi importava delle bistecche insipide e delle insalate troppo condite? A chi importava se il sabato mattina non rifaceva il letto entro le nove?

Le prime settimane furono di beatitudine. Rafaela passava la maggior parte del tempo a fissare le palpebre frementi e le labbra arricciate di Benny mentre Lola e Mamamía facevano a turno per cucinare e dare una mano in casa. Peter era felice perché il cibo era più buono, la casa più pulita e lui aveva un figlio! Un bambino perfetto. La famigliola prese un nuovo ritmo. Rafaela si rimise in piedi, stanca ma in grado di cavarsela, e la madre e la sorella tornarono per lo più alla loro vita.

Benny piangeva di rado e, quando succedeva, Rafa era ben contenta di confortarlo: gli dava il biberon, lo fasciava o gli permetteva di chiudere le dita minuscole intorno al proprio mignolo guardandola negli occhi. Sapeva sempre di cosa aveva bisogno. Nemmeno i pannolini di stoffa le davano fastidio, neppure quelli più disgustosi. Dopotutto era il suo bambino a produrre quell'odore, perciò la puzza andava onorata. Comunque, Rafaela si metteva i guanti di gomma quando si avventurava nel giardino dietro casa con il tubo per annaffiare, con cui sciacquava i pannolini prima di metterli in lavatrice. Non era mica un animale. Insomma, scoprì di essere portata per la maternità. L'aveva sempre immaginato, ma fu lieta di vedere confermato il proprio sospetto.

E così Benny divenne il sole, mentre Peter e Rafaela rimasero umili pianeti nella sua orbita. Benny riceveva tutta l'attenzione del padre, e a Rafaela faceva piacere, anche quando Peter prese l'abitudine di salutarla solo con un bacetto in fronte. Comunque, il volto di suo marito si trasformava quando rientrava dal lavoro e abbandonava la valigetta e le scarpe vicino alla porta.

"Ciao, ometto!" Faceva un sorriso radioso, buttava la cravatta sopra il resto della pila e correva a toglierle Benny dalle braccia.

Ben presto la posizione di Rafaela negli affetti di Peter tornò al punto di partenza, come prima della gravidanza, ma adesso era peggio, perché per nove mesi lei aveva sperimentato il calore delle sue attenzioni sollecite. La loro scomparsa lasciò un gelo che Rafaela non aveva notato prima, ma fece del suo meglio per ignorarlo. Era una madre, adesso. Non aveva tempo per pensare a simili sciocchezze.

Una sera Rafaela dimenticò di abbassare la fiamma prima di mettersi ad allattare Benny e i fagioli si bruciarono. A tavola, Peter assaggiò una forchettata e simulò un conato di vomito. Prese un lungo sorso di latte e chiuse gli occhi, mandò giù facendo una vera e propria sceneggiata e poi si lanciò nella tipica litania di lamentele sulle doti culinarie della moglie. Rafaela si alzò da tavola senza dire una parola, andò in soggiorno, dove Benny se ne stava tranquillo nella culla, e lo tirò su con fare esperto usando un braccio solo. Lo tenne appoggiato alla spalla mentre si infilava i sandali e poi lo mise nel passeggino, che si trovava già accanto all'ingresso. Peter uscì dalla cucina e restò a guardare mentre lei armeggiava con il passeggino per spingerlo fuori.

"Che stai facendo?" le chiese.

"Andiamo a fare una passeggiata," rispose Rafaela con voce allegra, come sempre quando parlava davanti a Benny.

"Eh già, ti tocca andare a piedi, visto che in questa città non possiamo neanche permetterci la macchina," replicò lui.

"Non ci serve la macchina in questa città fantastica dove abbiamo tutto a portata di mano!" Questa parte del litigio seguì il solito copione, che avevano già ripetuto molte volte. Rafa tenne gli occhi su Benny e continuò a parlare in tono vivace mentre si lanciava nella parte successiva, che invece era nuova. "E la tua cena di merda te la puoi preparare da solo, non sono la tua serva."

Il passeggino era bloccato. C'era qualcosa incastrato sotto la ruota, ma cosa? Rafaela si chinò e trovò una scarpa di Peter.

"Hai detto bene, perché se fossi una serva, ti avrei già licenziata," fece lui dall'altro capo del soggiorno.

Rafaela si girò a guardarlo, lì in piedi con i pantaloni dell'ufficio e i calzini, la canottiera bianca, immacolata, perché lei la candeggiava e la lavava insieme a tutte le altre. Lo faceva ogni settimana, anche se nessuno le aveva insegnato, e dopo averle stirate le riponeva nel cassettone. Peter non l'aveva mai ringraziata neppure una volta. Rafaela aveva in mano la sua scarpa.

"Cos'hai detto?" gli chiese.

Lui fu così sfacciato da ripeterlo, seppure con un po' meno di convinzione. "Se fossi una serva, ti avrei già licenziata."

Rafaela tirò indietro il braccio come Roberto Clemente e radunò tutta la forza che aveva per scagliare la scarpa stringata contro il marito stupefatto. Peter fece appena in tempo a ripararsi il viso con le mani prima che la scarpa lo colpisse proprio lì, sull'avambraccio.

"E metti via queste scarpe di merda!"

Spalancò la porta, spinse fuori il passeggino e uscì.

Fu alla festa per il primo compleanno di Benny, organizzata nel piccolo cortile dietro il condominio di Mamamía e Papamío, che Rafaela venne a sapere che Candido era tornato da New York. Lui era andato a trovarli. Quel giorno Papamío non c'era, ma si era fermato a chiacchierare con Mamamía per due ore, tra risate e aneddoti del passato.

"È un ragazzo delizioso, così intelligente," disse Mamamía. E per la prima volta Rafaela si chiese se la sventura della famiglia non avesse fatto bene a sua madre, se non l'avesse in qualche modo liberata, restituendola a se stessa. Sembrava più a suo agio ora di quanto non fosse mai stata quando le figlie erano piccole. Parlava di Candido con evidente affetto, mentre prima, Rafaela ne era sicura, c'era sempre stata una certa cautela. "Adesso ha due spalle così, e poi come si è fatto alto!" esclamò Mamamía. "Roba da non credere!"

Rafaela usò tutte le sue energie per fare in modo che il proprio volto non tradisse alcuna emozione in risposta alla notizia e al modo in cui sua madre l'aveva comunicata.

"E Priti? Torna anche lei?" chiese Papamío, e Rafaela scoprì di essere sia sollevata perché avevano cambiato discorso sia infastidita perché la questione di Candido (e delle sue spalle larghe) era stata liquidata in quattro e quattr'otto.

"No, resta a Miami," rispose Mamamía. "Si trova molto bene."

"Ho sentito che si sposa!" aggiunse Lola.

"La nostra Priti, sposata!" esclamò Papamío compiaciuto, battendo le mani. "Buon per lei, che meraviglia!"

"Dove l'hai sentito?" chiese Rafaela bevendo un sorso di limonata.

Lola teneva Benny sulle ginocchia e in quel momento lui stava cercando di strapparle un orecchino, senza riuscirci. Rafaela intervenne per staccare le sue dita grassottelle dall'orecchino a cerchio. Poi gli agitò un dito davanti.

"No, no," disse.

"No, no," ripeté Benny.

Rafaela tornò a concentrarsi su Lola. "Che Priti si sposa, dove l'hai sentito? L'ho chiamata a Natale e non mi ha detto niente."

"Ah, l'hanno deciso poche settimane fa," disse Lola raddrizzandosi l'orecchino. "Me l'ha detto Candido."

"L'hai visto anche tu?" Rafaela sentì la gelosia nella propria voce e sperò che nessun altro se ne fosse accorto.

Lanciò un'occhiata a Peter, che era in fondo al cortile con un gruppo di giovani uomini. Giocavano a lanciare ferri di cavallo verso un paletto e Peter aveva in mano una bottiglia di birra. Rafaela si stupiva sempre di quanto fosse attraente suo marito, visto da lontano.

"L'ho incrociato in chiesa due domeniche fa," spiegò Lola, così Rafaela si sentì un po' meglio. Meno snobbata. "E mi ha invitata a pranzo," aggiunse, così Rafaela si sentì molto peggio. Non riusciva a togliersi una smorfia dalla faccia.

"Sono sicura che presto passerà a trovarti," disse Mamamía, perché era chiaro a tutte le persone sedute a quel piccolo tavolo che Rafaela era sconvolta per il fatto di essere l'unica esclusa dal ritorno di Candido. "Sa che sei stata molto occupata con il bambino."

"E poi non vedrà l'ora di conoscere Peter," disse Lola vuotando il bicchiere. "Qualcuno vuole altra limonata?"

Era difficile avere notizie di Candido, perché – a parte i genitori, Lola e la madre di lui – non avevano amici in comune. Ma Rafaela si aggrappava a ogni singola informazione che trapelava quando parlava con la sua famiglia. I dettagli emergevano poco alla volta, e lei li memorizzava tutti: dove lavorava, dove viveva, cosa studiava ai corsi serali dell'università (ingegneria civile ed economia aziendale).

Senza volerlo, e senza nemmeno rendersene del tutto conto, Rafaela cominciò ad allungare la passeggiata pomeridiana con Benny per includere un parco vicino al condominio di Candido. Poi aggiunse una passeggiata mattutina, perché si disse che Benny stava arrivando a un'età in cui non voleva più fare il riposino la mattina, e passeggiare aiutava a fargli venire sonno. Di solito uscivano il mattino tardi e passavano davanti al posto di lavoro di Candido. Rafaela camminava così tanto che le si consumarono le suole delle scarpe e, quando tutte quelle passeggiate non produssero il risultato tanto desiderato quanto taciuto, trovò altri motivi per recarsi in quella parte della città. Prendeva appuntamenti superflui dal dentista, stabiliva di aver bisogno di un certo libro reperibile solo in una certa libreria di San Juan, scovò una sarta con un assortimento di stoffe che non aveva nessun altro (per buoni motivi, evidentemente). La faccenda andò avanti per così tanto tempo che Rafaela era ormai sul punto di ammettere la propria speranza repressa, quando finalmente lo incontrò.

Benny aveva cominciato a fare i primi passi e a quel punto l'abitudine di vagare per la città per farlo stancare era così radicata che a volte Rafaela non alzava nemmeno gli occhi dal suo adorato bambino mentre percorrevano le strade insieme. A volte Benny dormiva nel passeggino, altre volte si infilava nello spazio tra le braccia tese di Rafaela e la aiutava a spingere, le dita minuscole strette intorno al manubrio appena dentro quelle della mamma. Allora Rafaela dimezzava la velocità per consentire alle sue gambette di stare al passo.

Erano a Chícaro, nel parco giochi preferito di Benny, e Rafaela stava spingendo il figlio sull'altalena quando vide Candido passare dietro la recinzione come uno spettro. L'avrebbe riconosciuto senza nemmeno alzare gli occhi, l'avrebbe riconosciuto anche solo dall'ombra che proiettava a terra e che le sfiorò i piedi, un'ombra che le era familiare come la propria, come quella di suo figlio. Non lo vedeva da sei anni. E poi successe tutto al rallentatore. La gioia di Benny mentre descriveva un arco nell'aria sull'altalena, tutto fossette e braccia che mulinavano e gambe che scalciavano. Rafaela alzò un braccio sopra la testa, la voce lenta, il sangue che le rimbombava nelle orecchie.

"Candido!" gridò.

Lui rallentò il passo. E il cuore di Rafaela vacillò.

Quando Candido si girò, per un attimo sul suo volto si dipinse l'orlo di un precipizio. Una scelta. Avrebbe potuto chiudersi. Tenere tutto sigillato. Avrebbe potuto salutarla levandosi il cappello e pronunciare qualche frase di circostanza al di sopra della recinzione, per poi squagliarsela il prima possibile. Invece il suo volto si spalancò per rivelare il suo cuore.

"Rafa," disse. E non si mise a camminare per coprire la breve distanza che li separava. Non raggiunse il cancello, non lo aprì e non lo richiuse con cura alle proprie spalle, per poi arrivare con calma fino allo spazio sterrato dove si trovava Rafaela. No. Scavalcò la recinzione e corse da lei. E quando la prese tra le braccia, e le fossette del piccolo Benny divennero ancora più profonde per la sorpresa, ci fu un momento in cui, per un passante ignaro, l'uomo che la stava sollevando da terra vicino alle altalene avrebbe potuto essere suo fratello. Un cugino che aveva perso di vista. Non fu subito visibile che sotto i vestiti facevano scintille.

"Perché non sei venuto a trovarmi?" chiese Rafaela. Lui l'aveva messa giù, ma non le aveva ancora lasciato le mani. "Quanti mesi sono che sei tornato? Sei passato tre volte dai miei, due volte da Lola." Scosse la testa. Ferita.

Candido aspettò un istante prima di rispondere, prima di sciogliere una mano dalla sua stretta per ripararsi gli occhi dal sole, così da poter incrociare il suo sguardo.

"Lo sai perché," disse.

Il venerdì successivo, Rafaela disse a Mamamía che aveva un pranzo a Bayamón e che non sarebbe tornata prima di sera. Era una bugia, e in cuor suo Rafaela si sentì molto a disagio. Non era abituata a mentire. Ma sua madre badò volentieri a Benny, anzi, le fece così piacere che in seguito le propose di farlo diventare un appuntamento fisso. Perché non le lasciava il bambino tutti i venerdì, di pomeriggio o di sera? Magari lei e Peter potevano passare un po' di tempo da soli. Potevano andare al cinema o uscire a cena nella Vecchia San Juan, o fare una passeggiata intorno alla laguna quando lui rientrava dal lavoro. Erano tutte buone idee per creare una situazione romantica, pensò Rafaela. Le avrebbe prese in considerazione.

Dopodiché, alle tre in punto, Rafaela tornò nello stesso parco: aveva scoperto che Candido passava di lì a piedi tutti i pomeriggi, verso le tre e mezzo, quando usciva dal lavoro per andare all'università. Il venerdì era l'unico giorno in cui non aveva lezione, perciò tornava a casa, si preparava una bistecca e poi magari andava in spiaggia a Condado, o usciva con gli amici per fare una partita a domino e bere una birra, o andava a ballare con una ragazza; una possibilità, questa, che le faceva inacidire il sangue.

Quando arrivò al parco, si sedette su una panchina rivolta verso il marciapiede dove Candido sarebbe passato di lì a poco. Incrociò e disincrociò le gambe, e nell'attesa ripensò al litigio più brutto che avevano avuto. Più brutto di quando a sette anni lei l'aveva preso in giro perché pronunciava la parola *puerta* con la *l*, facendola diventare *puelta*. Più brutto persino di quando a tredici anni lui non era riuscito a nascondere la sua reazione a un taglio di capelli estremamente discutibile di Rafaela. Il loro litigio più brutto era stato solo due anni e mezzo prima, quando lei l'aveva chiamato al lavoro a New York per annunciargli il suo fidanzamento con Peter.

"Perché mi chiami al lavoro per dirmi una cosa del genere?" aveva chiesto Candido.

Rafaela voleva dirglielo di persona. Non voleva che lui lo leggesse in una lettera o che lo venisse a sapere da Priti.

"A casa non hai il telefono," gli aveva risposto, e lui l'aveva presa per una critica socioeconomica al suo stile di vita, mentre Rafaela intendeva solo che per parlargli al telefono bisognava chiamarlo all'hotel.

"Be', congratulazioni," aveva detto Candido quel giorno, prima di riattaccare. "A quanto pare è proprio l'uomo che stavi cercando." E anche se nella sua voce non c'era nessun accenno di sarcasmo, a lei quegli auguri erano sembrati una presa in giro.

Non avevano alzato la voce, non si erano insultati, non si erano rincorsi e presi a schiaffi come quando erano bambini. Ma quel giorno, in quella discussione educata, qualcosa si era avariato, e fino a oggi, fino alla settimana prima, Rafaela aveva temuto che tra loro fosse rimasta quella nota rancida. Non sapeva se avrebbe mai potuto rimediare. Poi però aveva visto Candido.

Rafaela non si interrogò sulle proprie intenzioni. Non fece piani né rifletté su eventuali conseguenze. Si mise semplicemente sulla strada di Candido perché non riusciva a pensare a un altro modo per placare la sofferenza che le era cresciuta nel cuore da quando lui era tornato. La presenza di Candido, anche per poco, avrebbe alleviato quell'agonia. I pensieri di Rafaela non si spinsero più in là di così, finché non si ritrovò nella camera da letto di Candido, abbassò la cerniera sulla schiena del vestito, spinse le maniche giù dalle spalle, si sfilò la stoffa morbida dai polsi lasciandola cadere a terra. Candido sedeva di fronte a lei con il volto trasformato in uno specchio, scheggiato di amore e angoscia e colpa e desiderio. Quando Rafaela uscì dal vestito e avanzò verso di lui, Candido disse ciò che lei aveva sempre saputo.

"Ti amo fin da quando eravamo piccoli."

Rafaela non accettò mai la parola *scappatella*, né sul momento né negli anni successivi ogni volta che ci ripensava, cosa che faceva abbastanza spesso per quanto si sforzasse di evitarlo. Il suo amore per Candido era così duraturo e innocente che la parola *scappatella* non aveva senso, con la sua teatralità e limitatezza e la sfumatura di depravazione che si portava dietro. Candido rimase puro, nel cuore e nella mente di Rafaela, e lei non provò mai alcun rimorso per l'adulterio, nemmeno quando si infilava nel banco accanto al marito la domenica mattina e si inginocchiava a implorare Dio di mettere fine al suo tormento.

Le ci vollero otto anni per ottenere la liberazione, che giunse dalle labbra del marito. "Rafaela, ci trasferiamo a Saint Louis," disse Peter una torrida sera d'estate nella loro casetta di Santurce, mentre lei lavava i piatti. "Qui non ce la faccio più. Ho chiuso."

E Rafaela si chiese se lui sapesse, se il trasferimento fosse il tentativo di Peter di salvarla da se stessa, di preservare il loro matrimonio che stava colando a picco.

Litigarono. Lei pianse. E poi partirono.

Vide Candido un'ultima volta prima di prendere l'aereo. Premette la fronte sulla sua, sentì la disperazione di lui nel modo in cui le cinse il polso con la mano.

"Devo restare con la mia famiglia," disse lei.

"Sono io la tua famiglia."

"Candido, i miei figli." Lo baciò sullo zigomo e sentì le sue lacrime salate.

31.

San Juan, Portorico
2023

“Cavolo, nonna!” esclama Vic quando Rafaela finisce di parlare.

“Sei un mito, nonna!” dice Carlos.

Daisy sorride e beve un sorso di caffè freddo, ma non dice niente. Anche Ruth è rimasta senza parole, con la bocca leggermente aperta. Rafaela si alza.

“Siediti, tesoro,” dice alla figlia. Ruth si lascia cadere sulla sedia.

“Stai bene?” le chiede Rafaela.

“Non lo so, mamma. Sono solo… scioccata.”

Lei annuisce, tira di nuovo fuori dalla borsa il sacchetto di semi di girasole.

“È comprensibile,” dice offrendo ancora una volta il sacchetto a Ruth, che ancora una volta resta sbalordita per la capacità della madre di fare uno spuntino in un momento del genere.

“No, grazie,” dice Ruth, e per un po’ l’unico rumore nella stanza è quello di Rafaela che morde i semi.

Guarda la figlia, che fa fatica ad assimilare le informazioni e non riesce a elaborare una risposta verbale. “Va tutto bene, Ruth, lo sai,” dice Rafaela smettendo di masticare mentre parla. “Ci amavamo molto. E ci amiamo ancora.”

Ma Ruth ha gli occhi lucidi, il viso tirato, il fiato corto. Rafaela posa i semi e si china verso di lei. Le mette una mano sulla spalla e l'altra sotto il mento, come quando Ruth era piccola e Rafaela doveva farle capire che l'unica cosa importante era proprio lì, tra loro due. Lo stesso segnale che faceva con Lola quando erano bambine, per prenderla all'amo e riavvolgere la lenza. Porta gli occhi all'altezza di quelli di Ruth.

"Ascolta, ho fatto un solo grosso sbaglio nella vita," dice, la voce bassa ma veemente. "E di sicuro quello sbaglio non sei tu."

* * *

Dopo lo shock iniziale, il resto della storia emerge in un modo che a Ruth ricorda il travaglio e il parto. È intenso e arriva a ondate, e dopo ogni nuova rivelazione ognuno di loro si ritira per riprendersi prima che arrivi l'ondata successiva. Ruth ha così tante domande che deve scriverle, ma non le fa tutte insieme. Alcune non le farà mai, perché deciderà che, malgrado la curiosità, certe cose non sono per niente affari suoi. Altre però lo sono.

"Il papà lo sa? E Candido?"

La risposta di sua madre a questa domanda fondamentale la lascia di stucco.

"Probabilmente sapevano quello che sapevo io. Cioè avevano dei sospetti."

Si sono spostate nel bar dell'ospedale, dove si sono sedute in un séparé d'angolo nel tentativo di avere un po' di privacy.

"Fino a oggi?" Ruth è incredula. "Vuoi dire che non l'hai mai saputo fino a... questi risultati del dna? Ma non potevi non saperlo!"

"Be', ovviamente sapevo che era possibile," replica Rafaela. "Ma era possibile anche il contrario. Tu e Benny vi assomigliate così tanto! E tutti e due assomigliate a me."

È vero.

"Comunque, non era importante," aggiunge.
Ruth apre la bocca come per protestare, ma prima di riuscirci la sincerità delle parole di sua madre risuona come una campana nella sua coscienza.
"La cosa importante era la famiglia," dice Rafaela. "Io ero la moglie di Peter Brennan, di conseguenza tu eri la figlia di Peter Brennan. Punto e basta."
"E sono ancora sua figlia," dice Ruth, rendendosi conto mentre le pronuncia che queste parole sono vere. Non si può negare che sia sempre stata più legata alla mamma, ma in questo momento si sente attraversare da un uragano di ricordi. Il padre inginocchiato accanto al suo letto, nel tenue bagliore della lucina notturna a forma di margherita, mentre dicono le preghiere. Il padre con una gigantesca videocamera il giorno della sua laurea. Il padre che la accompagna lungo la navata della chiesa di San Columba dove Thomas la aspetta per dire *lo voglio.*
Suo padre è suo padre. Non è cambiato niente. In Ruth non è cambiato assolutamente niente. Oggi è la stessa identica persona che era ieri, e lo stesso vale per i suoi figli. Sono ancora ciò che sono sempre stati, i numeri non significano niente. Restano in silenzio per un po' mentre Ruth si mette in pari con gli ingranaggi della sua mente.
"Candido sembra simpatico," dice. Un commento generoso, pensa, date le circostanze. "È... è sposato?"
"Era. Ma non quando abbiamo fatto te," dice Rafaela. "Si è sposato dopo che noi ci siamo trasferiti a Saint Louis e, sai, non l'ho mai confessato nemmeno a me stessa, ma penso che abbia influito molto sulla mia depressione, il fatto di andarcene. Sapere di averlo perso."
Ruth credeva di sapere tutto di sua madre. Che rivelazione! Persino la parola *depressione* pronunciata ad alta voce ha l'aria di un'epifania. Ma certo, ecco cos'era. Sembra così ovvio, adesso. "Quindi non è più sposato?"

Rafaela fa segno di no con la testa. "Sua moglie è morta qualche anno fa. Cancro."

"Oh," dice Ruth, poi le vengono in mente altre domande su Candido e sulla sua vita, ma non è pronta per farle. "E così, adesso cosa facciamo?" chiede invece.

"Forse dovremmo dirlo a Candido?" propone Rafaela. "E al papà?"

Ruth scuote la testa. "Non ancora. Più avanti, magari. Prima devo abituarmi all'idea. E se decidiamo di dirlo a tutti e due, sicuramente il papà deve saperlo per primo."

Si chiede se ci sia un motivo per dirlo al papà, per dirlo a uno dei due. Ha bisogno di tempo per pensare.

"Brava, dolcezza mia," dice Rafaela. E poi, alzandosi dal tavolo: "A proposito di dolci, qui hanno i biscotti con le gocce di cioccolato. Ne vuoi uno?".

Ruth guarda sua madre avvicinarsi al bancone, chinarsi sopra la vetrina dei dolci, sbirciare dentro. Cerca di ricordare se l'ha mai vista mangiare un biscotto prima d'ora. Che lei sappia, sua madre non ha mai fatto tutti questi spuntini, perciò si chiede se questo non rientri in un cambiamento più ampio della personalità, se non sia un altro sintomo del declino cognitivo. Ruth si passa le mani tra i capelli, spinge quella preoccupazione fuori dai polmoni, perché proprio non ha spazio per contenerla. Forse, dopo tre quarti di secolo passati a tenere d'occhio la linea, sua madre ha finalmente deciso di mangiare tutto quello che le va. Forse è semplicemente così, pensa Ruth. E perché no? Tanto meglio per sua madre.

Rafaela è in coda alla cassa per pagare il biscotto, quando davanti a lei riconosce uno dei dottori di Daisy. Sta pagando una zuppa e un succo di frutta quando il suo cercapersone si mette a suonare, e Rafaela lo trova comico. Chi è che usa ancora quegli aggeggi al giorno d'oggi? Non sono obsoleti? Ci sarà pure un modo più dignitoso per contattare con urgenza una persona il cui lavoro è salvare vite umane? Prende un appunto mentale per condividere questa osservazione con Daisy.

L'uomo abbassa lo sguardo sul cercapersone, che porta agganciato alla cintura, e ancora prima di riuscire a dire alla cassiera che torna più tardi lei sta già sollevando il vassoio per metterlo da parte. La cassiera sa come funziona. Dice: "Il prossimo", proprio mentre il dottore si mette a correre verso l'ascensore, e Rafaela lo guarda andare via. Paga il biscotto e torna da Ruth al tavolo. Spezza il biscotto in due, ne tiene metà e spinge l'altra metà verso Ruth su un tovagliolino di carta. Stanno finendo di mangiare, e Rafaela sta raccogliendo le briciole con la punta del dito, quando il cellulare di Ruth comincia a squillare nella borsa. Ovviamente Ruth non lo trova perché la borsa è un caos, ma Rafaela lo sa comunque, ancora prima che Ruth trovi il telefono nella terza tasca con la cerniera e lo tiri fuori, ancora prima che trascini il cursore che la collegherà a Carlos e alla notizia che lui deve darle. Rafaela lo sa perché, al secondo o al terzo squillo, le è venuto in mente che non c'era assolutamente niente di comico nel dottore e nel suo cercapersone. Quel piccolo congegno che trillava e ronzava era un'invocazione di aiuto, Rafaela lo sa, da parte di qualcuno che si trova proprio in questo ospedale. Un appello per salvare la vita di qualcuno. La vita di Daisy.

Nel corso dei molti decenni di vita di Rafaela, le volte in cui il panico ha avuto la meglio sul suo autocontrollo e l'istinto animale ha preso il sopravvento si contano sulle dita di una mano. La morte di Lola. Le morti dei suoi genitori. La morte di Thomas. Quattro volte. Questa è la quinta. Non fa caso all'aspetto che ha né al suono che emette. Non le importa se si è sbagliata, prega Dio che si sia sbagliata, non c'è possibilità di imbarazzo qui. C'è solo urgenza. L'istinto le dice che si tratta di Daisy. E poi la faccia di Ruth glielo conferma.

Si mettono a correre.

* * *

Quando arrivano nella stanza di Daisy, il letto è stato portato via, con lei sopra. Vic sta abbracciando Carlos, che piange a dirotto. Ruth non ha mai provato una sensazione simile. Nella sua gola c'è un pandemonio di orrore.

"Dov'è?"

"L'hanno portata in sala operatoria," dice Vic.

"Cosa?" Ruth fa un giro su se stessa, come se Daisy fosse nascosta dietro di lei. "Come, perché? Come mai così in fretta?"

"Embolia polmonare, hanno detto," spiega Vic.

Ruth non sa cosa vuol dire esattamente. Sa che è una cosa molto pericolosa. Quanto pericolosa? Dov'è l'infermiera?

"Infermiera!" strilla come una pazza furiosa. "Infermiera!"

"Ha detto che tornava subito, appena Daisy entrava in sala operatoria." Vic è l'adulto della situazione.

Ruth si infila tra i figli in modo da subentrare nel compito di consolare Carlos, che sembra regredito alla preadolescenza. Lo stringe tra le braccia e Vic fa un passo indietro, andando a sbattere contro il davanzale.

"Va tutto bene," dice Ruth a Carlos, ma non sa se sia vero. È un mantra che ripeterà finché non diventerà realtà. "Va tutto bene, va tutto bene, Daisy starà bene."

Gli dà un bacio in fronte e chiude forte gli occhi.

"Cos'è successo?" chiede Rafaela, togliendo di mano a Ruth le borse di entrambe e appoggiandole sulla sedia. "Stava bene quando siamo scese."

"Stava bene, stava bene," dice Vic. "E poi..." Fa un respiro profondo. "Stavamo solo chiacchierando. Carlos ha fatto una battuta e abbiamo riso tutti, anche Daisy. Poi ha tossito." Ora anche Vic piange, ma il suo è un pianto molto cupo. Le lacrime gli scendono giù per le guance. "Ha tossito e... non è più riuscita a prendere fiato."

"C'era sangue," dice Carlos. "Ha sputato sangue." Si lascia sfuggire alcuni singhiozzi in rapida successione.

Vic annuisce. "Esatto. Dopo si è messa le mani sul petto, sembrava che le facesse male. E poi, all'improvviso, ha avuto un mancamento. O chissà cosa."

È il *chissà cosa* che suscita un brivido di terrore in Ruth. Lo sente partire dal cuoio capelluto e arrivare fino alla pianta dei piedi. "Va tutto bene, va tutto bene," ripete.

"Aveva le labbra blu," sussurra Carlos.

E poi l'infermiera compare sulla soglia, e Ruth deve fare appello a tutta la forza psichica che le è rimasta per guardare in faccia quello che sta per arrivare, per affrontare quella donna. Per fare la domanda successiva.

L'infermiera li avverte che l'operazione potrebbe durare fino a quattro ore.

"Ma si faranno un'idea più precisa dei tempi quando capiranno il problema. I suoi figli sono stati bravissimi a chiamare subito aiuto." L'infermiera posa una mano sull'avambraccio di Vic e gli dà una piccola stretta. "Per fortuna erano qui."

Vic scuote la testa, ma il movimento è quasi uno spasmo di emozione e gli si mozza il respiro. Inspira con la bocca e poi trattiene il fiato. L'infermiera continua.

"Siamo arrivati subito con il carrello d'emergenza e l'ecocardiogramma ha mostrato un embolo polmonare massivo." In quella frase ci sono molte parole che Ruth non capisce del tutto, ma vuole la maggior quantità possibile di informazioni, perciò annuisce esortando l'infermiera a proseguire. "I trombolitici non erano consigliabili, per via dell'emorragia cerebrale insorta in precedenza a causa dell'incidente. Così l'abbiamo dovuta portare direttamente in sala operatoria. È già sotto i ferri. Forse non ho mai visto un paziente con embolia arrivare così in fretta sul tavolo operatorio, il che è di buon auspicio."

"Come si chiama l'operazione?" chiede Carlos asciugandosi le lacrime. E Ruth sa che lo sta chiedendo per poterla cercare su Google dopo che l'infermiera sarà uscita dalla stanza. Ruth vuole che la cerchi e al tempo stesso non vuole.

"La procedura è un'embolectomia chirurgica. Abbiamo degli eccellenti chirurghi qui, signora Hayes. Sua figlia è in buonissime mani."

Ruth annuisce, ma non ce la fa a ringraziare a voce.

"Verrò ad aggiornarvi non appena avrò altre informazioni."

Ruth annuisce di nuovo, e quando l'infermiera si gira per andarsene Carlos sta già cercando l'operazione su Google. "Ventinove per cento," dice con timore reverenziale.

"Cos'è?" chiede Vic. "Cos'è il ventinove per cento?"

"Il tasso di mortalità." Carlos ricomincia a piangere.

Ruth chiude gli occhi. Annuisce e poi li riapre. "Vuol dire che il tasso di sopravvivenza è del settantuno per cento."

"Per Daisy?" dice Rafaela. "È un bel numero."

Dopo la morte di Thomas, Ruth smise di portare i bambini in chiesa. Non fu una scelta intenzionale, anche se all'inizio, appena perso il marito, Ruth ebbe una sua personale crisi spirituale. Poi tornò al conforto della fede, ma a quel punto era semplicemente sopraffatta. Aveva tre figli piccoli. Vic giocava a calcio la domenica mattina. Carlos aveva gli spettacoli di danza. Daisy dormiva perennemente a casa di questa o di quell'amica. La messa settimanale divenne mensile, e alla fine si ridusse a Natale e a Pasqua. Ruth non ricorda quando è stata l'ultima volta che ha pregato con i suoi figli.

All'ospedale, nella stanza vuota di Daisy, Ruth chiama a raccolta i suoi due figli maschi e sua madre. Si mettono nello spazio che fino a poco prima era occupato dal letto di Daisy. Le ruote di gomma nera hanno lasciato dei segni sul linoleum. Il pavimento è un po' scolorito proprio lì, nel rettangolo in cui dovrebbe stare il letto, in cui dovrebbe stare Daisy. Si stringono insieme dentro quel rettangolo di linoleum sbiadito. Non si prendono per mano. Si tengono per le braccia, il collo, le spalle. Uniscono le teste.

Pregano.

* * *

Mentre il chirurgo incide lo sterno e apre il pericardio, Daisy sogna suo padre. Nel sogno, ricorda cose di lui che aveva dimenticato da tanto tempo. La cicatrice che gli attraversava il sopracciglio destro. La curvatura delle ciglia. Le lentiggini appena visibili sugli zigomi alti. La T-shirt infilata nei jeans. Suo padre non parla nel sogno, e nemmeno lei. Ma si fanno compagnia in un modo che va oltre le parole. Daisy sente che il padre emana un calore confortante. Prima, mentre siedono fianco a fianco sulla trapunta blu nella cameretta di lui bambino a Cong. Dopo, mentre stanno sulla soglia della cameretta di lei bambina a Palisades. Infine al Double Down, con Daisy sullo sgabello dietro il registratore di cassa e il padre sulla chaise longue di velluto rosso che qualcuno ha portato il mese scorso. Suo padre sorride. È raggiante.

E poi sono in una stanza fluorescente con ampie vetrate e un albero di baniano appena fuori dalla finestra. Al soffitto è appesa una tenda, e quando il padre la scosta sono tutti lì: la sua famiglia. C'è la mamma, con una faccia serissima. E ci sono i suoi fratelli, che si aggrappano così forte l'uno all'altro che le dita si conficcano nella carne, le nocche sbiancano. C'è la nonna, il fondamento, la malta e i mattoni. Li stringe tutti insieme tra le sue braccia minute. Daisy fa un passo per entrare nel cerchio, ma il suo corpo è inconsistente. Vapore.

32.

San Juan, Portorico
2023

Benny porterà Ruth a vedere il negozio. Lasceranno la macchina in un parcheggio municipale a due isolati di distanza, perché la via è stretta e trafficata. La mattina presto però è tutto tranquillo e lungo la strada si sente l'odore dolce e appiccicoso, inconfondibile, dei locali notturni e delle piste da ballo. Ruth noterà i graffiti su muri e vetrine e uno stuolo di scooter a ogni angolo. Passeranno davanti a tre locali notturni, un bar, una tavola calda specializzata in falafel e una rivendita di cosmetici prima di arrivare a un negozio con un'insegna di legno sorretta da un palo di ferro battuto. Attira l'attenzione con i suoi colori vivaci: arancione e turchese come il Mar dei Caraibi. Dice THE DOUBLE DOWN. E poi sotto, a caratteri più piccoli: CURIOSITÀ E ABBIGLIAMENTO VINTAGE, RITIRO IN CONTO VENDITA. Con un pennarello a vernice, il nome si ripete in lettere enormi anche lungo la parte superiore della vetrina, accompagnato da una bandierina portoricana a destra e una irlandese a sinistra. Lungo la parte inferiore, invece, la calligrafia di Daisy in pennarello color bronzo dichiara: IL NEGOZIO DI RIFERIMENTO PER VENDERE O COMPRARE ARTICOLI DI LUSSO.

In vetrina è esposto un assaggio della merce. Una sedia dorata con i braccioli intagliati e la tappezzeria di broccato lucido. Un foulard di seta color magenta, una gabbia per uccelli rossa riccamente ornata, un cappello a tamburello con una piuma di pavone. Su un basso sgabello di legno intagliato è appoggiata una fisarmonica. Negli spazi liberi ci sono scarpe scintillanti di ogni sfumatura e in alto sono appese lampadine e palline colorate. Ruth trattiene il fiato, infila la mano nella grata di metallo per premere il palmo sul vetro caldo.

Benny si china a sbloccare la grata, la solleva, apre la porta a vetri. Dentro, lo spettacolo continua: lo spazio è ampio e Daisy l'ha riempito di tesori. Ruth inspira l'odore umido, qualunque cosa sia, e sfiora alcuni dei cartellini con il prezzo scritto a mano che penzolano da ogni lampada e da ogni vaso. Nel negozio fa caldo, così Benny va ad accendere l'aria condizionata e, non appena sparisce nella stanza sul retro, la porta alle spalle di Ruth si apre e compare una ragazza con un anello al naso e uno al sopracciglio. È senza fiato e comincia a parlare ancora prima che Ruth si giri.

"Che fine avevi fatto? Sono passata tipo quaranta volte. Muoio dalla voglia di mettere le mani su quella camicetta..." Ruth si gira in tempo per vedere un'espressione esitante formarsi sul volto della ragazza. "Ma tu non sei Daisy," dice.

"No," conferma Ruth.

La ragazza però non tentenna a lungo. Supera Ruth sfiorandola e va dritta verso l'appendiabiti dove si trova la camicetta in questione. È di seta. Nera. Valentino. Ondeggia sulla gruccia di velluto come una stella liquida. "Posso comprarla lo stesso?" chiede. "Anche se non c'è Daisy?"

Ruth fa un respiro profondo, un'abitudine che non darà mai più per scontata. Osserva l'aria che circola senza ostacoli nel suo corpo, nelle pieghe dei polmoni, e poi esce di nuovo. Quindi si sposta dietro il piccolo bancone, il bancone di Daisy, e con una veloce valutazione capisce di non saper usare il vetusto registratore di cassa. Per fortuna ci sono anche un iPad e un lettore di carte di credito. Sono rimasti attaccati alla corrente per tutto questo tempo. Hanno la batteria carica al cento per cento.

"A quanto pare sì," risponde Ruth.

"È stupenda, no?" La ragazza posa delicatamente la camicetta sul bancone e Ruth slaccia il primo bottone, toglie la gruccia, la stoffa le scivola lussuosa tra le mani.

Il prezzo scritto a mano da Daisy con la sua calligrafia inconfondibile è di settantotto dollari, che a Ruth sembra un affare, forse troppo. Si chiede come facesse sua figlia a sapere quanto chiedere, come abbia fatto a imparare ogni aspetto, tutti gli aspetti di questa attività, come abbia ricavato questo splendore dal nulla. Ruth si meraviglia di questo posto che sembra essere qui da sempre, un deposito naturale di ricchezze locali. E per un attimo ha la sensazione di farne parte. Come se anche lei fosse qui da sempre. Lavora qui. Appartiene a questo luogo. È intrecciata nel tessuto di questa comunità, di questa camicetta, anche lei è una stella liquida.

Si vergogna di aver aspettato tanto prima di venire a vedere il negozio, prima di prendere il proprio posto qui.

Mentre la ragazza aspetta, Ruth ricorre alla sua lunga esperienza di cliente, a tutte le interazioni avute con le commesse dei negozi, per recitare fino in fondo la parte della venditrice. Infila la stupenda camicetta vintage in un sacchetto di carta e lo porge alla ragazza, che lo afferra con avida felicità. Poi Ruth le prende la carta di credito e la passa nel lettore.

Quel primo giorno, Ruth e Benny si fermeranno solo quaranta minuti. Ruth realizzerà altre tre vendite, e ogni volta verrà attraversata da un fremito. Dopo la terza vendita, sentendo il suono elettronico che indica un pagamento andato a buon fine, Ruth si accorge di quel fremito e lo riconosce. È esattamente la stessa sensazione che provava tanti anni prima, quando aveva appena fondato *Vedova in cucina*, quando lavorava per creare qualcosa di bello e di significativo e poi lo spingeva nel mondo senza sapere come sarebbe stato accolto, e tratteneva il fiato finché i suoi sforzi non venivano premiati. *Ding ding!* Ed eccola di nuovo, nel negozio di Daisy. Una manifestazione diversa di quella stessa cosa. Anche sua figlia aveva cercato quella sensazione e aveva trovato un modo completamente nuovo per crearla.

* * *

Se l'esperienza di emergere dal coma è stata come issarsi su per una scala di dolore lunga e tormentosa, allora l'esperienza di sopravvivere all'embolectomia è come essere trascinata di nuovo nella sofferenza cosciente da un tiro di cavalli meccanici. Daisy oppone resistenza, ma loro non hanno pazienza; non sono gentili. Le si avventano addosso con ganci e cinghie e moschettoni, la attaccano all'ostinato macchinario della vita e la riportano su tirando e strattonando, facendola sbattere contro ogni gradino e dritta contro un muro di dolore. Si sveglia prendendo fiato. Ecco. Era questa la cosa che non riusciva a fare prima. Prendere fiato. Respirare. E adesso respira! Respira.

Daisy non sa cosa sia successo, né perché adesso si trovi in una stanza diversa, né dove sia la sua famiglia, né come si chiami la nuova infermiera. Ma è viva, e ricorda che appena prima di perdere i sensi, quando aveva tossito e un getto di sangue rosso acceso le era uscito dalla bocca schizzando la coperta, aveva pensato che non lo sarebbe stata più. Il panico aveva cominciato a rimbombarle nelle orecchie con un suono di morte. La seconda volta che lo sentiva negli ultimi ventisette giorni.

Non sarà mai più la persona di prima.

La mamma entra nella sala di risveglio e le appoggia la guancia sulla fronte. Per Daisy è come aver viaggiato indietro nel tempo. Tutti i progressi fatti nelle ultime due settimane, svaniti. Le sue lancette girano all'indietro come un orologio impazzito. Ricorda il sogno dell'anestesia e non è sicura che *sogno* sia la parola giusta per definirlo.

"Papà," dice, e sua madre si tira su il tanto che basta per guardarla in faccia. Daisy nota la sua espressione allarmata.

La mamma le tiene la mano mentre parla con l'infermiera di capacità cognitive, possibili danni cerebrali, tempi di valutazione, scenari migliori e peggiori, elfi, farfalle, demoni, Daisy non lo sa di preciso.
Dorme.

* * *

I clienti lasciano articoli in conto vendita di continuo, ma il martedì è il giorno stabilito da Daisy per catalogare e prezzare il nuovo assortimento, così Rafaela e sua figlia si mettono a disposizione per occuparsene, solo che si ritrovano sopraffatte. O meglio, Ruth è sopraffatta. Rafaela se ne sta sulla chaise longue rossa con una gamba sollevata e osserva la situazione tutta contenta. Al centro del negozio con le mani sui fianchi, sua figlia esamina la merce che la circonda.
"Non so da che parte cominciare," dice Ruth.
"Be'." Rafaela si piega in avanti e appoggia entrambi i piedi a terra. "Perché non cominciamo cercando un anello?"
Ruth cammina con cautela tra sacchi e imballaggi di cartone, si china ad aprire i lembi di uno scatolone per sbirciare dentro. "Un anello di che tipo?"
Rafaela allunga le braccia e si studia le mani. "Un anello di fidanzamento," dice.
Sua figlia gira su se stessa e la guarda a bocca aperta.
"Ho deciso di sposarmi," dice Rafaela.
Ruth strabuzza gli occhi, ma sul suo volto si fa strada un sorriso. "Mamma, è fantastico!"
Rafaela evita di cedere all'emozione e si avvicina alla vetrinetta dei gioielli che separa la sezione delle scarpe dagli espositori dei vestiti. "La vita è breve, giusto?"
"Troppo breve." Sua figlia scavalca la sfilza di sacchi sul pavimento per raggiungerla.
"Che ne dici di quello lì?" Rafaela indica un rubino cir-

condato da diamantini, montato su una fascia intrecciata vintage.

Ruth apre la vetrinetta e Rafaela prende l'anello dal cuscino di velluto su cui è appoggiato. Lo infila all'anulare sinistro e le calza a pennello.

"Mamma, è bellissimo. Ma..." L'unico vero amore di Rafaela è un argomento di conversazione ancora nuovo. Sua figlia sceglie le parole con cautela. "Candido non ti ha scelto lui un anello?"

Rafaela distoglie gli occhi dalla propria mano per guardare Ruth.

"Oh, no, tesoro. Lui non sa ancora del nostro fidanzamento." Fa un grande sorriso. "Ho intenzione di dirglielo stasera."

Ruth ride di cuore, ed è esattamente il suono che Rafaela sperava di provocare. Hanno lasciato passare troppi anni senza sentirlo. Per lei e sua figlia sono stati anni magri, con poche risate e scarsa gioia. Ma adesso sono qui, sono vive, sono insieme e sono a casa. Come un boomerang, Rafaela era salpata per il mondo, da Ponce verso Trinidad e poi Saint Louis e New York, tra scompiglio e conflitto e sofferenza e crescita, ruzzolando e correndo e inarcandosi e volando, e certe volte aveva perso del tutto l'orientamento. Aveva imboccato un sentiero contorto, sì, ma alla fin fine non era forse inevitabile? Non era sempre stata destinata a tornare nel posto a cui apparteneva?

* * *

Ruth perde ore e ore con la compagnia assicurativa. Parla con decine di persone e con tutti i loro supervisori. Le assegnano un operatore per casi speciali. Scrive lettere, appelli e post feroci sui social media. Scatena le ire dei suoi follower, invano. Documenta tutto. Contatta il proprio rappresentante al Congresso, esprime incredulità, eppure non si scompone mai, perché il suo sentimento principale è di sollievo, di gratitudine: sua figlia è viva. Prova ansia e fastidio, sì. Ma non vera rabbia.

Nel momento in cui Daisy viene dimessa, il conto dell'ospedale ammonta a 578.432,63 dollari, e in più sta ancora facendo fisioterapia. Ha smesso di prendere gli antidolorifici il prima possibile, ma sia lei sia Ruth hanno perso parecchie entrate da quando le loro vite sono precipitate nel baratro. Ormai non c'è più niente che sia rimasto com'era prima dell'incidente: né il loro corpo, né la loro anima, né il loro conto in banca, né il modo in cui trascorrono le ore della giornata, né le conversazioni che ritengono importanti, né la posizione dei loro corpi sul pianeta l'uno rispetto all'altro. E di sicuro nemmeno le loro priorità.

Ma alla fine, quando diventa chiaro che Ruth dovrà scegliere tra vendere la casa e dichiarare fallimento, la collera è di nuovo a portata di mano. Quel sentimento compare senza invito e le fa compagnia di notte quando cerca di dormire. È persistente come la marea, e altrettanto vasto.

Quando Rafaela lo viene a sapere, senza dirlo a Ruth parla con i suoi consulenti in merito alla possibilità di pagare le spese mediche di Daisy. Loro le spiegano che il suo futuro finanziario andrà completamente a rotoli se proverà a prelevare una somma simile nell'ambito della sua strategia di investimento a lungo termine. Non avrà abbastanza denaro per vivere, la avvertono. Le dicono che il modo migliore per offrire una possibile futura eredità alla figlia e ai nipoti è lasciare i soldi dove stanno, pensare ad aiutarli sul lungo periodo. Quando Ruth lo scopre, comunque, le proibisce di toccare i soldi. Non sopporta l'idea di una seconda insolvenza. Non può assumersi anche quella responsabilità.

"Troveremo un altro modo, mamma," dice.

La rabbia cresce, e presto Ruth si rende conto che la sua presenza è un cancro, che la mangerà viva se non trova il modo di espellerla. Non può tenerla nel cuore insieme alle cose ben più importanti che ha imparato. Passa una giornata a gridare verso l'oceano, un esorcismo. E poi va a parlare con l'amministratore dell'ospedale, che è gentile e ha già visto questo incubo altre volte, e fa tutto quello che è in suo potere per aiutarla. Ruth contratta per ottenere il tasso più basso possibile e un piano di pagamento che le sembra gestibile.

Poi, vende la casa.

Ruth non ci pensa a lungo prima di decidere di rimanere a Portorico. Daisy resterà lì perché quella è casa sua; Ruth resterà lì perché casa sua è Daisy. Al momento può lavorare dove vuole. *Vedova in cucina* può diventare *La cocina de la viuda* con uno sforzo di traduzione minimo. E comunque forse è ora di cambiare. Lì c'è un mondo ricco di nuovo materiale, e forse nel prossimo capitolo della sua carriera nascerà una collaborazione. Ruth non ne sa ancora niente, ma sente dei germogli verdi che spingono sotto la terra scura per uscire alla luce.

Cercherà una casetta vicino a Daisy, nel quartiere soleggiato dei suoi ricordi. Santurce sarà esattamente come lo ricorda e al tempo stesso completamente nuovo. Sarà felice e sorpresa di sentire la varietà di accenti nella sua via mentre spinge il carrellino fino al supermercato due volte alla settimana. Il suo spagnolo tornerà, incerto all'inizio, per poi migliorare poco alla volta. Ruth si renderà conto che il suo vocabolario è fermo a quello di una bambina, e poi esulterà nell'imparare parole nuove, rigirandosele in bocca, allargandosi fino allo slang, alle battute, alle espressioni idiomatiche. La timidezza svanirà, insieme ad altre cose di cui non ha più bisogno. Ricorderà una risata rimasta sepolta così a lungo che si era dimenticata della sua esistenza. Quella risata tornerà a trovarla spesso.

Di notte, Ruth lascerà le finestre aperte, così il coro dei *coquís* canterà nei suoi sogni. Metterà le tende gialle in cucina e coltiverà i pomodori in cortile. Ci saranno i colibrì in giardino.

* * *

Daisy e la mamma sono insieme al Double Down.

Con l'aiuto di Benny e Candido, hanno finalmente installato l'enorme lampadario recuperato in quell'albergo di Ponce che ha chiuso i battenti. Emana una luce calda e frammentata che si espande in tutto il negozio. Anche Daisy è una luce calda e frammentata. Zoppica ancora con la gamba sinistra, e la cicatrice che le corre tra i seni non smetterà mai di scioccarla. A volte il reggiseno la fa infiammare. Carlos e Vic hanno cominciato a chiamarla Frida Kahlo, a volte Fri-Daisy Kahlo. Ma è viva. È viva.

La sera, dopo aver chiuso il negozio, a volte Daisy fa una passeggiata con la mamma fino a Ocean Park. Cammina più lentamente di una volta, ma di settimana in settimana riprende velocità, e comunque non importa. La mamma ha una pazienza che Daisy non aveva mai visto prima. San Juan le si addice. L'aria calda dei Caraibi è una meraviglia per i suoi capelli.

Quando si tolgono le scarpe, la mamma le infila in una borsa di tela che si porta dietro apposta, e poi avanzano sulla sabbia irregolare verso l'acqua. Quando Daisy è malferma sulle gambe, la mamma la sorregge per il gomito. La spuma delle onde si spinge quasi fino alle dita dei piedi. Un gruppo di ragazzi gioca a beach volley mentre la radio trasmette una bachata. Un giorno anche Daisy giocherà a beach volley. Un giorno.

"Io e Benny venivamo sempre in questa spiaggia con il nonno quando eravamo piccoli," dice Ruth. "Non so se la nonna se lo ricorda."

Tutti loro hanno cominciato a fare spazio a questa paura, perché adesso è così che fanno. Parlano di ogni cosa, ammettono ogni preoccupazione, ogni ferita. È il loro modo di rispettarsi a vicenda e di creare la loro nuova casa nel mondo.

Ruth ha parlato di questi timori anche a Candido, in privato, con tatto. Prima che lui accettasse di sposarsi, volevano metterlo al corrente della situazione in cui rischiava di finire. I problemi di memoria della nonna sono imprevedibili. Vanno e vengono come la marea, ma ci sono reali motivi di preoccupazione a lungo termine. La risposta di Candido? Un sorriso.

"Il lungo termine l'ho già aspettato abbastanza," ha detto annuendo. "Posso essere io la sua memoria."

Daisy si sistema una ciocca di capelli dietro l'orecchio. Il solletico di quella ciocca sulla pelle è un prodigio. La sabbia sotto le dita dei piedi è un miracolo. Stringe il braccio della mamma e butta lì l'idea che forse la smemoratezza della nonna non è un problema. Quello che è successo decenni fa, quello che succederà tra decenni... Che importa, se sono insieme?

All'inizio, la nonna e Candido progettano un matrimonio semplice, in municipio, un venerdì mattina. Poi però la nonna opta per un matrimonio in spiaggia il venerdì sera, solo con i parenti stretti e qualche amico. Ma Priti, che ormai ha novantadue anni, continua a ripetere che si merita un motivo per venire a San Juan per un'ultima festa.

"Non hai tutti i torti, ma'," dice Candido.

E così spostano il matrimonio al sabato, e al momento l'elenco degli invitati conta centotrentaquattro persone. Ci sono anche Peter e Trisha. Per quanto ci provino, nessuno di loro riesce a immaginare Rafaela che si sposa a piedi nudi. Aspettano da un momento all'altro l'annuncio che la cerimonia si terrà al Vanderbilt. Sarebbe l'unica cosa sensata. Carlos assilla la nonna per creare una lista nozze, cosa che Rafaela considera il massimo dell'idiozia, ma lui non molla e alla fine lei cede. La lista contiene un solo regalo: *The Legend of Zelda: Tears of the Kingdom* per Nintendo Switch.

"Il punto è che adesso la nonna è felice," dice Daisy. "È esattamente dove dovrebbe essere."

"Era ora," dice Ruth.

Dà un bacio sulla tempia a Daisy e le mette un braccio intorno alle spalle. Si fermano insieme sul bordo dell'Atlantico caldo e splendente e guardano l'oceano che si infrange di continuo sulla terra. Sfiora le dita dei piedi, le caviglie. Poi indietreggia scintillando alla luce del tramonto. Sopra di loro, un gabbiano volteggia in silenzio nel cielo che comincia a tingersi di giallo e Daisy appoggia la testa sulla spalla della mamma. Le stringe il braccio per ricordare a entrambe che, ovunque siano, se sono insieme, sono a casa.

* * *

Candido e suo figlio sono sotto un albero di baniano nell'elegante cortile del Vanderbilt. È sera, e non c'è nessuna logica nei colori alle loro spalle, dove il cielo incontra il mare sulla linea confusa dell'orizzonte. Sotto i piedi di Candido, le radici dell'albero affondano nel terreno; si allargano e fanno presa, e Daisy riesce quasi a vedere, in timelapse o nella memoria, le radici che diventano i rami, che diventano le foglie, che diventano le radici, che diventano i rami. L'albero è l'amante senza riserve di se stesso, è la propria famiglia e la propria storia. Basta a se stesso.

Sotto questo modello di splendore, Candido aspetta la sposa. Daisy è seduta tra i fratelli nella prima fila di sedie bianche pieghevoli, e percepisce il ricordo indistinto e velato di una scala su cui ha rischiato di non salire. E poi la sensazione di essere trasportata, sollevata, alzata. Ora è qui. Si picchietta tre dita sullo sterno per tornare alla realtà. È qui. Carlos le stringe la mano, e si girano a guardare.

Ecco Ruth con un abito in stile smoking blu marino, che offre il braccio a sua madre e ha la bellezza dell'amore dipinta in viso.

Ed ecco Rafaela, tutta in bianco.

Ringraziamenti

Sono grata di essere circondata, nella vita e nel lavoro, da tante persone valorose, compassionevoli, brillanti e oneste. Il vostro incoraggiamento mi sostiene.

Al team editoriale degli Stati Uniti: Caroline Zancan, Caitlin Mulrooney-Lyski, Laura Flavin, Leela Gebo, Allegra Green, Chris Sergio, Meryl Levavi, Abigail Novak, Sonja Flancher, Amber Cherichetti, Hannah Campbell, Janel Brown, Peter Richardson, Emily Griffin e Andrew Miller. E al team editoriale del Regno Unito: Mary-Anne Harrington, Louise Swannell, Patrick Insole, Ellie Freedman e Alexia Thomaidis della Headline. Grazie di avermi fatto sentire a casa. A Caroline e a Mary-Anne, in particolare, grazie per il coraggio, la tenacia e il talento.

Agli agenti di vendita e ai librai, nel mio paese e all'estero, che si sono battuti per me e che tutti i giorni, senza clamore, si dedicano a difendere la libertà di espressione e il potere della parola scritta in un clima sociale molto difficile. Grazie di aver reso possibile questa vita.

A Doug Stewart, che è diventato molto più del mio agente, trasformandosi in terapeuta e amico, e a tutta la straordinaria squadra della Sterling Lord, in particolare Szilvia Molnar, Tyler Monson, Maria Bell (non ci siamo dimenticati di te!) e Amanda Price. A Rich Green del Gotham Group, grazie. E al mio incredibile agente nel Regno Unito, Caspian Dennis della Abner Stein, che mi ha fatta piangere di felicità dopo aver letto una delle prime stesure.

Ai miei primi lettori: Carolyn Turgeon, Sabrina Claro, Karen Dukess, Katherine O'Connor-Ma, Jo-Ann Mapson, Tom Lopez, Valerie Young, Bryant Tenorio e Sory Tenorio. Grazie per aver visto quello che il libro poteva diventare e non quello che era.

A coloro che hanno condiviso con me osservazioni ed esperienze mentre scoprivo la storia che volevo raccontare in queste pagine: Natalia Martinez Castro, Benjamin Davis, Agnes Caniza, Karl Katzaman Colón, Arlene Cabañas Berríos, Roberto Lucena Zabala, Denise M. Mullin, zia Lisa Cummins Thess, zia Sheila Cummins Oliveri, zio Rafael Quixano Mendez e Nora Mendez. Per l'incoraggiamento personale, che ha significato molto per me, e per la competenza in ambiti fuori dalla mia portata, un ringraziamento speciale a Virginia Sanchez-Korrol, Cecilia Molinari e Carolina Sofía Quixano. A Mike Valdes-Fauli: potresti metterti un mantello tutti i giorni e farla franca. Grazie a Emily Morina per il prezioso sostegno.

Mi ci è voluto molto tempo per imparare la parola *hometown*, città d'elezione, ma non importa dove sono nata e dove mi spingo nei miei vagabondaggi: la mia *hometown* sei sempre tu, Gaithersburg. A tutti i miei concittadini, grazie di avermi sostenuta ricordandomi chi sono sempre stata. Sono fiera di rendervi fieri.

Ci sono molte persone che non nominerò qui, ma senza le quali non avrei superato gli ultimi cinque anni. Voi sapete chi siete. Per il tipo di amicizia indistruttibile che rende la vita degna di essere vissuta (nonché esilarante), grazie a Carolyn Turgeon, Evelyne Faye, Nikki Stapleton, Debbie Young e Valerie Young. Tutte per una...

Ai membri delle mie famiglie estese: Cummins, Kennedy,

Lopez, Quixano e Matthews. Grazie di essere così belli e simpatici che i vostri scherzi conservano una patina di eleganza.

Per mio fratello Tom Cummins e mia sorella Kathy Lopez. Grazie per aver vissuto gran parte di questo libro con me e per aver avvalorato il mio racconto in ogni momento. Insieme, serviremo da memoria. Per mia madre, Kay Cummins. Il papà avrà anche costruito una base di solida roccia ricavandola dalla sabbia, ma eri tu il motivo che gli permetteva di fare quella magia. Eri tu l'ingrediente segreto.

Alle mie figlie Aoife e Clodagh. So che è dura per delle adolescenti essere fiere della loro mamma. Grazie di esserlo sempre. Voi due siete la mia risposta a ogni domanda difficile. E all'"unico uomo di Rockland", mio marito Joe. Non avevo idea della mia fortuna quando ti ho conosciuto. La prossima volta, prometto che cercherò di scrivere un libro sui cuccioli.